Cómo perderlo todo

Ricardo Silva Romero

Cómo perderlo todo

Papel certificado por el Forest Stewardship Council®

Primera edición: octubre de 2019

© 2018, Ricardo Silva Romero
© 2018, Penguin Random House Grupo Editorial, SAS
Cra. 5A. n.º 34A-09, Bogotá, D. C., Colombia
© 2019, Penguin Random House Grupo Editorial, S. A. U.
Travessera de Gràcia, 47-49. 08021 Barcelona

Imágenes de cubierta:
Ilustración de Humphrey Bogart e Ingrid Bergman: © Hernán Sansone;
Inferno, Dante Alighieri, placa 18. Ilustración de Gustave Doré;
El beso, Gustav Klimt; *Der Tod,* Johann Georg Rauch
De Getty Images: Pareja: © Chipstudio, Pantalone, personaje de Commedia dell'Arte: © Nastasic,
perro: © Yury Vinokurov/EyeEm, paloma: © Ussr, sofá: © Jaswinder Singh, marcos: © tomap49
Muro: © Kues/Freepik

© Diseño: Penguin Random House Grupo Editorial, inspirado en un diseño original de Enric Satué

Printed in Spain – Impreso en España

ISBN: 978-84-204-3841-2
Depósito legal: B-17383-2019

Impreso en Reinbook serveis grafics, S. L., Polinyà (Barcelona)

AL 38412

Penguin
Random House
Grupo Editorial

Para Carolina López Bernal, mi esposa,
que siempre tiene la razón

Someone to love
Somebody new
Someone to love
Someone like you.

THE BEATLES
Love Me Do

Es milagroso e inverosímil que tan pocos matrimonios acaben en asesinato. Tal vez sea así para probar que el castigo no es la muerte. Quizás el amor sea esa sensatez de último minuto, aquel indulto, o sea tal vez esa buena estrella. Dicen los astrólogos confiables que desde el viernes 1 de enero hasta el sábado 31 de diciembre del pasado 2016, que fue, según se ha probado, el peor año bisiesto que se encuentre en las bitácoras del universo, una conjura de planetas forzó a millones de parejas de acá abajo a la desesperación y a la agonía. Repiten que semejante complot astral ni siquiera nos empujó a matarnos de una buena vez como pares de monstruos enjaulados, que habría sido lo práctico y lo humano, sino que nos animó a susurrarnos "voy a amargarle este día", "prefiero envenenar gota por gota", "debo cambiar mi vida" a escondidas de nuestro vigilante: nuestra mujer, nuestro marido.

Piense usted, lector, lectora, en su propia vida de esos doce meses atroces: qué mentiras se dijo, qué trampas pisó, qué tumbas cavó, qué duelos soportó a duras penas, qué delirios protagonizó usted en el 2016 para escapar de aquella pareja de mirada fija —Dios: su olor, sus ruidos, sus tics, sus quejas rancias— que durante 366 días sólo estuvo en el mundo para desenterrar su violencia.

Seguro que se preguntó usted en esos meses asfixiantes y enloquecedores si un día de aquellos sería capaz de cometer el horror con sus propias manos, y entonces sospechó, con el corazón hecho un puño, que la respuesta era y sigue siendo "sí": ¿no es cierto?, ¿no es verdad que una noche supo, desbocado e insomne, que todo ese temor que usted guardaba era temor a usted mismo?

Fue la mente del profesor Horacio Pizarro, que cometió un desliz que hoy se castiga sin piedad en el cadalso de las redes, la que puso en marcha esta trama de parejas relevadas por parejas como provocando un efecto en cadena, un efecto dominó que usted está leyendo y está a punto de leer: ¿dónde estaba usted, lector, lectora, mientras los esposos viejos les entregaban el "testigo" a los amantes descarados —y ellos a los miserables en plena comezón del séptimo año y ellos a los recién casados y ellos a los noviecitos, y así de enero a diciembre— en esta carrera que tuvo la meta que tuvo?

Fue Pizarro quien echó a andar esta novela de relevos aquí en Bogotá, en aquel enero asfixiante e inédito para una ciudad tan fría, cuando en un arrebato de madrugada pegó en su página de Facebook un viejo artículo de la revista *Scientific American* que jura por la ciencia que las mujeres que han tenido hijos son de lejos las más inteligentes. "¿Cierto?", remató Pizarro en un mensaje dirigido a sus setecientos setenta y tres amigos, y lo hizo como preguntándoselo en voz alta en el encabezado de su post. Pensaba en su hija mayor, en Adelaida, que en ese entonces iba a cumplir cuatro meses de embarazo: era un guiño para ella, y ya. Había dormido por partes en las últimas veintitrés horas, pero, por culpa de una angustia incorregible y de un jalón que le había paralizado una pierna, no conseguía darse a sí mismo la orden de dormir. Se le había ido la noche espiando, lujurioso y triste, los perfiles de sus colegas, de sus amigas, de sus alumnas: qué lejana y qué envidiable puede ser la vida de los otros, sí, quién quiere ser lo que es.

El altísimo y terquísimo y popularísimo profesor Pizarro, cincuenta y ocho años, Tauro, suele darse cuenta demasiado tarde de su situación. De nada han valido una esposa con un humor que pone todo acabose en su lugar, dos hijas que nacieron hechas y derechas como si el destino no fuera un embeleco de los sabios, y un prestigio y una enorme popularidad ganados a pulso en el mundo de la filosofía del lenguaje por sus clases envolventes y sus artículos inesperados y leíbles. Ningún consejo le sirve. Ninguna señal de alarma le evita una ruina, una calamidad. El largo día de esa noche, ese sábado 9 de enero de 2016, se despertó veinte minutos antes de que sonara el despertador: 4:10 a.m. Y, aunque en los últimos meses no se había hablado de nada más en la familia, sólo entonces cayó en cuenta de que su hija menor se iba de la casa.

Pizarro tiende a la taquicardia porque sí, porque de golpe algo teme, pero esto era además un estrujón en el estómago: se me está yendo, se me va.

Fue por eso, porque para vivir con mis dos hijas ya no queda más sino esto, que me hizo abrir mi perfil de Facebook en agosto del año pasado. Fue por eso, porque desde hace meses se ha estado yendo, que me regaló de Navidad el rompecabezas Ravensburger de mil quinientas piezas de *El beso* de Klimt, que siempre me ha gustado tanto, y la semana siguiente me obligó a volver a mis clases de squash como si el niño fuera yo. Por eso compramos la chompa roja, la maleta morada, el candado de combinación noséqué cosas. Estoy despierto, estoy parándome en la oscuridad llena de obstáculos del cuarto, estoy bañándome y afeitándome y vistiéndome y comiéndome cualquier cosa en la cocina y encendiendo el carro y abriendo la puerta del garaje a deshoras por eso: porque Julia, mi hija menor, se va, se me va.

También se le iba aquel sábado 9 —pero sólo se iba por ese semestre que fue sitiado, repito, por los movimientos perversos de los planetas— la mamá de sus hijas: su esposa Clara. Y Pizarro no tenía paz porque su paz dependía de ella, dulce y brillante y malhablada. Dependía de que al menos se volteara a mirarlo en el carro como reconociéndolo o le contestara si estaba nerviosa por el vuelo o soltara un quejido cuando él le repetía "ojalá siempre fuera tan fácil andar por Bogotá" o le gritara de frente en la librería del aeropuerto que no entendía por qué diablos prefería quedarse a dictar las mismas clases de siempre "por unos putos pesos" o le reprochara su miedo enfermizo a volar o le confesara a unos pasos de la sala de abordaje que odiaba a muerte separarse de él. Pero ella no bajó la guardia ni recobró su humor ni siquiera en el último minuto.

Julia dijo "papá: tú te quedas porque no puedes vivir sin que tus fans te celebren" y "papá: juraste que no se te iban a aguar los ojos" y "papá: no te quedes con miedo" en la última puerta, siempre la juez y la jefa y la madre de su padre, pero Clara, cansada de todos los miedos y todas las obstinaciones de Pizarro, sólo atinó a decir entre dientes "entonces hablamos en un rato...", "y nos vemos en seis meses...".

Pizarro regresó a su casa como un alma en pena recogiendo sus pasos: por el camino de vuelta se dedicó a renegar de su esposa, y a llenarla de peros y a hartarse de razones para odiarla, "pero qué clase de madre abandona el nido vacío...", "pero qué clase de mujer deja a su marido solo todo un semestre...", "pero qué clase de vieja hijueputa, que ojalá el avión se caiga, castiga a su esposo de los últimos treinta años con una despedida de aeropuerto cargada de resentimiento y de venganza...", hasta que ella lo llamó de iPhone a iPhone a decirle "perdóneme, Pizarro, es que me va a hacer mucha falta", "perdóneme, pero es que dígame qué voy a hacer yo sin usted seis putos meses", y el profesor le declaró su amor al amor de su vida con voz entrecortada, y le repitió que semejante separación era por el futuro de las hijas, y le juró que hablarían todo el tiempo de aquí a que ella volviera a Bogotá.

—He debido ir, Clara, debería estar subiéndome al avión con ustedes —le dijo—, pero es que yo me he estado volviendo un imbécil desde hace muchos años: un miedoso.

—Ay, no diga eso, Pizarro, que todos sabemos que alguien de la familia tenía que quedarse en Bogotá este semestre pagando las cuentas y las deudas —le respondió ella—: de pronto pueda venir a vernos en Semana Santa, pero no se le olvide que acá vamos a gastarnos la venta del apartamento del Park Way y que tenemos contada la plata.

—Cuando me pensione nos ponemos al día en viajes —mintió de buena fe el profesor.

—Eso —siguió ella el juego, y ese ha sido el secreto de su matrimonio—: usted sabe lo que yo lo quiero.

14

Y él también a ella, quizás más que ella a él, y sí, adiós, adiós, que pasen pronto estos meses como una trama superada. Adelaida, la hija mayor tímida, introvertida y complaciente, que se había ido a Boston a hacer un posgrado en Derechos Humanos, soportaba un embarazo "de alto riesgo", y lo estaba haciendo sola porque su esposo, el piloto gringo con cara de puño, apenas paraba por el apartamentito pegado al Boston College. Julia, la hija menor habladora, extrovertida y contraria al mundo, se estaba yendo a la Universidad de Massachusetts a hacer una maestría en Educación, pero la verdad es que desde que nació —y luego fue una bebé brava y sonriente— ha querido estar en donde esté su hermana. Y todos eran, pues, malos pasos a los que había que darles prisa.

Y quién, si no era Clara, que vivió su juventud por fuera y que no sólo las conoce sino que es Adelaida y Julia al mismo tiempo, podía enseñarles a sus dos hijas la incertidumbre y la nostalgia de vivir tan lejos.

Pizarro parqueó el carro con la sensación, que hacía muchos años no sufría y no combatía, de que habría podido matarse por el camino: ¡pum! Cerró los portones del garaje. Por un momento pensó que alguien había cambiado las guardas, carajo, porque tardó demasiado en abrir la entrada de todos los días. No quiso mirar la cocina ni la sala ni el comedor ni las habitaciones de la casa, sino que se fue al estudio en el que se pasaba las mañanas leyendo, porque se negaba a sentirse perdido desde el principio de la separación. Pidió a domicilio la pizza de todas las carnes —"papá: come bien", le había ordenado Julia— para no tener que lavar los platos. Abrió la caja del rompecabezas, pero se asustó con el tamaño de la empresa. Puso el canal de películas clásicas: *La ventana indiscreta* con James Stewart y Grace Kelly. Respondió los mensajes de WhatsApp con buena ortografía y sin emoticones: "¡Buen viaje!", "¡me alegra que todo haya salido tan bien!".

Habló con sus tres mujeres por FaceTime apenas estuvieron juntas, a tres grados centígrados al mediodía, en el pequeño apartamento de la Commonwealth Avenue. Adelaida le pidió perdón "por quitarte a mi mamá estos meses", le confesó que le hacía mucha falta que la acompañara a dormirse "como cuando me leías *El Superzorro* y *Agu Trot* y *Los Cretinos…*" y le rogó que tratara de venir a Boston al menos para Navidad. Julia le dijo en broma, pero él fingió la risa para dejarle en claro que no era un comentario chistoso, que si llegaba a sentirse solo llamara a sus exnovios: ja. Clara le dijo que no se pusiera a ordenar la casa porque el lunes iba Teresa, la empleada de siempre, a limpiar. Y se fueron sin él a almorzar a un restaurante indio en Newbury Street.

Y luego se fueron a cumplir la cita de la ecografía 3D en nosequé esquina de la Beacon Street.

Ay, cuando eran niñas e íbamos al laguito del Boston Common a contar ardillas. Ay, cuando mis papás aún estaban vivos y bailaban con sus nietas *Twist and Shout*. Ay, cuando yo no le tenía pánico a subirme en un avión de aquellos y no sudaba frío. Ay, cuando la colección de episodios tristes apenas estaba comenzando.

En enero, en la resaca de la Navidad, que es la peor manera de darse cuenta de que la vida sigue igual, alguna de las dos niñas le rogaba que las dejara tener un perro, un perrito. Él siempre les hacía las mismas preguntas: "¿Quién va a cuidarlo?", "¿cuál de las dos va a sacarlo al parque?". Y les vaticinaba que sería él, él solo, el pendejo que lo sacaría a cagar y a correr y a saltar; el desgraciado que recogería la mierda en una bolsa plástica y la echaría en una caneca oxidada de la esquina y se quedaría mirando al animal con cara de "yo esto sólo lo hago por usted"; el infeliz que se pasaría las tardes con el chandoso sobre las piernas y quedaría devastado el día que el animal no diera más y se muriera, y parecía que se había vuelto loco siempre que repetía ese monólogo.

Adelaida decía "está bien, papá…", derrotada, mirando hacia abajo. Julia respondía "bueno, bueno…", impaciente, poniendo los ojos en blanco. Y él las convencía de que más bien se sentaran a leer alguno de los libros de **TINTIN**, *Las joyas de la Castafiore* o *El templo del Sol*, que les había traído el Niño Dios.

Y entonces no parecían tan diferentes, sino un par de niñitas que se morían de la risa con los insultos del capitán Haddock: "¡Pamperos!", "¡patagones!", "¡zapotecas!". Y sólo de vez en cuando alguna decía "ay, yo quiero un perro como el de Tintín, yo quiero un Milú". Y él se quedaba pensando en cómo eran de políticamente incorrectos esos cómics. Y le fascinaba que sus dos hijas imitaran la letra de los bocadillos en las viñetas.

Y se preguntaba en qué momento había dejado de ser ese hombre de izquierda, a un paso de la militancia en esas sectas comunistas de los setenta, que escribía sendas denuncias a las torturas del ejército y las persecuciones del Gobierno en los peores días del estado de sitio.

Sí, seguía siendo un orgulloso jurado de votación en todas las malditas elecciones —elecciones malditas— que sucedían en Colombia; sí, anhelaba los días en los que la gente andaba de pelo largo discutiendo *El último tango en París*, y sí, seguía valorando las novelas demoledoras de la Violencia escritas por el olvidado Benito Arellano, pero no era lo mismo: en algún momento se había vuelto un papá que siempre cargaba un pañuelo.

Qué extraña había sido la resaca de aquel enero de 2016. Según los periódicos y las revistas, que se han vuelto maestros del suspenso, no iba a haber un año peor: recesión, turbulencia, caos. A ellos, por lo pronto, se les habían ido esos primeros días en las vueltas para el viaje de Julia y Clara. Y él vivía somnoliento y sin ganas de vivir y se sentía incapaz de sentarse a leer como si leer fuera salir a caminar. Tenía revuelta la nostalgia. Iba detrás de su esposa, que ella nunca perdía el ritmo ni olvidaba la letra, empujando el carrito por los pasillos de los supermercados. Se abstraía junto a las ventanas. Sonreía si hacía sol como si el sol fuera un guiño de la vida. Sentía, en suma, que le estaba llegando el momento de ser un viejo. Y que estaba en mora de entregarse a la vejez.

Pero no iba a entregarse, no, no mientras estuviera solo en el apartamento de todos, no hasta que no fuera el último asalto: el año estaba hasta ahora comenzando y la vida se estaba viviendo y él no iba a perder por nocaut.

Salió del estudio para dejar la caja de cartón llena de bordes de pizza sobre la caneca de la terraza. Fue a la biblioteca del pasillo a buscar la copia descuadernada de *Los Cretinos*, "Roald Dahl, Roald Dahl...", como si la mejor manera de sobrevivir al dolor fuera esperar a que acabara. Y fue entonces, al abrir la pequeña novela por la mitad y al ver al señor Cretino aplastado por la señora Cretino, cuando sintió como un suplicio el jalón de un nervio desde la cintura hasta la parte de atrás de la pierna derecha, Dios mío, Dios santo, puta mierda, puta vida. Quiso volver a su escritorio, en donde siempre estaba a salvo, tomándose de las paredes. Cojeó junto a las fotografías de la familia, ay, las niñas paradas bajo el cartel de Grolier Poetry Book Shop. Vio el sol pegado en los bordes de todas las ventanas del fondo. Sintió, ahora sí, el calor humeante que jamás había sentido en Bogotá.

Llegó a su silla ergonómica como pudo, ay, ay, ay, con la pierna engarrotada por el dolor: putamierdaputamierdaputamierda. Quiso escribirle a Clara un mensaje para hacerla sentir culpable y egoísta y mala esposa por haberlo dejado: "Tengo un jalón en la nalga". Pero como sonaba ridículo y aniñado, a "soy incapaz de vivir sin mi mujer desde que murió mi madre", prefirió tomar aire, dejar en paz su tormento y cerrar los ojos y cabecear y quedarse dormido como el viejo que será dentro de poco. Cuando despertó, con una pierna entumecida y la otra acribillada por dentro, era ya la hora de encender la luz, pero prefirió poner a andar el computador sobre su escritorio —e iluminar la habitación con aquella luz blanca y horripilante— apenas vio en la pantalla de su teléfono una serie de mensajes de su hija mayor.

"Papá: acabo de subir a Facebook la foto de la ecografía", "¿papá?", "¿tú crees que yo soy capaz de ser mamá?", "¿estaré cometiendo un error?", "¿es normal querer matar al esposo con la almohada las pocas veces que uno lo ve?", "¿se irá a acabar mi vida cuando eso nazca?", "¿papá?".

Pizarro se incorporó, acomodándose en el borde de la silla de tal manera que quedara en suspenso el dolor, y entró a Facebook —que para algo más que sumar gente tendría que servir la cosa esa— a ver la bendita foto de su primera nieta. Escribió su correo electrónico en la casilla de usuario: hpizarro@universidaddebogota.com. Puso su contraseña: Gottlob1848. Puso el nombre de su hija mayor en el buscador de la esquina izquierda: Adelaida Pizarro. Y entonces, bajo la frase "con ustedes nuestra hija Lorenza", se encontró con la fotografía amarillenta e increíble de esa pequeña cara dentro de su niña como una escultura sin terminar. Si no fuera ateo habría dado las gracias al aire, al vacío, Dios santo. El retrato tenía ciento ochenta y ocho "me gusta" y cincuenta y siete comentarios: "¡Las mujeres heredarán la Tierra!", "¡que viva Lorenza!", "¡felicitaciones, Ade, qué suerte para esa bebé!", decían.

Pizarro puso ahí abajo su propio "me gusta" resignado a ser el ciento ochenta y nueve, pero se negó a escribir cualquier estupidez de abuelo y prefirió contestar más bien los mensajes de su hija que seguían titilándole en el teléfono.

"Oye: Lorenza es igualita a ti o sea que está a salvo", "creo que vas a ser la mejor mamá del mundo, pero no le digas nada de esto a tu mamá", "pero claro que es un error: a los veinticinco se van", "es normal querer matar al esposo, pero hay mejores métodos", "la vida sólo se acaba cuando se tropieza con un letrero que dice 'fin'", "¿Adelaida?".

Fue entonces, esperando, contrahecho, a que Adelaida respondiera sus mensajes de WhatsApp, cuando el profesor se extravió en las mil y una páginas de Facebook como espiando y espiando desde su propia ventana indiscreta. Bajó por el muro del perfil de su hija pegado a la pantalla del computador, y leyó sus argumentos a favor del proceso de paz, y su petición firmada para que el Gobierno no subaste la empresa de energía del Estado al único postor, y la queja vehemente por la posibilidad de que se decrete un apagón para responderle a la sequía, y la denuncia de que el nuevo alcalde de Bogotá está dándole largas a la construcción del metro —y sí: se vio en ella a sí mismo, combativo e izquierdoso, cuando tenía su edad— hasta encontrarse con el video de los Beatles tocando *Twist and Shout* frente a la reina de Inglaterra: "Well, shake it up, baby, now…!".

Cómo emprende un hombre cualquiera el camino corto que lleva a perderlo todo. A él se le aguaron los ojos, ay, cuando era yo el que respaldaba inútiles procesos de paz, ay, cuando bailábamos los dos y nadie nos veía, y luego se quedó mudo.

Porque su propia esposa y su propia hija menor eran las únicas que le habían puesto "me gusta" a *Twist and Shout*. Porque Clara, su mujer, que no ha debido dejarlo solo porque cuando él se queda solo se pone a pensar hasta el mareo y la náusea, no sólo había respondido a la eufórica *Twist and Shout* con la devastadora *She's Leaving Home*, sino que, como si no bastara, había puesto en su perfil de Facebook algunas fotografías familiares —ay, el almuerzo en la finca de Cachipay de sus primos, la sonrisa de gato de fábula que se le escapó a él, entrenado en el escepticismo desde que volvieron a Colombia, cuando lo nombraron profesor titular de la universidad, y los cuatro posando como si formaran un pequeño equipo de fútbol que fuera más que suficiente— que a Pizarro le revolvieron el estómago de la nostalgia.

Pasó de ahí a merodear las fotografías de la invitación a la celebración de las bodas de oro de unos conocidos; de ahí a un reportaje de *El Tiempo* sobre el chef que se inventó el restaurante de comida vasca BESTA, y la esposa que le parece conocida, que consiguen estar juntos todo el día sin clavarse un cuchillo; de ahí al retrato inquietante de una alumna besando el tatuaje de un amiga; de ahí a las imágenes de la Segunda Guerra publicadas por un coronel retirado; de ahí a la triste historia del exministro conservador y fiel que ha tenido a su mujer en estado de coma los últimos veintipico de años; de ahí al taxista arrepentido que le ha puesto a su mujer en el muro de Facebook la versión de *Si nos dejan* de José Alfredo Jiménez; de ahí a una joyera treintona que pregunta si alguien va a Nueva York en los próximos dos días; de ahí a una desconocida que se fue a Cartagena a pasar el fin de semana con unas borrachas de gafas oscuras; de ahí a una investigadora del Centro de Memoria que espera que este año sí sea "el de la paz"; de ahí a la libretista que terminó casándose con un galán de telenovelas; de ahí a una actriz reconocida que da las gracias a Dios por darle la oportunidad de estrenar *Traición* en teatro a fin de año.

Se tropezó con máximas cojas y citas plagiadas y explicaciones no pedidas en los estatus de sus contactos: "El hombre y el mosquito son los animales pasivo-agresivos por excelencia"; "queridos pretendientes: ustedes saben mejor que mi mamá por qué es que yo no me he casado"; "la clave para tener un matrimonio estupendo es que sea el segundo"; "la homofobia es el único prejuicio que une a ricos y a pobres, a blancos y a negros"; "yo sufrí de matoneo en el colegio pero era parte de la formación"; "somos niños en busca del poder que nos permita obrar como nos venga en gana"; "líbrame, Dios, de la corrección política"; "el destino del ateo más escéptico es ver que el alma es la mariposa que el día de la muerte escapa de la oruga"; "definitivamente, soy más jungiano que freudiano"; "el individuo es lo único que existe: la nacionalidad es una comodidad intelectual"; "es hora de aceptar que los extraterrestres no vendrán porque ya se fueron"; "el software es la mente, sí, pero ¿y si el mundo no es el hardware?".

Vio citas de poetas: "De qué puede servirme que aquel hombre haya sufrido, si yo sufro ahora"; "tengo estos huesos hechos a las penas"; "yo nací un día que Dios estuvo enfermo, grave". Espió a un par de legos peleando por el problema de Gettier. Volvió a escuchar todos los álbumes de los Beatles, todos. Leyó relatos de tiempos mejores. Fue testigo de cursilerías, declaraciones de principios, denuncias, radiografías, karaokes, noticias falsas, elogios de la maternidad, reivindicaciones de la soltería, canciones, chistes flojos, narcisismos. Curioseó primeras comuniones y fiestas de viejas amigas y sesiones de yoga en parajes paradisiacos de aquellos de donde se vuelve con algún virus letal. Trató de masturbarse con las fotos eróticas y en blanco y negro de la amiga de una amiga de una amiga, porque quería forzarse a dormir y derrotarse, pero se sintió vigilado y demasiado viejo a esa hora de la madrugada.

Sintió culpa de padre de familia, que es la sospecha de no ser más que un hijo, la sospecha de no haber sido capaz de hacerse a un lado como los personajes secundarios, cuando vio que ya eran las 3:21 a.m. en el relojito del computador: "Qué diablos estoy haciendo…", "no voy a ser capaz…". Sí, estar solo a los cincuenta y ocho era lo mismo que estar solo a los quince, aplazar el mundo y sospechar la presencia de Dios, y sí, cruzar la noche despierto seguía siendo ver la incertidumbre con los propios ojos, pero no podía permitirse a sí mismo caer en el peligroso lugar común de "voy a vivir la vida", ni podía cometer el error de cambiar su suerte, pues sería lo mismo que hacer justicia con las propias manos. Ay, cuando sus niñas aprendieron a decirle "pa", cuando no eran parejas sinuosas sino hijas, y no se quedaba uno esperando a que respondieran unos mensajes de WhatsApp.

Por qué hizo lo que hizo: porque quería demostrarle a su hija mayor que ser mamá no era perderse ni resignarse ni rendirse.

Recordó el artículo de *Scientific American* que su esposa le había fotocopiado alguna vez: "Se lo dije", le escribió ella entonces, 1999 más o menos, en un post-it amarillo de los suyos. Buscó en Google "las mujeres que tienen hijos son las más inteligentes". Agregó "Scientific American" en la casilla del buscador cuando vio que sólo aparecían artículos de revistas de moda, je. Encontró 58,801 resultados que iban de "las mujeres inteligentes son las que más deciden no tener hijos" a "las madres mayores de treinta tienen hijos más inteligentes", de "el cerebro de las madres es más complejo" a "científicos descubren células de bebés que siguen viviendo en sus progenitoras". Dio con un informe recién publicado por la revista *New Scientist*: *Why motherhood makes mind sharper*. Pero insistió e insistió de enlace en enlace hasta llegar al texto que estaba buscando.

Copió el vínculo y pegó en el muro su hallazgo. Escribió arriba, a modo de introducción, "las mujeres que tienen hijos son de lejos las más inteligentes". Y remató: "¿Cierto?".

No fue más. Fue eso. Eso y no más fue lo que echó a andar la bola de giros y de gritos, twists and shouts, de ese retorcido 2016.

Cerró las páginas web y cerró los programas que había abierto por equivocación para apagar el computador de una buena vez. Se puso de pie como un viejo, cuadro por cuadro, y cojeó y frunció el cuerpo del dolor mientras trataba de cruzar el pasillo oscuro en busca de la habitación de los dos. El reloj de la sala quería enloquecerlo: tictactictactic. La nevera murmuraba una amenaza: zazazazaza. El bombillo sobre la puerta de entrada crujía y titilaba: cricricricricri. El estabilizador apagaba un incendio: fufufufufu. Y era claro entre las onomatopeyas de su insomnio que para Pizarro —que escapó de la casa de sus papás hacia la de su primer matrimonio y de allí saltó a la del segundo, a esta— era demasiado tarde para sacudirse sus manías y ser otro.

Llegó como pudo a la habitación de los dos. Se quitó los zapatos. Se quitó el suéter azul de hilo que se ponía todos los días si no estaba manchado de nada. Se quitó la camisa y se quedó en franela. Pero tuvo que echarse sobre el edredón de puntos de colores, dejar la piyama para tiempos mejores y reptar hacia su lado de la cama porque no tenía fuerzas para nada más, para morirse acaso. Dicen los astrólogos leales que se sentía sin piso porque Venus estaba en tránsito por Sagitario. Mercurio, retrógrado, lo empujaba a la nostalgia, a la orfandad, a la pregunta de si se le estaba saliendo de las manos y se le estaba refundiendo la historia de amor con su esposa. Pero Pizarro, que no creía en las tramas y en las maniobras de los planetas, vivía convencido de que "de lo que no se puede hablar es mejor callar": y si estoy estropeado y grotesco es porque me dejaron solo.

Decía Wittgenstein —que Pizarro se resistía, en vano, a citarlo— que el cuerpo humano es el más fiel retrato del alma humana. Y en la madrugada del domingo 10 de enero de 2016 Pizarro estaba bocabajo como un muerto adolorido, como una ridiculez, porque tenía agrietado lo que sea que uno sea por dentro, porque tarde o temprano su esposa iba a ser la misma mujer indescifrable e inasible que lo había hecho sufrir en el principio, porque no había mente que no le cobrara los reveses y las traiciones al nervio ciático desde la nalga hasta la planta del pie, maldito todo. Cometió entonces un error trágico: como tantos en los peores días de ese año, como usted y su pareja y quién sabe quién más, se imaginó a sí mismo mudándose de apartamento, adiós, Clara, adiós, porque alguna salida tendría que tener semejante tortura, semejante pena.

Cerró los ojos para suspender su drama, agotado por el jalón y por el sueño, pero ya había plantado bien plantado el delirio que vendría.

Dos semanas después todo el mundo odiaba al profesor Pizarro: todas y todos, je. El lunes 25 regresó a la facultad como quien por fin sale a vacaciones, como quien no ve la hora de aferrarse a su sanidad, a su rutina. Ofició paso por paso el rito de llegar a su otra casa —quizás sería mejor decir "volvió como un asesino al lugar del crimen"— con una sonrisa de hombre al fin libre que no era la sonrisa suya: parqueó donde el señor que no mira de frente, tomó el camino de piedra junto a la habitación de los empleados que tanto lo querían, subió las renegridas escaleras de metal que al principio le daban vértigo. Pero apenas cruzó el umbral del piso de Filosofía como un gigante bueno y hosco, agachándose un poco para pasar por la puerta, no entró a su segundo refugio, sino a un sótano en donde su vida estaba hecha mierda.

Hacía ese calor que era un milagro y una afrenta en Bogotá: veintiún grados centígrados. Había luz en todos los rincones y en todos los objetos. Pizarro pasó frente aquellos cubículos entreabiertos, mucho mejor de la miserable ciática, ay, con la sensación de que allí —en la vida real, en la vida de siempre— todo seguía siendo igual y nadie iba a darse el lujo de lapidarlo "por celebrar la sumisión de la mujer", pero entonces se tropezó por el pasillo con un par de profesoras recién llegadas que no sólo se negaron a responderle su "buenos días", sino que le clavaron las uñas de los ojos, y tuvo claro que ese mundo nuevo no tenía reversa. Era una puta pesadilla y una piedra en todos los zapatos. Siguió su camino, atragantado y dando pasos de monstruo de Frankenstein, hasta su pequeña oficina en el rincón.

Cerró la puerta. Cómo se atreven ese par de imbéciles aparecidas a no saludarme. Cómo se permiten ese par de estúpidas esto de negarme el respeto que me he estado ganando desde antes de que ellas nacieran.

Quién iba a pensar que semejante tontería de hacía quince días, publicar en la pendejada esa de Facebook un artículo de *Scientific American* bajo la frase "las mujeres que tienen hijos son de lejos las más inteligentes", iba a seguirle trastornando su horario, su enero. Su hija embarazada, que para ella iba la flor, le había dado las gracias al día siguiente por WhatsApp con una carita feliz: punto. Pero su muro de Facebook, o sea él mismo, pronto se había visto invadido de insultos e injurias e insolencias que jamás en la vida habría imaginado ("abusador de mujeres", "cerdo machista", "viejo hijueputa", "ateo", lo grafitearon ciertas exalumnas anónimas), y sin embargo quizás eran más ofensivos, por condescendientes y arrogantes y apócrifos, los llamados a debatir "a fondo" cómo han contribuido los intelectuales a la cosificación de la mujer acá en Colombia, que le hacían un par de colegas gafufas y achatadas de la universidad estatal.

—Me niego —le respondió a su mujer, a Clara, al final de la semana—: toda esta gente que me está lapidando tiene claro, porque me conoce de memoria y desde niños, que yo no soy un cerdo ni un cosificador.

—Por mí haga lo que le dé la gana, Pizarro, que mejores cosas tengo que hacer, pero si usted no les dice nada no se le haga raro que la gritería no pare y que en seis meses sólo quede de usted su fantasma terco.

—Pues que no pare, y que de paso se jodan y se pudran, porque yo no tengo nada más que decir, ni tengo por qué emitir un comunicado aclarando mi feminismo como cualquier político en campaña.

Que hagan lo que les dé la regalada gana. Que me juzguen, me condenen y me lapiden. Que me encierren en su tribunal y en su cacería de brujas sobre la base de mi culpabilidad. Que insinúen lo que quieran sobre mi carácter: ya qué. Que aprovechen para invalidarme como hombre y como profesor y como marido y como padre porque —cómo fue que dijo el bobo hijueputa ese en Facebook: ah, sí, claro— "Pizarro sólo es solidario con las mujeres con hijos porque son mujeres sometidas". Que digan y repitan lo que les sirva para sentirse mejores que yo, que de eso se trata, hasta que encuentren otro chivo expiatorio. Que se regodeen en mi fracaso que harto tengo yo con mi ciática y mi insomnio y mi soledad. Yo soy mudo. Yo no caigo en la trampa de decir "no soy machista", y qué.

—Como usted quiera —dijo Clara.

Y colgaron, "hasta luego", "adiós", con la sensación de que estaban peleándose por un escándalo de Facebook, pero ninguno de los dos iba a reconocerlo.

Y ella no podía creer que un hombre de cincuenta y ocho años siguiera siendo tan fácil de poner en jaque: "Oh, no, alguien no quiere a Pizarro el niño consentido, bu…".

Y él sabía de memoria que ella sabía de memoria que su procesión iba por dentro: que su marido el profesor estaba sin piso y sin cielo porque jamás había conseguido lidiar con el hecho de que no lo quisiera ni poquito una sola persona en este vasto mundo.

Por dos semanas Pizarro fingió ante su familia que todo estaba igual que siempre, que no se pasaba trozos de hielo por una nalga malherida, y no estaba pidiendo la misma pizza de todas las carnes cada día, y no estaba faltando a las clases de squash, y no había abandonado en un rincón el rompecabezas de mil quinientas piezas, y el calor no estaba enloqueciéndolo a fuego lento, y no había vuelto la casa una porqueriza, y le tenía sin cuidado lo que dijeran de él y no estaba perdiendo en Facebook las mañanas y las tardes que tendría que estar dedicándole a su libro sobre "los significados ocultos en los términos equívocos y los eufemismos que se emplean en el lenguaje ordinario en la Colombia en guerra", y no estaba el resto del tiempo embobado frente al canal de películas clásicas, pero en la noche del lunes 25, que fue obvia su derrota, no pudo seguir enredando y aplazando a su esposa y a sus hijas con las preguntas "¿y hoy dónde estuvieron?", "¿y cómo te has sentido esta semana?", "¿y qué se sabe del piloto?".

Esa mañana se había levantado como si el fantasma de su esposa le hubiera susurrado "es hora…". Con los ojos entrecerrados, y la habitación a media luz, hizo los ejercicios aliviadores que le había visto hacer a su padre cuando la columna vertebral no le daba más. Se bañó con su cepillo la espalda peluda y la panza indomable y las piernas flaquitas de cowboy. Se secó con la toalla húmeda y fría que había usado esos quince días. Se puso su suéter de hilo azul y sus pantalones de dril y unas medias de su esposa que encontró en su cajón. Tomó su maletín tronchado, que era como una mascota fiel y entonces era inútil regalarle uno nuevo, y por si acaso echó un par de ensayos por leer: las clases comenzaban una semana después.

Desayunó dos tajadas de pan integral y una taza del café de ayer. Leyó por encima el periódico de hoy: un dólar cuesta 3.281 pesos; el petiso Defensor del Pueblo es acusado de acoso sexual por mandarle fotos sin ropa a su asistente; siguen las protestas contra el premio Oscar porque todos los nominados son blancos, bah.

Miró el reloj todo el tiempo hasta que fue la hora de salir. Fue en su Volkswagen gris que ardía, desde su apartamento pegado al parque El Virrey hasta su universidad en La Candelaria, como si en el centro quedara Bogotá. No pensó más en el peligroso aburrimiento que había estado enfermándolo, ni en las horas perdidas en la ventana de Facebook, ni en los paseos fallidos para tomar la luz del sol, ni en las llamadas en vano a los colegas que estaban de vacaciones, ni en el médico bigotudo que le habían enviado de la prestadora de salud para que le pusiera una inyección que le desanudara el nervio de la cintura al talón. Recogió sus pasos desde el parqueadero hasta el pasillo de la facultad, libre y en paz y completamente convencido de que la realidad iba a reivindicarlo.

Pero pronto, cuando vio que las lapidadoras estaban también en el piso de Filosofía, se encerró con seguro en su pequeña oficina: clac. Botó su maletín como quemándose. Se quitó el suéter de hilo empapado en sudor y lo colgó en el perchero. Se sentó acezante en una silla que no era la silla ergonómica que le había pedido al departamento. Encendió su computador portátil llevando la ansiedad con el pie. Y entonces, cuando por fin pudo abrir su perfil de Facebook, se dio cuenta de que hacía treinta y cinco minutos una colega suya de toda la vida lo había acusado —en un brevísimo ensayo en su estatus— de ser "un buen machista agazapado siempre a la espera de reducir a la mujer sin dejar pruebas": el corazón le latía en la cara y respiraba a duras penas y se repetía a sí mismo un "pero…" que era su aturdimiento, su pasmo.

Metió la cabeza entre las piernas como si el avión hubiera entrado en zona de turbulencia, ay, cuando su papá le decía "tranquilo" mirándolo a los ojos, porque sintió que estaba ahogándose en el calor y la irrealidad de su aniquilación de red social: era, una vez más, el último en darse cuenta de su situación.

Recobró después de un rato, 10:01 a.m., la concentración y la cordura que había quebrado la taquicardia: que nadie sepa que el niño interior no es la inocencia que guardamos como un cofre sino la orfandad que negamos como un crimen. Se peinó un poco con las manos, así y asá. Trató de acomodarse bien en una silla demasiado baja para él. Entrecerró los ojos por si había visto lo que había querido ver, pero ahí estaba el estatus preciso e implacable de su amiga Gabriela Terán repitiendo como un aviso clasificado o un cartel de la policía —quince días tarde: acababa de volver de viaje— las palabras "no sorprenda a nadie en ninguna generación que el viejo profesor Horacio Pizarro escriba aquí que 'las mujeres que tienen hijos son de lejos las más inteligentes', pues es apenas la frase final de un monólogo misógino que ha repetido por lo menos las últimas tres décadas mientras ningunea colegas, piropea alumnas, decepciona esposas y abandona hijas como un buen machista agazapado siempre a la espera de reducir y de violentar a la mujer sin dejar pruebas: siento vergüenza de mí misma por denunciarlo hasta ahora y vergüenza de que mi universidad le permita ser su profesor".

Pero por Dios aunque no exista: ¡si esta mujer me conoce de memoria desde que tenemos veintipico!, ¡si le he dicho lo que le he dicho en confesión!, ¡si también he sido yo su confesor!, ¡si ha sabido cómo es mi relación con mi esposa desde que sólo ocurría en mi imaginación!, ¡si ha pasado tardes enteras entre mi familia!, ¡si viajamos juntos a Berkeley aquella vez y lloramos juntos quién sabe por qué!, ¡si tiene ese humor negro que la rescata a tiempo de sí misma!, ¡si compartimos el desprecio por estos tiempos tan ajenos y tan sórdidos!, ¡si hemos pasado horas y horas discutiendo *On Denoting* de Russell!, ¡si no he hecho más que llevarle la cuerda en sus análisis de fútbol!, ¡si le he oído cincuenta veces sus disquisiciones sobre Benjamin!, ¡si nos enamoramos al tiempo de las pinturas de Klimt!, ¡si nos mandamos chistes y chismes por WhatsApp!

¿Dónde y cuánto tiempo había guardado semejante andanada? ¿De qué parte de ella había venido esa necesidad de "denunciarlo"? ¿En qué segundo de su vida de cincuentona había preferido lucirse en Facebook a costa de su lapsus que llamarlo a reclamarle "pero Pizarro: si yo no tengo hijos..."? ¿Por qué le había dado ella, su amiga, la estocada final?: ¿tú también, Bruta?

Quizás lo peor, aparte de esa extraña traición a la amistad, era la cantidad de hombres afines y de mujeres cercanas —un "quién es quién" de su biografía hasta enero de 2016— que segundo por segundo estaban poniéndole "me gusta" al breve pero implacable post de la profesora Terán: ¿por qué ese alumno y esa monitora y esa vieja amiga y esa antigua vecina y ese primo lejano y ese profesor adjunto y ese decano de los ochenta y ese idiota sesudo que siempre está proponiendo debates y ese editor que no deja de preguntarle cuándo entrega el manuscrito de su libro sobre los eufemismos en la guerra colombiana y esa cuñada de tiempos peores y esa secretaria que le coqueteaba con las pestañas y esa colega que siempre le decía "Horacio: yo quiero ser como usted cuando grande" estaban poniéndole su sello a su condena?

¿Por qué lo acusaban de "despreciar el imperativo categórico de Kant", de "traicionar el antifundacionalismo de Rorty" y de "ser el hijo de puta más grande que ha habido en esta facultad" bajo el lamento habilidoso y ponzoñoso de la profesora Gabriela Terán?

¿Por qué tantos prójimos plagándolo de peros, y declarándolo "bazofia" y "ripio" y "parásito", y condenándolo por perpetuar los desmanes contra las mujeres?

¿Por qué tantos chupamedias que lo llamaban "mi maestro" y "mi modelo" en privado estaban lanzándole piedras y escupitajos en Facebook sin haberle echado antes una llamada, ni haberle preguntado por qué carajos había publicado ese artículo viejo de *Scientific American* de buenas a primeras, ni haberle concedido siquiera el beneficio de la duda?

¿Por qué tanta bilis?, ¿en qué momento tantas vísceras y tanta hiel?, ¿y a qué hora de la vida tanta sangre en la punta de la lengua?

Retomó el impulso contando hasta tres: uno y dos y tres. Se dijo a sí mismo no voy yo a dejarme arrinconar a los cincuenta y ocho años por una banda de enemigos agazapados preparados en la academia para hacer pasar su envida por justicia, por debate de ideas, por simposio. Se repitió estoy por encima de ellos, ay, cuando nadie se atrevía a decir una sola palabra en mi contra. Se puso de pie sobre un pie nomás porque sintió otra vez ese maldito jalón de la cintura al talón. Se puso el suéter de hilo azul como poniéndose el disfraz de profesor antes de salir al escenario. Sacó la cabeza canosa y enorme por la puerta de la oficina entreabierta: "No hay moros en la costa…". Sacó el cuerpo. Cojeó porque nadie lo miraba, ay, Dios, putamierdaputamierdaputamierda. Fue de inmediato a la oficina de Gabriela. Golpeó. Siguió golpeando.

Vino entonces un silencio peor que el silencio. Se empinó un poco, un poquito innecesario, apenas, porque era el hombre más largo del mundo, para ver por los ventanales superiores de la oficina de paredes falsas si su amiga estaba escondiéndose como una conspiradora. No, no hay polvo, no hay rastros, no hay nada: todo está en su lugar como si a ella sólo le quedara el orden. Notó el tonto cartelito encajado en la pared: "Subdirección". Vio el eterno cartel verde del seminario "Diálogos con Hegel", el tajalápiz antiguo clavado sobre el escritorio, la torrecita de monografías por leer, la copia de esa edición de 2001 de *Le Magazine Littéraire*: "La fin de l'esthétique?". Vio el *Retrato de la periodista Sylvia von Harden* colgado en la pared de al lado con la precisión de la locura. El afiche de Franz Beckenbauer no dejaba de ser una curiosidad. El calendario de 2016, de la constructora del viejo Terán, ya estaba en la hoja de enero.

Maldijo. Marcó su número de teléfono celular: "Buzón de voz…". Marcó de nuevo para dejarle la razón: "Llámame apenas puedas…".

Fue por la sala de profesores lanzando "buenos días" a la nada —los pocos profesores que habían llegado ya fingían estar ocupados, ja, como meseros tomando la orden de otra mesa— hasta que llegó a la oficina de la dirección. Preguntó a la secretaria, a la cadavérica señora Yepes, si el director del departamento estaba en su oficina. Y no voy a caer en la trampa de esta malparida, "¿sabe que no sé…?", hágame la cara que me haga, suélteme la infamia que me suelte. Estoy golpeando la puerta porque llevo veintipico de años en esta universidad. Estoy entrando a la oficina del Sonso Iglesias, de corbata y ceño fruncido en un mundo informal, porque me he ganado el derecho de preguntarle por qué la gente me está evadiendo hoy mientras mi "jefe" me pone su cara de "yo soy el único que se aguanta este cargo".

—Yo es que no tengo Facebook ni Twitter ni YouTube ni ninguna joda de esas porque allá adentro es la ley de la selva —dijo Iglesias tomándose la última aspirina del frasco—, pero me cuentan todo: jajajá.

—¿Y qué pasa?

—Que ahora los piropos son cosificaciones, Pizarro, que si la idea es vivir una vida tranquila ahora hay que decir "mujer en condición de sobrepeso que está en su derecho de ser como quiera y de expresarse como mejor le parezca", ji —susurró el cansino jefe del departamento bajo una luz de neón que temblaba.

—Qué pesadilla.

—Y me temo, porque nuestros tiempos pasaron, que tarde o temprano le va a tocar a usted escribir una notita pidiendo perdón si quiere que se le quite algún día el dolor de cabeza.

Pero no: él se niega. Pero no: él prefiere renunciar aunque sólo le falten un par de años para pensionarse —cumple cincuenta y nueve en abril—, e incluso prefiere morirse, que sale más barato, antes que andar pidiendo perdón como si no supiéramos que aquí no está en juego el feminismo, sino la peor envidia del mundo que es la envidia de la academia —ese chiquero, ese orfanato— y que ha estado esperando y esperando durante semestres y semestres la llegada del Día D para anularlo a él: al querido, celebrado, idolatrado profesor Pizarro. ¿Cuántos estudiantes se han inscrito a sus dos clases de esta vez? 96, 95, 94, 93 porque esta mañana se salieron tres. ¿Cuántas monografías está dirigiendo? 3, 2, 1 porque dos pidieron cambio de director. ¿Está en pie su grupo de investigación? Sí, por el momento.

—Pues entonces que se jodan.

Que él está por encima del bien y del mal. Que a un profesor jamás le pasa "su tiempo". Él se ha ganado el derecho de ser un viejo cascarrabias que se levanta de esa silla cuando le place, "me voy pues…", así le duela el alma de un solo lado del cuerpo, y que nadie lo rebaje a cojo aunque cojee. Puede hacerle caso al Sonso Iglesias y regresar al departamento sólo hasta el viernes 29, que es la reunión de todos los profesores, "porque los estudiantes llegan hasta la otra semana", "porque antes no hay mucho por hacer acá". Puede sonreírle a medias cuando lo acusa de estar aburrido en la casa. Puede recibirle el teléfono de la acupunturista que le recomendó la Terán, ja, que dizque hace milagros. Pero ni lo primero ni lo segundo ni lo tercero significan firmar la derrota.

Salió de aquella oficina mortecina con la certeza de que todos estaban mirándolo. Reconoció a los tontos y las tontas que querían eludirlo. Concluyó que sus colegas de toda la vida serían incapaces de hacerle un desplante y que al final de la semana se reirían juntos de la babosería de estos tiempos. Ja: el patriarcado, el falocentrismo, la misoginia que es la fuerza que une al universo. Ja: los setentas una y otra vez, pero ahora contra el feminista profesor Pizarro.

Buscó su maletín tronchado en el rincón de su oficina. Puso sobre el escritorio los papeles inútiles que había traído para hacer algo, el documento sobre "el significado de uso" y el texto satírico "Kripkenstein", como marcando su territorio.

34

Cerró la puerta a su salida: clac. Y de su retirada le extrañó la mirada fija de una pequeña gorda tatuada —una mujer de baja estatura pasada de kilos, ja, que recordaba de unos semestres atrás— que era el único ser humano en la Tierra capaz de mirarlo a la cara. Pizarro no bajó la velocidad. Siguió dando sus pasos, zancadas de ogro, porque jamás iba a acusar recibo del ninguneo de los mediocres aunque estuviera pudriéndose por dentro. Pronto fue obvio que la muchacha estaba esperándolo a él y a nadie más y no había escapatoria.

—Profesor Pizarro: qué alegría verlo aquí, aunque me da vergüenza molestarlo, porque he estado contando los días de las vacaciones para hacerle una propuesta indecente —dijo ella.

—Ajá —respondió él con su sonrisa de gigante incapaz de hacerle daño a una mosca.

—Yo sé que todo el mundo le debe estar pidiendo lo mismo desde el año pasado, pero quiero pedirle el honor de que usted, que sin usted yo no sé dónde estaría, dirija mi monografía en filosofía de la mente.

—Ajá —contestó él tratando de recordar su nombre después de recordarla de alguna clase.

Notó sus nervios. Captó su afán. Vio sus labios toscos y morados, sus brazos gruesos y cubiertos de vellos grises como de otro cuerpo, sus hombros rectos y desnudos tatuados con la frase "Beside you in time" y la imagen anime de un chica mala con la corbata desanudada y una mano entre las piernas, su camiseta negra sin mangas adornada con un cerebro dentro de una cubeta —cómo no— mientras la pobre le explicaba palabras más, palabras menos que quería probar que la sospecha de los filósofos sobre una mente global que es la suma de todas las mentes podía ser descrita fácilmente en los días de las redes sociales: hacemos parte, como si fuéramos neuronas o figurantes de un drama, de un sujeto de segundo orden como una gran computadora con consciencia y voluntad propias.

—Escríbame todo esto en un correo —le dijo Pizarro extraviado en sus reveses.

Quiso ponerle una mano en el hombro, él, el padre de todos sus alumnos —y claro: hay que matar al padre—, pero se limitó a sonreírle como un superhombre tímido para que después nadie fuera a acusarlo de tocar a nadie. Ay, cuando los alumnos tenían bigote y las alumnas se ponían sacos de cuello de tortuga. Dijo "hasta luego" inclinando la cabeza. Se fue soportando el dolor en el revés de su pierna derecha, putamierdaputamierdaputamierda, como un hombre de los de antes. Bajó las renegridas escaleras de hierro agarrado del pasamanos. Tomó el camino de piedra con la ilusión de salir de allí, "hola", "adiós", sin que los empleados dejaran de quererlo. Se dio cuenta en el parqueadero, cuando era ya demasiado tarde, de que el señor que no miraba de frente estaba mirándolo de frente igual que un giro de la vida: "¿Se va?".

Se hartó de las noticias, "encontrados en Costa Rica los multimillonarios bienes de las Farc", "el Defensor del Pueblo asegura que mujer a la que supuestamente acosó era su pareja sentimental", "Gobierno pospone presentación de la reforma tributaria", hasta que se vio obligado a refugiarse en las emisoras de música: el vallenato, el reguetón, el rock, los cantos gregorianos, los cuartetos se sucedieron hasta que Pizarro se descubrió parqueando en el garaje del apartamento, sano y salvo, y para qué. Respondió con evasivas las preguntas de sus mujeres por WhatsApp: "¿Cómo te fue?", "¿qué tal todo?", "¿cómo te sientes?". Evitó verlas por Skype o por FaceTime para hablar de la andanada de la incomprensible Gabriela Terán.

Dijo estar bien. Juró que hablaría con ellas cuando le pasara el dolor de cabeza que les inventó, pero ahora sí fue clara su derrota.

Se sentó frente a su computador, del mediodía a la medianoche, a ver cuánta gente le ponía "me gusta" a la acusación que le había hecho su amiga: 204, 252, 311, 398, 444. Algo leyó sobre el extraño ascenso de Donald Trump en las elecciones gringas. Algo comió cuando el estómago empezó a crujirle. A alguna conocida desconocida espió con la esperanza de que cierta foto sugerente lo rescatara de la ansiedad. Publicó una pequeña foto de *El beso* de Klimt como un guiño a su hija menor a ver qué sucedía. Publicó luego la versión de *Twist and Shout* de The Isley Brothers. Pero sólo una mujer llamada Flora Valencia, que resultó ser la estudiante tatuada en condición de obesidad, ja, que acababa de rogarle que fuera su director de tesis, salvó sus publicaciones del fracaso con un par de "me gusta" y un par de frases elogiosas que nadie le estaba pidiendo.

Y sin embargo la taquicardia lo estuvo obligando a ver cuántos más —cuántos más conocidos y desconocidos— respaldaban a su examiga en esa afrenta: 603 imbéciles que no sabían lo que hacían, pero que no veían la hora de sumarse a una nueva causa. Ah, otro profesor que se cree con el derecho de hacerles circulitos en el muslo a sus estudiantes en la penumbra de su oficina: 636. Ah, otra eminencia que consigue el silencio de sus víctimas hasta que una entre todas tiene el coraje de señalarlo: 678. Ah, tiene que ser culpable, porque cuándo no lo son esos profesores como actores que interpretan para siempre el mismo papel: 709. Apagó el computador en un arrebato de furia. Quiso llamar a su esposa, a Clara, a devolverle su lugar de confidente, a decirle "necesito que pasen pronto estos seis meses y que me agarre la mano de noche", pero estaba empeñado en probarle y en probarse que él sí podía solo porque en realidad estaba solo.

Y estaba encendiendo de nuevo el pobre aparato para ver por última vez por hoy, 715, 716, quién más lo odiaba.

No, no iba a pedir perdón. A quién. Por qué. De qué. Dijo a su esposa, como si tuviera un público pendiente de su drama, que ahora sí que no podía renunciar ni podía pedir permiso para nada: "Yo no me dejo sacar de aquí así como así", declaró, "yo me aguanto aquí hasta que usted vuelva". Prometió a sus dos hijas no que demandaría, que era lo que ellas le pedían que hiciera, sino que por lo pronto dejaría de sentarse frente a la pantalla del computador de su estudio a ver cómo acababan con su prestigio, a ver cómo sus alumnas de 1986 o 1999 se declaraban profundamente desengañadas ante la noticia de que su maestro terminara reducido a viejo abusador: Adelaida trató de distraerlo contándole que la bebé no paraba de darle patadas en la madrugada allá en la barriga, y Julia quiso regañarlo por no ponerlos a todos en su sitio de una buena vez, "pero es que no se puede hablar con adolescentes", dijo.

—Pizarro: ¿usted quiere que yo le eche una llamada a Gabriela para ver cuál es el lío?, ¿usted quiere que yo le pida que quite ese puto párrafo de su Facebook? —se ofreció Clara, solidaria y maternal y con un gorro de lana de colores, pero con su voz de "estoy acostumbrada a la decepción".

—Voy a buscarla en su oficina, ahora en un rato, antes de que comience la reunión de profesores —explicó el profesor Horacio Pizarro, humillado e irritado, con la sartén por el recipiente caliente.

—Es que esa vieja malparida no puede andar por ahí acusándote de cosas tan graves —agregó Julia la furiosa—: aquí se te hubiera acabado la vida unas horas después.

—Aquí en el tercer mundo todo es más lento, sí, probablemente se me acabe en quince días —trató de bromear el profesor.

—Si se pone peor esto, que yo sinceramente no creo porque no tiene por qué, deberíamos pensar entre los cuatro una salida —terció Adelaida la pacífica—, porque no puede ser que el hombre más respetuoso del mundo tenga que ponérseles a los abusadores de rodillas.

No, no iba a hablar a solas con Clara, no iba a susurrarle a su esposa "estoy deshecho" y "tengo una pierna tiesa" y "la cabeza me está dando vueltas cuando trato de quedarme dormido" y "vuelva pronto" porque no tenía la energía para interpretar esa historia de amor. No, no iba a darle señales a su esposa de que, en su mala racha de héroe trágico, estaba sintiendo que ni el reencuentro ni los electrochoques ni los movimientos de los planetas iban a salvar del apocalipsis a ese matrimonio a punto de entrar en el capítulo manido del arrepentimiento: "Pero tuvimos dos hijas…". De vez en cuando, en esas tres semanas de separación y desencuentro, se habían declarado un amor verdadero pero inútil, un amor que podía vivirse en la distancia y en la memoria. Se querían, sí, quién no después de tanto. Se hacían reír de paso. Pero ninguno de los dos tenía tiempo ahora para rescatar a esa pareja del marasmo.

Piense usted, lector, lectora, en esa última semana de enero de 2016: en qué callejones sin salida, en qué discusiones laberínticas, en qué rifirrafes devastadores se metió usted con su pareja —Dios: que ella siempre ha querido someterme hasta despojarme de mí mismo sea quien sea, que él siempre ha dejado nuestra relación para después— para nada, para caer en la manía y en el ejercicio de dañarse.

Dicen los astrólogos infalibles que Marte, el planeta de la acción, el planeta del combate y la cruzada, se estaba acercando peligrosamente a Tauro. Y que, si bien usted y yo y las almas en pena de los otros signos del zodiaco empezábamos a ver un asesino en el espejo y a sospechar en el fondo del estómago el horror y las ganas de arruinarlo todo, un hombre como el profesor Pizarro estaba expuesto desde finales de enero no sólo a aquella obstinación que le había servido para conquistar a su mujer y para reducir a ciertos amigos a seguidores, sino también a esta incomprensible urgencia por hacer la clase de justicia que hace un kamikaze. Que se jodan. Que echen por la puerta de atrás a alguien que haya hecho las cosas que me endilgan.

Y sí, no hubo trancón desde El Virrey hasta La Candelaria, ni se encontró en el parqueadero con el hombre que no miraba a la cara, ni le dolió la cintura subiendo las escaleras hasta el departamento, pero, cuando puso el pie bueno en la oficina, Pizarro vio en el semblante de la insepulta señora Yepes que algo definitivo y terrible estaba pasando el viernes 29 de enero a las nueve de la mañana: "Ay, profe Pizarro, es que el director del departamento murió anoche"; "ay, profe Pizarro, es que todos estamos haciendo la fila al más allá"; "ay, profe Pizarro, el pobre sólo dijo 'me está doliendo la cabeza' y tas". Y cómo me quito ahora yo esta cara de huérfano que no parpadea porque se ha quedado solo en este mundo. Y cómo me quito de encima a esta gordita tatuada que aquí viene a preguntarme qué pensé del plan de su tesis. Y qué digo ahora que me encuentro cara a cara con Terán.

—Todos estamos igual —le dijo ella cuando lo vio tratando de respirar mejor.

—Yo hablé con él el lunes —atinó a tartamudear el pasmado Pizarro— y se veía igual que siempre.

—Yo hablé con él ayer —acentuaron las cejas pobladas de Terán— y al final me pidió una aspirina el pobre porque no le pasaba el dolor de cabeza.

Y no sólo es mala la noticia porque el Sonso Iglesias sabía crear consensos y superar disensos en un departamento proclive a la mezquindad y a la zancadilla, porque el Sonso, entre otras cosas, no hacía nada todo el día apoltronado en su cargo, sino porque el lunes comenzaban las clases y —según dijo Terán en su rol de subdirectora— no sabían qué más poner a hacer al profesor Pizarro ahora que por culpa del escándalo de Facebook no había suficientes estudiantes inscritos en sus cursos. Pizarro asintió, de pura inercia, como si aún estuvieran hablando de la muerte de un amigo. Poco a poco fue dándose cuenta, con la mirada perdida en una esquina levantada del tapete, de que su antigua amiga le estaba notificando que no dictaría sus materias del semestre que iba a comenzar.

—Yo he estado pensando que este semestre puedo concentrarme en mi libro sobre los eufemismos de la guerra colombiana, pero también en la tesis de mi amiga Flora aquí presente —respondió el profesor, volviendo de las profundidades en donde querían enterrarlo, y que nadie le pregunte cómo recordó ese nombre.

—¡Sí! —gritó Flora, bizca de la alegría y con una camiseta negra estampada con una calavera plateada demasiado apretada para la ocasión, como si sólo le quedara dar gracias a Dios.

—Creo que lo que ella está proponiendo es a la larga un punto de encuentro entre la ciencia y el mito, y yo me he estado perdiendo de esos giros de la filosofía de la mente y quiero acompañarla en semejante trabajo —improvisó Pizarro frente a esas dos clases de sorpresa.

—¡Sí!

—Y hoy venía a la reunión sobre todo a confirmarle mi idea al pobre jefe porque justo el lunes le contaba que no voy a poder dar clases porque estoy muy mal de la espalda y muy mal por los problemas de mis hijas, y me dio los datos de una especialista y todo y aquí los guardo —dijo el profesor como confesando, de puro vivo, su vejez—, pero ahora no sé ni qué decir de nada.

—Que haya muerto en paz —deseó la precisión de la profesora Terán.

—Que en paz descanse —completó la sonrisa descomedida de Flora.

Sí, eso. Que descanse por siempre y para siempre de tanto descansar. Que sea una buena parte de la nada ya que ha colapsado a los cuarenta y nueve. Triste es que se esté perdiendo la cara de desconcierto de Gabriela Terán, su sucesora, ahora que el profesor acaba de decirle que se va a hacer a un lado, pero que no se va a dejar sacar —que me echen a ver por cuánto les sale, ja— de un departamento rancio con el que tiene un contrato desde hace más de veinte años. Triste es que el Sonso se esté perdiendo la ironía del asunto. Se está salvando, sin embargo, de las reuniones de profesores, de las fiestas de sus hijos, de las juntas de copropietarios, de las manifestaciones por los derechos, de los chats familiares, de los grupos de Facebook. Se está librando de los demás, que no es poco.

Pidió la profesora Gabriela Terán al profesor Horacio Pizarro que hablaran un momento en su oficina antes de la reunión con los demás: "Pero claro", "sigue", "gracias", "siéntate". Pizarro revisó los detalles de la oficina, cada cosa en su lugar ni más allá ni más acá, mientras ella se acomodaba en la silla ergonómica que tanta falta le estaba haciendo a él: repasó el calendario de la constructora del viejo Terán, el *Retrato de la periodista Sylvia von Harden*, el afiche de Beckenbauer, el *Magazine Littéraire*, la torrecita de monografías por leer, el tajalápiz antiguo encajado en el escritorio liso, liso, y el cartel colorido de los "Diálogos con Hegel". Después la miró fijamente porque luego de días y días de derrota tenía la sartén por el mango. Qué quieres decirme. Qué te queda por decir, vieja baja, vieja vil.

—Que espero que hayas entendido que tenía que escribir lo que escribí de ti, Horacio, pero que si tú quieres que te explique mejor mi debate y mi denuncia, no tengo problema en sentarme contigo a discutirlo —le dijo como si siguiera siendo la misma.

Tenía montones de frases contundentes por decir: "Pero qué clase de debate comienza aplastando al contendor", "qué clase de denuncia empieza como una condena", "podrías haberme preguntado por qué había puesto eso en Facebook", "dime cuándo he sido condescendiente e irrespetuoso con una mujer", "cuáles alumnas se han atrevido a inventarse que me pasé con ellas", "si mi familia estuviera aquí conmigo estaría recordándote quién he sido yo". Pero su terquedad, su Marte encima o su orgullo aprendido desde muy niño, decidió en ese momento que esa clase de conversaciones —"por qué me hiciste lo que me hiciste"— solamente se tenían con los amigos, y esa mujer que tenía enfrente era una antagonista atormentada y paranoica y narcisa y sola, y nada más.

Allá ella con su justicia de pueblo sin Dios ni ley. Allá ella con su estómago y su refinamiento para lapidar a su amigo de estos veintipico de años. Perra.

—Entendí lo que escribiste de mí —respondió su suficiencia, como jugando ajedrez—, y ni siquiera tienes que explicarme por qué no me lo dijiste a mí primero.

Se levantó antes de que ella aprovechara para decir, por ejemplo, que simplemente estaba proponiendo una discusión sobre esta sociedad de hijos de madres solteras que ha querido someter, aplastar a sus mujeres. Se despidió como si nada, "nos vemos ahora, Gabriela…", antes de que ella le dijera que el problema de este país es la ley del silencio, la "familia" entre comillas que exige lealtades perversas. Cerró la puerta a su salida, por fin sonriente y a salvo de su decepción y de su asfixia, antes de que ella se lanzara a gritarle que los hombres de aquí se habían acostumbrado demasiado a que nadie les pidiera cuentas, y las paredes falsas temblaron y temblaron los cuadros colgados igual que en una farsa. Y ella se quedó paralizada, recta como si siempre fueran a encontrarla ahí sentada, con la sangre del despecho y del berrinche agolpada en la cabeza. Lanzó al piso una de las monografías de la torre, sí, ofendida e iracunda por el desplante a su condescendencia, pero pronto volvió a ser su figura de cera: "Yo no sé qué estoy haciendo…", susurró.

Fingió estar en lo que estaba. Lidió con la reunión lúgubre e incómoda que tendría que haber conducido el burócrata de Iglesias, pero no pudo concentrarse en ninguna de las escenas que siguieron.

Pidió con la mirada sostenida e inequívoca al profesor Cuervo, su discípulo amado, balbuceante y langaruto y rapado, que le sirviera de apoyo en semejante situación, que no hiciera parte de ese viejo mundo en el que todos se dan palmadas en la espalda, jo.

Siguió adelante como mejor pudo. Miró de reojo al profesor Pizarro —de qué se ríe, de qué se queja— desde el principio hasta el final del encuentro. Notó la solidaridad fija e invariable que tenían con él los cinco profesores más viejos del departamento, el aristotélico, la medievalista, el metafísico, la lógica y el leibniziano, como confirmando que aquí no había círculos sino pequeñas familias en el sentido de pequeñas mafias, como sospechando que estaban reduciéndola a bruja, a loca. No dijo nada del escándalo, no, le pareció de mal gusto quitarle el protagonismo a la muerte de su jefe, y se sintió frágil para enfrentar recriminaciones y matoneos. Simplemente revisó en voz alta el semestre que vendría. Contó de nuevo la historia de "me duele mucho la cabeza…". Y adiós.

Dio las horas y los lugares en donde se llevaría a cabo el funeral inesperado. Y hasta luego.

Trabajó un poquito más en su oficina bajo la mirada llorosa de la señora Yepes. Dejó listos los salones y los horarios de todos como lo había hecho, por petición del zángano de Iglesias, los últimos semestres. Y hacia el mediodía estaba bajando las escaleras renegridas, teniendo cuidado en el camino de piedra y sacando su pequeño Fiat plateado de la esquina del parqueadero bajo las enervantes órdenes del cuidandero: "Derecha, derecha…". Faltaban diez meses para que cumpliera los cincuenta años, pero, quizás porque parecía de unos diez menos, seguían mostrándole su hombría: "Izquierda, izquierda…". Gracias, señor vigilante, qué habría hecho esta pobre mujer desvalida sin sus órdenes. Qué sería de mí si no me guiñara el ojo como dándome su buena suerte.

Puso en el reproductor de música la sinfonía número tres de Penderecki mientras conseguía llegar a la carrera Séptima. Luego, espantada por la gravedad de la música, prefirió cambiar a Fleetwood Mac: "Loving you isn't the right thing to do…". Pensó en refugiarse en su apartamento, en irse de viaje a algún paraje virgen, en retomar la meditación para apaciguar el ruido y la ráfaga de palabras sueltas que la acorralaban, en comerse las lentejas que no quiso comerse anoche, en ir a misa en la tarde como hacían con su papá cuando eran niños. Soportó el caos del mediodía de la carrera Séptima, Dios santo, hasta el edificio en la 90: **Edificio Real**. Respiró hondo ante

44

los atravesados y los tramposos: no está hecha para este mundo de vivos, pero aquí está. Saludó al portero del edificio como si alguna vez lo saludara: "Qué hay". Parqueó como quiso, pero le dio las gracias por darle las instrucciones de rigor.

Quería llegar sin más a su sofá de tela. Ni siquiera el hecho de subir en el ascensor con el espasmódico cocker spaniel del apartamento de abajo, que era un recordatorio de por qué detestaba a los perros sin distinciones de sexos ni de razas, pudo ponerla en guardia: "Que estén bien", les dijo. Gritó un largo "ah" de alivio, como desinflándose, apenas cerró la puerta. Acomodó mejor, igual que siempre, aquella pequeña oración palestina que había colgado del otro lado de la entrada —se la había regalado Mâjid, que la quiso tanto, cuando ella dejó Chicago— para que nadie que le tuviera envidia pudiera dañarla. Dejó los zapatos por ahí. Calentó las lentejas en el microondas. Puso el televisor en el canal de deportes: Real Madrid versus Malmö en diferido. Se sentó en el sofá a comer como cobrando un triunfo, libre del mundo y sus secuaces.

Durmió un poco en el sofá de siempre, que quedarse dormida ahí era cuestión de tiempo, porque el orden y los espacios vacíos de su apartamento eran su mente en blanco.

Despertó, Real Madrid 8, Malmö 0, porque hacia las tres de la tarde la llamó al celular el hombre ansioso y mandón y bienintencionado con el que estaba saliendo.

"¿Dónde estás?". "¿Estabas dormida?". "¿Almorzaste?". "¿Que murió quién?". "¿Vas a ir a la velación?". "¿Te toca ir?". "¿Pero sí eran tan amigos?". "¿Y entonces no vienes esta noche a comer con mis hijos?". "¿Quieres que hablemos más tarde a ver si finalmente te animas?". "¿Y mañana sábado?". "¿Cómo, qué?". "¿Vas a tener que trabajar mañana sábado también?". "¿Te pasa algo?". "¿Qué cosa de Facebook?". "¿Pero qué putas se cree ese hijo de puta para no renunciar?". "¿Pero piensa quedarse a trabajar en el departamento este semestre?". "¿Quieres que llame al rector?". "¿Quieres que llegue allá después de que deje a mis hijos donde la mamá?". "¿Me llamas cuando vuelvas de la funeraria?". "¿Seguro que estás bien?".

Había hecho parejas y había tenido amantes desde los días sombríos del colegio: "Yo no sé de la infancia más que un miedo luminoso...", oh. Había sido sorprendida por ratos felices y por placeres irrecuperables. Nunca, ni siquiera cuando se lo había propuesto, había conseguido estar sola: hola, adiós, hola. Pero esta vez sí que se había sentido empujada por la corriente río abajo, sí que se había vuelto una espectadora atónita de lo que había estado viviendo: y si no se preguntaba qué diablos tenía que ver con ese novio yuppie y optimista, nadie más y nadie menos que el asesor de imagen Tito Velásquez, era porque la respuesta era obvia, y sí, les gustaba ir a comer a algún restaurante e ir a alguna obra de teatro alguna vez e ir a caminar temprano en las mañanas, pero de resto nada.

Qué pesados y qué arrogantes y qué ignorantes y qué vergonzosos son los zánganos de sus hijos: los sostendrá como príncipes el resto de la vida.

Y allá él y allá ellos, sí, porque a la hora de la verdad esa relación perversa y enfermiza no es problema de ella. Y sí que habrá un día, no muy lejano ni muy triste, en el que ella al fin tendrá tiempo para pronunciar lo evidente: que se han estado usando para no empezar la búsqueda de una pareja, para no caer en cuenta, de puertas para afuera, de que son un par de solteros cincuentones.

Fuera como fuere, caminó hasta su habitación para vestirse de luto, para ponerse el collar, el blazer, la falda, los zapatos negros. Se vio, distorsionada, en el espejo de cuerpo entero: quién no se ve así. Se jaló las arrugas hacia abajo, se estiró los pómulos desde las orejas, se aplanó la línea de la frente, pero no se regodeó esta vez en su derrota. Se encogió de hombros. Buscó las llaves y la pequeña cartera y un sobre de chicles de yerbabuena. Revisó que incluso el último cojín estuviera en su lugar. Salió entonces al hall a esperar el ascensor: 1, 2, 3, 4, 5. Mientras tanto echó una mirada a su perfil de Facebook en el teléfono que limpiaba con alcohol, como si de tanto en tanto tuviera que asomarse a ver qué estaba pasando con ella misma: ahí estoy.

Y mil personas le habían puesto "me gusta" a su denuncia. Mil. Y era un verdadero alivio porque no podía ser que mil le estuvieran siguiendo la cuerda a una loca.

La flaquísima y atormentada y mordaz Gabriela Terán, cuarenta y nueve años, Escorpio, regresó de los lugares comunes del funeral un poco después de las seis de la tarde: se abrió paso por la sala de velación, entre "dale Dios el descanso eterno" y "por eso es que hay que estrujar la vida minuto por minuto", como buscando el aire y volviéndose invisible; esperó en el umbral de la funeraria, que era la única luz en ese hueco negro, la salida de su discípulo amado, de Cuervo; Cuervo, que a los treinta y tres había decidido raparse para sobrellevar la calvicie, e igual siempre estaba de luto, le dijo un "vamos, vamos" sordo a los rumores de que eran amantes; salieron juntos del parqueadero en el Fiat gris, "¿cuánto es?", pero él se ofreció a manejarlo porque ella tenía dolor de cabeza. Cuando estuvieron lejos del lugar se tomaron de la mano.

Terán se dejó besar en el ascensor del viejo edificio de la 90, y se dejó tocar la espalda y se dejó agarrar el culo, pero fue evidente, por su sonrisa maternal, que no estaba de ánimo: qué estoy haciendo yo hoy, carajo, a veces no sé ni por qué hago lo que hago. Se dedicó a las cosas prácticas para aplazar los avances del pobre Cuervo: pidamos la ensalada tailandesa con calamares y camarones del otro día, pasemos canales de televisión hasta que lleguemos —en I.Sat— a esa película sin pena ni gloria basada en un cuento de Carver, comamos, emborrachémonos con la ginebra que nos queda mientras vemos videos viejos de *Whose Line Is It Anyway?*, discutamos hasta el agotamiento la decadencia del profesor Pizarro, hablemos de por qué me he estado negando a tragarme mis palabras, de por qué no me ha importado ni mierda estropearlo todo.

Porque, según le advertían los horóscopos creíbles —y Terán sólo los leía en la sala de espera de la dentistería, y no conocía los de Maya Toro ni los de Susan Miller, por ejemplo—, tenía a Marte en su signo, pero Mercurio estaba retrógrado: o sea que su destino trágico de enero era, pues, perder el control y ser temeraria y arriesgarlo todo, y susurrarse "hay que hacer lo que hay que hacer" como se lo susurra un kamikaze. Y sin embargo Terán, que solía repetirles a sus alumnos "yo creo en todo por si acaso", no tenía el tiempo ni el espíritu para oírles a los planetas los consejos. Y estaba atribuyéndole a una crisis demasiado honda para verla, y para entregarse a ella y regresar de ella, su creciente imposibilidad de callarse ante las farsas de la vida. Y eso estaba diciendo, que era un infierno ser así, cuando prefirió decir "y estoy borracha".

Dijo luego "yo creo que estoy tomando demasiado" y "vamos a dormir", y a tumbos se llevó de la mano a Cuervo, que no era bueno para el trago y sentía que el cuerpo se le iba hacia delante y que iba a vomitar, hasta la habitación. Tenía claro ella entre esa bruma que él quería lo que quería: empujarla y lamerla y romperla como siempre. Pero no estaba de ánimo ni siquiera para permitírselo por caridad. Se bajó de los zapatos negros. Se tumbó de medio lado en su lado de la cama, que se quedó su lado de la cama desde el segundo divorcio, como una borracha incapaz de quitarse la ropa. Imaginó, porque no quiso voltearse a ver, lo que estaba pasando a sus espaldas: que Cuervo se acomodó detrás, sin aire, para besarle el cuello, para subirle la falda a la cintura, para pasarle las manos por las manos, por las piernas.

Cerró los ojos, en vez de mirar fijamente a la pared como una mujer derrotada por la madrugada, cuando su discípulo amado —su discípulo amante: su tiniebla— la obligó a agarrarle la verga, a darse cuenta sin darse la vuelta, mejor, de que iban ya en la mitad de la escena. Cuervo le desabotonó el comienzo de la blusa blanca y le empujó el brasier hacia abajo como queriéndolo desgarrar y le sujetó las tetas como enterrándole las uñas y le hundió la lengua en la oreja y le metió una mano entre los calzones y entre el vello y entre el coño, y entonces, por fin moviéndose y arqueándose y encendiéndose, se descubrió a sí misma diciendo "que ahora no, que no". Cuervo hizo un par de intentos más, legítimos, de corromperla, de hacerla entrar en su lógica: "Voltéate", "ven", "mira".

Pero ella consiguió decir que no —"que no", repitió— hasta que no fueron más un par de amantes sino una pareja común y corriente, vencida porque sí, porque ha ido engendrando noche por noche su fracaso y su desdoblamiento y su horror, apostando cuál de los dos se volverá loco primero.

Terán no durmió bien, no, ni siquiera cuando ha tenido parejas que han durado y resistido más de la cuenta ha sido buena para compartir su cama. Estuvo en duermevela tratando de soñar el sueño equivocado espalda contra espalda con ese pobre hombre que por ella ha estado dejando para mañana eso de encontrar a alguien, el experto en lenguas muertas con ínfulas de jazzista y de cineasta y de curador de arte que la persiguió desde la primera vez que le dio clase ("Gabriela: esperé a que se terminara el semestre para confesarle que estoy tratando de dejar de pensar en usted", le escribió, novelesco y con pelo de niño, en una hoja mal arrancada de cuaderno cuadriculado), y desde que fueron amantes no ha querido creer que no tienen otro futuro. ¿Y si vivieran juntos?

Despertaron demasiado temprano para un sábado, a las 6:10 a.m., como queriéndose quedar solos para hacer el recuento de sus abatimientos sin testigos por ahí. Cuervo se quedó un rato en la cama escarbando en su teléfono, espiando actrices en Instagram y leyendo en Facebook un artículo del *Washington Post* sobre las elecciones en Iowa, y cuando la escuchó carraspear, que para eso lo hizo, se empeñó en hacer el desayuno y traerlo a la cama. Terán dijo "sí" como concediéndole un último deseo a su prisionero, como devolviéndole la humanidad a una despedida cruel que era un hecho: no quería un novio de segunda, no quería un amante enamorado, no quería un profesor despreciando a las mujeres, no quería un portero diciéndole cómo parquear, no quería nada que no fuera cierto —nada aparte del fútbol, las lentejas y el sofá de la sala—, pero tampoco quería y tampoco quiere ser ese fantasma con guadaña que va por ahí dañando a los demás, esa asesina en serie.

Subió las cortinas para que el traicionero y voraz sol de Bogotá, que era señal del fin del mundo, revolcara la habitación. Tendió la cama y se puso su piyama de anciana como empezando de ceros mientras el pobre Cuervo, que seguía y sigue siendo, a pesar de todo, el niño que se las sabe todas, le hacía una tortilla de nosequé cosas. Encendió el pequeño televisor justo en un partido viejo de la Bundesliga: ¡gol! Se metió dentro de las cobijas en el papel de una mujer de veintipico de años menos que aún se pone nerviosa —y posa en su mejor ángulo— como una actriz protegiendo su personaje. Olvidó por un momento la soberbia de Horacio Pizarro. Respiró un poco mejor. Pudo aplazar la impaciencia mientras pensaba en el sol y en la luz benigna y el sudor en las sienes.

Supo desayunar con él: buenos días, profesora Terán, felicitaciones por entregarse las primeras horas de la mañana como si la mañana fuera suficiente y fuera un día entero, por poner pantalla abajo el teléfono cuando empezaron los mensajes de su novio, por recibir en paz, que no era su costumbre ni lo es, el desayuno que le había hecho su amante de los dos últimos años, por escucharle las historias de cuando era un estudiante de maestría en París que tocaba el bajo en un grupo de salsa jazz de estudiantes colombianos, por dejarse cuidar y atender y servir por este hombre que es un buen hombre —"yo soy feliz aquí", "yo te acompaño", "yo te lo traigo", "yo voy", "yo lavo"— aunque aún esté enamorado de sí mismo, "yo".

Poco después de las nueve de la mañana, cuando ya no había manera de ocultar el nuevo día, notó que él estaba perdiendo el hilo de la conversación —sobre un capítulo de *El padre Brown* en Film & Arts— por andar mandando mensajes en el teléfono. Tardó un minuto entero en decir lo que tenía en la punta de la lengua porque sabía que hablar era romper el hechizo: ¡plop! Sin embargo lo hizo, pues no se puede estar feliz, como no se puede estar concentrado, más de media hora.

—¿Quién es? —preguntó su falsa discreción, su envidia taimada—: ¿Es ella?

—¿Vamos a hacer algo hoy? —contestó él como diciéndole que sí, que era la mujer con la que estaba saliendo, pero que siempre estaban todos en manos de Terán.

—Ve, ve: yo tengo que ir a comprar el regalo para el aniversario de mis papás.

Querido lector, querida lectora: he aquí la realidad. De pronto aparece, porque esas son las reglas del juego, una aguja que revienta la burbuja que se ha estado cuidando como una inocencia: y ya, fin de la tregua. De pronto todo se ve del color que es y se ve cuarteado e irreversible, y hay negruras y pliegues y aquí va a ocurrir lo irremediable. Y a Gabriela Terán y Jerónimo Cuervo, que se habían acostumbrado a necesitarse y se habían ido cercando el uno al otro como incriminándose, les llegó ese minuto a esa hora del sábado 30 de enero del maldito 2016, y no pudieron más dejar la realidad para después: no puedo tenerlo en la banca esperando su oportunidad; no puedo seguir teniéndolo aquí, varado en este juego, si lo que quiere es una vida.

Podría darle un golpe con esta lámpara de plata que me compró en el anticuario en Navidad, y luego podría triturarlo para que no quede nada de su cuerpo, y nunca jamás sabrían qué fue de él porque llevo dos años pidiéndole que no le cuente ni a su hermana que de vez en cuando nos vemos en esta cama: acá. Podría haberle dado un golpe, y partirlo en pedacitos, pero en cambio se quedó mirándolo —y lo siguió por el estudio y la cocina y la sala del apartamento— mientras se vestía y ponía en orden el lugar como borrando sus huellas. No era tan arrogante ni era tan seguro, no. Detrás de su máscara de hombre único era otro personaje pendiente de un giro, un muchacho capaz de cuidarla, un lugar común, en fin, que pocas veces se había encontrado en la vida.

Se iba porque iban a ser las diez. Tenía que irse porque en ese apartamento nunca había tenido cepillo de dientes ni toallas ni pantalones de piyama ni ropa para cambiarse. Quedaba nomás encontrarse con la publicista con la que estaba saliendo y tomarse selfies de viajes de aquí hasta la muerte.

Pero antes de buscar la puerta de salida le dio un beso breve en la boca cerrada: mua. Ella se sentó en el sofá cómodo que había comprado cuando se fue a vivir sola a los veintidós, y lo vio venir como lo vio poner todo en su sitio. Y entonces se sintió profundamente agradecida —profundamente, sí, porque su agradecimiento era una sorpresa— por haber dado con este discípulo que halló la persistencia para volverse su amante. Y cuando le dio el beso asexuado, él haciendo una venia y ella sentada en el trono de su independencia, tuvo la certeza muy suya de que estaba en deuda. Se dejó llevar contra él y se dejó consentir el pelo como la niña de su padre que fue, que es. Y cuando Cuervo ya se iba, resignado y capaz de abrazarla y nada más que eso, lo tomó del cinturón, le dio la vuelta con las dos manos y le abrió el pantalón para sacársela, para besársela, para jalársela como tomando aire, para tragársela despacio, para chupársela de abajo arriba, para lamérsela porque a ella le daba la gana ahora sí.

Se abrió la camisa de la piyama; se la quitó, mejor. Lo miró fijamente con sus ojos verdes de las mañanas y le sonrió como un guiño. Y notó que él, que estaba sobreviviendo a sus espasmos y sus cabeceos y trataba de agarrarle las tetas, era incapaz de abrir los párpados.

Y se fue entregando a su desconcierto, a su placer. Y un poco después volvió de su mente en blanco porque, tomada por el pelo y forzada a ir más y más y más rápido, alcanzó a sospechar la violencia de él.

Se despidieron semejantes a dos extraños resignados a ser dos colegas frente a la oración palestina colgada de una puntilla en la puerta. Intercambiaron con habilidad una serie de frases inútiles, "ahora voy a ir al anticuario donde compramos la lámpara a ver si les consigo algo a mis papás", "acabo de ponerle 'me gusta' a lo que escribiste en Facebook sobre el vago de Pizarro", "nos vemos el lunes", "cualquier cosa aquí estoy", antes de volver a ser las personas que son. Hubo algo de desazón. Pero Terán cerró la puerta con la mente puesta en la idea de que estaba obrando bien: sólo una vez, cuando se casó con su primer novio, sintió que estaba viviendo una historia de dos, pero por esos días tenía cada vez más claro que ella era la protagonista, que ella era su propio castigo, su propio alivio.

No vivía por nadie ni para nadie ni con nadie ni ante nadie ni desde nadie ni según nadie ni en nadie porque vivir en pareja no sólo era una farsa, sino un atajo a la doble personalidad.

Fue poco a poco el resto de la mañana: cada paso, desde bañarse hasta vestirse, lo dio como si estuviera haciendo tiempo antes de ponerse su máscara. Pero lo cierto es que, ya que el nudo de ese apego y esa devoción se había desatado, el tiempo pasó más rápido desde que Cuervo se fue. Ordenó el apartamento para que sólo quedara por ahí su malestar. Se vistió de negro otra vez. Apagó el teléfono de un envión la tercera vez que vio el nombre de Velásquez, su novio, en la pantalla: el timbre —Lou Reed cantando "oh, it's such a perfect day / I'm glad I spent it with you"— empezaba a enloquecerla de verdad. Lidió con las muestras de afecto del cocker spaniel en el ascensor, con las muestras de preocupación del portero en el parqueadero, con las muestras de ira atragantada de los demás conductores en el camino a la funeraria.

Observó largamente la inverosímil e inadmisible corona de flores frente al féretro: "José Ignacio Iglesias Granada". Firmó sin más el libro de la sala de velación. Soportó la misa fúnebre, "nuestro amado padre, hijo, esposo, hermano, amigo José Ignacio descansa en la paz del Señor...", en una de las bancas de atrás junto a quién sabe qué parientes lejanos. Eludió los comentarios pesados e insulsos del caradura de Pizarro, "¿dormiste bien anoche?", "¿dejaste el carro en el parqueadero de abajo?", en un corrillo en el que terminó atrapada a la salida de la capilla: Dios, le perdono a este hombre su sordera, sus comentarios sobre la vejez de las mujeres, su machismo que no sabe que tiene, pero no tantas palabras inútiles. Dio el pésame a la viuda y a los hijos frente al largo carro mortuorio. Escapó.

Eran las 3:10 p.m. cuando llegó a las puertas enrejadas del anticuario. Timbró para nada. Supo correr el pestillo porque ya le había pasado lo mismo en Navidad. Recorrió los apretados corredores del almacén, entre radiolas, cómodas y poltronas aterciopeladas, hasta encontrarse con que el dueño calvo y peinado —que siempre acababa hablando pestes de su exmujer la abogada "de la paz"— estaba en un rincón descifrando el jeroglífico de *El Tiempo* con un lápiz encajado en la oreja. Ah, sí, usted. Ah, sí, el muchacho. Ah, claro, la lámpara de plata. Pero si hoy se trata de un regalo de aniversario, si esta vez es cuestión de celebrar las bodas de oro de un matrimonio de esos que ya no se dan —porque además hoy nadie se casa y hoy nadie se aguanta—, quizás lo mejor sea buscarles el periódico del día en el que se casaron: sábado 29 de enero de 1966.

Cómo perdérsele a uno mismo, a la ficción que es la persona, y a la persona que está detrás de la ficción, como perdiéndosele a alguien que quiere decirle la verdad.

Gabriela Terán se sentó en una silla vieja a ver sobre una mesa antigua el periódico del día en el que se casaron sus papás: "6 Muertos y 3 Heridos en Emboscada al Ejército"; "España Prohíbe Vuelos Atómicos"; "Transitoria el Alza del Dólar", "Control al contrabando de Café"; "Por Robo fue Detenida la Actriz Hedy Lamarr"; "Otra Vez la Violencia"; "Primero a Sears después al colegio"; "Destruidos 137 Escondites Subterráneos del Vietcong"; "¡Vea el film más delicioso y más aplaudido de todos los tiempos!: ¡*My Fair Lady*!". Y entre el polvo y el moho y la pátina de esos objetos que en realidad eran fantasmas, y seguro cobraban vida en las noches, encendió su teléfono para responderle por fin a su novio —qué ridiculez: su novio— en dónde estaba.

Sabía que lo tendría aquí al lado en menos de veinte minutos riéndose de los avisos del periódico del 66, de "¡*Las tentadoras*!: ¡la película francesa que agotó ayer localidades!, o de

"Estrene esta magnífica residencia en el Chicó", con su misma risa nostálgica y arrepentida por haber derrotado el suspenso de la vida, ay, qué importa nada. Sabía bien que de entrada la pondría al tanto de las cosas del país. Y que no le reclamaría lo de ayer ni lo de hoy ni lo de nunca, "que cada quien haga lo que le venga en gana", porque el protagonista para él era él.

Toda esta gente podría seguirla viendo como la hija mayor de estos dos viejos felices porque están cumpliendo cincuenta años de casados: Gabrielita que saca cinco en todo, Gabrielita que dijo su primera palabra cuando cumplió once meses. Este es el mundo que era. Suenan los boleros de su infancia: "Tú me acostumbraste...", "contigo aprendí...". Pasan por ahí los gestos de sus tíos, sus primos, sus vecinos. Cuentan las mismas anécdotas, "y entonces la abuelita, que ya no veía nada, confundió los crespos de Dieguito con los de la perrita negra que tenía", con los mismos resultados: jajajá. Se trata en teoría de esto: de conseguir entre todos que en el fondo no pase el tiempo. Se trata de durar. Que es lo que han conseguido mis papás, sí, pero a qué costo: papá es soberbio y caprichoso y mamá es vanidosa y complaciente.

Hubo una vez un país muy, muy lejano en el que separarse no era una de las opciones. Los hombres se dejaban el bigote, y se ponían la corbata y el sombrero, y empezaban el resto de sus vidas apenas salían del colegio. Las mujeres les tenían compasión a sus maridos e iban a bordo de su suerte: Silvia Jaramillo de Terán. Y había problemas, y había amantes y había putas y había secretos oficiales y había rumores que minaban los órganos vitales, pero a nadie se le pasaba por la cabeza —eso sí es nuevo— aquello de "es que yo ya no soy yo: debo cambiar mi vida". Mamá se quedó a pesar de todo, pero adónde iba a ir si no. Papá se partió el alma, y montó de la nada una constructora que hoy es una institución, para sacar a sus cinco hijos adelante, pero de eso se trataba vivir en ese entonces: vivir era una empresa.

Si algo dejó en claro el video que pusieron en aquella pantalla cuando empezó la fiesta, si algo documentó esa cadena de fotos familiares, que ya está en YouTube, pegada por la versión de *El camino de la vida* de los Visconti, es que esa que está cumpliendo cincuenta años es una pareja de pioneros: le abrieron paso a un mundo, con su cívica y su geografía y su historia, en este país inhóspito; levantaron una familia en orden de estatura en blanco y negro y en colores; viajaron juntos en buses, en trenes, en aviones; consiguieron que todos los hijos, uno por uno por uno por uno por uno, fueran a la universidad a estudiar lo que les diera la gana; ni la mayor ni el menor tuvieron hijos, ni Gabrielita ni Dieguito quisieron armar su propia familia, pero para qué si ya hay siete nietos.

No es que la profesora Terán esté pasando mal en la celebración. No es que no sea capaz de verle la belleza al hecho de haberse pasado cincuenta años con la misma persona: hay que tener una gran imaginación, y conservar una inteligencia anterior a la mente, y entender el amor como un lugar que se ha hallado y se ha defendido de la realidad, para llegar juntos a viejos.

No es que la profesora Terán esté pasando mal. Es que tiende a aburrirse pronto de las teorías cursis de la gente, ay, sí, el secreto de la vida es cualquier cosa; ay, sí, sus hijitos: "Maldito Pizarro, maldito traidor...". Y en su mesa, la mesa de los hijos envejecidos, sus tres hermanas hechas a imagen y semejanza de su padre y de su madre —mírenlas: tienen los dientes blanqueados, los peinados intactos, las pieles lisas y tensas, los esposos de punta en blanco— andan enfurecidas porque "con este presidente comunista que quiere hacer las paces con la guerrilla vamos camino a volvernos Venezuela". Y a la profesora sólo le quedan las miradas irónicas de su único hermano, de Dieguito el menor, que se ha resignado a ser la oveja negra de una familia unida y encadenada que ve fantasmas y monstruos y enemigos a la vuelta de la esquina.

Para qué pelear: que sigan pensando que este presidente, que ha hecho parte de todos los Gobiernos de derecha y que apuesta buenas sumas en el campo de golf de este mismo club dorado, es un guerrillero agazapado; que se declaren dueños de sus papás, "papá se sentaba en su sillón los domingos a oír sus óperas y a leer los periódicos y a fumarse su pipa, y nadie podía molestarlo", desde aquí hasta el día de la corona de flores, la carroza fúnebre y la luz perpetua; que sigan su ejemplo, ay, sí; que presuman de sus hijos como si fueran dividendos, réditos; que sigan mirándolos a ellos dos con pesar, a ella y a Dieguito, porque ni siquiera han sabido vestirse para la ocasión: ¿no podía Gabriela haberse puesto así fuera un poquito de maquillaje?, ¿no podía Dieguito haberse anudado la corbata?

Oh, un momento. No más langosta, no más torta negra de matrimonio, no más tragos preparados por la gente del restaurante de moda: **BESTA**. Quietos los meseros y mudos los invitados porque ha llegado el clímax de la celebración. Allá atrás: chito. Aquí adelante en la ruidosa mesa de las hijas: silencio por favor, por lo que más quieran, que el palabrero de papá va a hablar: tintintin. Mamá, que se ha ido volviendo angulosa con el paso de las caras, se ha puesto un sastre gris con una rosa blanca en la solapa, y le agarra la mano de piedra a su esposo. Él, que siempre ha tenido el pelo pegado al cráneo y las cejas pobladas y despeinadas como una caricatura de sí mismo, ha sido vestido con un traje oscurísimo que es el disfraz de un hombre diez años más joven. Es, en fin, una escena en blanco y negro, y hay luces encajadas en el techo y hay velas en los centros de las mesas, pero también hay espectros y siluetas.

Papá les pide calma con la mano abierta, como un ídolo bota campana de los setentas, a los gritos de emoción de los invitados: ya, ya. Cómo le gusta robarse el show. Cómo le gusta contar sus pequeñas parábolas protagonizadas por él mismo. Por qué se pondrá belfo cuando habla en público. Recobra el amor propio. Deja de ser un viejito encorvado con los pulmones llenos de tabaco. Pero ese gesto de la boca, que se le escapa, ha sido y es y seguirá siendo un misterio.

—En agosto de 1965, cuando este servidor estaba a punto de dejar su amada Nueva York, un amigo que ustedes bien conocen, je, Bob Newman, sí, me dijo "Big Diego: tonight we're going to see The Beatles". Yo, que he sido siempre de mis boleritos, "olvidaba decir que te amo con todas las fuerzas que el alma me da...", no tenía ni poquita ni remota idea de qué escarabajos me estaba hablando mi amigo. Pero, como les digo siempre a mis hijos y a mis nietos, mi lema en la vida ha sido siempre "sí". Y mire usted hasta dónde me ha traído ese bus que no para, je, espero que hayan recibido en diciembre los calendarios de 2016 de Construcciones Terán. Y espero que no les haya contado sino mil veces que entonces fui a ver a los Beatles en el Shea Stadium, que lo demolieron hace siete años ya, y lo único que no demolerán en este mundo es este amor, y que me acomodé en el primer piso entre una horda de quinceañeras rubias y rosadas que gritaban "¡John!", "¡Paul!", "¡George!", "¡Ringo!", pero entre todas me llamó la atención una de pelo negrísimo a la que le grité "where are you from?" justo cuando el viejo Ed Sullivan gritó "here are The Beatles!".

Que lo cuente mil veces más si eso lo hace feliz. Que lo siga agrandando. Que me mire de reojo por no haberle dado nietos como si a eso hubiéramos venido al mundo. Que muera pensando que fuimos tan felices. Que crea que tuvo una familia como Dios manda. Que se vanaglorie de sus yernos como de los hijos que nunca tuvo. Que niegue las rarezas en su propia casa. Que se declare a sí mismo un hombre normal. Que se queje de los maricas y de los guerrilleros y de los abortistas y de los drogadictos que se quieren quedar con todo aquí en Colombia. Que olvide. Que eche a andar la versión oficial sin escenas en clínicas oscuras, sin mujeres reclamando, sin violencias. Si en el mundo hay personas atascadas en la realidad y personas extraviadas en la ficción, y ambas son vidas.

—"From Colombia!", me gritó, je, con la mirada fija en la mirada mía. Y para el final de *Twist and Shout*, que fue la primera canción de ese concierto que nadie nos ha podido quitar, yo ya tenía la sospecha de que tenía a mi lado a la mujer de mi vida. Y aquí la señora Silvita me dice que a ella le pasaba lo mismo. Y que ya para cuando los Beatles iban por *I Wanna Be Your Man* se había imaginado, la cabeza de la señora Silvita que no para, lo que nos pasó desde esa noche hasta esta: que íbamos a buscarnos acá en Bogotá en los teléfonos que nos dimos, que íbamos a presentarnos a nuestras familias para saber a qué atenernos, que en la sala de los Jaramillo en Teusaquillo iba yo a pedirle que se casara conmigo, que ella iba a decirme "¡sí!" como animándome a correr una maratón, que vendría luego una boda austera de las que se acostumbraba en ese entonces, que nos iríamos de luna de miel a París en febrero de 1966 igual que un par de niños embobados con todo, que volveríamos aquí a echarnos al hombro esta familia hermosa que es lo que hemos sido desde entonces, que cada vez que naciera otra hija nuestra sería el día más feliz de nuestras vidas, que una vez entenderíamos de pronto que nos volvemos padres para ser buenos hijos, que venceríamos juntos la angustia porque la plata no alcanza para nada, que viviríamos entonces con el alma en vilo porque la grande o la mediana o la chiquita acababan de conseguirse un novio que no miraba a los ojos, que las veríamos irse una por una a vivir sus vidas y volver a contarnos lo que estaban viviendo, que después nos traerían a nuestros nietos como diciéndonos "somos iguales", y celebrarían con nosotros, en este club, porque lo logramos entre todos.

Se le hace un nudo en la garganta porque cualquiera se quiebra en la escena de su reivindicación en su propio drama. Da una bocanada de aire, uf, como rescatándose de su fragilidad. Carraspea. Cierra y eleva el puño para decirse a sí mismo "yo puedo" cuando ve que su hija mayor, Gabriela, está haciéndole fuerza como a un hijo.

Escucha una carcajadita nerviosa, que es la risita del mariguanero de Dieguito —que nunca ha sido capaz el pobre de ponerse adulto y otra vez anda separándose de la esposa: jijijí—, pero consigue regresar de la incomodidad a la elocuencia cuando nota que sus hijas siguen haciendo por él la labor de reprender a semejante zángano.

—Mi señora Silvita: déjeme usted agradecerle, enfrente de todos los testigos que hemos tenido en esta vida, por haberse sacado un esposo y unos hijos de su imaginación como sacándoselos de su bello sombrero de maga; déjeme usted darle las gracias por haberme salvado a mí, que sólo yo tengo tanta suerte, de ser un simple constructor que calcula puentes para que pasen los extraños; déjeme usted, mi amor mío, mi señora, reconocerle que aquí la gracia es usted, que es una lástima que no sea yo capaz de componerle *Tú me acostumbraste*, pero me conformo con dedicarle, como se la dediqué aquella vez con mi descaro de muchacho, *I Wanna Be Your Man*, je. Gracias mil a todos por estar aquí. Gracias mil por volvernos esta noche un triunfo de sus propias vidas. Y permítanme, por viejo, por prostático, repetirle estas palabras a la mujer que me ha enseñado que la palabra matrimonio significa "dar el cuidado de una madre": "Yo te tomo a ti como mi legítima esposa para que los dos seamos uno solo desde este día en adelante, en la riqueza o en la pobreza, en la prosperidad o en la adversidad, para cuidarte y amarte hasta que la muerte nos separe". Siempre he dicho "sí".

Está temblando, sí, por primera vez en su vida no ha sido capaz de llegar al final de su pequeño discurso sin ceder a su fragilidad. Se sienta de nuevo en su silla —de vuelta en su trono— porque le están temblando las rodillas. Aprieta la mano de su mujer porque su mujer está apretándole la suya. Da el beso que tiene que dar bajo los clics de las cámaras de los teléfonos. Se deja abrazar por sus hijas. Se deja dar palmadas en la espalda por su hijo, Dios santo, se me olvidó hablar un poco más de él, pero qué se puede esperar de un viejo de setenta y nueve años. Si le está doliendo el cuello y el juanete invencible del pie izquierdo y la mano que a duras penas le ha estado cerrando. Comete menos errores hoy en día, sí, pero es que con qué energía, con qué ganas se va a poner a cometerlos.

Se aguanta lo que sigue, que es volver a ser viejo, agarrado de la mano de su esposa. Se aguanta las palabras de los unos y de los otros como si le tocara. Soporta los rezagos del ataque de risa de Dieguito, hombre, no todos los hijos salen bien, y uno pagándole el arriendo a este zángano a estas alturas de su vida. Da la orden de irse a dormir, en la madrugada, porque eso de amanecer con los ojos abiertos es para los jóvenes. Serviría que le dieran una mano para llegar al parqueadero, para acomodarse en el puesto del copiloto y ponerse el cinturón de seguridad que en su tiempo no era importante, para subir las escaleras de la puerta de la casa en Santa Bárbara, para tomarse las cinco pastillas de la noche, para ir al baño, para ir a dormir. Pero sonríe hasta cerrar la puerta de su cuarto: quién quiere cumplir cincuenta años de casado con la lengua afuera.

Se desquita con su mujer, con quién más, porque sus cosas del baño no están en su sitio: "¿Qué tal que tuvieras algo que hacer?", le pregunta.

Se pone la piyama a duras penas. Apaga la lámpara de su mesa de noche, clic, porque a esas alturas cualquier luz da lo mismo. Se queda sin energía, sin palabras para el final de semejante jornada: "Feliz aniversario pues…". Se queda dormido bocarriba, como muerto, roncando bajo la mirada penetrante de su esposa. Y ella se queda pensando cómo quedarse sola, qué hacer con todas las imágenes que le rondan en la cabeza después de la celebración, qué habrán pensado sus hijas y sus nietos de las palabras astutas de su marido, hasta que deja escapar un "ah" que significa "a la mierda", se quita las impacientes gafas de leer y se mete entre las sábanas a terminar el día de una buena vez. Dice "cuánto lo quiero", pero a esa hora de la madrugada parece una pregunta.

Por qué se fue volviendo loca como una pura loca: porque aquella semana revuelta del insoportable 2016, desde el domingo 31 de enero hasta el sábado 6 de febrero, se puso a recolectar tics y muletillas y desplantes de su esposo, pero también porque Mercurio retrógrado —el planeta regente de Géminis, su signo— estaba empujándola a acabar con todo a los setenta y uno: "Ah", "a la mierda". Era la resaca de sus bodas de oro, sí: sentía, como le pasa al día siguiente de su cumpleaños o al día siguiente del día de Navidad, que no había ocurrido nada, que no había sucedido el clímax de película que le había prometido su cabeza. Una persona menos cansada de sí misma, y de lo suyo, habría soportado la desazón que le había tocado en suerte, pero ella terminó la semana convertida en su gemela loca.

El domingo 31 de enero, soleado en el peor de los sentidos, no se vio forzada a volver a la rutina. Fueron a desayunar con las hijas y con los nietos a un sitio en la cumbre de Usaquén que a decir verdad no le pareció gran cosa. Y el día se les fue en las anécdotas de siempre: bla bla bla. Y Diego, su marido agotado, fue recobrando la vida mientras les contaba a pie la historia de ese pueblo de cien casas de paja —el abandonado pueblo muisca de Usaque— en donde las tropas del general caracortada Tomás Cipriano de Mosquera se tomaron el poder. En la noche le dolía el pie izquierdo, como una pena, por culpa del maldito juanete, madre de Dios. Y tenía la frente y la calva rojas rojas por haberse negado "como un varón de los de antes" a ponerse el pegajoso bloqueador solar.

Y ya no le decía "señora Silvita", no, ni le apretaba la mano como un viejito glorioso, porque todo prohombre que se respete es un prohombre en público.

El lunes 1 de febrero, que la casa no era una casa sino un horno, y ni siquiera abriendo las ventanas era posible vivir, empezó a verse lejana la celebración de las bodas de oro. Su marido estaba perdido e insolado: "¿Pero usted por qué no me dijo?, ¿usted por qué no me insistió?, ¿usted es boba?". Repitió en el desayuno las necedades que le celebraban las visitas, que le dolían las medias y el pantalón de paño y la corbata, por ejemplo, pero le sonaron gastadas y pobres como su "hasta luego" involuntario. Fue a la oficina con la frente embadurnada de crema de caléndula. Asistió a una junta que había olvidado. Trabajó. Regresó en la noche como un karma a quejarse de la carne de la comida: "Esto está rejudo...". Se fue a la sala del televisor, malgeniado, a ver el noticiero que jamás se perdía.

El martes 2 de febrero, cuando el calor se volvió asfixia, opresión, Silvia deambuló por la casa hecha una ladrona mientras a su marido, bocarriba, le daba la gana despertarse. Se despertó dolorido y achicharrado, e indignado con las prótesis dentales que le hieren un nervio cuando está deprimido, y poco habló en el desayuno hasta que comentó, pero entre dientes —con la imagen naranja y amarilla y sucia justo enfrente— la humareda negruzca que venía desde el incendio de los cerros orientales: "Anoche en el noticiero dijeron que falta mucho para que vuelva a llover", balbuceó, "o sea que vámonos despidiendo de este planeta". Ella notó que estaba agotada porque quiso defenderlo de sí mismo un par de veces, "ay, mejor morirse ya", pero no le salieron las palabras de alivio.

Quiso llamar a Dieguito, su hijo menor, que se acababa de separar de la mujer y se veía perdido el día de la fiesta, pero se entretuvo hablando con ya no se acuerda quién.

El miércoles 3 de febrero se le vio a su marido la frente tiesa y la piel del cráneo tirante, y más roja y mucho más roja que nunca, cuando por fin fue capaz de abrir los ojos. Ella, su "señora Silvita" sólo en público, estaba recostada ahí al lado como cuando era niña, pero fingió estar dormida y además estar profunda para evitarse un rato de oírle "este bendito calor me va a acabar de secar el cerebro", "hoy me duele un jurgo la cintura", "me está ardiendo como un berraco orinar", "no me diga que no me pidió a la droguería la cremita para las hemorroides", "me está jodiendo el coxis, madre santa". Tardó en enfrentar el día. Cuando él por fin se fue "a ver unas cosas en la oficina", descarapelándose como un quemado, ella quiso ver sus programas del History Channel: *El precio de la historia*, *Alienígenas ancestrales*. Pero pronto se vio encerrada en la cocina con Herminia, la empleada, haciendo las croquetas que tanto le gustan "al doctor".

El jueves 4 de febrero, mientras se calentaba el agua de la ducha, se quedó mirándose en el espejo como si estuviera desacostumbrada a hacerlo. Se vio las capas grises del pelo. Se vio los párpados pesados, sudorosos por ese infierno bogotano, bajo los ojos claros de mujer que tiene la verdad en la punta de la lengua. Se pasó el dedo índice por la nariz estrecha en busca del tabique torcido que nunca se quiso operar. Reconoció, entre el vapor que empezaba a desdibujarla, su cara hecha de puras líneas rectas. Sí, pero al menos no se me está cayendo la piel a pedazos como una lagartija, y de aquí adentro salieron cinco hijos. De un momento a otro, cuando cerró los ojos y se agarró la cara con las manos debajo de la regadera, se descubrió pensando "y él va a morirse primero".

Pensó en llamar a su hijo Dieguito, que no da pie con bola de tantas veces que le han roto el corazón, pero cada vez que tomó el teléfono se imaginó perdiendo la paciencia: "Pero es que eres un mariguanero de treinta y ocho años, mi amor".

El viernes 5 de febrero la almohada mullida de su marido, que no podía poner la cabeza sobre ninguna otra el ladino, amaneció llena de retazos de su piel. Vivir es perder el asco. Envejecer es resignarse a la repulsión, a la náusea. Y no obstante Silvia Jaramillo de Terán se dijo a sí misma "es que esto es demasiado", "es que esto no puede seguir así". Quién era ella ahora. Por qué le estaba molestando la luz como si fuera un atentado contra sus nervios. De dónde había venido esa nueva Silvia que como una gemela diabólica estaba dispuesta a perder

66

la paciencia. Qué parte de la culpa tenía ese calor tiránico e irrespirable. ¿Era tiempo, quizás, de volver al terapista severo que le decía "entonces suicídese"?

El sábado 6 de febrero pasó lo que pasó, pero esto es sólo una opinión, porque a la señora Silvia de Terán se le fue toda la semana sin confesarle a nadie que no daba más, que estaba agotada. Como no vino Herminia, porque se había ido a Montenegro de afán a ver a su mamá, entonces ella hizo de empleada desde la mañana hasta la noche. Como no vinieron las hijas de visita, que por primera vez en muchos años estaban ocupadas las cuatro al mismo tiempo, entonces ella puso los temas de conversación desde el desayuno hasta la comida. Claro que quería a su marido. Por supuesto que su compañía era lo único fijo, lo único cierto entre la incertidumbre. Sin embargo, ella era dos mujeres. Y la esposa no era suficiente para que la víctima no tuviera la tentación de dar un grito.

Cuando uno está solo está loco. Uno es un Borgia cuando nadie está mirando. Y su esposo la había estado volviendo una solitaria desde que ella tenía memoria.

Soportaron juntos el calor febril, veintiséis grados centígrados en una ciudad acostumbrada al frío, vestidos en camisetas polos y pantalones de dril: "Ya estoy sudando…".

Conversaron las noticias del periódico entre los platos del desayuno: "Es increíble que el tal Obama se esté prestando para la farsa esa de la paz", dijo él, "ahora vamos a salirles a deber a los bandidos de las Farc".

Trataron de leer en las sillas del jardín, embadurnados, los dos, de bloqueador solar, pero una vez más su marido se quedó dormido leyendo *La chica del tren* —que ha querido leer desde Navidad— por alguna razón que no ha podido ni ha querido determinar.

En honor a la verdad, Diego el viejo quiso acompañarla y la acompañó a ver entero un documental llamado *Persiguiendo a Hitler* mientras almorzaban lo que había quedado de la comida de anoche: lo vio con escepticismo y ceño de marido, sí, pero todos los héroes lo son a regañadientes.

Mientras su marido hizo la siesta, que últimamente la hacía cuando se quedaba sentado demasiado tiempo, Silvia se dedicó a recortarle a Diego el joven un artículo sobre la mariguana a los cuarenta con las tijeras puntiagudas que guardaba lejos de los nietos.

En la tarde caminaron por el barrio como un par de personajes de la Bogotá antigua, "buenas tardes, don Diego", "buenas tardes, doña Silvia", hasta llegar al centro comercial Hacienda Santa Bárbara a ver las vitrinas de los almacenes.

Fue en la noche, apenas se hizo evidente que el calor iba a seguir de largo por la madrugada, cuando perdió el poco de cordura que había recobrado en la rutina solitaria de ese sábado. Bastó con que él le contestara la pregunta "¿por qué habrá salido así Dieguito?" con la indelicadeza "pues porque desde chiquito la mamá se la pasó diciéndole al zángano que era un genio" para que se le despertara allá adentro su violencia. Se vio a sí misma ensimismarse, temblar, enrojecer de la rabia. Se dio cuenta de que no tenía cómo regresar de la ira, como si nada tuviera que ver la mente con el cuerpo. Quiso decirle "la próxima vez que usted me hable así yo lo mato", pero se le trabó la lengua iracunda cuando notó que él ni siquiera sabía lo que había dicho.

Ya se habían comido los espaguetis con salsa boloñesa que ella había improvisado de vuelta del centro comercial.

Ya había ella terminado de recortarle a Dieguito el artículo sobre la droga a los cuarenta: zas, zas, zas.

Ya se había él apoltronado en su sillón de cuero, incapaz de sospechar un giro a esas alturas de la vida, comentándose a sí mismo el noticiero de las siete de la noche: "Que los gringos van a venir a Colombia a matar el mosquito del zika antes de que nos dé a todos Guillain-Barré o macrocefalia"; "que manda decir el presidente que a los caníbales del ELN los está dejando el tren de la paz"; "que dos pobres hombres quedaron sepultados en una mina caucana"; "que el río Magdalena está haciendo lo mejor que puede para no volverse un basurero"; "que el costo de la vida está disparado por culpa de las heladas y el fenómeno del Niño y la escasez"; "que capturaron a una extorsionista que se conseguía a las víctimas en Facebook"; "que el demente de Donald Trump, que al menos dice la verdad, sigue subiendo en las encuestas de los republicanos".

Y fue en el último corte de comerciales cuando ella se perdió en un monólogo sobre qué tan cierto sería eso de que, como dice el profesor aquel en Facebook o en quién sabe dónde, las mujeres con hijos son de lejos las más inteligentes. ¿Y si tiene razón? ¿Y si Gabriela, su intimidante hija mayor, que en el fondo desprecia a sus hermanas por ser simples mamás, ha estado armando otra tormenta en otro vaso de agua? ¿Y si pasa lo mismo con los hombres? La seria, precisa, experta Silvia Jaramillo de Terán solía hablar y hablar con la seguridad de que su esposo no estaba escuchándola, y solía vivir en paz con la idea de monologar para nadie y para nada, pero fue entonces cuando se le escapó su "¿por qué habrá salido así Dieguito?".

—Pues porque desde chiquito la mamá se la pasó diciéndole al zángano que era un genio —respondió Diego Terán, repito, como pidiendo silencio—: por eso.

No dijo nada más. Y ella tampoco, porque de niña había aprendido a respirar hondo y largo cuando alguien la ofendía, pero sintió que iba a tragarse su garganta y que sus pulmones estaban tomándosele el cuerpo allá adentro y sus manos no servían ya para nada. Trató de amenazarlo de muerte: "La próxima vez…", quiso decir y no lo dijo. Intentó ponerlo en su sitio cincuenta años después. Pero, cuando se dio cuenta de que la peor versión de su esposo seguía frente al noticiero como si no hubiera pasado nada, no consiguió pronunciar sino apenas unas sílabas: pro, us, me, ha, yo, ma. Pasó saliva y apretó los dientes y abrió las fosas nasales como un cuerpo dentro de su cuerpo. Cerró los ojos un segundo, y ya, como diciéndose "calma, calma".

—¿Perdón? —preguntó como declarándose sorprendida por el tono de la respuesta.

—Que no me deja oír —contestó el viejo, harto de todo a las 7:28 p.m. de ese sábado.

Se puso de pie en el primer intento. Se apoyó en el respaldo del sillón mullido en donde su marido descansaba y deliraba dándole la espalda. Explican los peritos en astros que, como la Luna estaba en cuarto menguante y era una cuna de piedra, todo estaba dado para que tomara la decisión de resolver la escena que había dejado para después desde el primer chasco del matrimonio, pero fue ella —o fue esa gemela enervada que quería librarse del miedo— quien empezó a gritar de arriba abajo "¡cállese ya, maldito, cállese!" con las tijeras de doce centímetros de longitud en el puño derecho. Sólo cuando sintió un escupitajo de sangre en un párpado notó que estaba dándole tijeretazos en el hombro a su villano. Siguió. Clavó las puntas muy cerca de la nuca y clavó las puntas en la palma de la mano: "¡Silvia!, ¡Silvia!", gritó un grito que no era su grito.

Sólo podía pensar "tengo que terminar esto", "no puedo parar ya". Babeaba. Acezaba. Mostraba los dientes apretujados encorvada como una fiera de ocasión. Tenía sangre y sudor entre los dedos y le rodaban por la muñeca y le goteaban sobre el tapete que había que mandar a lavar apenas se pudiera. No despertaba ni recordaba ni ensayaba ni vaticinaba. Y él, que era él, pero también era el miserable que ahora sí rogaba clemencia, trataba de agarrarle el antebrazo antes de que le clavara las tijeras en los ojos: "¡Silvia!". Y me sigue gritando y me sigue gritando "¡Silvia!" porque Silvia es mi nombre, y me zarandea y me tiembla y me estruja como un monstruo rejuvenecido con las cejas enormes y despelucadas y los ojos agrandados hasta que dejo de escupir lo que sea que esté escupiendo yo.

Dejó caer las tijeras al piso, chas, chas. Dejó de gritar porque descubrió en un silencio de su extravío que las rodillas le estaban bailando solas. Se tragó un grito y un sollozo: "Qué estoy haciendo…". Dejó de ser su violencia porque el hombre —qué hace Diego de rodillas— se fue de bruces contra el piso. Se dijo "padre nuestro que estás en el cielo santificado sea tu nombre…", como pidiendo una ambulancia. Se arrodilló a decirle "Diego", "Diego", a ver si sí era él y todavía respondía a su nombre. Quiso levantarle la pesada cabeza de cadáver, Dios, pero cómo pesa este viejo. Se vio las palmas de las manos llenas de sangre. Buscó uno de los teléfonos inalámbricos que no sirven para nada.

No pidió una ambulancia, no, colgó una, dos, tres veces cada vez que pensó mejor qué estaba pasando y qué estaba haciendo, y llamó a su hijo —que a fin de cuentas era todo su culpa— a pedirle que viniera a rescatarla.

—¿Qué pasó?

—Que yo creo que tu papá está muerto.

Que no se acuerda bien qué pasó y cómo pasó y de pronto había sangre y había alaridos y desmayos. Que es incapaz de marcar un número de emergencia: 321 o 123. Que no puede llamar a ninguna de sus hijas porque ninguna de sus hijas se merece una llamada como esa. Que no va a ser su madre la que les arruine a su madre. Qué dirían sus nietos si vieran esta escena. Qué les quedaría de sus abuelos si supieran. Por favor, por lo que más quiera, Dieguito, vaya a salvarla. Cierre el computador. Apague el porro. Quítese esa sonrisa estúpida de la barba de tres días. Póngase los jeans que se ha puesto desde el lunes pasado. Póngase los zapatos que no tienen cordones. Vaya por el médico palentino de los de antes que va a la casa cuando hay una emergencia. Pida un taxi que su mamá le da después la plata. Y por el amor de Dios no le diga nada a nadie.

—Voy, voy —dijo como tratando de volver del primer sueño de la noche.

Colgó el teléfono en el centro de la sala de su pequeño apartamento. Puta. Mierda. En qué cajón habría metido la libreta vieja de Construcciones Terán en donde tiene los números del plomero, del técnico de computadores, del médico español cadavérico que le pone las inyecciones a uno en la propia casa. Por qué se había dejado convencer por su vagabundeo de fumarse ese porrito, ji. Si seguía así de adormilado, y con un poquito del vértigo que le había estado dando cuando fumaba muy seguido, cómo iba a hacer para ser por fin —un poco antes de cumplir los cuarenta— el adulto de la casa. Por lo pronto, se dijo a sí mismo en voz alta, habría que ponerse los zapatos y también los pantalones: eso habría hecho su papá cuando su mamá aún no lo había asesinado.

71

Con que era allí donde sus papás pasaban todas las noches de su vida, allí en el estudio del segundo piso de la casa, viendo televisión y esperando en vano a que el uno le contestara al otro. Dolía mucho ser un cuarentón pasado de kilos, marranesco y forzado por las circunstancias a la cinefilia, de camisetas demasiado cortas estampadas con íconos de los años ochenta —la de hoy, negra, llevaba el logo de Atari—, pero si la buena suerte era ver el noticiero noche tras noche con una esposa abnegada que pregunta "¿algo más?" entonces prefería pasarse la vida enamorándose de todas para nada. Quizás estaba dolido aún por la ruptura con su mujer de estos últimos años, Daniela ("vos sos un hueco negro, Diego"), que se había devuelto a su Medellín porque ya nada justificaba vivir en la empozada Bogotá. Pero también estaba recogiendo las tijeras que su mamá acababa de clavarle a su papá.

Porque quién más iba a lavarles la sangre y a recogerles los tapetes manchados y a ofrecerles una taza de té a todos si no era el hijo zángano, el hijo truncado que está acostumbrado a los secretos sucios y a los fracasos entre nos.

Apagó los teléfonos porque lo iban a enloquecer. Levantó del piso el artículo sobre la mariguana a los cuarenta que su madre había recortado. Perdió el vértigo, uf, y se quedó con la modorra feliz de cuando era joven y le iba bien con un porro. Metió el tapete ensangrentado en una bolsa negra de basura que encajó en las canecas de plástico del patio. Se puso en cuatro patas con las nalgas asomándosele por la parte de atrás de los jeans que habrá que remplazar. Fregó el piso una y otra vez hasta que el agua roja se fue con el vaivén del cepillo. Borró las huellas de los espaldares y los marcos y los guardaescobas como

Norman Bates en la escena siguiente a la escena imborrable de *Psicosis*. Tuvo paciencia. Dio consuelo. Contuvo el mundo como si hubiera sido hecho para ese momento.

Y entonces, hacia las 10:00 p.m., salió de la habitación el doctor Justo Villagra —como saliendo de la sala de emergencias— con la noticia de que había conseguido controlar la hemorragia. Los hizo seguir en puntillas para que lo vieran hecho un Cristo vendado de hombro a hombro y sedado de ese día al día siguiente: "Tuve que darle un calmante fuerte, fuerte". Ordenó al paciente espurrir los brazos, es decir estirarlos, porque las peores heridas habían sido en las manos. Dijo que no diría nada. Juró que por el cariño que le tenía a la familia Terán Jaramillo desde hacía tantos años, y ya que las heridas eran espeluznantes pero no comprometían ningún órgano, les guardaría el secreto de aquí hasta la muerte. Procedió a cobrarles cuatrocientos ochenta y cinco mil pesos en efectivo.

—Pero os dejo, y después os sigo acompañando, con la condición tajante de que aquí la señora Silvia entre a terapia, ¿eh? —remató mientras contaba el dinero que habían conseguido reunir los dueños de casa entre sus tres billeteras.

Diego el hijo se quedó viendo el cuerpo seco y los pliegues de la piel vencida y pecosa y las canas del pecho de su padre mientras el doctor Villagra, con su pelo largo y su piel amarillosa y su respuesta castellana e ingeniosa para cualquier frase, elevaba su sermón sobre el manejo de la ira. Tenía toda la razón. Habría podido ser mucho peor: lo peor. Habrían podido terminar en la sala de espera de urgencias inventándose un atraco en uno de los pocos barrios seguros de Bogotá como un par de novelistas policiacos —y a propósito: ¿qué vamos a decirles a mis hermanas cuando nos pregunten qué pasó?— porque los niños jugando a médicos de turno les han dado la noticia de que el cuerpo de Diego padre no pudo más.

Pero cómo putas iban a salir de semejante pantano: cómo iban a hacer para que no se les viniera abajo la familia de cincuenta años que habían levantado.

—Mañana estoy aquí a las nueve en punto para chequearos, ¿eh? —les dijo Villagra a la temblorosa Silvia y al pasmado Diego hijo—, porque de ese chequeo depende que tomemos decisiones más drásticas o no.

Dio a Silvia una pastilla de clonazepam, el ansiolítico que se sacó del bolsillo pequeño del maletín de cuero negro, para que pudiera conciliar el sueño al menos: "Descanse, señora, que ahora la cuida aquí su chiguito", dijo, "recuerde usted que no hay hombre tan bravo que el tiempo no haga manso". Recomendó a Diego hijo que pasara la noche en la casa y que hiciera guardia como un padrastro por el cuarto de esos dos viejos perdidos. Pidió, él también, que esa noche fuera un secreto. Se fue por donde vino con su paso de médico, remontó el pasillo, las escaleras y la sala, consciente de que estaban acompañándolo hasta la salida. Vio el terrible "no se vaya, doctor, que yo no sé dónde esconderme" en la cara de Diego hijo cuando le dio el último apretón de manos. Y sólo dijo adiós.

Diego Terán hijo, treinta y ocho, Piscis, comunicador social mantenido por sus padres que no ha conseguido trabajo en los últimos dos años, se quedó mirando la pesada puerta de madera como si la noticia no fuera que se hubiera ido el médico castellano, sino que él estuviera encerrado quién sabe hasta cuándo en la casa de sus pesadillas. Se sentía demasiado sobrio. Necesitaba su ansiolítico ya: su porro ya. Sabía que darse la vuelta, para ubicarse en posición de quien llega, era abrazar a su mamá como si fuera la hija que nunca tuvo, susurrarle en el oído "ya pasó, ya pasó" porque es la única verdad que podrá decirle de aquí a que muera. Y así fue, sí, y acompañó a su madre hasta la habitación, y le dijo "aquí estoy, aquí estoy" cuando ella le hizo cara de "Dieguito: yo no puedo estar sola con él".

Ceres estaba en Piscis: "Tome las cosas como son", aconsejaban los horóscopos de la semana, "se sentirá satisfecho y seguro dentro de poco cuando le llegue la noche". Y Diego hijo, que siempre buscaba su signo en las revistas a ver qué, podía por ahora encarar a duras penas lo que le estaba pasando. Andaba ahí, sentado en la mecedora junto a las pesadas cortinas de la ventana con los pies en puntillas, vigilándoles el sueño a sus padres como defendiéndolos de las crepitaciones y de los traqueteos de esa casa que lo había vuelto a él un niño tan nervioso. Se veían inocentes los dos. Cada cual en posición fetal en su extremo de la cama como un par de imanes repeliéndose. Cada uno despojado de su personaje como si cada uno fuera un hijo.

Y él, su padre, murmuraba quién sabe qué cosas sobre qué cosas: "Señora Silvita", "madre de Dios". Y ella, su madre, parecía dormida para siempre.

Apagó la lamparita dorada que empujaba las sombras del cuarto. Se acostumbró a la oscuridad un rato después. Se dejó ir en la silla mecedora que olía a rancio, como el sheriff John Wayne en *Los hijos de Katie Elder*, cuando fue claro que sus padres habían conseguido dormirse, apaciguarse. Dónde estaría su Daniela a semejante hora de la noche: ¿en una casa de algún barrio de esos verdes, por Oviedo, quejándose con su sonsoneteo de que siempre tuviera un porro entre los dedos?, ¿en uno de esos restaurantes de la 33 emborrachándose con uno de sus amigotes gigantescos pero de buen corazón? Quedate con Medellín, parce, nea, seguí hablándoles mal de la Bogotá que te recibió como a una más a todos los paisas que se te crucen por el camino, morite pensando que allá es que está la vida: vos lo que sos es una niña consentida y no entendés es nada.

Buscó su contacto, Daniela sin apellido, Daniela sin apellido, en la lista de contactos de WhatsApp. Tardó en encontrarla, más allá de los insoportables grupos familiares llenos de memes supuestamente graciosos y de discusiones bizantinas repletas de emoticones, porque hacía por los menos tres semanas que no se escribían. "Dani: ¿puedes hablar por acá?", le escribió, entre la cerrazón de la habitación, con la cara de espíritu iluminada por la pantalla agrietada de su iPhone, "¿estás despierta?". Supo que sí lo había leído, porque los dos chulos junto a su mensaje se pusieron azules, pero no llegó nunca una respuesta. Buscó en Facebook pistas sobre su paradero, pero sólo vio una foto de ella, perra, rodeada de sus amigas el día en que volvió a Medellín.

Iba a pasarse a Instagram, a ver si se había grabado a sí misma comiendo en la casa de algún tipo de esos que desde los días del colegio le habían rogado "tocame un poco al menos", cuando notó que una amiga suya de la universidad acababa de publicar en su muro de Facebook un pequeño documental sobre Jung: *El mundo interior*. Habría que decir, mejor, que no lo sorprendió tanto el video como el hecho de que su amiga reapareciera por ahí luego de meses y meses de silencio: "No soy de pegar nada por estos lados, ni siquiera entro a espiar a nadie como lo hacen tantos, pero me gustaría que mis 'amigos' de acá no se perdieran estas entrevistas con el único gurú en el que he creído desde que me salí de Comunicación", escribió a las 12:15 a.m. del domingo 7 de febrero.

Sí que era extraño y tenso verla en las poquísimas fotos que subía, cada tanto, cada mucho, a su minimalista perfil de Facebook: haciendo la pose de la montaña en su traje de yoga; sonriendo, con un hombro descubierto y de rojo, en una calle de piedra de las de Cartagena; mirando fijamente a la cámara, a punto de un ataque de risa, como aceptando una belleza que solía taparse con el pelo. Era la única amiga suya que le caía bien a su hermana Gabriela. Habían sido muy buenos amigos, aunque él la siguiera a todas partes como un perro con la lengua afuera e hiciera hasta lo imposible en los primeros semestres de la universidad para probarle que ella también estaba enamorada de él. Luego ella había dejado la facultad de Comunicación para estudiar acupuntura: "Yo a usted lo quiero, pero...".

Y la historia de amor, que había sido la suma de unos manoseos y unos besos intranquilos durante una función de *Miedo y asco en Las Vegas*, se había quedado en idea.

Se habían visto cara a cara —se habían sentado a desayunar, a almorzar, a comer— unas diez veces desde agosto de 1999 hasta enero de 2015. Siempre, sin falta, habían encontrado la manera de recordarse al uno al otro que habían perdido la oportunidad de ir de la teoría a la práctica (esos besos, y esas lenguas, y esos dedos, y nunca nada más), pero siempre habían terminado la conversación lamentando que su destino fuera que alguno de los dos estuviera emparejado. Hacía más de un año que Diego, perdido hacía más de un año en la decadencia de su relación con Daniela, no sabía nada de ella, de su amiga: tal vez seguía siendo la novia del químico de camisa de rayas metida dentro de los jeans, tal vez seguía atendiendo a sus pacientes en el consultorio de Teusaquillo.

Hizo clic en el ícono del chat bajo su nombre: Magdalena Villa. Escribió y le envió el mensaje "acabo de separarme de mi mujer" antes de arrepentirse, ay. Se quedó frente a la pantalla del teléfono, blanca y espectral y rota por el otro día andar pensando en otra cosa, a la espera de una respuesta que no iba a llegar.

Cuando aceptó con gallardía que ese silencio podía ser para siempre —quizás la palabra sea "resignación" o sea "entereza"—, dijo no con la cabeza, puso a cargar su iPhone en la toma a su lado y se acomodó en la silla mecedora con la misma cobija de cuadros que usaba cuando se quedaba a ver televisión hasta tarde en la habitación de sus papás. Hacía calor y faltaba el aire en plena madrugada: un fin del mundo. Y sin embargo Diego hijo se echó la cobija encima, como un padre que se ha quedado huérfano, porque la idea era irse a dormir para dormir un poco al menos antes de que alguno de los dos se despertara. Quién iba a creerle lo que estaba pasando si Daniela no respondía sus mensajes. Quién iba a oírle "estoy vigilando que mi mamá no mate a mi papá".

Una vez en los días del colegio, cuando sus hermanas ya se habían ido de la casa y él era el único testigo que les quedaba a sus papás, su mamá le pidió a su papá que nunca más le hablara así, nunca. Había ocurrido, si mal no estaba, hacía un poco más de veinte años. Se habían ido los tres a Hacienda Santa Bárbara, que era el centro comercial nuevo y la gente aún se perdía en sus callejones, a comprar el LaserDisc de *To Die For*. Algo estaban discutiendo ellos desde el parqueadero. Por alguna tontería estaban peleando, todavía, en la caja del almacén de discos. Quizás por gastar tanta plata, sesenta mil pesos de 1994 o 1995, en una película de esas que el vago de Dieguito no iba a repetirse jamás. El caso es que en el camino de regreso a la Chevrolet Trooper, su papá dijo "el hijo bobo…" como desperezándose, como concluyendo. Y su mamá gritó "hasta aquí…" y nada más, y se fue por un pasillo del centro comercial quién sabe adónde.

Diego hijo estaba acostumbrado a ser un inquilino y un huérfano en su familia de normales, y estaba hecho a aprovechar los días en los que sus padres amanecían con ganas de reparar el desgano con el que lo habían criado desde el principio. Su paz no dependía ya del estado de su relación con ellos. De cierto modo, le daba lo mismo que le gritaran por ir perdiendo Trigonometría o que le celebraran su talento con los computadores: "Sí señora", "sí señor". Hacía mucho tiempo, en los días tensos de la primaria, se había desconectado de ellos. Y que su mamá estallara en un pasillo de un centro comercial por culpa de un chiste pesado de su padre no era una escena de su vida sino de su película. Allá va la espalda de ella. Acá está él diciéndole "se enfureció, je".

Luego ese mismo día, antes de que empezara el noticiero de la noche, él le regaló a ella un abrigo de lana azuloso que todavía se pone cuando va a alguna comida de aquellas. Y media hora después se reconciliaron: "Ay, mi señora Silvita". Pero todo sucedió entre ellos: por allá. Y les dio igual lo que él pensara y les ha dado igual desde que tiene memoria —y lo han dado por perdido, por malcriado, por caótico y por mariguanero— porque desde el comienzo fue un personaje que sobraba en el drama de la familia. Sí lo han querido, lo han querido como a un amigo de la casa, sí, pero lo han querido, y lo han llamado bonachón. Pero a nadie, ni a Gabriela, que al menos trataba de entenderlo, se le habría pasado jamás por la cabeza que un día se convertiría en protagonista.

Acabo de clavarle las tijeras a mi marido: ¿qué persona de mi vida, que sepa de miserias y de desvaríos, puede sacarme de este infierno y guardarme este secreto?

Duerman bien, papá, mamá, que yo vigilo sus sueños en esta casa embrujada que ya no me da miedo. Descansen de sí mismos que no quiero pensar cómo se debe odiar uno a uno mismo después de los setenta. Sueñen pesadillas si les sirve de algo. Den vueltas en la cama sin rozarse. Nadie sabrá nunca jamás lo que les ha pasado esta noche, nadie. Para eso estoy yo. Para vivir una vida en mi cabeza, llena de amores que nunca pasaron y de escenas humillantes que es mejor callar. Ya acostumbrado a la oscuridad, acaso porque las luces ambarinas de los faroles del jardín misterioso bordeaban las cortinas, se acercó a comprobar que sí estuvieran respirando. Quiso besarles la frente como perdonando a los hijos luego de un día perdido. No lo hizo porque le pareció un gesto de cine de horror. Y además, por si acaso, no quiso seguir dándole la espalda a la penumbra de la habitación.

No durmió mucho, no, apenas un par de horas antes de que los dos se despertaran igual que un par de niños listos a vivir como si nada. Cuando los vio tratando de incorporarse, se puso en pie sin mayor problema, no obstante, porque no iba a desaprovechar su oportunidad de ser el hombre de la casa. Dio la mano a su papá para que pudiera sentarse en el borde de la cama. Acompañó a su mamá a que le rogara perdón al viejo malherido: "Yo no sé quién soy…". Miró al suelo, y a veces espió los gestos patéticos, mientras aquellas versiones envejecidas de sus padres se daban un beso y un abrazo de recién casados entre sollozos de muchachos, Dios santo, madre de Dios. Esta vez los dos lo invitaron a sentarse entre ellos. Y los dos dijeron "gracias, Diego" mirándolo a los ojos enrojecidos.

El comodón y recluido y penitente Diego Terán volvió a su apartamento, amoblado por las cajas del trasteo, en la noche del domingo 14 de febrero. Ocho días después de los tijeretazos. Quiso ordenar algún estante de la sala y abrió una maleta negra en donde había metido suvenires de su infancia ochentera como el DeLorean de *Volver al futuro* o el Speak & Spell de *E. T., el extraterrestre* o el View Master 3D del Pato Donald y las ardillas esas que le han hecho al pobre la vida imposible, y entonces el cansancio de la semana entera —repetirles a sus cuatro hermanas que estaba durmiendo en la casa de la infancia mientras le entregaban su apartamento, servirles las tres comidas del día a sus papás, acompañarlos durante las visitas del doctor Villagra, botarles las tijeras a la caneca, ponerse al día en *Alienígenas ancestrales* al lado de su mamá, ver el noticiero de la noche con su papá después de revisarle las vendas— lo venció al fin y al fin lo forzó a echarse en el sofá cama a fumarse un porrito y a ver videos de YouTube en su portátil.

Del nuevo stand up de Jerry Seinfeld a la música de *Star Wars* cantada por Jimmy Fallon y The Roots y el elenco de la película. Del capítulo del día de San Valentín de *El Chavo* al "vamos a la cama que hay que descansar" de *La familia Telerín*.

Un rato después entró a Facebook a ver cómo iba el famoso post de su hermana sobre el colega de Filosofía que se había atrevido a asegurar que las mujeres que tienen hijos son de lejos las más inteligentes, por Dios, es que a quién carajos se le ocurre preguntarse semejante pendejada en los días de la corrección política. Notó que Gabriela había seguido pegando en su muro pasajes y videos y fotografías que les confirmaban a sus contactos qué clase de persona era, penetrante y viva y lo que sea, pero que era su comentario tajante sobre el profesor Horacio Pizarro lo que seguía provocando likes y lapidaciones y oportunismos. Se puso a ver una por una a las 1.761 personas que le habían celebrado su pequeño ensayo sobre un machismo tan hondo que apenas se revela. Y sintió compasión por el pobre profesor. Y sintió pena por ella.

Hacía apenas unos minutos, mientras su mamá les preparaba las pechugas rellenas de espinaca y queso y jamón que tanto les gustaban, y mientras avanzaba el último corte de comerciales del noticiero de la noche, su papá había pasado de un monólogo asqueado porque otro niño en La Guajira había muerto de desnutrición —"este es el peor Gobierno de la historia de Colombia…"— a una explicación no pedida sobre por qué Gabriela era como era: era su culpa, sí, no debió repetirle que le prohibía ser como los demás, no debió presionarla como la presionó, no debió insistirle e insistirle e insistirle, desde que empezó a preguntarle por las cosas de la vida, en que no tenía por qué casarse si no le pegaba la regalada gana, ni tenía que ser madre si le daba igual, ni tenía que estudiar una carrera que le diera plata, madre de Dios.

Diego hijo le dijo a Diego padre, como diciéndoselo a sí mismo, "tú no te eches la culpa de nada: tú sabes que cada quien es como es y punto". Al final del noticiero, disfrazado de viejo con una camisa de cuadros y con un saco de ir al club que le habían prestado esa mañana, le agarró la mano a su papá para decirle sin soltar ninguna frase que todo iba a estar bien, que habían regresado del desvarío y la alucinación. Pidió un carro de Uber desde el teléfono. Y se fue hacia la puerta de salida escoltado por su mamá, "ve, ve tranquilo", "no te preocupes por nosotros que ya estamos bien", "yo nunca había sido así en mi vida", maldiciendo a quien correspondiera —el karma o la mala suerte— por contagiarle una debilidad más, por empujarlo a hacer ese pacto de sangre con sus padres después de años de hacerlo creer que el amor no era la forma, sino el contenido.

Pensó en lo que acababa de decirle la versión humilde de su madre —"yo nunca había sido así en mi vida"— desde que dio el primer paso afuera hasta que se despidió de ella a través de la ventana de la camioneta blanca de Uber, adiós, adiós. Su hermana Gabriela, la mayor, solía repetirles cuando estaban solos que "la señora Silvita fue una mamá severa e implacable, y tuvo arrebatos de ira e hizo berrinches de niña, hasta que empezaron a nacer ustedes...". Y él mismo recordaba un par de escenas rabiosas salidas de la nada: una puerta castigada por un crimen que no cometió, una bandeja rota contra el piso. Pero parada ahí en la acera de la casa, y quedándose atrás, y cada vez más pequeña, le pareció que tenía adentro una loca y no tenía tampoco la culpa de nada.

Como cualquiera, de vez en cuando quería poner una puta bomba en el puto centro de la puta Tierra. Como ninguno, solía sujetar al niño caprichoso y brutal que escondemos quién sabe en dónde.

Siguió pensando en su familia, con la magnanimidad de un extraterrestre como los que había visto esa semana en el programa que tanto le gustaba a su mamá ("pobres yo, tú, él, nosotros, vosotros, ellos..."), mientras continuaba viendo uno por uno por uno a los celebradores del justiciero post de su hermana en su perfil de Facebook. Fue entonces, 9:15 p.m. de ese domingo 14, cuando un recuadrito en la esquina de la pantalla de su computador le avisó que Magdalena Villa acababa de escribirle un comentario a Gabriela: "Gabi: me da asco el machismo taimado que se confunde con cualquier cosa, y siempre te he querido y te he idolatrado, pero pienso que este hombre no es un villano, sino un viejo". Qué error. Qué coraje.

Y qué chocante que su Magdalena Villa anduviera escribiéndole frases benévolas a su hermana mayor en vez de responderle a él el mensaje de auxilio que le había enviado hacía ocho días.

Definitivamente, había nacido con una nube negra encima y un planeta retrógrado a su servicio.

Se fijó entonces en el ícono de los mensajes sobre la barra azul y vio que acababa de entrarle uno nuevo. Hizo clic en la imagen. Hizo clic en "see all". Y vio que Magdalena no sólo acababa de cambiar su foto del perfil, y su nuevo retrato le dejaba ver las pecas en la cara lavada en blanco y negro, sino que acababa de responderle su agónico "Acabo de separarme de mi mujer" con un "Me demoré tanto en responderte que seguro ya volviste con ella". Terán se incorporó. Puso a un lado el porro como si alguien hubiera golpeado a la puerta. Se peinó los crespos y se acarició la barba de dos días y se jaló la camisa de su padre para que no le forrara la barriga de malogrado. Escribió "Aquí sigo solo y entre cajas en el apartamento nuevo".

"Jajaja". "Jajaja". "Triste ser la que está en la banca". "Grandes jugadores han estado en la banca". "¿Pero qué pasó?". "Que dizque se quería ir a Medellín porque yo ya no era razón suficiente para quedarse en Bogotá". "Yo te dije". "Sí". "Por dejarme siempre en la banca es que te ha pasado lo que te ha pasado con las mujeres". "Sin duda alguna". "Me ha faltado mendigarte". "¡Falso!: yo he rogado mucho más". "Pura y física mierda porque mi celular prehistórico está lleno de mensajes que dicen 'quiero verte' que nadie se dignó a responder". "¿Pero eran mensajes para mí?". "Cabrón". "Jajaja". ":-{". ";-)". "Yo sabía que ibas a aparecer algún día". "Era inevitable". "Mis horóscopos me han estado diciendo que un viejo amor va a volver con el rabo entre las patas". "Aquí estoy".

Fue a la nevera con el portátil en la mano en busca de una de las dos cervezas que le quedaban. Se sentó en la pequeña mesa del comedor, en una silla de madera que lo había acompañado desde que había dejado la casa de sus padres, porque quería tomarse en serio la conversación.

"Aquí dónde". "Aquí detrás de ti". "¿Aquí en mi cuarto?". "Pues sí, sí". "¿Y qué estoy haciendo?". "Estás sentada en la cama en una pose de yoga con todas las luces prendidas". "¿Y qué más?". "Y estás rodeada de revistas gringas". "¿Y qué más?". "Y en el televisor de enfrente están dando los Grammy". "¿Y qué más?". "Y tienes la camiseta roja que tienes puesta en la foto en Cartagena". "Y unos calzones negros que desde lejos se ve solo una sombra". "Y nada más". "Y nada más". "¿Qué estás haciendo ahora?". "Ah, yo no sé, yo estoy aquí quieta esperando órdenes". "Pues entonces te estás acostando bocabajo". "Ya". "Estás abriendo las piernas como unas tijeras". "Ya". "Estás metiéndote las dos manos abiertas entre los calzones negros empapados".

Tragó saliva. Se acomodó un poco mejor en la silla de madera. Se dio cuenta de que el corazón se le estaba escapando, se le estaba yendo entre las manos: tengo que hacer ejercicio. Hubo silencio, hubo vacío por unos segundos en el turno de ella, pero él la esperó como esperando a que recobrara la respiración.

"Sí…". "Quítate la camiseta roja ahora". "Ya". "¿Tienes puestas las medias hasta los tobillos?". "Ajá". "Quítatelas que quiero verte los pies". "Ya". "Ábrete un poco más, métete los dedos de una vez". "¿Y tú?". "Yo estoy acostándome encima de ti para que sientas el peso". "Quítate la camiseta que tengas hoy para sentirte bien". "Te estoy besando espalda abajo, te estoy lamiendo el culo, te estoy metiendo la lengua en el coño". "Sácate la verga". "Ya". "¿Te la estás jalando como si yo te la estuviera jalando?". "Como en el cine esa vez". "Está tiesa y roja y enorme como esa vez". "Como esa vez, sí". "¿Me estás oliendo y me estás chupando los dedos de las manos?". "Y ahora te la estoy metiendo hasta el centro y subo y bajo adentro y te voy empujando hasta el borde de la cama".

Llevó el computador portátil a la habitación cuando cayó en cuenta de que no había aún cortinas en el ventanal de la sala. Se quitó la camiseta, entre los veinticuatro grados centígrados que no daban tregua, y se bajó los pantalones de dril hasta los tobillos. Y se sentó en el borde de la cama a resolver el asunto como si tuviera muchos años menos.

"Dame duro". "Sí". "Más duro, más y más". "Quiero que grites como una loca, como una perra". "Rómpeme cabrón". "Voltéate ya que quiero que me mires".

Sonó entonces el timbre de *Everybody Knows* de Leonard Cohen de su iPhone —qué raro leer **Magdalena Villa** en la pantalla— porque ella quería preguntarle "¿y si más bien vienes acá?". Diego le respondió "estoy allá en veinte minutos" mientras buscaba entre una de las maletas de la mudanza los jeans que mejor le quedaban y la camiseta de Space Invaders que se ponía cuando quería sentirse bien y el saco de capota que le gustaba tanto. Se tomó media pastilla de Cialis, que la relación con Daniela lo había vuelto inseguro, para no fallar en la hora de la verdad, para no verse diciendo "no sé qué me pasa". Pronto estuvo enfrentando al portero sin nombre ni apellido, que lo había visto de reojo un par de veces nomás en esos doce, trece días —y ya andaba diciéndoles a los demás inquilinos "el tipo del 202 es muy raro"—, en su viaje a ese taxi inesperado. Pronto estuvo chateando con Magdalena, "¿en dónde vas?", "voy bajando por la 116", "¿y ahora dónde?", "dando la vuelta por la 19", "¿y ahora?", "entrando al barrio por la 103", "☺", "☺", en su camino al fin.

Qué estaba haciendo afuera, a las 10:47 p.m. de un domingo, como cuando iba adonde le ordenaran las mujeres que conocía en la universidad: bueno, esa era la respuesta.

Se anunció en la recepción del edificio de la última vez: "Diego Terán, sí". Se miró en el espejo, crespo y barbudo y ojeroso y pasado de kilos y rojo por los efectos del Cialis, del piso dos al piso seis. Se arregló la ropa con los ojos cerrados porque pensó, mientras oía los pasos de ella hacia la puerta, que no había traído condones: maldito güevón. Ella resolvió la gran pregunta de la escena, ¿cómo saludarse en esta situación?, con un "hola" piadoso y delicado que era el comienzo de un abrazo. Ella se vio feliz de verlo, y le sonrió desde los ojos hasta los hombros a ver si por fin la vida se volvía una sola historia, y le dijo "sigue, sigue" como diciéndole que deberían vivir juntos en ese apartamento, y ahora tenían treinta y ocho años él y treinta y seis años ella, y sin embargo era como si siguieran siendo los dos compañeros de la universidad y tuvieran pendiente esa escena.

Magdalena le pidió que se sentara en el sofá de la sala y desde la barra de la cocina le ofreció cualquier cosa de tomar: cerveza, whisky, vino, ginebra, agua. Dijo "tal vez ginebra con tónica" porque el whisky tendía a adormilarlo y el vino le daba sed. Supo jugar el juego, y supo retardar sus avances y sus pantomimas, y se entregó sin asomos de frustración a una visita de viejos amigos. Comentó con sorna todas las artesanías del apartamento: los tambores, los banquitos, las máscaras, los relojes, las vasijas tejidas por quién sabe qué nativo de quién sabe qué selva, traídas de los cuatro puntos cardinales de la Tierra. Revisó, con ella respirándole en el hombro, el delirante e increíble debate que estaba sucediendo en el Facebook de su hermana para ver si había pasado algo nuevo, no, nada. Renegó del homenaje de Lady Gaga a David Bowie en los premios Grammy. Reconoció ser el mismo tipo de hombre que es Ed Sheeran, mal afeitado y cachetón. Confesó a medias, censurándole las tijeras, la pelea de sus papás. Fue capaz de hablar de la vez que descubrieron a un profesor borrachín, hip, capando clase en una tienda en Cedritos: "¡Jueputa me agarraron!". Recordó el nombre de una compañera de gafas de Gatúbela que andaba renegando de la humanidad porque acababa de divorciarse: "El infierno no son los demás —decía cuando conseguía un interlocutor virgen—: el infierno es la pareja".

Tuiteó eso, a las 11:15 p.m. como cualquiera podrá confirmar, mientras ella le servía un poco más de tónica: "El infierno es la pareja". Pensó en tomarse una selfie con su Magdalena, que estaba descalza y en piyama y llevaba puesto encima un suéter café de hilo de mangas muy largas, que se veía siempre limpia y siempre olía bien, pero ella se le acostó en el hombro y le dijo "deja eso", "ahora no".

Besó, beso por beso por beso, la cabeza, la sien, la frente, el ceño, la nariz, el pómulo, la oreja, la mejilla, el cuello de su Magdalena —y reconoció su olor y su piel de cuando tenían veinte años y dieciocho— hasta que ella le lanzó la boca a la boca y le empujó la lengua con la lengua, y se le sentó encima como una diestra después de tantos años, y se quitó el suéter pesado y la camiseta roja para que le besara y le lamiera y le mordisqueara las tetas pequeñas, y le desenganchó el cinturón y le desapuntó el pantalón, y le sacó la verga y se la jaló con la mano larga que había tenido siempre, y prefirió quitarse el pantalón de la piyama y bajarse los calzones mínimos y sentár-sele encima de una vez por todas cuando él empezó a meterle los dedos en el coño como sobrepasándose.

Gracias, Dios, por quitarme el miedo que me dejó mi mu-jer, por hacerme durar y durar como un hombre de verdad, por auxiliarme y sacudirme la infancia mientras ella sube y baja y le entierro los dedos en las nalgas.

No se dijeron nada más. Se fueron yendo y se fueron y se quitaron la mirada y se susurraron "ahora sí" en el empeño de reparar una historia llena de destiempos. Se quedaron luego quietos, ella sobre él en el piso de la sala, que allá habían termi-nado, reivindicados y a punto de comenzar otra vez.

Eran las 12:10 a.m. cuando la resistente y optimista y apa-sionada Magdalena Villa se vio obligada a enterarse, porque el hombre no paraba de llamar, de que a su novio de los últimos tres años —Álvaro el vendedor de químicos, sí, cuál más— le habían cancelado el vuelo de la noche a Madrid. Llevó la con-versación como una equilibrista, sí, qué rabia haber perdido tanto tiempo, pero qué bueno verte esta noche, vida. Luego, al colgar con él, sólo se le ocurrió decir "mierda". Que ya viene para acá. Que ya está por llegar, que está dando la vuelta a la última esquina. Que ha estado llamando desde hace media hora, y ha llamado unas seis veces, porque dejó sus llaves del apartamento sobre su mesa de noche. Que si no las hubiera dejado ahí estaría dándome ahora una sorpresa.

No sentía culpa ni sentía arrepentimiento por haberse comido vivo a su amigo, no, y quizás no había sentido nunca en su vida adulta algo semejante, pero sí sintió vergüenza por haber puesto en riesgo la paz de su pareja, sí sintió vergüenza por haber cometido aquella imprudencia sin temerles a las pruebas y a las huellas: "¿Y si más bien vienes acá?". No sintió remordimiento ni sintió pena, no tuvo taquicardia ni sudó frío cuando le dijo a su amigo Diego Terán "espera en el piso de arriba para que no se encuentren en el ascensor", cuando recibió a su novio, solidaria y maternal, como se recibe a un novio que ha tenido un pequeño revés de fortuna —"¿quieres comer algo o quieres dormir ya?"—, y cuando lo tuvo a su lado roncando como el vendedor que era, que es.

Si algo era la terapista Magdalena Villa, treinta y seis años, Capricornio, era una mujer optimista que odiaba perder el tiempo en la idea de la derrota: había aprendido muy pronto, en esos primeros semestres de universidad, a elegir la comedia por encima de la tragedia, la fe por encima de la incertidumbre. Y sí, había muerto su tía después de semejante batalla inútil contra el cáncer y su abuelo había sido secuestrado y asesinado por las Farc por los lados de San Antero y ella atendía en su consultorio a niños desplazados que trataban de olvidar la masacre de los viejos en Camposanto y solían durarle las parejas un par de años en el mejor de los casos y su familia vivía rota desde la separación abrupta de sus papás, pero siempre era capaz de pensar que todo lo que pasa en la vida es para mejor.

Que se vive lo que se tiene que vivir y se hace lo que se tiene que hacer para ser la persona que se es, y ya.

O sea que la culpa no tiene ningún sentido. O sea que no se está cometiendo una infidelidad como cometiendo un crimen de puertas para adentro, sino que se está haciendo lo que el cuerpo y el espíritu tienen que hacer —y se está chateando con el amante, y se está escribiendo la frase "yo sé que ibas a clavarme por detrás...", mientras el futuro marido ronca al lado de uno— con cuidado de no desbaratar una pareja que no tiene la culpa de nada y en puntillas para no despertar a nadie que se ha ganado el derecho de dormir. Sí, no es contra el pobre Álvaro, nunca, lo que a ella le pasa. Y su cuerpo no es de nadie, sino suyo, pero su novio se ha ganado el derecho a confiar y a no saber lo que ella hace cuando él no está. Y lo que acababa de pasar sólo era lo que tenía que pasar.

"Yo no sé qué vas a hacer sin mí esta noche". "Será tenerte acá". "Cómo acá". "Acá encima". "Donde estaba cuando sonó el teléfono". "Donde quedamos". "Qué lástima". "Qué". "Ya estaría de rodillas tragándomela". "¿Ah, sí?". "Sí". "Y echándote bocarriba, quieta, para que te meta la lengua entre el coño". "Sí, eso". "Y quedándote quieta para que te muerda los pezones y te bese el cuello". "Ajá". "Y para que te la pase por la cara y te la deje entre la boca y te la ponga entre las tetas". "Tiesa y roja". "Y te la meta y te embista y te parta entre el coño empapado". "Mi coño hirviendo". "Y luego te la saque, cuando ya no puedes echarte para atrás, porque me pidas que te la saque...". "Porque quiero que te me vengas encima, entre las tetas y en la cara, ya". "Y que haga lo que me dé la gana contigo mientras te lames los labios como empezando a recordar".

Se fue descalza y en puntillas al baño, que quedaba y queda del lado de la cama de su novio —de su marido, mejor, porque llevan ya tres años y es lo más seguro que se casen—, y encendió las luces enceguecedoras de camerino para verse en el espejo despeinada y risueña. Se quitó el suéter y se quitó la camiseta roja de un solo envión. Se bajó el pantalón de la piyama y se bajó los calzones de una vez: ya. Se arregló el pelo rubio y pintado de rubio para que le tapara parte de la cara. Levantó el teléfono hasta debajo de su barbilla con una expresión desafiante e irónica. Y así le tomó una foto a su reflejo desnudo, y era como si estuviera mirándolo fijamente a él mientras él la miraba sin ropa. Escribió en el WhatsApp: "Una foto de mi tatuaje para que sigas sin mí". Y se la envió a Diego con el corazón a cien por hora, a mil.

Se vistió. Se lavó los dientes. Negó con la cabeza mientras entrecerraba los ojos como reprochándose una pilatuna: "Perra…". Cruzó la oscuridad de la habitación hasta la cama con cuidado de no tropezarse. Dejó el teléfono bocabajo para que ningún mensaje más, "mándame otra…", encendiera su mesa de noche en la madrugada. Se acostó sobre el hombro de Álvaro, el pobre de Álvaro, que a esa hora parecía un cuerpo sin alma, pero sudaba en el calor que no quería darles tregua. Sólo le había sido infiel un par de veces en estos tres años y un poquito —con el profesor de yoga en Palomino, con el hombre que le enseñó técnicas de puntura y de moxa— porque por alguna razón que aún se le escapaba tenía claro que iba a ser su esposo. Se fue quedando dormida pensando en cuánto lo querían sus padres y en todo lo que no sabía de ella, ji.

Sabía bien, porque creía firmemente en las fuerzas y en las tramas de los astros, que hacía unas horas nomás había corrido un riesgo enorme e innecesario metiendo al buenazo de Diego Terán en su apartamento: era obvio para ella que tanto la presencia de Saturno como el paso de Mercurio por su signo servían a la extraña paz que sentía desde su cumpleaños, pero también era evidente que Júpiter retrógrado había estado amenazando con crearle contratiempos esa semana que estaba terminando, y ella había caído redonda como si no se tuviera a sí misma del todo en sus manos. Porque así es esta disciplina, se dijo. Porque la vida suele ponerlo a uno a interpretar escenas que ya había interpretado en otros escenarios con otros actores, una, dos, tres veces, hasta que convenza.

Magdalena durmió hasta las 6:00 a.m., media hora menos de lo que pretendía, porque Álvaro la despertó de pronto susurrándole "ya es hora" de pie y sin tocarle ni un hombro.

—Es chistoso que susurremos a esta hora —le dijo a su novio desperezándose como en los días del colegio y tratando de abrirse los ojos con los puños—: ni que tuviéramos hijos.

—Necesito que te sientes porque quiero hablar contigo —le respondió él, afeitado y de corbata, con su voz plena de "es que esto es en serio".

—¿Qué pasó? —preguntó ella, incorporándose, como si no supiera.

—Que vi tu teléfono hace un rato —carraspeó él, el hombre de negocios, mientras se abría el saco como un enviado de la mafia y se sentaba en la silla con las piernas muy abiertas.

Magdalena pensó en unos cuantos segundos todo lo que podía pensar mientras se sonrojaba y se seguía sonrojando sin quitarle la mirada a su novio, "pero cómo se atreve este malparido a espiar lo que tengo en mi teléfono", "pero cómo puedo estar con un cabrón que no confía en mí", "pero cómo voy a meterme en esta conversación sin salida", "pero cómo no pensé que este encorbatado confiado e ingenuo un día iba a amanecer con ganas de saber quién soy cuando él no está", "pero cómo no se me ocurrió a mí borrar ese maldito chat de anoche", "pero por qué demonios me dio a mí por tomarme esa foto de adolescente", hasta que reconoció que no podía seguir echándose el pelo hacia atrás y soltando esos incriminatorios monosílabos: Dios, ay, no.

—Y como no podemos negar lo que hay ahí, que quizás sea mejor no hablarlo, yo creo que tenemos que preguntarnos qué queremos hacer el uno con el otro —aclaró antes de que ella empezara a tartamudear su vergüenza—: ¿cierto?

—Sí, sí —dijo ella arruinada y extraviada y con ganas de ponerse encima el suéter café.

—Y yo ya decidí, ahora mismo mientras me afeitaba, que yo sí quiero que sigamos juntos —se respondió antes de que ella pudiera organizar sus ideas—: yo estoy dispuesto a reconocer que yo le he servido a tu locura porque he cometido por ti tus errores y me doy cuenta de que te quiero a pesar de cualquier cosa que hagas y tengo clarísimo que no vale la pena buscar a nadie más porque con cualquier otra tarde o temprano voy a volver a este momento en el que me pregunto si me voy dando un portazo o soy capaz de hacer un pacto.

Sí, en efecto él era el bueno de la historia, él se negaba a irse de putas con los colegas en los congresos de químicos y que nadie osara pensar lo contrario, pero ahora en el baño mientras se afeitaba no había tomado la decisión que había tomado sobre la base de la atracción ni de la pasión —le aclaró—, sino porque por su trabajo tenía perfectamente claro que el efecto de las feromonas se acaba cuando se ha estado dos años con una misma persona y por su experiencia con las mujeres entendía no sólo que él era el eterno marido que se parecía más a sí mismo cuando vivía sirviéndole a una mujer caprichosa, sino que además tenía claro que el cambio era siempre un error de la soberbia y era siempre una alucinación. Cambiar era sin falta un embeleco, un paso en falso. Era mejor loca conocida que loca por conocer.

—O sea que estamos en tus manos —concluyó—: y puedo darte hasta que vuelva de viaje para que me digas "sí" o "no".

Corte a: Magdalena levantando la cara poco a poco, avergonzada por haber terminado en una escena digna de espíritus menos libres e incapaz de contestar con una frase que valiera la pena. Álvaro, su novio, acababa de decirle que la perdonaba de aquí en adelante, que él no quería sostener un romance más con ella como pasando otra página, sino ser su marido. Y ella estaba agradecida y sorprendida porque el lío no tuviera que ver con sus infidelidades, sino que fuera la pregunta por el futuro de los dos: ¿estar enamorada era en realidad resignarse, dejar de cuestionar a otra persona?, ¿ese pacto que le estaban proponiendo tenía que ver con lo que sentían o con lo que temían?, ¿ese amor que él sentía por ella, que iba más allá de los vaivenes del cuerpo y más allá de las traiciones, y que sonaba a hecho insalvable e incansable e innegable, era el tal amor verdadero?

—Piénsalo bien —le repitió mirándola como un instructor de disciplina y dejando escapar por primera vez en su relación el tono de "yo soy el adulto de esta relación"—: te estoy repitiendo mi propuesta de matrimonio.

Me estás recordando que he traicionado nuestro espacio, y he tenido una intimidad dentro de nuestra intimidad, y he gastado en aparecidos escenas, palabras, gestos e imágenes que son sólo de los dos, pero me estás diciendo de frente que guardas la esperanza de que yo no haya traicionado este amor. Ni siquiera: tú, que te peinas con un poco de gel, que me cargas la cartera como si tus ancestros te hubieran encomendado la tarea, que asciendes y asciendes en la compañía porque vendes tus químicos como una bestia, me estás preguntando a mí si estoy de acuerdo con que el amor que tenemos —ojo: no el que sentimos, sino el que tenemos— es tierra firme y ni siquiera nosotros mismos podemos arruinarla.

—Ah, otra cosa, otra cosa, una condición —dijo mientras se ponía de pie y revisaba la hora en la pantalla del teléfono de ella y fingía ser más humano de lo que era—: nunca jamás vuelves tú a hablar con ese hijo de puta.

Querría estar ahora frente al mar de Coveñas, sola con su papá, descansando de nada en la casa de las primas como cuando eran niñas. ¿Dónde estaría el solitario de su papá ahorita mismo?: levantándose a mear, seguro, que ella a los cinco o a los seis años lo acompañaba siempre hasta el baño y se quedaba a un lado del inodoro viendo y oliendo el chorro oscuro de tanto tomar café. ¿Si le echaba una llamada la consolaría igual que siempre?: "Esas cosas pasan, Malena, no te me vas a preocupar". Quizás tenía demasiado viva la infancia, sí, tal vez ese era el problema de fondo: que quería siempre esa paz, siempre ese alivio, siempre esa libertad y ese aire. Y ahora don Álvaro, el subgerente de la importadora de químicos, estaba pidiéndole que dejara de darse el lujo de ser esa niña a los treinta y seis.

Magdalena hizo lo único que se podía hacer ahora que ya no era extraordinaria, sino apenas infiel: se levantó de la cama mirando las almohadas en el piso, se puso las medias gruesas de niña friolenta, pidió perdón en vano cuatro veces entre dientes, sonrió amargamente y quitó la mirada cada vez que se cruzó con su novio en la cocina, y esperó segundo por segundo a que él se fuera otra vez, "entonces voy a la oficina y luego sigo para el aeropuerto y voy reportando", y encendió la radio en la noticia amarillista —tenía que ser: no hay cabos sueltos en el universo— sobre un video en el que el viceministro del Interior sostiene a espaldas de su esposa una conversación sórdida y tórrida y patética con un alférez de la policía que resulta ser su amante.

—Tienes una semana para pensar qué quieres —dijo Álvaro, vestido de don Álvaro Triana, antes de darle un beso en la frente que era un beso de la muerte—: te aviso apenas llegue a Madrid.

Se echó a llorar, apenas le cerró la puerta en las espaldas a su dueño, porque no se estaba sintiendo la mujer que es, sino una esposa insatisfecha con las manos en la masa: la puta de las camelias.

Borró la foto maldita. Borró el chat caliente con Diego antes de que pasara algo peor, que peor siempre es posible. Notó entonces que ya eran las 7:55 a.m. del lunes 15 de febrero. Dentro de media hora tenía que estar en el apartamento de un paciente que a duras penas podía caminar por culpa de un espasmo en la espalda. No podía dejarlo plantado. Tenía que ir, bañarse, vestirse, recoger sus cosas, montarse a la camioneta e ir. No se sentía capaz de pensar en algo que no fuera su drama, puto karma, puta vida, qué se estará creyendo este bobo güevón para ponerme un ultimátum a estas alturas de la vida, qué tendré yo por dentro que sé que un día voy a obrar el mal. Pero si hubiera tenido fuerzas para llamar a su papá, él le habría dicho "cumple tu cita, Malena, no te me vas a preocupar".

Así que le hizo caso a su padre. Así que se puso en marcha: qué más podía hacer. Y antes de salir del apartamento volvió en sí y sintió que afuera era su casa.

Todo era peor porque el calor no daba licencias. Se tejía en la radio, y se volvía cacería de brujas y lapidación en las redes, el escándalo mediocre del video del funcionario que juguetea con un policía homosexual en búsqueda de algún motel. En el trancón hirviente e insoluble del semáforo de la calle 100 con la carrera 15, que según las estadísticas distritales cada día enloquece a un conductor, la terapista Magdalena Villa —la pantalla de su teléfono titiló una y otra vez como delatándola— empezó a recibir mensajes urgentes de su nuevo amante: "¿Y si me mandas otra foto?", "¿y si nos casamos?", "¿y si por lo menos nos vemos más tarde?". Prefirió llamarlo a escribirle porque lo único que le faltaba era un accidente. De la 100 con 15 a la 90 con 7ª, de las 8:27 a.m. a las 8:37 a.m., le contó lo que acababa de pasarle: "Es que vio todo, pero todo es todo", empezó el relato. Y entonces se vieron obligados a ser amigos otra vez.

No estaba ella para juegos, ni para bromas, ni para infidelidades. Había perdido la concentración que la hacía libre y despreocupada y descargada de culpas de personas corrientes. Había caído en una trampa. Estaba atrapada, sí, mierda, no tengo nada, no tengo aire.

¿Qué le faltaba para firmar su rendición: ser una esposa, tener un trabajo de oficina, quedar embarazada? ¿Qué le estaba diciendo el universo: que había perdido el pulso con la vida, que nadie, ni el más genial ni el más soberbio, podía escapar de los lugares comunes?

—Para —le dijo Diego a Magdalena, completamente de su lado, cuando ella empezó a hiperventilar—: tú no estás teniendo un ataque de nervios.

—Cómo sabes que no.

—Porque tú estás muy vieja y muy flaca para el melodrama, y seguro que sigues siendo tú, y en una media hora estarás esperanzada y crédula porque te da la gana —le dijo él medio en serio, medio en broma, convertido en su director técnico—: lo único que tienes que pensar ahora es si te quieres casar.

—Con él —agregó ella—: en si me quiero casar con él.

¿Y sí? Pues él, Álvaro, no es un novio dramático y llorón y narciso como tantos que ella ha tenido que soportar en estos años —qué tal el imbécil que le lanzó un plato en la cocina porque no soportaba que ella fuera un misterio—, sino que es un subgerente de cabeza fría que da fuertes apretones de mano mirando a los ojos y odia el fútbol porque la gente se vuelve loca y a duras penas se altera cuando ve una película de venganzas. Es un hombre simple. Cabecea cuando ven *The Affair* en el portátil. Prefiere acompañarla a hacer compras, y cargar los paquetes y sentarse en las sillas mientras ella se prueba ropa y revisar de tanto en tanto su teléfono a ver si le ha escrito su jefe, que discutir con ella y sus amigos las turbias estrategias de la derecha para echar para atrás el matrimonio homosexual.

—Es un guardaespaldas —le dijo Diego el bueno, empeñado en devolverle la personalidad a la persona, el alma al cuerpo—, pero mi teoría es que toda celebridad lo necesita.

Qué raro era oírle a Diego, que en la universidad le escribía poemas de suicidia, esa voz de sabio que es el recordatorio de que sólo la muerte es la muerte. Qué inesperado era sentirlo de su lado como un hombre nuevo que no es dueño de nadie. Qué extraño era verlo dispuesto a no ser parte de un problema. Y metido de cabeza en un monólogo sensato sobre cómo la cuestión era hasta cuándo estaba dispuesta a sostener el capricho de ser ella misma: quizás comprometerse con este hombre y con nadie más era una forma de deshacerse de la idea que había estado haciéndose de sí misma; quizás casarse con él no era una retractación y una rendición, sino —cómo decirlo— una financiación de su personalidad.

—Mierda, ocho y cincuenta, tengo que entrar ya que ya voy veinte minutos tarde: qué vergüenza con este señor —gritó

Magdalena poniéndose una mano derrotada en la frente y secándose las gotas de sudor de las sienes.

—Sólo una cosa más: si tú y yo nos la jugáramos toda por estar juntos, que sería lógico y sano porque aquí vamos a estar los dos siempre y nada va a dañarnos esto de confiar el uno en el otro, el problema es que no tendríamos guardaespaldas —remató para dejar dicha alguna sentencia que valiera la pena—, pero al menos moriríamos al mismo tiempo.

Colgaron como si los dos se hubieran sacado de adentro al menos una de sus enfermedades: "Gracias", "de nada"; "adiós", "hasta luego"; "no me dejes sola", "estoy aquí"; "te quiero mucho", "y yo". Jejejé: a Magdalena le daba un poquito de rabia, porque dentro de cada terapista hay un paciente y dentro de cada yogui espera un animal, que Diego no le hubiera dicho alguna frase arrebatada de las de antes ("¿qué haces con ese güevón que no grita cuando acaba de descubrir que le estás poniendo los cuernos?", "¿por qué no te vienes para acá después de la terapia y pensamos qué hacer?", "¿por qué no nos vamos a Corozal por fin los dos?"), pero alcanzó a entender que no era que su amigo se hubiera vuelto un cínico, y un simple amante de paso, sino que se había resignado a que ni siquiera su vida estuviera en sus manos.

Se anunció en la puerta del garaje: "Voy para donde el profesor Horacio Pizarro". Parqueó el carro en la zona de visitantes con el corazón atorado entre los huesos. Subió sola en el ascensor y caminó a la puerta de la entrada de su paciente preguntándose "qué haría mi papá si fuera mujer".

El sonriente profesor Pizarro, que caminaba, cojo y entorpecido, con un paraguas reducido a bastón, le preguntó "¿y a usted qué le pasa?" apenas le abrió la puerta: seguro que estaba pálida y transfigurada y lejos de la mujer que contagiaba optimismo en las sesiones pasadas. Ella dijo cualquier cosa primero: "Es que lo único peor que un trancón en Bogotá es un trancón a fuego lento". En el camino a la habitación en donde habían llevado a cabo las dos primeras sesiones, reconoció que su novio, que hasta hace poco lo llamaba "el man con el que estoy saliendo", acababa de ponerle un ultimátum. Después, mientras él se resignaba, bocabajo, a que ella le hiciera los masajes con hielo y con cremas y los ejercicios dolorosos de siempre —sostenga la pierna, profesor, sosténgala—, se convirtió en una de esas personas que de golpe ya no pueden callar su intimidad.

—Yo de usted me quedaba con el eterno marido que le aguanta todo —dijo el profesor tumbado en la cama entre dientes y sin aire—: porque el mundo está repleto de almas en pena que cometieron el error de dejar para después su casa y lo mejor que le puede pasar a uno es dar con un loco que va a ser siempre él mismo. Pero míreme solo, engarrotado e impedido antes de tomarme en serio.

Si llamara a su papá a Montería, que el viejo hermético e indescifrable ni por equivocación contesta el teléfono, seguro que le diría lo mismo palabra por palabra: "La vida no sucede en la cabeza, Malena, sino en la casa". Se casaría con el subgerente Triana como diciendo "ok" en vez de "sí" y "está bien" en lugar de "acepto", y sería el triunfo de la vieja escuela, de los hombres de los de antes, de cierto machismo que no golpeaba ni violaba, pero minaba poco a poco a sus víctimas, y sería la victoria de la vida cuando nadie aparte de los filósofos había escrito instrucciones para vivirla, y cuando aún no había mandalas ni horóscopos ni psicologías ni espiritismos ni adivinaciones que revelaran el destino y la tras escena y les llevaran la contraria a las pesadas costumbres de siempre.

—Si usted fuera un hombre le daría el mismo consejo, Magdalena, que prefiera los aburridos a los ingeniosos por si acaso: no vaya a creer que le estoy diciendo que se rinda —le aclaró poniéndose bocarriba como un veterano de guerra.

—Si yo fuera un hombre, seguro que usted no se dejaría hacer estos masajes —le respondió ella, cansada de tanto oírse a sí misma.

—Seguro que no, porque qué susto da todo hoy en día, pero por estos días prefiero responder "sin comentarios" a esa clase de acusaciones como un político en campaña.

Magdalena sonrió mientras le pedía a su paciente que se diera la vuelta y siguió sonriendo cuando empezó a prepararse para ponerle las agujas de arriba abajo en la espalda. Pobre el largo profesor Pizarro que no cabe en la cama: ahora estaba dándole las gracias a ella por haberlo defendido de "la bruja esa" en Facebook y diciéndole que hiciera más bien lo que le diera la gana con su vida porque él no quería seguir teniendo la culpa de todo. Pobre profesor que en el fondo no cree en la acupuntura —y por ello, quizás, sólo le estén sirviendo los torturadores masajes con la yema de los dedos en el centro de la nalga— pero se ha aguantado ya tres sesiones con agujas para que su esposa y sus hijas dejen de joderlo.

Desde el puro principio se dio cuenta, porque siempre ha sido muy mala para leerse a sí misma, pero muy buena para leer a los demás, de que Pizarro no era un hombre arrogante que despreciaba a las mujeres, sino un viejo asustado por lo que viene en la vida: un mundo sin filósofos y sin él, un mundo en puntillas. Se vestía siempre igual para no perder ese tiempo. Tenía buen humor. Era capaz de reírse de su cojera, de su pánico escénico de la mañana a la noche. Hablaba con frecuencia de la gracia de su esposa Clara, sí, sin condescendencias, sin anuencias. No tenía una opinión particularmente buena de sí mismo, faltaba más, y no era truco ni falsa modestia. Y se veía contrahecho, como una fruta redonda y jorobada con piernas largas, porque no podía creer que su propia colega hubiera querido ajusticiarlo en Facebook por un desliz que podía no haberlo sido: eso era todo.

Magdalena había notado en las últimas dos sesiones, en el camino de la habitación a la hielera del congelador en la cocina, que ese apartamento estaba viniéndose abajo. La señora Teresa, la empleada de confianza, que se había encontrado las dos terapias pasadas poniendo los ojos en blanco por las terquedades del profesor, iba un par de veces por semana a lavar la ropa, a limpiar los baños, a llevar a los armarios las chaquetas y los zapatos abandonados por ahí, a sacar las bolsas de la basura llenas de cajas de pizza de todas las carnes, a botar los quesos vencidos que quién sabe en qué momento había comprado en el supermercado. Y sin embargo el lugar era como un refugio en tiempos de guerra, como una casa de viejos en la que ya sólo vive el último hijo.

¿Y esas canecas rebosadas? ¿Y esos libros viejísimos abiertos en cualquier mesa? ¿Y esas costras de polvo y de motas que se están apoderando de las fotografías familiares del mueble de la entrada? ¿Y esa raqueta de squash sobre la mesa de la sala? ¿Y esa esquina con ese rompecabezas de mil quinientas piezas de *El beso* de Klimt?: ¿se quedará ahí, en el comedor, de aquí a siempre?

Estaba segura de que su papá, allá en el apartamento en Montería, también se portaba como un soltero ceniciento con amigos imaginarios, como un viejo que esperaba con ilusión de muchacho el futuro de los viejos.

Pizarro esperaba como una carta de las de antes el nacimiento de su primera nieta. Contaba las semanas para que su esposa regresara de Boston, la ciudad en donde habían sido tan jóvenes, después de cuidarle a su hija un embarazo de alto riesgo. Pasaba las horas, según le dijo, trabajando en un ensayo largo sobre los eufemismos en el habla de la Colombia en guerra, pero era clarísimo para ella que en realidad se le iba el tiempo lamentando su soledad, regodeándose en el dolor de estar siendo jubilado por las vías de hecho y —sobre todas las cosas— revisando una y otra vez en una misma hora el post incendiario de esa bruja que había arruinado su semestre y su vida: 2.130, 2.144, 2.172 likes.

—De verdad gracias —le dijo el profesor, hecho un anciano descamisado a los cincuenta y ocho, cuando logró sentarse en la cama—: sí, me dijo viejo a mí, que estoy en la flor de la vida, pero no cualquiera se atreve a decirle a esa fiera asquerosa lo que piensa.

Confiada en la amistad lejana pero cierta que habían tenido hacía quince años, y blindada por la amistad cercana y perturbadora que seguía teniendo con Diego, la desprevenida Magdalena Villa había comentado lo siguiente, valga la pena repetirlo, bajo la denuncia de Facebook de Gabriela Terán: "Gabi: me da asco el machismo taimado que se confunde con cualquier cosa, y siempre te he querido y te he idolatrado, pero pienso que este hombre no es un villano, sino un viejo". La profesora Terán le había respondido ayer mismo, quince minutos después, con una perorata destemplada y sin comas celebrada por decenas de lapidadores: "Lena: me da tristeza enterarme de que aún no has muerto por este comentario pobre e inútil que le da aire a un depredador que ha sobrevivido durante décadas por obra y gracia de amigotes que como tú han repetido que no es un villano sino un tonto: ¿te has preguntado por qué luego de publicar su comentario misógino decoró su muro con una pintura de Klimt de un hombre forzando a una mujer?".

—No sabía que me había respondido —contestó Magdalena cuando estaba a punto de abrir la puerta de salida.

Se quedó bajo el umbral revisando, con la tensión alta y la cara roja, el perfil de la profesora Terán en Facebook. Cuando acabó de leer la andanada contra ella, miró al profesor como diciéndole "¡pero esta mujer está loca...!". Se encogió luego de hombros y manoteó en vez de gritar "que se joda: no necesito este problema en este momento de mi vida". Y dijo adiós, y "nos vemos el viernes", antes de perderse en el ascensor.

El profesor Pizarro se quedó mirando el pasillo frente a su apartamento como si sus vecinos tuvieran las orejas pegadas a las puertas, como si fuera a aparecer un fantasma si se quedaba esperando un buen rato. Después cerró la puerta con doble seguro: clac, clac. Buscó el teléfono para pedir a domicilio la pizza de carnes aunque no fuera el mejor desayuno. Quiso sentarse a escribir, a entretener esa obsesión, pero lo aplazó todo porque pensó que mejor llamaba a su esposa.

No pudo llamarla, y entonces jamás pudo decirle "me siento mejor", porque a las 9:58 a.m. del lunes 15 de febrero vio en la pantalla de su iPhone el nombre escalofriante de su verduga.

Hubo un tiempo en el que podía botársele el teléfono a alguien como cerrándole la puerta en la cara: "¡Hasta nunca!". Se clavaba la bocina en la base como haciéndola estallar: ¡tas! Pero el profesor Horacio Pizarro tuvo que esperar a que su enemiga colgara porque tenía los dedos demasiado grandes para presionar rápido el punto rojo sobre la pantalla de su iPhone. Sí, ella lo matoneó con voz de amiga, y con modos de nueva directora del Departamento de Filosofía, como si una fuera la colega seria y otra la juez implacable de Facebook: "Tienes que entregar tu libro en mayo", "no puede ser que después de dos semanas no te hayas reunido con la estudiante a la que estás dirigiéndole la tesis", "tenemos que buscarte otro oficio, quizás en otra facultad, para que estés cumpliendo tu contrato", le dijo. Y él sólo dijo "ajá" y "por supuesto" y "cuenta con eso" y "qué sugieres" y "adiós".

Y no sólo se tragó la lengua, hecho un gigante eunuco, sino que se quedó para sí con el viejo, reparador, inagotable gesto de colgar el teléfono con rabia: ¡tas!

Pero yo no me muevo de aquí, yo no renuncio. Que se caiga el mundo si es preciso, y armen grupos de Facebook contra este pobre hombre que simplemente estaba siendo cariñoso con sus hijas, y digan que reivindicarle a la mayor la decisión de ser madre es ser machista y que agradecerle a la menor el rompecabezas de *El beso* de Klimt era celebrar la misoginia, y lean todo lo que alguna vez hizo y alguna vez escribió como pruebas de su odio soterrado hacia las mujeres, pero él no se va de la universidad en la que ha trabajado desde que era un filósofo que protestaba por los desmanes de los Gobiernos —y no se va del departamento en el que ha sido una estrella: por qué se va a ir— si no lo sacan a patadas, si no aparecen los mismos que lo contrataron a decirle que se largue.

Seré un cojo que frena a los demás en las escaleras. Seré un tullido que se demora una hora subiendo las escaleras renegridas del departamento. Pero seré un lisiado con empleo.

Tuvo la tentación de llamar a sus tres mujeres allá en Boston. Quiso llamar a Clara, su esposa, su testigo y su consciencia, a contarle en qué afrenta iba el asedio, pero tuvo la conversación en la mente antes de marcar su número, y no fue una conversación buena. Pensó entonces en hablar con sus hijas para ponerlo todo en perspectiva y sentirse por encima del bien y del mal, porque qué importan el mundo y sus esbirros si las hijas están a salvo, pero no encontró por ningún lado el ánimo que se necesita para hacer el papel de padre. Sólo fue capaz de decirse "será llamar a la gorda, pero será después…" mientras buscaba el canal de clásicos en el televisor y se acomodaba a ver *Tora! Tora! Tora!* en la silla de madera que era la única que aún soportaba. De tanto en tanto pensó "apenas se acabe la película la llamo…". Sólo tomó fuerzas cuando había pasado una semana.

Se bañó todos los días a regañadientes porque jamás había dejado de bañarse. Capoteó como mejor pudo el maligno calor sin sombra que estaba enloqueciendo a Bogotá. Lidió con las dos apariciones de Teresa, la empleada de siempre, que vino a barrer y a aspirar y a lavar las tazas de café y a decirle "usted se va a enfermar si sigue aquí encerrado como un vampiro". Recortó de *El Espectador* algunas noticias indignantes que podían servirle para sus eufemismos: "La guerrilla del ELN voló una vez más un tramo del oleoducto Caño Limón-Coveñas"; "comienzan las plegarias de cuarenta días por la vida frente a una clínica de abortos"; "testimonios sobre descuartizados en la Cárcel Modelo"; "el funcionario que juguetea con un alférez en aquel video de alto contenido sexual asegura que indujeron sus palabras y sus actos". Leyó a Searle para darse un empujón: "Hablar un lenguaje es realizar actos de acuerdo con reglas". Habló con sus tres mujeres de puras cosas prácticas: "Aquí leyendo para empezar a escribir"; "Pizarro: no se le olvide que el viernes hay que pagar la cuenta del agua"; "no está alcanzándonos la plata"; "tengo los pies hinchados pero en internet dicen que es lo normal para el sexto mes"; "me estoy temiendo que la acupuntura no sirve para nada"; "pero ese piloto nunca para en Boston, ¿no?".

Y espió el Facebook de la bruja esa para echarse un poco de sal en la herida: 2.324 likes, 751 veces compartido, 344 comentarios contra él.

De resto vio películas viejas: *Cómo robar un millón de dólares, La comezón del séptimo año, ¡Qué verde era mi valle!, Zorba el griego, Patton, A la hora señalada*. Pidió la pizza de todas las carnes como resignado a sus obsesiones. Y el martes 23 de febrero hacia las dos de la tarde, cuando se acabó *Érase una vez en el Oeste* porque todo tiene que acabarse, en un arrebato de "estoy muy viejo para dejarme ganar de la depresión" marcó el número telefónico de la combativa y sonriente y entusiasta Flora Valencia antes de que le dejara otro mensaje de voz de los suyos: "Profesor Pizarro: soy yo otra vez, Flora, para preguntarle si pudo leer mi e-mail o si es posible que nos veamos esta semana para que yo le presente a usted la idea que tengo para la monografía…".

La Luna creciente pasaba por Tauro. Seguía haciendo el mismo calor asfixiante, irrespirable, del principio del año: veinticinco grados centígrados nunca padecidos aquí en Bogotá. Seguían lloviendo noticias inverosímiles, sí, el fallecimiento del sabio Umberto Eco y los niños que a estas alturas de la antigüedad mueren de hambre en La Guajira y esa absurda pedagogía para la paz emprendida por los cabecillas de las Farc —escoltados por guerrilleros armados, sí, porque quién confía en los militares y en los curas y en los estadistas de acá—, pero todas las noticias son inverosímiles de cierto modo. Todavía se sentía paralizado, interrumpido más bien, por una harpía envidiosa. Pero hasta cuándo podía aplazar la realidad, hasta qué punto podía, ahora que estaba solo —y quién no es un niño si está solo—, jugar a las escondidas sin que lo encontraran.

—Cómo le va, Flora, con su difunto director de tesis —le dijo entre carraspeos de tímido.

—Cómo está, profesor Pizarro, qué felicidad saber de usted —le contestó ella entre griticos de fan—: al quinto mensaje que le dejé pensé que no me iba a llamar usted, sino la policía.

—Esta conversación está siendo grabada y monitoreada, sí —agregó como participando a regañadientes en el chiste.

—Yo tengo muchas cosas que decirle, profesor, tantas que no sé por dónde comenzar.

—Pues justo le iba a decir que nos sentáramos un día de la otra semana, tal vez el miércoles 2 o el jueves 3 de marzo —dijo revisando el calendario que tenía su esposa en la mesa de noche—, según lo que usted pueda.

—¿Y no se puede antes, profesor, el fin de semana por ejemplo, por favor? —dijo su urgencia de niña que no sabe qué es urgencia—. Es que estoy trabajando en un texto para el comisionado de paz con mi profesora de Constitucional: es que yo también estudio Derecho.

—Pero este fin de semana estoy lleno de compromisos familiares y luego tengo que trabajar en mi ensayo y además estoy dedicado a los clásicos —improvisó tartamudeando—: ¿qué tal le queda el viernes 4?

Ay, el tiempo, cuando todos estábamos vivos, en el que uno podía esperar una nueva película de Truffaut, o podía sufrir porque el nuevo disco de Lennon no se conseguía en Bogotá, o, como no había Facebook ni Twitter ni Instagram ni ningún panóptico de mierda, podía ser una persona según la persona que tuviera enfrente, podía ser un padre y un hijo y un nieto y un hermano y un amigo y no una sola persona cercada por sus opiniones y sus gustos y sus palabras sueltas. Ay, el tiempo, cuando su mamá le decía "cuidado: acuérdate de que tienes dos hijas", en el que era él el que denunciaba las torturas y escribía contra la soterrada dictadura del ejército y describía el lenguaje colombiano para probar que era de gramáticos segregadores y de violentos y de taimados.

—Mándeme la sinopsis a mi correo —se despidió culposo—: y el viernes 4 trabajamos desde temprano si usted puede. Colgó el teléfono. Y, como un niño que se queda atrás porque nadie le ruega que siga adelante, se escondió del mundo todo lo que pudo, todo lo que es posible hasta que se le viniera encima la fecha señalada. Soportó la cantaleta de Teresa, la empleada: "Si sigue pegado al Facebook se va a acabar de enloquecer". Lidió la charlita de don Caín, el repartidor de pizzas: "Cómo me le va a don Horacio", "la propina es voluntaria don Horacio". Recibió bocabajo el desahogo de Magdalena, la acupunturista: "Ay, le dije sí", "ay, no sé si estoy cometiendo un error". Sobrellevó siempre con la misma frase, "dígales que el viernes 4 estoy allá", las llamadas insidiosas de la señora Yepes: "Profe: es que aquí me preguntan que cuándo va a pasarse sumercé por el departamento".

Rindió cuentas a su esposa y a sus dos hijas, y ya no pudo ocultar su molestia por lo poco que estaba ayudándoles allá en Boston su yerno piloto, y ya no consiguió pronunciar con convicción mentiras como "que se queden con su bendito departamento", "qué me va a importar a mí lo que piense esa gente", "es que dejé de meterme a Facebook": tener una familia es arruinar la tras escena, perder para siempre la oportunidad de engañar al mundo entero, y sus hijas, que conocen de memoria su misterio, terminaron rogándole que viajara a verlas en Semana Santa así quedara con la tarjeta de crédito a tope, y su esposa Clara terminó la semana diciéndole "yo no se lo digo nunca para no revolvernos las tripas, pero esta puta falta que me hace no es cualquier cosa, Pizarro".

Poco leyó: "No toda ocurrencia de una expresión referencial en el discurso es una ocurrencia referencial".

Poco releyó lo que había escrito para retomar un día la escritura. Dijo a sus viejos amigos y a sus viejos colegas, que no paraban de invitarlo a planes familiares, que no tenía tiempo.

Se le fue el tiempo: hubo un tiempo en que se le iba así y así volvió a irse. Siguió espiando en Facebook, siguió fantaseando con las pocas amigas que le quedaban allí y no fue un viejo verde porque no tuvo testigos, pero se sintió un poco menos asediado que de costumbre: los nuevos escándalos de primera plana —la captura del hermano del expresidente Uribe por supuestos vínculos con el paramilitarismo, y el paso por la Fiscalía de los hijos negociantes del jefe de la oposición, el mismo expresidente Uribe, para aclarar que nada tenían que ver con nosequé zar de nosequé bajezas— no le contagiaron la ira que le habrían contagiado si sus hijas siguieran atrapadas en este país que se resiste a resistirse y sirvieron más bien para que los personajes caricaturescos de las redes sociales lo dejaran en paz.

El viernes 4 de marzo de 2016, que Venus, su regente, estaba directo en Acuario, y entonces negaba una nostalgia insalvable por su familia —pero cómo dejar todo a estas alturas de la vida, pero de qué diablos vivir allá en Boston ya de viejo, pero por qué pensé yo que no iba a llegar el día en que este dinero no iba a ser suficiente—, se levantó con taquicardia y retorcijones y dolores de espalda como si fuera a presentar un examen oral en francés. Retomó, atragantado, la pantomima de cada día: la afeitada bajo el agua hirviendo, el ayuno, las noticias entre el carro, el calor nunca visto en Bogotá, la mirada esquiva del vigilante, el viacrucis por las escaleras renegridas, la mirada extrañada de los profesores jóvenes, las palmadas en la espalda de los viejos solidarios con los viejos.

Nada fue peor, sin embargo, que poner los ojos en los ojos fijos de la nueva directora del departamento: Gabriela Terán.

Que se quede con esto. Ya qué. Ya fue. Que tenga claro que todas las palabras que me diga serán respondidas con alguna ligereza para salir del paso: "Tienes toda la razón". Que se porte nerviosa —como huyendo, como teniendo claro que si se detiene a hablar conmigo va a ser claro que ya no hay nada más que hablar— de aquí a que alguno de los dos no vaya al entierro del otro. Eso: pídeme un minuto con el dedo índice, desde el otro lado del pasillo, porque todo esto ha sido sobre humillarme, sobre aniquilarme, sobre anularme para ningunearme cuando apenas me esté reponiendo de la puñalada trapera. Eso: espérame en el umbral de tu oficina, bruja que caza brujas, que yo no tengo ningún problema en firmarte la derrota.

—¿Pensaste en qué más hacer para llenar las horas? —le susurró como si ella siempre fuera tan prudente—: Consuegra me está enloqueciendo de tanto preguntarme.

—He estado perdido porque me pidieron escribir un documento para el comisionado de paz... —empezó a mentir el profesor Pizarro.

—Sí, pero... —quiso interrumpir la profesora Terán.

—Y he estado pensando, y ya tengo a un puñado de alumnos conversados, en montar un grupo de investigación sobre lenguaje, violencia y reconciliación, pero no sé...

No sé si vas a vomitar, pálida y agrietada, con esa cara de haber sido sorprendida cuando ya nada podía sorprenderte. No sé si te has quedado sin vilezas por decir. No sé si el hecho de que estés carraspeando, respirando hondo, tragando saliva tóxica, significa que te he puesto en jaque, que me he levantado de la lona cuando el conteo iba en ocho, nueve. Es que tú sabes bien quien soy: lo que tú no eres. Y te emputa que el tema de la paz llegue a lavarme la imagen. Y sea claro para todos que esta mujer que ahora está diciéndome "¿y con qué facultad podrías hacerlo?", como diciéndome "no cuentes conmigo", no es una feminista aguda que ha sido capaz de poner en evidencia un machismo tan hondo que ni él sabe que lo tiene, sino una resentida, una envidiosa, y ya.

Ay, cuando nada era tan complicado, cuando vivir no era caminar junto a arenas movedizas y una persona agria y vil no podía pasar por sagaz.

Tuvo un rapto de lucidez como si alguien hubiera hecho paréntesis por él. Se vio de golpe a sí mismo —se vio desde arriba como si hubiera dejado su cuerpo largo y enclenque y barrigón— sentado en una silla de hierro en una pequeña panadería llamada *Mi Rincón Francés*, en la cumbre de una empinada calle de piedra del barrio La Candelaria, en el viejo centro de la vieja Bogotá que creció como una mancha, en el meollo de un país en el que lo mejor es encerrarse a ver los clásicos si uno tiene plata para la televisión por cable, en la esquina de un continente que ha estado sepultando sus fantasmas en tantos parajes cenagosos pero los fantasmas suelen levantarse de las fosas comunes, en la cubierta de un planeta que no tiene la culpa del fracaso del hombre, y de la mujer, je.

Se vio a sí mismo como volviendo a su cuerpo: de la esferita azul a la cordillera de Pandora, del país embrujado desde quién sabe qué siglo a la ciudad empeñada en sabotearse, del barrio plagado de susurros y de gritos en las ventanas de las casas de los próceres a la panadería francesa que quién sabe cómo hace para cumplirle a la rutina, de la mesa coja de la pared junto al escaparate lleno de tortas a la silla fatal para el jalón de la ciática frente a una maciza y tatuada y bajita estudiante de Filosofía que no paraba de hablar: blablablá. Y, bajo la mirada de un viejo cliente y un par de noviecitos, alcanzó a decirse entre dientes "esto no tiene pies ni cabeza", "y ya lo mejor es morirse", pero la obstinada Flora Valencia lo obligó a quitarse esa sensación de sinsentido porque le preguntó tres veces "¿qué dijo, profesor?" con esa voz gutural, y la tercera fue la vencida: "Nada, nada".

—Pero si usted tuviera que definir su monografía en una sola frase cuál sería —preguntó Pizarro, de vuelta en su vida cualquiera, en vez de reconocer que no había estado oyendo ni una sola sílaba de la perorata.

—Diría que se trata de responder esta pregunta —dijo arrancando un mordisco de croissant de chocolate y almendras y apurándose una Pony Malta—: cómo se alimenta el hardware que es el mundo del software que es cada quien.

—"Cómo se alimenta el hardware que es el mundo del software que es cada quien..." —repitió el profesor palabra por palabra como poniendo los pies en tierra firme.

—Cómo el poder de la mente para fingir realidades, para creer en las ficciones y tener fe en las plegarias, no sólo guarda relación con el pensamiento dramático, sino también con la ciencia, profe —dijo la eufórica Valencia, con los ojos más grandes y las mejillas coloradas, como una niña que ha conseguido captar la atención de su padre ausente, y entonces empezó a leer con voz de niña de primaria la sinopsis que había redactado y había corregido durante tantas horas y luego había enviado por e-mail al profesor—: "¿Hasta dónde llega la mente?, ¿todo es físico?, ¿es cada uno de nosotros, usted y yo y mi padrastro y mi exnovia para empezar, un pequeño archivo de un gran computador, una mente entrelazada con todas las mentes entre una mente global, un arquetipo de un tarot inconmensurable, un perfil peculiar del vasto Facebook?, ¿puede la filosofía de la mente, ciencia o magia, explicar lo que es verdaderamente importante?, ¿y si Dios y los extraterrestres y los traumas de la infancia en realidad son las mentes afectando a las otras mentes?, ¿y si las mentes son como planetas pasando por encima de las mentes?".

El profesor Horacio Pizarro no sabía qué decir, ay, aparte de reconocer que era un personaje secundario de otro tiempo, que estaba muriendo con las botas puestas como el coronel Blimp de la película del otro día.

Por un lado pensaba y volvía a pensar "pero a quién le importa si cada hombre —y cada mujer, je— es una neurona con su función en ese gran cerebro", y se sentía perdiéndose de su familia y aplazando su vejez.

Pero por otro lado se sentía empujado a imaginar un mundo en el que cada quien interpretaba su papel en Facebook: la bruja, la gorda combativa, la madre enloquecida, el patriarca apuñalado, la esposa sabia, la hija embarazada, la hija enérgica, el zángano, la yogui, el viejo, el yuppie, el cándido.

—"¿Y si Jung y Einstein y Putnam y Dennett y Fodor y Wittgenstein y Teofrasto están diciendo lo mismo en otras palabras?".

Pizarro estiró la mano y abrió el puño para que Valencia le entregara la sinopsis: sólo le faltó chasquear los dedos. Se puso frente a sí mismo la hoja sobre la mesa, que era el e-mail que nunca había abierto, y lo leyó. Entonces somos una suma de mentes y de mentes atrapadas —porque nos resistimos: podríamos estar libres— en una mente total. Entonces Descartes estaba mintiendo: la mente y sus percepciones podrán estar separadas del cuerpo, pero sí ocupan un espacio. Y están vivas entonces las preguntas de siempre. ¿Por qué y para qué y en dónde y cuándo existe la consciencia si todo es materialismo? ¿Es la consciencia, con sus sincronismos, otro ejercicio del cerebro? ¿Es la consciencia materia que modifica la materia? ¿Cómo puede venir lo inmaterial de lo material? ¿Por qué y para qué y en dónde y cuándo existe la ficción: cómo viene la ficción desde la realidad física?

¿Es la ficción esa percepción de la realidad física, esa "qualia"? ¿Cómo es atender, recordar, percibir como otro? ¿Qué sucede apenas uno entiende que "esto es así pero es así para mí"?

—Puro esoterismo —dijo el encorvado profesor Pizarro, mirándola fijamente, sin enderezarse en su silla—, pero está divertido, sí.

Oh, "divertido": "divertido" era la palabra que solía usar él, cuando aún era "el legendario profesor Pizarro", si le parecía que el trabajo de un estudiante valía la pena y lo empujaba un rato fuera de sí mismo. Flora Valencia dio unos pequeños aplausos y unos zapateos de niña y exclamó "yei". Repitió "divertido" como diciendo "cinco sobre cinco". Dio una mordida a su croissant con chocolate y almendras que se estaba derritiendo porque todo era un horno en Bogotá. Estaba sudando la pobre en una camiseta sin mangas que tenía pintada la secuencia de la evolución desde el mono hasta la mujer. Sus hombros rectos y sus brazos tatuados, "Beside you in time" y la muñeca anime haciendo porquerías, ya eran lo usual. Su piercing en la nariz, un anillo pendiendo de una fosa nasal que la hacía ver precolombina, sí era nuevo para él.

Y su cara de niña que no lograba disfrazarse de universitaria. Y su casco y sus patines y sus protectores llenos de calcomanías de calaveras para volver a su casa.

—¿Qué tal este hijo de la gran puta? —gritó, de pronto, la cajera detrás del mostrador—: A mí me llega a salir con eso mi marido, si todavía tuviera marido, y lo voy es devolviendo por donde vino.

Subió el volumen para que la clientela de *Mi Rincón Francés*, en la calle 12C # 3-64, escuchara desde la puerta hasta el patio lo que estaban contando en la radio: que ayer un jardinero de apellido Monroy se amarró con cabuya a uno de los árboles junto al CAI del parque despejado y verde del barrio Modelia, porque de no haber sido así, según dijo a los agentes del lugar, entonces habría asesinado a su mujer "con el machete", y todo por haberse metido, "la muy perra", con su compañero cuando él andaba arreglándoles los jardines a las sucursales de un banco en Bucaramanga. "Qué imbécil", dijo el viejo cliente, "yo la macheteaba". "Ya sé qué quiero de regalo de matrimonio: una cabuya", bromeó el noviecito ante el desconcierto de la noviecita. Y nadie se rio porque ese 2016, si usted lo recuerda, todo estaba en suspenso y minado y a punto de volverse pesadilla.

El profesor Pizarro vio la decepción en la cara de Flora Valencia, ay, Dios mío, yo no fui. Quiso decir algo, pero antes, antes de que cometiera un error, habló ella.

—Justo anoche estábamos trabajando con mi profesora de Constitucional en un documento sobre el feminicidio —le aclaró—: el año pasado hubo cuatro al día, ¿sabía?, ¿supo?, cuatro al día.

—Pero lamentablemente usar la palabra "feminicidio" no va a resolver el problema.

—Pero como escribió en 1984 el profesor Horacio Pizarro, o sea usted, "el lenguaje es una ficción, pero al final es también un lente".

—Yo no soy un machista —le susurró a esa alumna iluminada e inocente que ahora recordaba como la sapa que levantaba la mano en todas las clases del primer semestre, pero es que en ese entonces no tenía ese anillo colgándole de un fosa ni tenía esos tatuajes en los brazos.

—Yo sé, profesor, yo he estado defendiéndolo en Facebook todo este tiempo —le dijo ella bajando la mirada como pidiéndole excusas en nombre de la humanidad—, pero no soy la mejor abogada porque odio las bajezas y las groserías.

—Yo le juro que he sido un buen hijo y un buen esposo y un buen padre —declaró con una extraña voz quebradiza que ni él mismo se esperaba—: yo no habré entendido del todo lo duro que les toca a las mujeres, que por mis hijas lo he visto, pero siempre he vivido pensando que las que me rodean son más inteligentes que yo.

—Yo sé, profesor, no tiene que decírmelo a mí que he visto lo que han hecho esos hachepés —le dijo Valencia dándole palmadas en la mano vieja y venosa que estaba demasiado vieja y demasiado venosa para su edad—: y yo siempre me he sentido respetada por usted.

—Yo he vivido detrás de mi esposa y detrás de mis hijas como si me estuvieran pagando —continuó, encharcándose los propios ojos, fascinándose con su habilidad para ir enlazando las palabras—, y nunca he pensado mal de ellas por ser mujeres ni he pensado que estén más locas que los hombres, y he tenido colegas extraordinarias como la misma Terán, y nunca he tenido amigotes hombres para irme de farra a un bar de putas y de travestis, y no me he reído especialmente cuando alguien hace

chistes sobre lo mal que manejan las mujeres, y sí, he coquetea-
do con otras en mis décadas y décadas de matrimonio, pero,
por miedoso o perezoso o lo que sea, me he tragado la lengua y
me he amarrado el cuerpo cuando me he quedado deslumbrado con una alumna y todo ha ocurrido en mi cabeza y nunca
he llegado a la casa después de cometer un pecado.

—¿Pero usted por qué no les dice todo eso, usted por qué
no les calla la boca, profesor, y los manda a la eme? —dijo Valencia, en el borde de su silla y con la comisura de los labios
llena de chocolate, con cara de haber estado esperando este
momento—: Es que nadie puede decir nada malo de usted.

Manoteó. No dijo "allá ellos" ni "para qué si ya me conde-
naron" ni "que les den por el culo", sino que lanzó la mano en
el aire, cansado, como cerrando esa puerta. Contó un par de
cosas más con la ilusión de que otra verdad echara a rodar: que
Terán le había confesado una vez en un viaje que quería adoptar un niño y que había estado enamorada de él cuando le había dictado Filosofía Moderna, que Terán no era en la intimidad la mujer políticamente correcta que era en Facebook, sino
una mujer cargada, llena, repleta de humor negro que sacrifi-
caba a quien fuera con tal de que sus chistes tuvieran efecto. Se
desahogó. Se dejó ver deshecho y amargo y con la tensión alta
en las sienes. Se dio cuenta de que necesitaba saber de viva voz
de qué lado estaba su alumna.

—Y ahora, de un día para otro, esta bruja quiere sacarme
del departamento, pero yo no me voy a dejar, no: estoy armando un grupo de investigación, "Lenguaje, violencia y reconciliación" o alguna cosa así, ahora que sólo se habla de esa mierda
de la paz.

—¡Yo quiero estar! —aplaudió y zapateó Valencia sin reparar en la grosería—: Y seguro que mi profesora de Constitucional nos ayuda a montarlo apenas vuelva de La Habana.

—Y a ver si la harpía esa es capaz de sabotearme esta vez
—continuó como pasando por encima de la frase de ella, pero
apenas dijo "esta vez" cayó en cuenta de lo que Valencia acababa de decirle.

No había aire. El aire estaba afuera y se negaba a entrar. Empeoraba el calor y empeoraba todo: veintiséis grados centígrados bajo el sol sanguinario de Bogotá. Quizás a Pizarro le era imposible dejar de ser un hombre de cincuenta y ocho años. Tal vez dejaba escapar entre sus frases oprobios e infamias de las de siempre, "esa bruja", "esa harpía", "esa gorda", como los maridos de las señoras bogotanas de siempre. Pero ella sí que sabía —no como su generación de teóricos, no como su generación de inútiles que crecieron pensando que eran especiales— qué era ser despreciada por un hombre. Y no era encontrar en un muro de Facebook un artículo que asegurara que las mujeres con hijos eran más inteligentes que las otras. Y no era ser tratada con caballerosidad, ni ser mirada por un par de hachepés como una pequeña gárgola, ni ser definida, en fin, por los lugares comunes de su sexo.

Era ser ninguneada, ser olvidada sin haber sido antes conocida. Era hacer una fila para nada: no existir. Era ser aplazada para siempre e ignorada para siempre como si ni siquiera hubiera sido juzgada, sino que hubiera nacido de una vez en una celda que nadie más ve.

Se veía ahora a sí misma desde arriba en un arrebato de aquellos. Veía las boronas y los restos del croissant en el plato, y los gestos de indignación de la cajera, y las contorsiones de los noviecitos en el patio, y la fachada vieja de la vieja panadería de La Candelaria, y La Candelaria resistiendo el conjurado 2016 mucho mejor que todos nosotros, y Bogotá hecha su propia enemiga y perdida en sus viceversas, y el continente varado en el océano como una isla enorme en donde el hombre experimenta con el hombre, y el mundo empequeñecido y empobrecido por la justicia divina del universo. Pero sobre todo se veía a sí misma mientras su ídolo le pedía auxilio, mientras le daba las gracias como reivindicándola y le decía "bueno, a trabajar", para ser su personaje.

Salió de la biblioteca a las ocho de la noche. Se puso los patines. Se ajustó los protectores y las cargaderas del morral. Se amarró el casco a la quijada cuadrada. Y una vez más le dijo a Pizarro "hasta luego, profe" antes de darle la espalda. Tomó la ciclorruta de la calle 13 entre la demasiada gente —esa señora de abrigo que va mirando al piso, ese viejito de boina y sudadera que le levanta una ceja, ese lavavidrios de cachucha que baila con su cepillo— que va por la vía como si fuera por la acera. Esquivó postes de luz, pancartas de almorzaderos, arcos de hierro, transeúntes, perversos, piratas, vendedores, motos: "¡Cuidado!". Atravesó el aire pegajoso y asfixiante y negro de los exostos. Y patinó entre olores, un, dos, zas, zas, hasta dar la vuelta en la carrera 30. Y se metió luego por la ruta del barrio hasta llegar al apartamento en el *Bosque de los Comuneros*.

Abrió feliz la puerta del lugar, feliz, claro, porque su reunión con el profesor Pizarro acababa de darle forma a su monografía, pero contrajo el gesto y se tragó la sonrisa y cerró la cara cuando vio que el único que estaba esperándola era su padrastro el sometido. Y que tenía cara de "chito que su mamá está brava".

La mesa de vidrio ya no estaba puesta porque la familia comía a las ocho en punto, ni uno más, ni uno menos. Sólo quedaba, sobre el individual acolchonado, su vaso con jugo de mora y su plato aguamarina de todas las noches —bajo las tres luces blancuzcas de las tres lámparas de metal clavadas en el techo del comedor— cubierto por otro plato aguamarina para que no se le enfriara el pollo sudado con ensalada de remolacha que le había servido su madre antes de irse a la pieza a ver en qué iban sus telenovelas: *La esclava blanca* y *Hasta que la muerte nos una*. No había rastros de su hermanito de diecisiete años: "Se fue a la casa de la novia a ver nosequé". Y era triste porque, desde el domingo en que la había visto tomada de la mano de otra mujer, su mamá apenas le decía lo necesario: "Páseme ese quitaesmaltes", "plánchele la camisa limpia a su hermano", "hágame el favor lave los platos", "confiésese".

Y su padrastro, Vladimir, que tenía una marquetería en el 7 de Agosto pero a esas horas siempre estaba vestido con una sudadera pegada al cuerpo porque venía de levantar pesas en el gimnasio, también le hablaba poco y no le decía más "usted es mi hija" porque no quería pelear con la fiera de su señora.

—¿Dónde andaba? —le susurró de la cabecera de la mesa a la puerta—: Su mamá estaba preocupada por usted.

Gracias por preguntar. Estaba recibiendo las lecciones más importantes de mi carrera, Vladimir, estaba poniendo en orden el trabajo que voy a hacer sobre la mente como un software en el hardware de la realidad: "¿Cuando un cuerpo muere adónde va a dar su mente?". Estaba confesándole a mi profesor favorito que me imagino un mundo estruendoso e inhóspito que es una suma de redes de arquetipos en las que cada quien interpreta su papel. Y no me dijo que estaba loca, loca, sino que me fue diciendo "esa idea está en las *Meditaciones*" y "revise este capítulo de *Materia y memoria*" y "todo esto me suena a la substancia divina de Spinoza". Y ahora quiere montar conmigo un grupo de investigación sobre el lenguaje, la violencia y la reconciliación: ¿puede creer?

—Vaya y salude a su mamá que ha estado preocupada por usted desde que llegó del salón de belleza —le respondió su padrastro sin ninguna intención de moverse de esa silla—: felicitaciones, mija.

Flora Valencia asintió y se fue por el pequeñísimo pasillo a la habitación y dijo lo poco que podía decir desde la puerta entreabierta.

"Mamita: ya llegué". "Sí señora: ya voy a comer". "Es que estaba trabajando con mi director de tesis en la universidad". "Buenas noches, madre, que la quiero mucho".

Y le dio tristeza oírle las palabras sueltas de cada noche, "bueno", "ya se le enfrió el pollo", "ah", "acuéstese temprano más bien", "rece", pero se le fue rápido la desazón porque todo lo demás de la vida estaba saliéndole bien. Se despidió de su padrastro con su plato en las manos. Se fue a su cuarto haciendo equilibrio para que no se regaran en el tapete la vinagreta de la ensalada de remolacha y el jugo de mora. Dejó el plato y el vaso sobre el escritorio de los dos, y se le cayó el tenedor al piso, ¡clac!, pero no había nadie dormido a esa hora. Puso sobre la cama de su hermano el desorden de su hermano: esos jeans, esos zapatos embarrados, ay, Víctor, qué mamera, tiene esta pieza vuelta eme, negro. Cerró la puerta: clic. Sacó del morral el portátil marca Dell que había comprado cuando era mesera, y lo abrió sobre su cama y lo encendió.

Y llamó por Skype a su chica, a Sol, que vivía en el mismo conjunto pero en el edificio de enfrente —y su vida era bailar y no era de acá sino de una ciudad del Valle: de Buga—, para que la acompañara a comer.

La alegre y urgente y optimista Flora Valencia, veintidós años, Géminis, estaba tal como ella es porque el despenador Mercurio —su regente— estaba dándoles buenas noticias y devolviéndoles la energía en el trabajo a las personas de su signo. Y entonces comió y cruzó versos de amor y armó planes con Sol como si de verdad tuvieran una vida por delante, como si nadie las estuviera negando y nadie les pidiera todos los días que dejaran el embeleco ese de meterse con mujeres: "Vos tenés los ojos más lindos que hay", "vos sos la bailarina y sos el baile", le dijo mirando fijamente el lente de la cámara, y así lo dijo porque se le pegaba su acento y no temía ser cursi con ella.

Estuvieron juntas, mirándose por las pantallas como mirándose al espejo con testigo, hasta que cada una se quedó dormida en su cama. Vieron al mismo tiempo, por pelispedia.tv, la película que querían ver: *Carol*. Lloraron en las escenas para llorar. Se guiñaron el ojo y se quitaron la ropa para verse así fuera verse así, y estiraron las manos como tocándose los reflejos. Se juraron amor pasara lo que pasara como un par de heroínas mal traducidas de novela del siglo xix. Y se fueron quedando dormidas, "ay, yo te amo a vos", cuando Sol empezó a cerrar los ojos bajo la luz de la lamparita de su cuarto. Si Víctor, el negro Víctor, no hubiera llegado a decirles "¡vístanse par de locas!", hubieran despertado con los cuellos torcidos y los computadores a punto de estallar.

—Bella: mañana te tengo una sorpresa que me vas a besar —le dijo Sol antes de colgar.

Y Valencia sólo supo lanzarle un beso de una vez a su chica, a su amada, "adiós, amor", así el negro Víctor pusiera los ojos en blanco. Bajó el computador. Se arregló para dormir. Le preguntó a su hermano cómo le había ido donde su novia, donde Yuly, que parecía muda y repetía "severo" cada vez que algo le sorprendía, y luego se echó de lado con la sensación —mejor: con esa frase exacta— de que podría ser la mujer más feliz del mundo si su mamá, la mejor manicurista del universo, volviera a quererla. Se sorprendió a sí misma rezando, "Dios mío: que se dé cuenta de que siempre me ha querido así", a pesar de la habladera de su hermano: blablablá. Reclamó lo que pudo, "qué asco, negro, vaya al baño", hasta que se quedó en la mitad de una frase y su mente no supo más.

Se despertó a las cinco de la mañana con ganas de ir al baño. Se levantó en puntillas para no despertar a su hermano, abrió la puerta como quien soporta todo el peso del mundo en la espalda, y se tropezó con su padrastro, ¡ay!, porque salió al pequeño pasillo del apartamento de sesenta metros cuadrados con los ojos entrecerrados. Entró. Cerró la puerta con seguro. Sentada en el inodoro, con una mano cubierta de papel higiénico, notó que Vladimir había dejado el piso de baldosa encharcado, pero que la culpa era de esa cortina de plástico de flores moradas y lilas que quizás era demasiado corta. Bajó el agua con los dientes apretados: su mamá odiaba que no la dejaran dormir hasta tarde. Salió a la sala a darle la cara al hombre que la había criado.

Tenía puesto el apretadísimo uniforme del Sky que le había costado un ojo de la cara —y que lucía incómodo— porque en un rato saldría a la calle para subir el alto de Patios en bicicleta.

Estaba colándose un café en la cocina y poniendo a hacer un huevo duro bajo el susurro de la radio: "Hijos del jefe de la oposición insisten en presiones del Gobierno para que los condenen", "se reactivan protocolos para pedagogía de la guerrilla sobre el proceso de paz". Llevaba el ritmo de su afán con las zapatillas Shimano que siempre limpiaba apenas volvía de la travesía, tac, tac, tac, tac, y se negaba a quitarle la mirada de encima al agua burbujeante. Sólo dijo una cosa completa: "Creo que su mamá está brava conmigo no sé por qué, pero seguro que ahora en la mañana se le pasa porque es que me la conozco de memoria". De resto dijo cosas sueltas: "Tenemos el asado donde unos manes de la iglesia", "nos vemos esta noche", "juiciosa, ¿no?". Y después usó su celular prehistórico para echarle una llamada a su compadre: "Entonces, perro, ¿en la cigarrería de allí nomás?".

Flora Valencia tuvo cuidado toda la mañana: no es normal vivir así, sólo a algunos les es dado temerle a su madre y vivir siempre a la espera de un desencuentro con ella y envejecer lidiándola en vez de tener una relación usual, pero esa incertidumbre en su propia casa era lo normal para Valencia, y no dijo una sola sílaba a la hora del desayuno y no hizo nada aparte de trabajar en su tesis mientras estuvo en su cuarto estudiando y escogió muy bien sus palabras cuando su madre, su padrastro y su hermano se despidieron de ella cada uno a su manera —desde que la habían descubierto de la mano de su primera novia, hacía tres años, no iban con ella a ningún plan familiar, no la llevaban— porque se iban ya al asado donde los evangélicos.

"Hay un jamón de pierna en la nevera", le dijo su madre antes de salir. "Yo veré ese estudio que bien caro me está saliendo", le dijo su hermano sin quitarle la mirada a la pantalla de su teléfono. "Juiciosa, ¿no?", le dijo su padrastro antes de cerrar la puerta, pero él volvió unos segundos después, con la excusa de que se le había quedado su reloj y él sin su reloj no iba a ninguna parte, y le dio dos billetes de veinte mil pesos "por si quiere salir a comer algo".

Vio desde la ventana que en verdad se fueran. Uno, dos, tres: ya. Corrió a su habitación a contestarle el teléfono a su chica: "Amor...". Preguntó cuál era su sorpresa, "¿cuál?, ¿cuál?", como una niña que pregunta qué le van a regalar de Navidad cuando la Navidad aún no da ganas de llorar, pero lo único que recibió a cambio después de poner a Sol contra la pared fue la dirección donde iban a encontrarse a las dos de la tarde: la calle 15 # 16-64. Colgó pero se le quedó la sonrisa... Es que hay que estar haciendo algo bien para tener una novia como mi novia. Es que se me fueron tres años de vida, y me dio gastritis y me dio úlcera, detrás de Natalia: conquistándola sin saber por qué, teniéndola, perdiéndolos a todos por quedarme con ella, perdiéndola, espiándola, rogándole, olvidándola. Y ahora me pasa que hay momentos del día en los que tengo que decirle a Sol que la amo, "vos sos mía...", porque me doy cuenta de golpe de mi buena suerte.

Si le veo la cara de "cómo sos de dramática" con su ojo verde y su ojo gris, si la oigo decir "ya se les pasará a todos la rareza" con su fe en las fuerzas del mundo, si la veo fruncir el ceño mientras hace su tarea de Religión, si la veo tranquila, como con la mente en blanco, sentada en el murito de la entrada del conjunto para tomar el sol, yo entonces pienso "qué suerte".

Se cambió de ropa: jeans, esqueleto, medias cortitas. Se lavó cada hilera de dientes de arriba abajo veintidós veces. Echó los cuarenta mil pesos en el monedero y echó el monedero en el morral. Salió sin hacer mucho ruido, a la 1:33 p.m., porque fueron los vecinos los que empezaron a decirle a su mamá que ella andaba en malos pasos, como si fueran malos pasos ser la persona que uno es. Se puso los patines y los protectores. Se puso los audífonos para escuchar y cantar a todo pulmón las canciones viejísimas que guardaba en el teléfono: "In your head, in your head they are fighting". Se puso el casco para echar a andar su misión. Y arrancó, zas, zas, un, dos, por las callecitas del barrio, y se despidió de los niños que le levantaron las manos e ignoró a las señoras que le dijeron no con la cabeza.

Cómo le gustaba salir del barrio. Cómo le gustaba sentirse entrando a Bogotá como entrando en donde a nadie le importaba de quién estaba enamorada. Cuando tomó la populosa carrera 30, faltando quince minutos para las dos, comenzó a hacer conjeturas sobre la gran sorpresa que su chica le tenía reservada: ¿comida árabe?, ¿salón de videojuegos?, ¿librería de viejo? Cuando empezó a remontar la calle 13, entre los mendigos y los paramilitares de civil y los prestamistas y las putas, tuvo la sospecha de que iban a comprar películas en el San Andresito de San José. Pero apenas llegó a la fachada desquiciada y ruinosa de la dirección, calle 15 # 16-64, **Restaurante El Santero**, pensó por un momento que la vida estaba poniéndole una trampa.

Si no, por qué ese man con la cara vuelta eme y el pelo engominado para arriba como James Rodríguez se me acerca como acercándose para mal. Y por qué no había una sola nube en el cielo ilegible de acá, ni había un solo fantasma en la calle que le dijera "váyase ya".

Entró porque le dio vergüenza salir corriendo: ser humano es ser idiota, y luego negarlo como si los idiotas fueran los demás, y después escribir tratados para borrar las huellas de la estupidez, pero en el trapero año 2016 todo fue mucho peor —y recuerde usted la desazón que sintió en su propio marzo— aquello de cometer errores como si fuera inevitable. Se quitó los audífonos y le dijo "estoy buscando a mi amiga Sol...", y se quedó entonces en puntos suspensivos, al tipo engominado que se le acercó como si su sola presencia fuera la pregunta "cuál es su problema". Si él no le hubiera dicho "¿usted es la que se va a leer las caracolas?" habría empezado a pedir clemencia como las huérfanas violadas en las masacres sobre las que ha estado investigando en estos meses.

Se dejó guiar entre las mesas de madera del restaurante, sí, entre los clientes de todos los pelambres y los estratos, y si mi mamá me viera en estas me diría "usted no sólo es sucia sino que es diabólica", hasta llegar a una oficinita que en realidad era un consultorio como de puesto de salud con una camillita cubierta por una sábana azulada y una pequeña mesa de fórmica y un par de sillas blancas de plástico a lado y lado. Daban miedo sus calaveritas, sus máscaras, sus santos envueltos en collares y sus enormes vírgenes con los enormes ojos encharcados. Sorprendían, y de cierto modo aliviaban, las fotos de los políticos y los actores ("ese es el exministro Posada Alarcón", "esa es la protagonista de *Hasta que la muerte nos una*: Valentina Calvo") rodeando al hombre desnarigado que seguro era "el santero" que le daba el nombre al restaurante. Olía a carne desmechada. Olía a cigarrillo: puaj. Y todo era tan inesperado que incluso los gritos de los comerciantes, que entraban por la ventana, daban miedo.

Se arqueó estremecida, muerta de miedo, cuando Sol le puso una mano en el hombro. Sonrió cuando escuchó "soy yo, soy yo: vos saltás es por todo". Dijo a su chica "qué susto tan hachepé" como exhalando las últimas palabras que había inhalado. Y se volteó y la abrazó y le preguntó "qué es esto" tratando de encontrarle la gracia al asunto.

—Vos me dijiste la noche que nos conocimos que tu ilusión era que un día tu papá te dijera en un sueño que todo va a salirte bien, ¿no, amor, no me dijiste eso?, pues bueno —dijo Sol, enamorada, mirándola fijamente con su ojo verde y su ojo gris—: yo sé que a vos no te gusta creer en estas cosas, pero este es el mejor adivino que vas a ver vos en la vida y es mi regalo de un año de estar juntas.

No alcanzó a digerir el parlamento de su novia porque el señor santero entró de golpe, como si viniera de cirugía a revisar a sus pacientes, preguntándoles cuál de las dos iba primero. Cuando Sol dijo "es para Flora..." comenzó a ponerse de pie porque se dio cuenta de que tenía que salirse. No le pregunten cómo fue porque lo recuerda por partes: que su chica se fue, que ella empezó entonces a sentirse dentro de un horno, que notó que le estaban temblando las manos, que se agarró a la silla porque pensó que se le iba a salir el corazón, que el santero, que se llamaba Manuel Gallego, tenía un sombrerito rojo que parecía parte de su cabeza, llevaba con descaro unos pantalones blancos, acomodaba sobre sus hombros un chaleco amarillo, hablaba con un acento que quizás era cubano, tapaba su nariz desgajada con una mano y todo el tiempo se quitaba las gafas pequeñas y se limpiaba el sudor del ceño.

El santero Gallego echó las caracolas, 14, 15 o 16 grasosas caracolas, sobre un tablerito de madera roída dividido en cuatro partes de la vida. Y, como sólo dos o tres quedaron bocarriba, los orishas comenzaron susurrándole "son tiempos trágicos...".

No recuerda más gestos ni más detalles. Para qué más, no más. Pero tiene claro aún hoy todo lo que el santero le dijo.

Que se tomara todo esto como un mal día. Que no esperara nada de ese año porque a nadie iba a pasarle nada bueno sin que le pasara lo peor. Que se cuidara de los dos martes 13 de este bisiesto. Que ella había sido una niña feliz desde sus primeros pasos. Que su papá, que era el camarógrafo de un noticiero de televisión, había pisado una mina quiebrapatas cuando ella apenas tenía dos años. Que su padrastro había conocido a su mamá el día en que ella entró a la marquetería del 7 de Agosto, viuda y dolida y encrespada, pero cada vez más aferrada a "la iglesia", a pedirle que hiciera un portarretratos del alma bendita de su esposo. Que su padrastro, que un día va a estallar de tanto sentir miedo en su propia casa, ha sido más que su papá: "Florita: es que usted es mi hija...". Que su mamá la desconoce, la rechaza, como una manicurista beata, pero un día no tan lejano tendrá que recibirla de vuelta en su seno. Que su hermano Víctor, el negro, va a tener serios problemas con las mujeres. Que ella quiere mucho a Sol, que es una chica que está en el mundo para notarle las bondades, pero que su gran amor es una mujer que trabaja sirviéndoles a los demás. Y que esa mujer, Natalia, que le han dicho que está de mesera en un restaurante en el norte, siempre la iba a querer y a añorar y a olvidar en vano, pero se negaba a volver con ella porque su novio le había hecho brujería para quedársela.

¿Un día su Natalia le había dicho por teléfono, de la nada y para no darle la cara, que tenían que dejar de besarse en público y en privado porque si acaso eran algo eran amigas?

¿Un domingo se había inventado ella, su Natalia, que estaba enferma de nosequé virus, pero la habían visto más tarde en la iglesia evangélica agarrándole la mano a un nuevo novio?

¿Una tarde de hace un par de años nomás se había atrevido a preguntarle, cara a cara, "pero es que tú no entiendes ni con dibujitos que yo ya no soy como tú"?

¿De nada había servido espiarla desde la acera de enfrente, reclamarle sus desdenes, mendigarle cualquier gesto, pedirle disculpas por errores inventados, escribirle cartas de amor de veinte páginas?

¿De nada habían servido la falta de apetito, la gastritis, las canciones arruinadas, las ganas de lanzarse en los patines contra el camión que venía a toda eme por la calle?

De nada, sí, así había sido. Pero había sido porque el tal novio se la había quedado con trampas, con brujerías de las peores. Iba a salirle mal al malnacido porque nadie queda impune si le vende el alma a los demonios. Sufriría del estómago un buen día. Vomitaría sangre porque sí. Dormiría doblegado del dolor entre su propia mierda: "Ayúdame, mi Dios, y mátame si puedes". Y ahí estaría la embrujada Natalia, secándole el sudor de los surcos de la frente, soportándole los insultos de cuerpo poseído por la bestia, comprendiéndole la violencia de hombre, como un personaje principal convertido en personaje de reparto. Y así sería de ahí en adelante si la consultante —decía el señor Gallego— tomaba la decisión de dejar quieto el pasado, de resignarse a haberlo perdido todo sin haber tenido ni una parte de la culpa.

Pero cómo iba a resignarse Flora Valencia si seguía siendo la mujer que escribía páginas y páginas sobre la reconciliación ante la narración del pasado, si seguía siendo la investigadora que denunciaba el feminicidio.

Eso era lo que habían hecho los hombres con las mujeres desde el principio de los tiempos: embrujarlas y echarlas a la hoguera. Y cómo iba a permitir que eso le pasara a ella en las narices.

Dijo la voz grave de Gallego, el santero, que dicho sea de paso es uno de los cuatro santeros de verdad aquí en Colombia —según se lee en una fotografía con un exvicepresidente de la República de Colombia—, que podía recuperar al amor de su vida si lo que quería era tener al amor de su vida "de vuelta en su destino de forma inmediata", que él mismo estaba capacitado "para realizar un amarre de amor poderoso por muy lejos que esté la persona amada". Esperó unos segundos con la mirada fija en la descorazonada Flora Valencia. Y, cuando no pudo más con el silencio, ella le contestó "tengo que pensarlo", pues estaba convencida de que la pobre Natalia Rojas, que en paz descanse, tenía que escapar de ese embrujo, pero no estaba segura de querer recuperarla con amarres.

—Vendrá a ti en todo caso si desbaratamos ese atado tan fuerte que se le hizo —dijo él mirando fijamente el piercing de ella—: ¿adónde más va a ir?

—¿Y si no se pudieran ya desbaratar las porquerías que le hicieron?

—Se puede, niña, te lo digo yo porque se lo hice yo —respondió entregándose a una carcajada destemplada de espíritu resignado al mal—: jajajajajá.

Siempre, desde que tenía cinco años, y usaba palabras que tocaba buscar en el diccionario, y pensaba más de la cuenta junto a la ventana del apartamento, y se hacía preguntas en voz alta que su mamá se negaba a responderle, había sido claro que este era un mundo demasiado violento para Flora Valencia: una selva sin piedad. Tal vez por ello, porque estaba más expuesta a la mezquindad que usted o que yo, porque la experiencia en la Tierra sigue siendo la cadena alimenticia, su cuerpo pronto se inventó esta persona gruesa que los niños ponían en la defensa en los partidos de fútbol en el potrero que quedaba a tres cuadras de su casa. Pero esto de haber sido derrotada por brujerías era insoportable: esto era la bajeza de la bajeza.

Cómo le habían dolido las cuerdas vocales, los órganos, las vísceras. Había amanecido tantas veces a pesar de sí misma. Había sentido ganas de hacerse daño, sí, de cortarse o de estrellarse o de lanzarse, y antes de eso nunca había querido hacérselo.

Y todo porque un malnacido que habrá visto un par de veces en toda su vida —que no me obliguen a llamarlo como se merece— le había hecho brujería. Sí había sido raro que de un día para otro Natalia le respondiera "porque no me da la gana verte", y que de buenas a primeras le exasperaran sus sonrojos y sus mañas de viejita bogotana, y que de golpe le asquearan sus olores y le dieran vergüenza ajena sus tatuajes. No podía ser que una persona a la que se había amado tanto, que había sido su propia alma y su propio cuerpo —esa vez en Cartagena se quedaron en la cama mirándose y contándose escenas y acariciándose las espaldas—, de un día para otro le dijera "condéname si quieres".

Salió del consultorio de Gallego, el santero, cuando escuchó el último "piénsalo". Cruzó el restaurante contra las miradas de veintipico de personas —y todos serán víctimas o victimarios en el submundo de la brujería, pensó— diciéndoles "no, gracias" a los meseros hasta que se entregó a los brazos abiertos de Sol. Y vos no estás haciendo nada malo, que tu tía te educó para portarte bien, sino queriéndome a mí como me has querido desde que empezamos a salir, pero yo estoy a punto de ponerme a berrear como una niñita porque se me ha revivido por dentro el amor de mi vida, porque ahora qué hago. Tengo su cara en la mente. Las palabras del santero siguen forzándome a resucitarla, a recordarla como era cuando aún era ella. Es mi tesis: lo invisible que se hace visible.

Preguntó si debían algo: "Ya está cancelada", "nada, nada". Echó en el morral los patines, las rodilleras, el casco. Se fueron juntas por la calle 13 en busca de algún lugar para almorzar. Terminaron yendo al centro comercial Plaza de las Américas y supieron pasar una buena tarde a pesar de todo. Comieron dos sándwiches de atún idénticos en Subway. Vieron *Love* en 3D en una de las salas del multiplex. Flora le dio las gracias a Sol cada vez que pudo, "ay, amor…", y le contó una versión censurada de la lectura de las caracolas: "Mi hermano va a tener problemas con las mujeres…", "mi padrastro un día no va a dar más si mi mamá sigue así…". Y se quedó pensando en eso de soportar este año como se soporta una mala jornada porque lo mismo podría decirse entonces de la vida.

Tuvo claro que su novia sospechaba que algo definitivo había sucedido en el consultorio del santero, pucha, cómo no, quién no. Llevó la jornada entera como una vagabunda que soporta una piedra en el zapato o una experta que da una conferencia volando en fiebre. Sonrió como mejor pudo, y le dijo a Sol "nada, nada", mirándola fijamente, siempre que ella le preguntó si le pasaba algo, si le habían dado una mala noticia allá adentro. Se despidió con amor de su amor hacia las

7:00 p.m. Saludó a su mamá y a su padrastro y a su hermano como si lo único que estuviera pasándole fuera lo mismo de siempre: "El problema de Flora es que es Flora", se le escapó a su madre una vez. Fingió comerse el arroz con leche que le trajeron del asado de los compañeros de la iglesia. Hizo que leía.

Pero sólo pensó en cómo todo lo que había estado viviendo había sido por culpa de la brujería.

¿Y si llamaba a Natalia a contarle todo lo que le habían dicho hoy? ¿Y si le decía "Nata: yo sé que tú no quieres saber nada de mí, pero acabo de enterarme de que te hicieron un amarre para separarnos"? ¿Y si mejor la esperaba afuera del restaurante en donde estaba misereando, mesereando, perdón? ¿Y si le rompía el corazón a Sol? ¿Y si vivir era pasar de víctima a verdugo a víctima a verdugo a víctima? ¿Y si una mente que había trastornado una mente acababa de pasar por encima de su mente? ¿Y si su tesis era la descripción y el reconocimiento de lo que no se ve hasta que se ve? ¿Y si su mamá se daba cuenta de que había vuelto a hablar con la mujer que "la desgració"? ¿Y si estaba cayendo en la trampa de imaginar una vida mejor? ¿Y si su vida podía ser peor?

¿Y si el dolor revivido, que estaba sintiendo ya el ardor en la boca del estómago, la despertaba de golpe en la madrugada justo cuando al fin lograra dormirse?

Si hubiera podido hablar de esto con alguien habría comenzado su confesión diciendo "estoy hecha un ocho", "estoy como cuando me atormentaba que alguien me dijera 'pero si tienes toda la vida por delante'". Si hubiera podido contarle a cualquiera que su futuro iba a ser su pasado habría podido sentarse a llorar. ¿Pero a quién iba a contarle nada? ¿Con quién podría discutir su sospecha de que podía recuperar su vida de hacía tres años —ay, cómo fruncía el ceño Natalia cuando no entendía nada, cómo tarareaba canciones cuando se sentaba a leer las fotocopias de *Vigilar y castigar*— si sus "amigos" entre comillas se habían largado con ella como yéndose con la marea? Se tragó sola la ansiedad: eso fue lo que hizo. Cerró los ojos en el insomnio. Llevó aquella rutina triste pero suya desde el domingo 6 hasta el martes 15 de marzo como si lo que le pasara en su cabeza pudiera quedarse a vivir en su cabeza.

Lidió el calor del apocalipsis: veinte grados centígrados en la noche sin quejársele a nadie. Cumplió con sus obligaciones de puertas para adentro como cumpliendo un castigo: "Qué haría yo sin vos, Sol"; "que duerma bien, mami"; "bájele el volumen al juego, por fa, negro, que no me deja concentrar".

Fue a las únicas dos clases de Derecho que seguía teniendo a esas alturas de la vida. Trabajó con su profesora de Constitucional, con Arteaga, en su investigación para la oficina de paz del Gobierno. Leyó enredada en sí misma, perdiéndose y exigiéndose volver al párrafo anterior, los textos que el profesor Pizarro le puso a leer.

Hizo todo lo que pudo, pero al final fue en vano, para hallarle la importancia a algo que no fuera la historia de cómo un brujo a sueldo le había quitado a la mujer de su vida.

"Uribe, el furibundo expresidente de la ultraderecha, está convocando a una marcha contra Santos, el presidente de la derecha"; "las Farc rechazan las zonas de concentración para desmovilizados desarmados que se han propuesto en el Congreso"; "acaba de ser condenado el alcalde de Bogotá que es nieto del único dictador que ha tenido Colombia"; "miles de taxistas bogotanos salieron a la calle a protestar contra el servicio traicionero de Uber"; "el candidato presidencial Donald Trump, el loco del peluquín, sigue subiendo en las encuestas en Estados Unidos a pesar de los escándalos"; "el próximo fiscal será elegido por concurso de méritos": a duras penas encontró las palabras para comentar con su padrastro las noticias que oía en la cocina antes de salir en bicicleta al alto de Patios.

El martes 15 de marzo, cuando el reloj despertador chilló a las 5:00 a.m., la estropeada Flora Valencia reconoció que no podía más, que a su mente se la había tomado la imagen de Natalia y que —así se tapara los oídos: "¡No más!"— oía aún la voz grumosa del santero susurrándole "piénsalo".

Y si su mente se quedaba en silencio del puro agotamiento, que de vez en cuando pasa, le corría otra vez por la espina dorsal aquella carcajada del diablo: "Jajajajajá".

Dio los pasos suyos de cada día: echó a andar la charla con su padrastro, llevó con dignidad y hastío el encuentro con su madre y jugó limpiamente al cruce de tonterías con su hermano antes de que salieran los tres —a la marquetería, al salón de belleza, al politécnico— por aquella puerta.

Esperó pegada a la ventana de su cuarto, echándole vaho de niña al vidrio tembloroso, hasta que se fueran. Desayunó las hojuelas de avena con pedazos de banano que dicen que adelgazan. Se bañó con jabón de ruda, que Sol le había dicho "tienes que sacudirte la nube negra que te estoy viendo encima", como si se hubiera acabado al fin la jornada de pesadilla. Se vistió bien: con una camisa blanca y un pantalón de paño café oscuro y una chaqueta de cuero negra que se pondría si alguna vez volvieran a llevarla a la iglesia. Echó las llaves y los papeles y los billetes entre los bolsillos. Enrolló unas fotocopias para

131

leer por el camino. Dejó todo en su lugar en el apartamento, como si no existiera, como si ella, la hija de un valiente que sin embargo se fue, no fuera un problema. Salió. Caminó mirando al suelo hasta la Avenida de los Comuneros. Tomó el bus 192: "Piénsalo".

Se llevó nomás un texto de los que le había recomendado el profesor Pizarro, al que tenía que entregarle el primer capítulo el viernes 18, pero no pudo pasar de esta frase: "In particular, we will argue that *beliefs* can be constituted partly by features of the environment, when those features play the right sort of role in driving cognitive processes. If so, the mind extends into the world".

Sudaba. Carraspeaba para nada. Sólo había hombres en ese bus, en ese horno. Y quizás porque no estaba vestida sino disfrazada, tal vez porque de vez en cuando el mono o el tuerto o el bajito o el gordo o el largo o el genérico la miraban de reojo, empezó a sentirse acosada y huérfana en aquella silla contra la ventana: "Piénsalo".

De vez en cuando se asomó a ver el parque de diversiones y los almacenes enormes a lado y lado de la vía. Decir "de vez en cuando" es decir lo correcto, lo preciso, porque durante la larga media hora que duró ese viaje en bus tuvo la impresión de que iba a sucederle lo que al final le sucedió: que ese hachepé de pelo de paja y de ojos de fiera y gafas violeta con la gruesa camisa de leñador embutida dentro de los jeans, ese cojo enorme de mirada ladina que va agarrado de las agarraderas del bus, se cree capaz de ponerme el bulto en la cara y de mirarme con las cejas como diciéndome "yo sé que esto te gusta, perra". Nadie dijo nada cuando ella le reclamó, ni cuando él le respondió "ya quisiera", ni cuando ella se levantó abruptamente de la silla para quitárselo de encima, ni cuando él la siguió por el corredor del bus diciéndole "venga le muestro, mami".

Soltaron carcajadas de conspiradores tuberculosos, de extenuados: jujojijeja. Se rieron como si se hubieran puesto de acuerdo. No hubo héroes de turno, "¡hey!: ¡déjela en paz...!", sino manes barrigones de cachetas brillosas y jeans apretados celebrando su miedo. Se bajó apenas pudo, deshecha, llorosa: "¡Aquí!", "¡aquí!". Detrás bajó el cojo de pelo de erizo, de pelo de escoba, porque esa era también su parada, pero también era una buena manera de poner en su sitio a una mujer que había osado vestirse para quién sabe quién. Desde las ventanas del bus azul las caras rabiosas de los conjurados, como las caras entre barrotes de una fila de presos salvajes, gritaron "¡ahí viene!", "¡corra!". Y ella se fue corriendo desde el paradero en la calle 91 hasta la primera esquina del Parque de la 93.

Nadie queda en pie cuando se le menciona como parte de un grupo: no tienen perdón "el colombiano", "el gringo", "el francés", "el filósofo", "el abogado", "el izquierdista", "el derechista", "la mujer", pero sin duda "el hombre" es el que peor sale librado. Habría que ir uno por uno, y descubrir, por ejemplo, por qué ha publicado el profesor Horacio Pizarro ese artículo de *Scientific American* en su muro de Facebook, para no caer en la tentación tan justa de meterlos a todos en la misma horda y para no verse a una misma gritando "hijo de puta" en vez de "hachepé" cada vez que se da un paso en el camino al restaurante de moda —es ese que está allí: BESTA— en donde está trabajando la mujer que se ama.

Eran las 10:33 a.m. del martes 15 de marzo de 2016. Mercurio pasaba por Aries: todos los hombres y todas las mujeres de la Tierra estaban condenados a sobrevivir a su vida íntima —a salirse con la suya, tercos y rastreros— a punta de diálogos dramáticos, ensangrentados. Y Flora Valencia, empeñada en abrir una puerta que podía conducirla a la peor frustración de su vida, como si no fueran suficientes horrores los de su investigación sobre la violencia y su desencuentro con su madre y su tesis en filosofía de la mente —me voy a enloquecer—, sudaba pero se negaba a quitarse la chaqueta. Le rascaba el piercing en la nariz: "Piénsalo". Sentía vergüenza de haber llegado tan temprano a la puerta del restaurante: media hora antes de que entraran los meseros. Si hubiera tenido un mejor teléfono, un Samsung o un iPhone, habría podido ponerse a espiar a Natalia en Facebook para saber a qué atenerse. Si hubiera tenido cabeza habría podido leer más.

Tuvo que caminar de una esquina a la otra, bajo la mirada lasciva del vigilante del único edificio de esa cuadra llena de restaurantes ("así es que me gustan: que haya de dónde agarrar"), hasta que vio que un par de hombres se acercaban a la puerta del lugar.

Fue pronto, sintiéndose desnuda sin su casco y sus patines, a preguntarles a los dos si conocían a una mesera llamada Natalia Rojas. Y el primero, un veinteañero de gafas gruesas y de piel grasosa, se quedó mirando al segundo como si él no se atreviera a asegurar nada o no tuviera ni idea de cómo se llamaban las meseras. Y el segundo, un tipo de treinta y cinco o treinta y seis o treinta y siete años, demasiado viejo en cualquier caso para ser tan desgarbado y demasiado joven para tener los ojos tan ojerosos y los dientes tan manchados, le preguntó "por qué" como pensando que había ocurrido algo malo, y luego subió las rejas del local y abrió las puertas sin mirarla a la cara. Y cuando ella le dijo "por nada" encogiéndose de hombros, y agregó "porque soy una amiga que la está buscando para contarle una cosa", no le dijo "siga", sino que se hizo a un lado para que pasara.

Con que ese era el restaurante vasco que salía en las páginas de farándula: **BESTA**. Con que por ahí pasaban como fantasmas los famosos. Qué tal ese sofá largo y más largo de cuero negro. Qué tal las sillas de lata de todos los colores y todas las formas. Y el piso de mosaicos traídos de quién sabe dónde. Y el bar lleno de aparatos de cobre y de plata y de vidrio venidos desde quién sabe cuándo. Y el techo de vigas de madera y la marquesina que conduce la luz que le da los bordes a las mesas de madera bruta.

—Debe llegar once y pico, once y media —le dijo el desvaído mirándose un reloj que le bailaba en la muñeca.

La extraviada Flora Valencia se sentó en el banco alto que le dijeron: 10:39 a.m. Sacó las fotocopias del texto que le había propuesto el profesor Pizarro, *The Extended Mind*, para no estorbarles a los meseros que iban llegando e iban saludando con voz de "quién será esta". Leyó y leyó y leyó, espiando por encima de las hojas qué estaba pasando, pero tropezó todo el tiempo con ciertas frases que no parecían ser una coincidencia: "The moral is that when it comes to belief, there is nothing sacred about skull and skin. What makes some information count as a belief is the role it plays, and there is no reason why the relevant role can be played only from inside the body". Y cuando estaba a punto de terminar, "without language, we might be much more akin to discrete Cartesian 'inner' minds, in which high-level cognition relies largely on internal resources", sintió, sin quitarles la mirada a las palabras, que Natalia acababa de pasarle por el lado.

—Buenos días —le dijo el amor de su vida sin voltearse a mirarla, y siguió derecho.

Ella enrolló las fotocopias como las traía. Se acomodó la chaqueta que no se había quitado a pesar del calor. Y esperó a que su exnovia regresara, zarandeada, desde la cocina.

Ahí estaba. Tenía puesta una camiseta de manga larga gris que la hacía ver de diecisiete a los veintisiete. Sus ojos estaban rojos, rojos, como si hubiera llorado por el camino, en el camino. Su pelo rizado, arisco e indomable la habría vuelto idéntica a sí misma si le hubiera sonreído, si no le hubiera dicho "qué haces tú acá", "quién te dijo que yo seguía acá", como si la estuviera acusando de sabotearle la rutina. Mientras dejaba escapar más frases sin sentido, "quién te trajo", "a qué horas llegaste", "qué fue lo que le dijiste a Tunjo", "qué es lo que quieres decirme que te viniste hasta acá a decírmelo", se le fue acercando poco a poco desde la puerta que iba a dar a la cocina hasta la barra del bar. Cuando estuvo apenas a un paso le susurró "pero di algo", con cara de "¿de verdad sigues viva?", y se volteó a mirar si sus compañeros estaban mirándolas.

—¿Quieres que hablemos aquí? —le preguntó Flora Valencia a Natalia Rojas en vez de gritarle "vamos a hablar pase lo que pase".

—¿Pero qué puede ser tan importante? —le contestó ella, fingiendo extrañeza, con la arrogancia de una protagonista—: Aquí está bien.

—Como tú quieras: yo vine hasta acá a decirte que desde hace tres años te están haciendo brujería.

No es más. Ha sido brujería que dejaras de quererme como dejaste de quererme, que te fueras a vivir con ese man tramposo e insensible que tiene esa barbita en la barbilla, que te dedicaras a esas drogas que a nadie le sirven sino para ver al diablo, que te partieras una pierna borracha en una mesa en nosequé bar que me contaron el otro día, que te quedaras por fuera de la universidad como si eso no fuera contigo. Es brujería que de pronto pienses en mí, que te imagines que vamos a cine y me dices las cosas que me decías en el oído cuando nos despertábamos juntas, y unos segundos después te entren ganas de estrellarme la cabeza contra el piso. Nada de lo que ha estado pasando ha sido tu decisión. Quizás tu amor por mí no era un amor, sino una trama, pero no fuiste tú sino un santero cubano de la 13 el que tomó por ti la decisión de dejarme.

—Tengo que trabajar —respondió la mortificación de Natalia, sorda y afanada, para no acusar recibo de semejante bolero—: que te vaya bien.

Quiso llorar, la arruinada Flora Valencia. Pensó en gritarle "¡espera!", "¡no me dejes otra vez!" a la única mujer que iba a amar el resto de su vida, pero le pareció que había caído lo suficiente —y una vez más— en el dramatismo que ella le había criticado tanto cuando estaban juntas. Prefirió salir de allí. Prefirió devolverse a la vida que tenía, como aconsejándose a sí misma no poner en escena los dramas pendientes, no tentar los reveses que suelen venir solos: podría estar hasta el cuello de trabajo entre las investigaciones para los negociadores de paz, y el capítulo que tenía que escribir para echar a andar su tesis, y el esfuerzo diario para no arrodillársele a su mamá a pedirle que la quisiera como es, pero era mejor todo eso —y su Sol, que sí tenía diecisiete— que reeditar el desastre. Adiós.

Se fue en dirección al Parque de la 93 para sentirse todavía más perdida. Cruzó el sol letal de las 11:35 a.m. por los caminitos de piedra entre los pastos verdes y polvorosos. Se detuvo frente a un árbol, a pesar de los transeúntes que la miraban como si no perteneciera a su raza, cuando dejó de ser una buena idea caminar y caminar sin saber adónde ir. ¿Y si caminaba hasta la calle 100 para tomar un bus de regreso? ¿Y si se metía a alguno de estos restaurantes de enfrente, al Café Renault o a Il Panino, a tomarse un jugo de mandarina imposible de pagar? Se tapó la cara con las dos manos como si ella misma estuviera mirándose: "Quién me manda a venirme hasta acá...". Se volteó cuando sintió que alguien venía trotando allá atrás.

—Perdón: soy una güeva —le dijo Natalia Rojas teniéndose el pelo con la mano abierta.

—Yo no sé qué estupideces te hice yo a ti para que todo terminara tan, pero tan mal —contestó Flora Valencia con la sartén del drama por el mango.

—Nada, nada: a mí me dio pánico, y me deslumbré con este man y con su rumba, y me porté como una imbécil.

—Y me hiciste sentir como un perro callejero y eras lo único que yo tenía en el mundo.

Se había quedado sola como si se le hubiera muerto la única persona que sabía que no estaba mintiendo. Se le había ido de golpe y sin remordimientos, "es que tú y yo somos amigas, Flora...", su única coartada en un mundo unánime que la acusaba de un crimen que nadie podía cometer. Era una loca que había tratado de pervertir a la hija del señor Rojas, el vendedor de la última tienda de discos y de películas de la ciudad, y algo había logrado: qué asco. Ya no era una hija, ni una hijastra, ni una hermana de un tonto, ni una estudiante de Filosofía, ni una mujer a unos meses de ser abogada: era una gorda sola que andaba por ahí cometiendo fechorías, y siempre que salía a la calle sentía que era mejor morirse: ya qué.

Cómo hizo para seguir viviendo. Cómo fue que un día fue capaz de decirse "hoy voy a pararme de esta cama en vez de sentir estas náuseas y en vez de tener este dolor desde el estómago hasta la garganta". Fue luego, en una Novena de Aguinaldos del conjunto, en la Navidad de 2014, cuando conoció a Sol. Y entonces empezó a despertarse con la ilusión de un mensajito de ella, "buenos días ☺", y perdonó al resto de su vida. Y quince días después, el Día de los Inocentes, aprovecharon que la tía de ella estaba visitando a su otra tía rica en Palmira para pegarse la revolcada de la vida, Dios, qué boca y qué lengua y qué huesos. Sol le preguntó "por qué eres tan perfecta", mirándola a los ojos con su ojo verde y su ojo gris, y fue como si lo demás hubiera sido la infancia.

Ver a Natalia era volver en el camino viejo al lugar en donde se tomó el desvío. Era echar para atrás, desconocer el viacrucis y la crucifixión y la resurrección, negar a Sol. Es que estaba igualita. Era ella como si la vida le hubiera pasado por encima, pero a fin de cuentas ella. Tenía cara de haber dormido dos horas apenas en los amaneceres de los últimos tres años, maldita rumba y maldita droga, pero seguía teniendo su mirada fija de gata impasible y su expresión de estar a punto de reírse de quién sabe quién: de todos. Para qué estos tres años de sobreponerse y de aceptarse si Natalia seguía siendo Natalia y Flora seguía siendo Flora y apenas se reencontraban la vida volvía a ser la historia de las dos y poco más.

—Yo te sigo queriendo como te quería —le dijo Natalia antes de hacer su cara encogida de "y ahora viene el regaño…"—: esa es la verdad.

—Yo a ti —se lanzó su voz quebrada, y agotada de tanto esperarla, porque lo suyo no había sido nunca la venganza ni el orgullo herido ni los humos ni la dignidad.

—Y tiene que haber sido una brujería lo que hizo que me portara como me porté contigo, Flora, yo no era yo.

Se sentaron en una banca del parque, a la orilla del camino, a ponerse al día en quince minutos. Examinaron las palabras del santero: "Trampa", "destino", "amarre". Sintieron el corazón entre el cuerpo. Hicieron el recuento de lo que les había pasado al final de su pareja, de "no sé qué me pasa pero no quiero verte" a "porque me da la puta gana", en clave de brujería. Se agarraron la mano, entrelazando los dedos y apretando los puños, como no dejándose llevar por nada ni por nadie. Sintieron dolor y amor y vergüenza cuando se vieron secándose las lágrimas. Se pidieron perdón mil veces hasta las 11:55 a.m. Comentaron la noticia del funcionario lapidado por responder "ambas" cuando un policía le pregunta "¿te gusta clavar o que te claven?" en un video: "Este país es homofóbico, Flora...". Se pusieron al tanto: "He visto tus fotos con Sol en tu Instagram", confesó Natalia, "y te espío y te espío para castigarme". Se dijeron "y ahora qué", pero ella, Natalia, se adelantó en la respuesta.

—Ahora nada: estoy embarazada de Tunjo.

—¿De qué? —preguntó soltándole la mano—: ¿De quién?

—Del man que te recibió en el restaurante hace un momento: de Tunjo, el jefe de meseros.

—¿Y qué dice tu...?

—No tiene ni puta idea: yo creo que donde se entere ahí mismo me va es matando de un puño.

—¿Y qué piensa el Tunjo?

Nada. Nadie pensaba nada porque nadie sabía nada de ella: quién podría. Si acaso tenían claro que vivía por Barrios Unidos con el güevón ese hincha del Nacional —el hombre sin nombre: el güevón— que de lunes a viernes vendía carros en el concesionario de Chevrolet por allá en la Autopista Norte y los fines de semana se iba a tomar cerveza con los amigos de microfútbol. De pronto que era mesera en el restaurante que sale en las revistas: BESTA. Y que seguía portándose como una hija única, que a fin de cuentas lo era, a pesar de haberse ganado

—quién sabe en qué rifa perversa— un marido peluqueado como un niño que la celaba como un perro. Y si alguien quería estar con ella, y llevarle los caprichos y las peleas en la madrugada porque sí, lo mejor es que fuera una persona con hermanos: de las parejas de hijos únicos líbranos, Señor, pues si lo que se quiere es una vida juntos siempre alguno de los dos tendrá que resignarse.

—No sé qué decir —confesó Flora cuando sintió que ya no podía quedarse callada.

—Que yo soy la muerte: la mierda.

Quería preguntarle si iba a tenerlo. Quería decirle que contara con ella para acompañarla a la clínica esa en la 17 con 33 aunque aquellos locos imbuidos de Dios se paren en la acera de enfrente a rezar por las almas de las chicas que van a abortar. Se sentía perdida en la situación, sin embargo, sin voto y sin voz después de tres años de no verse. Sí le agarró la mano de nuevo y sí se la apretó. Sí se quedó mirando al piso como diciéndole que estaban en un callejón sin salida. Pero no se atrevió a decirle nada, ni alcanzó a soltar una frase salvavidas porque ella se puso de pie de pronto y exclamó "tengo que irme" y se volteó cinco pasos después a hacerle el gesto que significa "hablamos por teléfono más tarde" en cuestión de segundos. Luego regresó y le dio un beso.

—Tengo el mismo teléfono que tenía antes —le dijo antes de írsele.

Porque Tunjo estaba pidiéndole que entrara de una buena vez: "¡Natalia!". Y en vez de meterse a BESTA a esperarla, que él no era su profesora de primaria, ni ella era una niña de seis años así se portara como una, se quedó en la puerta del restaurante hasta que volviera. Pobre Tunjo: decía que había estudiado Medicina con Pedro Juan Calvo, el galán de las telenovelas, pero que a él lo habían violado en una toma paramilitar —"es que aquí no se puede hacer ni el año rural", decía él— y era frágil, nervioso e intenso, y le hablaba de libros de poetas franceses que vivían borrachos y jodidos, y la drogaba, y le preguntaba cómo podía ponérsele en cuatro si no estaba enamorada de él —"con la cabeza hundida en la almohada como un avestruz", aclaraba ella—, y el pobre pendejo se volvía mierda si ella le respondía "yo creo que es porque me odio".

—¿Esa gorda es la lesbiana? —le preguntó su voz de "yo sabía que usted también iba a traicionarme alguna vez"—: ¿Qué quería?

Quería verme, Tunjo, qué más va a ser. Yo no tengo la culpa de que usted se haya ido a semejante zanja tan oscura, marica, ni tengo por qué estar pidiéndole perdón por todo lo que le han hecho todas las personas que se ha cruzado usted en su cagada vida. Yo no le prometí amor ni le prometí más que dejarme comer. Yo le tengo cariño, Tunjito, porque nos pegamos unas danzadas y unas empericadas y unas revolcadas que ya quisieran estos carevergas, pero también porque usted es un hombre bueno —un güevón capaz de inventarse que lo violaron, marica, pero que es el consentido de los papás y el hijo bobo de la Jefa: qué puede ser peor— a pesar de sus chiripiorcas y sus violencias y sus pataletas de pandillero que patea canecas porque no tiene pandilla, pero a mí no me joda que no tengo paciencia para que me jodan.

—Quería contarme que mi vida es lo que es porque me han estado haciendo brujería —le respondió—: jajajajajá.

Se rieron juntos como si fuera en chiste. Tunjo, un poco más ligero, pero no tanto porque al fin y al cabo es Tunjo, dejó caer los hombros que tenía pegados a la nuca. Y le dijo "vaya a cambiarse pues que la Jefa me tiene de acá". Y ella se fue y tardó en volver por andar escribiéndole a Flora por WhatsApp "me puso feliz verte", "perdóname mil veces" y "te llamo apenas salga del restaurante", aunque no le respondiera, pero se comió su pasta a la boloñesa en un par de bocados para pararse a tiempo en la puerta de **BESTA** a esperar de uniforme —la falda gris, la blusa blanca, el chaleco negro, el botón con la imagen del País Vasco— a los primeros comensales. "¿Tiene reservación?". "Sigan, por favor". "¿Qué quieren de aperitivo?". "Cómo estás, Natalia". "Cómo está, ministro". "¿De tomar, whisky?". "¿Ha probado el pintxo de bacalao?". "Marica: el señor de la nueve está furioso porque usted no lo atiende".

Cómo le gustaba hacer su trabajo: cómo la aliviaba cogerse el pelo atrás, arreglar las mesas, saludar, atender, ofrecer, fingir la risa, burlarse de los demás a sus espaldas, traer los platos, describir los postres, preguntar cada tanto si todo estaba bien.

Cómo le gustaba tener la mente ocupada, como teniendo las riendas de un niño que no se detiene un solo segundo, para que no se le escapara a hacer daños por ahí: compraba colores y libros de colorear para eso mismo.

Y era de lejos la mejor mesera de este mundo: porque era seria, callada, disciplinada, discreta.

Y sí, miraba fijamente a sus clientes, e insinuaba una risita con el rictus de los labios, pero se concentraba como una deportista, como una monja que lava la ropa ajena como lava la propia, y lo hacía muy muy bien.

Natalia estuvo asomándose a la pantalla de su celular a ver si llegaba la respuesta de la mujer que tanto amaba y tanto había herido —a ratos perdía la concentración, sí, era apenas humana—, pero hasta las cuatro de la tarde se portó como una máquina programada por la Jefa. Quién era la Jefa: la sarcástica y recia y tenaz Fernanda Castaño, treinta y tres años, Leo, que a fuerza de explotar el talento de su marido el chef y de controlar hasta los más mínimos detalles de la operación había convertido a BESTA en este lugar tan bello visitado como un rito por la farándula bogotana: la suma de los pimientos rellenos con los calamares en su tinta con las patatas con chorizo con los marmitakos de atún con las alubias con jamón.

Doña Fernanda llegó a las 5:15 p.m. de ese martes 15 de marzo de 2016, cuando por cuenta de los tránsitos de los planetas tantas parejas del mundo hubieran podido matarse si tan sólo hubieran tenido las herramientas para hacerlo, porque por enésima vez —por enésima vez por problemas en los pulmones— había tenido que llevar a su hijita de seis años a las urgencias pediátricas de la Clínica del Country. Tenía malgenio. Estaba agotada. Necesitaba ver con sus propios lentes de contacto "cómo iba todo por estos lados". Quería saber quiénes habían venido, qué platos habían salido más, qué tanto habían funcionado las nuevas entradas de la carta: en fin, los pormenores. Pero, como este era un mes de eclipse para su regente allá en el cielo, no parecía nada interesada en asomarse a la cocina.

Seguro que ella tenía la razón. Seguro que la culpa era toda de don Claudio, que viajó por el mundo entero para volverse el chef que es —y sí, amable y sonriente y genial sí es, pero hoy estaba impaciente e irascible—, porque si acaso es cierto que nosotras somos las que ponemos en escena los problemas, entonces también es verdad que siempre lo hacemos sobre los desplantes y las arrogancias de ellos. Seguro que la Jefa le dijo como en enero "Claudio: yo de verdad creo que tu salsa de pimientos choriceros es muy fuerte para esta ensalada de callos que te inventaste". Y seguro que él le respondió "por qué no la haces tú mañana" como diciéndole que se fuera a la mismísima mierda. De pronto ella le dijo "Tata tiene otra vez esa tos", pero él se encogió de hombros porque los genios no pierden el tiempo con termómetros.

Quién podría saberlo: cada cabeza tiene su propia manera de hacerse zancadilla, cada pareja practica un rito perverso que sólo tiene solución para aquellos que no lo están practicando.

Y lo mejor suele ser entonces —se dice a sí misma la versión dispersa de Natalia— subirse a la cama como una niña turca a colorear mandalas con los colores de la caja que compró el otro día.

Sea como fuera, doña Fernanda se sentó en una de las mesas de la entrada, con los ojos cerrados por la jaqueca y la cabeza apoyada como un mundo en la palma de la mano, a escucharle al Tunjo su reporte. Luego la llamó a ella, "venga un momento please, mi Nata, venga me cuenta usted una cosa", a ver cómo estaba, porque la estaba viendo pálida desde hacía algunos días. Y ella le contestó que estaba bien, aunque estaba enloqueciéndose cuando no estaba mesereando o coloreando, porque justo en ese momento le entró un mensaje de la única

persona noble de la Tierra: "Ese bebé es nuestro primer hijo".
Le respondió a doña Fernanda "¡cómo se le ocurre!", felizmente aturdida por el SMS pero mentirosa "porque sí" como había sido desde niña —y ahora mírela—, cuando la Jefa le preguntó si estaba embarazada.

Agregó "no, no, no" hasta incriminarse. Arrugó la cara mientras la Jefa —que era una mujer bella después de haber sido más bella y tenía los ojos fijos y pequeños y claros como el pelo rubio y desordenado de esposa resignada a sí misma— le hablaba de la maternidad como si de verdad fuera su amiga y le ofrecía lo que le hiciera falta "por si acaso". Pero de resto sonrió como reconociéndole a la vida sus giros, y dejó de oír los ruidos y las palabras, y quién sabe qué más caras hizo pensando en "ese bebé es nuestro primer hijo" hasta que la Jefa le puso una mano en el hombro y le dijo "a ver si pasa rápido este maldito año del Mono". Y luego salió del restaurante sin decirle adiós a nadie, Fernanda, y se fue sin siquiera asomarse a la cocina.

Fernanda estiró la mano entre el calor, veintiséis grados centígrados sin brisa y sin nubes a las seis de la tarde, para tomar un taxi como jugando ruleta rusa. Fantaseaba a veces con que le pasara algo —ella en la cama de los dos, molida y traumatizada, atontada por la escopolamina— a ver si por un momento su marido le daba las gracias por haberlo querido, pero lo único que le importaba a él era su cocina. Sin ella, sin sus ideas y sus diseños y sus videos que documentaban el día a día del restaurante, seguro que no se hubieran convertido en semejante meca ni les habrían dado la portada de la revista *Resumen*. Si ella no le hubiera dicho "mi vida: yo renuncio a la agencia ya para montarte tu sitio", cuando la niña, Tata, empezó a ir al jardín, seguirían siendo un par de almas en pena quejándose de sus jefes y de los trancones. Que se sirva su propia mierda como ropavieja.

Pidió por su Samsung una camioneta de Uber porque el único taxista que le paró a su mano llena de anillos le preguntó "¿para dónde va mi reina?".

Miró a ambos lados de la calle antes de subirse, "buenas tardes, doña Fernanda", como si anhelara pero temiera pero eludiera una aparición acezante de su esposo. Maldita comezón del séptimo año. Maldita Marilyn Monroe con su maldita falda blanca. Con los ojos cerrados, y con la cabeza descansada contra el vidrio como un fardo, Fernanda trató de ponerle atención al noticiero humorístico de *La Luciérnaga*: "Ha dicho Washington que las hectáreas de coca en Colombia son, hoy, cerca de ciento cincuenta mil —reveló el periodista condenado a hacer el papel del serio—: se trata de un crecimiento de más del cuarenta por ciento". Y el chofer comentó "y todavía quieren hacer la paz con los asesinos de las Farc: aquí el único serio es Uribe", y ella estuvo a punto de sacudirse la angustia y la desazón, pero vio en la pantalla del teléfono el nombre de su marido: **Claudio**.

Ahora sí, ¿no, cabrón?, ahora sí te entró el miedito de perderme que te entraba antes.

Su mamá, que es la incorrección política en dos patas, se lo dijo desde que lo conoció: "Yo sólo te digo una cosa, Fernanda: no hay tuerto ni cojo bueno".

Pero quién carajos iba a pensar que la cojera era su defecto menos grave. Hacía ocho años, cuando se conocieron en la agencia de publicidad para una campaña sobre la panela, el cuento del ladeo le pareció hermoso: se había partido en pedazos la pierna a los cinco —ese crespito pelirrojo y pecoso y fruncido que se pensaba por lo menos tres veces cada una de sus frases— por andar jugando al jardinerito Lucho Herrera en una bicicleta oxidada que había sido de su hermana. Siguió pareciéndole parte de su encanto cuando la sacó a bailar *Llorarás* en el antro de salsa allá abajo de la iglesia de Lourdes, cuando saltó a la piscina de niños en la luna de miel en Jamaica luego de comerse esas chuletas jerk que no hay nada más rico que eso, y cuando se llevó en sus brazos a la Tata, recién nacida, cojeando tiernamente por el pasillo, pero poco a poco —con el paso de la intimidad— se le fue volviendo un gesto de villano.

Siempre que lo agarraba chateando con esas amigas perras que le mandaban corazones latiendo por WhatsApp, siempre que daba vueltas en la cama hasta las 3:33 a.m. porque su mamá quién sabe por qué demonios quería hablar con él —"cuando mi mamá no está bien, nadie está bien", balbuceaba, hecho un niño, en duermevela—, y, ahora que andaba diciendo que oía voces en la madrugada en la cabecera de la cama, Claudio no era Claudio sino un cojo hijueputa. Ya no le aguantaba una sola pendejada más. Tenían una hija de seis años, por Dios, era tiempo de que dejara de portarse como un niño impune. Ya no podía darse permiso a sí mismo de despertarse, igual que hoy, sin enterarse de que Tata había estado tosiendo toda la noche, por ejemplo.

Y bueno: que siguiera haciendo lo que le diera la regalada gana hasta que le diera cáncer de próstata, que dejara la tapa del inodoro levantada y abandonara la toalla empapada sobre la cama y soportara que su mamá no le dijera "te quiero" sino "te oigo enfermo" y comiera empanadas de pipián con ají de maní y cambiara de cara cuando entrara al restaurante algún famoso y olvidara que a esta "controladora" le debe todos esos artículos de prensa sobre "el hombre que abandonó el Gato Dumas porque le quedó chiquito" y lloriqueara como un niño cojo que sigue temiéndoles a los mismos fantasmas de su infancia en Popayán, salvo chatearse con la puta de la exnovia de la universidad. Tan amigos. Tan confidentes. Tan confianzudos.

Como si no estuvieran casados cada uno con otro —"cómo está él", "cómo está ella"— hace siete años. Como si fuera normal decirle "me haces falta" a un exnovio.

Sí, podía ser que la solución fuera, como le decía la incorrecta de su mamá, tener a la enemiga mucho más cerca, pero yo quiero que alguno de ustedes trate de aguantarse una comida con estos dos malparidos hablando de la vez que un profesor de nosequé mierdas los regañó enfrente de todos por andar allá atrás muertos de la risita, o de la vez que les dio por comerse unos ponquecitos con mariguana antes de agarrar el último tren a Viena, o de la vez que los bajaron del U-Bahn por haberse colado como un par de colombianos, jejejé. Yo quiero verle la cara a usted cuando la pendeja esa le dice "es que como a Claudio le gusta dormir bocarriba…". Fernanda se rendía, sí, no había nada más que hacer: qué más.

Pero había llegado ya a la frase tan temida que le había oído a su mamá tantas veces: "No será buen marido, pero es buen papá".

Y si se ponía la mano en el corazón no estaba segura de que la segunda parte fuera cierta.

Y la noche anterior había tocado el fondo antes del fondo esa pareja porque —no me pregunten por qué: de pronto por el calor pegajoso que ha estado haciendo por las noches— a aquella amiga imbécil le había dado por tomarse una foto disfrazada de Marilyn Monroe en *La comezón del séptimo año* y por mandársela a su marido. Y Claudio, en vez de andar pendiente de la gripa de su hija, que la niña además lo estaba llamando, se quedó llamando en vano a la mamá y a las amigas de la mamá a ver si sabían en dónde estaba y chateando con su amigota en el pasillo del apartamento ("jajajajajá", escribió). Cojo hijueputa. Y fue a ver a la niña antes de acostarse, y le cantó alguna canción de los Rolling Stones, "please allow me to introduce myself…", y entonces llegó a la habitación de los dos demasiado tarde: cuando ella ya había decidido fingir que se había quedado dormida.

No se dio cuenta de que a Fernanda se le estaba pegando la enfermedad de su hija: no escuchó las gárgaras con Clorexhol ni vio los sobres de Noxpirín ni notó la taza llena de Pax.

Hizo todo lo que pudo para despertarla. Encendió la refulgente lámpara de su mesa de noche. Se puso a ver quién sabe qué cosas en la pantalla de su teléfono sin siquiera bajarle el volumen: tac, tac, tac. Se sentó un buen rato en la silla mecedora que cruje: crac, cric. Dobló los pantalones del día con las monedas adentro: taratarataratá. Se tomó una cerveza en calzoncillos como un macho: glugluglú. Y luego se acostó sin hacer ningún esfuerzo para no jalarle las sábanas ni las cobijas. Y después le rozó los tobillos con las uñas largas de los pies. Pero ella siguió respirando pesadamente, en posición fetal y en su extremo de la cama, como si ya estuviera en el sótano del sueño. Sí, desde niño le dicen a uno que es mejor no irse a dormir peleando con el marido, pero que se muera ese cojo hijueputa que por ella no hay problema.

Ella también durmió mal, también durmió poco. Siguió en vivo, en su papel de maja dormida, todos los movimientos de su esposo desde la noche hasta el amanecer. Él palpitó —es decir: su corazón latió a mil— quién sabe por culpa de cuál culpa. Cojeó por ahí como un alma en pena, el Patasolo, porque si se dormía de último empezaba a jurar que en ese cuarto había un fantasma. Susurró otra vez "Fernanda: ¿tú oyes ese ruido?" y "yo me quiero ir ya de este apartamento", porque en ese entonces seguía denunciando la voz del espíritu que los acosaba. Como siempre que se desvelaba, que tenía sus épocas de torturarse a sí mismo, se encerró en el baño del fondo a cagar y a leer en su teléfono noticias de restaurantes. Luego volvió a la cama. Y algo durmió, y algo terrible soñó, porque sólo hasta media hora después una pesadilla lo sentó en la cama.

—Fernanda, Fernanda... —le zumbó agarrándola del hombro.

Pero ella fingió un "qué..." sin entonaciones que quiso decir "ni siquiera voy a recordar esta escena de la noche", y tosió un poco, y lo dejó solo porque no podían seguir quedando impunes sus coqueterías asquerosas de típico macho de vereda y sus negligencias de papá que se siente el mejor amigo de su hija, y un rato después, que pudo ser una hora, encendió el televisor en los titulares del noticiero ("las consecuencias de la sequía siguen golpeando al país...", dijo la voz urgente del locutor de *Noticias RCN*) porque empezaba la coreografía para llevar a la Tata hasta el bus del colegio. 6:15 a.m.: se baña. 6:25 a.m.: se viste. 6:35 a.m.: se desayuna. 6:45 a.m.: se lava los dientes. 6:50 a.m.: se va de la mano de su madre, porque quién más va a salir a esas horas de la mañana, calle abajo, al paradero. 6:55 a.m.: se va.

Hoy fue diferente porque, de tanto evitarse el uno al otro en el camino de la puerta de la ducha a la puerta de salida, su hija les preguntó si les pasaba algo: "Nada, nada".

Fue extraño porque Fernanda se negó a decirle "ya vengo" a Claudio, y se negó a mirarlo siquiera, cuando se metió con la niña al ascensor, y la niña se fue tosiendo, y tosió y tosió en vez de decir "adiós, papito".

Fue incómodo porque las dos, mientras bajaban en el elevador jugando piedra, papel y tijera a ver quién empezaba el juego de "veo, veo", escucharon el portazo del energúmeno ese: no hay tuerto ni cojo bueno.

Y triste porque a ella le dio por tomarle a la niña una fotografía en el paradero, con su uniforme oscuro y su morral rosado y su bufanda de todos los colores, para publicarla en Instagram: "No me acostumbro a que mi bebé se vaya sin mí".

Cuando volvió al apartamento, a punto de alcanzar la resignación de siempre y de recordar que él sólo la tenía a ella, él estaba esperándola de pie como si no quisiera esconderse más. Quizás si le hubiera pedido de buena manera que le explicara qué estaba pasando habría podido decirle "estoy cansada de que esté primero una exnovia que te echó como un perro que nosotras" o "estoy mamada de que no puedas dormir porque tu mamá no quiso contestarte el teléfono" o "estoy hasta el gorro del cuento del fantasma" o "estoy seca de tanto esperar que me reconozcas así sea esto por haberte montado el restaurante en que te tomas fotos con Valentina Calvo", la actriz, pero la frase que él tenía en la punta de la lengua era la misma frase que le soltó la noche del concierto de los Rolling Stones: "Cuál es tu puto problema…". Y ella le contestó simplemente que se fuera a la mierda.

No fue más. Por primera vez en siete años de matrimonio ninguno de los dos recobró el instinto de supervivencia para pedir perdón. Fernanda esperó que Claudio golpeara a la puerta del cuarto, que cerró con seguro, pero jamás pasó. Se bañó. Se arregló. Se puso los lentes de contacto que se ponía cuando eran un par de recién casados enamorados porque sí: por qué más. Y cuando salió de la habitación de los dos a decirle que podría ver a la Tata cada quince días porque eso decía la ley, con las sienes a punto de estallarle encima al mundo y los dedos encorvados como garras de monstrua, tuvo que tragarse los insultos que había pensado bajo la ducha porque no lo encontró por ninguna parte. Siguió el timbre de su celular, *Hello* de Adele, como migas de pan. No era él, no, sino el colegio de la Tata.

Que la niña llegó con fiebre de treinta y nueve grados al colegio. Que le dieron Dolex hace veinte minutos. Que si mejor la vienen a recoger que los pulmones están silbándole. Y no para de toser.

Dejó una razón en la portería para su empleada: que voy a llevar a la Tata a urgencias. Se fue hasta el colegio en un Uber, "siga, doctora", y se fue hablando mal de Claudio con su mamá: "Esta mañana leí que este va a ser el peor año de todos porque es el año del Mono", le dijo la señora. Fernanda llegó por allá, en la calle 200 con autopista, una hora después: ¡una! Se devolvió en la camioneta blanca con la pobre niña, enroscada sobre sus piernas como si se negara a enfrentar el mundo, como remontando el peor camino de su vida. Cuando volvió al edificio, en la calle 67 con la carrera 1ª, recibió el siguiente mensaje de texto: Compra en UBER BV por 170,999.60 Tarjeta Gold Credimensión 7777 Trx Exitosa Fecha 15/03/2016 Hora 11:46:15.

Y le echó la culpa al cojo de todo lo que les estaba pasando a las dos.

Y se dijo "que vaya pensando con quién va a ir a su versión de *Hamlet* de este sábado".

Claudio no la llamó en todo el día ni siquiera a preguntarle por qué no había ido al restaurante.

Pasó tres horas en la sala de urgencias pediátricas de la Clínica del Country porque fue necesario esperar los resultados de un par de exámenes: quien quiera deprimirse, quien busque confirmar que todo lo que hacemos en el día es impedirle a la cabeza que recuerde el lado oscuro del cuerpo, que pase tres horas en una sala de urgencias pediátricas, en una sala repleta de niños resignados a la muerte. Fernanda quiso pasar sola por esa experiencia aplastadora, que la había horrorizado desde que la Tata era un bebé ("¡Cerón Castaño, Alejandra!", desde las terapias respiratorias hasta las radiografías torácicas), para decirle a Claudio en la noche que ella era una madre soltera: "Por qué no te vas si da lo mismo". Y, después de dejar a la Tata a salvo en la casa, quiso pasar por el restaurante hacia las cuatro —pero no saludarlo: que sufra como sufre cuando sufre— para hacerle sentir que ella no daba la espalda a sus deberes.

Así estuviera tosiendo como un viejo tuberculoso. Así se le hubiera ido la noche con los ojos cerrados, pero despierta.

Tomó un Uber de ida: 14,770.50 pesos. Tuvo la sensación de que Natalia Rojas —la mesera que en la vida real es un desastre pero en el trabajo es una princesa— estaba embarazada: le ofreció lo que necesitara y le vio los ojos radiantes y se dijo "fijo es de Tunjo" segura de su legendaria intuición. Salió del restaurante antes de que fuera demasiado tarde: que se vuelva loco buscándome a ver qué tanto le importo. Tomó un Uber de vuelta: 17,344.80 pesos. Colgó sin piedad siempre que vio el nombre **Claudio** en la pantalla de su Samsung. Ignoró los mensajes de WhatsApp que estaba enviándole su esposo, "¿estás bien?", para que los chulos azules no la pusieran en evidencia. Planeó la conversación sangrienta que tendrían apenas él llegara. Bajó. Subió. Entró.

Fue de la sala al cuarto de la Tata dispuesta a decirle a su empleada que se fuera antes de que la agarrara el peor trancón, pero no la encontró por ninguna parte porque Claudio la había remplazado.

Tata estaba acostada sobre su hombro completamente entregada a sus caricias: "Mi papito...". Y él miraba su teléfono maldito —cómo no— en busca de quién sabe qué problema. Se le acercó a su niña, que no tenía la culpa de nada, para ponerle la palma de la mano sobre la frente: "Tiene fiebre". Y él, el cobarde arrepentido y empequeñecido y amordazado, se la tomó como pidiéndole perdón, perdón. Y ella se la quitó como negándole un premio. Y se lo llevó a la habitación de los dos de una punta de la chompa de alpinista, que se ponía sobre los delantales de chef, dispuesta a ser la fiscalía y el jurado y la juez de todos los delitos que había cometido el malparido. Y él se fue todo el camino pidiéndole perdón, perdón. Y la miró a los ojos con los ojos derrotados y agachó la cabeza después y luego balbució como su hija cuando repite "sí señora" si no entiende del todo por qué la están regañando: qué mal hizo esta vez.

Sí, él es un narciso, un envanecido, un agrandado, un malcriado, un frío, un tibio, un caliente, un irresponsable, un ingrato, un pocacosa, un infantil, un niño, un cojo: "Yo lo sé".

Ya va a pasar. Ya todo va a estar como está siempre. Ya va a terminar Fernanda ese monólogo que lo hace sentir sucio y prosaico como cualquier maldito.

—No sé en qué momento empezaste a darte permiso de darme por sentada —le dijo ella, siempre a cargo, con el estómago revuelto en la garganta—: no sé en qué momento te comiste el cuento de que tú eres el protagonista de esta historia.

Es un milagro que se haya acabado la tormenta. No se mataron, no, riñeron hasta que él reconoció uno por uno sus errores, una por una sus culpas: "Yo te lo debo todo, todo...". Y luego de prometerse mutuamente la vida de siempre, y de recrear la rutina de la noche para simular la paz (se lavaron los dientes bajo el mismo grifo y se contaron el día escena por escena el uno en el hombro de la otra), ella por fin se quedó dormida. Quedó aplazada hasta mañana aquella ansiedad. No hubo nada más en la oscuridad de la habitación sino el paso de una polilla, el temblor de las cortinas por culpa de la maña de dejar entreabierta la ventana del lado de él, las refulgentes 11:57 p.m. en el DVD del mueble del televisor, y el crujido de la cama, que tiene las tablas corridas y a qué horas va uno a arreglarla. Era una noche en contra, en fin, pero no iba a ser peor que anoche.

Y el inspirado y enternecido y melodramático Claudio Cerón, treinta y tres años, Leo, tenía puesta toda su esperanza en su cansancio.

Si se quedaba dormido antes de completar la idea siguiente, si ninguna voz entre la oscuridad le susurraba una frase incomprensible, si el sueño se lo llevaba como un verdugo misericordioso, como una eutanasia, todo iba a estar bien.

Porque era un chef que se lo tragaba todo, je, para no mecer el bote en pleno naufragio, para no ganarse el odio ni el silencio ni la decepción de ninguno. Era incapaz de protagonizar un conflicto, era incapaz de asumir una sola confrontación: fantaseaba con teclear "Lina: estoy con mi familia" como dándole la espalda a esa exnovia abusiva e invasiva que le escribía justo a la hora en la que acuestan a su hija; soñaba con rogarle a su mamá cara a cara —"te lo pido por lo que más quieras, mamá, soy un padre de familia de treinta y tres"— que dejara de usar contra él aquel poder perverso que tienen las madres sobre los hijos para paralizarlos, para someterlos, para arruinarles el día como la vida con un par de gestos; imaginaba la noche cuando al fin sería capaz de decirle a Fernanda que no.

No sigas agrandando las enfermedades de la Tata que la vas a volver una hipocondriaca como tú. No sigas controlándole los pasos como a una empleada más. No publiques una solo foto más de nuestra pobre niña haciendo cualquier pendejada: desayunando, cantando la canción de *Zootopia*, tomando el bus. No andes por las redes dándoles consejos a las mamás primerizas como si fueras famosa: respeta el mundo. No sigas haciéndote popular en Facebook e Instagram a costa de tu maternidad: me das asco. ¿A quién le importa qué te dijo tu hija cuando vio la foto del niño de tres años muerto en una playa de Turquía cuando su familia trataba de llegar a Europa? Trágate los hashtags: #motherbear, #tetatón, #momspower. No te atrevas a decirme mal padre a mí que soy el único que tiene a la Tata con un pie en la cordura. No me des órdenes y órdenes desde que piso la casa hasta que dejo de pisarla. Júzgate como me juzgas. Cállate un poco. Déjame en paz.

No, yo no soy una mala persona que está conspirando contra su familia, ni soy un llorón, sino un hombre a punto de echarse a llorar porque está pensando seriamente en largarse de aquí.

Yo seré todo lo poco que quieran, pero soy incapaz de crearles incertidumbre a las personas que quiero: ¿qué le pasará ahora a esta mujer?, ¿qué hice?

Yo soy nomás el padre impedido, que hace lo mejor que puede, criticado por su esposa sin clemencia por el hecho de no ser lo que es ella: la madre todopoderosa.

Yo no soy un ególatra terco e indolente que no llora cuando su hija tiene fiebre, sino que no soy una vieja histérica y neurasténica que diagnostica a la niña en las redes sociales.

Yo no soy un huérfano que teme a su madre como cuando tenía cinco años: "Perdón, perdón".

Yo no soy un cojo deslumbrado con la fama que anda tomándose fotos con cualquier celebridad que pase por el restaurante: el ladrón juzga por su condición.

Yo no soy un loco que escucha voces de fantasmas: en este cuarto hay una fuerza extraña que nos está dictando las pesadillas.

O sí: lo soy, soy todo eso varias veces. Pero ten piedad de mí, mi amor, que yo no tengo a nadie más en este mundo.

Te habría querido contar que ahora, cuando llegaste a la casa, no estaba espiando nada en Facebook, sino leyendo en el teléfono el libro de Pushpesh Pant sobre la cocina india, pero quién te explica cuando estás así que yo sólo trabajo de la mañana hasta la noche.

Qué tal el jueves pasado: el jueves 10 de marzo. Qué tal la noche larguísima del concierto de sus favoritos entre sus favoritos: los Rolling Stones. Se tomó a la entrada del estadio una foto maldita —sin ella y para las revistas de farándula, *Hola* y *Caras* y *Jet-Set*— con unas estudiantes de Verde Oliva y del Gato Dumas aquí en Colombia que lo reconocieron porque quién no reconoce a un pelirrojo. Y desde ese momento Fernanda, experta, según él, en el arte de amargarse la vida, hizo gestos equívocos y soltó monosílabos y dejó de mirarlo aunque saliera Mick Jagger a cantar *Jumpin' Jack Flash* por primera y última vez en Bogotá, aunque cantaran *Wild Horses* y *Gimme Shelter* y *Sympathy for the Devil*, aunque los cuarenta y cinco mil espectadores, que se les sentía a todos en tregua y lejos de sus violencias, escogieran *Dead Flowers* sobre *Let It Bleed*, y aunque saliera Juanes de la nada a tocar con Keith Richards y con Ronnie Wood las guitarras de *Beast of Burden*: no, nada pudo más que su amargura.

Si hubieran estado solos, si no hubieran estado con Roberta, la hermana menor de ella, que por lo menos no se cree la más brillante, sino apenas la mejor vestida, quizás habría sido más fácil de llevar: "¿Qué te pasa?", "¿te molestó algo?", "¿por qué te permitiste a ti misma arruinarme una de las noches más felices de mi vida?".

Si no se hubiera negado a pedirle perdón, si no se hubiera negado a acusar recibo de su supuesta indiferencia, quizás habrían tenido una noche mejor, pero últimamente estaba dando el pulso un poco más, soportando un poco más esa guerra de nervios —"me rindo"— como si le estuviera naciendo un yo dentro del yo.

Preguntó "¿qué te pareció?", reticente, resignado, apenas se subió al Uber que los llevó a los tres, y cuando recibió un gemido de respuesta empezó a hacérsele un torbellino de lava en el estómago y a correrle una brutalidad entre los nervios. Apenas dejaron a Roberta, que es la mujer opuesta a ella y está viviendo por los restaurantes de la G —a una cuadra de la tapería de Paco Roncero—, se tragó la sonrisa del "que duermas bien" y le preguntó a su esposa luego "cuál es tu puto problema". Desde ese desliz de principiante desesperado estuvo arrodillándosele a ella porque para él era mucho menos grave su humillación y mucho menos importante su hastío que la familia que se habían inventado. No recordaba bien el enamoramiento. Pero sí que la quería.

Fernanda salía de estos pulsos psicológicos, de estos pleitos mentales, como de males necesarios: ya. Fernanda, que era, siendo objetivos, el único milagro de su vida, pasaba las páginas porque al otro día había mil cosas por hacer. Pero él sí se quedaba mascando alguna frase suelta e hiriente igual que un chicle.

Y desde el jueves 10 de marzo, pues Júpiter seguía retrógrado y el Sol seguía eclipsado, se quedó rumiando la frase de ella que acabó de arruinarle la aventura que había sido conseguir las boletas carísimas —un amigo de un amigo de un amigo estaba revendiendo tres en VIP— y la extraña felicidad de ver por fin a sus favoritos entre sus favoritos: los Rolling Stones. Él le preguntó "qué puedo hacer para que me perdones" y ella le respondió "crecer" y él asintió y ella asintió, y desde entonces se dedicó a pensar "pero cómo se le va a ocurrir a ese profesor que las mujeres que tienen hijos son de lejos las más inteligentes", "pero qué autoridad se está creyendo esta vieja desde que trajo una hija más como una madre más del mundo".

Y se fue envenenando minuto por minuto por minuto, con cuentagotas, hasta la noche enrarecida en la que la niña empezó a toser: la noche del lunes 14.

Y temprano en la mañana de ese martes 15, cuando se descubrió haciéndole pistola a las puertas cerradas del ascensor —apenas bajó ella con su hija para ir al paradero del bus del colegio—, perdió la cabeza quién sabe en dónde y se dejó poseer por la peor versión de sí mismo que jamás habría imaginado y la esperó en el umbral de la puerta del apartamento y le repreguntó cuál era su puto problema como dinamitando la vida de los dos de una vez por todas: no más guerra fría, no más pequeños cambios en la pareja para que todo siga igual, no más correcciones mínimas en esta rutina para que el poder siga en las mismas manos hasta que un día el pueblo que él lleva por dentro estalle, no más miedo a que me deje: que me deje sin miedo y que yo me esconda en mi cocina, con los ojos cerrados, hasta que me muera.

¿De casualidad ha visto usted, lector, lectora, a algún amigo luminoso de la infancia que llegue opaco y desdibujado y malogrado hasta la vejez? ¿Se ha descubierto lamentando la suerte pérfida y perversa de un compañero de primaria —que de niño sonreía y el mundo le devolvía plena la sonrisa— que ha llegado a su edad oliendo a húmedo y sin dientes?: pues el chef Claudio Cerón sintió que pronto sería ese, quebrado y tergiversado sin ella, sin ella reducido a exesposo de aquella y a cocinero de cualquier lugar ajeno, apenas Fernanda Castaño le respondió su ofensa con un permiso para irse a la mierda, pero prefirió ser "el amigo estropeado que uno se encuentra un día por la calle" a ser "el tonto" hasta las cinco de la tarde.

Fue capaz de irse solo, solo, a **BESTA**. Pudo pasarse el día sin buscar a su mamá a ver por qué estaba tan brava con él: allá ella. Tuvo el coraje para no llamar ni una sola vez a Fernanda a pedirle perdón para salir del paso: que se vuelva loca.

Pero no soportó más sus nervios cuando el Tunjo, el jefe de meseros, le dijo "acaba de venir la Jefa a ver cómo iba todo". De inmediato la llamó y la volvió a llamar. Y, como no le contestó, llamó y llamó y volvió a llamar a su mamá hasta que consiguió que le dijera "pero por qué iba a estar yo brava contigo": "Te oigo enfermo". Y luego salió corriendo en el primer taxi que se encontró por el camino a ver si llegaba primero que su esposa —y, bajo los chistes de *La Luciérnaga* sobre la campaña del demente de Donald Trump, pensó en una vida sin la bebé a la que dormía cantándole *Time Is on My Side* hasta que ella le tapaba la boca con las manitas—, y sí, le ganó y llegó diez minutos antes de que ella llegara. Y apenas pudo le pidió perdón hasta que se lo pidió de verdad.

Cómo quedarse dormido cuando uno no tiene por delante ni en la imaginación algún refugio. El quebradizo Claudio Cerón apagó la lámpara de la mesa de noche y recibió a su mujer en su hombro como cumpliéndole el alivio y el desagravio que promete el matrimonio. Y se puso a rezarle a su cansancio, "te lo pido: llévame ya", hasta que sintió que ella le acariciaba los pocos vellos del pecho y el estómago que no era ya el de hacía siete años y la cosa que iba creciéndole estrangulada en el pantalón de algodón de la piyama. Pensó que no iba a ser capaz. Pensó que no se le iba a endurecer ni a agrandar porque la vida empeora cuando se le ordena lo contrario, pero cuando ella lo besó y le hundió la lengua y se quitó la ropa y le bajó su ropa y le susurró "quieto…" se dio cuenta de que estaba adentro, y se dijo "tengo que disfrutarlo" y se imaginó agarrándole las nalgas a su exnovia de hacía doce años y cerró los ojos mejor para tener encima a la primera que le pasara por la mente, y tuvo a su cuñada Roberta, y así se dejó ir cuando ella estaba yéndose.

—Por favor no me dejes, Claudio, que yo ya no sé vivir sin ti —le dijo sobre él y en él antes de tumbarse bocarriba—: júrame por tu mamá y por tu hija que voy a ser siempre tu esposa.

Y él le dijo "te lo juro" y volvió a decirlo un segundo antes de que la Tata llorara "¡mamá…!". Y se quedó quieto esperándola a ella, a su mujer, en la misma posición y con ganas de pedirle perdón mil veces más. Y estuvo a punto de ponerse a llorar como un niño o como un hombre cansado de sí mismo al menos, mientras pensaba en darle las gracias a ella por haberlo salvado de andar por ahí —y ese, si uno quiere, puede ser el sentido del matrimonio: librarlo a uno de uno mismo e impedirle perderse en sus ficciones— creyéndose por encima del bien y del mal, comiéndose el cuento chino de su propio triunfo. Y con las piernas pegadas al pecho, como pidiéndole a Dios una tregua por debajo de la colcha, por favor, por favor, no más, estuvo a punto de gritarle "¡mamá...!" a su esposa para que lo socorriera.

Tenía al fantasma de las madrugadas respirándole en la nuca: "Qué pasa, qué pasa". Se le sentó en el borde de la cama y se le acercó al oído y le carraspeó una frase que más parecía una amenaza que un secreto. Y entonces Claudio sospechó que ese zumbido en los nueve círculos de su oreja, que cada noche se repetía dos, tres, cuatro, cinco veces, era una advertencia en español de ultratumba sobre los horrores y los espantos que vendrían, pero luego pensó que nada podía hacer si nadie más estaba oyéndolos, y quiso pararse y gritar. Sí, la voz enronquecida y grave del espectro estaba prediciéndole el fin del fin. Y él no entendía nada aparte de ese miedo y ese temblor que al tiempo eran sus ganas de morirse. Y daba igual pues nadie iba a creerle.

Cómo dos personas van volviéndose dos solitarios a fuerza de ser una pareja. El sábado 19 de marzo el chef Claudio Cerón se despertó en la madrugada, y para espantar al espanto de todos los días con la luz violenta de la pantalla de su teléfono se puso a leer las noticias en su línea de tiempo de Facebook, y leyó que el presidente Santos le había dicho a la guerrilla que se le estaba acabando el tiempo si de verdad quería firmar la paz y que el presidente Hollande celebraba la captura de uno de los terroristas islámicos de los atentados del año pasado y que el presidente Obama estaba a dos días nomás de pisar la isla de Cuba —ver para creer—, y justo cuando iba a aburrirse como un viejo rebelde que ya lo ha visto todo, porque a esa hora, además, a cualquiera le tiene el mundo sin cuidado, descubrió que una amiga le había puesto en su muro que su esposo estaba desaparecido desde hacía dos días.

"Este jueves mi Marcelo Sanabria salió de la casa a las siete de la mañana como todos los días, se despidió de mí y de nuestros hijos con el beso de siempre y desde el momento en que cerró la puerta del apartamento no lo hemos vuelto a ver —escribió—: somos creyentes, y sabemos a ciencia cierta que Dios va a devolvérnoslo sano y salvo dentro de muy poco, pero lo único que tenemos claro es que perdió su teléfono celular en un parque del barrio en el que vivimos desde que nos casamos y que ayer en la noche lo vieron perdido y ausente por La Candelaria como si lo hubieran drogado quién sabe qué hampones que ya pagarán por hacerle daño a un padre de familia que no le ha hecho nada malo a nadie. Por favor, amigos, pasen su foto y este mensaje a sus contactos que sin él en esta casa no tenemos vida".

Quiso despertar a su mujer: "Fernanda: parece que Sanabria, el de mi curso del colegio, anda perdido". Pero prefirió quedarse solo con la noticia para sentirse solo en la vida, para confirmarse la sospecha de que a la hora de la verdad —que era esa hora de la madrugada— él no tenía a nadie.

No consiguió volverse a dormir. Trató de todo: regañarse a sí mismo, relajarse como lo hacía antes, hacerse una lista de las mujeres con las que se había acostado desde los diecinueve años hasta que se casó con el bulto de al lado. Después, cuando vio que los bordes de las cortinas eran la luz de las 5:35 a.m., prefirió irse a la cocina de la casa a ver lo que estuvieran dando de televisión en el televisor pequeño que habían puesto en uno de los escaparates —la repetición de la repetición de *Mad About You* en Sony— mientras les preparaba a las dos jefas de la casa el desayuno que preferían: sus panqueques con tocinetas incrustadas en la masa. Se tomó a pecho el resto de la mañana, se le vio terco e irascible, porque nada de gracia tenía eso de estar despertándose a esas horas por culpa de un fantasma.

Odió que a Fernanda no le preocupara tanto la desaparición del pobre de Sanabria. Odió que a la Tata le diera lo mismo comerse los panqueques: "¿No había Choco Pops?".

Tuvo un rapto de tristeza porque a su cabeza le dio por decirle que nada de eso que estaba viendo iba a quedarse así —los cuadros que les regaló su suegra, el sofá blanco en ele que compraron en el almacén de la carrera 15 con la calle 99, los tres jarrones de plata, el cuadro que hicieron con todas las notas de prensa que les publicaron sobre el restaurante, la esquina repleta de las matas que compraron en aquel vivero de aquel barrio junto a la calle 68, la cara de niña de su niña que mecía sus piernas para adelante y para atrás mientras se comía sus cereales en la mesa cuadrada que habían puesto en la cocina— y él no iba a ser capaz de seguir sosteniendo semejante vida de aquí en adelante: ¿cuál era el secreto de los viejos para llegar en pareja hasta el final?

De resto siguió de mal genio, aunque sonriera, aunque reaccionara a las cosas del día con cierta cordura, hasta que fue la hora de la obra del Festival de Teatro de Bogotá: la versión de *Hamlet* de The Tiger Lillies.

Quizás el peor momento del día ocurrió en la tarde en el enloquecedor parque de juegos de Hacienda Santa Bárbara porque estuvo a punto de volver a la vida y perder la compostura. Tata, que quizás era asustadiza y antipática y malcriada como las niñas de seis años de ahora cuando salen de sus casas con sus acentos neutros copiados del Cartoon Network ("mira: ¿no es la niña más divina del mundo?", preguntó su esposa cuando le tomó la última foto del día para Instagram), decidió meterse en la habitación de los disfraces de esa pequeña ciudad para los hijos a convertirse en la Princesa Sofía antes de ir al rodadero, pero antes de que pudiera llegar allá una energúmena de su misma edad la jaló del disfraz mientras le gritaba "¡es mío!". Y sí, el papá de la enemiga intervino: "Mi amor: tienes que aprender a compartir". Pero Claudio se dedicó a pensar desde ahí un terrible plan de venganza.

Hacerle zancadilla para que se cayera a la piscina de pelotas, esconderle la muñeca a la que estaba aferrándose como a su seguridad, decirle "te maldigo" mirándola a los ojos: no se decidía por ninguna de las vilezas que se le ocurrían.

Simplemente, la empujó, "sin querer", porque estaba seguro de que nadie estaba mirando. Susurró a la pequeña matona de su hija un "ten cuidado" que no era un consejo, sino una amenaza cuando la ayudó a levantarse. Y se fue a la cafetería del lugar a tomarse un café gigantesco con el objeto de irse preparando para la obra de teatro de la noche, sonriente como un asesino de masas y un zombi, y se sentó en una de las sillas de lata del lugar a atesorar el recuerdo de su desquite, y ni siquiera se levantó —y ni siquiera tuvo la intención de explicarse: lo que era con su hija era con él, y qué— cuando se dio cuenta de que el ceño fruncido de su esposa no podía creer lo que acababa de ver: "Menos mal los papás estaban persiguiendo al hermanito al otro lado", le dijo cuando lo tuvo cerca, "menos mal".

Dejaron a la Tata con su niñera, la recia Sixta, que odiaba trabajarles los sábados y se quedaba por las noches con la condición de que la dejaran ver sus programas de televisión. Salieron del edificio a las 5:05 p.m., en un Uber que ya los había llevado alguna vez, para llegar al otro lado de la ciudad a tiempo para la obra. Sólo se quedaron un rato en el lobby del teatro de la calle 170 porque él, según dijo entre dientes, envejecido y aniñado, no tenía ganas de encontrarse con nadie, ni le estaba gustando ser reconocido por la gente cuando la tenía a ella vigilándolo: "Ahí está el zángano de Dieguito Terán con una niñita de colegio...", dijo. Buscaron los puestos 108 y 107 en la fila N esquivando rodillas de incomodados, perdón, perdón. Y desde el momento mismo en el que se sentaron, Claudio se dedicó a quejarse porque hacía calor y su vecino de silla era un viejo largo que trataba de acomodarse cada dos minutos, ay, ay.

Hamlet resultó ser el concierto ronco y espeluznante de un hombre de sombrero de hongo y acordeón, y la bella coreografía de unos actores dispuestos a portarse como títeres de la tragedia. Y Claudio, que era un coleccionista de versiones de *Hamlet*, y que vivía de reinterpretar lo cocinado, le susurró a su esposa "por lo menos valió la pena" justo cuando ella estaba cabeceando.

En el intermedio decidió levantarse de su silla e irse a la cafetería —sabía de memoria qué palitos de queso podía comer allí porque un amigo era el chef— para quitarse el hormigueo de las piernas y desprenderse el calor y descansar por el amor de Dios de su vecino de puesto. No le dijo nada malo al viejo quejoso, no, para qué despertar a un perro si uno no sabe si es rabioso. Le sonrió como si no fueran compañeros de *Hamlet*, sino compañeros de bus. Le dijo a Fernanda "ya vengo", y luego le preguntó si quería que le trajera algo, y se fue por la fila N hacia el pasillo eludiendo rodillas, perdón, perdón.

Siguió el caso de Sanabria, el esposo perdido desde el jueves, en la fila poblada de la cafetería: que dizque lo habían visto por los lados de Cedritos y dizque después andaba recorriendo el barrio sin Dios ni ley de Villa Nidia. Se distrajo. Se dio cuenta de que un par de muchachos, un par de amigos o un par de novios, estaban señalándolo como si lo conocieran, y se hizo el que no era con él. Se saludó de lejos con un amigo de la universidad. Y cuando estaba a dos personas de llegar a la caja de la cafetería a pedir su café oscuro con su palito de queso se dio cuenta de que era su cuñada, Roberta, la que estaba llamándolo por el hombro: "¿Por qué no nos dijiste que venías?", "porque supe hace dos horas". Y sí, se coquetearon y se sedujeron, y la prueba fue que se pasaron la charla sobre cualquier cosa —sobre Sanabria, sobre el padre de Hamlet— desviándose las miradas hacia las bocas.

Pero entonces llegó a la fila de espectadores hambrientos el tipo de saco vino tinto de cuello en ve y camisa blanca y barbita de niño que había invitado a Roberta a la obra, y Claudio lo reconoció mientras le daba la mano y le preguntaba "¿qué tal le ha parecido?" y pedía lo que quería pedir.

—Yo lo conozco a usted —dijo Claudio como un bígamo celoso, como un adúltero que está convencido de que llamar "adulterio" lo suyo es reducirlo a la definición del diccionario—: usted vivía en el apartamento en el que vivimos ahora allá arriba en la 67 con 1ª.

—¡El apartamento en la 67 con 1ª! —exclamó el intruso con su acento de bogotano primermundista que daba ganas de volverse guerrillero—: Eso es historia patria.

—Pero si fue hace un año nada más —dijeron sus ganas de exponer su farsa mientras su cuñada repetía "qué cosa tan rara".

—¿Y por qué te fuiste de allá? —le preguntó ella a ese hombre nuevo, sacado de la manga, que la tocaba demasiado: la cintura, el brazo, la cara.

—Yo se los diría con mucho gusto —les dijo el colado con su seguridad en sí mismo y su ceceo—, pero creo que lo mejor es que no lo sepan: es muy muy fuerte.

Por supuesto, la voz de los parlantes recordó a los espectadores que dentro de poco iba a comenzar de nuevo la función: "Segundo llamado...". Por supuesto, Claudio y Roberta se le lanzaron a la yugular al pretendiente sin nombre —que qué se estará creyendo ese imbécil coqueteando con su fantasía de estos últimos días— para que les diera una respuesta. ¿Por qué se

165

había ido del apartamento en donde ellos estaban viviendo ahora? ¿Qué podía haber sido tan grave? ¿Una deuda imposible de saldar? ¿Un divorcio devastador? ¿Una exnovia rencorosa que vivía en la torre de al lado? ¿Un robo?: ¿lo habían robado sin piedad un domingo en la tarde?, ¿se le había metido una tropa de encapuchados salvajes con revólveres y puñales a exigirle que entregara todo?

—Una noche, cansado de los fríos que se me metían entre los huesos y los chirridos que no tenían razón de ser, empecé a decirle a mi ex…

—¿Hombre o mujer? —interrumpió Claudio.

—"Andrea: yo estoy oyendo una voz que me susurra…". "Y qué te dice". "Que me vaya". "Que te vayas de dónde". "Que me vaya de acá porque en este sitio pasan las peores cosas que pueden pasar en el mundo: que este sitio no me conviene". "Y yo". "De ti no me dice nada". "¿Pero dice que va a ocurrir una tragedia si te quedas o que no te sirve estar conmigo o que estamos pasando mal en este apartamento?". "Que me vaya". "Y no más". "Y no más, pero es más que suficiente". "Si te quieres ir, vete". "Vámonos". "Es increíble que me creas tan imbécil". "Es increíble que tú no me creas: llevo meses diciéndote que hay ruidos y fríos y sombras raras en este apartamento". "Porque llevas meses pensando cómo dejarme: vete".

Se fue. Entregó el apartamento a la inmobiliaria, meses después, para que se los vendiera a los dueños de **BESTA**: a ellos dos, a Claudia y Fernando, o viceversa, o como sea. Se cruzaron los papeles del divorcio dos meses después. Se encontraron a la semana siguiente en una notaría en la Avenida Caracas: "Hasta luego". Y para hacerles corto el cuento, porque la voz allá arriba estaba diciendo "tercer llamado…", "tercer llamado…", ella, su ex, le confesó que días después de la separación había conseguido saber —con la ayuda de uno de los porteros del edificio y de la aseadora de toda la vida— que desde el 2004 no habían durado los inquilinos porque en el 2003 un marido había asesinado a su mujer en la habitación grande "porque no había suficiente aire para los dos en ese sitio".

No, nunca volvieron a estar juntos: para qué. No le echaron la culpa de su ruptura al fantasma, no, no lo usaron de excusa para volver, sino que les sirvió apenas para llegar a la conclusión de que él no estaba loco.

—Pero ustedes no se preocupen por nada de nada que Matilde, mi ex, ahí mismo hizo que una bruja de los llanos limpiara todos los cuartos —agregó el pretendiente de su pretendida cuando le vio la cara de "estas no son las cosas que me pasan a mí"—: ay, soy un bocón, señores, he debido quedarme callado.

Claudio recorrió la fila N hasta la silla 108, perdón, perdón, listo a soltarle a su mujer lo que acababan de contarle: "Y ese fantasma sigue ahí…", iba a decirle. Y sin embargo se tragó la historia, y la frase "tu hermana está aquí…" y la sentencia "yo no voy a poder con esta vida…", cuando notó que la versión risueña de Fernanda se había cambiado de puesto porque se había dado cuenta de que su vecino —que también estaba odiando esa reinterpretación de *Hamlet* por pesada, por pretenciosa, por superior, por culturalista— era nadie más y nadie menos que "el papá de Adelaida Pizarro: el papá de la compañera de universidad más alta que tuve". Claudio, pálido y oprimido y estrujado, le dio la mano al viejo cuando escuchó "este es mi esposo el chef". Y él le respondió "mucho gusto: Horacio Pizarro" en el momento justo cuando volvió la oscuridad: tas.

Quién diablos podía saber qué era —cómo se llamaba en los manuales de psicología barata— lo que le estaba pasando. Quizás era el calor absurdo que estaba devorando a Bogotá: veinte grados centígrados a las 9:37 p.m. en una ciudad de heladas y de ventarrones y hecha para sombreros, abrigos, guantes. Quizás estaba perdiendo la costumbre de hablar de pendejadas: "Me está haciendo falta el frío...", "increíble que amenacen con un apagón como el del 91...", "qué ridiculez la foto del presidente en la penumbra como un Rembrandt para invitarnos a ahorrar luz...". Tal vez él, el una vez intocable profesor Horacio Pizarro, aunque lo hubiera estado negando y volviendo a negar en los últimos días, no conseguía sacudirse las acusaciones con vocación de lapidaciones que le habían estado lanzando en las tales redes sociales, y tenía que hablarlo y hablarlo y hablarlo. El título del libro sería: *Cómo exorcizarse a uno mismo*.

Pizarro insistió en llevarlos al apartamento en su Volkswagen gris, vengan, vengan. A su lado, en el puesto del copiloto, el viejo colega que lo había invitado a ver *Hamlet* en semejante teatro "en la quinta porra": un viudo afónico, el dientón Zuleta, que había comprado las boletas en diciembre porque "nunca en dos mil años hubiera yo pensado que iba a morírseme mi Elsita, ay". Atrás, Fernanda Castaño, la amiga de su hija mayor, que siempre le había llamado la atención por lo seria y lo dulce. Y al lado de ella, que siempre había sido mucho mejor que los novios que se conseguía en donde sea que se consigan los novios, iba su marido el chef haciendo mala cara: ni siquiera *You Won't See Me*, la canción de los Beatles —tenía en el carro *Rub-*

ber Soul, el álbum favorito de su esposa—, aliviaba su expresión de "acabo de ver un muerto".

Trató de conversar sobre alguna tontería, que alguna vez la ligereza había sido su gran talento, pero por soltar aquel "bueno: ¿qué tal esta obra tan jarta?" pronto se vio envuelto en la misma conversación que había tenido desde enero.

Primero, mientras subía por la calle 170 hasta la carrera 7ª, habló de lo primero: "Pues cómo te parece que en este momento están las tres en Boston"; "me dejaron, sí, pérfidas mujeres"; "ah, me llaman todo el tiempo, sí, pero a regañarme porque no he ido a hacerle la revisión a este carro"; "porque Adelaida va a tener una hija, pero según los médicos el embarazo es de alto riesgo"; "con un piloto gringo de pelo muy crespo que se llama Chris, Chris Farmer"; "porque el tipo este de vez en cuando hace el vuelo de Bogotá a Boston de United Airlines"; "más o menos: el otro día me regañó por haberles puesto a las niñas *Canción del sur* cuando eran chiquitas"; "¿yo?: voy a pasar la Semana Santa aquí porque nos tocó gastarnos los ahorros"; "me dejaron un rompecabezas de mil quinientas piezas que apenas abrí"; "es que aquí entre nos el gringo es un zángano que nunca está: a jerk"; "yo no sé cómo he hecho, porque no había vivido solo desde que me casé la primera vez, pero por estos días me ha servido montar un grupo de investigación para el proceso de paz"; "y estoy entretenido dirigiéndole a una estudiante rarísima una tesis en filosofía de la mente".

Emprendió luego un monólogo, empujado por los "ajá" y los "sí" y los "ja" y los "claro" de sus pasajeros, sobre cómo hay momentos, en esta vida que es tan corta y es tan larga, en los que uno pide a quien corresponda —elija usted su propia ficción: a Dios, al lado oscuro de la Luna, al universo que sí está escuchándonos, a la suma de todas las mentes— que por amor al presente el tiempo se detenga, que por respeto a la vida que se ha logrado después de tanto penar nadie crezca y nadie envejezca y nada se llene de polvo y de moho. Yo me acuerdo de pensar "qué raro que sea yo el papá" cuando mis papás todavía estaban vivos y mis hijas estaban apenas en el kínder, ay. Y después tengo clara una tarde en la que le rogué a mi esposa que hiciera lo que tuviera que hacer para que nada cambiara, ay, teníamos la felicidad justa y estábamos a salvo de la nostalgia.

Y nadie decía "la mejor época de mi vida fue…" porque todo estaba bien, y oíamos esto los cuatro, *Girl,* "she's the kind of girl you want so much it makes you sorry", y nadie en la familia le reclamaba a los calendarios que llegara el futuro.

Pero ahora, por ejemplo, no hago más que contar los días porque esas tres me hacen falta quién sabe para qué si lo único que dan es líos: uno con el tiempo va resignándose a que su identidad dependa de su gente.

Se sintió quedando como un loco: eso fue. Empezó a escucharse a sí mismo, a punto de sonar igual que los viejos cacrecos de su infancia sesentera ("Benjamín Herrera, Enrique Olaya, Alfonso López: ¡esos sí eran liberales!"), mientras repetía que él no habría sido capaz de dejar a su esposa embarazada al cuidado de quién sabe quién, ni se habría quedado tranquilo con que su suegro le diera todos los ahorros de la familia para sostener a su primer bebé, ni se habría dado el lujo de andar reclamándole a su mujer su libertad, por más momentos bajos que se vieran obligados a vivir juntos, como si ella le hubiera tendido una trampa. Se sintió como un loco envejecido porque el tal chef miraba por la ventana y le esquivaba la mirada en el espejo retrovisor. Y porque en un momento dado sólo la dulce Fernanda le llevaba la cuerda en su monólogo.

—Bueno —dijo entonces, pero también habría podido quedarse callado, cuando se acercaban por la carrera 7ª a la calle 134—: ¿qué tal esa obra tan jarta?

Zuleta el dientón, su colega de siempre, abrió los ojos desorbitados como respaldándolo: "Jejejé". Fernanda dijo "uy", como volviendo en sí, para decir que "jarta" era decir poco de esa insoportable e insufrible versión de *Hamlet.* Pero el chef más amargo que ácido, ja, volvió de entre los muertos a defender con su vida, si era necesario, el espectáculo que acababan de ver: él sí había entrado a la obra dispuesto a que le gustara, él sí había entendido la reducción del drama a historia de borrachos, él sí tenía claro que estaba enfrente de una tragedia empobrecida por el paso de los siglos y los siglos, él sí estaba dispuesto a permitirles a los otros que dieran su versión de los destinos humanos, él sí era un coleccionista de *Hamlets*, él sí sabía lo que era armar el rompecabezas de otra manera, y ellos no.

—¿Pero no le parece que a un vividor como Shakespeare, que se robaba la mitad de lo que escribía porque no escribía sino para comer y para entretener, le parecería al menos ridículo acabar en manos de un puñado de expertos que van más allá? —preguntó el profesor Pizarro con la mirada puesta en el camino.

—Y un rompecabezas es un rompecabezas —dijo el hilito de voz de Zuleta—: no se puede armar sino como es.

—Quién sabe —respondió Cerón el chef, como un niño que no iba a perder la discusión, buscándole la mirada de aprobación a su esposa—: el punto es que el mundo no está cambiando, sino que ya cambió, y despreciar lo nuevo es la cosa más vieja de todas.

—El punto es que esta generación de ustedes, con su supuesto liberalismo de Facebook por delante, tiende a ganar las discusiones ninguneando, declarando "cavernarios" e invalidando a sus contradictores —vociferó Pizarro a la altura de la 127, desquiciado e impaciente, sobre el "there are places I remember…" de los Beatles—. Yo soy un liberal. Yo soy un liberal más. Yo no soy el enemigo, ni lo voy a ser nunca porque soy incapaz de ponerme en la tarea de hacerle daño a nadie, pero llevo lo que lleva este año de mierda defendiéndome de una horda de feministas de libro de bolsillo que decidieron que yo era lo peor que habían visto en sus vidas porque quise publicar un artículo de *Scientific American* que jura que las mujeres que tienen hijos son más inteligentes. Y como los malditos liberales viven cazando brujas liberales, y descubriéndoles a sus colegas un lapsus o un desliz en sus discursos, les ha dado por inventarme lo que ustedes quieran, machismos, vulgaridades, abusos que jamás he cometido, como si quisieran demostrarme que la doble moral no es patrimonio de los conservadores, que los progresistas también están dispuestos a lo que sea con tal de ganar. Pero acuérdense de mí cuando esa corrección política que no deja títere con cabeza, esa corrección política que piensa que todo conservador es reaccionario e iletrado, se les venga encima un día para que se enteren de una buena vez de que pueden llamar el mundo como les dé la gana (ay, pueden cambiarle el nombre a Colombia si quieren y gritar "feminicidio" cuando un cabrón mate a la mujer), pero va a seguir siendo una cadena alimenticia pantanosa en la que los que creemos en las libertades tendremos que defendernos juntos y enterrados hasta el cuello.

—Cuando gane Donald Trump la presidencia del país en el que ustedes viven, no vengan aquí a llorarnos —agregó Zuleta con la poquísima voz que le quedaba.

—No hay el menor peligro de que los gringos elijan de presidente a esa bestia con ese peluquín —reclamó Cerón, que trabajó un par de años en nosequé restaurante en Nueva York, enervado porque su esposa no decía nada en su rescate—: créanme que no.

De pronto se acabó *Rubber Soul*. Y cuando pasaron bajo el puente de la calle 100, a unos pasos nomás del EDIFICIO LA GRAN VÍA, se había tomado el Volkswagen ese silencio incómodo que pone al más cínico en aprietos. El profesor Horacio Pizarro, largo y triste y encajado a la fuerza en la silla del conductor, no quería decir una sola palabra más porque todo lo que dijera podía ser usado en su contra: a duras penas se limpiaba el sudor con uno de los pañuelos con sus iniciales. El profesor Plinio Zuleta carraspeaba porque había gastado la poca voz que le quedaba. El chef Claudio Cerón estaba mirando por la ventana como un huérfano que sueña con un padre que lo saque de sí mismo. Y la diseñadora Fernanda Castaño estaba ocupada tuiteando "cada vez que ocurre un silencio incómodo en un carro muere un payaso de restaurante...".

—Yo sé que tú no eres el enemigo, Horacio —dijo ella por decir algo cuando vio que ninguno de los hombres del carro

172

iba a salir con nada—, pero tu generación sí es una generación de machistas: yo quiero mucho a mi papá, pero si por él fuera yo andaría todavía con cinturón de castidad.

Se rieron como mejor pudieron porque no era chistoso ni venía mucho al caso. Dijo Pizarro "somos unos caballeros porque ustedes son unas damas" entre las risas de coctel de los demás pasajeros: jojojó. Y siguieron adelante porque aún estaban lejos. De la 100 a la 67 consiguieron tocar temas en los que estuvieran de acuerdo: la certeza de que la derecha haría hasta lo imposible para que volviera a fracasar el proceso de paz con la guerrilla, la importancia de que la selección colombiana ganara los dos partidos de las eliminatorias del Mundial que jugaría en la Semana Santa, la desaparición documentada por las redes sociales de ese pobre diablo, lo desesperante que se había vuelto la moda de los chats familiares por WhatsApp, la extrañeza entre ese calor que estaba enloqueciéndolos a todos, lo difícil —no: lo imposible— que estaba volviéndose transitar por Bogotá. Cuando los dos esposos se bajaron del carro el mundo fue un lugar mejor: "Mil gracias", dijo él sin más, y "mándale un beso a Adelaida", dijo ella, y ya.

Algo muy extraño le dijo él a ella, en el camino del carro a la entrada del edificio en el que vivían, porque ella le respondió "¿quién te dijo eso?: ¿en nuestro apartamento?" subiéndole el volumen a la conversación.

—Se iba poniendo bravo el cocinero —dijo el profesor Pizarro apenas se cerraron las rejas verdes—, pero qué se puede esperar de un mariconcito que no cocina sino que "deconstruye" su propia versión de un cochinillo.

—Yo lo que no les entiendo a estos niñitos de ahora es que discutan de igual a igual con sus mayores sin ningún respeto —respondió el colega Zuleta, que en los setenta vivía del lado del M19, forzando su voz pobre— ni que anden por ahí diciendo que tener hijos es una felicidad cuando todo el mundo sabe que es entregarse tiempo completo a la angustia.

—Que conste que no lo dije yo, que conste —contestó el profesor Pizarro mientras buscaba la Avenida Circunvalar, con los ojos entrecerrados contra las luces de la oscuridad, para llevar a su amigo a su casa—, pero sí: cuando uno tiene una familia lo deprime lo mismo que lo alegra.

Pensó en la Semana Santa por venir, que empezaba a abrírsele como un recuerdo deprimente, porque la Luna creciente estaba revolviéndoles las vísceras a los pobres Tauro esa noche un poco más larga que todas las noches. Pensó en el silencio de rodillas que ni él ni sus primos se atrevían a romper en las tormentosas tardes de los Viernes Santos. Pensó en lo que le habría dicho su padre si él le hubiera dicho alguna estupidez como las que alcanzó a decir el tonto ese hace un momento o si le hubiera dado "una catarata de salmón sobre una reducción de balsámico". Pensó en el chiste de cuando era chiquito: "El marido es siempre el principal sospechoso". Pensó luego en cuántas veces se había tenido que tragar en los últimos tiempos frases como "querido chef: yo, que estudié a Shakespeare en la universidad, pienso que habría sentido náuseas si hubiera visto que su obra más popular ha caído en manos de los espíritus finos de esta época llena de espíritus finos de la época".

Y en la 91 con 8ª, cuando el dientón Zuleta le dijo "aquí, aquí" porque iba a seguir de largo por el frente de su casa, el desconcertado profesor Horacio Pizarro se dio cuenta de que no le había oído una sola palabra a su amigo en los últimos cinco minutos: "Ajá…".

—Moriremos con las botas puestas —susurró su colega antes de bajarse, y después bostezó y cerró los ojos, cuando le apretó la mano como la apretaban los hombres.

—De aquí no nos sacan ni a empujones —respondió la voz plena del profesor Pizarro.

Su amigo el viudo, el pensionado, el nostálgico, cerró la puerta del Volkswagen igual que un niño: ¡tas! El hombre entró solo a la casa en la que hasta hace poco había vivido con una misma mujer todo lo que se puede vivir con otra persona. A Pizarro se le aguaron los ojos pensando cómo puede soportar un hombre semejante tortura: la casa de los dos, pero sin ella. Y luego pensó que él mismo estaba viviendo un nido vacío, pero vacío también de madre, como debe ocurrir cuando uno muere. Y entonces apagó el carro para escribirle a su esposa en el WhatsApp "esta es una de las pocas épocas de la vida nuestra en la que he querido que se vaya el tiempo". Y ella le envió de vuelta, como si lo estuviera pensando, una ecografía junto con la frase "ya casi, Pizarro, ya falta un poquito nomás". Y él habría seguido feliz en el camino de regreso a casa, porque feliz se puso y sonrió pensando en ella sin rencores de esposo, si el maldito carro le hubiera encendido otra vez.

Si supiera de carros algo más que encenderlos. Si a su iPhone no se le hubiera acabado la pila. Si Zuleta no le hubiera abierto la puerta de la casa transformado, como todas las noches desde que le diagnosticaron EPOC, en un viejito en piyama conectado a una bala de oxígeno. Si no se hubiera visto obligado a pedir un mecánico de emergencia en aquella sala que estaba tal como la había dejado Elsa, la difunta esposa de su amigo, toda llena de carpetas y de helechos en materas blancas y de pequeñas esculturas de mendigos borrachines Capo di Monti. Si no estuviera doliéndole la espalda desde el cuello hasta el centro de la nalga por culpa de una puñalada trapera. Sí, el título del libro sería *Cómo deshacerse de la persona que aparece en el espejo*. Y sí, el marido es siempre el principal sospechoso, pero el asesino en últimas suele ser uno mismo.

Siguió sobreviviendo: no hay un cliché peor de ambiguo que "la vida sigue", pero un cliché es una ley de la naturaleza, y esa ley de la naturaleza fue la que él cumplió. Por esos días Venus, su regente, entró en Piscis. Y entre las fuerzas de los eclipses de marzo se sintió un poco mejor en las mañanas que se le habían vuelto una tortura por lo calientes, por lo largas. Se levantó sin tantos silogismos, sin tantos peros, como con una vida por delante. Conjuró la nostalgia, sí, dejó de adelantar *Ob-La-Di, Ob-La-Da*, que le traía el recuerdo de sus dos hijas saltando sobre la cama matrimonial como sobre una cama elástica hasta que por fin la rompieron, cada vez que le aparecía en el iPod que le había dejado hecho su hija Julia —que lo quería como a un hijo— antes de irse detrás de las otras dos a Boston. Pidió menos pizzas para que le aguantara el dinero. Avisó a tiempo a su esposa que habían llegado las facturas del gas y el agua y la energía.

Se hizo sus terapias de la espalda con Magdalena, la terapista de siempre: "Me caso en agosto", "yo creo que porque me quiere como soy", "pero no puedo seguir detrás de ideales, profesor…", le dijo.

Cumplió. Sacó la basura los días en que había que sacarla y a las horas en que había que sacarla. Respondió el WhatsApp a tiempo. Respiró mejor que antes.

Soportó encogiéndose de hombros los días vergonzosos y los días tristes y los días delirantes que vinieron: aguantó que la pusilánime Colombia desacatara el fallo de La Haya sobre San Andrés como imponiéndosele al mismo mundo al que le ruega compasión, que un par de senadores indignos soltaran carcajaditas mientras las víctimas del conflicto entregaban su testimonio en el Congreso, que la Iglesia incendiaria condenara la aprobación del matrimonio homosexual, que la derecha colombiana —una suma de populistas con neonazis con fanáticos cristianizados con encorbatados provida— marchara contra el proceso de paz como exigiendo el derecho a la guerra, como tapando la noticia de que el hermano del expresidente Uribe andaba en la cárcel investigado por paramilitarismo.

Fue el viejo curtido, resignado al mundo, que uno veía cuando lo veía desde lejos, y pensó "en este país estamos…" sin asomos de resentimiento.

Vio las victorias de la selección colombiana en las eliminatorias al mundial, 3 a 2 a Bolivia, 3 a 1 a Ecuador, solo y sin triunfalismos: "Ya volverán a perder…", se dijo a sí mismo.

Se repitió *Anthology*, el documental de los Beatles, para confirmar que todo seguía en el mismo sitio, que Yoko Ono seguía siendo el amor de la vida de John Lennon, que Linda Eastman seguía siendo el amor de la vida de Paul McCartney, que Olivia Arias seguía siendo el amor de la vida de George Harrison, que Barbara Bach seguía siendo el amor de la vida de Ringo Starr, y había parejas de puertas para afuera y parejas de puertas para adentro. Vio por el canal de clásicos *David y Betsabé* y ahí mismo vio *El manto sagrado*, con el dientón Zuleta, que no mejoraba, el Jueves Santo. El Viernes Santo comió mojarra frita con patacón y arroz con coco en la casa de Teresa, la empleada, que es cartagenera —"¿y ese milagro…?", preguntó el marido bronceado y lampiño cuando lo vio—, con la sensación de que estaba adaptándose a su soledad mientras se terminaba.

Se acostumbró a andar en taxi, a andar en los buses azules enloquecidos, porque le pareció impagable el costo del arreglo del Volkswagen: tres millones de pesos por remplazarle la caja nosecuál y repararle el sistema central de nosequé, y sus tres mujeres necesitando plata.

Se volvió "amigo" entre comillas del taxista amigo de Zuleta —que quien no tenga uno en Bogotá está perdido— de tanto pedirle que lo llevara a la universidad para reunirse con

Flora Valencia, para reunirse con el grupo de investigación que cada vez tomaba más forma.

Se volvió "amigo" entre comillas de él, de don Orlando, de tanto perder la vida en los trancones hirviendo de esta Bogotá de antes del apocalipsis. Supo su situación: que estaba mamado de su amante porque se le estaba volviendo otra esposa; que las últimas veces que se habían podido ver, saltando matones porque su mujer andaba abeja, se la había pasado era cuidándole un virus ni el berraco de esos que están dando; que ya no le decía "papi" sino "mijo" porque ya no se veían en el desnucadero del compañero que tenía el taxi en las noches, sino en la casa de ella cuando la mamá andaba en terapia respiratoria, pobre vieja; que tenía una hija universitaria, Karen, que no conseguía puesto en ninguna parte, pero que sí jodía al pobre novio como si fuera el pobre marido; que quería zafarse del dueño del taxi porque se estaba volviendo un negrero; que esperaba que Dios, pendiente desde el crucifijo que colgaba del espejo, sirviera de algo, sirviera al menos para que no se le metiera "el enemigo".

Después de pasar tardes y tardes con Flora Valencia, en *Mi Rincón Francés*, en San Fermín, un lunes dejó de verla rara. Poco a poco fue entendiéndole que no estaba hablando de niñerías como "el poder de la imaginación" o "el poder de la palabra", sino enredándose más y más en la pregunta por los alcances de la mente. De tanto en tanto parecía haberse metido en el callejón sin salida de la neurología. De vez en cuando parecía estar hablando de sincronías, de extraterrestres, de brujerías, de fe. Pero en los tres primeros capítulos de la monografía había conseguido que la sospecha de la existencia de una gran mente en pugna en la que participan entrelazadas todas las mentes individuales —una mente global entendida como una arquitectura computacional: un hardware tan grande como se quiera, tan grande, quizás, como el propio universo— no sonara del todo a esoterismo.

Valencia era, por supuesto, una buena persona, pero también era brillante, pero también era sensible, pero también tenía su propio sentido del humor. Aquella procesión que siempre va por dentro era en su caso un ensangrentado y encharcado viacrucis: por sus susurros sonrojados con la boca pegada en el teléfono era claro que no le iba bien en el juego ni le iba bien en el amor. Y no obstante era capaz de sostener conversaciones sobre los atentados del Estado Islámico en Bruselas o sobre qué horror vendrá después de la última escena de *45 años*. Y seguía leyendo todo lo que a él se le iba ocurriendo que leyera: Heidegger, Borgmann y Dreyfus repetían, en orden de aparición, que la tecnología tiende a empobrecer la experiencia de la realidad, que las redes, por ejemplo, empujan a la gente a "ofrecer versiones estilizadas de sí mismos" en vez de lanzar al mundo la complejidad de sus identidades verdaderas. Y sonreía.

Y lo miraba como si saboreara cada una de sus palabras, como jugándose en cada reunión el resto de la vida, cuando él le decía cualquier cosa: "Esa intervención de todas las mentes en una mente total —esa suma— implicaría lo que suele llamarse *efectos de arriba hacia abajo*: un Dios, un todo que da partes".

Y luego era capaz de convertirse en la monitora del grupo de investigación "Lenguaje, violencia y reconciliación" —y era capaz de presentarle a Pizarro a su profesora de Constitucional en un cafecito, de convertirse en su puente para encontrar refugio en la Facultad de Derecho, de repartir las lecturas entre los miembros del grupo, de bordarle un vestidito a la primera nieta de su profesor— a pesar de estar viviendo el peor año de su vida, el peor año, en fin, de la vida de todos. Y después se ponía su casco y su morral y sus patines, y se iba calle abajo nerviosa porque su madre, que quién sabe por qué vivía brava con ella, acababa de pedirle el favor de que comprara una remolacha y unas granadillas de camino a la casa. Y él se quedaba mirándola mientras ella se iba como sintiendo piedad por todo el mundo.

Pobre yo. Pobre usted. Pobre tú. Pobre él. Pobre ella. Pobres ustedes. Pobres nosotros. Pobres vosotros. Pobres ellos.

Pobres todos ahora que por fin, luego de meses y semanas y días y noches de calor insoportable, han empezado las avalanchas, los vendavales, las inundaciones. Benditos los que están escondiéndose de este aguacero en un paradero de bus porque de ellos será el reino de los cielos. Benditos los que están tratando de cruzar un arroyo debajo de semejante tormenta porque llegarán a su casa más temprano que tarde. Esto se ha vuelto un naufragio en abril, y ni siquiera es el fin de la Tierra, sino apenas otra tortura. Se ha estado cayendo el cielo del mundo, que es el viento y el aire a punto de volverse agua y agua, y ay, cuando las niñas usaban esos pequeños paraguas y esos impermeables rosados, y ay, cuando la gente repetía "abril, aguas mil", y llovía y diluviaba como está diluviando a principios de este abril.

Sí, estuvo mucho mejor el profesor Pizarro esas semanas: menos derrotado, menos huérfano. Eludió con éxito la pregunta "papá: ¿qué vas a hacer el día de tu cumpleaños allá todo solo?" e incluso tuvo un par de días buenos. Siguió por las redes sin morbo y sin malestar, con aquella compasión por todos que es la gracia de la vejez, la telenovela patética de la desaparición del yuppie aquel:

"Gordo mío de mi vida: por favor, sea como sea, pase lo que pase, digan lo que digan, hagas lo que hagas, tú sabes mejor que todos juntos que no ha habido nada y no habrá nada que no podamos resolver aquí en la familia linda que hemos construido, y sabes que nuestros dos gorditos te necesitan a la hora del desayuno y a la hora de hacer las tareas del colegio y a la hora de irnos a dormir, y no es momento de desfallecer, Gordo mío, si es que te tienen secuestrado o si es que te ha quedado grande el mundo, y no es momento de pensar que a nadie le importas porque te está buscando y te está esperando medio mundo", escribió la esposa en Instagram el martes 29 de marzo junto a una fotografía de la familia en vestido de baño.

Sobrellevó las lapidaciones en Facebook —3.389 likes, 842 veces compartido, 385 comentarios contra él— sin enloquecer a sus hijas, sin reclamarle a su esposa la frase "tú no eres lo que están diciendo". Sonrió amargamente, pero no hizo nada más, cuando leyó un post del sábado 2 de abril de Fernanda Castaño que decía "#WomanIsTheNiggerOfTheWorld: he estado pensando desde hace ya dos semanas, cuando me encontré en una obra de teatro con el profesor Horacio Pizarro, el papá de mi amiga Adelaida que ha sido el chivo expiatorio de este año aquí en las redes, que esto que está pasando no es cuestión de buenos y malos sino de explicarles a los viejos como él por qué está mal criar a las mujeres viendo películas tan racistas como *Canción del sur* u obligándolas a vivir en un mundo que no condena a Hamlet por torturar a Ofelia".

Simplemente pensó, como anotándolo para no olvidarlo nunca más, que el concepto de "aquí entre nos" había muerto para siempre; que era mejor no decirle nada a ninguna persona de estas generaciones nuevas porque lo más seguro era que apareciera unos minutos después en internet. Ojo a lo que se diga en los chats. Ténganles miedo a las capturas de pantalla.

Resistió los memes que le montó un grupo de vengadores anónimos de la universidad: Pizarro con el peluquín del patético candidato gringo Donald Trump, Pizarro con capucha del Ku Klux Klan, Pizarro embarazado bajo la leyenda "las personas embarazadas somos más inteligentes".

No le dio risa, no, pero supo entender por qué tenían que hacerlo y por qué les parecía tan chistoso.

No le gustó que lo ridiculizaran como a cualquiera, no, como a un famoso que sabe a qué se expone, pero por primera vez en mucho tiempo supo engañarse a sí mismo: no era que miles de personas no lo quisieran a él, el hombre que hasta hace poco fue querido por todos, sino que internet había empobrecido e infantilizado e hipnotizado en contra de los mejores a las pequeñas mentes de paja: perdónalas, mente total, porque no saben lo que hacen.

Se dedicó a escribir su ensayo sobre los significados ocultos en los términos equívocos y los eufemismos que se emplean en la guerra aquí en Colombia: esa fue la respuesta de su mente a los saboteos a su cuerpo. No me van a joder. No me van a arrinconar como a un niño. No me van a devolver a los días de enero en los que no supe qué hacer conmigo mismo. No me van a anular como me anularon al principio de este año de mierda, ay. Escribió cuatro páginas por día, por lo menos cuatro, hasta conseguir un documento de sesenta páginas de Word a un solo espacio —un ensayo entre la sociología y la historia que partía de los hallazgos de la filosofía— que le envió por e-mail al alharaquiento editor de la universidad el segundo viernes de abril.

Fue por ese entonces, el segundo fin de semana de abril, el sábado 9 o el domingo 10 quizás, cuando empezó a sentirse aparte de todos los que habían estado usándolo para sentirse mejores que él: separado de todos los que se habían valido de su lapsus —que ni lapsus era— para sentirse feministas, nobles, demócratas, liberales, agudos, justos. De pronto dejó de preocuparle. De golpe dejó de asomarse a Facebook a ver cuántos más "me gusta" habían aparecido en el famoso e infame post de la profesora Terán. De un día para otro vio a sus enemigos por allá lejos como personajes secundarios atrapados en las páginas de un libro o seres irreales aprisionados detrás de la pantalla del televisor: dejaron de existir, y ya, y punto, y él tuvo la sensación de que el cielo estaba nublándose al fin y al fin la gente estaba poniéndose abrigos y escondiéndose en sus casas.

Tal vez estaba mejor porque el mundo estaba más triste y más frío que él, porque la vida estaba saliéndoles mal a todos los que habían estado deseándole la derrota, y él ahora dormía bien en las noches, en cambio, porque les llevaba ventaja en el viacrucis.

El miércoles 13 de abril, con el solemne novilunio desplazándose de Aries hacia Tauro, Pizarro se levantó pensando que había algo muy extraño —como un objeto en el sitio equivocado de la habitación, como unas gafas nuevas en un rostro de siempre— en su vida anestesiada de estos días. No fue la buena noticia de que la Facultad de Derecho no sólo había decidido apoyar el grupo de investigación que el Departamento de Filosofía estaba negándose a respaldar, sino que la oficina del comisionado de paz andaba convencida de que el trabajo del profesor era clave. Tampoco fue la llamada demasiado extraña, demasiado temprana de Flora Valencia pidiéndole que se vieran apenas pudieran: "Es que no sé a quién más contarle esto...", dijo su voz quebradiza.

Fue un mensaje urgente de Clara, su esposa, su única cosa fija en este mundo, hacia las once de la mañana: "Pizarro: necesito que me conteste el teléfono ya", le escribió.

Y fue aquella versión de ella, ella extraviada e irreconocible en la angustia por unos segundos apenas, lo que había estado a punto de sucederle. Fue esa llamada, mejor dicho, lo que le pasó, lo que le recordó que la vida no da tregua ni deja impunes los cantos de victoria.

Volvió a ser aquel profesor de Filosofía del Lenguaje paralizado por la taquicardia, y volvió a sentir un jalón trapero desde el cuello hasta la pantorrilla, y volvió a quejarse, y volvió a sentir la sangre agolpándosele entre las sienes, y volvió a decirse la mentira histérica "a mí me está doliendo el brazo izquierdo porque me va a dar un infarto aquí solo..." desde el momento en que su esposa le dijo "Pizarro: prométame que no se va a preocupar...", "Pizarro: júreme por nosotras tres que se va a tomar con calma lo que voy a contarle...". Se escuchó a sí mismo responderle un "sí, sí" lejanísimo, como si su cuerpo estuviera en el cuarto de al lado, pero apenas pudo tragar saliva y respirar para que el corazón le bajara al pecho de nuevo mientras su mujer le decía "es que Adelaida...".

Estaba envejeciendo con sus hijas. Hubo un tiempo, el tiempo de leer *Los cigarros del faraón* o *El templo del Sol* para dormirlas, cuando sintió que todos eran niños caprichosos jugando a darle forma a este delirio, que los días no se apilaban, sino que se repetían como un mismo día feliz con una misma rutina, como una tregua a quién sabe cuál guerra. Pero ahora eran iguales, sus hijas, su esposa y él, porque todos tenían arrugas y tenían manchas, y tenían arrepentimientos y dolores desde el cuello hasta los pies. Ya no estaban sus padres y él ya no podía ser patético en paz: "Papá, yo creo que no voy a ser capaz de sostenerlas...". Y no podía estar pasando, y le revolvía el estómago y le entiesaba la espalda y le daban ganas de que esto se acabara de una vez, que su hija mayor estuviera anémica —y soportara esos terribles dolores de cabeza— a unos cuantos días nomás de tener a su bebé.

¿Y si lo perdía? ¿Y si no estaban a punto de un nacimiento sino a punto de un entierro?

—Pizarro: es que Adelaida se ve muy mal —le dijo su esposa después de una introducción compasiva pero inútil.

Y él exhaló e inhaló preguntas, "¿pero qué pasó?", "¿pero por qué lo dice?", "¿pero están en el hospital?", "¿pero qué dijo el doctor?", "¿pero cuándo salen los exámenes?", "¿pero ella está despierta?", "¿pero la bebé está bien?", "¿pero qué se hizo el piloto ese?", porque sintió que no iba a ser capaz de respirar.

Por un momento se portó como un ochentón: "Mijo, los hombres son viejos y las mujeres son jóvenes —les decía su padre cuando se volvió un repetidor de cuentos y de frases—: tengan la edad que tengan y péseles lo que les pese".

Por unos segundos se dedicó a quejarse de su jalón de la espalda, como si sólo a él estuviera pasándole, porque últimamente todas las conversaciones comenzaban con ellas quejándose. Se declaró demasiado viejo para celebrar su cumpleaños, para perder el corazón, para creer en Dios, ay. Es tarde para ponerme a rezar por mi hija, ay. Ay, las noches cuando las niñas no sabían qué seguía después de "padre nuestro que estás en el cielo…". Ay, la vez que Adelaida se partió el brazo y el día que Julia se rompió la cabeza. Ser viejo es ridículo porque uno sabe en el fondo que no lo es, que podría erguirse si quisiera y temerle a la oscuridad ahora mismo, y Clara solía repetirle "Pizarro: deje la güevonada que en el mundo hay dos billones de personas más viejas que usted", pero no dejó de serlo hasta que no escuchó a su mujer llorando, sollozando.

—Ya mismo me voy para allá —le dijo porque no supo qué más decirle—: salgo ya mismo para el aeropuerto.

—Pero para qué, Pizarro —le respondió ella como saliéndose del personaje que había interpretado desde que se había vuelto una madre—: ¿y de dónde mierdas vamos a sacar más plata?

Si estaban pagando el préstamo que habían sacado para pagar las cuentas allá en Boston: 2.269.000 pesos en abril. Si se habían estado gastando por allá dólar por dólar los pocos ahorros que les habían quedado, y el dólar subía y seguía subiendo al día siguiente. Si él les mandaba 2.000 dólares cada tanto. Si tenían que seguir pagando las cuentas de Bogotá: 2'501.900 de las tarjetas de crédito, 1'288.300 de las prestadoras de salud, 341.000 del agua, 92.000 del gas, 182.000 de la luz, 245.000 de la televisión, 214.000 del teléfono fijo e internet. Si la cuota de administración del edificio había subido en marzo a 613.000. Si Teresa, la empleada, seguía ganado 750.000 al mes por venir tres días a la semana. Si las frutas estaban cada vez más caras en los supermercados. Si las terapias de la espalda costaban 100.000 pesos por sesión.

—Puedo pedirle prestado a Zuleta —dijo consciente de que iba a enfermarse apenas colgara—, puedo renunciar y largarme y llevarme en una maleta la liquidación.

Pero no, no es necesario que haga ninguna locura, Pizarro, no era necesario que perdiera la cabeza: Clara no estaba exigiéndole que superara su pánico a volar, ni estaba pidiéndole más dinero, porque el endeudado gringo de Adelaida ya no completaba los dólares para los gastos, sino que estaba llamándolo para desahogarse porque a quién más iba a llamar —"ay, mi niña…"— y también para pedirle que le enviara unas cosas a su hija con Chris.

¿Quién es Chris? Pues Chris Farmer, su yerno el piloto, Pizarro, que iba rumbo a Bogotá en el vuelo de United Airlines. ¿Y qué cosas quería su hija en su lecho de enferma, que se le salía el alma del cuerpo de imaginarla postrada y sin él? Quería la pobre un tarro de esas obleas que tanto le gustaban; quería la cobija de cuadritos de todos los colores que se ponía cuando se sentaba a ver películas en la sala del televisor; quería los libros de Roald Dahl, *Agu Trot, Los Cretinos* y *El Superzorro*, que les leían cuando niñas antes de dormir; quería la foto de la familia en Quincy Market —que estaba en el escaparate de la entrada junto a las rugosas copas violetas que habían traído de Luxemburgo— en la que su hermana no miraba a la cámara por estarla mirando a ella como a una aparición.

—Yo hago lo que usted quiera que haga, sea lo que sea —dijo entonces con su voz de siempre.

—Yo lo sé, Pizarro, pero lo único que hay que hacer por ahora es llevarle esas cosas a Chris al McDonald's del aeropuerto —le respondió ella reponiéndose—: y no vamos a desesperarnos más.

No se dijeron nada más porque qué más iban a decirse. Ninguno de los dos le dijo al otro "yo lo quiero", "yo la quiero". Ella le mandó "un beso" antes de decirle "ahora hablamos". Él le contestó un "yo estoy allá" de personaje principal —de guionista ingenioso, mejor— que era mucho más cierto de lo que él creía. Ella le respondió "no se preocupe que yo le voy contando todo". Él se quedó callado como reconociendo un callejón sin salida: puta vida. Y se dijeron "bueno", "bueno", derrotados. Colgó. No se sentó en el sillón estropeado de la sala porque sentarse era peor. Buscó de una vez el número de don Orlando Colorado, su amigo el taxista, entre los contactos de su iPhone. Y, cuando el chofer le dijo que ya iba para allá, se fue por el pasillo del apartamento en busca de las cosas de su niña.

Esperó en el sillón gastado, abrazado a las peticiones de su hija, como un niño que espera a que lo recoja su padre.

Caminó hasta la calle a buscar el taxi, putamierdaputamierdaputamierda, apenas apareció el nombre de **Don Orlando** en la pantalla de su teléfono. Saludó entre dientes. Se sentó en el puesto del copiloto, como mejor pudo, porque esa había sido la costumbre en aquel último mes. Y se fueron juntos para el aeropuerto, calle 92, carrera 30, calle 26, resignados al clima asfixiante de Bogotá, conscientes del suspenso que se lo toma todo —si no se lo toma todo la sorpresa— cuando sale uno a recorrer esta ciudad. Y se quejaron de sus vidas, y comentaron las noticias de la semana, que dizque quieren sacar petróleo entre los rojos y los azules y los verdes de Caño Cristales, que dizque llegó a las playas de Santa Marta una tortuga gigante, que dizque sigue perdido el yuppie ese que están buscando por las redes sociales, hasta que se descubrieron frente a El Dorado quejándose de no tener dónde parquear.

Pizarro cojeó con el corazón a cien, a mil, hasta que se encontró con Farmer en el McDonald's del último piso del aeropuerto. Sí, encontrarse en McDonald's con el piloto de su hija, que era un conocedor de las cocinas del mundo, era reducirlo a gringo engordado por el imperio yanqui, pero allá lo había mandado su esposa.

Y ahí estaba el pendejo ese, el asshole ese, junto a su pequeña maleta convertida en perchero para la chaqueta impecable de piloto de treinta años.

Desde el principio odió a Farmer porque se veía como si nada, tranquilo, comiéndose una hamburguesa a pesar de todo; porque se limpió en el pantalón oscuro de piloto antes de ofrecerle la mano en mangas de camisa corta; porque le dijo "hi" hecho un gringo cualquiera con retazos de lechuga entre los dientes. Luego lo odió un poquito más, al muy republicano, por hacerle charla con su pelo claro y crespo peluqueado y bien peinado para no asustar a sus pasajeros y entre el placer que le producía untar las papas a la francesa en los tarritos de las salsas: "So, how are you, man?", "so, do you think this peace process with the guerrillas will go o.k. in the end?", "mark my words: Donald Trump is going to be the president of de United States and it won't be bad", "so, come with me to Boston, man", "ven con mí a Boston, hombre". Pero empezó a humanizarlo —he ahí el peligro de pasar tiempo con cualquiera— apenas le vio la cara de asombro ante un avión que despegaba.

—Don't you get tired of all this? —le preguntó Pizarro, incapaz de entender la vocación de un piloto, en un extraño intento de dejar de ser un suegro.

—Me?: never, nunca —le respondió Farmer feliz de que le hiciera una pregunta sobre él y de pronunciar una palabra más en español.

Porque desde niño, por allá en Dracut, Massachusetts, tomaba prestado el Saab de su tío solterón para irse a cien millas por hora frente a las granjas y los lagos de su pueblo. De pronto se veía flotando y vacío frente a la carretera que se abría y se abría y se perdía entre el cielo. Se iba quedando sin órganos hasta que su cuerpo no era más que sus pulmones y sus manos en el volante y sus ojos. Y le gustaba que nadie, nadie, lo estuviera mirando como si fuera invisible a todos y a todo, como si fuera el fantasma de un niño que por fin ha conseguido que nadie le diga qué hacer. Qué extraño que su tío lo apoyara como lo apoyó. Qué maravilloso —"how awesome"— que a su madre le pareciera normal que se perdiera en el paisaje.

Qué increíble haber dado con Adelaida, su hija, que tenía claro que lo suyo era volar.

Qué suerte, aunque la suerte es Dios, although luck is God, armar una familia que me dé hijos stronger than oak como mis padres.

Que lo esperaban como su abuela a su abuelo cuando se perdió meses y meses en los caminos franceses de la Segunda Guerra.

El profesor Pizarro le sonrió, como empezando a despedirse de él, cuando notó que miraba el reloj. Lo dejó terminar el relato del triunfo que fue su primer vuelo, "I thought I knew everything I needed to know", "we were able to find a hole over the airport and get below the clouds to a nice landing", porque no podía arruinar la escena. Pero después le entregó la bolsa con los objetos para su hija porque se acercaba la hora del almuerzo, porque no iba a volverse el gran amigo de su enemigo en una sola sentada. El piloto le dio las gracias, "thanks for all this", y se levantó para ponerse el blazer y la gorra. Y entonces le dijo un "she's gonna be o.k." que le aguó los ojos a su suegro mientras le apretaba la mano. Y trató de salvar el momento con un poco de su humor hasta ahora inédito.

—I know your type. I know it's too hard for you, you old liberal fart, to trust a republican guy like me. But who do you prefer to pilot your ten-hour flight?, a conservative or a liberal? —preguntó "¿preferirías un piloto liberal o conservador?" poniéndole la otra mano sobre el hombro—. Ask yourself the same when you think who can be the best boyfriend for your daughter.

—Well, I hate to flight —contestó Pizarro, mirándolo a los ojos con ojos de "yo soy el adulto" y de "no voy a caer en la incorrección de llamar 'piloto' a un novio".

Y fue hacia la puerta de salida, en busca del taxi de todos los días, con la sensación de que había ganado una partida de un juego que millones de suegros estaban jugando en alguna parte del mundo. Fue entre la gente como si no fuera uno más: lo era, sí, pero esa impresión de ser una rareza era una señal de que estaba recobrando el control de sí mismo. Sonrió a un niño que le sonreía: "Mira ese señor tan alto, papi". Y apretó los ojos para ver el Hyundai amarillo con forma de zapato que era el ojo del huracán. Ay, el tiempo en el que se pasaba la vida repitiéndoles a sus dos hijas "cuidado ahí: cuidado se pegan". Ay, cuando eran los viejos los que contestaban el teléfono respondiendo "mal" a la pregunta "cómo estás". Ay, cuando los yernos no se tomaban selfies con sus suegros.

Se subió a la silla del copiloto, ay, cuando no sentía este dolor tan ridículo, cuando se sentaba en un carro sin pensar en cómo iba a pararse después.

Y, en su intento por acomodar su cuerpo en semejante carrito, una vez más puso a temblar el crucifijo del espejo como un péndulo.

Podría haberle dicho al taxista "pa' la universidad", pero le dijo "vamos pa' la casa" porque había quedado de verse allá con su única alumna en todo el puto mundo. Escribió a su esposa por WhatsApp "misión cumplida". Y ella le mandó de vuelta un corazón que a él no le gustó nada porque ¿en qué momento se había vuelto su mujer una persona que enviaba emoticones?, ¿en qué momento se había permitido a sí misma enviarle dibujitos como los que les mandaba a sus hijas? Quizás era el equivalente a despedirse de él con un beso en la frente o era la señal de que luego de cuatro meses de separación estaban olvidándose de cómo eran cuando estaban juntos o era la prueba de que el hábito es el destino feliz de todas las parejas inteligentes, pero no le gustó nada.

Chateó un rato con ella: "¿Cómo sigue Adelaida?"; "feliz porque ya vienen sus libros"; "¿y a qué hora vuelve el médico?"; "en una hora"; "¿y usted cómo está?". Pero luego cerró los ojos como pidiéndole a don Orlando que no le hablara de nada. Y así estuvo, mitad dormido, mitad despierto, en el camino de regreso. Y ni siquiera la versión de *With a Little Help from My Friends* de Herb Alpert & The Tijuana Brass, que sonaba en Melodía Estéreo como un chiste pesado contra él, lo obligó a incorporarse. Estaba matándolo la espalda. Tenía miedo en el estómago y presión en las sienes y en la nuca. Y el taxista, que alguna vez había matado a un perro por piedad y de tanto en tanto volvía a hablar de ello, descansó cuando lo dejó en la puerta del edificio.

Se dijeron los nombres en vez de decirse adiós, "don Orlando", "don Horacio", y el profesor se fue despacio sin voltearse ni una sola vez más.

Y el taxista arrancó, y se fue hacia arriba por la calle 92 en busca de un sitio en donde almorzar, cuando dejó de ver a su cliente. Y pensó entonces en su amante, en Celmira, que había estado llamándolo desde temprano en la mañana quién sabe a qué. Y sintió esa vergüenza insoportable, que quizás era culpa, por dejarla sola en la salud y en la enfermedad después de habérsela gozado tanto, por estar agarrando rumbo hacia su casa a ver qué había hecho su esposa de almuerzo. Pero es que la mujer no va a perdonarlo a uno hasta que san Juan agache el dedo. Pero es que la pobre Celmira me ha dejado tres razones ya: "Mijo, llámeme que lo necesito urgente…", "Orlando: es que tengo una cosa que contarle…", "el día que me encuentren muerta en esta casa usted va a tener que llevar a su mujer a hacer mercado…". Pero es que uno a los cuarenta y ocho años ya quiere estar tranquilo.

Marcó el número de la casa, "¿mi vida viene a almorzar?", para contarle a su mujer que iba a estar haciendo vueltas con el profesor toda la tarde. Sí sintió que Doris, su esposa, no se había tragado el cuento del todo, porque le conocía la voz de memoria a la maldita, pero pensó que no era tan grave cuando ella se despidió diciéndole el "yo lo amo mucho" que le decía cuando el problema no era tan grave. Pero es que las mujeres siguen siendo muy celosas en pleno siglo xxi. Pero es que Doris tiene también razones para sospechar de él. Pero es que desde que ella dejó de trabajar en Credimóvil, la empresa de celulares, todo el día anda pendiente de en dónde mierdas anda su marido: marcación hombre a hombre, je. Pero es que cuando él le ha sido infiel ha sido como irse a echar pola.

Y, apenas marcó el número de su amante y esperó a que ella le contestara, se dijo a sí mismo que una persona no es una persona si no tiene una vida privada, una vida secreta, mejor. Y después pensó que ojalá no exista el infierno.

Se dijo a sí mismo "este sol es de agua". Tenía que venírseles encima el diluvio universal en ese año que no quería mejorar, y ni siquiera a mediados de abril quería dejar a nadie en paz, porque tres astros devastadores estaban alineados en T: Júpiter en Virgo, Saturno en Sagitario, Neptuno en Piscis. Sí, y ahora iba a llover hasta que no quedara nadie. Esa mañana temprano, él y su esposa habían visto, con sus propios ojos que se habrán de comer los gusanos, las imágenes de todas esas gentes en Puerto Boyacá haciendo lo imposible para que no se las llevaran los derrumbes ni los deslizamientos ni los aludes. El noticiero de las 6:00 a.m. es una crónica roja que siempre le recuerda que este pueblo es malo —noticia de última hora: a un hijastro se lo llevó la policía porque la casa se le inundó, y apareció, flotando como un monstruo de sangre, el tronco de la madrastra desaparecida—, pero ese día, cuando aún no salía a trabajar, y horas antes de recibir la llamada del profesor, le dolió ver a esos niños tratando de alcanzar las manos de sus padres.

En fin: que también en ese momento, al mediodía, iba a caer un palo de agua. Y se encogió de hombros porque lluvia siempre va a haber.

Con el vidrio abajo, que siempre lo tenía abajo para sacar un brazo por la ventana, se quedó viendo a una estudiante que le pasó al lado: "¿La acompaño o la persigo?", le dijo. Ignoró los bocinazos iracundos y los insultos del hombre del carro que venía atrás, "¡muévase a ver malparido!", porque para alterarlo a él —para emberracar a Orlando Colorado— se requería un ejército de hijueputas. Parqueó el taxi en la primera orilla libre que encontró como pensándose dos veces lo que estaba a punto de hacer: "Siga, hermano, siga", le respondió al conductor pendenciero sin perder la compostura. Se amarró los zapatos de cuero que tenían esos cordones delgaditicos que quién es capaz de amarrarlos. Se peinó el pelo blanco, blanco, de canoso prematuro, en el espejo retrovisor. Se arregló la camisa azul brillosa para que no le forrara la panza. Se dio la bendición porque estaba al lado de la capilla de la 79 y el crucifijo seguía bamboleándose.

Bajó el volumen de Melodía Estéreo en pleno *My Way*. Se puso los audífonos del manoslibres antes de marcar el número de su compañero de taxi. Tuvo paciencia mientras el timbre sonaba una, dos, tres veces.

—Mi doctor Gonorrea —saludó a su "amigo" entre comillas, a Londoño, apenas este pregunto "¿aló?" con su voz aterciopelada de locutor de Radio Reloj—: ¿cómo me le va a mi estimado doctor Gonorrea?

—Pero si es el licenciado Ladilla —contestó Benigno Londoño, que además era su vecino de barrio y manejaba ese mismo taxi en el turno de la noche—: modere su lenguaje, hágame el favor, que estoy aquí en presencia de una dama.

—No me va a decir que estoy al aire, perrín, apague esa vaina que tengo que decirle una cosa.

—Diga pues: ya.

—Mi perro: ¿qué sabe usted del apartamento que me prestó la otra vez?

—Hermanito, no, ese inmueble le fue entregado a sus dueños porque ustedes me dejaron pagándolo solo, que si usted hace un poquito de memoria no era la idea inicial que teníamos.

—¿En serio, marica?

—No, güevón, en chiste: yo entregué eso en febrero porque en esta casa también preguntan qué se hizo la plata.

—No me joda, Benigno…

—Pero espere le mando por aquí por el WhatsApp un sitiecito que descubrí el otro día en el Ricaurte —susurró Londoño.

Que aprovechó la situación para pedirle que le entregara el taxi más temprano esa tarde, "a las cinco", porque habían quedado de reunirse con los demás del comando para ver aquella noche dónde iban a cazar camionetas de Uber. Le preguntó si se podía saber a qué hembrita andaba papeándose ahora: si era la vecina que había tenido que bloquear en el Face porque le decía "cuándo nos vemos los dos solitos" la bandida, o si era la pobre Celmira que no era tan bonita como la mujer, pero sí estaba más rica. Se quedó contrariado, "estreñido" es la palabra, desde que Colorado le dijo "pero no se me ponga rabón que usted sabe que un caballero no habla". Sonó extraño hasta que dijo "adiós pues" porque acaso a él qué le importaba la vida de los otros.

Y sonó más raro aún cuando llamó quince segundos después —Orlando estaba apenas encendiendo el taxi para tomar camino— por equivocación.

—Óigame a lo que acaba de llamarme el marica aquel —gritó Londoño sin decir "quiubo" ni nada.

—¿Cuándo? —preguntó Colorado sinceramente desconcertado—: ¿cómo así?

—¿Licenciado? —tartamudeó Londoño entonces—: No, que me llama el jefe a decirme que no me olvide de lo de esta noche.

Sí, sí, sí: hablaba de la cacería de esas pobres camionetas blancas que mal no le hacían ni le hacen a nadie. Pero no tenía pies ni cabeza esa llamada unos segundos después de colgar: ¿el jefe llamándolo a semejante güevonada? Se dijeron un par de frases más como si no fueran ya el doctor Gonorrea y el licenciado Ladilla sino a duras penas los dos actores cansinos que los interpretaban, "bueno pues", "yo veré". Pero el ligero y contento y suertudo Colorado, cuarenta y ocho años, Virgo, se quedó con la sensación de que algo muy extraño estaba pasando. Quizás era la entrada de Marte, retrógrado, en Sagitario. Quizás era que no había almorzado nada. Tal vez vivía prevenido con Londoño desde que el güevón había vuelto de Maracaibo, luego de tres meses de trabajar quién sabe en qué por allá, con ínfulas de haber triunfado en la desolada Venezuela. Pero desde ese momento lo mejor era mirar a ambos lados antes de cruzar la calle: "Ojo, pupila, rumbo y distancia…".

No vaya y sea que el hijueperra del Benigno, que desde el día en que le dije "a mí no me parece que Uber nos quite clientes…" ha querido joderme así haya sido teniéndole ganas a mi mujer ("vecinita…"), esté pensando en hacerme el cajón.

Tomó medidas de emergencia de espía de película gringa. No le pregunten por qué, pero le entró una sospecha como el día en que le mataron a su padrino en Chipaque. Llamó a su amante desde un teléfono celular alquilado en una esquina: "Celmira: póngase el vestido negro que le regalé que me gusta quitárselo". Dijo "espéreme donde usted y yo sabemos" antes de decirle su "yo veré" de siempre: "yo veré". Se fue por la ruta que nadie esperaría de él: la NQS que tanto odiaba "porque siempre le pasa a uno alguna cosa". Llevó a un par de señores encorbatados que se fueron peleando por el proceso de paz hasta el Centro Comercial Centro Mayor: "Créame: esos hijueputas son malos"; "¿pero cuál es la otra: dar bala?"; "créame: el único guerrillero bueno es el guerrillero muerto".

Contestó tres veces el teléfono a su esposa: "Aquí llevando al profe a hacer una vuelta en Centro Mayor", "dígale a doña Blanquita que el viernes le tenemos la plata", "páseme a Karen a ver qué es la jodedera: va a perder a este nuevo Darío si sigue jodiéndolo como si ya fuera la esposa". Y cuando llegó ante la fachada carmín y gris del Edificio Cleopatra, el edificio de cinco pisos que no parece un edificio sino un par de cajas puestas en la diagonal 46 en Santa Lucía, apagó el aparato para tener por lo menos una horita de descanso. Se había ido lo más lejos que había podido del motel del Ricaurte, el Moon Palace, que le había recomendado su compañero: allí había gato encerrado. Pero sentía que la pobre Celmira, que había estado tan mala y que lo esperaba en el lobby vestida de negro, merecía toda su atención, toda. Y sí: también el trato de una reina.

Por un momento lo distrajo la mirada suspicaz del recepcionista, un hombre tuerto con una cicatriz de la nariz a la barbilla, que les dijo "sigan nomás" con voz de aficionado a la atención al cliente y acento huilense. Sin embargo en el ascensor supo recobrar la locura.

Apenas cerró la puerta con seguro se la llevó hasta el espejo de la entrada de la habitación, "¿qué me va a hacer?, ¿qué me va a hacer?", "¿qué quiere?", "¿me va a comer?", para que ella se viera a sí misma dejándose.

Después se echaron en la cama un rato a ver qué estaban dando en el televisor empotrado en la pared ajedrezada, Celmira bocabajo y él acariciándole la espalda interrumpida por lunares, pero tuvieron que hablar de lo que ella quería hablar porque el maldito aparato prehistórico estaba dañado.

Estaba convencida de que llevaba meses enferma porque la mujer de él le estaba haciendo brujería. Se le quemaba y se le caía el pelo, se le agrietaban las uñas. Agarraba todas las gripas, todas, y según el periódico había una epidemia de gripas. Vomitaba porque sí. Se acostaba debajo de las cobijas como enterrándose a sí misma en posición fetal, y se ahogaba, pero era mejor morirse que seguir soportando esa desazón tan berraca. Dormía mucho, sí, y a veces no se quería levantar ni quería abrir los ojos. Ella, que se había divorciado precisamente para no tener encima a otro marido borracho y celoso y desempleado que le dijera "no me tiente…" los domingos en la mañana, se había convertido un día en una mujer que no quería ser, porque lo único que le interesaba era que él la atendiera "así como me atendió ahorita" cuando tuviera un tiempito.

Y por su mamá, que estaba un poquito mejor, sabía de un brujo en el barrio Muzú que podía responderle si la perra esa estaba haciéndole males.

—Pero sumercé también tiene que reconocer que la vez aquella que mi mujer nos vio juntos usted la amenazó de muerte a ella —dijo Orlando como si fuera un poquito chistoso.

—Yo no sé cómo hace usted para tomarse todo lo que le pasa como si no le estuviera pasando —le respondió ella vistiéndose en represalia.

Y el taxista se encogió de hombros porque nunca había entendido por qué había que sufrir. Y le dijo de pronto es porque mi padrino, allá en Chipaque, siempre me dijo que no me preocupara por nada, y el día que lo mataron en la bomba de gasolina del pueblo un par de sicarios de los paramilitares del Bloque Centauros que dizque por colaborador —porque él sí tenía sus negocitos y decía que a él no lo trasnochaba la guerrilla— yo alcancé a verlo todo taladrado y a decirle "padrino: lo mataron" y ahí fue que él me dio el crucifijo que cuelga del espejo del taxi para que nada me pasara y me dijo "usted no se meta en líos: yo veré" y murió como a las dos horas allí abajo en el hospital de Cáqueza y entonces fue cuando yo pensé que mejor me venía para Bogotá y mejor dejaba de recoger coca porque eso no es vida cuando lo que uno quiere es vivir.

Fue por tomarse una de más. Tuvo que decirle a su hijo "Ramiro: páreme aquí en la bomba que me voy a reventar". Y Ramiro, que luego no quiso tocar ni un solo peso de los pesos del papá porque él tiene su propia plata del cacao y del café y de las fincas esas que tiene por los lados de Guaduas, orilló la camioneta roja que tenían por ese entonces. Y cuenta que mi padrino Demetrio, que era amigo de mi papá de cuando los dos lidiaban ganado por allá en los Llanos, pidió prestado el baño para mear: "Vecino, présteme el baño por caridad". Y que estos dos pistoleros lo vieron entrar al pobre viejo que era tan buena papa, y hasta le devolvieron el saludo, "buenas...", pero eso sí esperaron a que el hombre orinara para hacerle el daño.

Pum, pum, pum, pum, pum: cinco tiros de una sola ráfaga por aquí adelante.

Celmira acarició los pelos grises y blancos y negros del pecho de viejo de Orlando, que era el hombre bueno que jamás la había tratado mal, el hombre inesperado que no le había prometido sino esto que estaba pasando, con cara de haber caído en cuenta de que el presente es una entretención, una distracción del pasado. Después le dijo "bueno...", en vez de decirle "ya vámonos de acá", porque tenía que hacerse unos baños especiales que le había mandado a hacer el brujo ese de

197

Muzú, porque la verdad era que ya había ido a visitarlo. Y él encendió entonces el teléfono a ver cuál de sus dos jefes estaba emberracado con él por desaparecerse una horita, y le mostró a ella la pantalla para que fuera testigo de que su mujer lo había llamado siete veces: ¡siete!

Se puso el dedo índice sobre los labios mordidos, y luego le señaló el teléfono a su amante porque estaba llamando a la Doris, a su esposa, a ver qué era tanta joda.

Doris estaba demasiado tranquila para su gusto, para haberlo llamado siete veces en vano, ¡siete! Por qué le hablaba como si lo quisiera tanto. Por qué no le escupía ni una sola queja ni una sola orden ni una sola noticia ni una sola crítica ("mi vida dejó la piyama botada en el piso otra vez...", le había dicho esa mañana) si lo de ella era recordarle todo el tiempo que aquí mandaba su mujer. Por qué le había dicho "mi amorcito" al puro principio de la conversación. Por qué lo excusaba antes de que él se inventara alguna mentira: "Es que cuando yo trabajaba en Credimóvil decían que por allá por Centro Mayor siempre se cortan las llamadas". Por qué lo llamaba para nada pero no le preguntaba "¿con quién va?" como siempre para que él le repitiera "que con el profesor Pizarro: no canse". ¿Y ese ruido de ventana abierta en el fondo de la llamada?: por qué.

Vida hijueputa: pues porque el malparido de Londoño, que se las tiraba de amigo de ella, seguro le había dicho alguna cosa. Yo veré, Benigno, yo veré.

—Nos vamos ya —le dijo a su amante tapando el micrófono de su teléfono y poniéndose el pantalón de un salto y sacando de entre el bolsillo el fajo de billetes a ver cuánto tenía—: esto está muy raro.

—¿Y qué más dice mi vida linda? —le preguntó ella en un inesperado intento de alargar la conversación.

—Que me toca colgarle Dorisita porque estoy acá atendiendo a una persona —le dijo—: la amo mucho.

Y ni así ella perdió la compostura porque tenía claro que en el momento en el que la perdiera —"ojalá se queme para siempre en el infierno colgado de las güevas por no ser capaz de tener entre los pantalones esa cosa que las malas lenguas dicen que tiene"— el traicionero ese se le escapaba. Y entonces le contestó "lo amo mucho mi vida" como si fuera Navidad. Y apenas colgó, y pudo volver a ser una esposa cachoneada en sus propias narices por el sinvergüenza más sinvergüenza que existió, le dijo a su hija Karen "lo que más rabia me da es que sea con la perra esa". Y su yerno Darío, que iba manejando un Chevrolet Corsa lleno de cicatrices, fue el único que se atrevió a romper el silencio que se quedó entre el bochorno.

—Yo creo que estamos a punto de llegar, suegrita —le dijo el pobre, cansado de que su novia, Karen, no le dirigiera la palabra.

Y ella le respondió "el taxi sigue parado en el mismo sitio aquí en el mapa" con la mirada clavada en el programa de rastreo que sus compinches de Credimóvil le habían instalado en la tablet.

Y desde el Waze, la aplicación GPS que no dejaba de parecerles un milagro, aquella voz españoleta computarizada les dijo "en trescientos metros gire a la derecha". Y ella lo miró como pensando bendito sea este técnico de computadores que terminó quedándose con la niña. Y se inclinó hacia el parabrisas con la esperanza de coger a su esposo con las manos en la masa primero que todos. Y oyó que su hija decía "ahí está: Edificio Cleopatra" como una muchedumbre a punto de linchar a un pecador, pero no le contestó nada a la pobre que estaba a punto de ver con sus propios ojos qué es lo que hunde a los hombres, sino que le dijo a su yerno "usted no se me vaya a volver así, Darío". Y luego exclamó, porque lo vio en el programa de rastreo, "¡mierda: el taxi se está moviendo, se está yendo!".

Sonrió por un momento como un policía que sabe que está jugando al gato y al ratón con el único ladrón que le ha dado la talla. Luego dio su propio grito.

Todo se ensombreció. El parabrisas, el punto de fuga de la calle, la fachada ridícula del edificio. Fue como si de un segundo a otro el techo casi les tocara las cabezas, y el mundo fuera el mismo para todos, sospechoso, opaco. De pronto el motel no era sólo un escondite grotesco sino un rincón ominoso: un enorme bloque rojo encima de un pequeño bloque gris. La desconfiada y corajuda y enamorada de lo suyo Doris Niño, cincuenta recién cumplidos, Aries, fue de la puerta del carro a la puerta del motel debajo de un paraguas ruinoso. Su hija y su yerno iban detrás de ella metiéndose en los charcos, mojándose los hombros y las espaldas, portándose como un par de hermanos que aún no quieren hacer las paces. Debajo de qué piedra se habría metido el descarado del Orlando Colorado. Con qué cara iba a mentirle esa tarde ese parásito, ese piojo.

Dejaron huellas de agua sucia por el lobby del motel, ¡chas!, ¡chas!, ¡chas!, y el recepcionista apretó los dientes porque quiénes se creían esos carejocos, esos zorocos. La señora Doris Niño se acercó envalentonada y crispada, lista para vociferarle al encargado "aquí los tres estamos buscando al pipiloco de mi marido", pero llegó al mostrador hecha una cobarde: atrévase usted a gritarle a ese caracortada con un parche, pues ella no va a hacerlo por más furiosa que esté. Sólo le preguntó si por casualidad el taxista "canoso y bien plantado" que acababa de estar allí había dejado dicho adónde iba. Esperó la respuesta hasta que fue claro que no iba a llegar —el hombre de la cicatriz la miraba como si el espantajo fuera ella— si no repetía pronto la pregunta.

—Estaba aquí hace un minuto nomás —dijo sílaba por sílaba como hablándole a un noruego—: es un señor como de mi edad que se llama Orlando Colorado.

Que me cantaba enfrente de las familias de ambos lados "estando contigo me olvido de todo y de mí: parece que todo lo tengo teniéndote a ti" el día de mi cumpleaños. Que siempre ha llevado plata a la casa y siempre ha estado sonriente y siempre ha visto los partidos de fútbol de su Santa Fe en el mismo sillón de nuestro cuarto. Y sí, me da vestidos pa' que no me ponga sólo sudaderas, que a mí me gusta estar cómoda, y me dice "la amo mucho" y se despide "yo veré". Pero no es capaz de tener amarrados esos malditos pantalones ni es capaz de decirle que no a ninguna de esas descaradas que se le ofrecen por ahí. Y seguro que les grita sus piropos cochinos por la calle a las viejas apretadas que muestran las tetas porque ahora la que menos corre vuela: "Máteme antes de que me muera". Créale usted, pues ella no va a hacerlo por más enamorada que esté.

—¿Y usted luego quién es? —preguntó el recepcionista, amenazante pero sin querer, señalándola a ella con la boca.

—Yo soy la mujer de toda su vida —respondió ella en vez de responderle "yo soy la engañada", "yo soy la víctima".

—¡Doña Doris Niño!

—Doris Niño, sí.

—Y yo soy Zúñiga, Rubén, el amigo de él, el amigo de su señor marido: el gusto es mío —aclaró él aunque ella no le hubiera dicho "mucho gusto".

—¿Pero usted es amigo de él de dónde?

—Uy, pues de Chipaque: ¿no ve que los dos recogíamos la coca del señor Demetrio que después lo mataron en una bomba de gasolina de por ahí cerca?

Y ahora venírselo a encontrar él dizque en el Centro Mayor. Y lograr que lo trajera hasta aquí. Él es del Huila, de un pueblito que se llama Pitalito, que fue donde un par de guerrilleros casi le vuelan la mitad de la cara cuando era un niñito bejuco, pero se vino luego por estos lados a ver qué se podía hacer sin que lo mataran a uno. Estuvo un buen rato en una finca panelera. Recogió cacao y café y plátano con el Colorado. Repartió pollos por todos estos pueblos de aquí cerca. Fue portero de un edificio por allá al otro lado en Cedritos. Trabajó en una compañía de trasteos con unos manes del barrio. Pero de todas partes lo han venido sacando porque a la gente le espeluzna tratar con él: mírelo a ver si no le da un poco de miedo.

—¿Pero él ahorita por qué se quedó tanto tiempo por acá?

Se rio, y fue una risa diabólica y genuina y destemplada porque sintió pánico de golpe, quizás mientras pensaba qué mentiras inventarle a la cara de fiera enjaulada que estaba haciendo ella. La trabajadora y recursiva y tenaz Doris Niño se estaba viendo en un espejo enorme, y se peinaba a veces y se arreglaba el saco de lana para que no se le descubriera ningún hombro, pero su expresión era de yo no nací ayer, ni soy una tonta como esta hija mía que se la pasa negreando al pobre novio como si ya fuera el marido, ni soy una de esas muchachitas de minifalda que los tienen aquí —"míreme: aquí"— con sólo decirles que ojalá los hombres de ahora fueran igualitos a ustedes los viejos puercos. Yo soy esta persona que está a punto de descubrirles la película que están montando.

—Fue que me puse a contarle que estoy desesperado porque la que era mi mujer no quiere dejarme ver a mi niño, y a veces me dan ganas es de quién sabe qué porque uno de hombre se siente humillado —le dijo él como vaticinándole un destino—, pero mire que no nos veíamos las caras él y yo desde hace no sé cuántos siglos: yo no he conocido un man que me dé más confianza.

Doris Niño entendió que la escena había terminado. Quiso preguntarle "¿me lo jura por Dios que mi marido es inocente?", pero mejor se calló. Su hija le dijo "venga, mami, vámonos". Su yerno, que acababa de recuperar cierta autoridad, les pidió que no perdieran más tiempo en ese sitio. Del ascensor salieron un viejo y una muchacha riéndose de las porquerías que acababan de hacer. Y cruzaron la recepción un par de hombres musculosos, de gimnasio, que a duras penas se voltearon a verla. Y una aseadora que estaba trapeando un rincón les dijo "buenas tardes". Y Doris, que había vuelto a la misa del barrio Normandía, allí nomás en la parroquia de San Jerónimo, se persignó porque había recuperado esa costumbre de la infancia. Dios mío: en dónde nos metí.

—Uy, iban a condenar al fachoso ese por un crimen que no cometió, uy —les dijo Zúñiga, dándole la espalda al espejo enorme en donde se veían las caras de lapidadores, sin moverse ni un centímetro de su lugar detrás del mostrador.

Karen, la hija, les dijo "el taxi está parado en el centro comercial Centro Mayor". Zúñiga, el dependiente del motel, les aclaró "es que dizque tenía que recoger allí al cliente que dejó". Darío, el yerno, tomó fuerzas para decirles "qué vergüenza con don Orlando". Y Doris susurró "le agradezco", y se fue yendo cabizbaja, como un detective que ha seguido la pista equivocada, por la antesala del motel. Quién sabe qué más habrá pasado en ese edificio cubierto de baldosines. Quién sabe qué más estará pasando. Pero ya no era problema de ella porque estaba abriendo la puerta de salida y estaba mojándose en la lluvia como haciendo más grave el asunto y estaba metiéndose al carro con la tristeza que se siente cuando se sabe que un malnacido es inocente.

Sí, según el programa de rastreo el taxi estuvo parqueado un tiempo en una entrada de la calle 38A sur del centro comercial Centro Mayor. Luego se fue directo, pero tardó cerca de una hora, desde ahí hasta la calle 88 con carrera 17. Siguió hacia el norte de Bogotá, antes de que se pusiera imposible, y paró unas tres veces hasta que Doris le dijo a su hija "Karencita: apague esa vaina más bien".

Entraron a la casa de las rejas cafés, que era la casa más grande de la cuadra y era la casa de ellos, bajo la mirada impasible de los vecinos: de puertas para afuera, mejor dicho, no había ningún drama. Y ella les dijo sigan, sigan, ni que nunca hubieran entrado. Y se fue a la cocina a hacerse el café que tenía que hacerse para despejarse después de semejante experiencia: bajó la cajita de plástico verdosa y agrietada y consiguió el colador y puso en el fogón la olleta. Y se asomó al corredor de la casa cuando escuchó a su hija y a su yerno burlándose de las paredes del motel que acababan de conocer como un par de niños que aún no han imaginado el día en que les pase. Y se le ocurrió entonces declarar públicamente que no se arrepentía de nada, que tocaba.

—Tocaba qué —le preguntó en voz alta, de la nada, su marido.

—¿Y usted de dónde salió? —le respondió ella dando un saltito.

De allí. De la sala. Que estaba en el sillón dizque viendo un partido de la Copa Libertadores: Cobresal versus Cerro Porteño. Que había llegado a la casa hacía media hora. Y dígame quién le pregunta a este sinvergüenza cómo hizo para aparecer aquí primero que ellos tres si según el programa de rastreo el taxi se fue yendo hacia el norte. Silencio, silencio. Ojo ahí. Que nadie diga ni una sola palabra de más. Déjenla hablar a ella, a Doris, para que él no se dé cuenta de que han estado siguiéndolo de allá hasta acá. Mírenlo al muy descarado dándole un beso con la trompa estirada y silbando *Sopa de caracol* y caminando sin zapatos con una lata de cerveza vacía y espichada con una sola mano. Cómo hará para vivir tranquilo este hombre que ella no acaba de conocer.

Se metió en la nevera como si fuera una madriguera para escaparse y como si pudiera seguir y seguir por ahí. Sacó el pedazo de queso campesino que quedaba. Después se acercó a su mujer y le dio unas palmaditas en la cara.

—Fue que don Londoño me pidió que le entregara el carro antes quién sabe para qué cosas de las suyas —reconoció sin tartamudeos ni caras raras—, y yo se lo entregué ahí en la acera del edificio del profesor: ¿y ustedes luego acaso de dónde venían?

Karen lo abrazó muy pronto y muy fuerte como reivindicándolo: "Mi papito…". Darío le dio un apretón de manos de varón: "Don Orlando…". Y fue Doris entonces la que tuvo que lidiar con el resto de esa conversación llena de trampas ("¿y qué hacían ustedes de compras si no hay plata…?", "¿y por qué es que andan tan callados?", "¿y estos dos ya nos hicieron el favor de arreglarse…?", "¿y todo bien…?") hasta que decidió mejor rendirse. Preguntó a su marido si quería que le preparara algo de comer. Y él le dijo "pero por no despreciarla a mi vida". Y entonces, temblorosa, avergonzada, pero desconcertada por la aventura que acababa de pasarles, se dedicó a empujar la rutina de la tarde como todos los días. Y oyó al tramposo aquel gritando "¡gol!" por allá lejos.

Fue capaz de prepararle la comida que más le gustaba: el bistec a caballo con huevo frito y las papas saladas y el arroz con camarones y habichuelas que había aprendido a hacer cuando trabajaba en el restaurante en el barrio de los muebles por allá en la 80. Sirvió el plato como decorándolo, hizo el jugo de curuba en leche que él le pedía cuando recién se juntaron y buscó en la alacena una panelita de coco para el postre. Y mientras llevaba la comida en una bandejita de madera hecha una equilibrista —pucha: qué tal esa vez que dejó caer la jarra del jugo encima del tapete que Karencita tenía lleno de pegotes de plastilina— fue sintiéndose mucho menos perdida: es que ese sinvergüenza que estaba empezando a cabecear era lo único que ella tenía.

Y esta casa de paredes verdes venecianas llenas de pequeñas fachadas de cerámica y escaparates con virgencitas de todos los tamaños.

—¿Mi vida anda como rara? —le preguntó él, despabilándose, cuando vio el plato en la mesita de vidrio de la sala del televisor.

Ella le sonrió como confesándose, pero en ese momento vino, desde el televisor, la noticia terrible de que en un programa tipo "cámara escondida" —en el mismo programa español de siempre: en *Semejante a la vida*— a un novio le dio por golpear a una novia que había decidido jugarle una broma pesada: "Su hermano y yo nos hemos hecho pasar por amantes sólo por hacerle una pasada en el show, pero el tío, que hasta ese momento se presentaba como un tío de avanzada, no se ha reído ni se ha entristecido sino que se ha vuelto loco", dijo ella con su acento marcado y la cara lacerada, y las imágenes de la paliza creaban un vacío en el estómago que sólo lo crea la noticia de que le ha pasado algo a un hijo de uno, y el noticiero no tuvo empacho en mostrar las patadas y los puños y los arañazos.

"He vivido demasiado tiempo con este puto miedo hasta que he decidido tomarlo por los cuernos", dijo él. "Todo hombre tiene un límite, y yo fui humillado muchísimo más de la cuenta".

Doris Niño y Orlando Colorado se dijeron con la mirada que era un alivio tenerse, que el mundo podía caerse a pedazos con tal de que nadie se les metiera a su casa. Él se comió toda la comida, toda, raspó el plato. Ella sólo le robó un par de cucharadas de arroz, que no había comida juntos en la que no le robara, porque se había puesto la meta de bajar cinco kilos. Vieron juntos un capítulo repetido de *Yo soy Betty, la fea*. Vieron Quito versus Gremio: "¡Gol". Y cuando ella empezó a quedársele dormida sobre el hombro, cansada de ver ese incomprensible partido de fútbol y molida de tanto tragarse sus sospechas y sus reclamos, él le dio un beso al crucifijo que tenía amarrado en la muñeca y le susurró "vámonos más bien a dormir que me entregan el carro en la madrugada", y ella dijo "sí, sí: vamos" volviendo a regañadientes de su sueño.

Antes de apagar la lámpara de la habitación, cada cual muerto del cansancio a su manera, Doris quiso pedirle a Orlando que por el amor de Dios nunca más la tuviera en suspenso, que nunca más la enloqueciera con sus desaparecidas y sus frases apuradas durante sus carreras, pero Orlando le pidió primero a Doris que tuviera siempre claro que él de ahí no se movía: "Yo aquí estoy". Se le ocurrió alguna frase más: un "no se preocupe" o un "deje de preocuparse", pero pensó que lo mejor que podía pasarles a ellos dos —y a todas las parejas ese año que se negaba a ser bueno— era quedarse dormidos de una vez, como muriendo la muerte súbita de los santos, así despertaran mañana.

Maldito 2016. Ojalá cambiara pronto ese año tan perverso. Ojalá que mayo fuera un poco mejor, un poco más normal al menos. Qué me dice del cuento de que esos políticos cagados que a todo le sacan plata están llamando "guerrilleros" a esos pobres campesinos de La Macarena, que él los conoce bien porque él trabajó por allá un tiempo, por andar quejándose por la explotación de tanto minero mafioso que está tomándose este país. Qué tal el alcalde de Bogotá diciendo que es doctor sin serlo. Y qué tal los curas, que Cristo sabrá perdonarlos, santiguándose porque ahora los homosexuales se pueden casar, que igual vivían juntos hace rato y a mí qué si no es problema mío. Puto año vengativo que no quiere cambiar. Porque hasta abril había estado haciendo menos plata con el taxi, había estado lidiando los celos enfermizos de su mujer y había estado cuidándole los males a su amante: sí, todo al revés.

Cuidó sus pasos más que nunca. Tenía claro que estaba siendo observado. Estuvo pegado a su Doris —vio televisión, hizo el mercado, fue a cine con ella a ver *Jesús, el mesías*— como si no tuviera vida. Quiso llamar a su Celmira, que no es una amante sucia, sino una amiga que le cuida el animal de vez en cuando, a preguntarle por las terapias respiratorias de su mamá, por las enfermedades que ha tenido desde que empezó el asqueroso 2016, pero tuvo claro que ni en su teléfono ni en su Face podía dejar un solo rastro que insinuara que seguía viéndose con ella, y entonces le pareció que lo más inteligente era no llamarla por un tiempo, por un rato. Se lo dijo, claro, ni güevón que fuera. Le escribió el mensaje "Celmi: téngame paciencia estas semanas" desde el celular más viejo de un puesto de minutos cerca al edificio de *El Tiempo*.

Y se dedicó a esperar el día en que el profesor lo llamara a ponerle alguna misión imposible ("este mensaje se autodestruirá en unos segundos…", je) para tener una coartada como un disfraz que le sirviera para verse con su amiga sin poner en riesgo su sacrosanto matrimonio.

Yo sí habría querido ver a mi papá teniendo que darle explicaciones a mi pobre mamá. Si el viejo berriondo, que era un viejo liberal de esos que odiaban a muerte a los godos por matones y por pájaros, se iba todos los benditos viernes al pueblo dizque a verse con sus amigos —que teníamos una finquita panelera por los lados de Tobia—, pero los lunes a nadie se le ocurría preguntarle por qué aparecía hasta ahora. Y llegó al punto de tener un par de hijos con otra señora de por allá que tampoco andaba reclamándole nada. Y en todo caso nunca mi mamá dudó de que él estaba casado era con ella, ni él dejó de decirle "mija" un solo día de su vida. Ya no: ya no se aguantan ni un cólico. Y está bien que el mundo cambie, sí, está bien que su hija Karen se haga valer y valga más que el marido —que quién no—, pero no que se pierda tanto tiempo vigilando y condenando y sospechando y denunciando que porque no y porque tampoco.

De vez en cuando se le escapó por la calle algún piropo: "Siquiera no hay IVA a la belleza…", "con que las estatuas caminan…".

Se limitó a recoger pasajeros en las aceras de la ciudad. Esperó con la paciencia que da el campo, en fin, a que llegara el día de la coartada. Y el día llegó cuando menos se lo esperaba.

Un viernes se dijo a sí mismo "qué será de la vida del profesor Horacio Pizarro" porque se dio cuenta de que estaba a punto de terminarse abril, y nada. Y el sábado siguiente el mismísimo profesor Pizarro, que se le había vuelto un amigo así fuera un amigo lejano ("feliz cumpleaños, don Horacio…", "mil gracias, don Orlando…"), lo llamó no a pedirle que lo llevara a él a ninguna parte porque él estaba "encerrado terminando de escribir el libro que le conté", sino a recomendarle a una amiga de él que necesitaba que la llevara el domingo al aeropuerto —el domingo 1º de mayo— porque estaba yendo a hacer nosequé cosas en La Habana con el equipo que estaba negociando la paz con la guerrilla. "Ella lo llama en un rato", le dijo.

Y en un rato, cuando iba a empezar el reality ese de los cantantes que le gusta a su mujer, ella lo llamó.

Su nombre era Verónica Arteaga. Era profesora de la Facultad de Derecho de la Universidad de Bogotá y había sido asesora de los últimos tres Gobiernos en cuestiones de paz. Conocía al profesor Horacio Pizarro porque estaban trabajando juntos (en "un grupo de investigación", fue que dijo) desde hacía ya varias semanas. Tenía que estar en el aeropuerto El Dorado a las seis de la mañana por tarde. Vivía con un hijo y con un perro en un apartamento en el quinto piso de un edificio viejo de la calle 78 con la carrera 11. Y de ahí al aeropuerto suele ser media hora, sobre todo a esas horas en las que los criminales se van a dormir, pero mejor no arriesgar una llegada tarde por andar de confiados.

—Encantado, doña Verónica —se despidió Colorado como saludándola, y antes de colgar agregó—: nos vemos mañana.

Doris le escuchó la conversación desde la cocina como si estuviera organizando las ollas: él se dio cuenta, él la vio mirándolo todo el tiempo con el rabillo del ojo. Pero, como se había ganado en las últimas semanas el derecho a que ella se tragara sus sospechas, no le aclaró nada ni le dio explicaciones no pedidas: "Que un servicio para el aeropuerto mañana temprano…", dijo con el celular en la mano, y se acomodó en su puesto a acompañarla a ver a esos cantantes, y se puso a pensar en qué estaría haciendo la pobre Celmira sin él y sin nadie en este mundo jodido aparte de una madre con los pulmones llenos de tierra y de ceniza. Se fueron a la cama cuando ella no lo sacudió por su apodo sino por su nombre, "Orlando…", "Orlando…", castigándolo por si las moscas.

Fue en la helada madrugada del domingo 1º, haciendo una solitaria venia en la ducha, cuando se trazó el plan que seguiría: le escribiría a su Celmira "llégueme al amoblado de cerca de El Dorado a las siete de la mañana: yo veré"; borraría de inmediato ese mensaje y su respuesta; iría al garaje del sapo soplón del Londoño, aquí a la vuelta, a recoger el taxi porque ya era la hora de su turno; pelearía con él; llevaría a Verónica Arteaga, sea quien sea y sea como sea, al aeropuerto; parquearía el carro en el parqueadero de ahí al ladito, y dejaría el celular entre el carro, para que cualquier localizador lo localizara allí; cargaría sus maletas de ser necesario: "Siga usted, doctora, faltaba más que no"; tomaría un taxi "al amoblado de El Dorado" con una risita diabólica; encontraría a Celmira de espaldas y lista para decirle "juegue conmigo", "yo soy suya".

Se secó con la toalla húmeda, la toalla gruesa y rayada que es la que le gusta, porque con ese frío no se seca nada. Se sonó con cuidado de no despertar a nadie, que cuando él se suena es cosa seria. Lanzó el papel higiénico, hecho un puño, a la caneca de plástico que tiene esa tapa de vaivén que se queda sonando como si fuera un corazón latiendo duro.

Se despidió de su mujer inclinándose, y susurrándole al oído, para no levantarla de la cama.

—Ya vuelvo para que vayamos al almuerzo —le dijo pasito.

—Ya sé qué quiero hacer —le contestó ella entre sueños—: poner otra vez una miscelánea aquí en el barrio.

Y él le dio un beso en la mejilla y le dio la bendición, "bueno, bueno", y se fue en puntillas, y entrecerró la puerta como la encontró, y se fue a la cocina a cargarse una gaseosa y unas tajadas de pan para no irse con el estómago vacío.

Cerró las rejas cafés de la casa que hay que mandarlas a corregir. Puso el candado porque si algo aprende uno en un taxi es que el mundo está lleno de locos que un día cometen su mal. Salió por su calle 52B, en su barrio Normandía, con el suéter de rombos y el saco colgados en el antebrazo: frío no es esto, no, frío es lo que se siente en Guasca en enero. Rozó las verjas negras con la punta de las llaves del carro: tacatacatacatacataca. Se quedó mirando el enredo de los cables amarrados al poste de la luz porque trató de echarle una mirada a la Luna en cuarto menguante de la madrugada. Pasó un edificio, dos, tres. Se asomó a un Chevette rojo de dos puertas que siempre dejaban parqueado en su acera. Siguió hasta el siguiente poste. Cruzó. Trató de abrir las puertas verdes de lata del garaje de todos los días para sacar el taxi, pero estaban cerradas con llave. Y entonces llamó al celular a Londoño, Benigno, para que saliera a hacerle entrega del carro "que voy de afán: yo veré", pero el güevazo ese que un día le iba a sacar la piedra no le contestó. Echó una mirada al piso de la casa en donde vivía su compañero con la esposa y la cuñada y la suegra: el último piso. Espichó el botón del apartamento en el citófono ese que quién sabe con qué plata pusieron. Presionó de nuevo a ver si le daba la cara, a ver si le daba al menos la voz. Miró el reloj. Y como el tiempo giraba, y primero muerto antes que perder la única oportunidad de verse con su amiga, y qué vergüenza también con la doctora que tenía que llevar al aeropuerto, empezó a gritar "¡Benigno!" como un poseso.

—¿Aló? —le dijo el carrasposo citófono, y fue mucho más que suficiente, cuando estaba a punto de perder la esperanza.

—¿Doctor Gonorrea? —dijo Colorado, fingiendo camaradería, en un intento tardío de no meterse en problemas.

—Licenciado Ladilla —reconoció Londoño con la voz medio dormida—: ¿pasó algo?

—Lo que le dije anoche, perrín, que tengo que llevarme el carro ya para alcanzar a llevar a una señora al aeropuerto.

—¡Jueputa memoria la mía! —gritó antes de colgar.

Dos minutos después se escucharon las tres cerraduras de la puerta verde de lata: trac, trac, trac. Tomó aire como tomaba aire cuando el capataz le pegaba el grito de siempre allá en Chipaque: "¡Hágale pues, Colorado!". Y lo recibió como perdonándole la vida por enésima vez: sí, yo ya sé que usted lo que quiere es sacarme la piedra llegándome tarde a la hora del cambio de turno, haciéndome esperar en esta puerta helada pa' que quede mal con todos empezando por el patrón, diciéndole "vecinita" a mi mujer a mis espaldas pero asegurándose de que yo alcance a oír, tendiéndome trampas para sacarme del camino, pero ni crea que me va a ver perdiendo la cabeza, ni crea que voy a pelear la pelea que me tiene cazada, "amigo" de mentiras, basura, cascofia.

—Marica: perdóneme la vida —le dijo su cara lagañosa entreabriendo la puerta.

—Hágale —le respondió él en vez de decirle "lo importante es que ya abrió".

Londoño empujó e hizo chirrear la puerta hacia el andén. Se había puesto un saco encima y unas chanclas para no morirse de frío pero se le escapaba el aliento helado y zapateaba para despertarse como hacía —le dijo una vez más como un viejo que vuelve una y otra vez al mismo cuento inútil— cuando trabajaba en esa fábrica en Maracaibo: "El señor Miranda, se llamaba mi jefe, y era ciego", repitió por quincuagésima vez. Londoño vivía con su esposa y con su cuñada y su suegra. Sabía hacer cara de trabajador abnegado. Peleaba poco con la gente del barrio desde que había acabado metido en los bloques de taxistas cazadores de camionetas blancas, y andaba risueño y bromista desde que tenía el bate para desahogarse, pero todo el mundo recordaba bien sus arrebatos de ira. Y lo llevaban de lejos.

—Doctor Gonorrea: se le agradece —soltó Colorado, detrás del volante, bajando la ventana y acomodando el espejo.

—Licenciado Ladilla: nada de quedarse en los moteles por los lados del aeropuerto —dijo Londoño agarrándose de los bordes de la ventana del taxi a ver si casaba una pelea.

Colorado se tragó el insulto que el cabrón se merecía: "Güevón: usted a mí no me la va a ganar en loco ni en cacofia ni me va a mariquiar", quiso decirle, pero no. Simplemente dejó escapar una risita falsa frente a ese judas infecto, "jejé", y agregó "uy, no, cómo se le ocurre". Capoteó todas las palabras de ese imbécil, como siempre, en nombre de la suegra en silla de ruedas y la esposa que no tenía la culpa de nada. Cuando el muy jodido le soltó su "sumercé cuándo se va a volver a ver con aquella…", le respondió por septuagésima vez "ya le dije que eso se terminó porque ese día no llegué nunca". Cuando le ofreció excusas con la frase "perdóneme la demora en abrirle, pero es que estuvimos cazando Uber hasta la madrugada", le dijo "no se preocupe, perrito".

—Bueno, me voy —le anunció Colorado a Londoño mostrándole el reloj y eludiendo una vez más los empujones y las griterías que un día se van a dar.

—Chao pues —le contestó Londoño a Colorado con las manos arriba de quien pregunta "quién le está diciendo que no".

—Me saluda a mi esposa —se le escapó unos segundos antes de arrancar, y le guiñó un ojo.

Y sólo alcanzo a ver que su compañero cerraba la boca y levantaba las cejas de golpe.

Y entonces tomó la carrera 72B, y la calle 51, y la carrera 71B, y la calle 53, y la carrera 70, y la calle 63, y la carrera 10, y la calle 69. Y se dio la bendición siempre que pasó enfrente a alguna iglesia, "en el nombre del Padre y del Hijo y del Espíritu Santo...", porque la verdad es que uno puede matarse a la vuelta de la esquina. Y sonrió todo el camino porque el traidor llamó cinco veces, en vano porque él jamás le contestó, a preguntarle por qué le había hecho ese chiste, por qué carajo lo había estado evitando todas estas semanas, por qué mierdas no le decía en la cara lo que quería decirle de una vez. Y estuvo frente a la fachada del edificio de la señora Verónica Arteaga a las 5:55 a.m. Y ella, que estaba esperándolo apoyada en una maleta negra y leía algo serio en su teléfono, le dijo adiós con un beso a alguien que la estaba vigilando desde el quinto piso.

Seguía siendo esa hora escalofriante en la que toda la rabia está durmiendo, y a los pocos que están afuera puede pasarles cualquier cosa, pero ya había una luz lúgubre, al menos, y ya los dos tenían una cara: "Buenos días...".

De algo sirvió ese viaje entre el frío, ese viaje sin pausas y sin testigos. No se dijeron nada más que valiera la pena hasta que llegaron a la larga recta final: la calle 26. Dicho de otro modo, se cruzaron puras obviedades, "sí que está haciendo frío en las madrugadas…", "un compañero taxista casi se muere y tiene una pata mala porque agarró el chikunguña por allá en no sé dónde…", "yo es que he tenido gripa todo todo el año: ¡achís!", hasta que la pasajera recibió la llamada inesperada —6:15 a.m.: tiene que ser un hijo o una mala noticia— de su exmarido. Que por qué no le dijo que se iba a La Habana otra vez. Que cómo se le ocurre dejar al hijo de los dos con esa señora que anda medio ciega y medio sorda. Que no pierda su tiempo, que es el tiempo de su niño, negociando con esos psicópatas que a estas alturas se hacen pasar por guerrilleros.

Ella sólo le repitió "ajá". No se defendió ni un poco, ni se dejó sacar de quicio, ni se declaró maltratada por el tono de patroncito de estrato seis —que se oía hasta delante— del papá de su hijo. Se despidió "bueno, bueno". Y contó hasta cien antes de hablarle al espejo retrovisor.

—Usted no sabe lo que es tener un exmarido —le dijo a la mirada compasiva de Colorado—: es como un mal papá que exige.

—Yo por eso es que prefiero ser un marido —contestó el taxista sin pensarse la frase ni un solo minuto—: para no andar jodiendo a nadie que no sea mi esposa.

—¿Cuántos años lleva usted de casado?

—Voy pa' veinticinco.

—¿Y cuál es el secreto, Orlando?

—Pues doctora: es que la esposa es la esposa... —declaró Colorado como diciéndole "y la amante es la amante", pero Arteaga lo entendió como ella quiso.

—Ojalá todos los hombres pensaran así.

Porque —le contó— este exmarido de ella, que es un impresor fanático de la fórmula uno a estas alturas de la vida, le puso unos cuernos "así de largos" desde que se ennoviaron hasta que se divorciaron. Sí, era el más caballeroso: cuando pedían alguna entrada en algún restaurante le defendía con su tenedor las cosas que más le gustaban a ella de un plato. Era un buenavida divertido que había vivido, con cara de gerente con afán, de la plata que habían hecho los papás con sus imprentas y de su paso por el Gobierno aparatoso de Pastrana. Y era capaz de posponer el narcisismo para preguntarle por sus trabajos sobre la violencia contra las mujeres en el conflicto armado: "Qué horror...". Pero desde que se habían separado, porque ella le encontró los recibos de unos perfumes y unas sombras, se había extraviado en la peor parte de sí mismo.

Tenían un bebé de un año en ese entonces: Pedro. Pedrito lo adoraba, lo buscaba por el apartamento todo el tiempo. Y sin embargo él se desconectó un día de esa vida: en noviembre de 2006 se fue a una convención de infraestructura en Cartagena, como si no tuviera una imprenta sino una cementera o qué sé yo, y no volvió a los tres días, sino a los siete y sin trabajarle demasiado a sus excusas: "¡Vamos a poner un hotel en la Calle de las Damas!". No sacó de los bolsillos del pantalón habano de dril las pruebas de su infidelidad, no: ¡cuatrocientos cincuenta mil por un Burberry! Sin duda quería sabotear esa familia. Por supuesto que quería salir corriendo —y luego se lo dijo— "para no tener que lidiar con sus súbitos cambios de ánimo, Verónica".

Y sí, la justa y noble y disciplinada Verónica Arteaga, cuarenta y un años, Sagitario, es capaz de deprimirse de golpe como si le llegara la tarde y es capaz de castigar a sus parejas con su apatía y de enfrascárseles en peleas sin pies ni cabeza durante horas y de portárseles feliz como si nada al día siguiente, pero al menos es una persona de fiar: "Perdóneme…". Y ni sus amigos ni su hijo ni sus colegas en la universidad, ni sus compañeros en el Centro de Memoria Histórica, ni sus abogados en la oficina del comisionado de paz pueden quejarse —ni los hombres ni las mujeres pueden decir una sola mala palabra— sobre ella. En qué momento se enamoró de su exmarido: de Pablo González. Cuándo se le ocurrió, y por qué, que divertirse era suficiente. Qué diferente es el hombre con el que está saliendo: se sintió mucho mejor sola hasta que lo conoció.

Cómo ponerle fin a un matrimonio: diciéndose la verdad como arrancándose una cura de un solo jalón, ¡zas!, "yo creo que es mejor que nos separemos antes de que empecemos a ser enemigos". Cómo lidiar con un exmarido: teniéndole la paciencia que se gana el día inesperado en el que uno entiende, ¡oh!, que una persona que le tocó en suerte no va a cambiar jamás. Cómo seguir viviendo después de un primer matrimonio: pensando que después de eso, luego de pasarse un año y más respondiendo entre dientes la pregunta "¿y Pablo…?", luego de meses y meses de sentirse sola y sentirse un fracaso y temerle a la calle, luego de ser una divorciada y una loca y quién sabe qué más, nada peor puede pasarle.

No deja de ser rarísimo oír a Pablo González, que se ponía esas chaquetas de gamuza para ir a la Plaza de Santamaría a ver torear, "¡ole!", y se la pasaba jugando partidas de cartas en el Country con el presidente que tenemos, reducido hoy al peor rincón de sí mismo: un bogotano de los de antes, cincuentón, amargo, nostálgico, frustrado, borrachín, metelón, con noviecitas de paso que no saben quién fue George Harrison, que luego de la muerte de su madre —en mayo de 2013: hace tres años— se había visto obligado felizmente a encargarse del anticuario que fue el refugio de sus padres. Y se la pasa ahí encerrado en la casa que fue la casa de la familia. Y ahí, sentado en una silla ruinosa que fue de la oficina de su papá, desayuna tarde las salchichas de coctel que le hace la empleada de toda la vida. Y ahí lo ve uno diciéndoles a los clientes "yo fui viceministro de Justicia de…" como si tuviera noventa años.

Y desde un viejo teléfono Bakelite, que aún le sirve porque se ha fijado que sirva, llama a darle las órdenes del día: "Que haga la tarea apenas llegue del colegio, ¿no?", "que el bus deje a Pedrito esta tarde acá en el anticuario, ¿no?", "no se te olvide pagar la matrícula a tiempo este mes…".

Y parece siempre vengándose de que ella haya logrado tanto, y es como si esperara agazapado a que tenga un traspié para decir "es que tendríamos que haber hecho las cosas a mi manera" y probar que tiene siempre toda la razón y el mundo es su mundo, porque —según dice y repite hasta bordear la locura— las mujeres son la izquierda y los hombres la derecha.

Y la investigadora Arteaga le lleva la cuerda a su exmarido hasta que llega el momento en el que él se critica a sí mismo, y entonces piensan lo mismo, porque ella se ha dado cuenta de que no hay otra manera de tratar a las personas: "ajá".

—Doctora: usted me perdonará lo que yo le voy a decir, porque a mí no me gusta hablar de estas cosas a estas horas ni a ninguna —dijo Colorado, y acomodó el espejo retrovisor y sin querer convirtió su crucifijo en un péndulo, cuando tuvo la sensación de que su pasajera había hecho una pausa en el retrato de su pobre exmarido—, pero es que "el enemigo" se va colando por las grietas y se le va instalando en la vida a uno si uno se lo permite: el primer día que usted se pone a coquetear con cualquier bandida el Día de la Madre o el Domingo de Pascuas, o le da por tomarse unos traguitos de más, o le acepta a un amigo alguna cosa que no debe que dizque por probar, ese día empieza "el enemigo" a cobrárselas todas, a sacarle a usted lo peor de usted, a ponerlo loco loco loco.

—Bueno, pero Pablo tampoco es que sea una mala persona o que quiera hacerme daño —le respondió ella porque pensó que "el enemigo" del que hablaba el taxista era su ex.

—No, pero el man tiene "el enemigo" entre el cuerpo dañándole la cabeza.

Dios mío: o sea que "el enemigo" es el diablo, o sea que este hombre amable y atento que le recomendó Horacio Pizarro, que es un escéptico y un nostálgico del escepticismo, de verdad cree que uno —no su cuerpo: su alma, su nombre— puede irse pudriendo por dentro por obra y gracia de un adversario que está siempre al acecho, un tentador y un ladrón y un usurero de los espíritus extraviados, un míster Hyde. Dicho así suena posible. Ella ha visto personas carcomidas, formas de ser minadas porque no han conseguido digerir la vida, sino que se han pasado enteras las frustraciones. Han hecho pequeños pactos con algo semejante al diablo, sí, con algo que no tienen por dentro, para callar a los que estén mirándolos, y ha sido peor.

—Yo no sé qué será —le contestó, más triste que asustada, poniendo la frente en la ventana—, pero ha sido peor.

Fue entonces, unos metros antes de pasar de largo por las oficinas del periódico *El Tiempo*, cuando el taxista le dijo "doctora: no mire arriba" y vio la silueta negra de un ahorcado —desnucado como un condenado de trapo— que colgaba del puente peatonal de lata contra el horizonte blanco de las seis de la mañana. Verónica Arteaga gritó "¡Dios mío!" y gritó "¡no puede ser!", y se volteó a mirarlo otra vez como si no lo hubiera visto sino que apenas lo hubiera oído, y se tapó la boca y cerró los ojos y trató de acomodarse de vuelta en su lugar hecha a la idea de que nada podía ser peor. Por un momento pensó en su exmarido, pero despertó pronto de esa idea, de esa extraña conexión entre el papá de su hijo y el suicida.

—Pobre malnacido —decretó el taxista enterrándole las uñas al volante y fijándose en la vía.

Ella quiso llorar. Arrancó a llorar, mejor dicho, como encendiendo una máquina, pero luego del impulso supo parar. Pero él, en otro extraño giro de los suyos, encendió la radio "a ver si están hablando de esto" y se dedicó a echarles la culpa de todo a los puentes peatonales: "Venga le cuento", "pero déjese hablar", "¿quiere llegar sano al otro lado del puente?", "si corre, lo chuzo, hijueputa", le dijo el más ñero en un quinteto de ñeros muy ñeros que se encontró hace cinco años en el puente de la Primero de Mayo, y luego le dieron un coñazo y le reventaron la nariz, y se le llevaron hasta las llaves del taxi, y a él lo único que se le ocurrió fue mostrarles su crucifijo como si fueran vampiros: "Atrás, manada de engendros".

De la radio del taxi vino la noticia unos segundos después: "Atención: se reporta el suicidio de un hombre de unos treinta y cinco años en el puente peatonal de la calle 26 diagonal a la avenida 68...". Y ella vio que él le bajaba el volumen, "todo indica que se trataría del ejecutivo que su familia ha estado buscando por las redes sociales en las últimas semanas", para no acabar de enloquecerla.

Y vio que él le decía "pero cambiemos de tema" y le preguntaba a qué iba a La Habana "si no es indiscreción", y vio que ella le contaba, tartamudeando de la angustia, que llevaba cuatro años yendo y viniendo porque apenas dejó de trabajar en el Centro de Memoria entró a hacer parte del equipo del comisionado de paz —y vio que su respuesta se alargaba porque le hablaba de los días en los que se encontraron por primera vez con la guerrilla, y la vez, en la etapa exploratoria, que por poco rompen porque no podían ponerse de acuerdo en la agenda a seguir, y las ochenta páginas que han conseguido escribir con las Farc hasta el momento—, hasta que consiguió recobrar cierta compostura, cierta cordura. Sí era un buen tipo ese taxista. Sí era sensible a lo que estaba pasando en el asiento de atrás.

Sólo la dejó sola cuando ella le dijo "váyase tranquilo que yo ya estoy bien" porque el pobre no paraba de mirar el reloj, pero también es cierto que antes, una vez parqueó el carro en el parqueadero de al lado, la acompañó a hacer el check in, a buscar en la vitrina de la librería el nuevo libro de Julian Barnes, a merodear por las tiendas. Arteaga entró al baño un momento a verse en el espejo: su cara marcada por esos labios gruesos era cada vez más angulosa, como la cara larga de su padre, y sus ojos cada día eran más negros, y su pelo castañísimo y quemado por el sol seguía siendo el mismo desastre, pero por alguna extraña razón ese domingo 1º de mayo no se veía fea —que quién que no esté mal de la cabeza tiene el coraje de verse bonito— sino viva, sana y salva y con una vida por delante después de sentirse sin salida tantas veces.

Veía todo inclinado y todo a punto de rodarse, y las cosas de las vitrinas más definidas de lo que son, por culpa de las gafas nuevas, pero no le importaban las arrugas de los ojos ni el lunar de la mejilla ni los surcos de su frente, sino que le parecían lo que tenían que ser.

Pasó por todo lo que hay que pasar para llegar a la sala de espera del vuelo AV254 a La Habana, "mujeres a este lado", "siguiente", "pasaporte", "cédula", "pasabordo", "cinturón", "zapatos", "media vuelta", sin perder la paciencia. Se sentó en una silla de la banca larga y reluciente dispuesta a leer la novela que llevaba en la cartera, pero antes, como un tic nervioso, se asomó a Facebook en su teléfono a ver qué estaba pasando. Y vio que seguían dándole palo al pobre profesor Horacio Pizarro, que tiene gestos y muletillas y mañas machistas, pero es en realidad un feminista, un justo. Y vio que comenzaba a hablarse de marchas por el Día del Trabajo, y vio que se hablaba de cambios en el gabinete del Gobierno, pero que sobre todo se hablaba del ahorcado.

"Gordo mío de mi vida: perdóname por no haberte salvado de la desesperación y de la muerte, y perdónate por dejarnos solos en este mundo de mierda", escribió la esposa en su propio muro junto a una fotografía patética del día de su matrimonio.

Descansó la frente en el trípode de su mano izquierda, Dios, tuvo la tentación de irse a vivir a Noruega, de irse a vivir en la ficción. Recuperó todo como echándolo en una canasta, el ex, el hijo, el taxista, "el enemigo", el ahorcado, porque es incapaz de dejar las cosas atrás, porque suele volver una y otra vez a lo que le ha sucedido. Y entonces se le sentó al lado el exministro Posada Alarcón. Y lo vio desabotonarse el saco, y liberar la corbata, y lo oyó decirle su "qué hubo" de siempre y lo sintió rozándole la mano sin que nadie se diera cuenta como diciéndole que por fin estaban juntos, que iba a ser un viaje muy feliz, que el hecho de que nadie pudiera saber que eran amantes no quería decir que no lo fueran.

Ay, Dios, se estaba muriendo por él, se estaba volviendo esa persona que tenía un futuro con él.

No lo miraba. Miraba al frente. Estaba viendo la pista de vuelo, pero estaba pensando en el mar.

Dormía tranquila cuando dormía con él, pero estaba despierta porque el sol ya temblaba detrás de las cortinas húmedas y pesadas del Hotel Palco. De las aceras venían palabras sueltas. Eran las seis. Y quizás lo mejor fuera decirle a él "buenos días…" para que empezara a pararse, y a irse de su habitación, y a vestirse para cruzar cien veces la piscina pegajosa, antes de que se tropezara con alguno de la delegación del Gobierno en el pasillo. Con cualquiera: nadie sabía lo de ellos, y mientras la esposa de él siguiera viva y el pesado de su exmarido estuviera soltero, era mejor que nadie lo supiera. Sí, no tenían a nadie más cuando todos los demás estaban dormidos, y después de tanto tiempo juntos podían quedarse sin gestos el uno frente al otro —los ojos inexpresivos, las cejas quietas, los labios cerrados y secos—, pero para qué arriesgar esa vida publicándola.

Y alguien tiene que quedarse callado en este cochino mundo, que no ha dejado de ser una selva sangrienta y un amasijo de gritos que nadie tiene tiempo de escuchar.

Qué rara la muerte en vivo y en directo de ese pobre ahorcado. Qué rara esa esposa buscándolo durante un mes por cielo, mar y tierra y redes sociales, y despidiéndolo como a una persona pública que se ve obligada —por quién: por ella misma y por todos— a emitir un comunicado sentido pero contundente. Qué extraños mis conocidos denunciando, sin saber, la corrupción de la presidenta del Brasil. Qué raras mis amigas poniendo fotos en vestido de baño, en Instagram, a estas alturas de la vida: qué ridiculez. Estoy mamada de encontrarme, apenas abro el Facebook del teléfono, a esos hijitos que acaban de hacer un chiste genial que sólo les parece genial a sus padres.

No me aguanto un bobazo más declarando, sin tener ni idea, que el Gobierno está entregándole el país a las Farc.

Si supieran. Si vieran a los negociadores de ambos lados entendiéndose después de cuatro años de darles vueltas a las cosas. Si vieran este cochino hotel lleno de cucarachas y de cojines oliva y vinotinto desteñidos por el tiempo.

Pero, como le dijo el profesor Pizarro el otro día, "la gente cree lo que tiene que creer, Verónica: la gente por ejemplo cree en Dios".

Pobre Pizarro: lo habían agarrado de pera de boxear y de chivo expiatorio y de conejillo de Indias y de excusa y de pretexto por hacerle un simple guiño a su hija: "Las mujeres que tienen hijos son de lejos las más inteligentes", escribió en su desértico perfil de Facebook. Y ahora era una víctima más de las redes sociales: el linchado del día, del mes, del año. Ni los asesinos en serie, ni los políticos corruptos, ni los depredadores de mujeres, ni los suicidas de la alta sociedad, ni los viceministros bisexuales a escondidas, ni los guerrilleros varados en este país varado, ni los terroristas islámicos que degüellan sin pensarlo una vez, ni los ministros privatizadores que tienen una respuesta para todo, ni los bogotanos clasistas que gritan "usted no sabe quién soy yo" habían merecido tantos emoticones histéricos.

Pero es que quién lo manda a meterse en Facebook a estas alturas de la vida.

—¿Qué haces? —le preguntó él dándose la vuelta hacia ella entre las sábanas rancias, y acariciándole la cabeza y la espalda—: ¿Qué pasó?

—Estoy tratando de borrar mi maldito perfil de Facebook porque no me soporto una sola babosada más, pero no lo logro —respondió ella, dándole la espalda aún, como si ni siquiera él fuera más importante que eso.

—Yo por eso es que nunca me he querido meter a ninguna de esas cosas: la gente está muy loca —dijo él escondiéndose del mundo en la cama.

Y la gente ahora además tiene la palabra. Y sí, bienvenidos a otra "democracia" entre comillas para que siga adelante la

223

farsa necesaria de la democracia: todos tenemos la razón, todos somos mejores que los protagonistas de las noticias. Y que crean entonces que lo que pasa allí es lo único que pasa: "Vamos a ganar las elecciones…". Y sigan repitiendo que el mundo cambió tal como se ha dicho desde que empezó. Pero él —le dijo después de bostezar— no le jalaba a perder el tiempo allí, ni más faltaba. Quizás estaba demasiado viejo para preocuparse por su anuario como una quinceañera, como un quinceañero, perdón. Tal vez su paso por la política le había enseñado que entre menos se diga es mejor y es mejor no andar por ahí dejando huellas.

Quizás era que "lo de Juanita", que así llamaban entre los dos la historia que había redefinido su vida, su drama, lo había obligado a vivir de puertas para adentro.

Pero la verdad es que no entendía ni quería ni le importaba ni le hacía falta el tal Facebook.

—Carajo: siempre termino hablando de mí —reconoció a ver si ella se volteaba a llevarle la contraria.

—Siempre —le respondió ella antes de besarlo, de pasarle la yema del dedo índice por los bordes de la cara, de peinarle las canas que lo avergonzaban tanto: "Estoy viejo, Verónica, qué vida tan rara…".

No era posible apagar la luz, prefería hacerlo cuando quería tomarlo por sorpresa y dejarlo mudo y vulnerable, y el aire acondicionado no estaba funcionando porque sólo funcionaba bien de vez en cuando, pero se acostó bocabajo sobre él —y le besó la boca y le retiñó la cara y le acarició el pecho y lo siguió peinando— hasta que sintió que su verga crecía contra su pubis, y se la agarró y se la entró, y se aferró a los maderos de la cabecera y se puso a ir de adelante hacia atrás mientras le repetía "pero yo te quiero así, pero yo te quiero así…" como repitiendo un mantra. Y entonces dejó de pensar y de ver la escena desde arriba, que no era fácil para ella, y le tapó la boca para que los vecinos no lo oyeran gemir y abandonarse, y supo que él se estaba viniendo antes de lo que habría querido, y entonces ella se fue yendo con los ojos cerrados —y se fue y se quedó sola y volvió a él empapada en sudor— porque a veces prefería imaginárselo debajo que ponerlo a hacer las caras de placer que se supone que hacen los hombres cuando se han rendido a las mujeres.

Se despidieron con un beso cinco minutos antes de las siete en la puerta entreabierta. Trataron de que la mucama en el pasillo no los descubriera hasta que ella estornudó: "¡Achís!", "buenos días, señor…". Y él se fue a su habitación con la ropa de ayer puesta y la corbata entre el bolsillo y la franela por fuera de los pantalones y los hombros encogidos y los zapatos relucientes en las manos, antes de que los rumores, "parece que Posada Alarcón anda con Verónica Arteaga", dejaran de serlo.

"Posada Alarcón": como "Ospina Pérez" o "Lleras Camargo" o "López Pumarejo" o "Reyes Echandía". Ella le decía Jorge. Y aparte de aquella figura digna e insobornable, que había conocido hacía años cuando su ex era su viceministro de Justicia, Jorge era un solitario, como un detective privado de pocas palabras que prefiere salir lo menos posible de su apartamento porque superar el dolor no está entre sus opciones. El día de diciembre de 1999 en el que lo conoció, que él era un ministro joven de treinta y ocho años y ella apenas era la novia de veinticuatro del viceministro —y qué raro era pensar que por esos días no era madre—, se fue a dormir imaginándose que ese jefe desconocido la asaltaba en el ascensor del ministerio, pero que lo hacía bien, que entendía que el sexo simulaba pero no era la violencia.

Y luego la llevaba a su despacho y cerraba la puerta con seguro y la sentaba en su silla sin dejar de sonreírle como un buen amigo: "Qué hubo".

Ya era en ese entonces el hombre que es hoy: un hombre al que nadie le pregunta qué hizo el domingo porque todo el mundo sabe —todo el mundo susurra— que va a ver a su mujer a la clínica.

Después de tanto tiempo de verse a escondidas, de mentir sobre con quién está saliendo, cree que lo conoce de memoria: pregúntenle cualquier cosa sobre él a ver si sí, a ver si no. Sabe

225

que desde que su mujer se enfermó redujo su vida a la de un monje, que habla tres veces por día con la hija de los dos, que todos los días hasta la madrugada lee biografías de políticos y de magnates bajo la lamparita de su estudio, y visita a su madre en la casa de siempre los sábados desde el mediodía y se ponen a ver series de televisión como cuando él vivía con ella y se dedican a conversar de todo lo que está pasando en el mundo, que el demente de Donald Trump va a ganar las primarias republicanas y después la presidencia y va a creer la gente que así somos los conservadores, que la corrupción está oxidando las bisagras de este pobre país, que si él no estuviera asesorando el proceso de paz en La Habana su papá —que había sido senador por el Partido Conservador— no estaría revolcándose en la tumba.

Y los domingos va a ver a su esposa Juanita, Juanita Castro, y le da un beso en la frente y se le sienta al lado y le lee las columnas de opinión de esa mañana y le cuenta lo que ha estado sucediendo en los últimos días en Colombia.

Juanita estaba en coma desde hacía veintiséis años, dos y seis, ni más ni menos: la mitad de su vida. El jueves 22 de marzo de 1990 se había ido a dormir después de ver el *Noticiero 24 Horas*, "fue asesinado en la mañana el candidato a la presidencia de la Unión Patriótica Bernardo Jaramillo Ossa...", porque se sentía muy cansada, mucho. Y hasta ese lunes de mayo de 2016 no había despertado. Estaban a punto de cumplir siete dignos años de casados, y capoteaban juntos, como mejor podían, la comezón que sabemos, pero tenían una hijita de dos —Alicia— que los tenía comenzando de nuevo. Imaginaban y tenían en mente y vaticinaban y temían una vida por delante: "Cuando Alicia salga del colegio podríamos irnos a vivir afuera...", se decían en las noches.

Pero ese jueves después del noticiero ("mi amor: no siento las piernas, estos hijueputas me dieron, me voy a morir", le dijo Jaramillo Ossa a su esposa) no quiso ni hablar.

Van veintiséis años así. Veintiséis años de hablarle lo que se les habla a las personas despiertas, de confesarle lo que se les confiesa a las esposas que se han quedado dormidas, de contarle que Alicia es brava y es dulce, y un día dijo "mi papá se llama Jorge", y quedó de primera de su clase, y se ganó la medalla a la mejor del colegio, y va a estudiar Derecho en la Universidad Javeriana porque su amiga de toda la vida va a estudiar allí, y va a irse a hacer un doctorado en Derecho Penal en la Autónoma de Madrid, y va a hacer la tesis sobre el asesinato del marido en legítima defensa, y va a casarse con un cuarentón gracioso que sin embargo es el secretario nosequé del Partido Liberal, y me ha pedido que te pregunte si ahora que la eutanasia se permite tú querrás mejor morirte.

Veintiséis años de hablar del lóbulo temporal derecho, de la plasticidad y el cuerpo calloso del cerebro, de las nuevas conexiones cerebrales de su esposa: ¿era la misma de 1990 porque era incapaz de formar nuevos recuerdos?, ¿había algo más dentro de ella, como un espíritu o una mente, que buscaba el camino de salida? Veintiséis años de imaginársela despertando como Rip van Winkle: ¿trabajaste en la nueva Constitución?, ¿fuiste ministro en la presidencia del presentador del *Noticiero TV Hoy* que fue el alcalde que dejó a Bogotá sin metro?, ¿pero ese Uribe sigue siendo un senador escalofriante?, ¿pero en qué momento tú, que te la pasas entre godos y beatos y militares endiablados, terminaste de asesor de una negociación de paz?

Veintiséis años de caer en amoríos que terminaban cuando ellas comenzaban a enredarle la rutina. Bueno, dieciséis años nomás, porque le fue fiel a su esposa, durante toda una década, hasta el día enloquecido en que empezó el siglo xxi: "¡Feliz año!", "¡feliz siglo!". Y lleva ya cuatro con ella, con Verónica Arteaga, desde que volvieron a encontrarse en aquella reunión en la oficina de paz: "Pero si nos conocemos…", "en el Gobierno de Pastrana…". Y siempre que han coincidido en La Habana, porque tienen que consultarles cierta zona gris en el tema de la justicia transicional o alguna cosa relacionada con la Constitución, se han portado como este par de enamorados del xix que se susurran y se rozan y se buscan en las habitaciones del mohoso Hotel Palco cuando sólo sus fantasmas y sus culpas están mirando.

Verónica Arteaga colgó de la chapa el cartelito de "favor no molestar". Se arregló el pelo en vano frente al espejo junto a la puerta del cuarto. Se dijo en voz alta "tengo que bajar tres kilos, tres kilos nomás" y siguió su camino hacia la cama. Deshizo la toalla vuelta cisne, que había puesto sobre la mesa de noche y era una proeza cubana de esas que jamás dejarían de sorprenderla, y se acostó a terminar por él lo que él había comenzado.

Se levantó a las 7:15 a.m., porque era hora de bañarse si quería estar lista a las ocho, con la sospecha de que no iba a sudar tanto el resto de su vida, uf. Notó que en la esquina junto a las cortinas había una gotera a punto de estallar. Se fue hasta el baño diciéndose que no con la cabeza, sonriente, como una hija que se rinde ante las tonterías de sus padres. Abrió el agua caliente. Puso un par de toallas al pie de la ducha para que no se le inundara el baño como aquella vez, pero unos minutos después tuvo que atravesar el lugar entre charcos, ¡chas!, ¡chas! Y por confiar demasiado en uno de los tapetes improvisados sobre el piso engrasado y empapado, y por no agarrarse a tiempo del toallero, terminó resbalándose y pegándose en una ceja con el lavamanos.

Pidió a un dios sin nombre propio, que a veces le pasaba eso, que no se hubiera hecho ningún daño de verdad, que su mente, fuera lo que fuese, siguiera siendo suya. Qué iba a hacer su hijo sin ella si a duras penas se aprendía las lecciones de Historia de Colombia.

Unos segundos después, que parecieron unos minutos después, recobró los nervios porque pudo ver, frente al espejo del baño, que la herida era superficial. Seguía aturdida por el golpe, y más que el arañazo le preocupaba el turupe y el moretón, pero era claro que ella no iba a quedar en coma: mentiras, mentiras. Se puso una cura color piel, humillada pero también habituada a reírse de sí misma ("mucha güeva…"), antes de que se le armara sobre el ojo un pegote de sangre y de pelos. Se secó. Se echó su crema para la resequedad de los pies. Se puso la pinta que él siempre le elogiaba "por sencilla": el collar de plata, la blusa blanca, la falda de lino café, las medias veladas chinas que se ponían y vendían las cubanas.

Salió del cuarto riéndose entre dientes de lo que acababa de pasarle. Recorrió el pasillo tomada de las barandas de madera hasta dar con las escaleras. Bajó. En el camino al restaurante principal reconoció el olor a limpiador y a trapero mojado y a cigarrillo que ya ni siquiera le asqueaba: era así. Y luego, cuando llegó hasta el bufet, reconoció las frutas opacas y los panqueques deformes y el café grueso que la última vez la había mandado al baño en menos de quince minutos. Ah, eso era lo mejor de Jorge Posada Alarcón: que le daba consejos para el colon irritable, que sabía cuáles pastillas había que tomarse en todas las situaciones de la vida, Zantac, Omeoprazol, Noxpirin, Zolof, Plasil, Buscapina, Advil, Dolex. Y que, por tarde, llegaba a los lugares unos segundos después de que ella llegara.

Ahí venía. Saludaba a los meseros y a los cocineros y a los negociadores ("mi doctor De la Calle...", "mi general Mora...") como un político temible. Y se acercaba a ella de mesa en mesa, por el piso ajedrezado, jugando el juego que los había traído hasta ese día como un par de adolescentes que se rozaban por debajo de las mesas. Quizás era la marcha de Júpiter, su regente, sobre su vida, pero la verdad es que cualquier tristeza de ella parecía inútil cuando se encontraban: ¿para qué derrotarse?, ¿para qué hastiarse? Sí, de vez en cuando alguna persona se colgaba de un puente y era un recordatorio de que somos niños perdidos, pero ella dormía bien cuando dormía con él. Y hacía siempre la misma sonrisa cuando lo veía venir.

Qué importaba que no le diera un beso en la mejilla sino que le hiciera una venia, que se volviera una parodia de siervo. Qué importaba que no se hubiera dado cuenta de que tenía una pequeña venda sobre el ojo.

Todo iba bien en la mesa de madera de la sala hasta que a él se le salió la verdad como un lapsus, como cuando uno se encuentra un billete viejo en un bolsillo o una notita secreta e incomprensible que guardó una vez entre las páginas de un libro. La sincera y capaz y articulada constitucionalista Verónica Arteaga ya les había expuesto la Constitución de 1991 a los comandantes de la guerrilla como un pacto de paz al que podían acogerse proponiendo sus ideas, y ya les había desempolvado la historia reciente de Colombia como una cadena de desconfianzas y de traiciones, y ya les había entregado a los negociadores, en busca de una lengua común, una copia del pequeño documento sobre los eufemismos de la guerra que había preparado el grupo de investigación del profesor Pizarro, ¡achís!

Y entonces, de golpe, en una tregua de la presentación, el jefe guerrillero Aurelio Rumique le preguntó al exministro Posada Alarcón cómo seguía su esposa.

Como representante del Gobierno de ese entonces, en 2000, en 1999, Posada Alarcón había visitado varias veces la zona de despeje del tamaño de Suiza en donde se habían llevado a cabo las fallidas negociaciones de paz de hacía dieciséis años. Y a pesar de su talante conservador, que era más una soledad de hombre íntegro que una lealtad al santificado pero mundano Partido Conservador que fue la vida de su padre, supo entenderse con "esos bandoleros comunistas" desde el puro principio. Y en una de las tantas reuniones sin pies ni cabeza, que aquel proceso de paz jamás tuvo la seriedad que este ha tenido, le tocó excusarse —"señores: me tengo que ir…"— porque en una conversación telefónica el neurólogo acababa de dejar en sus manos la suerte de su esposa: "Puede estar en coma hasta que muera, pero también puede despertar mañana".

Por supuesto, aquella vez, a mediados de diciembre de 1999, tuvo que contar en voz baja esa tragedia que era una historia de amor: "Nos quedamos mirando como diciéndonos 'yo a usted lo conozco'", "nos casamos a los tres meses de conocernos porque no confiábamos en nadie más", "nos tragábamos el orgullo a tiempo porque ya sabíamos que no había victoria ni derrota allí", "fuimos montando un apartamento sin afán, mueble por mueble, porque nos negábamos a tener algo que no tuviera una historia que les pudiéramos contar a nuestros papás", "fuimos como niños hasta que Juanita quedó embarazada", "ella fue todavía más ella desde que fue una madre: era increíble lo experta que era sin haberlo hecho antes", "se dedicó a la bebé, que era idéntica a mi suegra, hasta ese día de marzo de 1990".

"Y díganme ustedes qué voy a hacer yo el día en que no tenga claro qué haría ella".

Simplemente dijo "hasta mañana", je, "hasta mañana" y ya. Al día siguiente la empleada de la casa, la recién llegada Otilia, le dijo "ay, Dios mío, es que la señora Juanita no quiso molestarlo ni contarle para que no se preocupara, pero ayer, cuando la niña estaba haciendo la siesta, ella se fue a hacer unas compras en un taxi que chocaron por detrás...". Y desde ese momento, aturdido y extraviado en su propia casa, todo el tiempo pudo decirse "es increíble que esto esté pasando": la familia boquiabierta, los pisos refulgentes de la clínica, el empeño de cuidar a su hija como ella la cuidaba, el luto sin la muerte. Y vivir fue para él distraer la certeza de estar viviendo una tragedia, concentrarse en las rutinas de siempre como si ella estuviera de viaje y la paciencia no fuera una virtud, sino un hecho.

De vez en cuando le dieron esperanza. Aquel día de 1999, en una carpa en la zona de distensión, recibió sin embargo la noticia de que su esposa no había despertado —como se creía— sino que había abierto los ojos durante veinticuatro horas. Y alias Rumique no lo olvidó nunca. Y sentado junto a Verónica Arteaga en una de esas sillas de cuero amarillo, que ella estaba preguntándose "cómo hará este hombre para tratarme como un amigote enfrente de los otros…", ese lunes 2 de mayo de 2016 —cuando el exministro volvía a ver al exguerrillero después de dieciséis años y cinco meses— le preguntó qué más pasaba con la mujer en estado de coma: "Me gustan los tercos como usted", "me gustan los hombres que se quedan firmes en su lugar toda la vida", dijo Rumique como identificándose con él, Dios lo libre.

—Discúlpeme si lo molesto con esta pregunta —agregó el guerrillero, prosopopéyico, porque en Colombia incluso los marxistas son más colombianos que marxistas—, pero ¿usted sigue hablándole?

—Claro que sí: si este viernes fui a contarle que iba a quedarme en La Habana en el hotel de nuestra luna de miel —le respondió Posada Alarcón, e hizo clic la mente que de tanto en tanto traiciona, e hizo crac la vida que tenía, y se maldijo por no calcular las reacciones de su amante.

—¿Era este hotel?

Era este, sí, que estaba igualito a como estaba en 1983. Con las paredes rugosas y las pinturas de paisajes y los techos de láminas blancas. Y ese bufet lleno de toronjas y de guayabas esplendentes. Y esa piscina sombreada por el centro de convenciones y los árboles bajitos y el techo de las tejas anaranjadas: esta mañana le pareció verla —confesó como si hubiera empezado a dolerle lo vivido, como si hubiera descubierto que el pasado duele cuando pasa ahora— preguntándole en broma si siempre iba a ser el amor de su vida, descendiendo paso a paso las escaleras entre el agua azul, avanzando poco a poco a pesar del estanque, hundiéndose hasta los hombros con la prudencia de quien nunca se atrevió a aprender a nadar.

—Pues que el día que despierte haya paz —deseó Rumique levantando una taza de café.

—Que así sea —le contestó el avergonzado Posada Alarcón cruzándose miradas perdidas con su amante.

Desde ese momento fue como si la relación entre ellos se nublara, como si ella, Arteaga, se sintiera quitándole el marido a una mujer e invadiéndole la vida a una familia ajena. Él quiso reconquistarla con un par de piropos laborales: "Pero esto tendría que explicárnoslo la doctora Arteaga…", "pero yo no soy un experto como aquí mi colega…". Y sin embargo todo se enrareció aún más cuando, unos cuantos minutos antes de la hora del almuerzo, ella propuso un artículo nuevo en la Constitución para blindar los acuerdos de paz y él —que defendía esa Constitución, así no le gustara tanto, como una casa de la infancia que un par de negociantes pretenden demoler— opinó sin titubear que ese pacto no podía estar por encima de las leyes porque sería entonces un nefasto precedente.

—Cómo vamos a explicarle al país que las Farc no se están sometiendo a la Constitución, que como decía la doctora es "un pacto de paz" en el que cabemos todos, sino que la Constitución se está sometiendo a las Farc —remató.

Y Arteaga, que había sido aguijoneada por el bicho que sabemos, que acababa de convertirse en ella misma, pero sin contar con él, se dejó llevar entonces por una defensa encarnizada del blindaje jurídico de un pacto que en los últimos cuatro años había estado varias veces a punto de ser el mismo fracaso de siempre. Y Posada Alarcón, temiéndose que su amante estaba portándose como una amante enojada, le dijo que a él todo eso de modificar constituciones por el bien de la nación le sonaba a lo que habían hecho en Venezuela. Y Arteaga le preguntó si acaso creía que ella comulgaba con las falsas izquierdas de estos años o si estaba insinuando que se le había pegado su sospecha de que la democracia no servía para nada y su nostalgia por la monarquía.

Sí, pronto se dio cuenta de que los negociadores de ambas partes estaban mirándola como si la desconocieran tanto como ella misma.

Y sí, pronto corrigió el rumbo de su monólogo y lo convirtió en un elogio del exministro conservador que ha sido siempre un partidario del diálogo, pero era, como dicen, demasiado tarde.

Siguieron días y días de discusiones semejantes, nueve días más que terminaron con el reconocimiento de que "el acuerdo final para la terminación del conflicto y la construcción de una paz estable y duradera constituye un acuerdo especial en los términos del artículo 3 común a los Convenios de Ginebra de 1949" y con la noticia estremecedora de que "con el fin de ofrecer garantías de cumplimiento del acuerdo final, una vez haya sido firmado y entrado en vigor, ingresará en estricto sentido al bloque de constitucionalidad", pero ella no pudo sacudirse —ni besándose en la cama semidoble del hotel, ni mirándose en el paseo hirviente por el malecón, ni tomándose las manos en la barra raída y manchada de **LA BODEGUITA DEL MEDIO**, ni metiéndose las manos tras las columnas de la Plaza Vieja— esa sensación de que habían empezado a perder el tiempo.

Fue Posada Alarcón, de nuevo, quien no pudo morderse la lengua ni un segundo más. El miércoles 11 de mayo en el penumbroso restaurante El Chanchullero, bajo un afiche de Barack Obama en el que podía leerse la pregunta "mami: ¿qué será lo que tiene el negro?", y luego de comerse entre los dos un plato de chorizos y morcillas y un pulpo asado que le recordó al pulpo de **BESTA**, hizo él lo mejor que pudo para hablar de las noticias: "Que impresionante el discurso de Ingrid Betancourt sobre su secuestro"; "que una colombiana se enfrentó sola a trescientos neonazis en Suecia"; "que el senado brasileño va a suspender a Dilma Rousseff"; "que en el Festival Vallenato chiflaron el video de saludo del presidente"; "que Vargas Lleras está demasiado enfermo para ser presidente".

Se atrevió a vaticinar "es mejor que no hagan ese plebiscito porque la gente va a acabar votando 'no' a la paz por votar contra el Gobierno".

Se lanzó a hablar del tránsito de Mercurio sobre los cielos de la Tierra en un arrebato romántico.

Y sin embargo, como si no fuera un canoso de cincuenta y cinco años acostumbrado a los deslices y los sinsentidos, sino un universitario que va en puntillas entre las mujeres y no soporta que las demás sean un misterio, tuvo que preguntarle qué carajos le estaba pasando cuando se vio a sí mismo tan solo

—entre ese calor y entre aquel silencio de ella— en la búsqueda de un taxi para volver al hotel.

Por qué seguía dándole esos besos pendejos con la boca cerrada. Por qué se quedaba mirándolo como pensando quién sabe qué barbaridades de él. Por qué se estaba quedando dormida tan temprano.

Qué tenía que hacer para que lo perdonara de verdad —no para librarse de él: "Tranquilo, tranquilo"— por haber cometido la indelicadeza de hablar del amor por su mujer enfrente de ella, por no haberle contado nunca que habían ido de luna de miel a La Habana.

—Tienes que perdonarme —le rogó mientras trataba en vano de detener un taxi.

Y ella le repitió "tranquilo, tranquilo", incapaz de ponerse triste, como repitiéndole en vano que no había nada que perdonar. Y ella hizo todo lo que tuvo a su alcance para reflejar su compasión, que en verdad la sentía pero no conseguía demostrarla, mientras él trataba de reconquistarla y redoblaba esfuerzos para probar que seguía siendo el jefe sensible a ella y dejaba caer cortejos como migas de pan para que no se extraviara la pareja a escondidas que habían inventado. Fue doloroso, patético de cierto modo, aquello de ser testigo de sus esfuerzos de hijo —le abrió la puerta, le pintó un futuro de los dos, le confesó que imaginaba un hijo de los dos, le dijo que la amaba— para ganarse de vuelta su confianza. Ella se lo agradeció, sí, pero era demasiado tarde.

Ya en el taxi Buick aguamarina de 1956, mientras cruzaban la calle Teniente Rey junto a los carros de los años cincuenta, mientras avanzaban entre los separadores de árboles y las fachadas llenas de columnas del Paseo de Martí, mientras remontaban Desamparados y el malecón y la 5ª Avenida de La Habana de la mano de un taxista que no paraba de hablar —y de argumentar con las manos por qué la vida en Cuba no era un fracaso, sino apenas una vida—, se dieron cuenta de que se habían convertido en un par de actores forzados a interpretar una escena en la que ninguno de los dos creía. Avanzaban por esa bella y triste y rota ciudad varada, que siempre es difícil pasar por ella sin mirarla fijamente como un noble fracaso, cada uno en su ventana pendiente del viento a veintidós grados centígrados.

Y de vez en cuando se tomaban de la mano sobre el asiento de cuero de atrás, y muy de vez en cuando se miraban e intentaban la misma sonrisa de darse palmaditas en el hombro, para mentirse mientras estuvieran de viaje.

Pasaron de largo hoteles enormes y casas de telenovela gótica hasta llegar a ese lugar que a él —eso le dijo cuando el taxi empezó a bajar la velocidad— le recordaba una infancia de pocos colores. Reclamaron sus llaves en el mostrador. Dieron las buenas noches a los botones ávidos de propinas que se encontraron en el lobby. Se fueron en busca del ascensor porque él odiaba subir escaleras. Él le susurró "vamos a mi cuarto" poniéndola contra el vidrio del aparato y ella le contestó "vamos" porque se sintió concediéndole un último deseo a una pareja moribunda. Querido lector, querida lectora: todo matrimonio es un reality show, una prueba para los nervios y los pasados y las violencias, y un experimento cruel para que todos los demás, todos los testigos que miran de reojo, confirmen y sigan creyendo que el fracaso es el destino de los otros: "pobres…".

Y ella le besó la oreja a él mientras abría la puerta de la habitación, y él la dejó pasar adentro a ella para que lo esperara a unos pasos del umbral, y ella temió y pensó "también le hizo esto a su pobre mujer y quizás en este cuarto" apenas él cerró y se quedaron sin luz, y él empezó a bajarle la cremallera del vestido y ella prefirió que dejara de besarle la espalda y más bien le agarrara el culo, con la convicción de que no había otra manera de que esa historia se acabara aparte de ponerle en escena algún final.

236

Dijo la voz del piloto, antes de aclararse la garganta un poco, "señoras y señores: estamos a punto de aterrizar en la ciudad de Bogotá…". Y ellos dos se soltaron las manos, que a escondidas se las habían agarrado, pero no entrelazado, por debajo del blazer de él, porque ya había que enderezar las sillas y ajustarse los cinturones y recobrar la compostura como recobrándose a uno mismo. Cuando pasó la azafata por el corredor del avión, convertida en nerviosa prefecta de disciplina, ya no eran quienes eran cuando estaban juntos —y solos los dos y a salvo— sino la constitucionalista Verónica Arteaga y el exministro Posada Alarcón: "Doctor…". Y Bogotá no era una casa nada más, y ese cínico cielo despejado y esa maqueta anaranjada y verde, sino el fin de aquella pareja secreta.

Los demás pasajeros aplaudieron a rabiar, clap clap clap clap clap, porque al menos no estaban muertos.

Hubo buenas maneras de la dramática salida del avión a la dramática salida de inmigración. Hubo caballerosidad de tiempos peores, de tiempos mejores. Hubo cortesía: "Sigue, sigue". Pero él arrastró las dos maletas de ruedas por los pasillos del aeropuerto hasta que ella le dijo "ese es mi amigo taxista: ese es don Orlando". Y la dejó irse sola, y la vio subirse y decirle alguna cosa al conductor y decirle adiós con una mano nada más, con la sensación de que estaba cometiendo un error que además era lo único que podía cometer. Ciertas personas sabían y ciertas otras sospechaban que entre ellos dos había un drama. Y sin embargo los dos se negaban a darles señales a los espectadores de su mundo. Y solía suceder que cada uno volvía a su casa por su cuenta.

Qué extraño era que esa tarde de ese jueves 12 estuvieran actuando la verdad.

El monacal y conservador y arrinconado exministro Jorge Posada Alarcón, que exministro es un título nobiliario aquí en Colombia y una vez sintió la tentación de agregarle un guion a sus dos apellidos, se quedó quieto mirando a su amante —caminó hacia el parqueadero, se subió al asiento de atrás del pequeño taxi y estornudó, ¡achís!, y se fue yendo por el camino de regreso a la civilización— hasta que tuvo clarísimo que ella no iba a darse la vuelta para hacerle un último gesto como unos puntos suspensivos, como un "continuará…". Posada Alarcón, cincuenta y cinco años, Cáncer, obligado por Mercurio retrógrado a sentirse en deuda con su esposa, con su hija, con su amante, con su mundo, se devolvió al aeropuerto entonces y arrastró su maleta de ruedas en busca de dónde sentarse y se sentó frente a un pequeño café como si alguien fuera a recogerlo.

Su padre, Jorge Posada Benavides, que trabajó en la presidencia de Guillermo León Valencia y murió defendiendo al conservatismo de las garras del Partido Conservador, lo perdió una vez en el viejo aeropuerto El Dorado. Tenía ocho, nueve años: tenía claro que el liberal Lleras Restrepo estaba en la presidencia —y así organiza los capítulos de su vida: según quién estaba en la presidencia— porque a su mamá iban a condecorarla en el Teatro Colón, entre un grupo de "veinte damas" encabezado por la esposa del presidente, con la Orden de San Carlos en el Grado de Caballero. Y había ido con su papá a El Dorado a esperar a sus abuelos paisas. Y en un momento dado se perdió en el aeropuerto por andar jugando en el piso con un carrito.

Y se fue por todo el lugar detrás de algún papá de vestido gris y sombrero, pero en 1969 todos los papás llevaban vestido gris y sombrero, todos. Y entonces, cuando ya se iba a poner a berrear, porque qué más se puede hacer en ese caso y trate de ser usted un niño perdido y no quebrarse, tuvo la idea de quedarse sentado en una banca junto a unos árboles bajitos cerca de la última entrada a la derecha. Su papá siempre decía, a él y a sus dos hermanos y a sus dos hermanas, "si alguien se llega a perder nos vemos en la puerta de salida". Y eso fue lo que él hizo. Se sentó ahí, con las piernas y los pies colgando, haciéndose el que había quedado de ver allí a su papá. Quizás sólo estuvo ahí diez, quince minutos. Se le fueron como una vida sin embargo.

Pasaban enfrente los ejecutivos que en ese entonces no miraban las pantallas de los teléfonos sino las pantallitas de los relojes. Pasaban de largo los padres que no habían perdido a sus hijos y los hijos que iban a tener la suerte de crecer con sus padres. Un embolador de gorra de policía, sentado, como una tradición, a unos cuantos pasos, preguntaba "¿le arreglo esos zapatos, doctor?" a los transeúntes y a los peregrinos y a los andariegos. Y él miraba al suelo para que nadie le preguntara si estaba perdido. Y sentía ganas y más ganas de orinar, y no se movía de ahí sin embargo porque si se movía su papá no iba a encontrarlo, y tuvo que ponerse de pie y orinarse en los pantalones cortos y dejar un charquito al lado. Y tuvo que llorar y taparse la boca y la cara para que nadie lo viera.

Su papá no sufrió un infarto esa tarde —pero sí llegó a dolerle el brazo izquierdo y de un infarto murió hace dieciséis años— porque lo encontró a él un poco antes de irse abajo: "¡Mijo!", "¡papá!". Y él, que no regañaba a sus hijos porque siempre tenía la cabeza en otro asunto, se lo llevó alzado al hombro como un bulto de papas para que nadie más le viera el mapa de orines en la ropa, y llegaron tarde al Teatro Colón porque antes pasaron por la casa de Quinta Camacho para que él se cambiara, y se echó la culpa del retraso ante todos, y el canciller López Michelsen y el presidente Lleras Restrepo terminaron regalándole diez pesos para que se comprara alguna cosa que le devolviera la fe en los adultos: "Los liberales no somos así: jojojó".

Pobre papá. Todo el mundo —todo el mundo no: el liberalismo— lo detestaba, lo detesta. Y ha pasado a la Historia de Colombia, que ha sido contada por sus enemigos, como el godo intransigente que marchaba con Alzate y con Gómez y con Leyva. Y la gente de hoy, que no quiere la verdad, sino la trama, suele ir por ahí diciendo que si Posada Benavides no se tatuaba una esvástica en el brazo derecho era sólo porque en aquella época no se usaba tatuarse. Y no tienen ni idea, claro, el hombre es el animal que no sabe lo que dice. Y sí, decirlo a los cuatro vientos, refutar esa imagen de nazi, es tiempo perdido, porque la gente cree lo que quiere creer —y punto—, pero papá era un papá bueno y generoso. Y jamás le hizo daño a nadie, digan lo que digan.

—Y dónde vengo yo a encontrarme a mi doctor Posada Alarcón —le dijo de golpe, con voz de mando, una figura a contraluz que resultó ser el coronel Colón—: sentado como un niño perdido en un café del aeropuerto.

Posada Alarcón dio la primera explicación que le vino a la lengua como entregándose al interrogatorio del coronel: "Estaba tomando fuerzas para volver a la casa…".

¿Y ya saben en su casa que usted ya llegó? Sí señor. ¿Y ahora viene alguien a recogerlo? No señor. ¿Y le sirve este viejo coronel del Ejército Nacional como conductor? Sí señor: me sirve. ¿Y de dónde viene usted acaso? De La Habana. ¿Y qué hacía un hombre tan prestante en semejante nido de ratas? Dizque tratando de que el acuerdo de paz con la guerrilla, que es la cosa más mal hecha que haya visto yo en mi vida, no quede en el limbo jurídico. ¿Y usted que los ha visto a la cara tantas veces sí les cree una palabra a esos malnacidos tales por cuales? Sí, porque están viejos. ¿Usted sabe que mi sobrino Harrison Toledo, que sobrevivió a la avalancha de Armero cuando tenía diez años, fue secuestrado por las Farc en la toma de Miraflores? Sí señor: lo sé. ¿Y usted sabe que estuvo catorce años secuestrado por esos narcotraficantes? Sí, usted me lo contó la otra vez.

Ya iban a ser las 6:00 p.m. cuando se fueron en la Renault Duster del coronel Colón por la calle 26 como entrándose en la oscuridad: fueron del gris azulado al negro agujereado por las luces. Si de la radio no hubiera venido la noticia de que los delegados de ambas partes habían dado con una solución para blindar el acuerdo de paz —incorporarlo a la Constitución, ni más ni menos— habrían cambiado de tema, pero es que el coronel, que se había retirado del ejército a finales de los noventa porque desde que empezó aquel fallido proceso de paz se sentía "incómodo" en la institución que le había dado la vida, se negaba terminantemente a soportar "la cantaleta de esa organización terrorista sobre el mal llamado fenómeno del paramilitarismo".

Posada Alarcón capoteó la andanada del coronel, que le exigía a él "la refrendación popular del tal acuerdo por parte del legislador primario que es el pueblo", y chateó con su madre de setenta y cinco años y con su hija de veintiocho: "Nos vemos mañana…". Renegó de "un presidente de la república que cree que la solución a la guerra contra las drogas es la permisividad". Escuchó las quejas sobre los gravísimos pactos agrarios y políticos y jurídicos que se estaban haciendo en La Habana a espaldas de los colombianos, y le parecieron sensatos todos los reclamos, y repitió una y otra vez "completamente de acuerdo…" y "eso les dije yo allá…", pero de golpe se descubrió buscando "Verónica" entre los contactos de su teléfono.

Dijo "ajá", "por supuesto", "esto va a volverse igual que Venezuela", desde el Museo Nacional hasta la Universidad Javeriana, mientras le escribía por WhatsApp a su Verónica "Vero: no quiero que esto termine así porque no quiero que esto termine: tú eres el amor de mi vida…" y luego presionaba "send".

Fijó la mirada en la pantalla del teléfono mientras su mensaje pasaba de ser un desliz a ser un ruego: ✓, ✓✓. Unos segundos después, cuando los chulos por fin se pusieron azules, le quedó clarísimo que su amante no tenía a la mano una respuesta. Tuvo la tentación de llamarla mientras el coronel Colón insistía e insistía como desahogándose: "Mi doctor: la verdad, duélale a quien le duela, es que en La Habana se está sustituyendo la Constitución", "nos tiene jodidos esa manada de mamertos pacifistas que andan por los periódicos y por las universidades diciendo que los paramilitares no son hampones sino fracturas marginales del Estado", "estoy escribiendo un artículo contra la tal blindada del acuerdo para la revista de Acore".

Pero entonces, en el semáforo en rojo de la carrera 7ª con calle 57, recibió una llamada de la Fundación Santa Fe: "¿Ministro…?".

Y sólo después de un rato, como si el coronel Colón hubiera ido subiéndole el volumen a las preguntas "¿quién era?", "¿qué pasó?", "¿qué pasa?", se dio cuenta de que tenía que pronunciar la frase "mi coronel: que mi mujer acaba de volver del coma".

El coronel se ofreció a llevarlo hasta la clínica porque —dijo con la cara roja roja por semejante tensión— la clínica Santa Fe le quedaba "por el camino". Supo callarse. Supo limitarse a exclamar: "No lo puedo creer". Sirvió de mentor y de paño de lágrimas y de escudero desde la calle 70 hasta la calle 118 como si la guerra contra los terroristas no le pareciera tan importante como la noticia de que Juanita de Posada se acababa de despertar de un sueño de veintiséis años. Dijo todas las frases correctas: "Vamos paso por paso", "primero que todo llame a sus suegros", "échele una marcada a su hija para que se vaya ya para allá". Manejó con velocidad, pero sin perder el control. Susurró "ya se tomó dos" cuando vio que el exministro estaba a punto de tomarse otros dos Dolex.

Llamó a su mujer a contarle lo que les estaba pasando: "Ni se te ocurra dejarlo solo", le dijo ella. Sujetó su impaciencia de coronel retirado entre un trancón que parecía un castigo de Dios. Siguió y siguió siendo el adulto designado.

Llegaron a las 7:25 p.m., exasperados por las filas de carros y embrutecidos por la noticia imprevista, al parqueadero de la Fundación Santa Fe. Posada Alarcón le pidió al coronel Colón que no lo dejara solo, "por favor…", se portó como se porta un hombre cuando se da cuenta de que le ha llegado de la nada el momento de reconocer que todo lo demás es farsa. Fueron juntos, convertidos en un improbable dúo de dos Sanchos de mediana estatura, por los pasillos, los ascensores, las salas de espera, los corredores de habitaciones, pero el palidecido Jorge

—que ya no era ni Posada ni Alarcón ni exministro en este punto, sino un niño perdido a punto de ser encontrado— entró solo a la habitación sin voltearse a mirar las voces que le daban instrucciones.

Supo que la noticia era cierta porque Juanita, que ya no parecía una muerta sino una enferma, siguió su teléfono celular con la mirada desde que sonó el timbre de teléfono viejo: **Verónica**, se leía en la pantalla.

Sabe que los médicos le dijeron cosas como "estado mínimo de consciencia" o "estado vegetativo crónico persistente" o "es lo normal que un traumatismo de cráneo por culpa de un accidente conduzca a este cuadro" o "no conozco ningún caso como el de su señora" o "tuvo la suerte de tener una familia que no dejó de visitarla", pero no fue capaz de hacer nada que no fuera sonreírle a su esposa de veinticuatro años hallada en el cuerpo de una mujer en sus cincuentas. Por qué tenían tan claro que esta no era una de esas veces en las que abría los ojos de golpe y luego volvía a cerrarlos como si hubiera caído en cuenta de que seguía en el mismo mundo. Por qué esta no era otra falsa alarma para ellos: porque había dicho "mejor", porque estaba diciéndolo otra vez, "mejor", pues a la enfermera no se le ocurría nada más aparte de preguntarle cómo se sentía.

Jorge se echó el teléfono en un bolsillo del saco y se acercó a su esposa a decirle "volviste". Y ella no le dijo su nombre, pero sí le sonrió. Y le pareció normal que él le tocara el dorso de la mano con las yemas de los dedos. Y entonces le preguntó "¿cómo está la bebé?" como si aún fuera 1990.

Todo esto es verdad. Es verdad la historia del profesor de Filosofía del Lenguaje que despertó la ira de una colega —y de los indignados de turno— por sugerir que las mujeres que tienen hijos son las más inteligentes. Es cierta la pelea a muerte entre los esposos que acababan de celebrar sus bodas de oro frente a su familia entera. Ocurrieron, tal como han sido narrados, la encerrona a la acupunturista que fue una vez una mujer libre, la sesión de santería que le reveló a la estudiante que le habían arrebatado a la mujer de su vida con brujerías, el hallazgo de un fantasma en el apartamento de los dueños del restaurante de moda, el rastreo desvariado y justificado de una esposa a su marido el taxista. Todo esto sucedió, como se cuenta aquí, en los primeros meses de 2016, pero hoy, meses después del fin de aquel año inclemente, es claro que aún faltaba lo peor.

Es real también el drama de Jorge Posada Alarcón, el exministro de Justicia del Gobierno de Pastrana, que el día en el que regresaba a Bogotá —luego de pelear para que el pacto de paz no remplazara la Constitución, por Dios santo— recibió la noticia de que su esposa había despertado después de veintiséis años de coma.

Se le fue el mes de mayo haciendo lo que mejor pudo: le mostró los álbumes de fotos desde que ella nació hasta que se quedó dormida; le habló como le hablaba en los videos de la época; le recreó las historias de la vida juntos resignado a que ese drama va a ser el que la gente cuente cuando alguien pregunte "¿se acuerdan de ese exministro que esperó veintiséis años a que la mujer se despertara...?"; le presentó de nuevo a las personas que la conocían; le explicó como mejor pudo que su hija no era de su edad; le dijo "Juana", no "Juanita", porque así le decía antes; le sirvió de bastón en sus intentos de caminar; le leyó los diarios que escribió durante los primeros diez años de su coma ("hoy puse los adornos de Navidad en los sitios en donde te gusta ponerlos...") hasta que fue evidente que le iba a costar mucho salir de 1990.

Sé que suena imposible —le dijo a su esposa, que le miraba las canas y los lunares y trataba de sonreírle—, pero mientras tú estabas dormida Colombia eligió al ministro Gaviria, al ministro Samper, al presentador Pastrana, al gobernador Uribe y al periodista Santos como sus presidentes; se escribió una nueva Constitución política para un país más liberal en el buen sentido de la palabra; se asesinó en un tejado ensangrentado al espantajo de Pablo Escobar; se le pegaron seis disparos al líbero de la selección colombiana de fútbol por haber cometido un autogol en el minuto treinta y tres del segundo partido del campeonato mundial de Estados Unidos; se descubrió que los narcos estaban en todos los pisos de la pirámide del país; se acabó con la vida de Álvaro Gómez Hurtado a unos pasos nomás de una de sus clases; se tomaron las regiones los ejércitos guerrilleros y los ejércitos paramilitares; se llevaron a cabo setenta y cuatro masacres como setenta y cuatro ceremonias de vísceras y sangre; se trató en vano de hacer un proceso de paz en 1998 semejante al que fracasó en 1986; se quebró todo el mundo en el Gobierno al que pertenecí porque la economía de la Tierra cada vez se parece más a un juego de mesa; se armó una guerra en Irak porque un grupo terrorista llamado Al Qaeda tumbó las Torres Gemelas que conocimos cuando éramos novios; se cambió la Constitución como en cualquier republiquita para que el presidente Uribe se quedara con todo; se persiguió a la oposición empezando por los que pertenecimos a alguna corte; se arrinconó a los guerrilleros como a ratas en sus madrigueras para empujarlos a negociar la paz; se eligió de presidente a Santos para que terminara la pacificación, pero decidió hacerlo por la vía del diálogo.

Sí, Posada Alarcón hizo lo mejor que pudo, lo que habría hecho un esposo entrañable de película, lo que habría hecho un marido heroico de relato enrevesado pero cierto de Oliver Sacks. Se retiró hasta nuevo aviso de lo que estaba haciendo en ese momento: de las asesorías, de los negocios, de los diálogos de La Habana. Se negó a contestarle el teléfono y los mensajes a nadie que no fuera de su familia: **Verónica**, se leyó un par de veces en la pantallita, y luego él mismo lo apagó. Y estuvo ahí paso por paso empeñado en acompañar a su mujer en el regreso a este mundo. Armó una habitación para que su suegra, que siempre se había llevado bien con ella, se quedara cuando quisiera. Comió la dieta astringente y blanda de su esposa para que ella se sintiera menos sola. Le tuvo la paciencia infinita que sólo se les tiene a los hijos: "Todo va a estar bien…". Hizo con ella la terapia respiratoria: "Sople duro…". La acompañó al espejo un par de veces para que viera que no es tan grave tener cara de viejo.

Le explicó las noticias de aquellos días con la elocuencia y el espíritu crítico de un conservador que vive de eso.

Van a salir los niños de las Farc porque las negociaciones de paz están entrando en la fase final. Esa gente que está recogiendo firmas contra el proceso de paz, y ahora está hablando de resistencia civil como si fuera la familia de Gandhi, no sólo siente que los acuerdos van a graduar a unos criminales de estadistas, sino que además necesita que las cosas le salgan mal a este Gobierno. El vicepresidente, que ahora hay vicepresidentes, anda moviéndolo todo para ganarse la presidencia en el 2018. Dicen que va a ser serísima la elección del fiscal, que ahora hay fiscales, pero a mí me parece una farsa. En el mundo entero están persiguiendo las gaseosas que te gustan porque se ha descubierto que hacen daño. Ah, ya no se puede fumar en los sitios cerrados, y hay teléfonos celulares, y hay esta cosa tan rara que se llama internet. Cada vez más maridos matan a sus mujeres. Sacaron a cientos de personas del Bronx, un infierno en el centro de Bogotá, porque cada día eran más peligrosas y asesinas y drogadictas.

Y sin embargo, el magullado cerebro de ella, tal como se lo advirtió el neurólogo el día en el que salieron del hospital por primera vez, era capaz de retener toneladas de información de antes de 1990 (tenía clara su infancia rodeada de hombres, por ejemplo, lo que la obligó a jugar fútbol como una profesional), pero, por culpa del daño de los lóbulos frontales, era incapaz de guardar recuerdos de los últimos días. Según los escaneos, sí, el cerebro de Juanita había conseguido reconectar las neuronas intactas y crear nuevas conexiones más allá de las áreas afectadas, pero lo cierto era que tenía la memoria y la forma de ser de la persona que era cuando sufrió el accidente: y su relación con su hija era, por ejemplo, frustrante y descorazonadora para las dos.

¿En qué lugar del cuerpo iban a encontrar la devoción por semejante desconocida?

Sí, podían sentir algo semejante al amor la una por la otra, porque pensaban "esta mujer me parece conocida" cuando conseguían sobreponerse a la extrañeza y mirarse a los ojos, y además todos tendemos a caer en cuenta del milagro de tanto en tanto, pero les hacía falta sentir cierta vocación a estar ahí que sólo se consigue con los años, les hacía falta haber empujado una misma rutina. Ser el que siempre está no suele servir de mucho: ser el que se queda, ser el que asume que el amor es un modo de la resignación, tiende a menospreciarse, pero en este caso ser la persona que no deja nunca de ser una novedad, una protagonista, tampoco estaba sirviendo para encontrar el fervor por el otro que sostiene a las familias. Quizás todo era demasiado extraño.

Simplemente, Juanita no conseguía vivir hacia delante: trataba de encontrarle la gracia a ese apartamento entapetado de doscientos diez metros cuadrados en el que todas las cosas habían cambiado de sitio, y las puertas de madera estaban llenas de rasguños y de trastazos como si les hubieran pasado tres décadas por encima, y los aparatos eléctricos ya no eran tan grandes y tan gordos, y se podía ver temprano en la mañana una Bogotá que había seguido creciendo como una mancha. Pero al final del día volvía a preguntar si este jueves en la noche daban *El show de Bill Cosby* o en qué iba la telenovela *Calamar*.

Y no hallaba su sección favorita de *El Tiempo*. Y se decía a sí misma en voz alta que a este país sólo podía salvarlo que "el régimen" dejara gobernar a Álvaro Gómez.

La noche larga del jueves 26 de mayo, que según el noticiero la Corte Constitucional estaba discutiendo la pertinencia del plebiscito para refrendar los acuerdos de La Habana y la oposición gritaba más fuerte que nunca que ese pacto era un pacto entre bandidos que querían defraudar al país, Juanita le pidió perdón a Jorge por haber sido una niña consentida en los peores momentos de su relación y por haber dormido tanto tiempo. Estaban sentados en el sofá viendo las noticias. Cada uno estaba abrumado por algo diferente: él, por estarse enterando de los horrores del mundo con una extraña a la que siempre había querido; ella, por esos presentadores de noticias tan gritones y esas imágenes brillosas que obligaban a entrecerrar los ojos. Hacía frío. Entraba la luz de la noche que es una suma de las ventanas y los postes y la luna. Y ella se volteó a reconocerle que la fábula que estaban viviendo no estaba siendo una fábula feliz ni una fábula ejemplar.

¿Cuál era la moraleja de la historia?, ¿qué noticia del mundo traía?: ¿que puede amarse a los vivos como se ama a los muertos?, ¿que puede amarse a los sanos como se ama a los enfermos?, ¿que la vida puede ser perderse la vida?, ¿que todo hombre está en la capacidad de ponerse a la altura de su propio drama?, ¿que una pareja es siempre una pareja de desconocidos?, ¿que hay hombres que vivirán bien, por fin, el día en que dejen de resistirse a su tragedia?

—Es que creo que no tengo ganas de vivir —le dijo ella pensándose palabra por palabra.

Y él puso el televisor planísimo en silencio y asintió como diciéndole que cualquiera que fuera honesto entendía esa sospecha. Y la recibió en su hombro como a otra hija y le pasó la mano por la cabeza hasta que se le quitaran las ganas de morirse. Y ella no lloró, no, porque poco lloraba desde que había regresado de donde fuera que hubiera estado, sino que se puso a decirle que "allá" —allá en la muerte— las cosas habían sido muy diferentes y había visto a sus abuelos y a su hermanito que había muerto de meningitis y había aprendido que todos los suicidas se arrepienten y había hablado con una fluidez que le estaba haciendo falta: "Allá", que a veces daba miedo porque era un lodazal lleno de colmillos y de muecas, pero a veces era una belleza que era la justificación de todo, no había estos problemas de acá, y nadie perdía tiempo en negociaciones de paz porque no había violencias que rompieran los cultivos y los ritos.

—No es que no les dé las gracias a todos por quererme tanto aquí, ni que no me dé cuenta de que yo los quiero igual —dijo en voz muy baja—, pero es que no me siento bien desde que estoy despierta: no estoy aquí ni estoy allá.

Murió el lunes 30 de mayo a las once y pico de la noche. El exministro Posada Alarcón la encontró en la cama de los dos, que él había profanado en los últimos años, como el óleo ensombrecido de una muerta de tiempos temibles: y sí, sí estaba muerta, y no, no respiraba ni tenía pulso. Tenía los brazos pegados a la cintura y los ojos abiertos y la boca dejando escapar una "a". Él se había ido apenas una media hora a la cocina a hacerse un sándwich de atún, y quizás se le había alargado la preparación de tanto chatear con su hija sobre los avances del día, pero cuando la encontró —el reloj despertador de la mesa de noche señalaba las *l l: l l*— ya estaba helada, ya estaba "allá". Jorge se tapó los ojos y respiró hondo y pensó que tenía que pensar.

Primero que todo les avisó a su hija y a su suegra. Después llamó al médico palentino cadavérico, que le pone las inyecciones a uno en su propia casa, para que llenara el certificado de defunción: "Paro cardiaco". Luego contactó a la funeraria para no sentirse tan solo. Y desde las 2:17 a.m. del día siguiente se portó triste pero cuerdo mientras recibió el pésame de la encargada de las honras fúnebres, mientras los cargadores de la compañía mortuoria se la llevaron en una camilla entre una bolsa plateada, mientras su hija llegó a acompañarlo cuando sólo quedaba su huella en la cama destendida, y las llamadas y los mensajes de texto y las frases de WhatsApp empezaron a caerle encima, y fue hora de ir a la funeraria a encontrarse con la incomprensible imagen del féretro en la sala de velación.

Ahí tienen su drama para la madrugada: ahí tienen la historia de un hombre que lo tenía todo todo, pero sólo tuvo de vuelta por un par de semanas a una esposa que estuvo veintiséis años en coma.

Por algo había estado doliéndole todo lo que había vivido, por algo había estado amargándolo el recuerdo de su padre: quizás era la nostalgia que nos iguala a todos, pero lo dudaba porque la nostalgia es el dolor por lo que ya está demasiado lejos, y él en cambio sentía que seguía siendo el mismo niño solo.

Tuvo cara de sabio resignado a su suerte —y perdón por la redundancia— cuando recibió con un agua aromática entre las manos a los tíos y a los sobrinos y a los primos y a los vecinos y a los colegas y a las compañeras de colegio y a los médicos y a los políticos que fueron hasta la Funeraria Gaviria de la calle 100 con la carrera 19 a despedir a una mujer que daban por muerta, pero sobre todo a reconocerle a él que era el protagonista de una tragedia ridícula, que ese martes 31 de mayo de 2016 él era el que más sabía de la maldad, de la sevicia de la vida. No se mosqueó cuando le dijeron que el médico de su papá, Luis Calvo, el papá de los actores de moda, estaba dentro de un ataúd en una de las salas de abajo: pucha. Tuvo el coraje de responderles a decenas de deudos ajenos, que entraban, despistados, a la sala de velación equivocada —se los dijo a estudiantes, a fieles, a niños, a viejos—, que la velación del amado e idolatrado profesor Eduardo Silva Sánchez era en la sala del otro lado.

Supo capotear incluso la visita compasiva de la amante a la que no había vuelto a responderle el teléfono. Le dijo "hola, Vero" cuando la abrazó. Le presentó a su hija y a su prometido. Le dio las gracias por haber pasado a visitarlo.

Pero a las seis de la tarde, luego de oír durante todo el día como un mal necesario los lugares comunes "todos estamos en la misma fila", "bueno: está mucho mejor que nosotros", "brille para ella la luz perpetua", volvió a ser Jorge porque vio que el coronel Henry Colón Granada se le acercaba a darle un abrazo como si no fuera otro hombre endurecido por la guerra de aquí, sino el cuerpo en el que andaba su padre. Y se descubrió a sí mismo hecho un niño, "¡Jorge!: ¡ayúdale a tu papá a cargar la maleta!", sollozando en el hombro del saco de ese viejo inesperado: "Estaba bocarriba con los ojos abiertos…", "tenía los brazos pegados al cuerpo como si se hubiera acostado a eso…", "el otro día me había dicho que tenía ganas de morirse".

Si uno mira el colorido Cristo de esa iglesia, que parece dando un paso en el vacío, pronto se da cuenta de que les rehúye la mirada a los atentos: no tiene cómo pedir perdón ni tiene explicación. Si uno se concentra en lo que está diciendo el cura desconocido, que "nuestra hermana volvió a la Tierra brevemente a contarnos que está con el Señor…", que "nuestra labor es darle coraje a esta familia que ha sido marcada por un revés que sólo entiende quien lo vive…", va sobreaguando la misa fúnebre como un rito venido desde el fondo de la infancia, como un aguacero. Cómo atravesar unos funerales igual que un bosque oscuro: repitiendo "muchas gracias" de la mano de cualquiera, pensando que dentro de poco usted volverá a estar solo, con los ojos cerrados, en su extremo de la cama.

El terco y elusivo y firme coronel Henry Colón Granada, sesenta y un años, Tauro, cumplió paso a paso con los ritos de la despedida. Recordó su estricta educación religiosa —se vio con la mano izquierda amarrada a un asiento de metal porque era de Dios escribir con la derecha— en el Colegio de la Presentación en Tunja. Temió en retrospectiva a los arcos de piedra blanca de la iglesia de San Francisco. Capoteó la tentación de saber en qué andaría la hermana menor con la que se había dejado de hablar hacía diez años por haberlo dejado solo en los peores días: "En qué andará Eugenia…". Dio un par de abrazos vigorosos a la salida de la misa. Repitió a todo el que se le acercó "así, sin dolores, quiero morir yo". Dijo "siento mucho", dijo "siempre me voy a acordar de ella vestida de novia", dijo "qué tristeza tener que vernos en esta situación", dijo "amén".

Recibió firme y henchido de orgullo los agradecimientos por su sacrificio y las críticas al proceso de paz que —les dijo—

"es que es jugarles el jueguito a esos bandidos". Sonrió sin mostrarles los dientes a los simpatizantes de las Fuerzas Armadas colombianas.

Se fue entre el barullo del mediodía, entre los deudos de los unos y los otros, apenas empezó a despejarse la plaza de ladrillos de las funerarias. Y volvió a sorprenderle la aparente indolencia del mundo, que se encoge de hombros como si el dolor fuera el dolor ajeno.

Pasa que la gente se muere, que la gente es asesinada, que la gente es aplastada por la naturaleza, y los demás seguimos viviendo. Pasa que hoy miércoles 1º de junio siguen haciéndole un paro agrario a este Gobierno que "tiende a dar la espalda", y los demás seguimos viviendo. Pasa que se desaparecen los padres y se estrellan las madres entre un bus y se caen los hijos por un barranco y se escapan en vano por los montes de malezas y de perros monstruosos, y los demás seguimos viviendo. Pasa que se le muere su gran amor a un prestigioso exministro conservador, columnista de *El Siglo* e historiador de las guerras del mundo, y los demás a duras penas alcanzamos a estremecernos, pues si nos conmovieran de verdad las cosas de la Tierra bajaríamos la guardia y se tomaría la casa la locura.

Quizás nadie lo notó, porque su cara es opaca e inexpresiva, pero se sintió triste y paralizado como un maniquí. Buscó luego su camioneta dorada Renault Duster en el parqueadero de al lado. Pero dio un paso en falso cuando bajó un andén sin prever una grieta y un hueco de quién sabe cuándo —fue bajo el sol pleno del mediodía: no había excusa diferente de la torpeza o el destino— y el traspié lo lanzó contra el pavimento como si lo hubiera traicionado la vejez. Sintió mucha más vergüenza que dolor. Tuvo claro que se había roto una ceja porque tenía sangre entre las pestañas. Quiso levantarse pronto para que nadie se diera cuenta de la caída, que era un descuido de su mente de viejo, pero apenas empezaba a sentirse mareado, atontado por el golpe. Y un par de jóvenes recios, como solditos vigorosos con los días contados, vinieron a auxiliarlo: "Pobre viejo...".

Estoy bien, estoy bien. No es nada, no es nada. Gracias, gracias. Yo puedo caminar hasta el parqueadero. Yo le recibo el papel higiénico enrollado que usted me está entregando, joven, para pararme la hemorragia de la ceja y de la frente, pero no necesito que me acompañen a ninguna sala de urgencias.

Subió sin saber cómo a la camioneta salpicada de barro, "estoy bien, estoy bien", dispuesto a salir de ahí antes de que alguien lo viera reducido a su cuerpo, ya, ya. Cerró la puerta: ¡tas! Se presionó con fuerza con el papel higiénico, que se estaba deshaciendo en pedacitos, para que la herida se volviera una costra, un pegote. Sintió que su corazón se quedaba sin aire. Bajó el vidrio: "Gracias, gracias". Se amarró el cinturón de seguridad para no morirse como murió el amigo que tanto quiso. Y condujo como mejor pudo hasta su apartamento en el edificio **Delfos**, en un callejoncito del enorme barrio de Niza, en la calle 119 con carrera 70C para ser precisos, quitándose de los párpados las gotas de la gotera de sangre y raspándose las manchas viejas con las uñas.

Perdió sangre mientras trataba de abrirse paso por el trancón de la calle 100, de la Avenida Suba, de la calle 118: maldita ciudad.

Se sintió sólo, como se había sentido desde que su hermana dejó de dirigirle la palabra, pero el dolor y la vergüenza y la rabia consigo mismo no lo empujaron a pensar en el consuelo de su mujer, sino en la compañía de, entre comillas, "el muchacho de la droguería".

Llegó a Delfos sin responderle el saludo al vigilante ni con un giro leve de la nuca. Su esposa Guadalupe —se refiere a ella así, como si tuviera otra, cuando la menciona: "mi esposa Guadalupe"— lo persiguió hasta el espejito de puntas rotas del baño de las visitas: "Viejo: ¿qué le pasó?", "viejo: qué pasa". Dijo no a salir corriendo ya para la sala de urgencias de la Clínica Reina Sofía, no a llamar a un mediquito a domicilio de aquellos, no a dejarse revisar por la vecina que trabaja en salud ocupacional: no a todo. Puso de enfermera a su mujer, que sólo ve por un ojo, pues perdió el otro mientras trabajaba en el patio de la casa cuando tenía quince años: su vida había sido, en orden de estatura, su esposo y su familia y su jardín, y se moría siempre que él se estaba muriendo.

Guadalupe lo sentó en el inodoro del baño, le puso la cabeza contra el estómago que tenía tenso porque el almuerzo le había caído pesado y le limpió y le presionó la herida con un algodón empapado en alcohol.

Repitió "viejo: esto es de puntos" hasta que a él empezaron a cerrársele los ojos. Pensó "el muchacho de la droguería sí sabría qué hacer" mientras perdía el contacto consigo mismo —y lo pensó porque lo conoció el día en el que entró a la farmacia en pantaloneta de ciclista a pedir que alguien le ayudara a sacarse una piedra que se le había clavado en la rodilla—, pero no lo mencionó porque le había jurado a su esposa no mentarlo nunca más. Quiso tener el control de sí mismo. Hizo lo que pudo para no morirse de miedo y para no llorar y para no reconocer en voz alta que él no podía morir porque se había acostumbrado demasiado a la vida. Se fue durmiendo a saltos entre el pánico. Se desmayó. Y despertó cegado por la luz blanca de una camilla de urgencias.

Fue lo peor que podía pasarle, lo peor: le cogieron cinco puntos sobre una ceja; el ojo se le entrecerró como el de un boxeador por culpa del párpado hinchado; la nariz se le puso roja y verde y negra, y era espeluznante, espantosa; pronto tuvo la mitad de la cara morada e inflamada como la de un monstruo de los de antes; su hija, con quien solía enfrascarse en silencios incómodos desde aquella época inimaginable, se dedicó a darle golpecitos condescendientes en el dorso de la mano como haciendo el papel de la adulta; su yerno estuvo pendiente de él, que no quería que nadie lo mirara ni siquiera de reojo, desde la mañana hasta la noche; se sintió solo porque nadie más se veía así en el espejo, y sí: se sintió viejo, viejo, mucho más adelante en la fila de los que están por morir.

Y en dónde estará mi muchacho de la droguería —pensó— cuando más necesito acostármele a alguien en el regazo.

El martes 7 de junio de 2016, apenas le quitaron los puntos, tomó la decisión de buscarlo donde fuera que estuviera.

Tenía que hacerlo en puntillas, sí, a espaldas de todos y sin levantar sospechas, pero tenía que hacerlo pronto si no quería que esa voluntad y esa agonía se le fueran tragando las membranas de su cuerpo como las polillas. Quería a su esposa Guadalupe con ese amor que es un hecho —ese amor que es el agradecimiento y es la generosidad al mismo tiempo— desde hacía más de treinta años: le decía "mi generala", "como diga mi generala", "lo que diga mi generala", así él se hubiera retirado del ejército hacía quince. Esto del muchacho de la droguería es el amor que es un arrebato, un arrobamiento: su violencia y su frustración derrotadas por las manos desnudas de un hombre tan joven.

Y sí que le hizo falta mientras se veía en los espejos de los baños convertido, por la caída, en el hombre elefante.

Hubiera dado cualquier cosa por que alguien que no le conociera esta vida le besara las magulladuras, ay, mi amigo, ay, mi muchacho.

Durante los días que siguieron a la decisión —voy a buscarlo, voy a pedirle perdón— les siguió la cuerda a las conversaciones de la familia: sí, que saquen a esos engendros que sacaron del Bronx de las madrigueras en las que se esconden; que los torcidos dirigentes del fútbol sigan adelante con la Copa América Centenario; que las explosiones de James Rodríguez le sirvan para algo, así sea para fingir amor propio, a la selección colombiana; que ahora hacen escándalo hasta porque un candidato a fiscal piensa que hay que descriminalizar la violencia intrafamiliar porque "atosiga todo el sistema penal"; que sus viejos colegas sigan recogiendo firmas contra el proceso de paz; que sigan sonando patéticas las amenazas del presidente demasiado liberal que se nos instaló en un descuido: que, como poniendo en escena un rito más de este conflicto que cumple medio siglo, la guerrilla está lista a empeorar la guerra si fracasan los diálogos.

Pero el domingo 12 de junio, cuando se enteró como nos enteramos todos de que un malnacido de veintinueve años hastiado de esteroides y leal al Estado Islámico había asesinado a cuarenta y nueve inocentes en un club gay de Orlando, Florida, el coronel pensó "no más: ya".

Consiguió quedarse solo en el apartamento, ese domingo, con la excusa de que el lunes tenía que entregar un artículo "contra el show de la paz" para la revista de Acore: la Asociación Colombiana de Oficiales en Retiro de las Fuerzas Militares. Sí, seguía siendo leal, y más que nunca, a su Ejército Nacional. Y era como si no contara esa época, el bisiesto 2000, cuando no sólo no le dieron el comando de la brigada que creía merecerse por su desempeño, sino que además en la unidad que buscaba le nombraron a un lagarto sinuoso menos antiguo que él —que prefiere no nombrar— y le dieron un cargo administrativo en vez de seleccionarlo para el curso que quería y lo acusaron de "negligente" entre comillas por las sombras del ejército en la masacre de El Salado.

Y él, que estaba harto de que los mamertos que han jodido a Colombia les buscaran el alma a esos terroristas hijos de puta, que había dado la vida por este país de desagradecidos —literalmente la vida: la di—, prefirió renunciar como haciéndose el harakiri, como conservando su honor.

Fue el primer domingo de abril del año 2000, el domingo 2, cuando conoció al muchacho de la droguería: a su Yesid. Salió a montar en la bicicleta anaranjada de carreras marca Rafael Niño —por el seis veces campeón de la Vuelta a Colombia— que había comprado a finales de los años ochenta, y, cuando apenas llevaba quince minutos de recorrido por la ciclovía de la Avenida Suba, se lanzó contra un separador lleno de pasto para no llevarse por delante a una familia que caminaba por la calle, y en la caída, que tendría que haber sido una tontería, se clavó una piedra en una rodilla, y en ese entonces estuvo también a punto de desmayarse. Se intentó sacar la piedra con las uñas, pero la sangre saltó: ¡plas! Y se fue cojeando a la primera farmacia que encontró.

Hubo una vez, cuando hasta ahora era un aterrorizado recluta del ejército, que hizo un amigo por ahí —el silencioso Manuel, Manolo, que prefiere guardarse el apellido— que de tanto acompañarse a todo se le fue volviendo un enamorado. Nunca le dijo nada, nunca le confesó "es que estoy sintiendo esto por usted". Quiso pegarse un tiro porque lo único que le faltaba era ser homosexual, sí, quiso meterse la dotación en la boca porque no iba a ser capaz de tocarlo. Pero esa experiencia, que se quedó en miradas agónicas y en una tarde en la que estuvieron a punto de besarse, lo convirtió en este hombre callado y misterioso y melancólico que no suelta una sola palabra de más. Durante años se guardó la sospecha de querer a su amigo. Y supo hacer una vida lejos de ese recuerdo.

Y supo querer de verdad a su esposa Guadalupe hasta entender que el amor no era ese arrebato, ese coraje, sino este rigor, esta estrechez.

Pero ese domingo de ciclovía sintió que despertaba el hombre que había sido, que se le estaba cumpliendo una profecía —un destino— que nadie le había vaticinado: el muchacho de la droguería que le ayudó a detener aquella hemorragia tenía los ojos grandes y las manos fuertes y las cejas delineadas y la nuca lampiña y el pelo a ras y los labios gruesos y el pecho firme de los jóvenes, y él quiso, apenas lo vio, que lo tocara, que se lo llevara a la trastienda a enseñarle cómo era con otro hombre. Y no pasó esa vez, pero sí fue pasando poco a poco: fueron de un café a un trago en apenas un par de semanas, fueron de un bar en Galerías a un karaoke en su barrio: el barrio Inglés. Y el muchacho le fue enseñando cómo voltearlo, cómo bajarle la bragueta, cómo ponerlo de rodillas.

Y dieciséis años después, mientras su esposa y su hija y su yerno y su nieto llevaban a cabo sin él el almuerzo de todos los domingos, lo estaba buscando entre millones de perfiles de Facebook. Y, luego de perder la esperanza de encontrarlo, ahí estaba: Yesid Alexander Ríos. Y el coronel sentía que iba a morirse. Y lo sentía porque era un suicidio cruzar aquella línea que había jurado respetar.

Eran las 14:15 h. hasta ahora. Tenía un par de horas más para espiarlo antes de que su familia se diera cuenta de que el esfuerzo de estos años había sido en vano. Vio una por una las cientos de fotos que había puesto en su perfil: coqueteándole a la cámara, aunque a veces fuera su propia cámara, envuelto en una manta de flores sobre un sofá de cuero negro; haciéndose pasar por el Michael Jackson de la portada de *Bad*, que sí tenían cierto aire; lamiéndose los labios en una piscina como un niño malo rodeado de hombres. Fisgoneó estos diez años de la vida de su muchacho —las selfies con mechones sueltos, los hombres que se repiten, las declaraciones de principios con mala ortografía, las Navidades con gorros de marica— y pensó que se le estaba yendo la vida cuesta abajo, como si desde los cuarenta y cinco años, cuando se retiró, hubiera cruzado el pico de la montaña y ahora estuviera descendiendo y descendiendo hacia la muerte.

Sí estaba pasándole la vida como escapándosele de las manos. De los cuarenta y cinco a los sesenta, desde que había perdido a su padre y a las tías que lo habían criado en apenas unos meses, todo había sucedido demasiado rápido: había entregado a su hija, había recibido a su nieto en el Hospital Militar, había ido a conocer la China con su esposa. Y por más que prolongara las mañanas levantándose a las cinco de la mañana en punto y luego haciendo vueltas que hoy en día pueden hacerse desde el computador, seguía recibiendo el periódico día tras día tras día como si los días de su vejez duraran apenas doce horas. Y era vertiginoso por dentro aunque desde afuera se viera apacible. ¿Y qué diablos iba a hacer entre ese río revuelto? ¿Y cómo había hecho para no perder la cabeza por su muchacho?

Si él era el romance de su vida —el amor quizás no: el amor quién sabe, pero sí la persona por la que había perdido las riendas de sí mismo— y sólo a él le había dicho "yo te amo". Hoy todo el mundo se dice "yo te amo" a toda hora: hasta las 15:40 h. de aquel domingo de junio leyó "te amo, gordo", "te amo, hijo", "te amo, hermano". Pero a él sí le había costado sangre pronunciarlo. Y lo había hecho después de meses de salir con el muchacho a escondidas, y de agarrarlo apenas se quedaban solos, y de ponerlo contra las paredes cuando entraban a algún sitio, y de enterrarse en las camas a ver qué iba a hacer con él, y de grabarlo con una cámara en un hotel cerca de Tunja, y de aprenderle en los baños todo lo que quería aprenderle, y de presentarlo como su sobrino cuando se encontraba con algún conocido de su realidad y se veía forzado a volver, de su sueño, a la luz cegadora.

"Yo te amo", le había dicho, y el muchacho, que no paraba de hablar, esa vez se había encogido de hombros y le había dicho "yo también".

Tarde o temprano su esposa se habría dado cuenta de lo que estaba pasando —"como si yo no conociera mi propia cama..."—, pero el escándalo de puertas para adentro se precipitó porque el coronel se llevó al muchacho a un viaje por el Amazonas del que por poco no regresan. Y su esposa Guadalupe, que había estado oyendo la frase "ayer me encontré con el coronel y me presentó a su sobrino", se dio permiso para investigar a su marido al quinto día de oírle "vieja: es que me va a tocar quedarme hasta mañana". Todo hombre tiene un cajón secreto, cerrado con llave por si acaso, que es un desastre por dentro. Perdón: todo hombre *es* un cajón secreto... Pero ella removió los armarios y las maletas y las estantes de suéteres sin suerte hasta que su hija le dijo dónde estaba todo.

En el maletín negro percudido que el coronel Colón guardaba, como escondiéndolo, entre sus vestidos y sus zapatos: "Me puse a buscar pruebas porque lo vi muy raro...".

Las revistas pornográficas usadas a más no poder: *Adonis* y *Man's World*. El aceite para el cuerpo. La pequeña toalla verdosa impregnada de quién sabe qué olores. La vaselina medio vacía. El escalofriante y enorme vibrador color piel. Las cartas de letra minúscula y retorcida y repisada en las que un tal Yesid le pedía disculpas al coronel por habérsele aparecido maquillado como una mujer la otra noche. La foto del muchacho de la droguería con una chaqueta de cuero café puesta sobre el torso desnudo: al respaldo podía leerse "I Love You". El video de los dos hechos un par de animales en una cama que quién sabe dónde estaba. El diario en donde "RS en el baño" significaba "relación sexual en el baño" y estaba copiada la letra de la canción *Xanadu*: "A place where nobody dared to go / The love that we came to know / They call it Xanadu".

No tuvieron que decirle ni una sola palabra al coronel cuando regresó de Leticia. Simplemente llamaron a su hermana a contarle en qué andaba. Pusieron el maletín, abierto, sobre la cama. Y él empezó a pedirles perdón desde que lo vio ahí.

Yo no sé qué decirles a ustedes dos. Yo no puedo mirarlas a los ojos porque me pongo a llorar. Yo no he querido nunca hacerles daño ni quiero tener una vida con nadie que no sea con ustedes dos: perdónenme, por favor, perdónenme las dos. Yo hago lo que ustedes quieran que haga yo, pero si quieren que me vaya yo me voy y si quieren que me muera yo me muero. Yo me quedo, yo me quedo. Yo les juro por mis tías que termino esto mañana mismo. Yo les juro por Dios que esto se queda entre los tres de aquí hasta que no quede ninguno de los tres. Yo boto ya este maletín. Lo que ustedes quieran. Lo que ustedes digan. Si es necesario que yo me quede encerrado para siempre yo me quedo encerrado para siempre. Yo les ruego que no me dejen solo. Yo no sé qué ha sido este embrujo, pero no me dejen solo que yo soy el que ustedes saben que soy.

Reparar esa familia fue cuestión de meses y de años porque él fue incapaz de cortar del todo con el muchacho de la droguería. Durante un par de años, por lo menos hasta agosto de 2002, siguió dándole dineros para pagar sus semestres de sus carreras fallidas. Siguió enviándole muñecas a la hermanita de ocho años, sí, y una vez hasta les compró un computador. Un día, sin embargo, Yesid Alexander Ríos le confesó que desde hacía varios meses estaba saliendo con otros, que estaba cansado de sus ambigüedades de señor de su casa y que ya ni siquiera necesitaba su plata. Dicho de otra manera: su amante lo dejó porque no le servía más, porque todo se había puesto demasiado complicado y estaba explotando a otro viejo que se moría por toquetearlo. Y entonces el coronel, con el corazón roto, pero a salvo, se pudo dedicar a su familia.

Y el pacto de sangre entre los cuatro, entre él, su esposa Guadalupe, su hija Victoria y su hermana Eugenia, comenzó a dar frutos, empezó a reducir aquel recuerdo borroso a un arrebato de locura, a "esa época...". Y el coronel, que inspiraba tanto respeto a diestra y siniestra, no tuvo nunca más que responder por sus secretos.

Su hermana no le volvió a hablar ("lo siento, Henry, es que eso no es normal: da asco"), pero ni su yerno homofóbico ni su nieto educado en el mundo de los hombres supieron ni saben nada de nada. Todo parece indicar, además, que nadie sospecha, que ninguno de los testigos ha querido hablar. No cabe duda de que los últimos catorce años han sido pacíficos, buenos. Sería mezquino pensar que el anhelo y la sed y las preguntas que se ha estado tragando desde que se acabó esa historia —dónde estará, quién lo estará manteniendo ahora, cómo habrá hecho para pagar las cuentas estos ciento veinte meses— es lo más importante que le ha pasado. Fue una buena idea dedicarse a comprar apartamentos para que su hija la arquitecta los remodele. Fue muy feliz recibir a su nieto esa madrugada.

Y le ha encantado ver cómo el niño se ha ido convirtiendo en un niño obsesionado con la muerte: "¿Tú has matado a alguien, abuelo?", "¿tú crees en el cielo, abuelo, tú crees que a uno le duele algo que no sea el cuerpo?".

Y ha vuelto a portarse como ese coronel que colecciona todo lo que tenga que ver con la Segunda Guerra.

Y sí, se ha sentido la persona que es, en donde tiene que estar, en todos los almuerzos de todos los domingos.

Pero el día que fue a llevar a su consuegra al aeropuerto, porque la pobre no tiene quien la lleve a nada desde que enviudó, se encontró con el ministro aquel que conoce desde que los dos tenían que ver con los Gobiernos. Y mientras lo llevaba de vuelta a casa en su Renault Duster dorado, y este señor, Posada Alarcón, se iba enterando en el puesto del copiloto de que su mujer había vuelto del coma, se descubrió sintiendo nostalgia de la pasión que sintió por el muchacho de la droguería como quien sufre en todo el cuerpo estas chocantes ganas de remontar la corriente. Y semanas después, cuando vio en *El Tiempo* el aviso de la muerte de Juanita Castro de Posada, sintió que había sucedido una muerte en su propia familia. Y se vio obligado a ir a la sala de velación. Y sintió peor la ausencia de su muchacho.

¿Y si me muero yo? ¿Y si él se muere? ¿Y si la persona que soy, que no dice esas cosas, no vuelve a decirle a nadie "yo te amo"?

Perdónenme: yo necesito buscarlo pero no es porque yo lo quiera más a él; una vez más, y ya. Yo lo busco por internet como he aprendido a hacerlo en estos años de coronel retirado de la vida. Yo lo encuentro: Yesid Alexander Ríos. Y espío su selfie de enero de este año en la playa de Santa Marta con un hombre de veintipico de años que sí va al gimnasio; el video con un grupo de amigos que bailan *I Gotta Feeling* de The Black Eyed Peas en octubre de 2009; el párrafo de la Navidad de 2007, cuando ya no nos hablábamos porque yo tomé la fuerza para no volver a contestarle cuando veía en la pantalla de mi celular cualquiera de sus seudónimos (**León Rimaque, Manolo García, Fidel Guevara**), en el que pide como una diva llena de escarcha que se lo lleven los ángeles si un día su vida pierde brillo.

Brillo: si eres un pobre marica depilado y pintarrajeado como una geisha y atrapado en los bares de karaoke de Galerías que son tu perdición.

Se quedó paralizado frente a la tentación de escribirle algún mensaje: "Soy yo...". Pero de pronto vio que el muchacho de la droguería, que sabría Dios en qué estaba trabajando aho-ra, acababa de avisarles a sus contactos que había perdido su celular "en el taxi y en el taxista de regreso de la fiesta de ano-che" ("jijijí") y que necesitaba que todos le enviaran sus núme-ros "por el interno". Y quizás ocurrió porque allá en los cielos Venus estaba en tránsito hacia el signo canceriano o porque Marte estaba retrógrado y su prudencia estaba entonces por los suelos. Y tal vez sucedió porque no quería seguir caminando a la muerte sin haberle dicho a ese hombre "lo de los dos fue real" a ver si ese hombre le decía "yo lo sé".

Pero en cualquier caso fue entonces cuando le envió al mu-chacho sus datos sin ningún adorno: 310 43392… Y de inme-diato recibió la llamada.

Los once, doce, trece años sin hablarse se fueron como una tarde en vano: "Hola…". Los nervios sujetados con el paso de los días y anestesiados por las costumbres —que para sujetar y paliar inventó Dios la rutina— se desbocaron igual que en aquella época: "Hola…". Se rieron como un par de niños nerviosos: "Qué raro es oírte…", "ya tengo treinta y cinco…". Se contaron qué estaban haciendo por esos días. Se pusieron los puntos sobre las íes: "Tengo un nieto obsesionado con la muerte…", "estoy saliendo con un demente que me encanta, pero ya me conoces…". Se negó el coronel a seguir la llamada por Skype: no quería que lo viera golpeado e hincha-do como un boxeador humillado. Volvieron a comentar, tem-blorosos, la rareza de esa llamada. Y luego quedaron en verse porque —según dijo el envejecido muchacho de la drogue-ría— "yo sé que, como dicen ahora, yo te debo justicia y repa-ración".

—Estoy pensando que no voy a poder dormir esta noche —confesó Ríos con su voz tenue de niño que no quiere cam-biar de voz y su manía de empezar las frases más importantes con "estoy pensando…"—, estoy pensando que mi coronel de mi vida ya no es un fantasma.

Habían puesto un barcito de émulos en el barrio Inglés, sí, de émulos. Quizás el próximo jueves, que su esposa y su hija tienen su noche de cine —e iban a ir a ver juntas una película de dibujos animados llamada *Buscando a Dory* o *Buscando a Dolly*—, podrían verse allí.

—¿Te da miedo caer? ¿Te da miedo volverte a enredar con esta sobrina tuya? ¿Te da sustico? —susurró el muchacho que ya no lo era, envalentonado, entre un eco que parecía el de un baño.

Cómo perder el alivio que se ha logrado a fuerza de ignorar el mundo, a fuerza de repetirse a uno mismo "ya pasó…": el coronel Henry Colón Granada, que tanto ha hecho por su país y por su familia y por su pasado, que ha dado la vida además por su dignidad de soldado de la vieja guardia, pudo darse cuenta entonces de que estaba cometiendo un error, pero prefirió seguir adelante como un enajenado que se dice un último "Dios proveerá…" —a pesar de su salud y a pesar de todos, a pesar del futuro y de la persona que había restaurado después de la debacle— y vuelve en sí demasiado tarde y mirando el mundo por encima del hombre, por encima del hombro, perdón. Alcanzó a decirse a sí mismo "voy a decir que no", pero Yesid le pidió disculpas antes de que el reencuentro se fuera para el demonio.

—Yo sé que no te gusta que diga cosas así —le reconoció deshonrado—: por favor discúlpame.

Empezaron entonces a despedirse. Y menos mal pasaron un par de minutos desde que colgaron, "un beso", "un beso", hasta que apareció su familia en la puerta de la sala del televisor —en History Channel estaban dando un programa sobre los nazis y los seres de otros planetas—, porque el coronel alcanzó a inventarle a su esposa que no le había contestado el teléfono por andar recibiéndole la llamada a una gente de Acore que quería verlo el jueves en la noche. "Ah, perfecto porque tenemos cine", contestó su hija. "¿Y entonces los nazis contactaron a los marcianos?", preguntó su yerno. "Qué tal que a uno lo matara un día un extraterrestre", exclamó su nieto, "qué tal que se le llevara el alma". "Qué raro", susurró su esposa Guadalupe, y no le besó la boca, sino la mano.

Y él prefirió quedarse callado, porque más es menos en estas cuestiones, lector, lectora, y "explicación no pedida, acusación manifiesta", pero cometió el error de quitarle la mirada. Y su vida otra vez sonó "crac".

Como siempre, como si no fuera su personaje secreto, sino su personaje público, el coronel llegó quince minutos antes a la cita con el muchacho: 20:15 h. del jueves 16 de junio de 2016. Volvió a escuchar el "crac" desde que el taxi lo dejó en la glorieta de la Virgen. Se sentó a esperar y a esperar en una de esas bancas de ladrillos pintadas de blanco. Se puso a mirar su reloj —las 20:30 h— rodeado de camiones y de taxis pequeños y de carros conducidos por extraños. Se puso a mirar a la gente del barrio Inglés, el reguero de talleres y de edificios bajos y de sucursales de bancos y de negocios en donde queda el Cementerio Hebreo, cerca de Santa Lucía, después de Matatigres. Imaginó que ese anciano de saco rojo con las manos atrás iba para lo que queda del río Seco, a unos pasos de allí. Sintió el cuerpo tieso por el puro miedo, por la absurda certeza de estar cometiendo un error que no podía dejar de cometer. Y entonces apareció: 20:42 h.

Y le impresionó verlo convertido en un hombre grueso, de espalda ancha, de cara grande, de ojos velados, mucho más parecido a un oficinista apretado en un ascensor que al niño de mirada turbia de la carátula de *Bad*. Ya no era el muchacho cadavérico y andrógino que se echaba sombra en los párpados y se afeitaba las piernas al final de la semana, sino un señor, un tipo, un vergajo de treintipico de años con el cabello engominado y la camisa demasiado apretada y el corbatín dorado fuera de lugar y el saco de lana abierto sobre la barriga que empezaba a aparecer. Se dieron un fuerte apretón de manos. Luego se dieron un abrazo de hermanos que han vuelto juntos de una guerra. Y el hombre que fue "el muchacho" le dio un beso en la mejilla y le susurró "qué dicha, mi coronel…". Y al menos seguía teniendo esa voz.

—¿Qué te pasó? —le preguntó cuando las luces de un bus le iluminaron la cara.

—Nada, nada —le respondió él como un viejo cansino que no quería que nadie le tuviera compasión.

Yesid lo llevó por el barrio Inglés como un preparado guía de museo, como un orgulloso dueño de casa. En esta esquina murió una ancianita de sesenta y ocho años de un infarto fulminante. De ese segundo piso abandonado, hace seis años ya, fue que unos encapuchados se llevaron al hijo de los señores de la tienda, y el pobre chiquito nunca volvió. Frente a este edificio gris fue que los estúpidos de las milicias de las Farc quemaron el bus alimentador —y quemaron a tres niños y a uno lo mataron no me pregunten por qué— porque dizque la gente iba a reelegir a mi presidente Uribe. Allí abajo se está armando un parchecito de habitantes de la calle de los que echaron a las patadas del Bronx hace unos días. Por allá al fondo es donde entierran a los judíos desde que salieron corriendo de Europa por la Segunda Guerra: todavía le dicen "el cementerio de los polacos", y hay un monumento al Holocausto. Este que está ahí es mi banco. Y este es el barcito de émulos que te decía el otro día.

Se lee **Retro Bar**, en letras pegadas de neón, debajo de una silueta de Elvis Presley. Se lee abajo **Club V. I. P.**

Vivir es corregir y también es no tener remedio. El coronel Colón estaba cometiendo el mismo error que había cometido hacía algunos años, pero esta vez no estaba resignado a su cuerpo, sino que se sentía atrapado. Cada vez que dio un paso en el bar, mientras respondían "estamos limpios" a la frase "háganme el favor de dejar los fierros en los casilleros", mientras buscaban un lugar en la enorme barra cuadrada que se tomaba el lugar, mientras se sentaban en un par de bancas altas negras a escuchar a un émulo de Alzate cantando *Amor verdadero* ("yo lucho en la vida por darles lo que necesitan, yo lucho por verlos felices triunfando, yo lucho por darles lo que no tuve yo"), pensó

268

"en qué momento terminé metido yo aquí". No disfrutó ni un poco la situación.

¿Dónde estaba su muchacho que le ponía canciones de Madonna, de Olivia Newton-John, de Queen? ¿Cuándo se había resignado a estas canciones de borrachos?

Hubo un momento de paz, sí, cuando el émulo decidió tomarse un descanso de quince minutos —el pobre sudaba y sudaba como un caballo y su mujer esperaba en una banquita coja junto a la tarima para secarlo con una toalla—, y entonces el coronel Colón se descubrió redescubriendo a ese hombre que había deseado tanto tanto: sus manos de dedos delgados, sus risitas pícaras de niño acostumbrado a salirse con la suya, sus mentiras innecesarias de indio que morirá sintiéndose cacique, su incapacidad para evitar palabras como "verga" o "vergón" o "picha" en esos monólogos de perdonavidas en los que se siente mucho más brillante de lo que es, je. Hubo un rato en el que el coronel también dijo cosas de sí mismo: que estaba feliz cuando estaba con su familia, pero que de vez en cuando le venían recuerdos del pasado como retorcijones; que a veces pensaba que llevar una vida doble era lo normal.

Quién no se cansa, lector, lectora, de intentar e intentar que lo entiendan. Quién no se da cuenta un día de que habla una lengua que nadie más habla. Y se rinde. Y se calla la mitad de la vida. Y se dedica a responder "nada, nada" cuando le preguntan "qué estás pensando". Y reza para que su rutina nunca haga "crac".

Así fue: el coronel Colón, Henry Colón, fue relajando, aliviando sus gestos. Pareció de cincuenta años, de menos, cuando se puso a recordar los quince días que habían pasado juntos en el Amazonas, la humedad que les pegaba las camisas blancas igualitas que se habían comprado en San Andresito, la barra de repelente que se untaron el uno al otro en el cuerpo, la caminata interminable por la selva para pedirle al jefe chamán —en esa choza sagrada sitiada por los cerdos y degradada por el tonto programa que venía de una pequeña radio— que los guiara en un viaje de yagé, la pesadilla que fue la toma aquella porque ninguno de los dos tenía el corazón puro ni libre de sí mismo, la mirada fija del taita viejo de piel joven que, después de soportarles dos días de alucinaciones febriles, les explicó que se habían salvado por muy poco de la muerte "porque no quiso llegarles la hora".

Jajajajajá: ahora les daba risa, porque en la barra monumental de ese "Club V.I.P." la selva se veía como una anécdota de cuando no había empezado el presente, pero en aquel momento el coronel se había visto a sí mismo —se había sentido a sí mismo, mejor, porque sus ojos no se acostumbraron nunca a esa oscuridad— dando en vano pasos y pasos por un útero como un pasadizo cenagoso plagado de membranas de grava y de telarañas de tierra y de unos telones de algo semejante a la brea, y había vuelto a la vida porque iba a empezar a ver muecas diabólicas de cadejos. No sintió nunca más ese mismo miedo. Sintió que iba a enloquecerse, que no sabía por dónde comenzar a derrumbarse, cuando vio que su esposa Guadalupe lo había descubierto todo ("¿cómo nos pasó esto?"), pero el miedo de la selva fue pavor.

Eran más de las veintidós horas cuando el clima de ese reencuentro volvió a enrarecerse, a empantanarse.

Una émula de Arelys Henao, dispuesta a desgañitarse cantando *Señor prohibido*, subió al escenario entre los tufos y los sudores y los humos de los tragos: "Yo sé que aunque muera de amor por mí / tendré que callar y sola sufrir / porque ante la gente debemos fingir, / porque es usted prohibido para mí. / Me inspira respeto, me inspira pasión, / y para la gente es todo un señor. / Yo fui la que quiso forzar el destino / queriendo tener un amor prohibido". Y como si no bastaran esos gemidos espeluznantes, como si no se sintiera derrotado por su incapacidad de ser feliz con él y su talento para poner en peligro lo suyo, como si no fuera suficiente la certeza de estar viviendo una escena que no le correspondía en ese local decorado con afiches de viejos conciertos de cantantes desconocidos y guitarras eléctricas y micrófonos viejos y pantallas planas, tuvo que soportar la aparición completamente inesperada de un amigo del muchacho.

—Qué hace por aquí esta loca tan bien acompañada —vociferó, trastornado por el hallazgo, el hombre de cachucha deportiva y labios carnosos y piel retocada y lentes de contacto de colores—, pero cómo está de churra esta piroba…

Se presentó: Puentes, Coco Puentes. Pidió disculpas "por ser tan metiches", cuando le vio la cara de disgusto al muchacho de la droguería, antes de arruinarles por completo la intimidad que habían ido ganando con el paso de los recuerdos. Gritó "mucho gusto: Jonathan" sobre los gritos de la falsa Arelys Henao: "Si una mujer entra a un bar / no es porque busque marido. / Es porque quiere olvidar con el trago al ingrato / que el pecho le ha herido". Confesó que estaba saliendo "con un peladito que es todo salvaje, todo rudito…". Exclamó "cuadro: ¡dijeron en el noticiero que quebraron a una diputada en Inglaterra!, ¡que no aquí: que en Inglaterra!" incapaz de mirar a los ojos al coronel Henry Colón. Señaló sin ningún pudor, sin ninguna clase de prudencia, las mesas de al lado: "Mírenme ese par de coyas, ese par de prepagos", "hágame el favor ese man tratando de ganarse a los suegros en este hueco inmundo", "quién sabe quién es ese: quién sabe qué viene a hacer aquí ese malandro". Preguntó "marica: ¿al fin conseguiste prestamista?". Y consiguió beber a costa suya.

El coronel siguió la conversación, pero fue como si se hubiera convertido en el espectador de un par de adultos, como si hubiera dado dos pasos atrás. Se vio lejos. Se vio ausente e impaciente, con el ceño fruncido de quien sabe que ha sido engañado, de quien se ha quedado encallado en la pregunta "¿al fin conseguiste prestamista?", y se dedicó a espiar de reojo a los personajes que se habían tomado las mesas vecinas: ¿no era raro que las prepagos le coquetearan al tonto que había llevado a ese bar de mala muerte a su novia y a sus suegros?, ¿por qué el malandro, que llevaba una chaqueta de cuero café y no se quitaba las gafas oscuras y ni por cortesía se volteaba a reírse de los chistes de un par de muchachos que acababan de entregarle un par de sobres, andaba echándole ojo a las putas finas como si fueran suyas?

Supo luego, por la prensa amarillenta del sábado 18 de junio, que el hampón ese —el empresario Abundio Absalón— comandaba una banda de apartamenteros, de fleteros, de chalequeros, de vendedores ambulantes que se peleaban por las zonas de la ciudad, de estafadores y de prepagos que se valían de la escopolamina para convertir a sus víctimas en marionetas que dijeran toda la verdad: "Me va a dar la clave del cajero…". Supo después que esas viejas vagabundas de la mesa de al lado en efecto estaban coqueteándole al yerno fanfarrón que se estaba gastando su quincena en descrestar a sus suegros: "¿Te acuerdas de mí?". Y que el pobre diablo, que a las 23:00 h pagó la cuenta él solito y luego los llevó de vuelta a las casas, era un cabal obrero de una quesería del barrio: David Mauricio Gutiérrez.

Pero en ese momento sólo supo lo que vio: que cerca de las 23:45 h, Gutiérrez, de treinta y dos años, regresó al **Retro Bar** a encontrarse con las dos vagabundas que lo habían estado tentando: "¿Te acuerdas de mí?". Y se les sentó en la mesa y les gastó un par de tragos y unas canastas de picadas con lo que le quedaba de la quincena, hasta que una de las dos, que era la más alta y la menos risueña y la más pendiente de las canciones, se despidió porque estaba ya muy tarde para ella. Y Gutiérrez se quedó bailando con la otra, pensando que se la había levantado porque ella le pedía que la agarrara fuerte de la cintura, y lo dejaba manosearla, "ay, sí", "ay, qué ganas te tengo", "ay, ojalá hubieras sido tú el papá de mi hijo…", y le hablaba como una niñita, hasta que tomaron la decisión de irse a alguna parte a terminar la operación.

Siguieron besuqueándose. Siguieron acariciándose las espaldas sin ton ni son y siguieron olisqueándose los cuellos como un par de perros en un potrero. Y los de la mesa del señor Absalón los señalaron como quinceañeros señalando quinceañeros, como celebrando lo que se comete después de la medianoche: "Uy…".

Fue entonces cuando el tal Absalón gritó "me voy", mareado e irascible, y puso un bultito de billetes nuevos sobre la mesa: ¡Abracadabra!, ¡pum! Un nuevo émulo vestido de punta en blanco cantaba, como si fuera la última vez, *Amigos con derechos* de Jhon Alex Castaño: "Pa' qué te digo que me enamoro si es mentira" y "son tantas las cosas ricas que quiero hacer contigo" y "amigos con derechos y cada quien para su casa". El amigote del muchacho de la droguería, "Puentes, Coco Puentes", que tenía el delineador corrido por el sudor del club, y que le ofrecía cada tanto una pastillita verde que llamaba "criptonita", le soltaba al abrumado coronel frases incriminatorias como "mi coronel: es que estamos buscando un socio capitalista que no nos salga líchigo para un barcito de estos que queremos poner en Santa Lucía" o "uy, el man de la quesería tiene que tener muchos güevos o ser muy quedado, muy balín, muy bruto para meterse con una prosti del patrón".

Las frases nuevas empezaban en la mitad de las frases viejas. Las palabras de la canción vencían por muy poco los gritos de la barra cuadrada. Los clientes fijaban las miradas en rincones diferentes, en gestos y en lámparas que iban y venían. El aire era el ruido. Y las luces de todos los colores contribuían a la penumbra.

Absalón se puso su chaqueta de cuero, se tocó los bolsillos a ver en cuál llevaba las llaves, carraspeó con el puño en la boca, se despidió del local con una mano en el aire, tambaleó hasta el guardarropas para pedir su revólver Ruger de mango de madera, se llevó un cigarrillo a los labios y lo mordisqueó, fingió que iba a salir pero que estaba buscando el encendedor para empezar a fumar, regresó a la mesa que acababa de dejar —y todavía estaban allí los billetes de cincuenta mil que había dejado como un varón, como un macho— a ver qué veía por ahí, se agarró de la mesa como si fuera a lanzar una diatriba contra este mundo pérfido y vano, empuñó su revólver como si se fuera a pegar un tiro mientras una pareja ensayaba en el karaoke "por eso vete, olvida mi nombre, mi cara, mi casa y pega la vuelta…", caminó hasta donde el pobre Gutiérrez le besaba el escote a su falsa conquista y le enterró el cañón en la frente sin surcos.

—Esta también es mía —le notificó—: mía nomás.

Y si no disparó, que no parecía ser la idea, sino apenas matarlo del susto, sí que se le salió sin pensarlo el disparo en la cabeza: ¡tas! Y el cuerpo de Gutiérrez abrió los ojos y se fue para atrás como si se hubiera desprendido de un tajo de su alma, de su mente, y quedó tumbado en el piso de baldosines de pizarra, y dejó escapar una sombra pastosa de sangre. Y los novios se callaron ante los versos titilantes de la canción de Pimpinela. Y la mujer que estaba con él soltó un chillido. Y las luces se encendieron como si todo lo demás hubiera sido una farsa. Y el amigo del muchacho de la droguería, Puentes, Coco Puentes, pegó un grito adolorido: "¡Jueputalomató!". Y el muchacho de la droguería se metió debajo de la barra a rezar un padrenuestro que se le fue quedando sin aire y sin palabras.

Qué estaba haciendo él, un coronel del Ejército Nacional que había dedicado la vida a servirle al país, en la escena del crimen. En qué momento había terminado convertido en testigo de una pesadilla: Absalón dijo en voz alta "aquí no pasó nada" y se largó zigzagueando; el dueño del lugar, que resultó ser un samario con un delantal de flores, se quedó de rodillas frente al cadáver y se santiguó; la mujer que acababa de besar ese cuerpo agarró unas cosas y dejó caer otras y se fue corriendo y repitió "yo no vi nada" hasta que se encontró perdida en la calle y el coronel Henry Colón Granada se quedó quieto quieto y rociado de sangre y mirando un punto fijo, como hizo siempre que se vio a sí mismo en zona de guerra, y pronto se vio caminando a paso rápido hacia la glorieta de la Virgen.

Y se vio despidiéndose del muchacho y de su amigo como si no quisiera saber nada de ellos nunca más: "¡Coronel!", "¿adónde vas?", "¡Henry!".

Y se descubrió después tomando el primer taxi que encontró por ahí pescando borrachos y travestis: "¡Taxi!". Y fijó su mirada en el temblor de sus manos, y sus manos fueron sobreponiéndose y fueron recobrando los dedos, mientras el carro tomaba la NQS hacia el norte de la ciudad. No le dijo nada al conductor: para qué. Se dedicó a temblar y a mirar por las ventanas. Y pronto se encontró frente a la fachada de su edificio dándole veinticinco mil pesos al conductor por haberlo devuelto con vida: a uno lo pueden matar a esas horas de la madrugada, Dios, quién no lo entiende, quién no lo sabe. Y se vio a salvo en el espejo de la habitación, salpicado de sangre y doblegado por la angustia y rendido a los pies y a la piedad de su mujer, "perdón, perdón", "ya, ya", como un condenado que al fin ha comprendido su castigo.

Lloró un poco. Sollozó con la cara hundida en el regazo de su madre, de su esposa, mejor. No levantó la cara hasta que no se le agotó el llanto y no recobró el equilibrio de su respiración. Y su mujer se puso entonces a restregarle la frente y a limpiarle la sangre seca que tenía en las cejas con su propia saliva.

De ahí en adelante se negó a contestarles las llamadas a los números desconocidos. Le quitó el volumen a su teléfono. Puso el aparato bocabajo para no enterarse de nada más: ojos que no ven, corazón que no siente. Cerró su perfil de Facebook cuando notó que tanto el muchacho de la droguería como su cómplice estaban tratando de contactarlo. Saltó cada vez que se escuchó el envejecido ring, ring, ring de la línea fija del apartamento: "¡No conteste...!", gritó una y otra vez. Siguió levantándose temprano como cualquier soldado de la patria pero se le empezaron a ir los días preguntándose para qué carajo se había despertado. Se repitió en el espejo "cómo ese viejo patético puedo ser yo". Si ella no hubiera puesto la cara por él, que lo ha hecho desde que fueron un par de niños casándose en la iglesia de Las Nieves, la culpa y la vergüenza habrían terminado de tragársele las vísceras.

Gastritis, colitis, hemorroides: dejó de ser ese hombre que se la pasaba quejándose en el baño de la habitación de los dos, ese que a duras penas sorbía un caldo hirviendo y se comía un triángulo de alguna galleta Saltinas y repetía "no" y "no" mirando abajo, y un día pudo mirarlos a todos a la cara: "Aquí no pasó nada".

Fue el lunes 20 de junio de ese 2016 que se negaba a ser un alivio, que se empeñaba en cimbrar. Habían capturado a un asesino en serie de cuarenta y tres años en la vereda de Hojas Anchas, en Guarne, en Antioquia. Habían capturado al escalofriante psicópata que mató a nueve negros en una iglesia metodista en Charleston, Carolina del Sur. Era claro en las noticias que las drogas de colores —la fantasma azul, la Superman, la criptonita, por ejemplo— no sólo se conseguían en las parrandas universitarias, sino también en las fiestas infantiles. El presidente de la república no sólo les había dicho a las Farc "vamos a hacer la paz por las buenas o por la malas", sino que había amenazado a los ricos con poner impuestos si las negociaciones de paz fracasaban como un partido de fútbol que se pierde en el último minuto. Seguían revelando gestos y palabras del demente que ofició la masacre en el club gay de Orlando, en Florida, en Estados Unidos.

Y el coronel Henry Colón, que si cerraba los ojos oía "¡jueputalomató!" y sentía al muchacho de la droguería muerto de miedo y veía al pobre obrero de la quesería sobre el viscoso charco de sangre, había optado por hacer lo mismo que su esposa Guadalupe estaba haciendo: seguir paso por paso por paso la rutina.

El lunes que digo, lunes 20 de junio al mediodía, habían ido caminando a la tienda como dos viejos de barrio a comprar un lomo arreglado y unos plátanos maduros y unos aguacates para el almuerzo: "Buenos días, coronel"; "vuelva pronto, coronel", le habían dicho a su paso. Regresaban, y se cruzaban con desconocidos y miraban a ambos lados de la calle antes de cruzarla, sin decirse una sola palabra. Ella iba caminando con los brazos cruzados: "¡Suelte esos brazos!", le gritó una vez su padre, a él, por caminar así. Él se había puesto el sombrero de fique que usaba cuando estaba en el ejército porque el sol tendía a quemarle la calva en unos segundos. Y llevaba una bolsa en cada mano "para equilibrar". Y entonces comenzó a sonarle su teléfono celular, con una vibración nada más pero que a la larga era enervante, una y otra y otra vez: tracatracatracatracatra.

Cuando iba a apagar el aparato, que había sido su solución de avestruz todos esos días, su mujer se descruzó de brazos.

Vio que tenía diez llamadas perdidas de tres números diferentes que no estaban grabados en la memoria implacable del teléfono. Se lo quedó entre la mano derecha a la espera de que volvieran a llamar y no dijo nada más. Vibró dos minutos después: tracatracatracatracatra. Y contestó con las palabras "habla con la esposa del coronel Colón" a quien fuera que estuviera

277

acosándolos como si uno no estuviera en su derecho de hacer la vida que le venga en gana. Quien piense que ella es una vieja bruta, o es una estúpida resignada a su suerte o es una esposa dominada como las de antes, que vuelva a pensarlo mejor. Quien le diga que lo deje, por perro o por marica, que se meta mejor en sus propios asuntos. Quien le saque el cuentico de que ella está tapándole las porquerías que ha hecho por miedo al qué dirán —o peor: por miedo a él— no sabe de quiénes está hablando.

Si alguien ha sido bueno con ella, ha sido él. Si alguien la ha querido sin meloserías y pendejadas, y por treintipico de años ya, ese ha sido su coronel.

Se ha portado como un coronel desde que llegó hasta allá. Ha sido un hombre leal, un hombre bueno. Ha sido un padre ejemplar. Salvo esos meses en los que se lo llevó semejante locura, y salvo la estupidez que cometió la semana pasada —y de la que no han cruzado una sola palabra porque dígame usted para qué—, se ha levantado a la misma hora todos los días de todas las semanas de todos los años a cumplirle a la familia. Y a ella nunca jamás le ha dicho que no a nada: viajemos, compremos una lavadora nueva, vayamos a cine. Y si hay que ir a comprar plátanos maduros a la tienda de aquí a la vuelta, pues entonces vamos. Y si le digo "viejo: tengo antojo de un postre", pues lo buscamos. Y si tiene algún problema su hija, que el otro día dijo "veo a papi raro", él vuela a arreglarlo.

El domingo en el que lo conocieron sus padres, que les gustaba hacerles bromas pesadas a sus pretendientes en los almuerzos familiares, ambos quedaron encantados con sus buenas maneras: "Sí señor", "sí señora". No era un hombre de muchas palabras, no estaba al día en las banalidades del mundo, no cambiaba nunca de corte de pelo ni lanzaba jamás una frase altisonante, pero era un muchacho servicial con sentido del humor. Madrugaba para que Dios le ayudara y Dios parecía de su lado. Cumplía con su trabajo. Defendía al país de los malnacidos. Se enardecía cuando algún hippie de esos le decía "pero Henry: es que en Colombia no hay otra manera de hacerse oír que no sea la violencia". Y sin embargo poco más lo provocaba, poco más lo sacaba de quicio y lo enfrascaba en monólogos de soldado.

Si no tiene amigos, y desde que ella tiene memoria no los ha tenido, es para dar la vida por ellas y por su país: cómo no iba a contestar el teléfono a ver quién tenía el coraje para joderles la vida.

—Venga le digo, señora: usted no sabe quién soy yo —le dijo una voz gangosa quedándose sin aire—, pero si ustedes no me dan lo que les voy a pedir, la gente va a enterarse de qué clase de maricón es el marido que tiene.

—Mire, imbécil, yo no sé ni quiero saber quién es usted, pero usted sí que no tiene ni idea de quién soy yo, ni mucho menos se le pasa por la cabeza qué soy capaz de hacer: yo sí estudié y yo sí viajé y yo sí aprendí a hablar —fue diciendo sin detenerse en el camino de regreso a su casa—, y sé dónde ha estado mi marido todos los días de su vida aunque no haya estado conmigo, y tengo presente todo pero todo es todo lo que ha hecho y sé además que ha estado bien, y le advierto por si le interesa su futuro que esta llamada que está haciéndonos como cualquier hampón de quinta es una extorsión y un chantaje y está siendo grabada por el Ejército Nacional de Colombia, y sepa bien que nada de lo que ha hecho el coronel es delito ni es crimen, pero lo que usted está haciendo en este mismo momento sí se paga con cuarenta años de cárcel, y así va a ser porque yo me voy a encargar de perseguirlo y de cazarlo y de hundirlo en los juzgados que conozco para que más temprano que tarde lo encierren para siempre, para que se muera pudriéndose en un colchón de la peor cárcel del mundo.

Tal vez Marte retrógrado tenía la culpa de todos los inconvenientes que había vivido en junio —la clonación de la tarjeta del banco, el estallido del calentador de paso, la embarrada monumental de su marido, la exasperación inédita en la que andaba con las locuras de su nieto: "¡Que no te vas a morir!"—, pero aquel fue el discurso sin titubeos que la recia y piadosa y chapada a la antigua Guadalupe Espinosa, cincuenta y cinco años, Géminis, se sorprendió a sí misma diciendo.

279

No se despidió, sino que soltó un "bueno…" que fue como una orden, y le devolvió el teléfono celular a su marido, y dijo "viejo: tome" y se cruzó de brazos otra vez, para que su esposo fuera el que colgara la llamada.

El coronel Colón se quedó viendo el aparato como si nunca lo hubiera visto en la vida, como diciéndose a sí mismo "yo por qué tengo esto en la mano". Se lo puso luego en la oreja y preguntó "¿aló?, ¿aló?". Y entonces reconoció el "¿aló?" de Coco, Coco Puentes, el noviecito del muchacho de la droguería que ya no era un muchacho ni trabajaba en ninguna droguería. Y le dijo "adiós" porque no encontró una palabra más tajante y más concluyente. Y se quedaron unos segundos en un silencio dramático de aquellos hasta que Puentes se vio forzado a decir "hasta luego", y tuvo que sentarse en la cama destendida y tomar aire en donde no quedaba aire y cerrar los ojos porque nada de eso podía estar pasando. Nada le salía bien. Nada. Cualquier cosa que él tocara estaba condenada al desastre.

"Resulta, pasa y acontece que lo peor de mi hijo menor no es que sea un marica", solía decir en voz alta su padre, por allá por Ciénaga, para que nadie se quedara sin saberlo.

Lo peor era eso: que cualquier negocio que se le pasara por la cabeza, cualquier carrera que emprendiera, cualquier noviazgo que montara, cualquier timo de poca monta que se le ocurriera —y se le ocurría alguno cuando empezaban a llegarle las cuentas del mes al apartamento que compartía cerca de la glorieta de la Virgen con un par de amigos— estaba condenado al fracaso. Iba por ahí diciendo tonterías incriminatorias: "Ajá: bótame alguna cosita para hacerme unos pesos", "ñerda: ese man es full barro pero tronco de cuenta bancaria la que tiene, nojoda", "ven acá: ¿a ti no te parece que a esa pelada gringa le falta un dieciséis para ponerse mosca?, ¿tú no crees que podamos darle por la cabeza?". E iba hartando a sus interlocutores con sus frases de barranquillero petulante, con sus delirios de grandeza.

No estaba bien por esos días. Tenía agotados a sus amigos con las historias falsas de sus días en Nueva Jersey. Mentía y volvía a mentir para tapar la primera mentira: apenas se tomaba la segunda cerveza de la jornada contaba que había vivido en los Estados Unidos, pero lo cierto era que se había pasado menos de tres meses en Nueva Jersey, porque en tres meses se le acababa la visa, trabajando un par de semanas en un bar y un par de meses en una fábrica bajo la mirada irascible e indignada de tres obreros mexicanos. Contaba anécdotas de su visita al sueño americano. Y sí, los desconocidos se las creían hasta aplaudirlas. Y la gente que lo conocía de memoria tenía claro que se había pasado esas diez, once semanas, encerrado en un galpón que daba lo mismo en dónde quedaba. Y siempre estaban a punto de pedirle de rodillas que se callara.

Necesitaba dinero. Había días en los que comía poquito de lo poquito que le quedaba en la nevera. Pero pedirles un préstamo a sus padres no era una posibilidad, no, porque ya lo había hecho muchas veces y porque todas las veces anteriores los dos señores lo habían animado a conseguirse un empleo.

Su vida amorosa había sido un desastre "desde el primer man hasta el último" porque solía poner a todas sus conquistas contra la pared, solía apretarlos y apretarlos hasta perderlos en una pelea a muerte: una vez mató un pollito que se ganó en una fiesta por encerrarlo entre su puño para que nadie se lo quitara. Sin embargo, su relación con el misterioso Yesid, que iba y volvía porque ninguno de los dos creía en montar una vida en pareja para siempre, era la relación que más le había durado desde que toda su paz dependía de ello: desde los quince. Y, como empezaba a dolerle eso de tener "una relación abierta" y eso de "cada uno por su lado", como empezaba a torturarlo que aquel le estuviera haciendo a otro lo que otro le estaba haciendo a él, se fue poniendo celoso hasta ser un celoso.

Era un celoso maldito. Era un envidioso irredimible. Lo habían echado del trabajo hacía unos días nomás porque se pasaba el día chateando con su conquista, "k hace mi cosita ♥♥♥", con el teléfono que nunca iba a acabar de pagar, nunca. Quería saber dónde y con quién estaba Yesid todo el tiempo a toda hora. Quería que montaran juntos un barcito de émulos por allá por Santa Lucía para competirle a ese bar corroncho en el que terminaban siempre porque no había más. Y el domingo 12 de junio, cuando descubrió a su hombre en el baño susurrándole a otro en el teléfono "¿te da miedo caer?, ¿te da miedo volverte a enredar con esta sobrina tuya?, ¿te da sustico?", sintió que se le acababa la vida en un solo segundo: "Ya pa' qué más".

Se demoró una hora en aceptarle las explicaciones: "Váyase al diablo que no quiero verlo ni oírlo ni olerlo", "cuquero", "pateperro", "cabrón", le dijo, lloriqueando y mirando al suelo, de una esquina a la otra de la habitación. Después, cuando lo hizo reír, que eso era lo que más le gustaba de él, lo dejó contarle que hacía muchos años —cuando trabajaba en una droguería por allá en Niza— había tenido una relación secreta con todo un coronel del Ejército Nacional: "Erda…". Y que hace un rato nomás había aparecido por los mensajes directos de Facebook cuando él había posteado que necesitaba los datos de todos sus contactos porque había perdido el celular en el taxi de anoche. Y que lo había llamado ahí mismo, apenas vio su número, porque le había parecido un socio ideal para montar el barcito que quieren montar juntos.

Contó cómo el yagé, en el último viaje que hicieron juntos, le sirvió para entender que no podía seguir siendo "el sobrino" de ningún viejo enclosetado, que tenía que vivir de una buena vez su propia vida. Pero lo que en realidad calmó los ánimos fue eso: la idea de sacarle la plata a un viejo cigarrón que no quería que nadie supiera de qué era capaz cuando andaba de civil. No era una mala manera de describir lo que le había pasado: había ido de civil. Y mejor que no se enteraran sino los que ya lo sabían. Y qué tan difícil podía ser para un viejo pucho retirado "soltar un billete". Sí, eso iban a hacer, eso iban a conseguir el jueves. Yesid iría a la cita justo en el **Retro Bar** para mostrarle al coronel el tipo de sitio que querían montar. Y listo.

Ah, pero cada hora que pasó, del domingo al jueves, fue aumentándole la inseguridad. Se dedicaron a culear, a jopear, a entubar como un par de perros. Pero cada vez que terminaron, y se fueron a dormir, Jonathan "Coco" Puentes se quedó con los ojos abiertos pensando "este marica me va a traicionar", "va a terminar trompeteando a ese viejo inmundo". Sí, a Yesid le habrá fastidiado a morir que les haya caído por sorpresa en el bar que él le presentó a principios de año porque esa música de despecho le pone la piel de gallina. Pero cómo iba a dejarlos hacer lo que les viniera en gana, ¿ah?, cómo. Si uno tiene que hacer lo que tenga que hacer para cuidar lo que es suyo. Si está cansado de andar perdiendo y perdiendo sin que nadie se voltee a decirle gracias.

¿Y qué habrían hecho esos dos si él no les hubiera explicado lo que estaba pasando en ese bar? ¿Y para dónde habría agarrado su niño, si él no hubiera estado allí, luego de que el patrón le pegó un disparo al quesero? ¿Y quién le habría calmado los sollozos esa madrugada: "Por qué...", "por qué..."?

Se levantó de la cama revuelta por él mismo, por quién más si Yesid no había querido contestarle el teléfono, y caminó hacia el espejito del baño para ponerse los lentes de contacto verdes. Qué feo se vio. Estaba pasado de kilos. Tenía arrugas en los bordes de los ojos. Necesitaba unos pesos para salir del lodazal. Si no conseguía quinientos mil, por lo menos quinientos, seguro que lo iban a echar del apartamento. Tenía muchas ganas de llorar, pero los hombres no lloran cuando no tienen por qué llorar. ¿Quién le había metido en esa cabeza llena de aserrín que era una buena idea llamar al coronel a chantajearlo? ¿Cómo iba a salir ahora de esa? ¿Y si agarraba sus cosas y se iba? ¿Por qué se sentía obligado a cometer la barbaridad que iba a cometer?

A veces le pasa que hace lo que hace porque no ve otra salida. Se puso una chaqueta de cuero verde que no le había visto puesta a nadie más. Arregló las cobijas y metió la ropa sucia debajo de la cama como si fuera a pasarle algo malo allá afuera. Miró su habitación, que no tenía nada más pero la odiaba, a modo de despedida. Avanzó por el corredor con la ilusión de no tropezarse con el casero. Sí apareció el viejo, pegándoles a las columnas de madera con una revista enrollada convertida en bolillo, pero venía de afán y ofuscado y seguido por la peor de sus hijas: "¿Para qué tiene ese celular si nunca lo contesta?", le decía ella. Y el tipo apenas pudo hacerle con la mano una especie de saludo y con las cejas levantadas el gesto de "¿y mi plata?", y él apenas pudo responderle "voy al otorrino y vengo" y se fue. Ya sólo faltaban quince minutos para la una.

Y sí: iba a cometer una locura que ya no era una locura sino simplemente lo que iba a cometer porque no había otra salida. Y a quién le importa si se quema en el infierno. Y qué.

El arrogante y apasionado y empecinado Jonathan "Coco" Puentes, veintinueve años, Escorpio, se fue a paso rápido entre las calles del barrio como ignorándolas, como si ese lunes de junio no soportara más que los del taller le dijeran "buenos días" con vocecitas de varones para que no se diera ideas, como si se negara a que la gente de la panadería en la que había trabajado le hiciera alguna broma pesada. Murmuró blasfemias contra su propia vida y su propia suerte. Eludió camiones. Evitó repartidores. Sobrepasó ancianos que iban demasiado lento por la acera. Tomó la diagonal 44B, y hubo algo de masoquismo en la decisión porque tenía hambre y los parrilleros de los asaderos ya estaban abanicando el humo de las brasas.

Qué le miran. Si él no es un güevón ahí. Si él no es un pobre marica que pueden tratar como su perra. Si él vivió en New Jersey y fue un barman papeado en el Rainbow Room y allá dejó un man platudo loco por él y ganó un montón de billete como se gana allá y quedó con cientos de conexiones en el negocio de los bares que podría explotar ya mismo si le diera la gana. Fuck off you fucking bastards! ¡Fuera! Go away now you motherfuckers! Do not dare look at me like that. Are you talking to me asshole? Who do you think you are? ¿Tú qué te estás creyendo? Give me a break. Do me a favor and kill yourself. Cause I am a King. Yo soy la reina: soy the Queen. The whole wide world is my kingdom and this disgusting colombian city is my castle. So think twice before messing with me. Be careful. Ojo.

Cruzó a mil la glorieta de la Virgen. Cruzó luego la Avenida Caracas sin mirar para ambos lados. Caminó hasta la estación para tomar un bus del SITP hacia el norte. Tuvo que irse de pie entre los olores y las miradas de reojo como si fuera un cualquiera. No miró las fachadas de la troncal ni miró el cielo encapotado que estaba a punto de venírsele encima. Puso los ojos en blanco, asqueado de la gente de ahora, siempre que algún pasajero le pasó por el lado. Buscó un lugar junto a un viejo de ojos aguados que tenía la frente apoyada en la ventana y que seguro iba pensando lo que piensan los viejos: "Cómo llegué aquí: yo no soy un abuelo, sino un nieto". Se revisó los incómodos bolsillos de los jeans, que no sabía cómo se había metido adentro, a ver si todavía llevaba la droga.

Desde que tenía memoria se había dicho a sí mismo "yo un día voy a hacer un mal", "yo un día de estos voy es a soltar un trueno". Y para allá iba.

Puso toda su esperanza en que alguna estación, Quiroga, Olaya, Nariño, Tercer Milenio, Calle 26, le susurrara "bájate aquí".

Y fue la estación de Marly la que le saltó como una premonición, como un destino trágico. Se bajó en el paradero frente a la gasolinera de la Esso. Atravesó la calle aunque el semáforo estuviera en verde. Esquivó a tres transeúntes que esperaban para pasar al otro lado y terminó metido entre una pila de bolsas de basura botadas en la acera. Superó la compraventa de ropa y la miscelánea de accesorios para teléfonos celulares y los escaparates de buñuelos y de arepas cuesta arriba por la calle 49. Faltaban diez minutos para las dos de la tarde cuando llegó a la esquina de la licorera. Le dijo que "no" a una señora que quiso venderle un paraguas y "no" a un tipo que pretendía dejarle barato un reloj. Cruzó. Fue por la carrera 13 con cuidado de no ser atropellado por una bicicleta.

Se dio cuenta entonces de que iba a buscar a su víctima en la Clínica de Marly. Se fue caminando por la 50.

Pensó primero en comprarle un par de ciruelas gigantescas a un señor escondido bajo un parasol azul, porque le gemía, le crepitaba el estómago, mejor, de tanta hambre, pero pensó luego que estaba demasiado cerca de su destino, y entonces se metió entre los árboles de la acera para empezar a subir las escaleras. En la puerta corrediza, luego de responderle "voy a visitar a un amigo" al vigilante con cara de hastío, sintió que en verdad habría sido bueno que lo viera el otorrino que lo vio la otra vez, pero que ya qué; recordó que su punto débil había sido siempre la garganta, porque sufre de la garganta aquel que no logra decir su dolor, pero a quién podía importarle ahora que había conseguido subirse al ascensor de la clínica, ahora que iba a hacer lo que había venido a hacer.

Recorrió el piso helado de las habitaciones de los pacientes, sin pisar las uniones de los baldosines, como si de verdad estuviera visitando a un amigo. "No, no, no: estoy esperando a una persona para entrar a ver a un sobrino", dijo, sin reparar en sus palabras, cuando un vigilante que pasaba por ahí le preguntó si podía ayudarlo. Entonces se sentó en un sofá de cuero café de la sala de espera junto a una pantalla plana en donde podía verse el noticiero: "Medellín celebra su sexto campeonato de fútbol"; "diecinueve personas han muerto por malaria en el Chocó este año"; "Daniel Radcliffe está feliz en Colombia". Poco levantó la mirada. Poco espió a las personas que tenía enfrente en la sala. Quizás empujado por Venus escribió por WhatsApp "todo esto lo hago por ti" —todo por él: todo siempre por su amor— aunque aquel no fuera a responderle jamás. Y se guardó el teléfono entre el bolsillo para no padecer la espera de la respuesta.

Bostezó. Y fue en ese momento, al levantar la mirada de hombre en el filo de sus fuerzas, cuando notó que un hombre de saco habano y camisa sedosa y corbatín negro —parecido, pensó, a un maestro de ceremonias— se acercaba a la máquina dispensadora de café a echarle las monedas para que le devolviera un capuchino.

A quién estaría visitando. Por qué estaría vestido así a estas horas del día. Para dónde iría.

Puentes, que se había sentido perezoso e indolente, como un muchacho, esas últimas tres semanas, pensó "gracias a Dios que no traigo un revólver" porque se vio a sí mismo levantándose de un tajo igual que un robot dispuesto a cazar a ese cincuentón del corbatín que estaba luchando contra la máquina dispensadora como contra estos tiempos que no están acabados de inventar, lo saludó sonriente y expectante como si lo conociera desde que era niño, le preguntó "¿qué tal lo viste?" fingiendo ser un compungido amigo del paciente, y, aliviado porque había acertado el sexo del supuesto enfermo en común, respondió un entusiasta "sí señor" cuando el maestro de ceremonias soltó la frase "¿tú eres el hijo de Mireyita?".

—¿Y cómo está la Mireyita que hace rato no la veo? —le preguntó poniéndole una mano condescendiente en el hombro.

—Igualita —respondió su soberbia, su sensación de ser mejor que todos estos hijos de puta, sonriendo levemente y encogiéndose de hombros—: ahora más tarde debe venir.

—¿Y fue que se reconcilió con el Pacho?

—Se hablan: anda por ahí diciendo que es mejor no tener enemigos por si se vuelven fantasmas.

—Pues dile que muchos saludos —contestó, haciendo un esfuerzo por reírse del comentario, con la mirada puesta en su enorme reloj Casio con correa de acero inoxidable.

Ya eran más de las dos de la tarde: 2: 14 58. El hombre tenía que llegar a su sucursal del Banco de Bogotá, que queda allí nomás a una cuadra, antes de las 3:30 00. Pero, a riesgo de que su esposa dejara de hablarle por no ser capaz ni de hacer una simple vuelta bancaria, quiso ofrecerle al muchacho un tintico antes de agarrar camino. Pucha: esa manía suya de hablar y hablar y hablar con la gente. Carajo: esta pasión, que le había heredado su papá, por preguntarles a las personas sus vidas. Pidió al muchacho que le sostuviera el capuchino un momentico para pedirle a la máquina otro café. Hicieron después el intercambio de vasitos: su café, mi capuchino. Se pusieron a conversar sobre el karaoke que quería montar el chino por allá por los lados de Santa Lucía. Botaron los vasitos en la primera caneca de plástico que encontraron. Bajaron juntos por el ascensor.

Fue allí cuando empezó a sentirse miserable. Ya eran las 3:07 00. Veía borrosos los números de los pisos. Sentía que el corazón se le estaba saliendo de las manos. Y el hijo de Mireya, que ni se acordaba de cómo se llamaba, se ofrecía a acompañarlo al banco porque lo veía mal. Y sudoroso y desorbitado le proponía que le diera la clave del cajero electrónico, 2, 0, 1, 6, para sacarle la plata que necesitaba, para pagarle las cuentas que tenía que pagar. Y él le respondía toda la verdad, "como dos millones de pesos…", por culpa de la droga de la verdad. Y quién sabe qué más le preguntaba el pillo ese porque comenzaba a oírlo todo como cuando la radio no consigue sintonizar la emisora. Y tenía que ponerse en la tarea de respirar. Y el piso se le estaba convirtiendo en una pared: pucha. Y su mujer, que olía el futuro, iba a pegarle el regaño de la vida.

Por eso llamó. Por eso, porque, según dijo ella, empezó a sospechar que él se había quedado demasiado tiempo visitando al Pacho, lo llamó al teléfono celular.

Sonó el timbre de siempre: "Lloran, lloran los guaduales porque también tienen alma…". Y supo decirle a su mujer dónde apenas ella le preguntó "Ramiro: usted dónde anda": "Estoy saliendo de la Marly con el hijo de Mireya".

—¿Con Rafa?

—Rafa, sí, Rafa.

—Rafa está acá.

—¿Y Mireya?

—Acá con Rafa.

Tiene claro que en ese momento sólo fue capaz de pensar "pucha: me van a robar a plena luz del día" y que le impresionó que los transeúntes siguieran su camino sin percatarse de su drama. Recuerda que Emperatriz, que es su mujer y ha sido siempre la única, que habla hasta por los codos y que sabe mucho de seguridad porque vende apartamentos por todo Bogotá, se puso a darle órdenes como un controlador de vuelo: no haga caras ni diga nada, limítese a repetir "ajá" mientras le digo todo lo que voy a decirle, dígale a su Rafa que antes de ir al banco tiene que encontrarse en la esquina de la 50 con 11 con un agente de la ley al que tiene que darle la plata, ahora trate de meterse pronto a cualquier negocio que encuentre por ahí, dígame la siguiente frase dos veces como si yo no la hubiera oído: "Aquí arribita donde se la pasan los policías".

Cuando llegaron a una esquina en donde una señora vendía fresas gigantescas, la esquina de la calle 50 con la carrera 12, vio que un taxi se detenía. Y entonces le dijo al tipo ese "yo mejor me voy" y se subió al carro y rogó "lléveme a La Esmeralda" y se fijó a ver si el caco no le había quitado su reloj de acero: 3:2 I06. Sí se volteó a ver qué había pasado con su verdugo y está casi seguro de que el hampón se quedó quieto y resollando y mirando al piso con los brazos en jarra. Tiene para él que su mujer le dijo entonces "¡muy bien!" pero a veces piensa que en realidad le gritó "Ramiro Fúquene: usted sí que es pendejo". Cree que llegó media hora después a la casa, pero Emperatriz ha estado contándoles a todos que apareció como a las cinco.

Sí que se sentía mal. Temblaba como la vez que le robaron hasta el tiple por tratar de cruzarse un caño a saltos. No le salían las palabras enteras, pero sí dijo clarito "Rafa: acabo de ver a un tipo igualito a usted", "Rafa: yo no sabía que usted era marica".

No. No fue esa noche de junio a cantar al restaurante. Jamás faltaba, pero no llegó nunca a acompañar al pobre de Ezequiel: y el trío no llegó ni siquiera a dúo esa vez.

Recuerda bien que el médico de guardia, que le pareció demasiado joven porque lo peor de los tiempos que corren es que todo el mundo es más joven que él —y pucha: le cuesta entender por qué está pasando lo que pasa—, les dijo: "Mañana en la noche debe estar terminándose el efecto de la droga...".

Se le fue lo que quedaba de esa tarde del demonio respondiendo con la pura verdad las preguntas de todos en el camino de la casa a la Clínica Colombia y en el camino de la Clínica Colombia a la casa. Hacia las siete de la noche, cuando ya era claro que estaba fuera de peligro, que lo suyo era cuestión de esperar a que el cuerpo acabara de desintoxicarse, se quedó sólo con Emperatriz en la habitación de los dos. No recuerda qué estaban dando pero sí que el televisor era la única luz encendida —y cada color titilaba por su lado y a su manera— en la oscuridad. Recuerda los números rojos del radiorreloj: 8:46. Jamás olvida que iba a decir "bueno: ya pasó lo peor", contento de estar vivo en piyama, hasta que su mujer encendió la lamparita de la mesa de noche porque ahora sí iba a empezar el interrogatorio.

Los objetos de la habitación no hablaban, ni miraban de reojo, ni daban pasos cuando uno no estaba mirando, pero sí parecían vivos mientras él le respondía a su mujer todas las preguntas. El pequeño calentador eléctrico calentaba la pieza como un empleado fiel que de vez en cuando les guiñaba un ojo. Los siete retratos de familia enmarcados en molduras de plástico y de madera y de cobre falso, apiñados sobre el tocador de pino renegrido, eran como esas manchas que sólo las visitas son capaces de ver. Las cortinas de flores amarillas que habían comprado hacía diez años no podían quedarse quietas. Por el roto de una ventana entraba el viento escarchado de la noche —cómo odiaba que le dijera "Ramiro: hay que llamar al maestro…"— semejante al fantasma de su padre: "Tiene muy buena voz, Ramiro, pero nadie vive de cantar música colombiana", le decía.

—Ramiro: ¿usted sí estaba en la clínica al mediodía? —le preguntó Emperatriz, iluminada por la lámpara en la oscuridad de la habitación, con su cara de niña envejeciendo.

—En la Clínica de Marly —respondió el laborioso y optimista y nostálgico Ramiro Fúquene, cincuenta y siete años, Libra, aún bajo la influencia de la droga de la verdad: dicen los que saben que los planetas estaban a favor de su salud, y por ejemplo Mercurio y Júpiter directos lo animaban a luchar por todo contra todo, pero que ciertas cuadraturas de allá arriba también lo estaban relajando hasta bordear el descuido. Por culpa de su proverbial manía de convertir a los extraños en prójimos, que a todos terminaba preguntándoles "¿y sumercé a qué se dedica?", había estado a punto de ser atracado por un chisgarabís sin padre ni madre ni perro que le ladre. Y ahora sospechaba que su mujer, como una espía al servicio de sí misma, estaba aprovechando la ocasión para sacar a flote sus secretos.

—¿Y qué estaba haciendo usted en la clínica a esa hora tan mala si en lo que habíamos quedado era en que usted pedía el certificado bancario y sacaba la plata de la lavandería? —reclamó Emperatriz con los ojos entre las sombras—: ¿Usted sí estaba visitando al pobre Pacho o acaso qué más andaba haciendo?

—Sí, al Pacho, al Pacho, al Francisco Nogales, que dice que durante un par de minutos alcanzó a estar en un bosque sin hojas y embarrado que él cree que era la muerte.

—¿Y él qué le dijo, que por qué terminó atropellado por un carro como si fuera un anciano abandonado de esos?

—Que porque la mujer estaba muy molesta y no le hablaba ni aunque fuera el día de su cumpleaños, que preciso el pobre estaba cumpliendo, porque ella decía que dizque se notaba cuando hablaban por teléfono que él no la quería tanto como a la exmujer.

—¿Como a Mireyita?

—Como a Mireya, sí, que yo sepa el Pacho no tiene más exmujeres que lo llamen el día del cumpleaños.

—¿Y qué tiene que ver estar pensando en eso con terminar atropellado allá abajo de la Avenida Chile?

—Pues que no puso bolas y no se fijó en que el semáforo ya estaba en verde cuando cruzó la once para meterse a la droguería a comprarse una caja de ranitidina: eso dijo.

—¿Y usted sí me quiere a mí más que a su exmujer?

—Sí.

—¿Mucho mucho mucho más?

—Sí.

—Pero yo estoy segura de que usted me puso los cachos con la administradora zángana esa que trabajó un tiempo en el restaurante: ¿no es cierto que sí?

—No.

—¿Ni una sola vez?

—Ni una sola.

—¿Ni un beso ni un pico?

—Ni uno solo.

—¿Y ni siquiera en la finca esa en Cachipay en donde fueron a cantarle canciones viejas a la esposa vieja del profesor viejo?

—Ni siquiera allá.

—¿Pero por qué?

—Porque a mí esas cosas me dan miedo.

—¿Miedo de qué?: ¿de que lo agarre?

—De que me quede sin usted: dónde voy a encontrar yo una mujer que sí me quiera.

—Ramiro Fúquene: ¿de verdad con ninguna de esas meseras y esas cajeras y esas cocineras y esas clientas y esas bandidas me ha sido infiel?

—Con ninguna.

—Ramiro: ¿usted me está hablando en serio?

—Sí.

—¿No se le habrán pasado los efectos de la porquería esa que le dieron por andar de sapo?

—No sé.

—¿Y cómo sé yo si me está diciendo la verdad?

—Porque míreme, Emperatriz: yo soy muy feo —le dijo él con los ojos entrecerrados como si estuviera quedándose dormido.

—¿Y qué?

—Y no soy inteligente ni soy ingenioso ni soy valiente.

—¿Y qué?

—Que sólo a usted se le ocurre que alguien quiera algo conmigo, mija: usted es la única persona que se pone celosa conmigo.

—Será que soy una fea y una gorda entonces.

—Fea no, pero dígame qué hacía usted comiéndose un segundo pastel gloria a las diez de la noche la otra noche.

—Muy bien —recapituló ella en parte avergonzada, en parte fascinada, en parte molesta por esa última verdad—: entonces somos un par de feos condenados a estar juntos.

—Pues sí, pero usted mucho menos.

—Y vivimos es resignados el uno al otro.

—Pero en el buen sentido.

—¿Cómo así?

—Que yo estoy resignado a quererla a usted.

—Ay, no, no me diga que usted es el mártir del calvario.

—Y es que usted es mandona y es creída, y cuenta los mismos cuentos mil quinientas veces hasta que le dan a uno ganas de llorar como lloran los guaduales, y no me deja hablar cuando vamos a la casa de los amigos porque se pone toda protagónica, y yo entonces me he vuelto uno de esos esposos que prefieren decir a todo que sí y quedarse callados para no meterse en líos, y me alivia mucho cantar y cantar la voz baja de "por aquí voy llegando, señora María Rosa...", y usted se pone brava conmigo porque me demoro media hora en el baño, y antes era calladita y ahora qué trabajo pa' que se duerma, y me deja como un cuero enfrente de la gente porque usted es la mejor vendedora de bienes raíces que hay (que además es cierto) y me regaña cuando me demoro haciendo las vueltas que me manda a hacer, y sudo frío si lo hago mal, pero mi vida es estar con usted.

—¿Ah, sí?

—Sí: qué más vida tengo yo.

—Pues cantar.

—Pero cantar para nadie sería una perdedera de tiempo.

—Ajá...

—Y yo no soy inteligente pero bruto tampoco: bruto su papá, que se caga todos los aparatos y se cree guitarrista.

—Júreme por Dios, y por su santa madre, que todos estos años no ha soñado con irse con una que le dé hijos y que no vive desesperado conmigo: el otro día lo pillé poniendo los ojos en blanco.

—Uy, sí, porque cuando usted dice a joder es a joder, y a acusarlo a uno de crímenes que no cometió, pero esta mañana en la ducha pensé que cómo no me va a joder si yo me demoro media hora secando la loza.

—¿Y nunca le entra la ventolera de dejarme?

—Pero dígame pa' qué.

Si al otro día estarían diciéndose "mejor volvemos a vivir juntos" porque no tendrían con quién quejarse del mundo ni a quién ir enloqueciendo lenta e imperceptiblemente. Eso es el matrimonio: que todo el mundo tenga que decir "Ramiro" cuando dice "Emperatriz" y todo el mundo se declare extrañado —"pero si se nota que se quieren tanto...", "pero sólo usted se da cuenta de esas cosas...", "pero yo no noté que estuviera tratándolo mal...", "pero si él les dice 'sí señora' hasta a los hombres..."— cuando alguno de los dos se queje del otro como de su propio fardo. Qué pereza ver uno solo la telenovela que han estado viendo juntos: *Hasta que la muerte nos una*. Quién va a preparar la comida si no hay nadie más. Qué estupidez estar en puestos separados en el matrimonio de los amigos.

Fúquene no recuerda si el bendito interrogatorio terminó ahí —creería que acabó tomándola de las mejillas como a una niña chiquita y diciéndole "quítese esas ideas de la cabeza, mija"—, pero todavía puede ver a su mujer, como si la tuviera a su izquierda en la cama, cabeceando boquiabierta porque ni siquiera las ganas de sacarle a él la aburrida verdad podían superar su agotamiento. Vaya. Administre cinco edificios bogotanos a ver si es capaz. Aguántese a las parejas de recién casados que hacen fiestas hasta las tres de la mañana, a las parejas con hijos que no saben si los crujidos los está haciendo un fantasma o el vigilante de la noche, a las parejas de ancianos que todo el tiempo están llamando a denunciar a los vecinos que se tomaron una terraza como si no fuera zona comunal.

Al día siguiente, martes 21, sintió un poco menos de mareo. Y al siguiente, miércoles 22, sintió que no se quedaba sin aire mientras trataba de vestirse.

El jueves 23 de junio abrió los ojos en la oscuridad de las 4:46, en posición fetal, como había dormido desde que tenía memoria, y lanzó la mano hacia atrás a ver si Emperatriz estaba allí o se había ido a la sala a hacer las cuentas del conjunto cerrado, porque no soportaba un día más sin ir a trabajar al restaurante y sabía que le esperaba una negociación a brazo partido con su mujer. No, no estaba ella en su lado de la cama. "Está comprobado que el que lleva los pantalones de la pareja duerme en el lado izquierdo de la cama", le gusta decir. Y sí. Sí pasa. Y él se levantó ese jueves pensando en cómo conseguir que su mujer le diera el permiso para acompañar al pobre Ezequiel, que se había quedado solo en el trío —Pacho atropellado y él drogado—, y sin duda no es lo mismo.

Se puso las pantuflas "para que no le agarre gripa que después anda tosiéndome encima". Se puso el saco de lana porque estaba haciendo el frío de la muerte, que quién sabe si morir más bien dará calor. Y se fue a acompañarla a hacer sus cuentas en la penumbra de la mesa del comedor.

—Pero yo lo acompaño —le dijo ella, cansada, como si hubiera alcanzado a fantasear con deshacerse a esas horas de la madrugada de su marido, pero ya se hubiera resignado a vivir atrapada, antes de que él le hiciera la pregunta que iba a hacerle con su cara de "primero me gano su confianza y luego ataco".

—¿Pero y sus citas atrasadas?

—Yo miro cómo me acomodo.

—¿Y la vuelta del banco?

—Ya ayer mandé al hijo de Mireya, que a ver si se le ocurre algún trabajo para el pobre.

—¿Y por qué no me contó?

—Porque usted seguía ahí como un zombi.

—¿Y no se aburrirá mucho?

—Pues sí, pero peor usted cantándole allá a nadie.

No se abrazaron ni se besaron ni se agarraron la mano porque después de treintipico de años de conocerse de memoria —y de desconocerse a ratos— hacían esas cosas mentalmente. Él se ofreció a dictarle las cifras de la página que estaba pasando a limpio en el computador portátil recalentado: "¿Le dicto?". Y ella le pasó la hoja, que seguro que iba a demorarse más ahora, para que se quedaran un rato más en lo mismo antes de que cada cual se dedicara a lo suyo. Y así, sentados hombro a hombro, se les fue aclarando la sala del apartamento que habían ido abigarrando con el paso de los cumpleaños. Qué año tan malo. Qué desazón. Pero primero lo primero: puso a hacer el café "que siempre acaba empotrándolo en el inodoro porque le queda todo baboso", y la descubrió sonriéndole de lejos.

—Está colgado en el patio de ropas —le dijo ella.

Y Fúquene no le contestó nada más —que para qué más— porque sabía que ella sabía que a él se le había metido en la cabeza planchar su vestido habano, como lo ha hecho siempre, porque a planchar y a decirles "sí señora" hasta a los hombres le había enseñado la dictadora que había sido su madre.

Con ustedes "El trío del alma" así sólo sean dos y así nadie los presente como estrellas. Se tomaron el reputado restaurante de comida típica *San Lorenzo*, por fin se lo volvieron a tomar, después de almuerzos y de comidas de silencio. Se movieron entre las filas de mesas de manteles blancos, junto a los escaparates de pino encerado llenos de vasijas de barro y los óleos de capillas de pueblitos viejos colombianos, sin perder el compás. Recorrieron los cuatro pasillos de comensales, que eran los cuatro corredores que iban a dar al patio de esa vieja casona de La Candelaria, como si no se cansaran nunca de cantar "yo también tuve veinte años y un corazón vagabundo…". Tomaron peticiones: *Pescador, lucero y río, Noches de Cartagena, Llamarada*. Dieron la buena noticia de que el hombre que les hacía falta había salido de la clínica.

Fúquene se vio mejor que siempre, mucho mejor. Alcanzó sin problema las notas más altas de *Me llevarás en ti*: "Porque me llevarás unido a tu recuerdo…". Bromeó con los maridos sobre las mujeres. Guiñó un ojo a su mujer aunque guiñarle el ojo fuera echarse la soga al cuello: "Voy a tener que venir siempre para que el próximo guiño no le toque a otra…". Se acercó a unas de las mesas de la primera esquina porque el profesor gigantesco de aquella vez en Cachipay, y la bellísima mujer que lo acompañaba, le pidieron una tarjeta personal porque pensaban darle una serenata de música colombiana a un viejo colega del departamento de apellido Zuleta: "No me pregunte por qué, Pizarro —había dicho entre accesos de tos—, pero ya de anciano se me ha estado pasando el odio jarocho que le tenía a *Los cucaracheros*".

Ramiro Fúquene aplazó el siguiente set de cinco canciones, e interrumpió la conversación de aquellos dos, porque no pudo contener la manía de preguntarlo todo: qué vergüenza no recordarlo, pero ¿ustedes son profesores de qué universidad?, ¿y cómo está la Universidad de Bogotá?, ¿y esa es la que queda aquí nomás?, ¿y en qué departamento están trabajando ahora?, ¿y sí hay tantos estudiantes de Derecho como dicen?, ¿y cómo hacemos para que la gente aprenda aquí a respetar la ley?, ¿y qué clases van a dictar el semestre que viene?, ¿y qué más les toca hacer aparte de dar sus materias, si no es indiscreción?, ¿y ahora mismo qué andan investigando?, ¿en serio?, ¿y será que los señores de las Farc esta vez sí van a cumplir con su palabra?, ¿hoy?, ¿y yo por qué no me enteré?, ¿por televisión?, ¿y entonces se vinieron para acá de celebración?, ¿usted sabía que la guerrilla acaba de firmar el acuerdo de paz con el Gobierno, Ezequiel?

Pucha: era cierto. En la pantalla plana engarzada en la pared de enfrente podía verse al presidente Santos dándole la mano al comandante Timochenko, de punta en blanco los dos en un salón en La Habana, bajo la mirada del hermano de Fidel Castro.

Por fin habían firmado el acuerdo que habían tratado de firmar en los últimos treinta años, ¡por fin!, pero es que dígame aquí quién va a confiar en quién si cuando uno se sube a un ascensor no sabe si va a bajarse.

Pucha: es un milagro. Se le pone la piel de gallina a uno cuando piensa que fue esa guerra de medio siglo la que lo trajo a Bogotá.

Qué extraña era esa escena. Tuvo que señalarle el televisor a Emperatriz, su esposa, que lo había estado mirando desde una de las mesas del patio como una celosa, para que ella le confirmara lo que estaba viendo: ¿y entonces no habían estado perdiendo el tiempo de todos nosotros por allá en La Habana?, ¿y entonces diez mil hombres iban a desarmarse?, ¿y ahora qué sigue?, ¿cómo así que un plebiscito?, ¿cómo así que una votación para saber si el pueblo colombiano está del lado del acuerdo?, ¿pero a quién puede ocurrírsele una idea tan mala: quién puede estar en contra de la paz?, ¿y qué pasa si a la gente le da porque prefiere que todo siga igual?, ¿y no cree usted que la guerrilla se esconde en el monte al día siguiente a seguir haciendo de las suyas?

Ramiro Fúquene se quedó mudo entonces, de pie y sonriente y fruncido, como si estuviera pisando una sorpresa: pucha.

Bastó que le echara una mirada de secuaz a su secuaz —y qué lástima el Pacho— para que juntos se lanzaran a la versión de *Soy colombiano* más nostálgica y más sentida que habían cantado en sus vidas: "A mí deme un aguardiente, / un aguardiente de caña, / de las cañas de mis valles / y el anís de mis montañas. / No me dé trago extranjero / que es caro y no sabe a bueno, / porque yo quiero siempre / lo de mi tierra primero", entonaron a dos voces. Y, apenas terminó la estrofa, Fúquene se despidió con una pequeña venia de los profesores de la mesa en la que se había enterado de la noticia. Adiós, profesora. Adiós, profesor. Y, apenas les dio la espalda y se fue cantando por el corredor, ellos se miraron fijamente y sin pestañear y moviendo las cejas como diciéndose que el cantante había estado a punto de enloquecerlos.

Fue un alivio mirarse así. Fue una tregua, un paréntesis al menos, a la conversación enrarecida en la que habían terminado atrapados.

—Odio los restaurantes con músicos —dijo el profesor Horacio Pizarro, acomodándose a duras penas en la silla de madera, mientras "ay, qué orgulloso me siento de haber nacido en mi pueblo…" se iba alejando por el pasillo—: odio *Soy colombiano*.

—¿Pero de quién fue la idea de venir aquí?

—Mía: de quién más —dijo él encogiéndose de hombros, primero, y después frunciendo el ceño porque en el pasillo siguiente había un par de encorbatados abucheando a los dos de El trío del alma: "¡buuuu…!".

Y puso la servilleta de tela sobre la mesa y se rascó la cabeza como si el día se estuviera prolongando en la madrugada y tomó aire antes de seguir. Verónica Arteaga, la asesora del grupo de negociadores de paz que había apoyado su grupo de investigación, no iba a dejar de mirarlo —miraba sus ojos, miraba sus manos tamborilear y limpiarse los párpados— hasta que no llegaran entre los dos también a un acuerdo. Cumplían meses de trabajar juntos para la oficina del comisionado de paz. Cumplían meses de almorzar en los restaurantes que quedan a unas calles de la universidad. Habían corrido el riesgo de convertirse en paños de lágrimas, en confidentes. Y, por volverse consejeros y espías y delatores y cómplices íntimos, habían empezado a ser la primera persona en la que pensaban cada día.

Y cuando uno resulta ser el cliché del otro, el lugar común del otro, queridos lectores, está a punto de caer y seguir cayendo.

Para usar otra idea manoseada hasta sacarle brillo: cuando alguien descubre que siempre prefiere pensar y llamar y oír a una misma persona, y que ha encontrado a alguien para desempolvar las historias que había dejado de contar y que su vida ha vuelto a ser un drama, está a punto de regresar a la zona de turbulencia.

El profesor Horacio Pizarro no sólo odiaba ese maldito año bisiesto por haberlo condenado a su propia tierra mientras las tres mujeres de su familia, que eran la vida que él había podido hacer, esperaban a su primera nieta en Estados Unidos, sino que maldecía el 2016 por haber permitido que una banda políticamente correcta lo hubiera lapidado y anulado y confinado por preguntar qué tan cierto sería que las mujeres que son madres son las más inteligentes. Sin embargo, se había pasado el primer semestre agradecido con la profesora Arteaga por haberle recibido a su grupo de investigación sobre el lenguaje y el conflicto armado —y por haberlo recibido a él cuando había sido reducido a viejo contagioso— en la Facultad de Derecho de la Universidad de Bogotá.

Más que eso le agradecía a Arteaga la compañía inesperada en esos tiempos desoladores. Sabía, porque había tenido una primera esposa y se volvió exesposa —¿o debería decir que ella lo tuvo y lo volvió exmarido?—, que era lo común que la gente desapareciera cuando uno se quedaba sin refugio y sin custodia y se veía obligado a ser uno otra vez: "Nobody loves you when you're down and out", cantó John Lennon en 1974, pero antes, en 1929, lo había cantado Bessie Smith. Y esto último, esto de Smith, se lo enseñó Verónica en esas semanas que se acompañaron a todo. Y él se sintió menos ansioso y menos cardiaco y menos entumecido. Y dejó de sentirse miserable por haber salido del departamento de Filosofía por la puerta de atrás.

Se le oía y se le veía relajado en las llamadas con sus tres mujeres. Era curioso, además, porque ni siquiera cuando habían vivido los cuatro juntos —¿o debería decir "juntas" porque él sólo era uno?— habían hablado tanto. Adelaida, su hija mayor, le mandaba por e-mail una ecografía en 3D. Julia le reenviaba un chat delirante con el inglés con el que estaba saliendo a ver él qué opinaba "de las estupideces tan cursis que pueden llegar a decir los hombres sin importar el país del que sean". Clara, su esposa, aparecía por FaceTime para que hicieran juntos los pagos del mes por la página de internet del banco y solía terminar las llamadas con la mentira "ya casi nos vemos…". La noche anterior habían tenido un encontrón de aquellos que van hirviendo poco a poco porque ella no sólo le había vuelto a soltar la frasecita sobre volver a vivir todos en Boston, "Pizarro: ¿y si mejor viene usted?", sino que además le había anunciado que estaba pensando en aplazar el regreso a Bogotá porque no se las imaginaba capaces de cuidar solas a la bebé. Lograron salir de semejante conversación sin salida, Clara y Pizarro, porque los dos tenían la mente en otros líos. Y porque se habían acostumbrado ya a la nueva rutina.

No era una rutina de verdad, porque no había olores ni había roces ni había que pelearse los lugares, porque había donde esconderse y era posible estar solo, pero era algo semejante a una rutina. Y todo el tiempo se tenían a la mano como antes, ay, pero la verdad es que no era igual. Y la bebé ya iba a nacer.

Y el día le alcanzaba además para leer el último capítulo de la monografía de su alumna, para trabajar en sus documentos para la oficina del comisionado de paz, para revisar y para corregir las pruebas finales de su ensayo sobre los significados ocultos en los términos equívocos y los eufemismos que se emplean por la guerra aquí en Colombia. Y también le alcanzaba para hablar por lo menos tres veces con Verónica. Y cuatro, a veces, cuando almorzaban, cuando iban a ver *Una pastelería en Tokio* o *La última lección* o algo así, cuando iban juntos al supermercado a comprar las cosas que hacían falta en cada casa: también ella había empezado a sentirse mejor, a renegar menos del exmarido trastornado que trabaja en el anticuario, a resignarse al fin de su relación con el exministro godo.

Que jamás volvió a llamarla. Que en la funeraria le recibió el pésame por la muerte de su esposa como si se lo estuviera recibiendo a una subalterna: agradecido, pero a salvo dentro de su personaje.

Ella es joven: cuarenta y un años parecen cuarenta y un toneladas, pero al final no es nada. Pero ha estado sufriendo —bienvenida a la verdadera crisis de la mitad de la vida— porque no consigue imaginarse cuarenta y un años más en este mundo. Seguro cuidará a su hijo hasta que sea él quien no se imagine el futuro. Seguro seguirá dictando sus clases, trabajando en la defensa de las mujeres de la guerra, vigilando que los acuerdos de paz no se deshagan entre la selva. Vivirá quejándose de su ex: cuenta con eso. Leerá libros, verá películas, irá de fiesta con sus amigas del colegio hasta el día del patetismo. ¿Y lo demás saldrá bien? ¿Y su hijo sí será amado fuera de su casa? ¿Y no habrá reveses brutales que le quiten las ganas de vivir? Si se asoma a lo que viene, como subiendo la cortina, sólo ve nada.

Y sin embargo, comparado con esa noche en la que lo llamó para decirle "necesito alguien para desahogarme", sin duda está mucho mejor. Esta mañana lo llamó temprano a cantarle, mitad en serio, mitad en broma, el himno nacional: "Cesó la horrible noche…". Y no puso resistencia, al mediodía, cuando él le dijo "hoy vamos a almorzar aquí abajo en *San Lorenzo*".

Todo iba más o menos bien. Se encontraron a las doce en la salida del edificio nuevo de la universidad, e invitaron a Flora Valencia, su tatuada y brillante alumna en común, que justo andaba por ahí montada en sus patines, a celebrar la firma del acuerdo de paz con las Farc en el restaurante de comida colombiana: "Pero me tengo que ir temprano…", dijo con su cara de siempre estar de afán. Caminaron las dos cuadras de piedra, tomaron la mesa de la esquina del primer pasillo del restaurante, pidieron tres ajiacos sin pensarlo mucho más —y qué carajo: un vino cualquiera para celebrar— mientras cada uno decía a su manera que lo que estaba pasando en La Habana era un milagro y cada uno recogía las reacciones de las personas de su vida.

La estudiante Flora Valencia llamó a su padrastro, que sólo él le hablaba en esa casa desde que ella se había ido a vivir con su Natalia, para que le dijera a su mamá que iba a firmarse la paz.

El profesor Horacio Pizarro escribió en el chat de los cuatro, en el chat "Pizarro Rivera", la frase "va a empezar".

La constitucionalista Verónica Arteaga le contestó a su exmarido Pablo, el anticuario experto en teorías de conspiración, una llamada que comenzó "a ese Timochenko se lo bajan en seis meses".

Habría sido tonto negar que luego entró y salió de WhatsApp varias veces —siempre demasiado rápido y siempre para nada— con la esperanza de que el hombre que la había dejado le dijera algo de la firma. Por eso les dijo: "Este maldito no va a escribir". Y se lanzó a contarle a su alumna, que para ese momento era también su confidente, que aquella relación que había tenido durante cuatro anchos y largos años había sido con un hombre que tenía a su esposa en estado de coma: "Sí, yo soy un desastre, pero esto fue dar un paso más allá". Y habría seguido compadeciéndose, meciéndose en el recuerdo de lo doloroso que había sido despedirse de él en el aeropuerto, si sus dos acompañantes no se hubieran perdido en la pregunta por las mentes en coma.

Quizás la esposa de su amante había estado viviendo allá adentro de su cuerpo de vez en cuando como una persona que tiene un apartamento suyo y sólo suyo para cuando pasa por una ciudad que no es la suya.

He ahí un problema interesante —dijo Horacio Pizarro—, pues se cree que estar en coma es estar dormido sin soñar, estar vivo con la consciencia apagada, pero el otro día leí —dijo Flora Valencia— que ciertos estudios sugieren que sí habría algo de consciencia porque se sueña un sueño tenue, pero no sólo no está claro en qué consistiría esa experiencia —aclaró él— sino que hay una muy seria contrariedad epistemológica que impide dar una respuesta definitiva: y es el mismo lío que se presenta cuando uno se pregunta, con Nagel, "cómo puede un ciego de nacimiento saber en qué consiste la experiencia visual", "cómo podemos saber en qué consiste la experiencia de un murciélago cuando ecolocaliza".

El asunto es —explicó ella— que la experiencia es subjetiva: es imposible tener acceso a la experiencia de otro en tanto que experiencia de ese otro.

Se puede imaginar. Se puede sospechar lo que sucede adentro de alguien y traducirlo a la experiencia propia. Pero entonces estamos invadiendo los terrenos de la ficción: estamos usando sus métodos, estamos suponiendo y estamos dispuestos a que saber no sea más que suponer.

Los tres platos de ajiaco llegaron cuando la pobre Verónica Arteaga no sabía si perder el interés o pedirles que volvieran a lo fundamental: compadecerla. Sonrió, eso sí, porque esos dos se habían vuelto un equipo. Extraño, sí, porque ninguno entendía del todo la apariencia y la jerga del otro, pero a fin de cuentas un equipo. Se tomaron la sopa con la sensación, quizás injusta —y sólo quizás—, de que todos los ajiacos son iguales. Discutieron por qué tanta gente odiaba el proceso de paz sin tener idea de lo que estaba pasando, por qué el bárbaro de Trump había conseguido ser el candidato republicano, por qué era posible, por ejemplo, que en unas horas los ingleses votaran a favor de salirse de la Unión Europea: "Porque el mundo dejaría de ser el mundo si no fuera un drama...".

Y sí, Pizarro terminó estallando en la frase "¡y porque a los fundamentalistas les importa un culo el contexto y las redes sociales llenaron el mundo de fanáticos...!", y nunca le habían oído pronunciar una sola grosería, y fue como si no hubiera superado la lapidación de principios de año y en el fondo siempre estuviera probando que no es un machista ("cierra Facebook", le propuso Verónica Arteaga preocupada por él), pero habría que reconocer que todo fue más o menos bien hasta que Marte, que tiende a favorecer los enredos de los hombres y de las mujeres, se tomó esa pobre mesa por asalto: Venus los obligaba a tener esas corazonadas que no les permitían concentrarse del todo, pero no estaban preparados paras las imprudencias que iban a soportar, no, porque poco les preocupaban los movimientos astrales.

Flora Valencia estaba terminándose la sopa, sin duda demasiado pronto, cuando recibió una llamada angustiosa de su novia: el macho histérico con el que había estado viviendo, Fulano o Mengano, había tratado de tumbar la puerta "dizque para castigarla por haberlo dejado" —y al parecer los vecinos habían intervenido, y el verdugo se había quemado una mano con el ácido que llevaba entre un frasco—, y la pobre muchacha no paraba de llorar porque sentía que el bebé que estaba esperando estaba recibiendo lo peor del mundo antes de verlo con sus propios ojos. Valencia terminó de comer a toda velocidad con una servilleta de papel en la mano: "Qué vergüenza con ustedes...", dijo. Y agregó "por qué todo es tan difícil..." y se fue.

Pizarro y Arteaga se quedaron renegando por lo que acababa de pasar. Pero a ella empezaron a aguársele los ojos de pronto, "ay, perdón, perdón", y dijo "ya vuelvo" y se fue por el pasillo en busca del baño.

Cómo ponerse en jaque a uno mismo. Parándose de la silla en la que se tiene que estar, que en el caso de Pizarro era la silla esquinera del restaurante, para ir detrás de una persona que ha dicho "ya vuelvo". Seguirla, como la siguió el profesor, hasta el pequeño pasadizo del baño. Preguntarle "qué pasa, qué pasa" como si la propia vida dependiera de la respuesta. Levantarle la cara para secarle las lágrimas. Quitarle el pelo que le está tapando los ojos. Ponerle la palma de la mano en la mejilla. Jurarle por lo que sea que todo va a estar bien. Recibirla en el mismo saco azul de siempre y acariciarla y prometerle cierta calma. Sentir que ella está escuchándole el corazón y está tomándole las manos para apropiárselas. Y lanzarse a besarla, como le ocurrió a Pizarro, con esa angustia y esa incapacidad de detenerse.

Quiso seguir. Siguieron: y ambos soltaron las sílabas que pudieron, "sí", "no", "qué pasa, qué pasa", hasta que ella dijo "es que yo iba para el baño" —y él la persiguió hasta la puerta y quiso entrar y ella lo empujó afuera con un beso— mitad en serio, mitad fingiendo sentido del humor en el cadalso.

Verónica se quedó un rato ante el espejo del baño, peinándose como Verónica y viéndose como Verónica, sintiéndose rejuvenecida por el error que acababa de cometer. Se llega a la vejez cuando se terminan los lapsus y los deslices y los olvidos y los tropiezos. Los cuarenta y un años acababan de dejar de ser un peso para ella: no supo si reírse o reclamarse cordura a sí misma, y no supo si encogerse de hombros o declararse la protagonista de una novela, pero, mientras se pasaba la lengua por los labios mordidos por él, mientras se metía de nuevo la camisa entre los pantalones y se sentía el corazón contra el pecho, mientras recobraba el aire que había perdido y caminaba entre las mesas y caminaba hacia él, sintió que estaba de vuelta en su vida.

Se sentó. Se dejó agarrar la mano por debajo de la mesa. Se puso a pensar, a duras penas, que estaba sintiendo todo lo que estaba sintiendo por él. Y se lanzó a decirle, risueña, que estaban cometiendo un error —y alcanzó a decírselo: "Lo que nos faltaba…"— cuando aparecieron los cantantes de música colombiana. Pizarro los llamó como ganando tiempo para encon-

307

trar una respuesta. Se pusieron a hablar de lo que se les vino a la cabeza. Uno de los músicos, el más feo, habló y habló hasta bordear la afrenta contra los derechos humanos. Y cuando vio al presidente y al jefe de la guerrilla dándose la mano en La Habana, ¡por fin!, se fue por el restaurante cantando *Soy colombiano*.

Pizarro dejó pasar unos versos, tomó aire como si sólo le quedara el aire, cruzó un par de frases con la amiga que quería besar de nuevo —se oyó entonces "ay, qué orgulloso me siento de haber nacido en mi patria…"— y puso la servilleta sobre la mesa llena de pequeños platos sucios como reconociendo que había llegado la hora de hablar.

Dijo yo, por mí, habría seguido, porque me he estado quedando sin razones para no vivir detrás de ti: cada vez entiendo menos por qué no deberíamos hablar todos los días apenas nos despertamos o por qué no deberíamos hablar todas las noches antes de quedarnos dormidos o por qué no deberíamos entrar los dos al baño de mujeres. Ya tengo yo una vida doble que no tenía desde mi primer matrimonio. Ya estoy hecho a la idea —y más luego de trabajar tanto en la monografía de nuestra amiga— de que quizás no tenga yo libre albedrío ni sea el dueño de mi propio pensamiento: quizás mi mente esté sirviéndole a una mente y mi vida esté sirviéndole a una vida. Y creo que tenemos que irnos a cualquier sitio en el que podamos estar solos. Y resignarnos a no ser extraordinarios.

Pero tú no. Tú estás esperando que sea yo el que diga todo y sea yo el que haga todo porque no quieres tener la culpa de nada. Si me lanzara ahora mismo sobre ti, que es lo que estoy temiendo de mí, me seguirías, pero dirías "bueno: yo no fui". Si me quedara atornillado a esta silla, conteniéndome como un viejo de esas sociedades del siglo XIX que en verdad eran panópticos —bueno, ahora es igual—, pensarías "dejó pasar el amor: nunca fue capaz de hacer nada". Esta mañana me decías que desde que se murió tu papá, que los papás siempre mueren demasiado pronto, a veces no soportas la idea de que falta mucho por vivir. Si te tocara así, y yo siguiera, y yo no fuera capaz de tomar aire sino que le entregara lo que soy a lo que quiero hacer, volverías a verle sentido a la incertidumbre.

Porque a uno lo reviven, que revivir no es bueno ni es malo sino es simplemente eso, los errores y los deslices y los gestos que no espera de sí mismo. Se reconoce como una pared gris detrás de un papel de colgadura. Se da cuenta de que no se tiene a sí mismo en las manos, de que no ha resuelto nada, nada desde que era una persona en vilo. Y en cualquier momento, si eso es lo que quiere o si definitivamente no puede evitarlo, va a quitarse de encima todo lo que no sea su fragilidad, su resignación a su deseo. Y yo creo que es lo que está a punto de pasarnos: que yo voy a irme acercando así, porque no se me va a pasar hasta que no vuelva a hacerlo, porque esto no es sobre nadie que no seamos los dos.

Sí, quizás sí, seguro que tienes razón, sí. No es que estemos a punto de caer en lo que cae cualquiera, sino que caímos desde que empezamos a comentar los clásicos del canal de clásicos por WhatsApp mientras los veíamos al tiempo: y qué tal ese sábado tan raro de hace quince días que nos dio por repetirnos *Chinatown* hasta las dos de la mañana, cada uno en su cama con la luz apagada, y nos pasamos del chat al teléfono en speaker y del teléfono en speaker al Skype para vernos, y cada vez que el uno empezó a quedarse dormido, el otro lo despertó porque —yo me dormí en *La pastelería en Tokio* y tú en *La última lección*— no podía ser que no nos aguantáramos juntos una maldita película entera.

Sí, tal vez sí, claro que sí: desde que nos despedimos esa noche, y no había nadie más por ahí sino los dos, caímos.

O sea que de aquí vamos a salir a tu apartamento porque hoy tu hijo se queda donde el papá y los insectos no van a decir ni una sola palabra porque lo vamos a dejar por fuera: ¡chite! Vamos a ir en un taxi que no sea el taxi de Orlando Colorado, que nos conoce las vidas de memoria, para besarnos, para decirnos cosas sueltas mientras llegamos. Vas a bajar las cortinas. Vas a quitarte la ropa. Vas a decirme, sin decirme nada, que desde ahora va a ser a tu manera. Pero luego, cuando estemos volviendo del estupor y del calor y de la taquicardia, será lo que yo quiera. Ay, cuando daba escalofríos sentir las manos de otra persona en el cuerpo, cuando el cuerpo temblaba de miedo pero era un miedo que valía la pena. Quizás nos pase. Quizás te quedes quieta para que te bese como si yo tuviera cuarenta y tu veintiuno. Y quién dice que no.

Por supuesto, cuando nos toque sentarnos en la cama, porque quién sabe cuánto podamos aplazar todo lo demás, vas a tener el teléfono lleno de llamadas de tu ex: "¿Tú qué le estás dando cuando le agarra tos?". Y yo ya no voy a tener todos estos mensajes felices sobre la firma de la paz que me han estado mandando las tres, "¡dan ganas de llorar!", sino un montón de llamadas perdidas porque ya va a nacer mi primera nieta. De golpe voy a tener mi edad y voy a tener que irme. Va a haber tiempo otra vez. Va a ser jueves 23 de junio de 2016. Y la sospecha de que esto no está pasando hacia delante, como el cuerpo, sino que está pasando en círculos, como lo invisible, va a quedar para después. Voy a voltearme a decirte "voy a ser un abuelo". Y me vas a dar un abrazo de felicitaciones.

Yo creo que te voy a pensar todo el tiempo: cuando me muestren a la bebé con los ojos entrecerrados en la pantalla del iPhone, cuando me pregunten si es la más linda que he visto, cuando me digan que ya quieren que sea diciembre —para que ellas vengan o yo vaya— porque les he hecho mucha falta, "pero no te preocupes que alguien tenía que quedarse en Bogotá ganando plata…". Te voy a llamar apenas termine de hablar con ellas. Y vas a ser buena amiga porque así eres: incapaz de dar portazos, de decir "voy a tener que pensar primero en mí". Vas a hablarme de qué sentiste cuando nació tu hijo: ay, ese segundo, con los ojos de él mirándote, cuando te entregaste al lugar común de lo extraordinario; ay, esa feliz resignación a la incertidumbre y esas manos perfectas.

Vamos a dejar pasar uno, dos, tres días: los días que se necesiten para que la bebé tenga una rutina y el deslumbramiento se vuelva la luz.

Vamos a tener reunión del grupo de investigación el próximo jueves. Vamos a ponernos nerviosos. Vamos a estar pendientes de qué hace el otro. Vamos a estar celosos. Cuando tú defiendas el plebiscito maldito para preguntarle a la gente si está de acuerdo con los acuerdos de paz —craso error: por supuesto que no— yo voy a estar contando tus palabras y voy a estar pensando "ella es mía y sólo mía" como diciéndoselos a todos esos estudiantes que babean por ti. Cuando yo diga que preguntarles a los colombianos cualquier cosa es un riesgo, pero que igual hay que correrlo porque votar es reconocer que todas las mentes trabajan para una mente mayor, seguro que vas a mirarme con tu cara de "me rindo".

Que ojo: no es una cara de enamoramiento, sino una cara de compasión, de yo sé que hay hombres y mujeres en el mundo que se extravían en sus monólogos porque son sus propios espectadores, porque sus propias palabras los calman.

Se cerrará la sesión. Adiós, Flora, adiós: que su madre vuelva a tener el coraje de decirle que la quiere, que su novia logre quitarse de encima a ese imbécil que la está buscando para vengarse de ella por haberlo dejado, que su padrastro siga siendo su santo. Estará haciendo el frío que hace cuando salimos. De pronto estará a punto de llover. Tú me preguntarás si Colorado, el taxista, me está esperando para llevarme a la casa. Yo te diré que no porque había pensado irme a la tuya. Me quedaré mirándote como te estoy mirando ahora. Dirás que sí. Tendremos afán de llegar cuando vayamos en camino, pero, para no enloquecernos, para no desesperarnos, seguiremos discutiendo sobre el embeleco del plebiscito. Llegaremos. Dejaremos señales desde el garaje hasta la cama. Ninguno de los dos temblará esta vez. Será lo mejor que pueden dos cuerpos.

No habrá vergüenza ni habrá desconfianza ni habrá censura ni habrá desasosiego: haremos el uno con el otro lo que nos dé la gana.

Y la historia de amor empezará a darse desde ese momento, a desenvolverse, mejor, como si nadie estuviera mirando. Y yo te contaré que por estos días me he estado acordando de una vez, en una finca cerca de Ambalema, que me quedé dormido recostado sobre mi papá y cuando desperté había una araña enorme en el techo: papá me diría que cuidara a mi familia. Y tú me preguntarás si él era liberal, si él fue de los que salieron a gritar "¡mataron a Gaitán!" el viernes 9 de abril, si montó una librería a unas casas de aquí, si era severo y de pocas palabras y si era extraño que me dejara dormir con él. Seremos vulnerables. Seremos mucho más que un par de amantes a espaldas de todos. Ay, esos primeros días y esos primeros actos de las historias de amor. Ay, esa facilidad para dejar en paz al otro, para no verle defectos, sino características.

No sé cuál de los dos lo dirá, pero sí sé que cuando se llegue el tal plebiscito alguno dirá que está "cansado de vivir dos vidas": si con una pierde uno la cabeza…

Porque tarde o temprano el uno va a sentirse haciendo más por el otro, el uno caerá en la tentación de desquitarse del mundo con el otro, de empujarlo y empujarlo y torcerlo y torcerlo para medirle las lealtades hasta convertirse en una prueba para los nervios. Pronto, luego de decirnos que podríamos estar aquí siempre, será claro que los dos estamos demasiado lejos en la vida que hemos vivido —y yo sentiré culpa y tú te sentirás con otro hombre que tiene la vida en pausa—, pero yo voy a insistir, yo voy a jugármela por los dos porque todos hemos sido educados en el drama, yo voy a decirte que voy a hablar con Clara para contarle lo que ha estado pasando, y voy a hablar con ella, y ella va a decirme "Pizarro: es lo que usted quiera".

Y yo la voy a oír dolida y voy a saber qué está sintiendo: que la noticia inverosímil de que me enamoré de otra mujer se la está tragando desde adentro.

Primero va a echarse la culpa por haberme dejado solo. Luego va a odiarme porque mi traición va a ser la prueba reina de que no dije la mitad de lo que tenía por decir. No va a volver en agosto ni en septiembre ni en octubre. Va a seguir inventándose líos para seguir aplazando el regreso. Va a quedarse a vivir allá, allá en Boston, con nuestra familia. Va a retomar su trabajo sobre literatura latinoamericana para gringos donde lo dejó, pero, sobre todo, va a quedarse con los álbumes de fotos, con los primeros pasos de mi nieta, con los peores rasgos míos —las tristezas súbitas y los miedos y las quejas— que no supo leer a tiempo para desactivar la bomba que llevaba por dentro: yo iba a hacer un daño un día, yo de viejo iba a ser otro experto en cómo perderlo todo, y ni siquiera ella habría podido evitarlo. Dejará que les siga mandando plata porque por qué no.

Dará la orden de tratarme bien. Será condescendiente conmigo de aquí a que me muera: vendrá a mi funeral más por ella que por mí.

Veré a mis nietos el par de veces que me atreva a agarrar un avión a Boston y el par de veces que ellas tengan que pasarse por acá: "¡Merry Christmas, grandpa!". Seguiré sus pasos por WhatsApp. Les tendré regalos repetidos e inútiles que van a dejar en Bogotá. Bordearé el patetismo pero ni siquiera tú serás capaz de decírmelo. Será triste porque esa sensación que tú tienes ahora —esa incertidumbre a los cuarenta y uno, ese dolor que se siente desde el día en que uno nota que le quedan muchos años de vida adulta, que tienes que romper de alguna manera para no volverte loca: metiéndote conmigo, por ejemplo— no hace sino crecer, sino entumecer los pulmones mientras uno va poniéndose viejo.

Tendremos momentos felices: no digo que no. Puedo verlos como cualquier profeta porque las parejas envejecen pero se portan como se portan las parejas. Comeremos en los restaurantes que nos gustan. Veremos películas: te pondré a ver, por fin, *El último tango en París*. Odiaremos lo mismo porque tú tienes alma de vieja: "Esta generación de malcriados que todo lo zanjan con emoticones". Dejaremos de sentirnos incómodos cuando nos tropecemos con alguien del pasado en la góndola de los remedios para la gripa. Querré lanzarme sobre ti y querré comerte cada vez que te vea. Y me portaré como si fuera otro, y dejaré que salga de mí esa violencia que no me ha salido —vuelvo a decir: el sexo simula la violencia— porque no tendré que seguirme portando como me portaba. Podré empezar de ceros.

Yo ya sé qué voy a hacerte ahora: ya sé que contigo voy a ser el que no podía ser.

Pero —sí: eso iba a decir— también sé que vamos a ser una pareja. O sea que vamos a ser una prueba de lo mucho que le cuesta al hombre tener un encuentro cercano del tercer tipo con el hombre. Un día pareceré un loco. Un día te tendré miedo. Una noche querré morirme, pero no me atreveré a decirlo en voz alta. Una mañana de un domingo no sabrás cómo decirme que quieres estar sola con tu hijo. Vamos a estar juntos todo todo todo el tiempo, aunque creamos que no estamos juntos. Vamos a ver nuestras vanidades, nuestras podredumbres, nuestras peores niñerías. Vamos a oír las palabras sueltas de nuestros sueños. Vamos a equivocarnos de nombres: "¡Clara…!". Yo voy a ser tu gran decepción y tú la mía porque vamos a representar allá adentro, acá adentro, a todos los que tienen la soberbia para emprender la tarea de convertir dos vidas en una.

Ninguno de los dos será capaz de someter al otro. No creo. Pagaremos caro eso de haber sido educados en la idea de que aquí no manda nadie.

Creo que iremos creciendo por dentro. Creo que iremos oxidándonos, quemándonos, picándonos por dentro.

Como la profesora Gabriela Terán, mi verduga, por estar con el comunicador ese que ahora que comience el plebiscito sí que no va a pararle bolas. Como Magdalena Villa, mi acupunturista, por casarse con un hombre que está seguro de que él no va a conseguir a nadie peor ni mejor. Como Flora Valencia, mi monitora, que dejó a una novia aliviadora por una novia abrumadora porque estamos hechos al suspenso. Como los jefes restauranteros de esa novia —que resultaron ser amigos de mis hijas— que andan en noosequé terapia degradante para salvar un matrimonio vuelto miseria porque sólo uno de los dos cree en fantasmas, ja. Como el pobre Orlando Colorado, el taxista, que no tiene cómo probarle a la mujer que supuestamente lleva años sin verse con la moza. Como Jorge Posada Alarcón, el exministro, que te tuvo en vilo porque su mujer lo tuvo en vilo.

Como viven las novias de los curas, de los militares, de los hampones, de los cantantes de música colombiana: en vilo.

Así va a ser porque así es. Va a ser demasiado duro para una sola persona, demasiada lluvia para un simple ser humano, pero, como el enemigo se nos va pegando en las vísceras y se nos va mezclando en la sangre, nos condenaremos a vivirlo solos. Créeme. Yo sé. Yo lo puedo ver porque lo he visto. Pero la gracia de vivir es la misma gracia de escribir otro ensayo sobre los eufemismos o escribir otro soneto de amor o escribir otro guion de suspenso o pintar otra naturaleza muerta o pintar otro autorretrato. Quién sabe cómo será nuestro fracaso. Quién sabe en qué momento tú me dirás "mejor vuelve con ella". Quién sabe si ella será una de esas esposas de toda la vida que recibe a su marido después de una temporada en el ridículo: después de parodiar su propia juventud como esas personas que se estiran la piel y se engordan los labios cuando ya todos sabemos que están viejas.

Hay que vivir. Hay que dar el paso que hay que dar porque no hay dónde esconderse.

Yo te veo cuando cierro los ojos como cuando uno no puede dejar de pensar en el rompecabezas que ha estado armando. Yo me la juego. Yo me arriesgo.

Pizarro pagó la cuenta con la poca plata que le quedaba en la tarjeta. No le estaba alcanzando el dinero. Necesitaba ganar más quién sabe en dónde. La última semana de cada mes se le había vuelto una pesadilla. Ganaba veinte millones de pesos al mes, netos, porque llevaba toda la vida dando clases en la universidad, pero tenía que enviarles cinco mil dólares a sus mujeres, la administración del edificio iba ya en 613.000, los servicios sumaban 900.000 en el mejor de los casos, la empleada le cobraba 750.000 por venir un par de días a la semana y las comidas y los taxis le estaban constando por lo menos dos millones más. Llegaba a fin de mes reventado. Y cada mes ese fin estaba durándole más días. Pero pagó la cuenta con su tarjeta, repitiéndose a sí mismo el mantra "que la máquina no diga **FONDOS INSUFICIENTES**" frente al datáfono, mirándola de vez en cuando a la cara.

Ella le tomó la mano y le sonrió y le dijo "vamos…" con puntos suspensivos, como diciéndole "empecemos por irnos a mi casa".

Tenía la cabeza llena de conjeturas, de advertencias, de consejos sueltos que empezaban por "no" —y Mercurio y Júpiter estaban encima como un par de nubes negras—, pero prefirió seguirle a él las instrucciones, seguirle a él el juego.

Había intervenido un par de veces durante el monólogo del profesor: "Pero un día vamos a amanecer convertidos en una pareja…". Había asentido algunas otras: sí, toda historia de amor es, si uno no la ve sino que la vive, si uno no la observa por las gafas sino por el microscopio, una historia de terror. Había escuchado en boca de Pizarro lo que iba a pasarles a los dos como si de verdad fuera lo que iba a pasarles a los dos. Pero sobre todo le había quedado claro que él estaba muerto de miedo, pero la deseaba tanto que estaba dispuesto a perderlo todo: todo hombre se resigna a ser un hombre en algún momento de su vida y ella acababa de tener el privilegio de ser testigo de esa escena. Y sí, quería que la tocara ya, quería empezar a improvisar su personaje en el libreto.

Fue entonces cuando se les acercó el cantante aquel que había estado a punto de enloquecerlos, "mucho gusto: Ramiro Fúquene", les dijo, porque quería presentarles a su esposa.

Dijo "mi esposa: Emperatriz Lucena". Y luego, cuando la pobre señora estaba a punto de poner los ojos en blanco y de más bien ponerse a chatear con un cliente, no les repitió que El trío del alma estaba a la orden para tocar en la fiesta que se imaginaran, sino que les entregó una tarjeta de su mujer por si algún día llegara a ofrecérseles cambiar de casa. Qué extraño, pero qué oportuno, fue ver a la esposa del músico sorprendida por un hombre al que creía conocer de memoria: "Cualquier cosa que necesiten…", improvisó. Sí, hay gente que consigue vivir extrañada para bien. Hay gente que puede hacer algo que valga la pena con ese género, con ese formato: la pareja. Por qué ellos dos no. Quién dijo que la realidad iba a ganarles el pulso.

Verónica Arteaga se quedó mirando la tarjeta hasta que recordó quién estaba buscando un apartamento: "El papá de mi hijo se vive quejando porque está viviendo en la casa en donde funciona el anticuario de su familia…". Emperatriz Lucena le dijo "dígale que me llame cuando quiera". Y, consciente de que habían interrumpido una conversación de vida o muerte, les pidió disculpas y se llevó a su marido con ella. Recorrieron juntos, de gancho como una pareja a unos minutos de casarse, el pasillo que va a dar al vestíbulo del restaurante. Él, mareado aún por la escopolamina, pero ya mucho menos, sintió que estaba terminando la crisis. Ella fue consciente —antes de lanzar alguna pesadez— de que en estos días se había estado portando como una bruja, como una mujer despechada porque sí. Y en la puerta de salida le dijo "nos vemos" a su esposo.

Nada más que eso. Para qué más si él sabe de memoria que el problema de ella en la vida es que se muere de amor por él.

Puso un mensaje en el umbral: "Don Joaquín: voy ya para allá". Salió del restaurante sin voltearse a ver a su marido para que no creyera que ya había terminado el conflicto. Se fue yendo cuesta arriba, por la calle 12, entre la gente que no iba a pasar nunca más por ese sitio a esa hora. Pasó bajo una bandera de Colombia ensartada en el marco de una vieja casona colonial que habían vuelto un café. Caminó, junto a un cuarteto de niños uniformados que regresaban del colegio, hasta el parqueadero de paredes azules frente a la Casa de Poesía Silva. Sacó en reversa el Ford Fiesta negro que era un dolor de cabeza, pero que necesitaba para moverse de un lado al otro de la ciudad: de Ciudad Salitre a El Chicó.

Emperatriz Lucena tiene fama de manejar bien. Y cómo le gusta hacerlo. Se le aparece la ruta que va a tomar como si su cabeza tuviera un GPS, un Waze: por la carrera 3ª hasta la avenida 26, por la avenida 26 hasta la carrera 30, por la carrera 30 hasta la calle 92, por la calle 92 hasta la carrera 18, por la carrera 18 hasta la calle 91. No se deja perturbar por los conductores perversos que le gritan cualquier cosa. Pone la emisora de música clásica de la universidad: "Acaban de escuchar *On the Nature of Daylight* del compositor británico Max Richter". Y se deja llevar por el zumbido del motor y por las luces y los latidos de la ciudad y por la voluntad que reconquista cuando va sola. Y de vez en cuando se busca en el espejo retrovisor. Y así recobra el aire.

No respiró mejor esa vez. Siguió sufriendo, aquí entre nos, porque todavía no podía creer que su marido el músico le hubiera dado respuestas de honrado bajo los efectos de la droga de la verdad. No. Imposible. Si ella acababa de ver con sus propios ojos cómo lo miraban las viejas desde las mesas y cómo le sonreían las meseras cuando le pasaban al lado. Si ella lo conocía de memoria: sabía que no era sino que se separaran unas horas para que él estuviera coqueteando por defecto, coqueteando porque sí con la que se le pasara por enfrente. Por qué vivía tan pendiente de demostrar su inocencia. Por qué vivía dándole explicaciones —"era Ezequiel", "estaba leyendo el periódico", "había trancón"— que nadie le estaba pidiendo.

No le digan celosa, no, no le digan paranoica que si él no le diera razones para desconfiar ella no desconfiaría.

Llegó a la enladrillada Torre Chicó Pijao diez minutos antes de lo esperado, 3:50 p.m., pero la parejita ya estaba ahí —ella, que le caía mal, miraba la hora en la pantalla de su teléfono— esperándola para recibirle el apartamento. Parqueó el Ford en la señal anaranjada. Se tomó su tiempo para bajarse: apagar la radio, agarrar la cartera, subir la ventana. Se arregló la falda para no dar la impresión equivocada y se quitó las gafas oscuras y salió. Cómo convencer a un cliente de que compre un apartamento: usando cada tanto la frase "si llegara a interesarle…"; escuchándole, como un psicólogo cansino que apenas escucha, cómo llegó a resignarse a tener una sola casa; recordándole que la vida es de merecimientos y demostrándole que se lo merece.

Caminó por las baldosas de ladrillo, junto al jardín de hotel, sin quitarle la mirada a la impaciencia de los novios: tictac, tictac. Se casaban el sábado en la tarde en la capilla de El Pórtico, pobres. El domingo se iban de luna de miel por el sur de Italia como los personajes de una película vieja. Y tenían entonces los minutos contados por segundos, y tenían anotados los pasos a seguir en una libretita que cargaba el más iluso de los dos: "Desayuno con la gente del trabajo", "cita con la acupunturista", "cambiar los celulares de los dos", "ir por la maleta adonde mis papás", "comprar el vestido de baño", "comer con las amigas", "peluquería". Ella sin embargo les sonrió. Qué diablos. Si lo único que faltaba era entregarles el bendito apartamento.

Si lo más probable es que no se encuentren nunca más en la cochina vida. Y que, si llegan a cruzarse en algún centro comercial, no tengan ni idea de dónde se vieron esa vez: "¿Esa no era…?".

En estricto sentido, era el dueño anterior, un economista que se iba a trabajar al Banco Interamericano de Desarrollo en

Washington, el personaje que tenía que entregarles las carpetas con las escrituras y las cuentas. Pero a Emperatriz Lucena —no le pregunten por qué: porque sentía que estaba empujando hacia delante una vida— sí que le gustaba ser la testigo privilegiada del momento en el que las llaves de una casa pasaban de una mano a la otra. Así que puso su mejor cara. Saludó de beso a los futuros esposos en la puerta de rejas grises: "Y se llegó el día...", les susurró. Recordó los días en los que se iba a casar con su marido, y se los dijo, y les contó que su padre le había dicho que se iba a morir de hambre con "ese profesor de tiple" y no le habló durante tres años por casarse con él: con el despistado de Ramiro Fúquene, que el otro día casi lo roban.

Luego su papá, que adoró a Ramiro como a un hijo, se dedicó a pedirles nietos. Murió sin verlos. Pero fue porque no pudieron tenerlos.

Quién sabe por qué. Quién sabe cuál de los dos no da hijos. Y qué importa: hubo un momento en el que pensaron, los dos, que su vida era tenerse el uno al otro.

Y el apartamento que compraron, y que pagaron cuota por cuota como ellos dos van a hacer, no fue un nido vacío entonces, sino un hijo: un destino por cuidar.

Quizás la vida estaba cobrándoles no haber adoptado un niño, como su marido propuso alguna vez, y estaban entrando en la edad del arrepentimiento. Tal vez podrían recibirle a la vecina uno de los perritos que iba a tener su perra en aquellos días. De pronto estaban bien. No eran jóvenes, como estos dos novios que se daban paso en el ascensor, "¡sigue, sigue!", y que se habían metido en una conversación tirante sobre todo lo que tenían que hacer antes del bendito matrimonio, pero habían sobrevivido juntos a la juventud, y quién quita que todo se trate de eso. Eso pensó Emperatriz cuando abrió la puerta del apartamento nuevo: que no tenía ganas de volver a comenzar, que ese par de huérfanos, que todos los recién casados lo son, no sabían en dónde se estaban metiendo.

—Aquí es donde yo digo que podemos meter la máquina de coser que era de mi abuela —le dijo ella a él.

—Ojalá nos quepa todo eso —respondió él—: mi hermana, que es buenísima para eso, puede ayudarnos.

—Y si no, la ponemos en el estudio de arriba —contestó ella cansada del realismo del que había estado llamando "mi primer marido" medio en chiste, medio en serio, sin temerles a las palabras, ay, que hay que temerles.

Y se fue sola a recorrer el apartamento vacío, unos pasos delante de su prometido y de la agente de bienes raíces con ínfulas de madre que no soportaba más, porque por esos días aprovechaba cualquier situación —una visita al supermercado, una compra en el Mango de la 82, una búsqueda del carro en el parqueadero de algún centro comercial— para irse, para alejarse. Se iba a casar con un buen hombre. Se iba a casar con un buen hombre que no tenía la menor duda de casarse con ella. Pero se estaba sintiendo muy sola y muy triste porque ya no iba a ver tanto a sus papás, que habían sido toda su vida hasta ahora, que habían sido sus mejores amigos y habían seguido juntos —y habían hecho el esfuerzo de seguirse queriendo— para que ella siguiera siendo ella.

Ella se llamaba Amalia, y él, su primer marido, se llamaba Joaquín. Amalia Serrano Díaz y Joaquín Hidalgo Ocampo. Amalia significa "labor", Joaquín significa "Dios construye". Pero ella sólo tenía veinticinco años y él sólo tenía veintinueve, y ella era Leo con Venus y Mercurio directos en su signo y él era Capricornio con Júpiter y Marte justo encima, y sus nombres eran entonces lo de menos. Amalia respondió un mensaje de WhatsApp en el grupo de la oficina, "¿ya tienes apartamento nuevo para empezar a tratarte mejor...?", antes de subir las escaleras a las que había que tenerles cuidado. Oyó desde arriba todo lo que siguió: la llegada del anterior dueño del apartamento, la entrega solemne de las carpetas, la conversación llena de equívocos sobre el proceso de paz.

Tuvo que bajar. Dio las gracias a todos en nombre de la educación que le habían dado sus padres. Siguió la conversación como cumpliendo con una tarea. Respondió sin rodeos las preguntas que le hicieron: "Yo soy muy buena pidiendo comida a domicilio", "yo trabajo en la oficina de comunicaciones de la Presidencia". Por cortesía rio entre dientes, jejejé, de un puñado de chistes estúpidos del talante de "aquí les caben por lo menos tres bebés". Fingió paciencia. Simuló interés. Y luego, renovada por la noticia de que por fin se iban, esperó bajo el umbral de la pesada puerta a que el dueño y la agente de bienes raíces se metieran en el ascensor por siempre y para siempre: "Ay, mil gracias por todo", les dijo.

Y cerró la puerta. Y lo único que vio en el apartamento helado y vacío, a las 5:18 p.m. del jueves 23 de junio de 2016, cuarenta y ocho horas antes de casarse, fue a su primer marido esperándola con los brazos abiertos. Claro que lo quería. Iba a decirle al cura "sí, acepto", o lo que fuera que se dijera en esos casos, porque ya se la había llevado la ola. Pero no podía quitarse de encima la sensación de estar cometiendo una traición.

Treinta días después, el sábado 23 de julio de 2016 para ser exactos, ella y él estaban de vuelta en aquel apartamento de casados para acomodar allí sus muebles de solteros: la bicicleta estática, la máquina de coser, la biblioteca de libros por leer. Amalia estaba mejor porque otra vez estaba cerca de sus papás. Joaquín, que había llegado a querer a los señores porque no tenía alternativa, se sentía entonces más tranquilo, más pendiente de las cosas del trabajo. Y el clima de la mudanza, que era una obra de teatro sobre una tras escena, no era un clima de duelo ni de resignación a la perplejidad, sino de aventura, de juego: "Va a tocar subir la nevera por la ventana", "pongamos la mesa del comedor de una vez en donde va", "toca colgarle aquí al señor el afiche de *El beso* porque si no después quién se lo aguanta".

Sus papás y sus amigas, que estaban allí echando una mano, compartían la sensación de que ya había pasado lo peor.

Su cuñada, que era el amor de la vida de su futuro esposo, se portaba con ella como una hermana: siempre era así, pero ahora más.

Había sido un mes antes, el viernes 24 de junio de ese año irrazonable, cuando había empezado la prueba para los nervios. 7:00 a.m.: Amalia fue al desayuno con sus compañeros de la oficina de prensa de la Presidencia para cruzarse un par de chistes pesados y pensar juntos cómo conseguir que las regiones hostiles al acuerdo de paz votaran "sí" en el plebiscito. 9:00 a.m.: corrió al consultorio de Magdalena Villa, la acupunturista —también a punto de casarse— que le había recomendado su suegra, para quitarse los problemas digestivos que se le están volviendo crónicos: lloró y lloró apenas le quitó las agujas. 10:40 a.m.: se encontró con Joaquín en el iShop de Unicentro para comprarse cada uno un iPhone 6 de los negros: él escogió de tono de llamada "Marimba" y ella eligió "Paso del tiempo". 12:15 p.m.: se fue al segundo piso a comprarse un vestido de baño enterizo porque siempre ha odiado los de dos piezas y siempre ha odiado los vestidos de baño. 1:35 p.m.: fueron juntos a almorzar donde los papás de ella con la excusa de que iban a prestarle a él una maleta. 3:10 p.m.: se echó en la cama de su habitación a hacer una siesta sobre el hombro de su futuro marido, y, cuando despertó, él ya se había ido a prepararse para la boda del día siguiente. 4:34 p.m.: se puso a hacer la maleta con el rigor de su madre, pero terminó embutiéndolo todo con la impaciencia de su padre. 5:30 p.m.: se sentó a repetirse el final de *Zona de miedo* en la televisión. 7:00 p.m.: pidió unas hamburguesas para los tres, su mamá, su papá y ella, antes de que llegaran sus amigas. 8:50 p.m.: se encerró en su cuarto con sus dos amigas de toda la vida a confesarles qué estaba sintiendo: "¿Estaré cometiendo un error?", preguntó medio en serio, medio en broma, porque era demasiado joven para haberse dado cuenta de los efectos que causan las preguntas.

No durmió bien. Dio vueltas y vueltas en la cama. No cerró los ojos en vano, pues de tanto en tanto consiguió entrar en duermevela y forzar algo semejante a un sueño, pero la verdad es que no dejó su cuerpo en toda la noche.

Se levantó faltando media hora para las seis de la mañana. Sudaba frío. Tenía el pecho pegado a la espalda y le costaba respirar. Y sentía una piquiña tras las orejas. Pero prefirió pararse de la cama como dándole prisa al mal paso. Tuvo el impulso de llamar a su novio de la universidad, aunque su relación haya sido tormentosa e inclemente, a explicarle por qué diablos no iba a casarse con él, pero consiguió decirse a sí misma "déjelo en paz". Fue a la cocina a comerse una tajada de pan integral con margarina y a tomarse una taza de café negro, que llevaba semanas desayunando lo mismo, y llegó tanteando las paredes como una ciega que va de una oscuridad a la otra. Se puso a pensar "esta es mi casa", echándose sal en la herida, hasta que se dio cuenta de que era mejor no pensar.

De ahí en adelante se limitó a hacer lo que tenía que hacer: qué otra cosa queda.

Dio los buenos días a su papá entreabriendo la puerta de su habitación. Fue luego al cuarto de su mamá a confesarle, metida con ella entre las cobijas, que estaba "muy pero muy nerviosa". Se bañó con la impresión de que, tal como le había enseñado la psiquiatra aquella, ya había dedicado demasiados minutos del día a pensarse todo lo malo que podía pensarse. Recibió al peluquero a las siete en punto. Recibió a la manicurista. Recibió a la maquilladora. Recibió a Valeria, la fotógrafa que había conocido por Twitter, para que comenzara a retratar el día de su matrimonio desde que andaba en bata y con una toalla en la cabeza por todo el apartamento. Su almuerzo fue una ensalada que dejó por la mitad: foto. Se vistió de novia con la ayuda de su mejor amiga: foto. Se apareció en la sala para que se aguaran los ojos de la familia: foto.

Y de un momento a otro dejó de hacerse zancadilla a sí misma y se rindió a lo que estaba pasando.

Sintió que era el día más importante de su vida —sí: como cualquier novia, como cualquier tonta— mientras recorría el trancón de la carrera 7ª hacia El Pórtico en el Peugeot 301 de su padre. Pidió que le pusieran en el reproductor del carro un disco que le recordaba los últimos días del colegio: *Viva la Vida or Death and All His Friends*. Sonrió porque iba a llegar tarde como cualquier novia, como cualquier tonta hermosa en su traje de estarle cumpliendo a las cosas de la vida. Pero parecía una ironía, parecía una parodia, porque desde niña había estado yendo contra la corriente. Pregunte usted, lector, lectora, por Amalia Serrano: se llevaba bien con todos, pero siempre estaba por allá en su mundo; se entendía con las raras y con las nerdas y con las populares, pero sólo era ella misma cuando estaba con sus papás.

Pintaba. Dibujaba esas elaboradísimas escenas de estos tiempos —"escaleras eléctricas de un centro comercial", "fila para pagar en la caja rápida del supermercado", "salida del estadio luego de un partido de fútbol"— parodiando a Doré. Hacía caricaturas de sus profesores: ojos enormes, narices enormes, orejas enormes. Poco se supo de ella en cuestiones de novios porque hasta que llegaron los confusos días de la universidad casi todo lo que le sucedió en la materia le sucedió en la cabeza. Sin embargo, los niños de los colegios de hombres vivieron fascinados por ella: "¿Esa es Amalia Serrano…?". Y sus compañeras comentan, hasta hoy, que era como si fuera un imán: todo el mundo quería estar a su lado, y ella, tan inteligente y tan amable y tan chistosa, no dejaba nunca de ser un misterio.

Parecía "profunda" porque para estudiar ponía en el celular el *Adagio per archi e organo in sol minore* de Albinoni, pero luego se enfrascaba en discusiones "superficiales" llenas de doble sentido sobre el final de *Gilmore Girls*.

Se negaba a muerte a meterse a Facebook porque "yo no tengo nada de qué presumir" y "primero muerta que publicando fotos mías en bikini… porque no uso", pero luego andaba por ahí espiando a sus famosos favoritos en Instagram: un misterio.

Su padre no la comprendía, pero pensaba que ella tenía siempre la razón, y la seguía adonde ella le dijera. Su madre sabía que ella, su única hija, era la más brillante, pero nunca presumía de tener una hija que sacaba las mejores notas aunque estudiara poco, sino que buscaba estar a su lado todo el tiempo como si fuera su mejor amiga. Y sí: lo era.

La generosa y enérgica y tenaz Amalia Serrano sobrevivió a uno de los colegios femeninos más prestigiosos de Bogotá: el Santa Lucía. Bueno, "sobrevivió" es una palabra demasiado grande para lo que le sucedió. Nadie se metió con ella para mal. Nadie fue capaz de perturbarla, pues la protegía un aura, una inteligencia, un humor sólo suyo, una forma de ser que la ponía a salvo. Pero en la universidad bajó la guardia como si quisiera descansar de un personaje que en realidad era su persona. Desde la primera semana en la Facultad de Artes —estudió Comunicación Social, pero tomó clases de Arte— se descubrió en la tarea de gustarle a punta de chistes a un tipo de veintipico que le dijo demasiado tarde que iba a casarse.

Y que se casó. Y que luego le pidió que fueran amigos hasta que se volvieron amantes: igual que un par cualquiera. Y que después la hizo sufrir como nunca volverá a sufrir ella en la vida.

Fueron cuatro años de enredos, cuatro años de quedarse mirando la pantalla del teléfono. Ella fue ella: no habría podido ser de otra manera. Pero, libre de las miradas de las compañeras de colegio que tanto la admiraban y tanto la trataban de descifrar, se permitió a sí misma —y no se sintió violando los mandamientos de la ley de Dios ni se sintió cometiendo una traición— ser una amante de drama escandinavo, de ranchera. Tampoco lo vio a él como un cobarde que no era capaz de dejar a su esposa: le gustaron sus ganas de vivir y su arrogancia de artista que está reinventándose la rueda, y luego no le gustó su afición a las drogas pesadas ni le gustó que le leyera en la mano que ella iba a casarse dos veces ni le gustó su discurso estúpido de separado que repite "tengo que estar solo un tiempo antes de comenzar una relación".

No la dañó, no, no pudo estropearla, porque Amalia Serrano era a la larga incapaz de dejar de ser ella misma. Sí, podía ser "la otra" de un artista trágico: de un hombre con la sensibilidad suficiente para reconocer, entre la fascinación y la envidia, el verdadero talento que le era esquivo. Pero ella iba a seguir siendo ella aunque todos se fueran. Ninguna de sus compañeras de curso, que pronto comenzarían a casarse y a tener hijos y a divorciarse y meterse en grupos de Facebook para mujeres, iba a preguntarse por qué Amalia Serrano nunca había hecho nada con su vida. Siempre que alguien se pregunta eso de alguien, repito, la respuesta es la misma: un mal amor. Pero ella era autosuficiente, ella tenía demasiado claro que era querida porque sus padres vivían y seguían vivos para que nadie la derrotara.

Ni siquiera —a continuación los epítetos que le habían puesto sus papás— "el hombre ese", "el marido de esa pobre", "el artista", "el otro", je.

"El hombre ese" lloró como un huérfano, que de cierto modo lo era porque sus papás no lo aguantaban, cuando supo que ella iba a casarse por primera vez. Cuando por fin pudo verla, enfundado en una chaqueta de cuero y rapado como si la vida se hubiera puesto patas arriba, le dijo "he debido pedirte que me esperaras más tiempo", "no me he metido nada hace dos años", "siempre vamos a estar enamorados", "de pronto sea yo ese segundo marido". Y se puso a llorar y le susurró "ojalá seas feliz" y ya.

Se llamaba David, David Bayona. Pronunciar su nombre lo desmitificaba, lo volvía, mejor dicho, un pobre güevón, pero el sábado 25 de junio de 2016 a nadie se le pasó por la cabeza su existencia.

Ella se quedó mirando los crucifijos y los arcos y los retablos, en la pequeña capilla de piedra y de madera vieja de El Pórtico, mientras él elevaba su voz tenue para que los ochenta invitados escucharan su "yo, Joaquín, te recibo a ti, Amalia, como tu esposo y me entrego a ti y prometo serte fiel en la prosperidad y en la adversidad, en la salud y en la enfermedad, y así amarte y respetarte todos los días de mi vida". Pero ella no pensó en el tal Bayona, no, que allá él, sino que dejó de sentirse la novia para sentirse su propia madrina de matrimonio, su testigo, y lo vio todo desde afuera.

Comulgó: foto. Repitió la misa como una buena actriz: "Joaquín, recibe este anillo en señal de mi amor y fidelidad a ti en el nombre del Padre y del Hijo y del Espíritu Santo". Soportó estoica, como viendo una película, el sermón abusivo lleno de consejitos para tener una vida marital sacrificada y placentera: foto. Se arrodilló cuando el cura les dijo que se arrodillaran: foto. No, no lloró, no lloró cuando se acercó a la capilla en el coche jalado por el caballo triste, ni cuando entró con cierta ironía del brazo de su padre, ni cuando su primer esposo leyó sus conmovedores votos, ni cuando sintió llorar a su mamá a sus espaldas. Supo sonreír. Más tarde, después del beso que simula el primer beso entre el marido y la mujer, sonrió involuntariamente: foto.

Caminó dando las gracias a diestra y siniestra, tomando las manos de los unos y de las otras con una risita nerviosa que la salvaba por muy poco de ser un político en campaña, desde la capilla de Nuestra Señora del Pilar hasta el claustro de San Isidro. Escuchó, agradecida, los brindis. Posó para las fotos con los invitados; brindó; comió sin hambre; partió el ponqué matrimonial con su marido; bailó el primer vals sin ganas de bailar, sin ganas de hacer el ridículo; participó en la fiesta, jajajá, como si no fuera su fiesta: foto, foto, foto. Se despidió de sus amigos y de sus conocidos en el patio interior mientras sonaban las campanas de la torre. A sus papás les dijo "hasta luego" porque pensaba verlos al otro día.

Fue entonces, apenas se subió al Austin blanco convertible de 1951 y sacó el iPhone de su cartera, cuando vio que Bayona le había escrito el mensaje de WhatsApp que se le iría volviendo una bola de nieve, un dolor de huesos:

**Acabo de ver una foto de tu matrimonio
en Instagram: parecen hermanos.**

Era, claro, el mensaje de un resentido de primera, de un envidioso de profesión. Pero desde que lo recibió lo recibió con el estómago: "Malparido". No le respondió. No le dijo nada a nadie hasta que pasó lo que pasó. Contestó puras pendejadas siempre que Joaquín le preguntó "¿qué te pasa?". Participó decorosamente en su noche de bodas. De cierto modo, se vengó en la cama del Hotel Estrada, en La Candelaria, del hijo de puta aquel. Tomó las riendas, refugiada entre el placer del desquite, y puso en escena todo lo que había aprendido con el cuerpo de su amante para sorpresa de su esposo. Durmió a ratos. Durmió mal. Y al otro día, domingo 26, se despertó con la idea irrebatible de salir antes de tiempo del hotel a visitar a sus papás camino al aeropuerto.

No necesitaba excusa, pero le dijo a él, como cualquier esposa, "y de paso les pedimos una caja de Noxpirín para frenarte esa gripa que te va a agarrar…".

Hacia las once de la mañana, agotada por todos los esfuerzos y vestida de jeans y de saco de lana de luto, se puso a pensar quién sabe en qué en el lobby del hotel mientras Joaquín le daba las gracias al dueño por todo: "Benjamín…". Se le acercaron entonces un par de muchachos italianos —dos turistas de sandalias en Bogotá— a preguntarle cómo se llamaba. Quizás sea bueno aclarar, en este punto, que Amalia nunca se ha sentido cómoda frente al espejo, pero que nadie más tiene su belleza: sus ojos verdosos, sus mechones renegridos, sus mejillas blancas llenas de pecas, sus gestos inconscientes de su gracia. Tal vez haya sido en esa belleza de nadie más, precisamente, en lo que pensó su marido mientras le lanzó el piropo "mierda: la gente te mira más cuando no tienes puesto el traje de novia" para espantar a los donjuanes. Sin duda fue la reacción de un esposo amoroso.

Y sin embargo fue entonces cuando ella, cubierta por Júpiter como por una nube, sintió que había perdido un último tren al que habría podido llegar a tiempo, supo, mejor, que había perdido el último tren porque no había puesto suficiente de su parte.

Por qué: porque el halago de economista de su esposo, que no era un verso sino un hecho, era el mismo halago que habría podido hacerle el hermano que nunca tuvo. Y se lo respondió con una sonrisa que habría podido sonreírle a cualquiera.

Sería de egoístas e ingratos decir que pasó mal en su viaje de bodas. No. No sólo hubo escenas felices que probablemente se les vuelvan recuerdos definitivos, sino que pronto entendió que la clave para sacudirse la sensación de haber cometido un error y para quitarse el mal sabor era burlarse de los demás pasajeros —"¿ese viejo se peinará con aceite de oliva?"— y estar pendiente del chat de la oficina de prensa de la Presidencia para comentar las noticias. El domingo 26, luego de visitar a sus padres, Amalia y Joaquín fueron convirtiéndose en viajeros: hicieron el check in a las dos en el mostrador de Air France, comieron en Crepes & Waffles los dos el mismo rollo de salmón, caminaron despacio entre las tiendas hacia las salas de embarque, como una pareja de viejos. El vuelo despegó a las seis de la tarde. Llegaron a París a las doce del mediodía.

Se quedaron cuatro noches en el Hotel Ibis de la Torre Eiffel. Alcanzaron a acostumbrarse al lugar: al desayuno en el restaurante, a la terraza de los toldos, al wifi. Hicieron lo que se supone que uno debe hacer en París: tomaron el metro de la estación de Cambronne a la estación de Bir-Hakeim para hacer el recorrido somnoliento por el Sena; sufrieron un liberador ataque de risa, de niños, en el Café de Flore en la rue Saint-Benoit; mientras avanzaban por la sala dieciocho del Museo de Orsay, y se quedaban un rato ante el pedazo de carne de *Nature morte* de Monet, discutieron a fondo la teoría de que la gente experimenta una extraña atracción hacia los desconocidos en los salones silenciosos y sobrecogedores de los museos.

Y siempre que hubo buena señal, que quizás eso mismo sea necesario cuando uno se atreve a rezar, ella le comentó a él lo que estaban diciendo los compañeros de trabajo en el chat de la oficina: "Parece que el procurador, que se ha vuelto un inquisidor de los liberales, ahora sí va a salir por corrupto"; "la Corte está a punto de declarar constitucional el plebiscito para preguntarles a los colombianos si quieren, sí o no, el acuerdo de paz con las Farc"; "la salida de la Gran Bretaña de la Unión Europea, el tal 'brexit' que se ve entre los titulares de los periódicos franceses, es una protesta brutal pero a fin de cuentas una protesta contra todos aquellos que quieren imponerle la teoría a la práctica: contra los artistas que tienen claro el horror, los liberaloides que se sienten protagonistas de la Historia, los globalizadores, los jóvenes arrogantes que pretenden encerrar en el ático a los viejos, los progresistas superiores que quién sabe qué se creen".

Salieron de la Gare de Lyon a las 7:57 de la noche del viernes 1 de julio de 2016, según se lee en el tiquete que Amalia pegó en el cuaderno de viaje que hizo al día siguiente del trasteo, y llegaron a la estación de Termini a las 8:55 de la mañana del sábado 2. Fue un viaje horrendo. A pesar del calor, de diecinueve a treinta grados centígrados, Joaquín tuvo que reconocer que el resfriado aquel se le había convertido en una gripa por no haberse tomado el Noxpirín: "No tengo ni idea dónde está la caja...". Y se pasó la noche entera, que fue una noche larga y una noche nerviosa porque a duras penas se vieron un par de luces como un par de ovnis en la nada, lanzando escupitajos viscosos en un lavamanos de lata de un baño diminuto que no quería quedarse quieto.

Joaquín durmió un poco en uno de los catres del compartimiento, ¡achís!, que compartían con una familia de italianos pedorros y roncadores que no sabían ni una palabra de inglés. Amalia en cambio fue incapaz siquiera de cerrar los ojos.

Trac, trac, trac; cric, cric, cric; tun, tun, tun; grofiu, grofiu, grofiu; tacatá, tacatá, tacatá: era para volverse loca.

¿Y si no es un viejo sabio, sino un sociópata de armas tomar ese italiano peinado con aceite de oliva que a duras penas asiente cuando nos ve la taquicardia de recién casados? ¿Y si uno de estos modelitos romanos nos degüella con una navaja suiza en la mitad de la madrugada? ¿Y si el guardia este que de vez en cuando pasa por el pasillo, tas, tas, tas, jamás nos devuelve el maldito pasaporte colombiano? ¿Y si acabo sola, en un penumbroso cuartito milanés, rodeada de salvajes dispuestos a volverse violadores para probar su punto? ¿Y si mis papás se mueren de pena por culpa de mi muerte? ¿Y si viene el plebiscito y se gana gracias a mi eslogan chantajista "si hay paz, hay dinero", y esa resulta ser mi contribución al mundo, pero nadie recuerda que lo dije yo, que en paz descanse?

En la asoleada y amarillosa Roma se quedaron en un pequeño hotel en la vía Antonio Bosio que les había recomendado su cuñada unas semanas antes como si le diera envidia recomendarlo: el secreto HOTEL***SILVA bajo la sombra de sus árboles y de sus tejas. No era un lugar lujoso. Sus escaleras entapetadas, de color vinotinto, eran inagotables. Apenas tenía un restaurante de pastas —de qué más— en el que la mesera era la cocinera. Pero pasaron allí sin inconvenientes las noches de aquella semana: y el jueves 7 de julio, luego de visitar los lugares que recomendaba la guía ajada de la hermana de Joaquín —luego de visitar la Basílica de San Pedro, la Capilla Sixtina, la Plaza Navona, la Fontana de Trevi, la Plaza de España, la Boca de la Verdad—, ella recuperó las ganas de que él la besara.

Yo no había querido tirar con él desde la noche de bodas. No sé por qué, ni idea por qué: no me empezaban las ganas. Pero el último día en Roma, que habíamos comenzado entre las ruinas del Coliseo romano, me fijé en cuántas veces me dijo "lo que tú quieras": siete. E íbamos en ese metro que es el infierno cuando de pronto me llegó al corazón que esta persona agripada en el verano, y que tenía la paciencia para acompañarme a comprar unas botas largas que no me había atrevido a comprar cuando las vi porque me parecieron muy caras, y que sólo perdía la cordura porque Nairo Quintana no estaba atacando a Chris Froome en la montaña del Tour de Francia, lo único que quisiera hacer con su vida fuera complacerme.

Quién más en este mundo de huérfanos iba a aguantarle a ella que llamara a sus papás todos los días.

Quién más en este mundo de narcisos iba a soportarle que se la pasara comentando las noticias.

Fue en la madrugada asfixiante del viernes 8 de julio. Amalia se despertó porque no soportaba el calor y se dio cuenta de que Joaquín estaba despierto. Le tomó la mano y lo trajo a su cuerpo. Y consiguieron los dos desquiciarse —o sea morderse los labios, quitarse la ropa, masturbarse, morderse los pezones, lamerse, susurrarse órdenes, putearse, rendirse, someterse— como un par de desconocidos: si no hubiera sido por eso el resto del viaje, por Florencia, por Pisa, por Bolonia, por Padua, por Venecia, habría podido convertirse en una verdadera pesadilla. Siempre hay suspenso en una pareja, hay una sombra que no es la del uno ni la del otro, sino que es la sombra de los dos. Y ellos lograron dejarla para después durante los quince días siguientes. Fin de la gripa.

Comenzaron a disfrutar de los hoteles viejos, pastosos y polvorientos, pero dignos. Bromearon sobre los viajeros miserables y variopintos y de pocas palabras —como Bruce Banners silbando a la orilla del camino o lobos solitarios a la espera de la matanza que los mandará a la enciclopedia de los monstruos— que se iban encontrando por el camino. En el Ponte Vecchio se enteraron de que habían nombrado fiscal general de Colombia al que les convenía a todos los poderosos del país. En la Galería Uffizi reconocieron, frente a *La Primavera* de Botticelli, que Quintana iba a volver a ser segundo en el Tour: nada mal. Y frente al *David* de Miguel Ángel estuvieron de acuerdo en que la campaña por el "sí", la del plebiscito, estaba en las manos equivocadas: nada salva a los colombianos de Colombia.

Cuando llegaron a la Plaza de San Marcos de Venecia, la última parada de su travesía, no sólo parecían un par de enamorados, sino también dos buenos amigos.

Caminaron por el laberinto estrecho y empedrado, fueron por los puentes y los callejones y los patios, como respirando un poco mejor, como sintiéndose adultos. Él llegó a caminar con los brazos atrás a la orilla del canal, con cara de vicerrector, mientras lanzaba una vez más su teoría sobre vivir una vida estética, una vida bella lejos de la bajeza que se lleva por dentro. Ella se quedó pasmada una y otra vez frente a las vitrinas llenas de máscaras venecianas de película de horror y llenas de rosas y de gaviotas hechas con cristal de Murano. Fueron al museo a conocer la colección de Peggy Guggenheim, y vieron los endemoniados lienzos de Pollock, pero la verdad es que se pasaron mucho más tiempo en la cafetería que en las galerías, y que no sintieron vergüenza, sino calor.

Volvieron a París el jueves 21 de julio de 2016: en el chat de la oficina lapidaban a Quintana por "haberse conformado con ser segundo en el Tour", hablaban pestes de los expresidentes iracundos que querían atravesársele a los acuerdos de paz, cruzaban ideas, mientras el presidente hablaba ante el Congreso, para convencer a la gente de que votara "sí" en el plebiscito porque "donde gane el 'no' el pre tiene que renunciar", pero afuera, en los kioscos y en los silencios de la ciudad, lo único que estaba sucediendo era la matanza que un fanático de aquellos del Estado Islámico había oficiado la semana anterior. Ochenta y cuatro inocentes, ochenta y cuatro, arrollados y desmembrados por un camión para probar una hipótesis: yo no sé para qué le perdemos tiempo a este puto mundo.

Al final, mientras esperaban en la sala de embarque del aeropuerto de Orly a que los llamaran para abordar el avión hacia Bogotá, Joaquín se quedó dormido sobre las piernas de Amalia como en una *Piedad*: después de todo "matrimonio" significa, como queda dicho, "darle al otro el cuidado de una madre".

Llegaron a Bogotá el viernes 22 de julio unos minutos después de las dos de la tarde. Los papás de Amalia, que a duras penas se comunicaban cuando ella no estaba, pero tampoco podía el uno vivir sin el otro, andaban detrás de las barras negras esperándolos: "¡Bienvenidos!". Sin duda alguna los recién casados, que suelen caer en la trampa de "hablar los problemas", se sintieron mejor en su ciudad. Se les vio sonrientes, tomados de la mano en el asiento de atrás del enorme Renault

Sandero blanco, como si hubieran sobrevivido a un reality show. Ella les volvió a contar a sus padres el mismo viaje que les había estado contando por WhatsApp durante el viaje. Él, que durante el periplo en cambio sacó muy poco su iPhone nuevo, la corrigió un par de veces: "¡Pero si atravesamos Roma para conseguir unas botas!". Se quedaron a dormir esa noche en su cuarto de soltera. Todo estaba listo para el trasteo del día siguiente. Adiós, burbuja, adiós.

El día siguiente, el sábado, se sintió mucho más corto. En la noche, cuando los muebles y las vajillas y las ropas llegaron a sus sitios, cuando quedaron instalados los aparatos electrónicos y la señal de internet funcionó en los dos pisos, cuando el primer mercado estuvo a salvo dentro de la nevera y dentro de la alacena, cuando sus padres se despidieron y se fueron hacia el ascensor como si la figura del uno no pudiera existir sin la figura del otro —como Sancho y el Quijote, como Garfunkel y Simon—, ella se quedó pensando en lo extraño que era decir en voz alta "mi marido". Se fueron a dormir en el filo de la madrugada: 12:05 a.m. Se sintieron obligados a comerse el uno al otro. Pero fue aparatoso, y él se vino muy pronto, y ella terminó sola, bocabajo, en su lado de la cama.

Soñó que los vecinos de al lado, un tipo rapado y una modelo, la invitaban sólo a ella a que los viera tirar. Soñó con una vieja amiga de su mamá, con Yolanda, que en los noventa siempre llamaba llorando porque se sentía atrapada en su matrimonio.

Se despertó interpretando, en su contra, el sueño terrible: no como un modo de conjurar la posibilidad de asfixiarse dentro de esa pareja, sino como un vaticinio. Se levantó lo más tarde que pudo —pasó canales mientras él se daba la vuelta y le decía "buenos días": se tranzó por ver repeticiones de la primera temporada de *The Bing Bang Theory* en Warner— hasta que tuvo que enfrentar el infierno de los recién casados: el insufrible domingo. ¿Cómo sobrevivir a semejante día sin consumirse de tedio? ¿Cómo superar adentro, en el apartamento nuevo, una mañana más o menos despejada? ¿Cómo resistir la mirada de ese desconocido desde las diez hasta las diez? "Buenos días", le contestó, y le dio un beso. Y le propuso que salieran a desayunar a la Bagatelle de la 94 con 11.

Y para no abusar de su buena suerte, pero la verdad es que comenzaba ya a sentirse atrapada y a fingir que estar con él era lo que quería hacer siempre con su vida, no le dijo que luego fueran a visitar a sus papás, sino que caminaran al Carulla de la 92 con 15 a comprar las cosas que les hacían falta del mercado.

Antes de salir, que iban ya a ser las once de la mañana, confundió el iPhone de su marido con el suyo: "Ay, qué vergüenza…", le dijo porque alcanzó a ver que alguien —no cualquiera, ojo, la hermana— le había enviado a él un corazón hinchado por WhatsApp. Y sumó a los planes entonces, y lo hizo en voz alta, conseguir un par de cobertores que los diferenciaran. Fue ella quien cerró la puerta del apartamento. Se quedó mirando el comedor y la sala, el afiche de *El beso* y el afiche de "vota sí y paremos esta guerra ya!", las sillas Audrey Soft y la máquina de tejer que era de su abuela, como si algo se le estuviera olvidando, como si algo se le estuviera quedando acá adentro.

Dios: perdóname por ser incapaz de vivir lo que estoy viviendo por ponerme siempre a pensar lo que estoy pensando.

El horóscopo de *El Tiempo* del lunes 25 de julio de 2016 le dijo a la gente de Leo lo siguiente: "Te sobrepondrás a tus líos mentales para seguir adelante: no permitas que nadie, ni tú mismo, te ponga a dudar de ti". El horóscopo de la revista *Prisma* advirtió: "El peligro de hoy es hablar de más". El de *El Nuevo Herald*, que tiene tanto de delirio, osó lanzar una profecía: "Tendrás un problema con tus vecinos". El de *Vanidades* rogó "no permitas que la idea de los celos o las dudas sobre posibles infidelidades ensombrezcan tu alegría". Y el portal especializado *Tarot*, que para honrar su nombre se fija más en las señales de las cartas que en los mensajes de los astros, subrayó la posibilidad de que Venus se le volviera en contra a quien no se encontrara preparado para amar al prójimo como a sí mismo.

Amalia Serrano los leyó todos, uno por uno por uno, porque necesitaba que aquella mañana alguna voz le repitiera que la vida sí iba a mejorar, que la vida dejaba de ser dura.

Acompañó hasta la puerta de salida a Joaquín, su marido, que no podía ser menos machista ni podía ser menos macho en este mundo hecho por hombres para hombres, que vivía extraviado en las noticias deportivas y embebido en sus cifras risueñas de economista, pero hacía todo lo posible por volver a la Tierra a ver alguna película con ella —y ella allí, en piyama, pensando en cómo sobrevivir a la terrible soledad que estaba sintiendo desde la noche de bodas—, y ni siquiera la despedida incómoda la preparó para lo que vendría. Eran apenas las 7:00 a.m., pero la luz pajiza y azulada que de golpe se toma Bogotá se había tomado también la sala del apartamento nuevo. Estaba haciendo calor: qué absurdo. Y él le dijo "te quiero" y "nos vemos por la noche" antes de perderse en el ascensor.

Habían sobrevivido al domingo de las parejas jóvenes. Habían sobrevivido al domingo, mejor, de las parejas sin hijos. Cerró pensando "qué alivio que sea lunes". Por qué cometieron los dos la estupidez de confundirse de teléfonos: fue, por supuesto, un "acto fallido" —la forma en que la mente traiciona, burla, pone en evidencia a la persona—, pero también fue una trama tejida por el guionista en el que usted prefiera creer.

Primero: cometen el error de comprar los dos el mismo iPhone del mismo color. Segundo: se inventan la torpe costumbre de tenerlos siempre juntos durante un viaje de bodas de un mes en el que poco a poco se van desconectando del WhatsApp y de los mensajes de texto y de las redes sociales que por momentos se les meten como gusanos en los recovecos del cerebro. Tercero: conscientes de que los dos dependen de esos aparatos, pues ella trabaja en la oficina de comunicaciones de la Presidencia y él en la DNP, fueron su primer domingo común y corriente a comprarles cobertores a los teléfonos. Cuarto: fue ella quien, mientras se repetían un capítulo de *Mad Men*, puso a cada celular el forro equivocado.

Y quinto: fue Joaquín, que se fue al rascacielos en el que había trabajado en los últimos años en el Volkswagen Gol que había sido de su hermana, quien llamó a Gloria —su asistente— desde el iPhone de Amalia, pero no se dio cuenta a tiempo de la confusión porque los dos tenían grabado el mismo teléfono bajo el mismo nombre: sólo hasta que subió al ascensor interminable, camino a la Dirección de Seguimiento y Evaluación de Políticas Públicas, notó que los mensajes que titilaban en la pantalla no eran del chat de su oficina, sino del chat de la oficina de ella: "La gente tiene rabia", "no hay que menospreciar el tal referendo que quieren hacer para prohibir la adopción gay", "ojo con la furia contra el establecimiento", leyó, pero seguro que se sintió avergonzado.

Porque de inmediato la llamó una, dos, tres veces, hasta que ella —que se había metido a bañar sin mirar el teléfono porque no tenía ánimos para empezar a trabajar— por fin salió en puntillas de la ducha a contestarle.

—Déjame contarte que nos equivocamos de teléfonos —le dijo él apenas ella pronunció un "¿aló?" espeluznado—: la cagada.

—Oh, Dios, no —exclamó ella en broma ajustándose una de las gruesas toallas nuevas en la espalda—: ¿y ahora qué vamos a hacer?

—Pues mi problema es que entro en diez minutos a una reunión de toda la mañana, pero si quieres pasar por aquí te dejo el tuyo acá con Gloria para que se lleve a cabo el intercambio humanitario.

—¿Pero fue que puse al revés los forros o qué fue? —preguntó al aire, al dios del "ya qué", incapaz de seguir adelante—: porque este tiene el cobertor de Lego.

—O si no tienes afán pasó por allá al mediodía —contestó él, el pragmático, el deportista, sin ninguna intención de revisar una jugada que terminó en gol.

—Yo sí pensé que era raro que yo me estuviera llamando a mí —le respondió ella, aún acezante, tratando de pronunciar con humor una tragedia de estos tiempos—: yo sí decía que no podía ser que yo le hubiera puesto el timbrecito de la marimba a mi teléfono.

—Pues entonces ven rápido porque aquí veo que en el chat se está definiendo la suerte del país —le respondió él, que nunca trataba de estar a su altura, pero esa vez sintió que salir con alguna gracia era lo mínimo.

Si ella no le hubiera pedido, cándida, que revisara su WhatsApp a ver si había algo urgente para responder, él jamás le habría pedido lo mismo. Si ella no le hubiera dicho "nada: tu hermana te está mandando emoticones, pero cuándo no", con una vocecita que era una crítica a la mejor relación que él había tenido en su vida, él no se hubiera puesto a espiar el teléfono de ella durante la reunión. Quedaron de hacer el intercambio a la hora del almuerzo: eso también fue un error. Porque ella tuvo demasiado tiempo por delante para resistirse a la tentación de revisar qué tan parecido era él a su personaje: qué tan libre de bajezas, qué tan práctico, qué tan simple era. Y, mientras la gente del equipo discutía cierta información recogida la semana pasada, él repitió "ajá", "claro", "este país es inviable" con los ojos puestos en las agotadoras dudas de su esposa.

En el chat con sus tres amigas del colegio se preguntaba "¿y si cometí un error?", "¿y si soy otra mujer que se casó demasiado joven?". En el chat con sus papás les decía a los dos señores, que son dos buenas personas pero no están para enseñarle a nadie a vivir en pareja, "Joaquín no ha hecho sino quejarse de una gripa que lo protege de mi indiferencia", "Joaquín no tiene la culpa de que yo me sienta jugando al matrimonio", "Joaquín está empezando a desesperarse de mí", "J. igual: escribiéndole a la hermana hasta cuando entra al baño". En el chat de la oficina descubrió que sus colegas periodistas, que se sienten mejores que todos porque desde la universidad les enseñan a despreciar a los "normales", le preguntaban cómo iban las estadísticas de la luna de miel: "Jajaja".

Sin embargo, nada lo perturbó tanto, nada lo enfureció y lo desconcertó tanto, como un mensaje que encontró de ese exnovio mítico del que todos los que la conocían se quejaban cada vez que les era posible:

Acabo de ver una foto de tu matrimonio
en Instagram: parecen hermanos.

En vez de cerrar el WhatsApp en un par de clics, que habría sido lo sabio ante una frase llena de veneno, se puso a ver las fotos del rollo de fotos del iPhone para probarle a un fantasma que él no se parecía a su esposa ni tenía con ella una relación como la que tenía con su hermana, pero la búsqueda fue contraproducente, claro, porque su estómago revuelto concluyó —a pesar de su cordura— que se había casado con una mujer que se le parecía, que tenía su nariz y sus cejas y sus labios. Sintió náuseas. Sintió ganas de acostarse en posición fetal en el piso de la sala de juntas hasta que le pasara el estremecimiento. Quiso gritar "¿por qué putas nadie me lo dijo?", completamente refundido dentro de sus problemas, hasta que su asistente le preguntó si se sentía bien.

Fue hasta su oficina con la excusa verdadera de que en cualquier momento se iba a desmayar. Y fue ahí, echado en el sofá de cuero con los ojos cerrados como el único ejecutivo de *Mad Men* que no ha hecho nada malo, cuando empezó a pedirle al dios del "ya qué" que su mujer no se pusiera a espiar sus conversaciones con su hermana.

No. No había en su iPhone nada perverso. En el Messenger de Facebook, si acaso, había cruzado un par de frases coquetas y presuntuosas con una compañera de colegio que le había escrito —no fue él quien lo inició: él era inocente— "entonces se nos casa el último soltero interesante de Colombia". En el Instagram, de pronto, había estado espiando a la acupunturista de ella que se tomaba fotos en las playas del mundo en bikini y en poses de yoga. Y en el rollo de fotos podían encontrarse un par de memes escandalosos que los bárbaros de la oficina habían mandado alguna vez mientras ellos dos sorteaban su viaje de bodas. Pero no más, nada más. Salvo, quizás, las quejas que él le había estado enviando a su hermana desde los parajes sublimes y enloquecedores de la travesía con Amalia: mierda.

Él llegó al almuerzo, en el restaurante Mi Viejo, con la intención de decirle antes que nada que tenían que basar su relación en los hechos. Si algo había aprendido de su paso por la academia, y de su paso por la DSEP de la DNP, era que quedarse en las percepciones era un peligro, que lo mejor siempre era respirar hondo y caminar hacia la realidad: que, por ejemplo, acababan de hacer un viaje por Italia que era un lujo para la gente de un país como este; estaban pagando juntos ese apartamento en uno de los mejores barrios de la ciudad; podían estar seguros de que ninguno de los dos iba a ser infame con el otro. No alcanzó a decirlo, no, porque ella le pidió perdón a él apenas se sentó a su lado: "Yo no sé por qué he estado tan rara", le dijo.

Joaquín le escuchó la larga confesión, interrumpida un par de veces por las apariciones del mesero ("unos chinchulines", "un pollo preparado al limón", "una punta de anca"), con la mirada puesta en los pequeños detalles del restaurante: las bufandas de los equipos de fútbol, las fotografías de los personajes argentinos, los periódicos colgando igual que ropa mojada como si alguien leyera periódicos todavía.

Confesó que le había revisado el iPhone de la "a" hasta la "z" como cualquier celosa. Confesó que no lo habría hecho si no le hubiera notado a él "una voz rara" cuando hablaron del tema. Pero, antes de que él se declarara inocente por vicios de procedimiento —porque espiar nunca es suficiente, porque asomarse entre las rendijas envenena lo que se está viendo—, ella le pidió perdón no sólo por haberse atrevido a buscarle cadáveres en el historial de su teléfono, sino por haberle hecho vivir una pesadilla por los pasillos de los museos y las habitaciones de los viejos hoteles italianos. Y no, no era excusa de ninguna clase, pero quizás el problema de fondo era que ella había nacido demasiado sensible: demasiado cerca de todo.

Y entonces todo lo del mundo me duele, todo: me duele pensar que por mi culpa, por estarme dando el lujo de montar mi propia familia, mis papás se estén sintiendo solos como huérfanos porque yo me fui; me da gastritis y me doblega y me da ganas de irme a dormir hasta que estemos todos muertos —o no sé qué estoy diciendo— la sola posibilidad de que mi mamá haya vivido atrapada, como la amiga con la que me soñé en la madrugada, en una pareja que no haya tenido que ver con el amor, sino con el sacrificio; me sobrepasa, me pone suicida aunque sea incapaz de pegarme un tiro, esto de no poder padecer por los demás, porque la compasión podrá ser una virtud, pero de nada le sirve a los que están sufriendo.

Perdón, Joaquín, qué horror habrá sido casarse con una persona que todo el tiempo está fingiendo su cordura.

Qué horror habrá sido haber viajado conmigo por Italia: uno parado enfrente al díptico de *Los duques de Urbino* más preocupado por mi mueca contrahecha de haber nacido en el mundo equivocado —ay, Dios, qué vergüenza esta fragilidad de protagonista, qué miedo yo— que por las pinturas enfrentadas de esta pobre pareja de condenados a mirarse cara a cara por toda la eternidad. Qué horror esa caminada por Florencia respondiéndote con monosílabos como si estuvieras invadiéndome el duelo. Qué pereza estar con una persona que se niega a decir "te amo" porque le suena ridículo. Te diría que te separaras, pero, como le escribiste a tu hermana, tengo que ir rindiéndome a la vida, tengo que ir entendiendo que no puedo ser una hija —y nada más que una hija— para siempre.

Me sé perfectamente lo que le dijiste: "Algún día tendrá que volverse vieja". Y también lo que ella te contestó: "Qué pesadilla mientras tanto".

Amalia le preguntó a Joaquín qué pensaba cuando les trajeron la cuenta: 2:15 p.m. Él, cansado por primera vez de su matrimonio, aguijoneado por Saturno para decir cualquier barbaridad, pero empujado por Marte a sentirse más fuerte que nunca, le resumió lo que había estado pensando antes de llegar al restaurante: que su trabajo le había enseñado que no había que creer en los sentimientos sino en los hechos, y los hechos estaban a favor de esta pareja. Pero en realidad estaba pensando con la garganta que su esposa era idéntica a su hermana. Y Amalia lo miraba como diciéndose "ojalá no esté pensando eso".

Cuando uno dice "la vida adulta" está diciendo "perder el tiempo": perder el tiempo rindiéndole cuentas a ese entramado, como un mundo en la letra menuda, del que nadie es capaz de escapar. Amalia se había pasado toda la mañana dando ideas en la oficina de prensa de la Presidencia porque el paro de los camioneros seguía adelante, y el procurador, un fanático de la ultraderecha, trataba de enrarecer el acuerdo de paz que se iba a someter a votación el domingo 2 de octubre, y se rumoraba además una marcha fascistoide contra lo que una enfurecida diputada de Santander había llegado a llamar "una colonización homosexual" —"qué asco de año", pensó Amalia, "qué terremoto"—, pero en la tarde del viernes, después de enterarse temprano de que les iban a cortar el servicio de gas, tuvo que irse de afán al CADE de la 90 con 15 a pagar la cuenta que sus papás habían olvidado pagar mientras ellos estaban de viaje.

Se sentía un poco mejor. De martes a jueves habían conseguido fingir la camaradería de los esposos. Habían logrado que la vida fuera sobre las cosas del día. Y que el intercambio de teléfonos los torturara a espaldas del otro.

Sus papás parecían tan ocupados en sus cosas que por momentos se libraba de la culpa por haberlos dejado solos. Sufrían y sufrían los dos señores —que no hay mejor manera de estar ocupado— porque su tía estaba sintiéndose cada vez peor después de las radioterapias, porque el impuesto predial era cada vez más difícil de pagar, porque unos malnacidos habían atracado al conductor de la empresa: "Esta ciudad es invivible". Y ella los llamaba en la noche a contarles el día, y para oírla su mamá tomaba el teléfono de la sala y su papá el del estudio, y era como si ella estuviera llamando de larga distancia desde algún pueblo entre la selva, pero también era como si la nueva rutina hubiera ya tomado forma.

Y sí, el viernes, cuando salía para la oficina, la "demasiado sensible para este mundo" Amalia Serrano se encontró en la helada portería del edificio con un severo e incorruptible funcionario de la compañía de gas que estaba a punto de cortarles el servicio "por falta de pago". Y sí, hizo lo que hacen los padres colombianos en casos semejantes: le hizo luego la solemne promesa de que iría a pagar la cuenta al CADE apenas regresara del trabajo, y, para combatirle la reticencia, le ofreció al técnico un billete de cincuenta mil pesos que le había dado su marido a cambio de que le dejara el gas tal como estaba, "por favor, por favor". Y ahí estaba. Del iPod venía una canción preciosa de Vampire Weekend: *Obvious Bicycle*. Y seguía una de Death Cab for Cutie: *Soul Meets Body*. Y ella hacía la fila e iba acercándose a la ventanilla.

Al señor que atendía la caja no le pareció nada raro que alguien pagara tarde una cuenta del gas.

Le dio las buenas tardes. Le recibió ochenta mil pesos porque tenía que pagar setenta y nueve mil seiscientos. Le puso un sello, ¡pum!, e hizo un mamarracho encima, ¡zas!, que sin duda era su firma. Y le dijo "no le quito más tiempo" con humor de hombre derrotado mientras le entregaba las vueltas y el desprendible de la cuenta.

Caminó de regreso a su casa, calle 90 abajo, con la sensación de que acababa de graduarse de adulta: de colombiana al menos. Fantaseó por la acera, ante las fachadas de la pastelería francesa de siempre, de la casa en donde quedaba el restaurante indio, de la pizzería gringa de la pizza gruesa, y llegó a imaginar una vida suya y sólo suya en la que no estuviera todo el tiempo viendo por ahí señales del apocalipsis: ¿por qué Bayona no me pidió perdón por haberme mandado ese mensaje tan bajo el día de mi matrimonio?, ¿por qué se fue Joaquín esta mañana sin decirme que me quiere?, ¿por qué mi mamá no quiso pasar al teléfono anoche cuando los llamé?, ¿por qué este compañero de oficina no se rio de mis comentarios en la reunión?: ¿estarán bravos conmigo? Ni un solo ruido más en mi cabeza. Ni uno más. Vade retro tiempo libre. Mujer demasiado consciente de las palabras y de las personas y de las cosas: sal de esta pobre católica que jamás va a misa.

Cuando llegó a la carrera 18, a la esquina de la frutería a la que siempre ha querido entrar, vio a lo lejos que Joaquín esperaba entre el carro a que el portero le abriera el garaje.

Tuvo claro entonces que otra persona habría pegado un grito o habría salido a correr para convertir en una escena ese momento como todos los momentos. Consideró la posibilidad de acelerar el paso. Estuvo a punto de levantar la mano, como despidiéndose de un amigo, pero prefirió esconderse detrás de una palmera de aquellas mientras pasaba ese "peligro" entre comillas. Apenas vio que el carro entraba, y que su esposo le daba las gracias al vigilante con la mano en alto, cruzó la acera para fingir que apenas volvía de pagar la cuenta. Le gustó que en su cuadra hubiera árboles. Le gustó que el portero le sonriera. Le pareció divertido encontrarse con su marido en el ascensor.

Él le dio un fraternal beso en la mejilla como un beso de extraños, "¡hola!", porque venía con el rapado y la modelo: "los vecinos raros".

Que por raros, por ruidosos, habían estado sirviéndoles de tema de conversación. Se les oía pelear en la madrugada: "¡Vete a la puta mierda!". El miércoles, en el pasillo de su piso, el sexto piso, lo habían visto a él negándole a ella la mano, la cara, la mirada: "¡Que no!". Él era un hombre bajo y rapado y de ojos claros y de barba de tres días, de un metro sesenta centímetros por mucho, siempre vestido con un par de jeans y una camisa blanca abierta hasta el tercer botón. Ella era una mujer morena un poco menor, sin duda más alta y sin duda más triste y sin duda más bella, que hablaba pasito y miraba la pantalla de su celular compulsivamente como si esperara una noticia que la salvara de la vida. Se portaban como un par de famosos. Quizás lo eran. Se despedían del portero con cierta condescendencia, "adiós, Luchito", sin mirarlo a los ojos.

Joaquín le tomó y le estrechó la mano a Amalia cuando, a la altura del segundo piso, los vecinos raros empezaron a discutir en su lado del ascensor. "Angélica: es mi trabajo", respondió él, apretando los dientes, cuando ella le lanzó una mirada feroz. Ella le contestó semejante obviedad altanera con un gesto de su mano, "¡stop!", como si le fuera a dar una muenda apenas entraran en el apartamento. Él dijo en voz alta "me gané la lotería" dispuesto a lapidarla enfrente de ese par de desconocidos. Y luego se volteó a ver a "los vecinos vírgenes", que así les habían puesto desde el día del trasteo, para preguntarles "y cómo se han sentido en el edificio" parodiando a los nativos que tratan de hacer sentir bien a los turistas.

Se dijeron adiós, hasta luego, adiós, suerte, mientras entraban a sus apartamentos: 601, 602. Y el turbio y alborotado y aniñado fotógrafo de modas Eugenio Gallo, treinta y seis años, Piscis, se arremangó la chaqueta, se quitó los Campers negros que no se quitaba ni por equivocación como quitándose las pantuflas y botó las putas llaves sobre la mesa del comedor como diciéndole a su mujer "Angélica: estoy hasta el culo de tu güevonada". Ella dejó caer la cartera en el futón japonés y se quitó los aretes y se bajó de los zapatos de plataforma y le dijo con un susurro mucho peor que un grito "Gallito: no estás ni tibio si crees que me puedes tratar como a una imbécil enfrente de la gente". Y él se encogió de hombros —traducción: "problema tuyo", "jódete"— antes de repetirle que así era su trabajo.

Que era fotografiar a las mujeres más bellas —que eran las que eran bellas como sólo ellas podían serlo— igual que si estuvieran solas.

Y tú sabes mejor que nadie cómo es la mierda, dijo, porque la conoció cuando la revista *1984* lo contrató para que la fotografiara cuando nadie la veía. Tiene claro que era octubre del 2009 porque él acababa de terminar con una novia, Lola, que quería casarlo a la brava, y estaba entonces hecho un maniático insaciable que la metía donde le dejaran meterla, y estiraba las madrugadas a perico limpio, y qué: vivir es consumirse. La llamó la noche anterior, "Angélica: hablas con Gallo, el fotógrafo", a pedirle que no se maquillara ni se bañara ni se despertara antes de que él le llegara a la casa porque la idea era espiarla toda la mañana del domingo. Y se fue a beber en el BBC de Usaquén para llegar aniquilado a la sesión: qué diablos.

Desde que ella le abrió la puerta en calzones fucsia, apenas cubierta por una camiseta raída y desjetada con el póster del "We Can Do It!" de 1943, él se dijo a sí mismo "yo me caso".

Dijo para ella "empezamos: y yo no estoy aquí". Y la siguió con su cámara Nikon, como la que usa Terry Richardson, mientras volvía a la cama de sábanas púrpura a dormirse, a desperezarse, a mirarse en el espejo a ver quién era hoy. Y la fotografió, bajo ese sol como de Polaroid, mientras desayunaba un plato lleno de trozos de mango, mientras regaba las matas de su dúplex de Chapinero, mientras escogía qué ropa ponerse. Y adicto a mirar, e incapaz de mirar sin tomar la foto, la tomó bañándose, secándose, probándose la ropa negra de ese día, vistiéndose, maquillándose, subiéndose a sus zapatos de plataforma, hasta que ella miró fijamente al lente de la cámara porque quería saber si había sido suficiente: "Hola", le dijo.

Y él le dijo "hola". Y después le dijo "ya estoy aquí: ya estoy viéndote". Y ella le preguntó "y qué más tengo que hacer". Y Gallo simplemente empezó a darle órdenes.

Usted mismo puede ver las fotos en el Instagram de Eugenio Gallo en @genecock1980: Angélica Prado lo mira seria, firme e inconmovible, de tanto en tanto apenas sonríe, cuando se abre la camisa de cuadros, se desnuda de la cintura para abajo, se sube a la cama gateando, hunde la cara en las sábanas y levanta el culo a la espera de la siguiente orden, se yergue y se queda de rodillas y se agarra las tetas, se deja ver, se queda quieta un rato hasta que él se ve obligado a quitarse la camisa, a ser un fotógrafo gonzo, como sus fotógrafos de moda favoritos, que frente al lente de la Nikon saca la lengua para tocar la lengua de ella y la agarra y la jala del pelo y la obliga a morderle el pecho y a lamerle el cuello y nada más puede publicarse en la red.

Pues bien: Angélica se pone paranoica siempre que él se va a una sesión de aquellas con alguna modelo más joven que ella, y siempre serán más jóvenes, porque sospecha —mejor: sabe— que él acaba sacándosela para que la secuencia de fotos vuelva a contar su pequeño pero increíble triunfo.

Gallo, como le gusta que lo llamen sus amigos de la movida bogotana, no es un hombre feo, pero más feo que bello sí es. Y sin embargo ninguna de esas mujeres, que saben lo que quieren y han hecho siempre lo que les ha dado la puta gana y se le muestran sin miedo porque mostrarse ya no es lo que era, se ha atrevido a decirle que no: para qué; por qué. Gallo jura por Dios, que se supone que cree en él, pues tiene tatuados en los brazos ciertos versículos del Antiguo Testamento, que después de Angélica no ha vuelto a meterse en una sesión como un Richardson de acá: allá tú, acá yo. Ella no le cree. Y menos le cree —pues está insegura y está derrotada y duerme unas cuantas horas nomás— desde que se les fue Susana porque no se aguantaba más las pendejadas de ninguno de los dos.

Y ahora qué: se estaban mirando como dando un pulso, como sosteniendo un duelo a punto de volverse una muchedumbre, pero esta vez no iba a haber fotos.

Cada uno le dio vueltas a la siguiente frase, "si no vas a confiar en mí no vamos a llegar a ningún lado", "si me vuelves a tratar mal enfrente de la gente me voy", "yo no sé en qué momento pensamos que esto iba a aguantar", pero los dos se tragaron las palabras. Ella se sentó en el futón a mirar las ventanas de enfrente a través de la ventana: pobre empleada colgando la ropa mojada, pobre madre paseando a su bebé por la sala, pobre solitario en piyama de marido a estas horas de la tarde de un viernes, pobres todos. Él se puso a lavar la loza que habían dejado junto al lavaplatos desde el desayuno mientras iba deshaciéndose de los "vete a la mierda" que tenía en la punta de la lengua. Después, cuando empezó a bajar el azul y desapareció el amarillo del cielo del barrio, se encontraron junto a la puerta del apartamento.

—Creo que tenemos que ir a la terapia si queremos que esto aguante —le dijo ella al piso de madera falsa.

—Vamos —dijo él levantándole la cara—: yo quiero.

Se fueron entonces a prepararse para la comida de esa noche donde el jefe de ella: era un milagro que Gallo acompañara a Prado a algo y no era el momento de perder el impulso. Dejaron el televisor varado en la película vergonzosa de Jackie Chan en la que lo encontraron, la película imbécil del esmoquin mágico, porque ya sólo les quedaba tiempo para disfrazarse de sí mismos. Una hora después, cuando vieron la camioneta de Uber esperándolos en la acera de enfrente, volvieron a intercambiarse las palabras inevitables: "¿A qué hora dijeron que llegáramos?", "¿este vino estará bien?", "¿habrá que sacar plata en el cajero?", "¿apagaste la luz del cuarto?", "¿llevas llaves?". Bajaron. Dieron la dirección: "Para las Torres del Parque". Se fueron suspirando y comentando lo que iban viendo en Facebook e Instagram: "Marica: la gente se volvió loca".

Ninguno de los dos pronunció la palabra "Susana", pero los dos tuvieron el mismo miedo de que se les apareciera en la pantalla.

—¿Qué día tenemos la cita? —preguntó él, cuando llegaron a la carrera 7ª, como renovando sus votos.

—¿Por qué?: ¿no puedes? —respondió lo que quedaba del rencor de Angélica.

—Por saber, baby, por saber —contestó la versión nocturna de Gallo el voyerista—: give me a break.

—Es el 10 de agosto: miércoles —recapacitó la aguda y curiosa y cruda exmodelo Angélica Prado, veintinueve años, Acuario, mientras miraba las luces de todos los colores de la noche.

Quizás estaba demasiado joven para andar en terapias de pareja. ¿Pero no es el final de una pareja la cosa más triste del mundo?; ¿no es lo más devastador de la Tierra aquello de descubrir que el arco dramático de una historia de amor no iba desde la juventud hasta la vejez, sino apenas hasta un día cualquiera?; ¿no se guardan los amores fallidos como esqueletos en el cuarto de atrás? Dos cuerpos se enamoran, se empeñan en ser uno, se dan cuenta de que no sólo han conseguido latir sino pensar al tiempo. Y un día trágico notan, primero el uno, después el otro, que han vuelto a ser dos cuerpos, que han caído en la necesidad de distraerse. No, que no les pase a ellos esa muerte. Tal vez estén a tiempo de sacudirse estos siete meses enloquecedores.

Quizás tenga algo de ridículo resignarse a una terapia de pareja, pero mejor es la ridiculez que la tragedia.

Angélica Prado volvió de sus teorías cuando Gallo le dijo "se nos hizo tarde". Se sentó bien porque estaba a punto de quedar acostada en el asiento de atrás del Uber: "Señor: ¿usted podría cerrar esa ventana?". Buscó entonces entre sus correos electrónicos a qué hora había pedido su jefe que llegaran. Y sí, iban tarde a la comida, pero esa era la noche equivocada: "Los espero el sábado 30 de julio a las siete…", decía en el e-mail. Y ella estuvo a punto de confesar "puta: es mañana". Pero mejor se quedó muda, como su padre, y prefirió esperar a que les sucediera el chasco. Susana se habría muerto a carcajadas si hubiera estado con ellos. Si cierra los ojos, como a ella le gustaba, puede oír su risa descarada: jua.

El consultorio era —y es seguro que lo seguirá siendo— una habitación blanca ocupada por una poltrona blanca, un sofá blanco y una biblioteca blanca. Quien entra suele olvidar las paredes lechosas, las rejillas nacaradas, por culpa de los colores de los libros y del verde oscuro del helecho colgado del techo. Tres persianas de plástico cubren el ventanal. Hay una lámpara que ilumina una esquina en donde no hay ningún bombillo. Hay una mesita con una caja de Kleenex. Tal vez entre el sillón y el sofá se encuentre un tapete que nadie nota, que nadie ve. Pero es seguro que el único cuadro que cuelga de la pared en donde están los diplomas de la terapeuta, y también un espejo ovalado, es una gigantesca reproducción de *El beso* de Klimt.

Qué extraño es ver ese cuadro cuadrado sobre ese muro blanco. No es una reproducción particularmente buena, pero respeta el enorme tamaño original, ciento ochenta centímetros por ciento ochenta centímetros, y se le alcanzan a notar los óleos y las hojas de oro. Tiene algo de manuscrito, algo de pintura medieval, algo de mosaico, pero lo que sorprende de verlo allí, mientras se está llevando a cabo una atormentada terapia de pareja, es tener enfrente a un hombre y a una mujer que han conseguido detenerse en ese beso, que quizás sea de amor y quizás sea de muerte, en el borde del precipicio, en el borde de la violencia: ¿y si son Dafne y Apolo?, ¿y si son Gustav Klimt y Emilie Flöge?, ¿y si son el abusador y su sometida, y cada cual se encuentra a punto de fracasar en su papel?

Klimt, según le enseñaron a Angélica en una clase de Arte, era un pobre cabrón lleno de demandas de paternidad: ¿y si está insinuando, en el peor momento de su carrera, que la pareja va a irse por el precipicio antes que permitir la metamorfosis de la mujer?

Antes de comenzar la primera sesión de la terapia de pareja que iban a tener, antes de presentárseles siquiera, Lucía Cardona, la terapeuta que les había recomendado todo el mundo —porque no descartaba los ritos de sanación, porque apenas entraba en los cuarenta—, le preguntó a Angélica por qué miraba tanto *El beso*.

Ella le dijo lo primero que se le ocurrió: que cuando decidió volver a la universidad, cansada de ser una modelo que nadie se quería tomar en serio, asistió a una clase de Arte Contemporáneo que comenzaba con la Secesión de Viena. Y marica: quedó fascinada con Klimt. Y sobre todo le pareció que esa obra recreaba a los hombres que se tragan a las mujeres, los Pigmaliones que son incapaces de dejar ir a las Galateas. Y una de las pocas veces que volvió a aparecer desnuda en *SoHo* —una revista para hombres de aquellas, que ella no le ve el problema que le ven sus columnistas favoritas, pero es que ya pasó por ella— lo hizo sólo porque le propusieron aparecer posando como en *El beso*, como viviendo en carne propia *El beso*, en una edición especial sobre arte en la que varias modelos encarnaron personajes de la historia de la pintura.

Siguieron enlazando temas ellas dos como si Gallo el voyerista no estuviera allí mirándolas.

De la cosificación de la mujer a cargo de esas revistas fueron a la historia de la virreina que le quitó la corona de la cabeza a la reina en el Reinado Nacional del Bambuco, je.

De la barbarie de los reinados, que a ella le propusieron ser Señorita Bogotá antes de que empezara a modelar, fueron a la noticia de la prohibición del burkini —el vestido de baño de las mujeres musulmanas— en las playas europeas.

De la elección del expresidente Uribe como el ganador de El Cojón de Oro, que entrega el Movimiento Machista Colombiano a los machos de verdad, fueron a la noticia de que han estado acusando al alcalde caleño de llorón.

Pero entonces, como si lo hubiera iluminado de pronto un reflector, la terapeuta se dirigió al fotógrafo con las palabras "bueno, ¿y tú en qué andas...?, ¿y tú cómo estás...?". Y él se puso tímido, y se puso tartamudo, y se enconchó, como nunca se le había visto. Pero fue sacando adelante a las patadas un monólogo mal redactado sobre un proyecto "bonitico" —esa fue la palabra mitad irónica, mitad acomplejada, que usó— para el que acababa de ser contratado por uno de los comités que defendían el "sí" a los acuerdos de paz ahora que el plebiscito era una realidad: se trataba de tomar una serie de fotografías de soldados mutilados y de guerrilleros amputados que empuñan la bandera blanca de la paz.

—¿Y ustedes dos cuándo se conocieron? —estuvo a punto de preguntarles la terapeuta varias veces hasta que por fin, cuando él empezó a terminar su relato, se los preguntó.

Angélica Prado miró a Eugenio Gallo en vez de decirle "arranca tú, arranca tú". Gallo tomó aire, sonrió atolondrado y contó entonces la historia de cómo se negaron a separarse desde esa primera vez en la que él le tomó aquellas fotos a ella: fue una versión censurada de ese encuentro, pero quedó claro que se habían pasado el día haciéndose lo que les había dado la gana, quedó claro que tan sólo unas semanas después, arrinconados por el alivio que sentía el uno cuando se acercaba al otro y por la ansiedad que les producía separarse, habían tomado al mismo tiempo la decisión de casarse. Quién sabe quién se lo propuso a quién y para qué. De un momento a otro estaban contándoles a las familias que se habían vuelto locos pero que no había nada por hacer: "Pues felicitaciones...".

—¿Y cómo llegaron hasta acá? —les preguntó la terapeuta, con su voz de joven vieja, luego de un silencio inmisericorde.

—Es que no nos estamos entendiendo, ¿cierto? —respondió Gallo, súbitamente tartamudo, con la mirada puesta en su mujer como preguntándole si estaba de acuerdo con él.

—Sí, es como si no estuviéramos hablando el mismo idioma —confirmó ella con la mirada en el piso—: es como si nos intranquilizara y nos irritara todo lo que hace el otro.

—Eugenio: ¿tú estás de acuerdo? —contrapreguntó la psicóloga.

—Sí, sí: de vez en cuando tenemos buenos ratos porque quién no los va a tener —dijo él encogido, semejante a *El pensador*, en el sofá—, pero hubo un momento en el que cada uno empezó a vivir su vida por su lado, ¿no?

—¿Cuándo fue eso?

—Yo me cansé de intentar y de intentar cuando me pidió que lo acompañara a un viaje por Tailandia, que iba a tomar fotos de los templos y las playas de allá para la campaña de un energizante que no venden aquí —respondió ella con una tristeza que parecía agobio—, pero luego, cuando volvimos de Pattaya a Bangkok, me pidió que me devolviera sola a Bogotá: hasta ese momento, que llevábamos tres años de casados, habíamos tomado todas las decisiones entre los dos, pero Gallo me dejó paralizada cuando me sentó en la silla de la habitación 601 del Hotel Shangri-La a decirme que quería que me devolviera porque quería vivir esa experiencia solo. Yo le dije "pero quiero que conste que es la primera vez que el uno decide lo del otro". Y llamé a la aerolínea ahí mismo a cambiar mi pasaje. Y pensé "este lo que quiere es hacer lo que le dé la gana sin pedirme permiso". Y se me salió una frase que nos ha estado pesando a los dos como un piano: "Estoy decepcionada de ti".

Se devolvió. Se dijo en la noche de llegada, en el apartamento de los dos sin él, "resolvemos este lío cuando venga". Se puso un plazo: Navidad. Cambió el timbre de su Galaxy a *Honesty* de Billy Joel, que es la canción favorita de su marido, ja. Y se mudó al día siguiente adonde sus papás, a su cuarto de siempre en la casa de ladrillo de Antigua, porque necesitaba sus fuerzas para esperarlo sin dejarse tragar por el rencor.

Su mamá, que en realidad es su madrastra pero es su mamá porque su mamá murió hace mucho tiempo en una galaxia muy lejana, ja, no le sirvió de nada porque lo estaba odiando: "Yo de ti mandaba al demonio a esa rata de dos patas". Su papá, que se quedó mudo desde muy niño luego de una operación de las cuerdas vocales, poco a poco fue quitándole de la cabeza la idea obvia: que Gallo estuviera siéndole infiel con quién sabe quién por allá en Bangkok.

Su papá, que ahora es el famoso de la familia porque a punta de frases ingeniosas se ha vuelto una celebridad de las redes sociales —tiene trescientos veintiún mil seguidores en Twitter, por ejemplo—, siempre ha sabido llevarla. Su papá es, de cierto modo, el amor de su vida. Gracias a él comenzó a leer las novelas del siglo XIX: *Cumbres borrascosas*, *Anna Karenina*, *Orgullo y prejuicio*, *Bola de sebo*. Gracias a él, que siempre la ha tratado como su gran amiga, entendió que las mujeres tenían las riendas de sí mismas. Cuando a ella le dio la gana ser modelo, y le supo a mierda, por un rato, que sus amigas feministas la miraran de reojo, él se sintió orgulloso de su hija. Nunca le dijo: "Salte de ahí". Nunca le prohibió desnudarse ni fingirle orgasmos a la cámara porque —según le escribió por Whats-App— "eso es lo que hacen los actores". Jamás le dijo "estoy decepcionado", sino, siempre, lo mismo que le decía cuando ella era una niña: "Yo voy aquí detrás".

Y cuando tomó la decisión de volver a la universidad, cuando dejó el modelaje porque se sentía viviendo en la tierra de la mezquindad y se había estado descubriendo con ganas de pegarse un tiro y no quería ser una más en el mundo de su marido, simplemente le escribió "perfecto".

Su madrastra cartagenera, Ximena, que era anestesióloga pero ya no hace nada aparte de pintarse el pelo de color caramelo porque detesta las canas —y la pendeja un tiempo puso a su papá, el librepensador, a pintarse el pelo—, no dejó de irse lanza en ristre contra Gallo "porque ese lo que quiere es comérselas a todas y que tú mientras tanto le tengas las alacenas repletas de las cosas que le gustan". Pero su papá, Darío, la fue llevando pista por pista y pregunta por pregunta —con el lenguaje de señas de los dos y con notitas y con e-mails eternos que eran clases de literatura decimonónica— a la conclusión de que Gallo no andaba en Bangkok en un mar de putas y perico, sino que estaba pasando algo mucho más grave.

—Se llama Susana Velasco —explicó Angélica antes de que la terapeuta se lo preguntara.

Su productora de siempre, Tania, que es una mujer hecha y derecha, no pudo viajar porque a la mamá iban a operarla de la columna, pero —dijo— "tengo una alumna que es lo mejor que he visto yo en mi vida". Que era ella: Susana. Que tuiteaba en vivo y en directo lo que le estaba pasando: "Lección de hoy: no hablar por celular en la calle". Que era flacucha y pesimista y pansexual y hipster y milenial y drama queen. Que subía a Instagram fotos y videos en calzones, frente al espejo y a media luz, rematadas por sentencias estúpidas pero exitosas del talante de "como dijo Kelly Clarkson: conócete a ti mismo". Y andaba por ahí inventándose neologismos como "no, pues frigorífico" para decir que algo era espeluznante o "estoy toda camandulera" para decir que andaba en cama.

Y subía a Facebook las radiografías que probaban que no tenía cáncer. Y escribía en el estatus "pero debo tenerlo".

Y se grababa a sí misma, siempre en piyama, comentando los pesares del planeta: el horror de los venezolanos que tratan de atravesar la frontera de Colombia por el puente Simón Bolívar, las competencias de natación en los Juegos Olímpicos de Río de Janeiro, los guiños de *Stranger Things* a los ochenta que jamás vivió.

Y era la peor escribidora de hashtags que ha venido a la Tierra: #chao, #lunesdesincronia, #beyonceesmipastornadamefalta.

Y sin embargo uno no podía dejar de mirarla, marica, porque no sería una modelo, pero sí era ella. Y amaba con locura lo que hacía. Y en Hua Hin, rodeada de estatuas de Buda y micos endiablados y muelles de madera, me dijo "quiero ser tu amiga porque eres la mujer más bella que yo he visto" y quiso convencerme de que me dejara tomar fotos otra vez. Y un par de días después era la mejor amiga que he tenido yo en la vida. Y me preguntaba cosas de arte. Y me leía en el tarot, que se lo leía a todo el equipo, que un ángel iba a salvarnos el matrimonio. Y me alababa por haber pasado de ser "la modelo más hembra de la patria" a ser "la asesora de comunicaciones más seria del mundo mundial". Y me hablaba de sus puteadas historias de amor y de cómo era eso de no dejarse definir por la sexualidad. Y me ponía corazones en todo lo que publicara yo en mis redes.

Cuando Gallo la echó a patadas de Bangkok, dizque porque quería vivir solo lo que estaba viviendo, no se le pasó por la cabeza que quería quedarse a solas con su amiga.

Y su amiga, que no dejó de copiarle canciones "súper simbólicas" en el muro de Facebook, "Hello from the other side...", tardó un par de semanas en darse cuenta de que a él también lo estaba queriendo.

Están cumpliendo seis años de casados: ¡seis! Pero Angélica está convencida —y Gallo también— de que los últimos dos también estuvieron casados con Susana. Cómo aplazar el cara a cara con uno mismo: aplazando un divorcio. Cómo dejar para después el descubrimiento de la soledad: diciéndose a uno mismo que "tres son compañía" y "dos son multitud". Cuando él regresó a Bogotá, cinco días antes del día de Navidad, avergonzado tras sus arrogantes gafas negras, fue claro que el matrimonio era un pueblo fantasma, un manicomio en manos de los locos, una casa abandonada en la que estaban viviendo los dos. Y fue evidente, y así lo hablaron en la noche de su regreso, como un Ulises de bajo presupuesto y una Penélope sin propósito, que sólo quedaban dos opciones: separarse o ser otros.

Era el final de 2013. Cualquier año luego se vería mucho mejor que 2016, por supuesto, pero sí que estaban fuera de sí en ese entonces, sí que necesitaban que alguna cosa los pusiera en su sitio. Y esa noche, después de berrear y de pedirle perdón de rodillas quién sabe a quién, se dieron cuenta de que Susana acababa de inventarse un chat de los tres: ¡tin! Y que el primer mensaje era "me están haciendo mucha falta".

Según el *Diccionario de la lengua española* de la Real Academia, Eugenio Gallo es un idiota. Pero habría que decir que nada es así de fácil, así de definitivo, acá en la vida. Angélica Prado sabía que él quería contar su versión de la historia, que quería decir "uno está solo en el mundo porque el mundo es uno solo", pero por alguna razón —bueno: porque no era bueno para la derrota— en aquel consultorio blanquecino no era el hombre que se desabrochaba tres botones de la camisa, sino el hombre que poco a poco iba cumpliendo su destino: ser un hombre como su padre. Ser calvo. Ser un borracho y ser un fumador y ser un vicioso: snif, snif. Ser cruel y ser superior porque su papá, su viejo, fue un cabrón y un matón con él. Ser un pobre estereotipo y ser un caso de manual.

Da risa que el taciturno del Gallo ahora sea el que se las sabe todas, el que no para de hablar. Pero no da risa porque sea chistoso, sino porque ante el espanto sólo queda una mueca.

No. No habla. No puede hablar. Trata de decir "y entonces..." y entonces mira al piso.

Y ella cuenta que esa misma noche, apenas vieron el mensaje de Susana en las pantallas de sus teléfonos —el mensaje de Sus: siguen diciéndole Sus—, se cruzaron una mirada que significaba "esta es la solución a todos los problemas". Y ambos escribieron lo mismo en el chat: "Ven".

Desde esa noche durmieron juntos. Gallo, que fue quien corrió el pestillo y dio vuelta a la chapa y le abrió paso a Sus, les dijo que quería tomarles fotos en el camino de la puerta a la cama. Y así tal cual fue como pasó. Angélica se había dejado puesto el vestido negro, negro, que llevaba como si no fuera una Navidad, sino una muerte, porque nunca ha dudado de su belleza, porque nunca se ha arreglado para nadie pues no hay nada que arreglar. Y se encogió de hombros ante la cámara de su marido, que fue quien cerró la puerta y puso seguro a la chapa y corrió el pestillo de vuelta, pero también le dijo "dale: toma esta foto" cuando le dio un beso a Sus y la tomó de la mano para conducirla a la habitación.

Sus estaba más bella que nunca porque era la única que no tenía miedo. Se había cortado el capul rojizo para que no le tocara quitárselo de los ojos todo el tiempo como le había ocurrido en Tailandia. Se había preparado para la ocasión con un esqueleto blanco pegado al cuerpo y un chaleco largo de lana verdosa y unos pantalones de paño gris de bota ancha y unos simples calzones con una estrella en el centro. Se dejó llevar a la alcoba matrimonial, libre del chaleco y de los tenis, como si lo hubiera leído en el tarot hacía algunos años. Se tumbó en la cama frente a Angélica. Y antes de besarla, de poner las piernas entre sus piernas, de descubrirle y estrujarle y lamerle las tetas —y antes de dejarse bajar las tiras del esqueleto y antes de dejarse bajar los calzones—, miró a la cámara con los ojos entrecerrados: y siempre busco esa foto en mi portátil.

Pero lo que quería contar —les dice Angélica— es que, apenas dejó la cámara sobre su mesa de noche, Gallo apareció en la cama como si hubiera vuelto a ser Gallo, el hombre que siempre sabe en dónde está parado.

Y no se metió entre las dos porque lo que estaban cometiendo le pareció sagrado, y la una le ponía la mano a la otra donde quería que la tocara, y la una iba sacándole la ropa a la otra para rozar y tiritar y llamar a Dios a destiempo, sino que se acercó con los jeans puestos —pero sin las medias y sin la camisa— hasta el lado de Angélica; puso su pecho contra su espalda, le susurró "aquí estoy", le acarició el vientre con la mano abierta y le besó el cuello hasta que ella le tomó la nuca sin darse la vuelta para que lo siguiera haciendo; supo esperar como si él no fuera más que la voluntad y el enajenamiento de su mujer, y apenas la tocó y le pasó la lengua, hasta que ella misma le desabrochó el pantalón y le permitió ponérsela entre las nalgas y lo trajo sobre las dos y lo dejó llegar por fin hasta Susana, y Sus pudo ponerse entre los dos y los tres empezaron a ser de los tres.

Y Gallo le pareció generoso y cauto, como poniendo a andar por fin el amor que sí le tenía, como entregándole todo —y cuidándole todo— lo que era de ella, como poniéndose vulnerable y presente de allí en adelante.

Todo funcionó desde esa Navidad. Sus les contagió el espíritu triunfalista de la época, y les recordó que los ritos son pretextos, a fuerza de ponerles villancicos y ponerles las películas de siempre en la pantalla que habían colgado en el techo de la sala: "Merry Christmas, movie house!, Merry Christmas, Emporium!, Merry Christmas, you wonderful old Building and Loan!". Susana ya era la mejor amiga de los dos, pero pronto, cuando convirtieron el estudio en su habitación llena de estrellas, fue también su asistente y su amante y su paciente y su terapeuta. Hubo una vida de los dos y una vida de los tres, pero la peligrosa soledad de la pareja, que saca lo peor de cada quien y remueve la psique y convierte cada noche en una nueva incertidumbre, fue remplazada por la practicidad de ciertas familias: el cielo en el infierno.

Todo se perdonó. Todo se redujo a poner en marcha el presente. No hubo guerras de silencios, ni hubo enconos, ni hubo celos letales, ni hubo secretos envenenados, ni hubo quejas como puñaladas por la espalda, ni hubo polvos sombríos y patéticos, ni hubo insomnios irresolubles porque habría sido ridículo cometerlos. El Gallo dejó de ser el marido frustrante, frío e incapaz de callarse una sola crueldad, que podía voltearse a decirle a su mujer "cometes demasiados errores". El Gallo dejó de resolver sus frustraciones en el trabajo —"fotógrafo gonzo": habrase visto semejante trampa mental, semejante hijueputez— como si ese amor renovado hubiera puesto todo en su lugar. Prado no sólo volvió a leer novelas porque volvió a tener tiempo, y dejó de sentirse vigilada, sino que se sintió tranquila cuando dijo sí a trabajar en un programa de la radio de las tardes porque no estaba dejando solo a nadie: su voz tenue, de persona que confía en las palabras, fue el alivio de la gente que regresaba a su casa a repararse.

Todo estuvo dispuesto para que se diera una trama. Por ejemplo: para las dos familias, los Gallo y los Prado, Sus siempre fue una amiga risueña e impertinente que trabajaba con los dos al mismo tiempo.

Pero, mientras el drama tomaba la curva para desbocarse, Susana dio vida a ese apartamento en ese edificio a medio habitar con su parloteo sobre cómo podía escribirse la biografía de una persona a partir de los juguetes que había tenido; su monólogo sobre cómo todo lo que estaba sucediéndoles tenía sentido porque Piscis estaba frágil y Acuario estaba a punto de recobrar el optimismo y Aries estaba escuchando el llamado de su imaginación; su cantaleta feliz, que les pedía perdón cuando se daba cuenta de que se había tomado por asalto la palabra, sobre cómo lo que había sucedido en Bangkok entre los tres había sido un fenómeno sincronístico: justo cuando yo estaba pensando en matarme, y ustedes creían que lo mejor iba a ser separarse, leo en un artículo en BuzzFeed "pregúntate quiénes son tus verdaderos amigos".

Las cosas ilógicas de cada cual dejaron de ser taras para volverse idiosincrasias: no eran malas señales, sino características curiosas que el Gallo orinara sentado y lloriqueara cuando le mencionaban a su papá y temiera a la secretaria de la oficina porque siempre estaba censurándole las llamadas; no era grave, sino gracioso que Angélica se enfureciera porque Dorotea, la empleada que la acompañaba desde niña, la siguiera regañando por comer chocolates a escondidas como si las dos tuvieran quince años: Dorotea no veía bien, y se negaba a ponerse las gafas, pero no era su miopía gruesa —era su propio escape de Villarrica en días de la peor violencia— lo que la tenía pensando que la niña Sus era una desplazada que estaba quedándose allí porque adónde más iba a vivir.

Nada raro le veía a la niña Sus: pensaba más bien que de no haber sido por ella, que Dios de vez en cuando nos manda personas que nos abren la trocha, ese apartamento habría acabado de congelarse.

Susana ponía a todo volumen lo que estaba sonando en el mundo según Spotify: "Clap along if you feel like a room without a roof / Clap along if you feel like happiness is the truth / Because I'm happy…".

Y se grababa a sí misma para sus seguidores de Instagram, siempre en piyama, y seguía comentando los pesares del planeta: le alegraba que Cuba arreglara su relación con Estados Unidos, le daba asco el escándalo de los sobornos de la Fifa, sollozaba sin pudores frente a la cámara, aquel viernes 13 de noviembre de 2015, por los ciento treinta muertos y los trescientos sesenta heridos durante el concierto de Eagles of Death Metal en un teatro del suburbio de Saint-Denis.

Quizás sea lo mejor aclarar que Susana Salas, ah, que Salas era el apellido, no era una muchacha bipolar que en la cresta de la ola iba por el mundo salvando a los otros como una Mary Poppins de los tiempos de las redes sociales, ni era una risueña enferma terminal, ni era tampoco una veinteañera maniática sin pasado y sin familia que la estuviera llamando a ver cuándo iba a dejar de molestar a los Gallo Prado. De verdad era una bumanguesa trabajadora y seria, con una pulsera tatuada en la muñeca izquierda y el pelo pintado de rojizo y rapado en la nuca, que se había enamorado de cada uno de ellos y también de los dos. En efecto era una narcisa: yo primero y yo después. Pero aquel que esté libre de ese pecado, hoy, que lance la primera frasecita inteligente.

De nuevo fue en Navidad: Susana, que había estado rara, y cuando estaba rara la familia entraba en alerta naranja, fue hasta la cocina a decirles "la cagué" con los ojos saltones e hinchados.

Estaba embarazada. Nunca había sido la más disciplinada a la hora de tomarse la pastilla del día, pero tampoco había sido su costumbre quedar embarazada. Y ahí estaba pidiéndoles clemencia por su error.

—¿Pero por qué? —preguntó la terapeuta, fascinada como el público y sonriente como los falsos sabios, con las piernas recogidas sobre el asiento.

—Porque tener un hijo no estaba en los planes de ninguno —aclaró aparatosamente Gallo en directo desde los pozos del silencio—: no se nos había pasado por la cabeza ni siquiera.

—Yo le pregunté tres veces "Sus: ¿estás hablando en serio?" hasta que me pareció que iba a desmayarse —agregó la ansiedad de Angélica.

—Y se puso a llorar "la cagué, la cagué: yo siempre me cago todo" hasta que cayó en cuenta de que no tenía que tenerlo —reconoció Gallo mirando a la terapeuta a los ojos y sintiéndose cerca de su esposa por primera vez en mucho, mucho tiempo— mientras nos remplazábamos para darle un abrazo y para secarle las lágrimas y contenerle los quejidos que eran como si se fuera a morir. Y desde ese momento todo fue horrible y fue adulto en el peor de los sentidos y fue sobre todo la cosa más triste del mundo porque terminamos los tres en una clínica en Usaquén pidiendo un aborto unos días antes de Navidad. Y a principios de enero, antes del Día de Reyes porque me acuerdo de las luces de colores titilando en el barrio, nos dijo que quería irse.

—¿Y dijo por qué?

—¿Por qué? —preguntó Gallo para ganar un poco de tiempo—: Porque le pareció claro que no íbamos a tener un hijo si la mamá no era Angélica.

—Y porque yo le parecía "diva" e "irascible", "llevada de mi parecer" e "incapaz de la solidaridad".

—Y porque yo le parecía un niño que no lograba que le importara lo de los demás e iba a acabar siendo un abusador como mi papá.

—Y también pensaba que Gallo era un pobre acomplejado que para compensar le había puesto Big Cock a su productora.

—Y de Angélica decía que era increíble que se hubiera dado permiso de no acompañarme al entierro de mi papá.

—Y se la pasaba imitándolo con sus camisas abiertas hasta el tercer botón y sus gafas negras de neoyorquino de acá.

—Y le gustaba decirme en voz baja "yo creo que se lee esas novelas en diagonal…".

—Y los domingos cuando él se levantaba de la cama al baño, a orinar como un caballo sentado, siempre siempre siempre me decía lo mismo: "¡Por fin solas…!".

—Y "¿esta no se cansará nunca de decirnos las mismas estupideces por la noche…?".

Se fue a finales de enero a vivir de nuevo a Bucaramanga donde sus papás. Se portó como una vieja resignada por fin a los reveses y los suspensos. Dio las gracias. Confesó haber pasado los dos mejores años de su vida, pero luego reconoció que algo se había roto entre los tres —y había quedado claro que no eran un trío, sino que ella era su desprotegida— cuando la habían acompañado a hacerse el aborto. Dijo pasito que quizás algún día se volvería una buena madre. Y que el día que volviera a quedar embarazada, del hombre sin pretensiones que estaba anunciándole el tarot, serían los primeros en saberlo. Y será un día más feliz que estos días felices que pasamos porque, como dijo ese profesor viejo antes de que lo lapidaran, las mujeres con hijos son las más inteligentes.

Se fue. Y todos esos meses agónicos, desde febrero hasta agosto, se dedicaron a espiarla por las redes.

A leerle en Facebook la oración "Dios mío: que aborten todas las mujeres que se huelan que el padre es un mal padre". A verla oír en Spotify, "ahí está, ahí está…", las listas de homenaje al difunto Juan Gabriel: "Hasta que te conocí vi la vida con dolor…". A repetirse en la madrugada los videos de Instagram en los que discutía sin el desparpajo de antes —sin las palabras inventadas de antes y sin los ojos lúcidos de siempre— el cuento de que el salvaje de Trump se sentía mucho más cerca de Putin que de Clinton, lo extraño que iba a ser un cese al fuego definitivo de las Farc, lo absurdo que era que el exfutbolista Gary Lineker presentara un programa de televisión en calzoncillos. Lleva una semana sin subir nada. Ojalá no le haya pasado nada. Ojalá esté bien.

Porque siempre que no saben nada de ella se han visto perdidos, irritables, suspicaces, inseguros. Han preferido morirse a levantarse de la cama. Han querido esconderse en un armario y algo así es lo que han estado haciendo. Se han querido desterrar el uno al otro como un par de posesos que están dispuestos a pagar una multa, a someterse a un exorcismo.

Habrían podido enloquecer a esa terapeuta que parpadeaba en exceso, y habrían seguido señalándose y enlodándose como un par de politiqueros en plena campaña política, si no hubiera llegado la campana salvadora del final de la hora: "Por hoy ha sido más que suficiente", les dijo.

Empezaba lo que ella llamaba "desminar el terreno" como lo estaban haciendo en los campos de la guerra: desenterrar a golpe de recuerdos concretos los miedos que se habían ido sembrando desde el día uno. Seguía lo que ella llamaba "el plan de reparación del ser cósmico", "el plan de restauración del retrato de familia…", una sesión por separado con cada uno: con Eugenio el 16 y con Angélica el 18. Todo en la vida se hacía para conocer a una pareja, dijo, pero una pareja no era la solución sino la prueba de fuego de la vida. Si un matrimonio era bueno era el ejercicio de la divinidad. Si un matrimonio era una trampa del libre albedrío —es decir, un daño, un mal— lo mejor era remontar el camino hasta salir de ahí. Y eso era lo que iban a definir en las semanas por venir.

A unas cuantas cuadras del consultorio, por los lados del Ministerio de Educación, empezaban a escucharse los alaridos "¡no a la ideología de género!", "¡hombres y mujeres: así nos hizo Dios!", "¡a mis hijos los educo yo!", "¡prefiero un hijo muerto que un hijo gay!". "Es esa marcha escalofriante de la caverna", les dijo la terapeuta, es esa muchedumbre enfurecida de católicos y cristianos y evangélicos y neonazis y oportunistas vestidos de blanco pidiéndole al Gobierno que eche para atrás ese supuesto mundo nuevo en el que el género de Adán y de Eva es una "construcción sociocultural", las mujeres pueden abortar si les place, los homosexuales pueden casarse y adoptar y la religión es el opio del pueblo.

De verdad que daba miedo oírles los gritos. No era fácil pensar en nada más.

Y sin embargo aquella mujer de pelo corto, que sólo era esa mujer segura cuando estaba sentada en esa silla blanca, les dijo que el catolicismo verdadero no perdía el tiempo en semejantes bobadas, pero que el mal nunca sabía que era estúpido ni que era el mal.

Y, cuando los vio perdidos en sus frases enrevesadas que a la larga eran clichés, dijo que de tarea iba a ponerlos a trabajar juntos en la campaña por el "sí" en el plebiscito, ya que a los dos les habían propuesto hacer parte de uno de los comités, con la esperanza de que redescubrieran su creatividad en pareja. Iba a pedirles que de aquí a que volvieran a verse se respondieran en silencio la pregunta de qué les habría pasado si la embarazada hubiera sido Angélica.

Y ella la miraba en blanco. Y él asentía para que no se le notara el desconsuelo.

Quizás para este momento lo sepa todo el mundo, pero vale la pena contar, por lo buena que es, la historia del examen de sangre equivocado. Le había ocurrido en agosto de 1996 —"¡veinte años ya!"— al malicioso y pícaro y burlón publicista Manuel Arellano, sesenta y dos años, Virgo, pero él mismo seguía contándoselas a sus invitados como contando su vida entera. Era la noche del miércoles 10 de agosto de 2016. Seguía siendo el tema la perturbadora marcha por la familia que había terminado convertida, en todo el país, en protesta contra los homosexuales. Doce comensales había y doce comensales tenían ganas de encerrarse en sus casas a esperar que la pesadilla terminara. Eugenio Gallo, el fotógrafo de moda, había dicho "qué asco de país". Angélica Prado, la comunicadora, había repetido "qué asco".

Estaban reunidos en ese apartamento viejo en Chapinero, cerca del restaurante Las Margaritas, por los lados de donde vivía el comentarista Pepe Calderón Tovar, para comprometerse con uno de los comités que iban a hacerle campaña al "sí" en el plebiscito para terminar la guerra. Estaban frente a ese ventanal iluminado por la luz blancuzca de un poste, preparados para inventarse eslóganes de paz como a punto de empezar una carrera, rodeados por una colección de pequeñas estatuas de Guayasamín, una serie de retratos escalofriantes del maestro Roda, una serie de ceniceros de plata y de canastos y de chécheres que habían sido de la casa grande en donde Arellano había vivido con sus padres.

Pero, para sobreponerse a esa manifestación contra la igualdad, Arellano se había puesto en la tarea de contar el día en que creí que tenía tres meses de vida, pero en la noche me llamaron a decirme que me habían dado el examen equivocado.

—¿Y cómo se dieron cuenta de que no era tu examen sino el de quién sabe quién que en paz descanse? —preguntó Gallo, perdido, aún, en las denuncias y las revelaciones de aquella primera terapia de pareja, en un intento desesperado por sumarse a alguna causa.

—¿Y cómo se dieron cuenta? —repitió Angélica como una autómata.

Y Arellano les dijo que había sido así: al principio de la noche de ese mismo día de 1996 lo llamó una enfermera muerta de miedo, la misma enfermera debutante que le había hecho cara de "iré a su funeral", a reconocerle que le había entregado los resultados equivocados. Si se fijaba con atención, si, mejor dicho, desplegaba la hoja en vez de estarse despidiendo de este mundo cruel, entonces notaría que el antígeno 125 no señalaba la presencia del cáncer en cualquier tejido, sino en las células del ovario: "Yo estoy dispuesta a asumir la responsabilidad por todo lo que le he hecho pasar este día", dijo la muchacha sin embargo, y entonces, cuando lo oyó a él dándole las gracias por haberle devuelto la vida que le había quitado, le contó que en cualquier caso sus niveles de azúcar en la sangre estaban acercándose al siete por ciento.

—Pero la historia —continuó el teatral Arellano sobre las carcajadas— es una historia de amor, porque ese día me atreví a decirle a Inacio, que en ese entonces era un virginal secretario de la embajada de Portugal, que yo también me había enamorado de él.

Llamó a su mujer, que la pobre venía diciéndole, doblegada por la incertidumbre, "Manuel: por favor dime lo que tengas que decirme…", a decirle que no quería morir sin haberse aceptado a sí mismo como era: "Me siento como una estúpida…". Llamó a su hija de trece años: "Obvio". Llamó a la embajada de Portugal: "Ele disse que estava indo para comprar alguns álbuns na Tower Records no Centro Andino…". Se fue corriendo desde la oficina en la Avenida Chile hasta la tienda del centro comercial —bueno, se fue trotando— entre los vendedores ambulantes y los carros atrapados en los atascos. Lo buscó en las góndolas de la música pop, de la A de ABBA a la Z de ZZ Top, pero no lo vio en ninguna banda. Fue a los revisteros con la esperanza de que estuviera echándole un vistazo a alguna revista de cine como aquella vez.

Estaba en la enorme sección de música clásica. Tenía puestos los audífonos de piloto que le daban a uno. Escuchaba el chelo de la *Suite N° 1 en sol mayor* de Bach en la versión de Yo-Yo Ma: todavía no era un lugar común de las películas. Sonrió la sonrisa más feliz que él le haya visto a un hombre de la Tierra. Me ofreció uno de los auriculares —o como se le diga a esa vaina— como diciéndome que teníamos que oírlo todo juntos. Pero en vez de oírle nada me lancé a besarlo allí, a mis cuarenta y dos años, porque no iba yo a morirme sin haberlo besado. Y el principio del beso fue Inacio riéndose, y yo sintiéndole los dientes, porque el momento le parecía absurdo, pero caído del cielo. Y luego ya fue un beso como un abrazo a pesar de todos y de todo. Y le dije "me voy a morir".

Una pareja ajena es incomprensible como una vocación: ¿cómo puede esa pobre aguantarse a ese pobre...? Manuel e Inacio, el publicista Manuel Arellano e Inacio Teixeira, su marido portugués desde hace veinte años, que dejó la vida diplomática para montar restaurantes con un grupito de socios —ah, por ejemplo: **BESTA** es uno—, tienen montado un número en el que el primero le lanza al segundo bromas pesadas hasta el punto de poner incómodos a sus testigos, y entonces, cuando uno está a punto de decirse "pero estos dos para qué demonios están juntos, pero cómo se aguanta el dulce de Inacio al pesado de Manuel...", Manuel cuenta la historia de amor de los dos para renovar los votos que hizo esa noche, aunque no fuera a morirse, e Inacio le manda un beso por el aire que prueba que el matoneo de aquel es pura farsa, puro juego.

Qué rara pareja. Manuel tiene el pelo canoso tan tupido como puntudo igual que el pelo de un erizo, y es ruidoso y protagónico y maledicente. Inacio se ha quedado calvo demasiado pronto, porque apenas tiene cuarenta y siete años, pero sobre todo es un flaco, un magro, que siempre dice alguna cosa tímida que al final vale la pena. Y sin embargo se mueve, sin embargo funciona. Desde esa vez, en un Tower Records que suena a historia antigua, cuando juraron vivir juntos los pocos meses de vida que les quedaban. Resultaron años. Van veinte y faltan veinte más. Sus familias se han acostumbrado como si la consigna fuera "costumbre o muerte". Y cuando no tienen a nadie mirándolos, y Arellano no se siente llamado a parodiar su pareja, se van al sofá favorito a ver una película.

Y Manuel le dice a Inacio, y entonces sólo necesita a su marido de testigo y es un actor que se doma a sí mismo, "yo sí sentí que un día iba a enamorarme cuando conocí Lisboa: Ó Lisboa das ruas misteriosas…".

—¡Pues muy valiente tú! —exclamó con signos de exclamación una esposa tiesa de sonrisa tiesa, como una institutriz de corsé y vestido negro satinado y candelabro, y se dirigía a la impasible hija de Arellano.

—Debió ser un escándalo —dijo el marido de ella, libidinoso y güevón como un cortesano del siglo XVIII de tricornio y peluca empolvada y casaca aterciopelada, que se los presentaron a Gallo y a Angélica apenas entraron.

—Pero hoy habría sido mucho peor —susurró Inacio, con su buen español, poniendo los ojos en blanco.

Sin duda lo habría sido. Cuando Gallo y Prado salieron del consultorio de la terapeuta, que es seguro que sigue quedando por los lados del barrio Pablo VI, se encontraron con una turba de camisetas blancas entre las que había políticos corruptos reuniendo votos para las próximas campañas, padres de familia asqueados por el libertinaje, fanáticos religiosos a punto de lanzar primeras piedras, extremistas cabezas rapadas nostálgicos de un mundo que ponga en su lugar a los que no sean como ellos: "¡Dios creó varón y hembra!". Gallo y Prado sintieron miedo de verdad, miedo en el estómago, en la nuca. Caminaron uno al lado del otro sin hacer contacto visual con los manifestantes hasta que encontraron el carro de los dos: el Willys Wheeler rojo.

Y se fueron lejos de allí, "¡papá, mamá: diseño original!", como yéndose de los tiempos de los nazis. Y en el retrovisor quedó toda la rabia en el nombre del Señor nuestro juez.

No, no podía ser que semejante mar de muecas histéricas hubiera crecido sólo por unas cartillas de educación sexual propuestas por un ministerio. Esto no era una marcha desgranada y olvidable, no era apenas una manera de enardecer a los cristianos a unas semanas del plebiscito, sino el reino del Dios implacable de los viejos tiempos pegando el grito "¡perros y perras liberales: fuera de aquí!". Aquí va a pasar algo grave. Van a venir un día por todos nosotros para que nos quede claro quién manda a quién —dijo Gallo sin percatarse del silencio en el que se había quedado encallada su esposa— si no sacamos adelante esta campaña. Hay que ganar el domingo 2 de octubre. Hay que callar a esa puta caverna de una buena vez.

—Mamá, que estará ardiendo en el infierno, me decía y me decía cuando yo era niño que ella estaba segura de que yo iba a ser un delincuente cuando grande —les contó Arellano sin mirar a nadie a la cara—, pero ni siquiera su imaginación de vieja perversa habría podido verme perseguido por marica.

—¿Y tu papá? —preguntó la voz velada de Angélica Prado.

—Papá a duras penas hablaba —contestó Arellano—: siempre estaba encorvado en ese escritorio escribiendo sus novelas de ochocientas páginas.

"Papá", según le explicó Angélica a su esposo, era el Benito Arellano genial que había escrito *Corte de corbata*: "Hubo una vez una voz, pero ahora es el grito '¡por el amor de Dios no lo maten!'...". Sus novelas comprometidas con la justicia social, que dicho así suenan a pobres paisajes realistas —pero si llegan a leerlas, lector, lectora, verán que son una lección de literatura—, se vieron opacadas por las novelas de la violencia y por las novelas del realismo mágico. Hoy, gracias a las gestiones que Arellano hijo ha estado haciendo en los últimos veinte años, es común considerarlas trabajos importantes de la narrativa colombiana. Y se ha puesto de moda citar algunas de sus frases sueltas, "es más fácil negar la guerra que la sangre...", que parecen escritas ayer.

Si algún escritor del siglo pasado vaticinó el conflicto en el Cauca y en el Tolima, y predijo el envilecimiento de todos los ejércitos, ese fue Benito Arellano.

—Mamá estaría echando humo de la rabia, y estaría apretando los dientes y resollando, si se hubiera alcanzado a enterar de que el inútil de Benito a fin de cuentas se salió con la suya —reconoció Manuel Arellano, infidente, mientras trataba de pararse del sillón y volvía a tratar hasta que Inacio Teixeira le alcanzó la mano.

Pasaron a comer, es decir, fueron de los sofás de la sala a la mesa redonda de madera del comedor a servirse los jamones de bellota y los quesos de búfala y las berenjenas y los champiñones y las aceitunas del bufé, entre las naturalezas muertas al óleo que habían ido coleccionando en estos veinte años. Se dijo todo lo que después se hizo: "Podríamos llenar la ciudad de párrafos de *Corte de corbata*"; "hay que subrayar la idea de pasar la página"; "podríamos hacer un montaje de imágenes de hombres —y de mujeres, y de mujeres— volviendo de las guerras que ha habido en el mundo"; "yo convocaría a los actores que salieron a defender a Mockus en las elecciones de 2010 para hacer un video emocionante: la clave aquí es la emoción"; "¿qué tal convencer a los youtubers?"; "quizás un video lleno de puras cifras que se vuelva viral: 218.094 muertos, 1.982 masacres".

Comieron con las manos. Escucharon, cuando por fin apareció, al asesor de campañas Tito Velásquez. Escucharon a su novia de siempre, la brillante profesora Gabriela Terán, que a principios de año se había convertido en una especie de celebridad de las redes luego de escaldar públicamente a un colega por machista: odiará esta frase desde que lea "escucharon a su novia de siempre...". Analizaron las encuestas internas del Gobierno: gana el "sí" al "no" cincuenta y siete por ciento contra treinta y dos. Renegaron de la propaganda sucia que está regando y contagiando la derecha por ahí. Parodiaron el resentimiento de los dos expresidentes patéticos que quieren que el acuerdo con las Farc fracase porque ellos no pudieron echarlo a andar. Celebraron la paz con un vino chileno que estaba en rebaja en la licorera de ahí a la vuelta.

Sintieron todos el buen vértigo, hacia las nueve de la noche, porque este país acostumbrado a su violencia iba al fin a ser un país de aquellos.

El fotógrafo Eugenio Gallo y la comunicadora Angélica Prado, que parecían famosos hasta cuando estaban solos, comenzaron a hacerse caras a esa hora porque el día había sido demasiado largo para ellos. Quién sabe cómo estaban. Quién sabe en dónde los había dejado la terapia del mediodía. Ni ellos mismos habían tenido el coraje de asomarse a su pareja luego de haberse declarado culpables. Pero, cuando se vieron atendiendo al libidinoso del siglo xviii y a la institutriz de candelabros mientras contaban que estaban "así de pálidos" porque se les había perdido su perro boyero, Eugenio y Angélica se lanzaron un par de esperanzadoras miradas en su lengua que significaron "suficiente" y "vámonos de aquí".

Fue ella la que empujó la decisión de irse cuando le dijo a él, en el corrillo que lamentaba la tragedia del perro, "voy al baño y nos vamos".

Buscó por el pasillo la puerta correcta hasta que tropezó con un tipo monstruoso de chaqueta de cuero y botas pesadas —media cara quemada, labios gruesos, ojos saltones, corte de pelo militar, risotada maligna— en la biblioteca llena de lomos de cuero que fue la biblioteca de Benito Arellano.

De dónde venía. De dónde había salido. Qué hacía en ese lugar ruidoso, entre tantos conspiradores de la paz, a semejantes horas de la noche de un miércoles. Llegó a sentir por unos segundos el miedo que suele tenerle la bella a la bestia, la actriz al orangután gigantesco —Dios, sí, llegó a temer una violación en el lugar menos pensado—, pero el tipo se lanzó a hablarle para despejarle los miedos.

—Mucho gusto —le dijo su mano demasiado grande para tantas cosas, pero siempre en son de paz—: yo soy Douglas Mejía, el técnico.

Había llegado un poco antes que todos los invitados. Estaba tratando de arreglar el computador de don Manuel, dijo, porque aquí los señores se le habían vuelto expertos en dañar los aparatos. Tenía sobre el escritorio un plato lleno de jamones y salamis que no se había terminado de comer. Y estaba a punto de acabar, aceptó, luego de hacer backup, de reformatear, de instalar de nuevo todo, pero no quería cantar victoria, sino dejar eso listo de una vez "porque después quién se aguanta a estos manes cantaleteándome". Ah, el baño de las visitas era allí derecho. Y nadie le estaba preguntando, pero porque había vivido en zona de guerra y porque hacía un mes les había instalado unos equipos a "unos señores de los del 'no'", tenía la sensación de que les iba "a quedar de pa'rriba la cosa de la paz".

Qué vergüenza con esa señorita que había visto en alguna parte: ¿en *SoHo*? Quería ir al baño y a cambio él le soltó las quejas y los chismes y las teorías sobre el futuro del país. Pucha: tiene que aprender a callarse, tiene que dejar de enloquecer a las personas con sus imprudencias, tiene que enseñarse, que se lo rogó tantas veces su madre, a controlar esa lengua de boquisuelto, Douglas. Dio la espalda al pasillo para terminarse los jamones y para dejar los aparatos y los objetos del escritorio como estaban. Pero también dio la espalda para que la pobre mujer a la que había espantado pudiera regresar a la sala sin tener que aguantárselo otra vez. Qué vergüenza con ella. Qué vergüenza con todos. Quién sabe para qué hace Dios a un hombre como yo.

Seré un castigo para mí, pero para los demás también soy una pena.

Cómo perder la cabeza en apenas un par de días. El temible y bonachón y lenguaraz Douglas Mejía, cuarenta y cuatro años, Acuario, siguió estos siete pasos: primero, salió del apartamento de sus clientes de Chapinero, y se fue con ciento cincuenta mil pesos, tan pronto como pudo; segundo, llamó a su mujer a sabiendas de que ella le iba a hablar con monosílabos por estarse demorando tanto, "no", "sí", "ya", pero dígame qué hago yo si me toca cumplirles a los clientes si quiero que el trabajo me siga saliendo; tercero, se subió a su viejo Clio azuloso, que a veces parece su único amigo, diciéndose a sí mismo "vamos, Douglas, vamos"; cuarto, se fue yendo por la carrera 7ª, por la calle 76, por la calle 80, por la carrera 50, por la Avenida Suba, por la calle 145, hasta que llegó a la ciudadela: cincuenta y cinco minutos pensando en cómo pagar el arriendo.

De dónde sacar un berraco préstamo. A quién pedirle una platica por primera y última vez. A qué santo encomendarse. Qué no pagar este mes.

Vamos, Douglas, vamos: no puede ser que no sea suficiente partirse el lomo de sol a sol.

No se deje provocar por el cagado celador que todo el tiempo le está pidiendo alguito porque las cosas por allá arriba en Villa Nidia se están poniendo peliagudas.

Pitó. Cuando tuvo enfrente las dos puertas de rejas blancas, "sin excepción todo visitante debe ser anunciado", se asomó por la ventana: "¡Viejo!", "¡papá!", "¡hermanito!", "¡Hamilton!". El portero no se volteó, no, bobo marica haciendo siempre el crucigrama del domingo, como si hubiera más de un Hamilton en la ciudadela. Pero, luego de hacerse el ocupado dentro de la caseta, fingió que acababa de darse cuenta de que había llegado don Douglas Mejía, el técnico de computadores: "Uy". Abrió el candado con los ojos entrecerrados a ver si de verdad era el que él creía que era: "Ah". Empujó las rejas para que el carro avanzara, pero no se hizo a un lado sino que esperó para que Mejía tuviera que saludarlo con la ventana abajo: "Don Douglas: ¿ustedes de casualidad no tendrán un computadorcito que me puedan vender para mi hija?".

Vamos, Douglas, vamos: dígale que no —así nomás: no— sin sentirse como un rabo por tener algo que los demás no tienen.

Dígale que no mirándolo a los ojos para que sepa que "no" es "no" de una buena vez. Dígale "no puedo" o "no tengo" o lo que quiera así el careverga le eche el cuento de que la exmujer, que se casó con un carnicero chorreado de sangre que vive aquí arribita —pucha: mejor cualquiera—, no quiere dejarlo ver a la hijita de tres años hasta que no se consiga un trabajo como el trabajo que tenía antes: chef de una de las pizzerías que están vendiendo porque el dueño es uno de los ladrones de la bolsa que cayeron hace un par de años. Óigalo. Déjelo lloriquearle una vez más frases como "el médico me dijo la otra noche que de seguir en este trabajo me va a dar es una pulmonía…" o "présteme una plata para comprarle el regalo de cumpleaños a mi niña…".

Que diga lo que le dé la gana en el tono que le dé la gana que usted, Douglas, sólo tiene que decirle que no.

Quinto paso: le dijo "no, hermano, pero si me entero de alguno ahí mismo le aviso…". Y, consciente de que en realidad le había dicho "hermanito: deje la conchudez", buscó puesto en el parqueadero de siempre junto al edificio blanco y rojizo.

Y sintió la mirada del tipo clavada en la nuca, ¡pum!, mientras se bajó del carro, subió las escaleras de dos en dos hasta el apartamento 302 y timbró con su timbrazo sólo suyo (tan tan tan tan tan: tan tan) hasta que su esposa apareció en piyama y en saco de lana bajo el umbral con el dedo índice en la boca. Ahora qué. Qué se le metió en esa cabeza que todo el tiempo está imaginándose lo peor que podría pasarles como si además fuera a pasarles mañana. Dejó ajustada la puerta y se lo llevó hasta la baranda de las escaleras y en voz baja le dijo "voy a necesitar que me llegue más temprano a la casa porque esta tarde en Santa Librada mataron a una pareja con sevicia —a ella le cortaron el cuello y a él lo desangraron por el estómago contra las rejas de la iglesia pentecostal— por robarles un celular como el suyo, Douglas".

—¿Y por qué no me lo dice en la casita? —le preguntó Mejía a su mujer con su voz estrepitosa.

—Porque resultó que no era una pareja de esposos sino una pareja de amantes —dijo ella repugnada e indignada y en pantuflas—: ¿sí ve?

—Sí ve qué, Claudia, no sea cansona —contestó él señalándole la puerta de latón como diciéndole "más bien entremos".

—Pues que hay que tener cuidado con los pasos de uno —le dijo ella muerta de miedo— y estas no son horas de andar por Bogotá.

Douglas le tomó la cara como a una niña, ay, Claudia, yo sé que usted me quiere, yo sé que usted tiene toda la razón, pensó. No dijo nada porque tenía dolor de cabeza y le traqueteaban las rodillas y el día había sido más que suficiente. Su mujer no era una celosa de esas: ¿qué mujer iba a querer robarle a la vecina un marido con la cara quemada y los ojos saltones y el labio de liebre? Y si sí, y si su esposo andaba con una vieja de esas que lo dan por cualquier cosa, tenía claro por los ángeles que le hablaban a la señora con la que trabajaba que su Douglas era un hombre bueno incapaz de incumplir una promesa. Pero estaba obsesionada con su seguridad: eso sí. Si a las seis de la tarde no estaban todos encerrados en el apartamento empezaba a decirse a sí misma "van a llamarme de la morgue".

Nunca pasaba nada, pero siempre estaba segura de que algo malo iba a pasar: hay gente miedosa y hay gente aterradora.

Eran las 11:15 p.m. Douglas comió la comida que ella preparó en la tarde, a pesar de los embutidos que se había zampado donde don Manuel, porque era incapaz de decirle que no a su mujer. Soportó el mismo regaño que era también un vaticinio, "una noche de estas le va es a pasar algo...", como un niño que ya se ha dado cuenta de que de nada sirve llevarles la contraria a sus padres. Quiso decirle "pero es que no podemos dejar de pagar la pensión del colegio de los niños para pagar el arriendo...". Se quedó mudo, mejor, porque la gente nunca cambia, porque su Claudia va a seguir haciendo esas dietas en vano y va a seguir diciéndole que a ella le importa un chorizo que le sea infiel desde que ella no se entere.

Fue a ver a sus hijos al cuarto. Odia que estén dormidos cuando llega, porque ese beso que uno les da cuando les apaga la lámpara es un beso para uno, pero dígame qué puede hacer si en esta vida no hay sino trabajo.

Se lavó la cara en el baño de la pieza, pero es que el problema suyo, piensa él, no es de días mejores y peores, sino de pura fealdad: "Es que yo sí soy muy feo...". Se durmieron viendo *300*, la película sobre los espartanos, en TNT. Trató de empezar una revolcada cuando vio que ella se le acostaba sobre el hombro —le metió la mano debajo de la camiseta, le agarró y le amasó el culo y trató de besarla aunque se le torciera el cuello en el proceso—, pero la verdad es que los dos tenían demasiado sueño para hacer alguna cosa que requiriera talento. Soñó que su padre, que se lo habían matado hacía tanto tiempo, no sólo estaba vivo sino que estaba joven y decepcionado de él igual que siempre, y le decía "vamos, Douglas, vamos: si no es capaz de decirle que no a la mujer, que va a ser capaz usted de decirle que no a un cliente".

—Ah, se me olvidó decirle que quedé con el vigilante en que le vendíamos un portátil de esos que no le sirven ya para nada —le dijo la voz pastosa de su mujer apenas sonó la alarma del radio reloj.

—Ay, Claudia —se le quejó cansado de quejársele—: cuántas veces...

Perdió el jueves buscando repuestos. El viernes se quedó en su taller cacharreándoles a un par de portátiles viejos que dizque no prendían.

Dejó a sus dos hijos, los dos de buzos azules y jeans, ahí a la vuelta en el Colegio Don Bosco: "Chaos". Se fue rozando las mallas verdes de la calle 143, la 143A que era el camino corto, como si el niño fuera él. Se fue caminando junto a esos árboles viejos y secos y grises que han estado ahí desde hace treinta años. Jugó con las monedas que se metía entre los bolsillos siempre que salía de la casa. Silbó una canción que no supo cuál era hasta que cayó en cuenta de que era *La bicicleta*: "Nada voy a hacer rebuscando en las heridas del pasado…", "latiendo por ti, latiendo por ti…". Y se recordó aterrado en su propia bicicleta cuando tenía el taller —decía el cartelito: "Dios es el dueño de este negocio: yo sólo trabajo acá"— por los lados del puente de Aguas Negras, y la banda de paramilitares del Cigarra, que remataba a los muertos porque le daba la gana y les miraba las palmas de las manos para constatar que morir era su destino, se lo llevó a las patadas "para que nos arregle unos aparatos".

Venía de la casa de la enfermera de la que había estado enamorándose en aquellos días. Venía de la casa de Claudia: ¿de quién más? Habían pasado su primera noche juntos, carajo, tragándose los gritos y los quejidos para no despertar a misia Tulia, con ese par de cuerpos de pieles pegadas a los huesos. No es que ahora no sea una hembra su mujer, que si anoche él no hubiera estado tan cansado habría acabado convenciéndola de que le abriera las piernas, pero es que en aquel entonces ninguno de los dos tenía barrigas ni ahogos. Venía de la casa de Claudia, en cualquier caso, diciéndose —se acuerda— "vida hijueputa: ¿y ahora qué?" porque lo había tomado por sorpresa eso de haberse podido comer a la muchacha más hermosa que había visto en su vida.

Hijueputas malparidos. Se lo llevaron, "venga, venga", en una cuatro por cuatro que iba por esas carreteras como Pedro por su casa. Dijeron que era por unas horas nomás. Dijeron luego que apenas iba a ser por unos días. Después me gritó "usted se va cuando yo le diga, caremierda" ese man que era el demonio pero era peor que el demonio. Y yo sin poder avisarle a mi tía, que mi mamá me había mandado para allá porque acá se burlaban de mí por tener la cara quemada, y muerto de miedo en la vida real y muerto de miedo en las pesadillas y muerto de miedo cruzando esos tierreros con huellas de pastos quemados para llegar a la carpa donde me sentaban a trabajar hasta que volvía a pedirle a Dios que por favor me cambiara el castigo.

Pensó que estaba muerto hasta que un día, porque sí, porque todo entre esa gente es "porque sí", lo dejaron largarse: hay gente mala.

Tuvo tres trabajos más. Trabajó dizque de auxiliar contable por los lados de Mosquera, Cundinamarca. Repartió pollos del asadero en donde trabajaba una noviecita que tuvo pero que no quería casarse con un man con la cara quemada. Llevó medicamentos por toda Colombia, capoteando a las Farc, eludiendo a los maquilladores de balances, porque como decía su tía el noventa por ciento de los hijueputas colombianos son corruptos, hasta que sufrió un ataque al corazón que fue como si alguien me atravesara una vara con ganas de bajarme. Fue en el hospital de aquí de Suba donde tomó la decisión de dedicarse a arreglar computadores una vez más. Una enfermera le dijo "ya sé que se salvó por poco". Y era la voz de Claudia: ¿de quién más?

Tenía un hijo de dos años de un man que se había ido a Buenaventura a buscar lo que no se le había perdido: hay gente ilusa.

Estaba igualita a como la recordaba, con los ojos inteligentes y la mandíbula apretada para no ir a decir lo que estaba pensando, y estaba obligado a recordarla porque no habían alcanzado a tomarse ni una foto de los dos: "Latiendo por ti, latiendo por ti".

Pero ahí mismo le sacó de un monederito plateado una foto de carné de su hijo de dos años.

Y ahora que el chino está por cumplir diez —de eso hablaron en el camino al colegio— ha comenzado a decirle "papá" para no quedársele atrás a su hermano de seis.

Claudia siempre está pidiéndole perdón por no haberlo esperado, siempre está diciéndole, así él le diga "cuántas veces le he dicho que no quiero saber…", que cuando se lo llevaron los paras pensó que se había ido por su cuenta y riesgo, y pensó "lo único que quería este malparido era comerme". Y entonces empezó a juguetear con el uno y con el otro por despecho y por gusto. Y se fue volviendo un trompo de poner, y se le fue volviendo un placer y una fuente de ingresos —"pa' qué se lo oculto a la persona de mi vida"— y menos mal un día pensó "pues si les doy tanta vergüenza me voy a Bogotá con mi prima, que es lo que he debido hacer cuando Douglas me dejó botada" porque ni en Aguas Negras ni en Palermo ni en Camposanto iba a tener futuro porque allá ni siquiera el día se va.

Y sea como fuera, Álex, el niño que tuvo con otro malnacido que le prometió quedarse, está diciéndole "papá" al que tenía que habérselo dicho desde el principio.

Y a Douglas ni siquiera le parece raro porque desde que salió de la clínica apoyado en ella asumió que ese niño era su niño.

Pero ella todo el tiempo está diciéndole que le ponga los cuernos si quiere, que si un día le gusta una clienta de esas a las que les arregla el computador, que vivir en el norte de Bogotá es estar aburrida del marido, pues que adelante, que le haga. Ella sabe —eso dice— cómo es que han sido los manes desde la Biblia: para ellos el sexo no es sino otra necesidad fisiológica como hacer del cuerpo, y parece que les diera igual en qué baño, y es que para ellos hasta vestirse y desvestirse es fácil. Y si usted se ve alcanzado por las ganas —pero míreme, Douglas— hágale con la condición de que ni yo me entere ni se enteren las vecinas. Ja: seguro que sí. Ja: seguro que le va a perdonar una escapada a su marido, que ni le perdona trabajar tanto.

Sexto paso para perder la cabeza en apenas un fin de semana: Douglas Mejía encontró a Claudia Polo, su mujer, riéndose con el hijueputa del vigilante como una quinceañera en el umbral del apartamento de los dos, jijijí. Se tragó el "yo lo que voy es a reportarlo a usted con su supervisor" que tenía en la punta de la lengua. Respondió "ahora en un rato miro" sin mirarlos a los ojos cuando ella le dijo "papi: que Hamilton dice que cualquier computador que le podamos vender está bien". Contestó "nada, nada" el resto del viernes siempre que su mujer le preguntó si le pasaba algo. Rechazó el día entero, sin titubear, de un solo pulgarazo y siempre frente a ella, las siete, ocho, nueve llamadas desesperadas de un número desconocido: 310 388 nosequé. Se le fue el día encorvado en el taller. Se levantó apenas a jugar con los hijos. Se durmió primero que ella sin decirle hasta mañana.

El sábado, que se había propuesto dormir hasta tarde, pucha, un diíta al menos, empezó con una llamada del celular 310 388 nosequé.

—Contéstele —le dijo Claudia consumida por el sueño—: qué tal que sea algo grave.

Contestó porque ante la duda él siempre hace lo que le diga su esposa. Y no era la llamada tan temida, "mijo: su tía murió de miedo...", sino la llamada de un posible cliente: "Yo soy Horacio Pizarro", "doy clases en la Universidad de Bogotá", "su teléfono me lo dio Verónica Arteaga", "se me fundió el computador de golpe por tratar de ver una película por internet", "*El último tango en París*: por qué", "no sé", "ayer", "PC", "es que dependo completamente de ese aparato", "no, no prende", "no sé qué hacer...". Sí, Douglas Mejía es incapaz de decirle "no" a una persona en problemas. Quienes no tienen computador, que de todo hay en la villa del Señor, no entienden que tenerlo dañado es igual que estar enfermo: el computador es un riñón, un pulmón. Duele. Da pánico. Da angustia. Y qué más se puede hacer cuando alguien pide ayuda.

—Voy para allá en un rato —suele decir Douglas, el compasivo, como un médico de guardia.

Claudia no le estaba pidiendo explicaciones: ¡un sábado por fuera de la casa! Pero mientras se desvestía para meterse a bañar le explicó que el pobre hombre era un recomendado de doña Verónica y necesitaba rescatar de su computador un par de archivos en los que había estado trabajando desde el comienzo del año, pero, empujado por la culpa corrosiva del que fue educado para sentirse culpable ("qué vamos a hacer con

usted, Douglas, qué vamos a hacer cuando le toque solo…"),
le dijo también que este mes necesitaban un poco más de plata
porque como iban las cosas no les alcanzaba ni para el arriendo.
Claudia, que así de rara y de buena persona es, le pidió disculpas por estarlo jodiendo tanto.

Y le dijo "vaya, vaya" cuando lo vio argumentándole em-
peloto junto a las cortinas de la ducha.

Dijo adiós a sus niños. Dijo adiós a su mujer. Buscó el Clio
en donde lo había dejado. Se quejó, "eh: qué berracos", cuando
notó que alguien le había rayado su puerta con una moneda. Se
fue en el carro, que en verdad era una mascota, hacia las rejas
blancas de la salida. Y entonces vino el séptimo paso para enloquecer: pitó en vano tres veces, ¡pi!, ¡pi!, ¡pi!, porque el parásito
del Hamilton estaba hablando por teléfono por allá lejos vaya
usted a saber con qué cómplice. No fue esa desidia, sin embargo, lo que encendió el fogón. No fue la displicencia con la que
le abrió ni eso de no mirarlo a los ojos mientras seguía hablando por teléfono. Fue que se le pusiera respondón después de
haberlo humillado en su propia ciudadela.

—Hermanito: veo de pa'rriba lo del computador viejito
—le dijo Douglas, saliéndose de la ventana, antes de pisar el
acelerador.

—Fresco, vecino, que ya yo sabía que eso no era tan fácil
—le respondió Hamilton tapando la bocina de su teléfono—:
aquí sí me habían dicho que la que ha sido generosa desde joven es su mujer.

Vamos, Douglas, vamos. Reviéntelo. Bájese del carro, dé
un portazo, ¡tas!, grítele "se va a morir ahora sí hijueputa malparido" y rómpale la nariz con los dos puños. Láncele un pata-
dón. Empújelo. Alcáncelo contra la caseta. Clávele las uñas en
el cuello para que no se le ocurra escaparse. Zámpele un rodi-
llazo en la barriga para que empiece a lloriquearle "ay, perdón,
perdón". Cójalo en el piso apenas se arrodille. Dígale "ahora sí
qué, marica" antes de que alguno de los dos se quede sin aire.
Dígale que usted lo mata la próxima vez que le hable mal de su
mujer: "Latiendo por ti, latiendo por ti". Coja la primera mo-

neda filuda que se encuentre entre el bolsillo. Córtele la cara para que aprenda a no andar rayándole su carro. Y mucho menos cuando Júpiter, el mayor planeta del sistema solar, se ha quedado un rato sobre Acuario.

Escribió el novelista bogotano Benito Arellano —es, de hecho, la primera frase de *En el nombre del hijo*— que "ser humano es desconocer el universo". Arellano, uno de los ciento once inocentes que murieron víctimas de la bomba que la mafia puso en aquel vuelo 203 de Avianca, murió a los setenta y nueve con la única copia que existía de su siguiente novela. Pero dejó suficientes relatos para, por ejemplo, describir al técnico en computadores Douglas Mejía como "un hombre bueno que se había dejado convencer desde muy niño de que era una bestia". Parecía una bestia en la entrada de ese apartamento, sanguinolento, amoratado e hinchado, pero en sus ojos abultados se le notaban el arrepentimiento y la inocencia. Relajó los hombros. Ofreció la mano a su nuevo cliente, que era demasiado grande para cualquier puerta, pues quería mostrarse inofensivo.

—Mucho gusto —dijo convertido en el técnico dócil que parlotea hasta chiflar a su clientela—: Douglas Mejía.

—Mucho gusto —le respondió el viejo gigante con ojos de haberlo perdido todo—: Horacio Pizarro.

Douglas pasó adentro, un, dos. Se limpió las pesadas botas negras en el mullido tapete de la entrada del apartamento. Gritó "permiso" como abriéndose paso, y siguió adelante, cuando el gigante barbudo se perdió por el pasillo en busca de con qué limpiarle la sangre viscosa de esa herida de la frente que empezaba en donde le nacía el pelo. Le trajo un pañuelo con sus iniciales, *HP*, que de algo sirvió. Tuvo que decirle la verdad porque —se lo dijo el jefe del asadero esa vez: "Uno no puede ser bruto cuando es feo"— no era nada bueno para decir mentiras. Se había dejado meter en una pelea de barrio, pero el otro había quedado mucho peor. Se le había acabado la compasión, y el monstruo se le había tomado los nervios, y si su mujer no le hubiera gritado "¡hey!" le habría alcanzado para matarlo.

Desde que tenía trece años, que se quemó la mitad de la cara cuando trataba de encender la estufa de la casa de su tía, no se le salía del cuerpo semejante fiera: casi mata a ese pelado que le dijo "espantapájaros". Incluso hace unos cinco años, cuando se encontró aquí en Bogotá, en una tienda de barrio, a uno de los paracos que lo tuvieron preso en ese campamento cerca de Aguas Negras, supo aguantarse las ganas de quebrarlo: cuando el hombre se atrevió a decirle "pero si es mi amigo el comandante Caremierda…", Douglas le contestó "no sé de qué está hablando". Siempre ha sido capaz, en fin, de tomarse lo malo como una cortina de humo. Pero el sábado 13 de agosto de 2016 no aguantó más. Y los que le temen por su cara quedaron todos advertidos.

—¿Pero cuénteme ahora sí bien en qué puedo ayudarlo? —dijo cuando le vio al profesor Pizarro la cara de "me pegaría un tiro si las consecuencias no fueran tan graves".

Y el "buen amigo gigante", que así le estaba diciendo él, para sí mismo, porque sus hijos le habían pedido que vieran el domingo una película que se llamaba así, le volvió a explicar que el PC se le había fundido de golpe por ponerse a ver por una de esas páginas de internet de películas —que sus hijas lo habían convencido a la fuerza de confiar en ellas— una tragedia setentera terrible que se llama *El último tango en París*. Ya la había visto en su tiempo, que es lo peor del cuento, pero le dio por volver a ver si era tan buena como era. Y sí, el principio estaba bien. Y pocos amantes tan creíbles como Brando y Schneider. Pero de pronto, como un castigo, como un regodeo en el fracaso, "corte a: negro". Y no hubo poder humano que reparara ese desastre. Y no se puede dar el lujo de perder sus archivos.

Por un lado, estas dos últimas semanas, unos días antes de entrar a dar un par de clases que desde ahora va a dictar en la Facultad de Derecho, se le habían ido en la escritura de un prólogo de quince páginas a su ensayo sobre los significados ocultos en los términos equívocos y los eufemismos que se emplean en la cotidianidad de la Colombia en guerra: el histérico que maneja la editorial de la universidad, que este año se la ha pasado acosándolo para que entregue, pero también se la ha pasado pidiéndole disculpas porque, por ejemplo, el comité pensó que mejor sacamos el libro en el segundo semestre, me dijo "profesor: yo sé que usted me va a matar, pero me parece que el libro está echando de menos un prólogo de unas quince páginas".

"Echando de menos": yo no entiendo por qué esta generación se porta como si la estuvieran filmando.

¡Quince páginas!: ¿se imagina usted, don Douglas, lo que puede ser volver a escribir quince páginas?

Por otro lado, estos dos últimos meses había estado armando un álbum de fotos enorme enorme en el disco duro de ese bendito computador que apenas estaba enfriándose. Quizás haya sido el nacimiento de su nieta Lorenza, que luego de un par de días difíciles resultó ser una bebé saludable y sonriente como un monje tibetano, lo que detonó en su cabeza la necesidad de archivar los recuerdos nuevos y restaurar los viejos, pero el caso es que se puso a hacerlo. Y aunque suene ridículo e infantil, como a drama de las camelias, desde ayer se ha estado sintiendo igual que un hombre que ha perdido la memoria luego de un penoso accidente: un golpe en la cabeza a la salida del taxi, un resbalón en la ducha.

Sí, tiene muchas de las fotos en la caja de cartón en la que echan las fotos, tiene algunas más en las carpetas del iPhone que ahora tiene la pantalla agrietada, pero un mes de trabajo es un mes de trabajo: ¿no?

Douglas Mejía dejó de pensar "este es el hombre más alto que he visto en mi vida pero yo soy el más feo que él ha visto en la suya" cuando se puso a conectar sus equipos de rescate. Abrió el PC con sus destornilladores expertos. Conectó el disco duro a su propio portátil con sus cables gruesos. Sacó unas gafas que terminaron en la punta de su nariz. Murmuró con la voz pesimista de un médico legista —para qué la comparación: con la voz desoladora de un técnico en computadores— "vamos a ver qué se puede salvar". Pronto la pantalla de su computadora era un reguero de torres, de palabras sueltas que iban y venían, y algo de esperanza había porque era como si el paciente hubiera dado señales de vida.

—Profesor: ¿y cómo ha estado la señora Verónica por estos días? —preguntó, jovial como ha sido, porque no le gusta el silencio.

—Bien, bien —le respondió el profesor Pizarro, con la mirada fija en la pantalla, entre tosidas—: de cabeza en las cosas de la paz.

—Yo sí le dije el otro día hace un par de semanas, que fui a instalarle el Office al hijo, que no se confiaran de a mucho —declaró con los ojos brotados, de Angry Bird, pegados a la pantalla de su portátil— porque unos publicistas del "no" me habían pedido que les instalara un cuarto lleno de computadores nuevecitos hace un tiempo: y esos manes cuando dicen "a hacer campaña" es en serio.

—¿De verdad? —preguntó Pizarro, más bien ausente, interesado a duras penas—: ¿Así de organizados?

—Todo el mundo en la ciudadela va a votar por el "no" —continuó llevado por la corriente de su propia voz—: yo sí le dije al señor de la tienda "pero don Pedrito: ¿usted no se ha dado cuenta de que ha podido bajar los precios y vender más desde que se hizo el cese al fuego con las Farc?", "¿usted por qué cree que le ha estado yendo mejor en los negocios todo este año?", "¿usted cree que yo, que los padecí en carne propia, voy a votar que 'sí' por algo que no sea que dejen de matar campesinos con el padrenuestro atragantado?", porque además me sé de memoria a esa guerrilla podrida desde que me paraban esos vergajos por las carreteras cuando yo era visitador médico por todo el país, pero quién le va a creer a un monstruo, sí.

Sonó entonces el timbre de un iPhone que estaba conectado en la habitación de al lado: ring, ring. Y Mejía se quedó solo un rato, escuchando las palabras sueltas del profesor, mientras hacía lo mejor que podía para recuperar los archivos del computador quemado.

Habrá pasado solo, por mucho, media hora: de las 10:30 a.m. a las 11:00 a.m. si la idea es ser precisos. Pero lo importante es que, mientras el profesor se echaba su conversada quién sabe con quién, Douglas Mejía fue recuperando uno por uno los álbumes que el profesor había armado con las fotos de su vida: la recién nacida acunada por el médico que la recibió; la bebé rubiecita en brazos de la mamá, de la abuela, de la tía; la bebé asoleándose junto a una ventana en una sillita de pensionada pero de su tamaño; el profesor Pizarro casándose en una capillita de madera, dictando clases contra un tablero negro, llevando a tuta a las niñas bajo unos árboles sabaneros, empujando el cochecito entre la nieve, recibiendo un premio rodeado por sus tres mujeres, igual de grande e igual de barbado e igual de extrañado ante la cámara, pero con el pelo café.

Sólo abrió un álbum más, una carpeta más, porque su nombre le causó curiosidad: V. A. Quiero decir, lector, lectora, que pensó que podía ser un archivo temporal, pero pronto se encontró con una serie de fotografías de la doctora Verónica Arteaga que lo dejó frío: estaba ella, que era una de las clientas más generosas que tenía, cuando era una niña, cuando era una muchacha, cuando era una abogada, cuando era una profesora, cuando era una mamá, cuando era una asesora de paz, pero en las últimas ocho, nueve, diez fotos estaba desnuda —de pie, de espaldas, arqueada, arrodillada, tumbada de medio lado con una mirada que era un secreto— en una habitación que si él no estaba mal era la propia habitación de ella. Pucha: cerró el archivo, ¡clic!, cuando escuchó los pasos de Pizarro.

—Le tengo buenas noticias, profe —atinó a decir cuando lo tuvo a sus espaldas.

—¿Se pudo?

—Voy a pasarle todo a este disco duro que me traje mientras le conseguimos otro computador.

El profesor Horacio Pizarro dio un aplauso en el aire, como si no estuviera empezándole el jalón en la espalda que ya era su marca de estilo, porque no podía creer en su buena suerte. Ese técnico escalofriante como un engendro, que había aparecido en su puerta con la cara quemada y ensangrentada y con un entusiasmo de niño que sin embargo no era contagioso, merecía la taza de café que le trajo, el paquete de papas fritas viejas que le encontró, el análisis de las noticias y el almuerzo que le ofreció después. Si le soportó a Mejía esos monólogos interminables sobre cómo Colombia no iba a salir adelante si no comprendía la selva como un órgano que mejor es dejarlo quieto, y sobre cómo la corrupción no es patrimonio de los politiqueros, fue porque ese hombre era su salvador.

Habían sido las semanas más extrañas —no las más malas, no, las menos posibles, las menos predecibles— de su vida. Habría querido estar en la sala de espera mientras nacía su nieta, su Lorenza, que la miraba todo el día en la pantalla del teléfono, pero la verdad era que con la plata que le mandaba a su esposa y las deudas de las tarjetas de crédito y los préstamos no le quedaba un peso para lujos: además, ellas habían decidido tener a la bebé allá en busca del Boston que conocieron cuando eran una familia joven; ellas habían decidido quedarse allá, en vez de volver a su Bogotá, porque "Colombia va de mal en peor", y ni siquiera su mujer, Clara, parecía darle vueltas a la frase "Horacio me necesita" o contemplar la posibilidad de echar para atrás la idea de aplazar "unas semanas más" su regreso; ellas estaban habituadas a hablar con él por WhatsApp, por FaceTime, por Skype: a Hamlet le habría pasado lo mismo.

Siguió los detalles del nacimiento y de los primeros días por WhatsApp: "Llegamos al Tufts"; "el médico nos va a atender"; "¡entró!"; "no pudo venir: se quedó atrapado en Singapur"; "¡nació!"; "¡las dos están perfectas!"; "parece que tiene un poco de ictericia"; "por fin pudo salir de Singapur: viene en camino"; "sonrió apenas oyó la voz de mi mamá"; "primera fotografía oficial de las cuatro mujeres del profesor Horacio Pizarro, célebre machista del tercer mundo, sin la presencia del profesor Horacio Pizarro"; "Pizarro: venga para acá a ver esto o espéreme allá un par de meses más"; "Pizarro: perdóneme por dejarlo por allá pero yo creo que lo mejor es que las cuide un par de meses"; "pa: me estás haciendo mucha falta"; "pa: gracias por trabajar tanto para que estemos acá"; "ojalá nos saliera alguna plata para que pudieras venir para acá"; "acabamos de ponerle *I Want to Hold Your Hand* para que sepa a qué atenerse: ☺".

Pizarro pensó "Dios Santo: cuatro mujeres" pero ni siquiera se lo dijo a sí mismo en voz baja porque el mundo entero es un escenario y el mundo entero es un panóptico y el mundo entero está mirando.

Estuvo más pendiente que nunca de ellas. Redefinió el horario para comunicarse con las cuatro con la excusa de "irle armando a Lorenza una rutina": a las nueve de la mañana y a las nueve de la noche si no pasaba nada nuevo en esas doce horas. Para no sentirse desterrado, sino cuidando la tierra, se dedicó en cuerpo y alma a organizar y a escanear y a restaurar las fotografías de la familia. Para no dejarse llevar por lo que le estaba pasando, que seguir siendo él mismo a pesar de los hechos era una de las pocas cosas que podía agradecerle a la vejez, se metió de cabeza en el grupo de investigación y en las cuestiones de la paz. Se vio joven, como cuando repetía "no me imagino viejo", en la campaña por la paz. Se tomó a bien la propuesta de escribirle un prólogo a su ensayo.

La estudiante Flora Valencia y la mesera Natalia Rojas, que esperaban juntas un hijo, e iban de visita de vez en cuando para pulir los textos del grupo, se convirtieron en sus compañeras de rompecabezas de *El beso*: "Llegaron Flora y Fauna", les decía. Se les volvió una obsesión a los tres, vigilados, con alegría, por las mujeres de Boston, ir completando esa imagen terrible sobre la mesa del comedor: no fue raro, a principios de agosto, que la pobre Natalia se quedara dormida de lado en el sofá —y se tomaba la barrigota y susurraba de pronto "está pateando…"— mientras Flora y Horacio se entregaban con una lupa a la labor de armar el cuadro. De vez en cuando se sentía abrumado por las eternas disquisiciones de su monitora: ¿adónde va a dar la mente cuando el cuerpo se muere? Pero, a fuerza de piezas perdidas y piezas encontradas, logró aplazar la sospecha de que la vida sucede en la tras escena.

—A mí sí que me gustaba armar rompecabezas cuando era chiquito —le dijo el técnico Douglas Mejía, con el morral al hombro, en el camino de salida.

Faltaban diez minutos para las cuatro de la tarde cuando le cerró la puerta del apartamento a sus espaldas: "Suerte…". Como si no bastara, perdió mucho tiempo, entre comillas, hablando con sus cuatro mujeres: con Clara, Adelaida, Julia y Lorenza, en orden de aparición, defendiéndose por enésima vez por no haberlas dejado tener un perro en la primaria. Cuando llamó a Verónica a ver "por dónde iban" era, como dicen, demasiado tarde. Todavía no habían entrado a cine a ver *Escuadrón suicida* por segunda vez, pero estaban a punto de entrar al teatro. Ella no le dijo nada porque nunca le había hecho un reclamo ni iba a hacérselo. Sin embargo él tuvo claro que su voz no era la voz de siempre, sino una voz de paso, de intercambio. Le preguntó por qué. Le pidió disculpas por haberse enredado tanto con su técnico boquituerto. Y ella le dijo "Pizarro: te llamo apenas salgamos para contarte una cosa" como volteándose para que su hijo no escuchara.

¿Había ocurrido algún problema con el papá del niño? ¿El niño, que finalmente se había encariñado con él, con Pizarro, ahora estaba triste por su ausencia? ¿Verónica se había dado cuenta de que, así como ella eludía a toda costa pasar tiempo en su apartamento, él evitaba hacer planes con su hijo?

—¿Qué pasó?: ¿qué hice? —se le soltó al profesor Pizarro como pidiendo clemencia.

—Que apareció Jorge esta mañana —le adelantó esa voz de ella que era una voz de amiga—: ahora te cuento.

Pizarro no soltó uno de esos "te quiero" lánguidos, universitarios, de último segundo —antes de colgar el auricular— semejante a un pie de página inútil que en sus tiempos quería decir que no hay odio entre los dos a pesar de todo y después de todo y aunque acabe. No dijo "te quiero", como cuando aún se enamoraba, porque había empezado a reconocer que el arco de las historias de amor no siempre coincidía con el arco de la vida. Se quedó en la mitad de la sala con el teléfono en la mano. Creería que sonrió, pero creería que fue una sonrisa de resignación. Tenía los zapatos desamarrados igual que cuando era un niño, ay, cuando su papá se encorvaba para amarrárselos, cuando su papá le decía "cuidado: te vas a caer", ay. Podría haberse agachado, junto al sillón en el que se retiraba del mundo, a hacerles doble nudo a los cordones.

Prefirió quitárselos igual que quien da un paso que no había querido dar. Se dio cuenta de que no iba a resignarse.

Cómo conciliar el sueño cuando lo mejor sería morirse. El profesor Horacio Pizarro, que se había pasado las últimas semanas tratando de salvar una historia de amor por fuera de su matrimonio, como pidiéndole a un paréntesis que fuera el texto entero, descubrió la solución al insomnio en la madrugada del domingo 18 de septiembre de 2016: se puso a contar bajo las cobijas, y con los ojos cerrados, las veces que había hecho lo que había hecho con Verónica en esas once semanas de romance. Temprano en la noche del sábado 17 ella le había contestado "tú tienes razón" —porque él venía diciéndole "no sé en qué momento volvimos a volvernos amigos…"— en el mismo sofá en donde se habían contado aumentadas y corregidas las historias de la vida. Todo indicaba que ese era el fin. Ni modo.

Pizarro trató de dormirse, es decir, trató de negarse a hacer parte del drama, viendo los peores clásicos del mundo en el canal de clásicos: *La fuga increíble*, *El motín del Caine*, *Paralelo 38*. Quizás tenía partido lo que sea que sea el corazón. Tal vez era demasiado para él la sospecha devastadora de que había hecho el ridículo, de que había probado, por si existía alguna duda, que era un cualquiera y poco más si se le daban los hechos. De pronto no era un cínico. Acaso nadie lo era. Porque sinceramente no veía una solución aparte de dormir hasta que todo volviera a su lugar. Y, ya que ni las películas ni los libros lograban vencerlo, se dedicó a eso: a contar las veces que había hecho lo que había hecho con Verónica.

Se habían acostado dieciocho, diecinueve, veinte veces. Se habían acostado en vano, con la mente en otra parte, unas seis más: "No sé qué me pasa hoy…". Se habían enviado siete correos electrónicos pornográficos que habían terminado en aquella sesión de fotos que quizás sería mejor borrar. Se habían peleado una sola vez, brevemente, porque a la hora del cansancio ella le había rogado que no se quejara más por haber sido lapidado por una colega en Facebook: "¡Deberías cerrar esa maldito Facebook!". Habían ido a cine a ver *Julieta*, *El olivo* y *Los inocentes*. Habían ido a comer tres veces a **BESTA**. Habían ido a almorzar con su hijo. Habían pasado un fin de semana en una pequeña casa que tenía la familia de ella por los lados de Guasca. Habían cruzado miradas delatoras en seis sesiones del grupo de investigación. Habían ido a tres reuniones de una de las campañas por el "sí" en el apartamento de un publicista de apellido Arellano.

Habían pasado todos los sábados juntos —pasando canales, cocinando recetas de libros descontinuados, pidiendo las pizzas que a él le gustaban, metiéndose en la tina a quedarse callados— mientras el hijo de ella, Pedro, Pedrito, volvía de la casa del papá.

Sólo una vez habían terminado en el anticuario del exmarido, porque el tipo les había pedido que le llevaran allá a Pedrito, pero una vez, que además había sido a principios de septiembre, había sido suficiente por toda una vida.

Pablo González era un calvo peinado, y de chaqueta de gamuza y de sacos de lana, que en cualquier momento arrancaba a añorar la Bogotá en donde había corridas de toros, la Bogotá en donde empezaban a crecerse los edificios frente a los cerros, pasaban despacio los trolebuses como si la ciudad tuviera futuro, subían y subían los urapanes en el amplio separador de la Avenida Caracas, lanzaban voladores en la acera de enfrente desde el 16 de diciembre, el periódico tenía toda la autoridad que ahora se ha perdido, se andaba en Renault 4 porque no había traquetos ni arribistas sino cachacos austeros, las familias se querían a pesar de todo y a pesar de todo seguían juntas, los hermanos menores heredaban hasta las medias de los hermanos mayores y cada cosa que se compraba para la casa era un acontecimiento: "¡Un televisor en blanco y negro!".

Eso dijo. Que sus papás jamás le habrían permitido ponerse en la mano un tatuaje temporal como el que acababa de ponerse Pedrito hacía un momento. Que en su tiempo los niños, él y sus hermanos por ejemplo, andaban de botas para poderse meter entre los pastizales. Y les disparaban con escopetas de balines a los chimbilás. Y les decían "don" y "doña" a los papás de los amigos. Y escuchaban la *Sinfonía inconclusa en "La" Mar*. Y escuchaban radionovelas. Y jugaban en la calle y se portaban como grandes y se daban en la jeta si era necesario.

Y el profesor Pizarro, que le llevaba por lo menos diez años, por lo menos doce, le siguió la cuerda en sus apuntes nostálgicos: "Sí, sí". Y luego logró capotearle una discusión inútil —bueno, inútil no: la idea era enfurecer a Verónica— sobre por qué había que votar que "no" en el plebiscito: "Porque ahí sí se mide el tamaño del compromiso que tiene la guerrilla…". Y supo sostener una conversación sobre un tocador de 1924 que era un milagro que lo hubieran traído a Bogotá y una radio Zenith de madera de 1942 que había salido en una vieja comedia romántica de la época: *La mujer del año*. Pero todo el tiempo estuvo diciéndose a sí mismo, Pizarro, que no volver a ver a ese pomposo imbécil podía ser el sentido de una vida.

Pablo González siempre había tenido las ideas antes que los otros y siempre había estado en el lugar de los principales hechos de la historia de Colombia: "Acababa de salir con mi papá del Palacio de Justicia…", "preferí no subirme en el vuelo que estalló en el aire porque los narcos le pusieron una bomba…".

Sin duda era un sábado porque el niño siempre se quedaba con él desde la tarde del sábado: "¡Hoy me quedo donde mi papá…!". Era el sábado 3 de septiembre de este 2016 que habría podido tener un tercer acto que lo salvara por poco. Salieron del anticuario calle abajo en busca del multiplex en donde iban a ver una nueva adaptación de Jane Austen: *Amor y amistad*. Y cansados de la voz y los tics y las palabras del señor del anticuario, recién notificados, los dos, de lo que podía ser un viejo ex si le daban cuerda, se dejaron llevar por una extraña conversación sobre las historias de amor que al final —porque tenían un final— resultaban apenas simulacros, apenas fracasos. Vieron la película. Les gustó. Y sin embargo lo que más les importó de todo fue el beso que ella le dio a él, y es que fue un beso raro.

Vino de pronto. Lady Susan Vernon decía en la pantalla "los americanos han demostrado ser una nación de ingratos pero sólo podremos entenderlos el día en que tengamos hijos…". Y Verónica se le lanzó y le tomó la cara y le dio un beso a Horacio que al principio parecía inevitable, pero al final, cuando se quedó mirándolo en la oscuridad temblorosa del cine, resultó ser una prueba.

Pizarro conocía todo eso. Conocía la decadencia de una relación y su negación. Conocía el beso que no es un beso sino un experimento a ver qué se está sintiendo. Tenía claro el momento en el que una pareja, protegida por la rutina y por las obligaciones de última hora, empieza a eludir el sexo: el primer mes había sido una aventura y un juego y un riesgo, y siempre alguno de los dos estaba pensando en vencer al otro y el otro estaba listo a contraatacar, pero, quizás por lo anclados que estaban los dos a sus pequeñas vidas, tal vez por el eclipse solar que había sido el comienzo del mes, demasiado pronto habían empezado a portarse como una prueba de que no estaban solos del todo y habían empezado a soñar con su propia cama vacía cuando llegaba la noche.

Pizarro conocía todo eso, que lo había vivido por lo menos tres veces en su biografía y siempre era triste porque era y no era haber perdido el tiempo, pero esta vez, entre el arrepentimiento y la experiencia, se sentía como se siente un hombre al que han robado justo cuando alguien le ha dicho "en aquella esquina roban".

De la monografía de Flora Valencia, su monitora, había sacado entre otras cosas la idea de que una mente necesita su propia experiencia para funcionar en la mente total —puesto en términos de superación personal: que a nadie le sirve la experiencia de los otros—, y ahora, mientras Verónica Arteaga ensayaba ese beso a ver qué clase de pasión venía de entre los dos, amor y amistad, amor o amistad, amor o culpa, y mientras se subían al taxi y se tomaban de la mano y se resignaban a ir al apartamento de ella porque era sábado otra vez, pensaba que a veces también es inútil la propia experiencia porque con el paso del tiempo se corre el riesgo de que se convierta en la experiencia de otro, pero que Flora diría entonces "ah, pero es que una cosa soy yo y otra mi mente".

Llegaron al apartamento de Verónica un poco después de las nueve de la noche de ese sábado. Ella sirvió un par de whiskies, que terminó tomándose y fumándose sola, mientras le explicaba a él por qué era mejor que los acuerdos de paz entraran en el bloque de constitucionalidad, por qué este país no podía volver a menospreciar la capacidad del establecimiento de traicionar los indultos a los guerrilleros. Se fueron a dormir cuando ya iban a ser las doce, pues ella dijo —como curándose en salud antes de que él tratara de sorprenderla mientras se desvestía o de besarla en la cama mientras se dormían— "uf: no doy más". Ella se puso la piyama con demasiados botones, y se quedó dormida apenas encendieron la televisión en el canal de clásicos. Él se puso el pantalón de sudadera que ella le prestaba, y volvió a odiar tenerlo puesto.

Y odió el olor a trago y cigarrillo, y odió la almohada ajena y mullida y la cama demasiado blanda para su cintura, y pasó canales con la esperanza de encontrarse con alguna escena de sexo, y a duras penas durmió un par de horas luego de apagar el televisor.

Se despertó a las cinco de la mañana más o menos, en la impenetrable oscuridad de aquella habitación, después de una pesadilla pantanosa en la que trataba de escapar de algún infierno plagado de muecas y de gritos de auxilio y de pasos de barro porque lo necesitaba vivo una niña que resultó ser su nieta. Se levantó. Recorrió ese apartamento de dos habitaciones que no era suyo, y que seguía lleno de humo y tenía las ventanas entreabiertas, como si su insomnio fuera su arrepentimiento, su sensación, que aplazaba y volvía a aplazar, y que se curaba cuando estaba solo, de que su relación con Verónica Arteaga era algo semejante a un error: no un error precisamente, quizás, porque de los errores se aprende, y porque la quería y quería salir de allí y así es que pasa.

Desde el principio del año, cuando lo lapidó en público una de sus colegas, que además había sido su confidente y su amiga alguna vez, se sentía un hombre truncado y atascado en un mundo de extrovertidos. Pero esa madrugada se sintió de nuevo el niño que odiaba pasar una noche por fuera de su casa, ay, cuando sus papás trataban de convencerlo de que no dependiera tanto de ellos y no se tomara la vida tan a pecho, cuando su papá contaba las misteriosas historias de las civilizaciones y sus dioses que habían bautizado a los planetas, cuando su papá se levantaba temprano a leer sus libros de Historia, *Histoire de la civilisation française*, y le permitía sentarse a su lado a leer las tiras cómicas que venían en el periódico.

¿Y, si se terminaba todo entre los dos, qué iba a pasar con sus clases, con el grupo de investigación, con sus asesorías a la oficina de paz del Gobierno? ¿Y si se quedaba sin trabajo?

¿Qué iba a ser su familia sin el dinero que había estado enviándoles para sobrevivir en Boston?

¿Y si ponía una librería? ¿Y si le pedía a Mauricio Lleras, el librero de Prólogo, que lo conocía desde niños y siempre que lo veía era un alivio, que lo dejara trabajar con él?

¿Pero quién compraba y quién leía libros a estas alturas de la historia del analfabetismo?

Se sentó en el sofá de la sala a pensar "ahora qué...". Se sentó a darse cuenta de que la vida se le venía a uno encima —o mejor: giraba sola— cuando uno aplazaba y seguía aplazando las decisiones fundamentales. Se metió a Facebook desde su iPhone para llenarse de cortinas de humo. Y fue yendo de los delirios de los unos a los desmanes de los otros, de los consejos megalómanos de los intelectuales a las arrogancias de las mamás primerizas, hasta que vio que su yerno el piloto había pegado en su muro las canciones que habían cantado los Beatles en su fallida audición del lunes 1º de enero de 1962, ay. Y se puso a oírlas, *Like Dreamers Do, Money, Till There Was You, The Sheik of Araby, To Know Her Is to Love Her, Take Good Care of My Baby, Memphis, Tennessee, Sure to Fall, Hello Little Girl, Three Cool Cats, Crying, Waiting, Hoping, Love of the Loved, September in the Rain, Bésame mucho, Searchin'*, para que lo agotaran la nostalgia y la certeza de que había gente en el mundo a la que podía ponerle estas canciones.

Volvió a la habitación para que ella no se diera cuenta de que él dormía mal en su cama, Dios. Se montó con cuidado para no despertarla. Se puso en posición fetal y se apretó sus propias manos y dijo los versos de Amadeo Montalvo que su mamá le decía antes de dormir: "Hay que contar hasta diez / para que el miedo se vaya. / En el campo de batalla, / se escucha 'uno y dos y tres…'. / Pues hasta el miedo se acaba / como se acaba un mal día…". Y se fue quedando dormido de tal manera que cuando despertó, hacia las nueve de la mañana del domingo 4, no fue capaz de recordar en qué momento había vencido el insomnio. Verónica le dio un beso en un hombro. Y le pidió que le ayudara a tender la cama para salir a desayunar "aquí abajo en Brown". Y fue al tender la cama juntos que empezaron a terminar.

Cuando se puso a verla, con el cabello amarrado en un moño en la nuca y la luz de las nueve del domingo rodeándola y bordeándola y subrayándola, supo que podía pedirle que lo dejara porque siempre iba a quererla, porque nada malo iba a pasarles si se decían que su pareja había sido una pausa, un tatuaje temporal, ja.

—¿Qué piensas? —le preguntó ella con una esquina de la sábana entre los dedos.

—Que en el peor de los casos vamos a seguir siendo los mejores amigos del mundo.

—Yo estaba pensando lo mismo —reconoció ella, pero no fue capaz de sostenerle la mirada.

Pizarro no era un profesional en materia de confrontación, de conflicto. Odiaba encarar los problemas. Prefería esperar a que terminaran con la muerte de alguno de los involucrados. Pero en el desayuno, cuando ella le preguntó si pedía la cuenta y él terminó de comerse sus huevos estrellados, se atrevió a decir "yo he estado pensando que dejamos de ser una pareja hace unos días, y he estado pensando que entre más pronto lo reconozcamos, entre menos le demos largas a esa realidad, mucho mejor para nuestra amistad: si algo lamento yo de mi parte en el fin de mi primer matrimonio fue haber permitido que se alargara tanto, haber esperado y esperado, haberle pedido a ella que tomara la decisión por los dos, como un boxeador que se deja destrozar pero no se deja tumbar hasta el último asalto".

Por supuesto, los días que siguieron fueron el esfuerzo en vano de reavivar el romance. Si se querían tanto, si se entendían tan bien, si los unía tanto la sensación de que ya era mucho haber dado con una persona que no iba a hacerles daño, ¿por qué no podían seguir un poco más? Si nadie estaba mirando, si nadie en la universidad ni en las familias de los dos se había dado cuenta, ¿por qué el afán de irse de esa historia? Trataron de seguir. Siguieron quince días más. Fue el equivalente a "agotar los recursos legales", sí, porque ensayaron una comida en el restaurante de los dos y una caminata de librerías desde San Librario hasta la Lerner y un polvo salvaje como si alguien estuviera filmándolos, pero todo les salió lánguido, patético: "¿Pasaste bien...?".

El viernes 16, luego de una reunión sobre la campaña del plebiscito, ella prefirió irse con el grupo de comunicaciones de la oficina del comisionado de paz a celebrar que según la encuesta más reciente el "sí" iba a llevarse el cincuenta y cuatro por ciento de los votos y el "no" iba a quedarse con el treinta y cuatro.

Digo "prefirió" porque desde el lunes 12 había quedado de ir al apartamento del profesor Pizarro —territorio vedado, como el nombre de Clara, por culpa de la culpa de ella— por primera vez desde que se habían dejado llevar por esa historia. Digo "prefirió" porque así, como una afrenta, como una derrota, se lo tomó Pizarro. No le respondió a ella la verdad, "sí, me molesta, me molesta", cuando le preguntó si le parecía mal que cambiaran los planes en aquella breve conversación telefónica que resultó ser su última conversación como antes. Sí le dijo que él mejor se quedaba en su casa, que él mejor no les arruinaba la celebración: "¡Cincuenta y cuatro por ciento por la paz!". Cuando colgó ya se había quitado los zapatos desamarrados y el saco azul oscuro.

Y se había encorvado sobre la mesa del comedor a completar el rompecabezas de *El beso*: quedaban unas cien fichas por poner. Y al día siguiente se vio poniéndolas con Flora y Fauna, con su discípula amada y su novia, mejor, porque las dos creían —por no sé qué santero— que tenían que resguardarse de los efectos de ese martes 13.

El sábado 17 Verónica Arteaga llamó temprano a Horacio Pizarro, apenada, a pedirle que se encontraran en el anticuario de su ex para irse juntos a la enésima comida "con los del comité del 'sí'". Él le dijo que "prefería" que se vieran en el apartamento de ella.

Fue allá cuando ella le dijo que mejor fuera él solo a la comida. No era porque el exministro Jorge Posada Alarcón, su novio de los últimos cinco años —con quien había vivido otra historia de amor en la clandestinidad porque su esposa había pasado años y años en estado de coma—, hubiera estado llamándola como amigo: juraba por la paz que no se habían vuelto a ver. No era porque estuviera cansada de la trasnochada de la noche anterior, que no había trasnochado tanto. Era porque él tenía toda la razón, porque seguir alargando una pareja en donde había sobre todo una amistad era un atajo a detestarse. Y para qué si ella lo adoraba y le daba las gracias por haberla hecho sentir bien todos los días que habían pasado juntos.

—¿Puedo seguir llamándote para que me hagas terapia? —le preguntó ella a él cuando lo vio sentado en el sofá como un gigante agotado.

—No hay manera de que yo deje de quererte —le respondió él a ella como un orangután rendido con los brazos desgonzados.

—Yo jamás, yo jamás —dejó en claro Arteaga con la mirada puesta en los nogales que llegaban hasta su ventana.

Y el profesor Horacio Pizarro se levantó igual que un actor demasiado viejo para el papel: un error de casting.

Y le dio un último abrazo de gran amigo gigante que ya debía volver a su tierra. Y ella le susurró "de verdad cierra tu Facebook" como diciéndole "ahora que yo ya no te voy a cuidar…".

Más tarde, solo e insomne en la cama de su matrimonio, con la cara cubierta por las manos, pensó que era curioso que hubieran terminado igual que un par de novios comunes y corrientes. Era como si no tuvieran cincuenta y nueve años y cuarenta y uno, como si no tuviera él dos hijas y ella no tuviera un niño que ya era su amigo, como si no hubieran vivido una infidelidad con todas las de la ley, sino apenas un romance para reparar los horrores de ese año de horrores. Se habían visto a espaldas de todos, se habían presentado en todos los lugares como un par de buenos amigos y se habían prestado para los rumores, pero, capaces, los dos, de las ficciones más complejas —capaces de pensar que esa no era una traición sino un drama aparte—, esa noche no eran un par de amantes sucios: eran una pareja embelleciendo su torpe final.

¿Qué más podía hacer para conciliar el sueño? ¿Cómo dormirse cuando, luego del peor de los ridículos, lo único digno sería suicidarse? Pues contando, contando las noches, contando en posición fetal las escenas de los dos, hasta que el sueño llegara —cuando ya no iba a llegar— como el perdón de lo invisible.

Cómo recibir una amenaza de muerte. Basta tomar posición en una campaña política aquí en Colombia, "sí al acuerdo de paz con la guerrilla más vieja del mundo", para convertirse de una vez en un blanco: "¡Mamerto!", "¡vendido!", "¡cómplice!". Para llenarse de enemigos, para llenarse de mensajes que empiezan "cuídese hijueputa…", basta llenar el muro de Facebook de sentencias vehementes y urgentes como lo hizo el profesor Horacio Pizarro en los últimos quince días antes del plebiscito: "Quien vota 'no' condena a muerte a miles de inocentes", escribió a las 9:33 del domingo 18 de septiembre. Era que estaba despechado. Era que se sentía sin nada que perder. Su familia en pleno se había ido a vivir a otro país y la mujer que lo había revivido había decidido rematarlo y su futuro parecía ser dictar clases en la facultad equivocada.

Y además: ¿cuál razón podía ser buena para votar contra un acuerdo de paz?

Y además: ¿quién era Verónica Arteaga para despedirse de él con las palabras "de verdad cierra tu Facebook"?

De un día para otro, de ese sábado a ese domingo, el profesor Pizarro resultó ser uno de los más visibles defensores del "sí" en las redes sociales.

El pequeño post que digo, "quien vota 'no' condena a muerte a miles de inocentes", recibió 127 likes hasta las 10:00, 422 hasta las 2:00, 973 hasta las 6:00. Y el lunes, después de una noche en la que consiguió dormir a pierna suelta, se levantó sintiéndose obligado a seguir lanzando sentencias contundentes.

Del lunes 19 de septiembre al sábado 1 de octubre de 2016 el profesor Horacio Pizarro, con 4.975 amigos y 11.120 seguidores en Facebook, se puso en la tarea de hacerle campaña al "sí" a los acuerdos de paz desde el computador que acababan de arreglarle.

No fue más a los encuentros de los comités, ni a las comidas de los dueños del fin del conflicto, ni apareció más en las reuniones de "La paz querida" —que en mayo lo habían convertido en uno de los cuarenta y tres fundadores de ese grupo benigno—, para no tener que fingir más de la cuenta que la amistad con Verónica Arteaga se había ensombrecido. Fue a las sesiones del grupo de investigación e hizo frente a ella el papel del hombre que ha seguido adelante porque está demasiado viejo para desangrarse por ahí. Sonrió. Soltó ideas graciosas. Logró ser más generoso que nunca con ella: "Yo definitivamente estoy de acuerdo en todo con Verónica…". Pero el resto del tiempo se encerró en el apartamento de la familia a maldecirla a ella por inconsciente, a maldecirse a sí mismo por imbécil y a maldecir el mundo por la primera excusa que se encontró a la mano: por despreciar la paz.

Sus estatus de Facebook se convirtieron en el lugar de moda entre los pazólogos hastiados de la violencia y los ángeles vengadores que se negaban a que los guerrilleros regresaran a la vida. "Votar 'no' es suicidarse". "Votar 'no' es reelegir la pesadilla". "Votar 'no' es condenar a millones de colombianos a su guerra". "Votar 'no' es votar por las Farc". "Votar 'no' es dejar de ser mi amigo". "Quien no conoce su historia está condenado a votar 'no'". "Ojo con la propaganda negra de los señores feudales del 'no': todo fabricante de noticias es fascista". "Queridos votantes del 'no': ¿qué se siente estar del lado de los narcos, los guerreristas, los leguleyos, los entorpecedores, los ultraderechistas, los fabricantes de armas, los expresidentes conservadores, los salvajes que entraron a sangre y fuego al Palacio de Justicia?". "Ojo con los votantes del 'no': van a votar a escondidas contra el progresismo, contra la democracia, contra la igualdad, contra las mujeres, contra los homosexuales, contra las víctimas, contra los fantasmas que los asedian, contra todo lo que no les gusta de este mundo que —a sus ojos—

ha impuesto el liberalismo por decreto". "Una victoria del 'no' probaría que este país, como este mundo, es el infierno". "Eso: denúncienme y júzguenme y condénenme por viejo mientras los inescrupulosos les lavan el cerebro a los descorazonados".

Clara, Adelaida, Julia, Gabriela, Verónica, Flora: todas las mujeres que habían seguido de cerca su año, y su vida, sabían que algo extraño estaba pasándole, tenían claro que había ido de renegar de las redes sociales por volverse una guarida de idiotas impunes a ser un tuerto exaltado y exitoso en un país de ciegos.

Su examante, Verónica, lo llamó un par de veces a preguntarle si no estarían "cometiendo el error de terminar antes de tiempo" —e insinuó que el político aquel seguía rogándole en vano que se vieran— y le lloró, pues los sintió a los dos muy solos.

Sus dos hijas redoblaron las fotos tiernas de su nieta, y fueron llegando una tras otra tras otra, en el incansable chat familiar: "Lorenza tomando sol", "Lorenza dando griticos", "Lorenza agarrándole la nariz a la abuela".

Pero a decir verdad su esposa fue la única que se lo preguntó: "Pizarro: ¿usted qué hace metido día y noche en esa vaina que odia tanto?"; "Pizarro: ¿le está pasando algo que yo no sepa?"; "Pizarro: usted sabe que si yo viera a las niñas más organizadas me iba para allá a cuidarle la locura".

Nada, nada. Yo sólo estoy haciendo mi papel en el drama, sólo estoy asumiendo mi personalidad entre las treinta que censó Teofrasto en *Los caracteres*, sólo estoy ejerciendo mi mente como una pieza de la mente total, estoy siendo el curtido liberal de izquierda que no convence a nadie de que es feminista —por Dios: si la igualdad es la igualdad—, pero que tiene toda la autoridad del mundo cuando el tema de turno es la guerra. Estoy siendo Atticus Finch, Howard Beale, Jack Reed. Estoy portándome como O'Brien, como Montag, como Valjean. Estoy repitiendo lo que ha sido obvio para mí desde que tengo memoria: que el Régimen, que es el Leviatán pero es también el Gran Hermano, va a terminar de esclavizarnos si permitimos sus guerras.

Y que el camino hacia nuestra derrota es esto de perder el tiempo peleándonos por "quién es el más liberal" mientras esos hijos de puta se quedan con todo.

Clara le juró por Dios, que Dios poco entraba en sus conversaciones, que por tarde volvería a Bogotá —y que trataría de llevárselas a todas con ella— para la Navidad: le soportó los gritos "¿qué?" y "¿Navidad?" y "¿me lo está diciendo en serio?", y entonces ella le agradeció una vez más todo el dinero que les había estado mandando y el coraje con el que había estado enfrentando la soledad de su cuerpo, pues "aquí le acompañamos el alma", pero le rogó que no se le enloqueciera, que no se le volviera un viejo iracundo que anda por ahí reclamándole a un país que nunca dé las gracias, que no volviera atrás. "Pizarro: no se le vaya a olvidar lo que le pasó al Faquir Monsalve". "Pizarro: cuídese". "Pizarro: yo lo quiero a usted más que a mí, más que a cualquiera". "Bájele a la política, por favor, prefiera a su familia: acuérdese del 85". "Venga acá que acá vemos cómo nos ganamos la vida".

¿Pero él que iba a hacer en Boston ahora que lo rechazaba acá en su tierra su propio Departamento de Filosofía? ¿Qué tanto podían hacer por él los profesores bostonianos que aún paseaban por Cambridge? ¿Quién iba a ofrecerle un trabajo que le diera los millones que necesitaban para sobrevivir?

¿Quién iba a ser su apoyo en Boston si el esposo de su hija, el papá de su nieta, el piloto ese rayado y estrellado, a duras penas pasaba por allá? ¿No era un yerno cruel, un yerno inepto, la prueba de que se viene al mundo a respirar hondo, a hacer lo posible para que la mente no naufrague en el miedo?

Toda obra humana puede volverse su propia parodia. Todo hombre puede amanecer convertido en su monstruosa caricatura. Y las últimas dos semanas de septiembre, mientras la campaña del plebiscito quedaba sepultada bajo la propaganda sucia, el profesor Horacio Pizarro se entregó a su propio personaje porque se dio cuenta de que la gente de las redes lo aplaudía: "¡Bravo!". Sus antiguos camaradas de los días del Moir, sus exalumnas que se enamoraban de él hasta que se resignaban a sus novios, sus compañeros de los grupos de investigación, sus colegas envidiosos de las universidades del mundo entero, sus primos lejanos, sus vecinos de la infancia, sus vecinos de estos tiempos, sus condiscípulos del colegio San Carlos: todos volvieron a quererlo por valiente.

Las cifras fueron poniéndosele impensables en esos quince días: 32.449 seguidores, 3.569 "me gusta", 422 compartidos.

Por qué su personaje de redes terminó convertido en un pequeño personaje nacional: porque su antiguo discípulo Mateo Guerrero, que un día lo había decepcionado por haber abandonado la filosofía para dedicarse a los estúpidos medios de comunicación —y trabajó en RCN y *Cambio* y *El Tiempo*, y se fue a trabajar en *El País* de Madrid, y había vuelto hacía unos meses—, lo llamó una noche a decirle que quería entrevistarlo para el portal de *Prisma* sobre lo que estaba sucediendo en el país. Dijo que sí. Dio la maldita entrevista. Se fue lanza en ristre contra "los aguas tibias que no toman posición en el momento más importante de la Historia reciente de Colombia", "las violencias favorecidas por las indiferencias de las 'personas de bien' entre comillas", "los hampones que siguen matando líderes sociales porque eso les enseñaron desde niños".

Señaló a los grupos económicos que patrocinaron al paramilitarismo durante tantos años. Denunció a las mafias regionales que han hundido a las Costas en una corrupción que no es un vicio, ni un delito, ni un karma, sino un fango en el que se da silvestre y salvaje la vida. Notificó a sus lectores, intelectuales treintones y cuarentones repatriados dispuestos a darse la pela como lo hacían sus padres en las décadas románticas, que un triunfo del "sí" en el plebiscito no era sólo un triunfo sobre lo obvio —sobre la guerra y la violencia y la sociedad fragmentada de los libros de Palacio, Pécaut, Melo, Molano y Deas—, sino una victoria sobre una clase política empeñada en tomarse el país como un botín mientras la gente se agacha y se atrinchera y se ensimisma en los papeleos y las filas que se muerden la cola porque allá afuera disparan.

Podría decirse que volvió a ser el kamikaze que fue cuando no tenía hijas ni tenía nietas.

Podría decirse que fue el mismo suicida de casi dos metros de altura que iba por ahí diciendo la verdad a pesar de las súplicas de su primera esposa.

Dio nombres de poderosos capaces de todo. Dio caras a las "manos negras" que mandaban matar, que mandan matar. Contó la historia de un amigo suyo de juventud que acabó yéndose al M-19, el pobre Faquir Monsalve, que lo remendaron a tiros aquí en Bogotá unos salvajes del Goes unas semanas antes de que mataran al Turco Fayad: "Le dio por decir quiénes estaban siendo torturados por quiénes en las caballerizas del Estado después de la trampa del Palacio de Justicia", dijo en la página de internet de la revista, "y entonces se puso a esperar a que lo mataran porque desde la universidad pensaba que todo lo que estaba viviendo lo estaba viviendo para volverse mártir". Y a las 10:10 p.m. del viernes 30 de septiembre de 2016 recibió la llamada que siempre les pasa a los otros.

—Usted lo que se está buscando es que le bajemos a su hijo, perro hijueputa —le dijo una voz afónica e interrumpida desde un número de celular desconocido empezado por 314—, mire a ver si se calla.

Dónde estaba en ese momento. Ah, sí, solo en su apartamento, solo y a salvo. Venus iba de Libra a Escorpio como sembrándole un grito, como susurrándole en sueños que si no estallaba hacia fuera estallaría por dentro, pero él hacía lo mejor que podía —pidió la pizza de carnes, vio los minutos finales de *El último tango en París*, decidió terminar el rompecabezas— para salvarse de las trampas. No quería ir a celebrar el cierre de la campaña del "sí" con los del grupo de investigación. No quería ver a nadie. No quería responder el WhatsApp. Quería esconderseles a los amigos de las redes sociales porque a decir verdad estaba empezando a dolerle la espalda. Y quién iba a ayudarle ahora que la acupunturista, Magdalena, le había jurado por Dios a su marido que sólo trabajaría en el consultorio que le había montado en el nuevo apartamento.

—Una más y los enemigos de la paz le volamos la tienda de antigüedades, malparido: calle 79 # 9-71 —le dijo el rumor espeluznante antes de colgar.

Y el profesor Horacio Pizarro pensó primero en quedarse la amenaza para él solo porque le tenía un poco más de miedo al "se lo dije" de su esposa que a la muerte, pero luego, aturdido y sentado en la mesa del comedor entre el silencio asfixiante que sigue después de un revés, se aconsejó a sí mismo marcar el número que había estado eludiendo igual que un deber. Cuando terminó el rompecabezas, y puso las tres piezas doradas y negras y amarillas que faltaban en la esquina superior derecha de *El beso*, y captó que las otras tres piezas en el centro de la imagen no iban a aparecer, se dio cuenta de que la taquicardia no iba a amainar de otra manera: tuntún, tuntún, tuntún. Sudaba frío. Tenía el estómago revuelto del hombre que resulta ser una víctima. Los brazos estaban engarrotados por el miedo. Las manos no le abrían.

Iban a matarlo sin pena ni gloria como mataban antes a cualquiera que tuviera que ver con la justicia. Y él no iba a pedirle perdón a una familia que lo había dejado solo.

Porque la verdad es que no, ellas no estaban, ellas no iban a estar ese día ni iban a estar al otro día con él. Ni las fotos que le mandaban desde temprano, ni las publicaciones de Facebook en las que lo mencionaban por las noches, lo volvían parte de nada. Ni el WhatsApp, ni el Skype, ni el FaceTime eran lo mismo que pasarse por allí, ay, cuando su padre le decía "mijo: no me llame si no va a venir", ay, cuando los vecinos no les mandaban correos electrónicos a los vecinos preguntándoles si estaban en sus casas. Palabras más, palabras menos, el profesor Pizarro estaba solo. Y si estaba pensando en llamar a la alumna a la que le había dirigido la monografía hasta hacía unas semanas, si no tenía a quién más llamar, era porque ese año bisiesto había sido la verdad.

Era como si el día hubiera empezado por el final. No había sol ni había esperanza de sol. Las nubes ennegrecidas servían de cortinas a las ventanas. Los periódicos del sábado se deslizaban por debajo de las puertas, ¡zas!, para darles las noticias a los pocos afortunados que no las habían oído ya mil veces. Afuera un hombre lúgubre gritaba "¡tamales!, ¡tamales!", como gritando "¡flores, flores para los muertos...!", igual que todos los fines de semana a esa misma hora: 8:15, 8:30 a.m. Caía una lluvia semejante primero a un rocío y a una polvareda luego. Todo el mundo sonaba como suenan los adultos en las películas de Snoopy: desfigurado y abominable. Y el profesor Horacio Pizarro repetía la palabra "sí", "sí", mientras conocidos y desconocidos le notificaban la gravedad del asunto.

Es que podían matarlo en cualquier momento, así, sin más, paralizado y deshecho porque el colmo de un miedoso es morir con miedo.

Había seguido al pie de la letra el plan que Flora, su alumna, le había diseñado hasta las 11:00 p.m. del viernes. Había llamado a primera hora a Clara, su esposa, a contarle lo que estaba pasando e iba a pasar: "Pizarro: júreme que desde ahora va a hacer lo que le digan...". Había llamado después a su querida y lamentada Verónica Arteaga a pedirle el favor de que le pidiera el favor al amante que la había dejado —al exministro conservador Posada Alarcón: a cuál más— de que hiciera lo que tuviera que hacer para que no lo mataran. Había llamado luego a su discípulo periodista, a Guerrero, para que pidiera ayuda a sus fuentes en la Fiscalía, para que le ayudara a rastrear la llamada y para que luego diera la noticia: "Profesor Pizarro amenazado de muerte por enemigos de la paz".

Y sí, entendía lo que le estaban diciendo, que lo que estaba pasando era verdad, pero todas las voces le llegaban borrosas y malheridas al entendimiento.

Todo se puso peor hacia las diez de la mañana del sábado 1 de octubre de 2016. Recibió un correo electrónico en el que le recordaban la amenaza de muerte en los términos de la llamada: "Cállese o se muere perro hijueputa...". Y cuando Guerrero llegó a su apartamento, que hasta allá se fue con un par de agentes conocidos porque se sentía culpable e imbécil, llegó al mismo tiempo que una corona de flores blancuzcas que lamentaba "la muerte de Horacio Pizarro". Sí, esa misma mañana, a punta de programas gratuitos y de amigos policías y de reporteros de barrio, rastrearon la llamada, el correo electrónico y la corona de flores. Supieron que habían usado un teléfono de la calle, un computador de un café internet por la calle 170, una floristería por las Américas.

Pronto los fiscales y los agentes y los periodistas llegaron a la conclusión de que el culpable era un muchacho sin nombre ni apellido de unos diecisiete años —"tenía una chaqueta de jean y el pelo pegado al cráneo"— al que quién sabe quién le estaba pagando por dañarle la vida a un viejo bocón.

Y sí, sus dos hijas, la indignada Adelaida y la exasperada Julia, que habían vivido habituadas a él como un par de niñas —y el mundo era el mundo si él estaba—, acabaron enterándose de lo que estaba pasando: "Odio ese puto país".

Y sí, por la casa pasaron Flora y Fauna, que se sintieron traicionadas cuando vieron que al rompecabezas sólo le hacían falta las piezas que no aparecían por ninguna parte, y Verónica, que nunca había pisado el apartamento porque cuando eran amantes habría sido un irrespeto y una infamia, pero pasaron sólo a saludar y se fueron antes del almuerzo, y el miedo fue volviéndose pavor.

Y se dedicó a repetirse a sí mismo que así lo mataran iba a ser jurado de votación en los puestos donde votaban los primíparos, como lo había sido siempre.

El huracán Matthew, el peor huracán del mundo de los últimos diez años, alcanzaba la categoría cinco y los doscientos sesenta kilómetros por hora por las costas colombianas. Cuatro municipios habían sido evacuados. Las playas se metían en las casas de los caseríos y los perros enflaquecidos nadaban hacia ninguna parte. Un hombre pasaba con una teja al hombro. Un tanque del ejército pasaba junto a un par de niños que llevaban un televisor de la casa de los tíos a la casa de los abuelos. Se caían las vigas y se caían los techos de paja. Se venía encima el viento como un verdugo, como un impío. Tronaba. Relampagueaba. Se colaba en los noticieros sensacionalistas del mediodía y bajaba por Colombia hasta Bogotá y no había arcas sino lanchas de rescate. Y para el profesor Pizarro, sentado y adolorido en aquel sillón raído pero suyo, era la llegada del fin del mundo, la avalancha que vaticinaban los melancólicos.

Y quizás era mejor que le pegaran un tiro a que se le viniera el techo encima un poco antes de morirse, de dormirse, perdón.

—Bueno, ¿qué se ha sabido del plebiscito? —le preguntó a Guerrero, su antiguo alumno, cuando notó que se alistaba para salir porque no podía descuidar el cubrimiento de las elecciones.

Bajó el volumen del televisor que habían encendido para ver el noticiero escandaloso mientras almorzaban. Se puso de pie como mejor pudo porque su discípulo se había puesto de pie. Se cruzó de brazos como cambiando de angustia.

—Pues según las últimas encuestas que tenemos, que son las dos de ayer, el "sí" le gana al "no" por apenas diez o quince puntos, pero seguro le gana —le respondió el periodista recogiendo las cajas de las pizzas que habían pedido—, ¿por qué lo dice?, ¿porque la está viendo negra?

—Porque la gente sale a votar cuando es a votar por algo concreto —le respondió—: y la paz…

—Y además sale a votar si no diluvia —agregó Guerrero, que parecía detenido en el tiempo, igual de joven que cuando era su alumno, mientras le daba la mano.

—Por nada del mundo voy a dejar de ser jurado de votación: que me maten —declaró el profesor Pizarro como soltando unas "famosas últimas palabras"—, y ponga que dije eso.

—Eso voy a hacer apenas llegue —le prometió como prometiéndoselo a su padre, como teniendo una oportunidad más de hacer algo por su padre, que nunca fue su amigo.

Qué raro había sido para él reencontrarse con su profesor favorito de semejante manera. Qué raro. Seguía siendo el viejo un tipo altísimo, seguía vistiéndose con esos sacos de hilo azul y esos pantalones de dril. Tenía todavía esas piernas delgadas y esa manía de llevar el ritmo de la ansiedad con el pie. Aún se le desamarraban los zapatos como a un niño de los tiempos de los cordones. Conservaba el sentido del humor seco, sorpresivo. Pero en su casa era frágil, como un actor de barriga cómica derrotado en su camerino, y su misterio quedaba revelado. Debería prohibirse de por vida a los alumnos llegar a la tras escena de sus profesores por lo mismo que debería impedirse la entrada de los actores a las redes sociales: qué gracia tiene ver a un mago sin sombrero.

Recordaba a Pizarro, sí, como a un joven y brillante profesor de Filosofía del Lenguaje —conocido en el mundo entero además— que de vez en cuando se extraviaba en disquisiciones políticas. Pero habría contestado "pero qué estupidez", "pero qué absurdo" si alguien le hubiera dicho que un día, veinticinco años después, iban a amenazarlo de muerte por decir en voz alta lo que estaba pensando. Y habría pensado "no diga estupideces" y "no puede ser" si alguna adivina le hubiera advertido que él iba a ser el periodista que pondría en jaque a ese pobre viejo. Que lo despidió a unos pasos del umbral de la puerta fingiendo que no tenía miedo. Que se quedó allá atrás, entre la luz polvorienta y la penumbra, como si sólo quedara el contrabajo, como si fuera naturaleza muerta.

Se fue Guerrero. Se subió a su Spark azul, que aún tenía atrás, "por si acaso", la calcomanía de la Virgen del Rosario que le había pegado la dueña anterior, pensando en que desde niño todo el mundo le había vaticinado que iba a ser periodista. Y era cierto, sí, que era un niño preguntón y entrometido, pero jamás en mil años pensó que iba a terminar acostumbrándose a las luces temblorosas y al humor negro y al hastío tristón de las salas de redacción: el sarcástico y temerario y libertino y solidario Guerrero, cuarenta y seis años, Cáncer, habría querido ser novelista —e iba en la página 111 del manuscrito de una novela fallida sobre su matrimonio fallido—, pero había dejado de sentirse frustrado por no serlo.

Qué diablos. Quién quiere ser novelista cuando puede ser periodista. Quién quiere viajar a la muerte contemplando el mundo en vez de gozarse la vida escarbándolo.

Subió por la calle 92 a la carrera 11. Sin mirar dio el giro para tomar la vía hacia el sur de la ciudad. Puso las malditas noticias en la radio: plebiscito, plebiscito, plebiscito. Puso a sonar su selección de salsa: *Sonido bestial, Pedro Navaja, Periódico de ayer*. Ignoró como mejor pudo las llamadas y los mensajes de WhatsApp: nada es urgente. Y llegó a la revista hacia las tres de la tarde, 3:14 p.m. para ser precisos, listo a revisar sus textos del especial sobre las elecciones y listo a actualizarle un par de cosas al artículo sobre las amenazas al profesor que había subido a la página web: "En el álbum de mi vida en una página escondida ahí te encontré...". Si digo que llegó listo para esas tareas es, por supuesto, porque no estaba preparado para lo que siguió.

Saludó al vigilante de afuera que zapateaba del frío, a la portera que bostezaba desde la madrugada, al escolta del director que trataba de encestar un vasito de cartón de tinto en la caneca. Subió por las escaleras hasta el séptimo piso porque detestaba los ascensores desde el día en que se había quedado atrapado en el ascensor más viejo del mundo. Cuchicheó con la secretaria de redacción: jijijí. Paró en el baño a mear: uf. Dio la mano a los amigos que se fue cruzando, cada uno empujado por su historia, por el laberinto de computadores. Chismeó. Calumnió, ofendió e injurió en broma. Sostuvo un pulso de chistes con el editor principal y le hizo un par de comentarios políticamente incorrectos a la correctora gay: "Yo veré mañana esa comunidad...", le dijo.

Sólo pudo —sólo quiso— sentarse a actualizar el artículo sobre el profesor Pizarro a las 4:05: "Una corona de flores...".

Y sólo a las 4:20 se dio cuenta, cuando tomó aire para revisar qué había estado pasando en su teléfono, de que tenía once llamadas perdidas de un número desconocido: ¡once! Su agobiante WhatsApp era una cosecha, una recolecta pendiente, mejor, de todas las frases ambiguas e inquietantes que había estado sembrando en los chats de las mujeres: "Cuándo me das un ratico", "veámonos esta noche entonces", "estoy cansándome de esta relación virtual tan rara". Pero también era un alud de noticias de los siete, ocho, nueve grupos de periodistas que se enviaban fotos y chismes y comunicados desde la madrugada hasta la madrugada. Y en su e-mail de Yahoo, que es lo que importa, había un mensaje de su exesposa.

Sí, la frase es toda una historia de horror con principio, medio y fin: "Había un mensaje de su exesposa…". Pero esto era mucho peor.

Recapitulemos: Guerrero fue siempre un buen estudiante, pero nunca fue el mejor; fue siempre un buen hijo, pero nunca cedió a la tentación de volverse el padre de sus padres; fue un muchacho enamoradizo en los ochenta, más despistado que tímido, que nunca entendió del todo por qué las mujeres se le acercaban y se le quedaban al lado y se le iban cuando él se encogía de hombros porque no podía ser más que él; fue un novio noble y delicado pero extraviado dentro de sí mismo y fue un amante que dejaba en claro desde el principio que por lo pronto no quería tener una pareja; y sobre todo fue un amigo extraordinario de esos que se emborrachan y dan la vida por sus amigos y un tipo con un talento raro para escribir y una vocación innegable a componer historias.

Estudió Filosofía desde 1989 hasta 1993, pero, empeñado en convertirse en escritor, terminó metido en las salas de redacción apenas cumplió los veintitrés años: "Estoy escribiendo una novela…".

Trabajó en la sección de cultura en un principio. Pasó luego a la sección de judiciales porque una noche se les fue sin avisar el criminal en potencia que tenía el puesto. Terminó en la sección de política porque tenía humor y sabía capotear los lances de los politiqueros: "Yo lo leo mucho...". Cubrió los dramas de los Mundiales de fútbol, los escándalos de las campañas políticas, las escenas nefastas de la guerra. Entrevistó a los cuatro presidentes que ha habido desde 1994. Entrevistó a Rushdie, a García Márquez, a Vargas Llosa. Viajó cada vez que pudo: estudió Periodismo en Columbia; recorrió Europa en carro y bus y tren; pasó unos meses en La Habana aprendiendo a hacer documentales. Bebió. Bebió más. Puteó. Comió todo lo que le pusieron en el plato.

Y se acostó con un puñado de colegas de las salas de redacción, y con un puñado de amigas que en el clímax de alguna borrachera, "estoy escribiendo una novela...", se descubrieron queriéndolo más que a sí mismas: el número exacto —suele decir— es irrelevante, pero yo no me puedo quejar.

Estuvo a punto de casarse dos veces: ¡dos! No lo hizo al final porque unos días antes se le notó a las claras que no quería hacerlo. Y, aunque la gente se ríe cuando da esta explicación, quería mucho a ese par de novias como para haberlas convertido en otro par de mujeres sacrificadas por un marido. Cuando cumplió cuarenta años se casó con ella, con la joven Helena, que quería escribir poemas y leer novelas breves y ver cine: casándose con la mujer con la que tenía que casarse, y yéndose a vivir a Madrid, y trabajando en la sección de política internacional de *El País*, se recuperó de la profunda decepción que le produjo el resultado de las elecciones presidenciales de 2010. Que se joda ese puto país. Que se lo queden los buitres y los parricidas. Y yo mientras tanto me pongo a vivir.

Y me voy con mi Helena, que me duele mi pasado, por fallido e inútil, desde que estoy con ella.

Helena: me deprime hasta los huesos, me doblega, haber vivido la vida alguna vez sin ti.

Helena: te quiero un poco más cada vez que tratas pero no puedes hablar de la muerte terrible de tus padres.

Fueron felices, el uno con el otro, el uno en torno al otro, durante cinco años completos.

La melancólica y sabia y complaciente Helena, con su nariz de otro cuerpo y su piel pálida a pesar de todo, se deprimía de tanto en tanto y luego volvía de la depresión a carcajadas. Pero se acomodó a Madrid, y quiso a Madrí, "tú sonríes con plomo en las entrañas", sin ningún problema. Poco se arrepintió de haberse ido. Poco miró atrás porque la única familia que tenía por estos lados —que es una historia para otra ocasión— era una tía que hacía lo mejor que podía para ser su tía. Consiguió ir de los veintiocho a los treinta y tres años fumando puritos como alguien que tiene algo pendiente y escribiéndole poemitas a la incertidumbre y leyendo rarezas de los escaparates y defendiendo a las mujeres de los hombres en su Facebook y escribiéndoles guiones a los amigos con los que había estudiado cine y tomándoles fotos a los viejos que se encontraba por ahí. Se le vio enamorada de su esposo. Se le vio ver por sus ojos y tenerlo a raya y fruncirle el ceño cada vez que se le antojaba una cerveza.

Hasta que en enero de ese año de mierda, el Día de Reyes, se le metió en la cabeza la idea de volver.

Se lo dijo en **TIPOS INFAMES**, la librería favorita de los dos, blanca e inagotable, en los escaparates de los vinos del fondo.

Se lo siguió diciendo calle abajo ignorando un frío que pelaba y eludiendo los bolardos bajitos de la calle de San Joaquín como una niña de antes de los teléfonos inteligentes.

Se lo aclaró a los trancazos mientras se probaba un par de abrigos negros, y un par de suéteres torcidos, en los espejos del primer piso del Desigual de Fuencarral.

Se lo repitió cuando volvían de las tapas aquellas, ahí nomás en la calle Pérez Galdós, en donde habían quedado con unos buenos amigos de la redacción del periódico: Ana, Marga, Bárbara, Javi.

Ya sabía qué quería hacer con sus días. Quería tener un hijo colombiano. Quería filmar un documental sobre el proceso de paz "con esos perros", producido por Fulano el brillante y grabado por Zutano el genial, y después tener un hijo colombiano.

A la diez de la mañana siguiente, que los días comienzan más tarde en Madrid, Guerrero tenía en la bandeja de entrada un e-mail del director de la revista preguntándole si era cierto que volvía a Colombia: "Estamos armando otra vez el punto com". Vaya usted a saber por qué se dio semejante coincidencia, semejante sincronía, mejor, si es verdad que las coincidencias no existen. De vez en cuando es como si los ángeles y los planetas y las agencias secretas respaldaran una decisión, como si se conspirara entre bambalinas para que cierta escena torciera el rumbo de un drama: "Que la esposa amanezca con ganas de volver a Colombia…", "que justo en ese momento entre el jefe de antes a ofrecerle un trabajo mejor que el que tenía…", "que les toque volver a Bogotá a ver qué tan esposos son…".

Se despidieron de Madrid, "una ciudad dedicada a la brisa", con la sospecha de que ese sería al final la época más feliz de sus vidas: "Venga, que no es una despedida…". Él se despidió de su escritorio. Ella de "esa bocanada de aire y cigarrillo que sientes desde que sales de Barajas…": "Amé que en plena Europa cada barrio de Madrid parezca un pueblo chiquito donde hay carnicero y tienda y frutería y mercado; amé que la gente se sienta de su barrio como la gente se siente de su pueblo; amé la Verbena de la Paloma, en la calle de Toledo, en La Latina, porque amé a estas personas dispuestas a vivir y a carcajearse y a dar golpes en la mesa: 'También la gente del pueblo / tiene su corazoncito / y lágrimas en los ojos / y celos mal reprimidos'", escribió en su muro de Facebook bajo la foto de unos viejos encorvados y pequeños que se pierden en la calle de Luciente.

Volvieron a Bogotá a finales de enero: el 26. En Bogotá estalló la burbuja porque Bogotá es la realidad.

Guerrero entró a trabajar el lunes 1 de febrero: el zika se devoraba el mundo, comenzaba a verse que los candidatos gringos a la presidencia iban a ser Clinton y Trump, se discutía, en el consejo de redacción, si el artículo sobre los quince años del Plan Colombia tenía que ser crítico o celebrativo.

Pronto se acomodó. Pronto se dejó llevar por las jornadas de sala de urgencias de la revista. Pronto empezó a coquetear con las periodistas recién salidas de la universidad, "¡la reportería no se hace por internet!", y se vio envuelto en los pequeños dramas que se montan cuando empieza a asomarse la infidelidad. En un principio Helena siguió siendo Helena, voluble y fumadora, disciplinada para nada, pero unas tres semanas después de la llegada —su teoría es que en Bogotá, a diferencia de en Madrid, en donde los muebles eran recogidos por ahí y las vajillas eran de paso y el colchón era prestado, todo se vio definitivo: los muebles, los cubiertos, las sábanas, los afiches que colgaron por el corredor— empezó a mordisquearse las uñas, a rascarse los brazos hasta rasparse la piel.

El día en que compraban los últimos aparatos en Home Center, entre esos una aspiradora de mano como la que le dejaron a Chema en Madrid, en la agobiante fila para pagar ella le dijo "ya sé: mi sueño en la vida es morirme y volver de la muerte".

Chateaba con sus amigas del colegio. Hacía las reuniones que tenía que hacer, de la senadora Claudia López al productor Alessandro Angulo, para poner en marcha el documental: *Por fin la paz*. Hablaba horas y horas con su tía Patricia como si estuviera recobrando el tiempo perdido. Daba consejos románticos a una prima, a la intimidante Irene, que a los dieciséis años era un personaje: "Te juro que en un par de semanas el güevón se pone serio...". Parecía bien, mejor dicho, pero no lo estaba: porque el lunes 29 de febrero, cuando Guerrero llegó al apartamento a las 5:00, 5:30 p.m., no la encontró ni en la sala ni en el comedor ni en la cocina ni en la habitación ni en los dos baños del dúplex en el que estaban viviendo, el dúplex en el que vive solo en la loma de la calle 55 con la carrera 4ª.

Helena se había ido sin decir ni mu y se había llevado su copia de *Ante todo no hagas daño*. Era como si Guerrero se la hubiera inventado, como si hubiera muerto pero él no pudiera probar que alguna vez estuvo viva. No respondió el teléfono:

"El número que usted está marcando se encuentra fuera de servicio…". No respondió el e-mail: "Mail delivery failed: returning message to sender". Ni los amigos en común ni la única tía tenían idea de dónde estaba. No había dejado ni siquiera una nota de despedida porque —él se la conocía de memoria— era incapaz de dar la cara, era incapaz de darle la pelea, de decirle "no pude más, Mateo, quiero irme de aquí". Simplemente, se fue. Simplemente, le dejó dicho, yéndose, "sálvese quien pueda" en este infierno.

Ese último día de febrero, Ceres, el planeta enano, empujaba a los Piscis igual que ella a comenzar de nuevo, a dejarlo todo como perdiéndose en un agujero negro, en la madriguera del conejo.

Pero a Guerrero siempre le han valido mierda los planetas. Y lo que había hecho ella no tenía justificación ni tenía defensa ni tenía explicación. Y esa noche salió al barrio a emborracharse con sus amigos de siempre, y luego se fueron a nosecuál reservado que tenía —dijo el editor de cultura— "putas mejorcitas", porque no había ropa de ella para cortar en pedacitos, ni libros para quemar en la terraza que tanto les había costado encontrar. Adiós, Helena. Que se joda esa vieja hijueputa. Que cuando vuelva de la muerte, expuesta por su fumadera y su citadera de versos de poetas del siglo pasado, la padezcan los buitres y los parricidas. Y yo mientras tanto me pongo a vivir. Y vivo, sí, y soy capaz de hacerlo en marzo, en abril, en mayo, en junio, en julio, en agosto, en septiembre, porque me acostumbro a la idea de que ha muerto.

Dejó de buscarla. Dejó de pedirles ayuda a los agentes de la policía y a los amigos de la Fiscalía porque la tía me llamó el otro día a decirme "Mateo: no lo hagas".

Sin embargo, el sábado 1 de octubre del peor año que recuerde, cuando acababa de sentarse a poner al día su artículo sobre su pobre profesor amenazado, le escribió un e-mail que solamente decía "te escribo para que sepas que estoy embarazada".

Sé que hace unas páginas sonó dramático y desproporcionado aquello de que la frase "había un mensaje de su exesposa..." era toda una historia de horror. Pero también sé que el mensaje prueba que en este caso decir "horror" es decir poco. Y que Guerrero sintió que las letras y las sílabas saltaban en la pantalla y le estaba dando un infarto.

Guerrero tenía los hombros engarrotados, tiesos, cuando llegó a las rejas doradas de la fachada de piedra setentera del edificio San Germán: carrera 28A # 53-31. Sentía la cara roja, caliente, como las pocas veces que algún problema conseguía subirle la tensión. No era exactamente un cínico, porque no era falso ni impúdico ni procaz ni desaseado —y eso dice el diccionario que es un cínico y de algo tiene que servir la Real Academia Española—, pero a los cuarenta y seis años no esperaba demasiado del mundo: esperaba reveses, escándalos, colapsos, huracanes, aludes, naufragios, accidentes, vergüenzas, retrocesos, corrupciones, masacres, pequeños hallazgos que ya habían hecho los griegos —hay vida después de la muerte, oh— sepultados bajo los dramas de las parejas. Era más bien un hastiado. Pero la mezquindad de Helena le entiesaba el cuerpo como si estuviera a punto de romperse.

Puta: iba a darle un infarto como el que se llevó a su papá unos días después de cumplir los cincuenta.

Gracias a Dios, pensó, el hijo que ella esperaba no era de él. Gracias a Dios, repitió: no creía en Él, pero qué más puede uno decir en esos casos y a quién más puede uno agradecerle.

Con que ahí estaba viviendo su esposa. Con que en esa madriguera de piedra y de vidrio y de lata se estaba escondiendo esa loca hija de puta. ¿De verdad pensó que no iba a encontrarla? ¿No se le pasó por esa mente, que se le salía de las manos, que él iba a rastrear el correo electrónico hasta ese edificio? ¿Cómo había conseguido ese lugar? ¿Cuándo? ¿Desde cuándo? Era perfecto, pensó, porque no había portero, sino puertas electrónicas, buzón. Pero era increíble que hubiera cometido el error de pegar el nombre BÁRBARA PÉREZ DE ESPINOSA —una de

426

las grandes amigas que tenían en Madrid— en el tablero de los timbres de los apartamentos. Sin duda quería que la encontrara. Sin duda quería joderle la cabeza.

Timbró en el botón del 301. Esperó, siguió esperando. Quiso estar borracho, y más aún en plena ley seca, porque era evidente y fue evidente que nadie iba a abrirle hasta que la voz de una desconocida soltó un "aló".

—Para un pedido de cigarrillos —carraspeó, a propósito, metiendo la cara entre las rejas.

—Suba —respondió la mujer bajo el zumbido de la puerta.

Eran las seis de la tarde del sábado 1º de octubre de 2016: 6:09 p.m. en el reloj que tenía puesto su papá cuando murió. Lloviznaba adentro. Hacía el frío ridículo que se cuela por los pantalones. Había ley seca a esas horas, pero en ese pequeño garaje descapotado quedaba nomás un jeep cubierto con una lona y una camioneta con una bicicleta acostada en el platón. Guerrero tardó un poco, no mucho, en entender en dónde estaban las empinadas escaleras para llegar hasta el tercer piso. Subió. Fue despacio porque la rabia estaba poniéndole a mil el corazón, quitándole el aire que quedaba. No imaginó nada en esos últimos pasos —se concentró en llegar sin colapsar— porque ya había imaginado en el carro el encuentro con la versión embarazada de Helena.

Fumaba bajo el umbral de una puerta de lata como una puta de película. Sonreía vana, orgullosa, entre el humo. Y él se descubría una violencia de puños cerrados que había estado conteniendo desde febrero.

Pero en la realidad, que era una puerta de madera pintada de blanco, no estaba ella.

Estaba en cambio una persona que le parecía conocida, y que no habría imaginado jamás, y que en el escalón final resultó ser la prima Irene.

Que ya no era esa niña de diez años, la de 2010, que sabía todo lo que usted quiso saber sobre el mundo pero nunca se atrevió a preguntar. Y ahora era esa mujer de mirada viva que estaba esperándolo con resignación.

Tenía el pelo cobrizo cortado a la altura de la barbilla. Se había puesto un blazer negro con botones rosados que tenía un pañuelo sedoso en el bolsillo del pecho. Llevaba debajo una blusa color crema abotonada en el cuello con un broche de otras épocas e interrumpida por pequeñísimos pétalos pintados por ahí. Su pantalón hasta los tobillos también era oscuro. Sus zapatos eran botas de gamuza del mismo tono de la camisa. Se veía grave y se veía nerviosa. Y si no lo estaba, que la niña de once que él conoció jamás habría estado ensimismada ni aturdida, tenía cara al menos de haberse preparado para ese encuentro como para una situación que a los demás nunca les pasa. Era claro, mejor dicho, que sabía que vendría.

Abrió la puerta de par en par, y la puerta graznó y preparó así la escena, para decirle un "hola" que le salió tembloroso, apenado. Recibió los dos besos en las dos mejillas que él se lanzó a darle. Y le dijo "sigue, sigue" dispuesta a cumplir la promesa que le había hecho a su prima la noche anterior.

Cuando cerró la puerta, que siempre se cerraba de golpe como ayudada por algún fantasma, ¡tas!, su intuición infalible le dijo "Irene: deje la tembladera que a usted no va a pasarle nada". Vio al marido de su prima a unos pasos de la entrada, paralizado ante la ventana inútil de enfrente, con la compasión que les tienen los niños a los adultos. Pobre man: estaba un poco más gordo, más calvo, más bajo de lo que era. Deslizaba las manos abiertas por las raíces del poco pelo que le quedaba pegado al cráneo como si aún tuviera pelo. Tenía una lata de cerveza espichada entre un bolsillo de la chaqueta de invierno. Daba una ligera venia con los brazos en jarra para recobrar el aire que se le había ido quedando por las escaleras.

La aguda y veloz y desterrada Irene Jiménez, dieciséis años, Libra, se fue como una cámara al hombro en busca de los ojos del marido pasmado.

Pobre man. Antes de irse a Madrid, a finales de 2010, se le volvió una especie de papá que sí la miraba a los ojos, que sí la acompañaba a las películas de niños. Se fueron juntos a ver *Red social*, *Megamente* y la primera parte de *Harry Potter y las reli-*

quias de la muerte. Y ella se la pasa diciéndole a su única amiga del colegio, a Lili, que esas tres son sus películas favoritas y que ella se acuerda de que era feliz yendo a cine con una persona que se la tomaba en serio. Eran un par de amigos, sí, cómo habrá hecho él para hablarle a una niña en su lengua. Irene nunca ha tenido esos grupos de amigas de centro comercial, "jijijí", porque se viste raro, porque usa más palabras de la cuenta cuando habla, porque lee los periódicos y oye canciones viejas. Y Guerrero, cuando fue su papá, le dijo "ten paciencia que en unos años esa forma de ser tuya va a ser la única cierta".

Pobre man. Sí, tuvo cinco años guardada a su prima como un pájaro en una jaula convertido en el puto amo, "miren: esta es mi esposa", "silencio: quiero que noten que tengo la mujer más hembra y más genio de este mundo", pero ¿puede usted imaginarse que un día se le desaparezcan así, como si usted fuera un abusador y un pringao? No sabía adónde mirar. Miraba el muro de ladrillo que hacía inservible la ventana. Miraba el suelo. El hombre parecía sucio, mojado y percudido por la llovizna, pero sobre todo se veía desesperado. Jadeaba. Era imposible para él recobrar el pecho, el tórax. Se le había ido su mujer, su futuro y su certeza, ni más ni menos, como una niña perdida a propósito, como una huérfana camuflada en una multitud.

Y meses y meses después trataba de mantenerse en pie en el escondite de ella. Y se veía expuesto a desbaratarse enfrente de la primita que cuidaba.

—Dónde está —preguntó cuando notó que la tenía enfrente.

—Se fue a entrevistar a una guerrillera embarazada para el documental —le respondió—: es la historia de los dos embarazos.

Ella, de haber sido él, habría gritado "pero qué hijueputa". Él sólo dijo "ajá" y "ajá" otra vez empeñado en no enloquecerse. Se puso las manos atrás y se dedicó a recorrer el apartamento de tres habitaciones como cuando se perdía caminando por el Museo del Prado. Con que se había llevado a ese lugar las cosas de sus padres que su tía guardaba en una bodega: los libritos de lomo rojo de Agatha Christie y la colección de búhos que su papá hizo hasta que los dos se murieron uno tras otro como si fueran viejos. Con que había puesto en el corredor de las habitaciones la reproducción de *El beso* de Klimt que él odiaba porque la había confundido tanto en el Belvedere: "Una mujer tiene que seguir siendo soltera hasta la muerte si su plan en la vida es ser ella misma", dijo, pero luego fueron a comer como si nada.

Qué rara esa habitación de catre sencillo, como de monja, como de secuestrada, con un crucifijo colgado al revés, con un pequeño clóset con lo necesario apenas.

Qué raro ese televisor viejo y pequeño, barrigón, con una torre de películas piratas: *Las cazafantasmas*, *Malas madres*, *Kubo*.

Qué estúpida esa biblioteca modular de plástico donde tenía unos cincuenta libros ordenados por editorial.

—Quién es el papá —le preguntó sin mirarla a los ojos.

—Un man ahí —le respondió porque qué más podía decirle.

Pensó que iba a seguir la conversación porque ella, de haber sido él, la hubiera seguido: "¿Pero yo lo conozco?", "¿pero le parecerá bien ser una loca?". En cambio se asomó a la pantalla de su teléfono a ver quién lo estaba llamando y llamando como un poseso, y no le contestó. No cabe duda de que todo lo que sucede en el mundo —la selección colombiana de fútbol se preparaba para jugar con Paraguay, el huracán Matthew seguía pasando por encima de la costa Atlántica, los cristianos y los leguleyos y los derechistas y las víctimas que le hacían campaña al "no" denunciaban que el plebiscito estaba comprado—, todo lo que se ve en las noticias es una pantomima. Porque completamente adentro de su vida, que el desamor suele hundir en la vida aún más que el amor, Guerrero se puso en la tarea de revisar la colección de libros lomo por lomo.

Y cuando encontró el *Ante todo no hagas daño* de Henry Marsh lo agarró de un manotazo así se fueran para atrás los otros libros.

Y dijo "este es mío" y se lo puso debajo del brazo y dio media vuelta y salió de la habitación y se fue a la puerta y le dijo adiós de lejos con una mano indecisa.

Y fue un adiós para siempre al único hombre que alguna vez se portó con ella como ella cree que deben portarse los padres.

Irene se quedó quieta ante la imagen de la puerta cerrándose, ¡tas!, porque tenía miedo. Arqueó la espalda. Sintió alivio después del escalofrío. Se sentó en una de las sillas de esa sala vacía que de pronto le pareció deprimente, sórdida.

Buscó el celular, que se sacó del bolsillo del blazer, para llamar a su mamá: "Ya...", "pobre man...", "ahora te cuento...", "ven...".

¿Y si no le hubieran dicho "Mateo: no insistas que ella no quiere verte más", a principios de marzo, para que él convirtiera esa separación infame en una noticia de judiciales? ¿Y si ellas no hubieran convencido a Helena de mandarle ese mensaje antes de irse de viaje?, ¿y si no le hubieran dicho "dile de alguna manera que estás viva" y "ayúdalo por lo menos a que termine la historia" y "yo me quedo en tu apartamento a esperarlo y le digo la verdad"?: ¿habría terminado el pobre convertido en alma en pena? ¿Qué clase de perra era capaz de dar la espalda sin decir "tengo que salir de aquí", de irse sin decir "me voy"? ¿Qué porquerías le había hecho Guerrero a su prima para que ella lo dejara y se dejara embarazar por el primero y no mostrara ni un solo día un poco de arrepentimiento?

Estaba de acuerdo: una mujer educada y dispuesta a ser ella misma corre el riesgo de no dar con un hombre que entienda su lengua —y el riesgo, claro, de resignarse a un marido, y qué mejor definición de "marido"—, pero Guerrero no era un golpeador, ni un abusador, ni un matón, ni un macho, ni un tonto como su Salvador Bautista, sino un simple hombre que en la cabeza de su prima había amanecido convertido en un hombre que representaba a los hombres. Quizás lo siguiente haya sido lo que convenció a Helena de escribirle a su exesposo ese perturbador "te escribo para que sepas que estoy embarazada": que anoche, en la comida, su mamá contó que a Edna Barrera, la empleada de servicio, el papá de los hijos le había pegado otra vez dizque porque la había agarrado coqueteando con su compadre.

Malparido. Las hijas, de doce y diez años, habían tenido que parársele enfrente a decirle "usted no toca más a mi mamá". Y el güevón había salido corriendo como una víctima de sí mismo.

Pero no había poder humano ni sobrehumano que convenciera a Edna de dejarlo. Irene se puso a espiarla en Facebook, Edna Barrera Macías, mientras su mamá la recogía en el apartamento ceniciento —se le estaba alborotando la rinitis: ¡achís!— que a su prima le había dado por arrendar. Se veía feliz en la foto familiar que era su foto de perfil. Pegaba fotos con sus niñas: "¡Amo a mis hermosas!". Pegaba videos de fiestas del barrio. Pegaba memes positivos: "Yupi, yupi, estoy vivo, estoy sano, no se puede pedir más, gracias, Dios"; "hoy es... el día de las mujeres bajitas: ¡salud por ellas!"; "déjame decirte que el amor de tu vida no es quien te enamoró y se fue, ni el que se fue y te remplazó, ni mucho menos el que te promete estar siempre ahí y se marcha...".

Ninguna foto, en fin, de su ceja rota, de su párpado caído y su ojo sanguinolento. Ninguna denuncia para que las mujeres dejemos de ser víctimas en este país del infierno en el que van setecientos once feminicidios de enero a octubre: #niunamás.

Se levantó de la silla y abrió y cerró la puerta y bajó por las escaleras y abrió las rejas doradas y se metió al Sandero de su mamá. No le dijo "hola, ma" mirando hacia delante sino que terminó el monólogo que tenía en la punta de la lengua. Y dijo "son unos cobardes, unos pusilánimes, unos mediocres, unos artistas de la fuga. Y mañana domingo, a primera hora de un domingo, voy a cruzar el parque de Puente Largo para decirle eso al retrasado mental de Salvador Bautista, pero voy a decírselo con palabras sencillas para que entienda, para que no me diga más que soy mucho y poco para él. Voy a decirle que si es tan hombre como dice entonces venga conmigo a hacer por mí lo que me debe".

Cómo hacer justicia en casos que no competen a la ley. Por ejemplo: en Colombia el delito del adulterio fue eliminado del Código Penal de 1936 —el Código de 1890 sí dejaba en claro que "la mujer casada que cometa adulterio sufrirá una reclusión por el tiempo que quiera el marido con tal que no pase de cuatro años"—, y, aunque en años recientes ciertos legisladores ridículos hayan tratado de sancionar a los promiscuos y los amancebados con veinte salarios mínimos y penitencias sociales en los fines de semana, la infidelidad sigue escapándoseles a los jueces de la república, y entonces la incansable Irene Jiménez tuvo que cruzar el parque de su barrio a las 8:30 a.m. del domingo 2 de octubre de 2016 para castigar ella misma a Salvador Bautista por haberle hecho lo que le hizo cuando estaban juntos.

Salió de su casa habana de rejas cafés en la calle 107 con la transversal 54, resignada a la soledad de los andenes rotos e irregulares —y adornados de remiendos de pasto, pero como si fuera un error, como una vieja idea que nadie nunca se atrevió a desechar—, decidida y dispuesta y con la piel iracunda como una casera que busca a un inquilino que no ha pagado el arriendo, como una madre que busca a la madre del niño que matoneó a su hijo. Todas las cortinas de las casas amarillas estaban abajo. Todos los automóviles estaban guardados entre los garajes. La canasta de la esquina estaba llena de bolsas de basura. Había un reguero de latas y de colillas debajo de los arbustos bajitos de enfrente. El Renault 4 que siempre estaba parqueado en la bahía estaba parqueado en la bahía.

Sólo las ventanas de su casa tenían afiches de "sí a la paz": "todo por la paz", "sólo le pido a Dios que la guerra no me sea indiferente", "con paz haremos paz".

Ay, Dios. Qué frío y qué silencio y qué indiferencia —y qué violencia pasivo-agresiva con ese cielo como un techo de humo que no tiene por dónde salir— ante el día que ella ha estado esperando todos los días desde cuando se levanta hasta cuando se acuesta.

Atravesó el parque por el camino de pavimento —los columpios se columpiaban solos— hasta la acera llena de urapanes de la 108.

Pronto estuvo ante la entrada entejada de la casa de los Bautista: transversal 56 # 108-21.

Se dijo "esta es la última vez que vengo a esta puerta" como diciéndose que ya nunca volverían del colegio en el mismo bus, que ya no se encontrarían nunca en el parque, ni en la tienda, ni en la capilla.

Llevaba puestas sus botas Reebok, blancas y acolchadas, y sus medias gruesas hasta los tobillos. Tenía el blazer rojo y remangado que le llegaba hasta la mitad de los muslos: en la solapa había enganchado una paloma de la paz y un botón que era una esvástica atravesada por una barra oblicua roja y que significaba "prohibido el fascismo". Su camiseta blanca tenía estampada del pecho al ombligo la frase en mayúsculas **WAR IS OVER! IF YOU WANT IT**. Se había levantado las botas de los jeans como se hacía en los años ochenta, que eran, de lejos, sus años favoritos, sus años maravillosos, je. Y el pelo le caía por la mitad de la cara, ingobernable, porque se había pasado media hora tratando de agarrárselo en una cola allá arriba.

Timbró. Dos timbrazos pequeños nada más, ring y ring, tan y tan, que eran los tristes timbrazos de siempre.

Seguía enamorada del güevón de Salvador, "cuelga tú, no, tú…": su quijada cuadrada, sus ojos enormes, su pelo de niño. Seguía detestándolo por haberla dejado por una vieja de la universidad: cuando él se graduó del colegio de los dos, el Colegio San Vito —a ella le faltaba todavía un año para largarse—, tuvieron en las escaleritas de la cancha de básquet del parque una conversación sin salida sobre la posibilidad de que ese primer semestre rompiera la historia de amor, la pareja. Dijo él:

"Tú eres el amor de mi vida". Dijo ella: "Que conste". Pero tres meses después, a finales de septiembre, se vieron forzados a caminar por el barrio en busca de una respuesta a por qué se estaban sintiendo incómodos cuando estaban solos, a por qué estaban encontrando excusas para no verse los fines de semana.

Fue entonces cuando él reconoció que estaba saliendo con Beatriz, una compañera de la universidad: maldito primer semestre.

Sí, jalaban, tiraban en la casa de ella como un par de universitarios cuando no estaban los papás. Sí, le gustaba mucho que lo tocara: temblaba. Iban juntos a la fotocopiadora después del túnel, y hacían la fila diciéndose genialidades, mientras sacaban unas páginas de *Introducción a la teoría general de la administración* de Chiavenato y *The Practice of Management* de Peter Drucker. Y no, Beatriz no sería Irene, no se sabría todas las palabras en el diccionario, ni usaría terminachos rebuscados de psicólogos alemanes, ni se vestiría como un ícono de la moda, ni le importaría un soberano culo la cosa de la paz —"qué mamera tener a esos guerrilleros metidos acá…", había declarado la noche anterior—, pero al menos le interesaba la vida real, la vida normal, marica: "Me enchoché, Irene, y qué…".

Deja de ser tan showsera. Deja de andar diciéndole a todo el mundo que Beatriz es una grilla, una guisa.

Si quieres seguir siendo un puto hongo síguelo siendo sin arrastrar y dañar a todo el mundo alrededor.

¿Que por qué ella?: porque ella está ahí todos los días. ¿Que crezca yo un poquito?: crece tú.

Fue entonces cuando ella le dijo, enfrente de la casa de la transversal 56 # 108-21, que su mamá no la había educado para ser normal. Y le gritó "¡pero si todo lo que sabes de sexo lo sabes gracias a mí!". Y le preguntó quién lo había vuelto buen polvo, quién. Y le recordó cómo balbuceaba, a media luz, esa primera vez que ella no sólo tuvo que mostrarle cuál era la gracia de jalar sino que tuvo que ponerle el condón porque él no lograba entender qué iba en dónde. Y después le dijo "vete a la mierda: yo siempre supe que eras un cliché". Y no lo dejó decir la estupidez que le iba a decir, que era algo así como "prefiero ser un lugar común a ser un solo", porque se dio media vuelta y se fue y se fue con los brazos cruzados para que no se notara que tenía que secarse las lágrimas.

Y ahí estaba otra vez, en la puerta metálica en donde lo dejó hace una semana, para decirle que ya sabía qué pedirle a cambio de los nueve meses que estuvieron juntos.

Salvador se asomó entre las persianas de madera de la ventana rota de su habitación, en el segundo piso, a ver quién putas estaba timbrando a esas horas un domingo. Puso en blanco los ojos. Dijo "no lo puedo creer" según se le vio en los labios. Y mientras no lo vio, que llegó a pensar que no iba a salir nunca porque se demoró tres, cuatro, cinco minutos, se puso encima el saco de lana con gorro que se ponía antes cuando iban a cine. Y así salió.

Y estaba igualito, sí, no habían pasado diez días desde la última vez en que se habían visto, pero estaba igualito.

—¿Qué quieres?: ¿qué pasa? —dijo Salvador de ronquido en ronquido, despelucado y lagañoso, como si la pelea sangrienta de la semana anterior hubiera sido media hora antes.

—Nada, nada: que ya sé cómo puedes pagarme lo que me debes por haberme hecho lo que me hiciste —respondió ella, pero no era la misma frase que había ensayado en la ducha.

—Deja el raye, marica —contestó él anonadado por lo que acababa de oír—, que pareces un reguetón.

—Salvador: dime a la cara, si eres capaz, que lo que me hiciste no fue una traición y una cagada —reclamó ella exasperada demasiado pronto.

—Fue lo que fue —tartamudeó él.

—¿Pero cuál sería la palabra del diccionario? —contestó ella convertida en una sabionda por lo arrinconada.

—¿"Nada"?

—¿"Infidelidad"?

—¿"Cambio"?

—¿"Engaño"?

—Supongamos que fui una gonorrea: ya qué.

—Puedes hacer una última cosa por mí —reaccionó Irene, ahogada por sus propias palabras, cuando vio que tenía una oportunidad—: puedes tomártela como un castigo o un favor.

—Parce: me voy a dormir —respondió Salvador, mitad crispado, mitad perturbado, mirando a ambos lados de la acera con la sensación de estar poniéndole los cuernos a su novia con su ex.

—Tú me debes una —le dijo tomándolo del brazo, apenas tomándolo, cuando se iba a dar media vuelta.

No quería darle lástima, no quería sollozarle ni quería derrumbársele en la puerta de la casa: puede jurarlo, lector, lectora, por lo que usted más quiera. Pero se le aguaron los ojos —qué rabia: se había jurado a sí misma toda la noche que iba a contenerse— porque le fue pareciendo extraño estar sin él y empezó a sospechar que estaba haciendo lo que estaba haciendo porque era absurdo estar sin él. Habían sido nueve meses de volver siempre en el mismo bus. De verlo a él con el ceño fruncido escuchándole las teorías sobre el país y sobre la vida y sobre la muerte. De quedarse el uno en la casa del otro hasta la medianoche. De irse caminando hasta el Jeno's Pizza del centro comercial Puente Largo a pedir la pizza de ciruelas pasas con tocineta.

Y fumar matas y probar cosas y jugar ajedrez cuando no había nadie en la casa de alguno de los dos.

Hubo un momento en el que Salvador, tan convencional, tan típico, la adoraba como un guardaespaldas. Y sus pintas y sus palabras lo deslumbraban. Y sus cuentos sobre la prima que había dejado al marido sin darle la cara y sus diatribas contra la clase política colombiana le parecían fascinantes. Hacía favores. Escoltaba. Seguía órdenes. Y ni siquiera las cosas de grandes que hacen los bachilleres del Colegio San Vito cuando se encuentran a punto de graduarse, ni siquiera la excursión a Providencia o el prom o la despedida del curso o la preparación de la obra de teatro —que el año pasado fue *Casa de muñecas*—, conseguían desenfocarlo, distraerlo. Quería estar con ella todo el tiempo. Quería trabajar para que ella pudiera dedicarse a lo que ella quisiera.

El día de su cumpleaños número dieciocho, en marzo, les dijo a sus papás: "Mamá, papá, no voy a ir a la universidad: voy a ahorrar para que Irene haga lo que quiera".

Su papá le respondió "y yo voy a renunciar porque me cansé de no ser el que juega Xbox, sino el que paga las cuentas...".

Y punto: al otro día estaba llenando los formularios para entrar en agosto a estudiar el maldito primer semestre de Administración de Empresas.

—¿Qué quieres que haga? —le preguntó él, conmovido por su mirada encharcada, porque tampoco se trataba de hacer daño, de hacer mal.

—Yo no puedo votar, porque no tengo sino dieciséis, pero tú sí puedes votar "sí" por mí.

—¿Hoy?

—No, en el próximo plebiscito... —bromeó la parte arrogante de Irene—: ¡Pues claro que hoy!

Sabía que a Salvador el tal acuerdo de paz lo tenía sin cuidado: "¿Es hoy?". Tenía claro que a los papás de él, que él sí los tenía a los dos y presumían de conocer a un par de encorbatados de la ultraderecha, les daba pánico y asco que los guerrilleros fueran a "vivir de nuestros impuestos...". Pero uno tiene que reparar a las personas que daña. ¿Y cómo más repararla a ella en este país y en este tiempo en el que ser infiel no sólo no es delito, sino que no es bueno ni es malo? Pues votando por el "sí", ya que él sí puede hacerlo, porque alguna vez la quiso, porque alguna vez le pasó la mano por la espalda mientras ella le ponía la oreja sobre el corazón para ver qué tan lejos estaba: ¿qué mejor que participar por ella en las votaciones más importantes de la Historia de Colombia?

Dé las gracias de que no le esté diciendo "Salvador: estoy embarazada". Agradézcale que sólo sea "vote 'sí'".

—Marica: no sé...

—Por favor, por favor...

Salvador tuvo la tentación de recostarse en la puerta de su casa a llorar hasta que todo fuera como antes. Y sin embargo, cuando a Irene empezó a castañetearle la boca y a temblarle la barbilla y a aletearle la nariz, él logró tragarse las lágrimas a tiempo. Susurró "está bien, está bien: ya vengo" con la mirada puesta sobre el vigilante del edificio de enfrente. Levantó la mano en vez de decir "espérame aquí". Y entró en la casa a inventarles a sus padres una razón para salir con su exnovia vehemente y extravagante y revoltosa en la mañana de un domingo. No se bañó. Desde las persianas de su habitación volvió a pedirle que lo esperara. Se puso una camiseta y un suéter morado y unos jeans. Y cinco minutos después, a las 9:10 a.m., apareció resignado a su suerte.

Irene no dijo nada. Por qué, para qué. Cuándo se había visto que una víctima le diera las gracias a su victimario por pagar su condena.

Es la verdad —quiero decir: ha sido confirmado— que el domingo de todos estos maridos y estas mujeres tuvo que ver con el tal plebiscito. Clara, Adelaida y Julia Pizarro votaron a las 9:30 a.m. por el "sí" —y se llevaron a Lorenza en el cargador— en el consulado colombiano en Boston: "¡Sí a la paz!, ¡sí a la paz!". Gabriela Terán fue hacia las 10:00 con sus papás y su hermano Diego a las mesas de siempre de la 127: "Va a caer el segundo diluvio universal...", dijeron y fueron tres votos por el "no" y uno por el "sí". Magdalena Villa le rogó hasta el último minuto a su marido, a esa hora, que no votara "no" en el último rincón de Unicentro. Flora Valencia se encontró a las 10:30 con Sol, su ex, en los puestos de Puente Aranda, pero sólo alcanzó a decirle "que mi mamá va a votar 'no' para que no se impongan los homosexuales..." porque las dos fingieron estar de afán. Fernanda Castaño fue con su marido el chef a Santa Paula, en donde estaba registrada desde que vivía con sus padres, porque en la tarde una bruja iba a librarles el apartamento de la respiración de los fantasmas. Ni Orlando Colorado ni Doris Niño alcanzaron a votar, pues él se puso a manejar el taxi desde la madrugada, porque los días de elecciones a veces son buenos, y luego ese aguacero cayó y atravesó Bogotá. Verónica Arteaga votó "sí" aquí al lado, en la 97, antes de las doce. Pablo González, el papá de su hijo, retiñó la cruz sobre el "no" porque sí: porque se negaba a ser cómplice de la blandenguería, de la teoría mentirosa, de la pendejada. Jorge Posada Alarcón, el amante de su ex, votó al tiempo, pero votó "no" en la Plaza de Bolívar porque no soportó que "las bestias del Gobierno" metieran el acuerdo en el bloque de constitucionalidad, pero sobre todo porque Verónica le había dicho la noche anterior —como una adolescente— que necesitaba estar sola un tiempo. El coronel Henry Colón votó "no" en voz alta, y su esposa, Guadalupe, con él, en Niza. Yesid Alexander Ríos y Jonathan "Coco" Puentes votaron "no" en Santa Lucía porque acá todos son unos hijueputas. Ramiro Fúquene y Emperatriz Lucena votaron "sí", en La Esmeralda, porque no querían que mataran a nadie por su culpa. Amalia Serrano y Joaquín Hidalgo se encontraron con sus vecinos Eugenio Gallo y Angélica Prado, cuatro paraguas pacifistas tropezándose con todos y con todo, en las mesas del resbaloso Museo del Chicó. Manuel Arellano e Inacio Teixeira marcaron el "sí" en la Konrad Lorenz. Douglas Mejía votó "no" en la ciudadela, porque de golpe se llenó de rabia, pero se convenció a sí mismo de que había votado "sí" en el camino de regreso a su casa. Mateo Guerrero estuvo a punto de votar "no" para que a su esposa se le dañara el documental que dizque quería hacer sobre el proceso, pero se dijo a tiempo lo que decía su papá: "Una cosa es una cosa y otra cosa es otra cosa".

Todos tuvieron que ver con el "sí" y el "no", y se vieron nerviosos, esperanzados, enervados y extraviados. Muchos salieron a votar como reses hacia el matadero sin reparar en el silencio raro que imperaba en los puestos de votación. Pero quizás la historia más interesante de todas haya sido la de Salvador Bautista e Irene Jiménez.

Salieron de la casa de él en Puente Largo a las 9:10 a.m. Tomaron el bus articulado en la estación de allá abajo, justo frente al centro comercial, sin decirse una sola palabra: ni "vamos" ni "espérame" ni "sube". Apenas encontraron lugar, que lo encontraron en los dos primeros puestos después de la segunda puerta, Salvador se puso los audífonos del iPod para evitarse el monólogo político de su ex, e Irene apoyó la frente en la ventana como poniendo en escena su desazón. Cambiaron a la línea E en la Escuela Militar. Pasaron a la K en la Avenida El Dorado. Se bajaron en la estación de Corferias, en la 40, resignados a caminar con una multitud como con un pueblo elegido para nada. No se dijeron ni "sí" ni "no" por el caminito de ladrillo.

No se dijeron nada ni siquiera cuando llegaron a la fila en la Avenida La Esperanza.

Siendo justos con los hechos, Irene, que como era tan joven había vivido demasiado, trató de iniciar una conversación a la altura del Parque Simón Bolívar —quería contarle que había visto al exesposo de su prima la loca libertaria— cuando notó en la pantalla del iPod que su Salvador estaba escuchando *No Woman No Cry* de Bob Marley. Preguntó "¿Bob Marley?" como diciéndole "¿en qué momento te volviste esta persona?". Pero él le dijo "ahora me gusta" en vez de responderle "¿y qué?". Y ese fue el fin.

Todo lo de enfrente y todo lo de atrás estaba opaco. Todo era un poco gris. Y era seguro que iba a llover.

Fue la invencible Irene Jiménez, por supuesto, la de la idea de que dijeran que ella era la prima de él —y que venía con él, y no tenía con quién quedarse en la casa, y qué más podían hacer: "Siga, siga"— para que la dejaran entrar sin la cédula. Caminaron junto a las columnas de Corferias, y doblaron la esquina que doblaron los demás, en busca del pabellón número seis. Quién sabe por qué nadie se fijaba en el perro callejero blancuzco y lanudo y flaco y tristón que estaba parado allí. Vaya usted a saber cómo había entrado. De pronto daba unos pasos para adelante, de golpe daba media vuelta y regresaba al mismo punto. Y sin embargo sólo ella se lo señalaba a él y sólo él se le encogía de hombros a ella en vez de repetirle "¿y qué?".

Siguieron el camino, detrás de los otros condenados a votar, sin darse cuenta de que el perro vagabundo los estaba siguiendo como si hubiera llegado con ellos. Subieron la rampa del pabellón con paso de viejos. Buscaron la mesa de él: la 133. Temieron la mirada de un vigilante que llevaba las manos atrás como un estereotipo. Llegaron al sitio, pero se sintieron intimidados e *in flagranti delicto* porque un par de policías bromeaban con los jurados de votación: perdón, Salvador, perdón, pero esto es lo que pasa cuando uno no es capaz de decir "se terminó".

Fue el aterrado Salvador Bautista el que dijo "güevón: nos cogieron", pero ella, que paso a paso fue entendiendo mejor lo que estaba sucediendo en esa mesa, le susurró en el oído "es que es el profesor que amenazaron de muerte" apenas pudo. Y le explicó más: "Dijo en el portal de *Prisma* que por nada del mundo iba a dejarse sacar de jurado de votación". Y le resumió el asunto: "No te rayes". Y de nada sirvió porque él, si hubiera sido por él, se habría quedado en la cama hasta el mediodía. Y llegó hasta ese señor gigantesco, que a duras penas cabía en ese lugar, con cara de "fue ella". Todo salió bien, claro, tuvo que dar la cédula y le entregaron a cambio el tarjetón antes de que empezara a lloriquear, pero sólo entendió mejor la situación cuando llegó al cubículo de cartón a votar.

—Perdón, señor, perdóneme —le tartamudeó al profesor gigantesco con un pie adentro en el cubículo y un pie afuera—: es que mi hermanita quería votar conmigo.

—¡Pues que entre! —ordenó el viejo barbado dando un golpe en la mesa como un rey.

—¿No hay problema?

—Ninguno.

Irene pasó entre los policías convertida en una niña. No notó su felicidad porque el corazón estaba latiéndole a traición, porque era increíble que Salvador hubiera hecho semejante gesto de amor y semejante trabajo por ella, pero al mismo tiempo la hubiera reducido a "mi hermanita": jaque mate. Dijo "gracias" cuando él la dejó seguir y le entregó el marcador amarrado con una sirga de nailon. Y trazó una equis gruesa y la retiñó sobre el "sí" en el tarjetón, zas, zas. Y alcanzó a sentir las ganas de subir los brazos en señal de victoria, que las sentía siempre cuando ganaba algún juego de mesa, por ejemplo, pero no dejó nunca de reconocer que la situación también era triste. Él la abrazó, y la apretó duro. Y no fue una dicha, sino una pena.

Irene se le acercó al profesor Pizarro a darle las gracias por lo que había estado diciendo: "Yo también soy de izquierda", le dijo entregándole y agitándole la mano, y se fue.

Salvador recibió el certificado de votación de las manos enormes del ogro barbado, ja, muchas gracias. Estuvo a punto de dejar en la mesa la cédula de ciudadanía recién expedida.

Volvió cuando sintió que algo le hacía falta en el bolsillo del pecho de la camisa: "Parezco frito...".

Bajaron juntos por la misma rampa con la sensación de que aún les faltaba la mitad del episodio. Ella tenía los ojos aguados pero tragaba saliva para no desatar una escena ridícula en semejante galpón. Y él la tomó del hombro para que no fuera por ahí con esas terribles ganas de llorar: "¡Votaste 'sí'!". Y ella le sonrió porque lo reconoció por un momento, agradecida y enamorada y resignada a la derrota, y siguió su paso de marcha fúnebre hasta que allá abajo se dio cuenta de que el perro callejero estaba esperándolos. Estaba siguiéndolos, de hecho, pues se les fue detrás mientras regresaban por donde habían venido, se detuvo cuando ellos se detuvieron, aceleró el paso cuando ellos lo aceleraron. Y Salvador sonrió asombrado, claro, pero Irene se sintió obligada a hacer algo.

—Amigo: él y yo nos tenemos que ir, pero que tengas mucha suerte —le dijo al perro.

Que tenía los ojos apenados cubiertos por los pelos ensuciados y húmedos y rufos. Que los señalaba con la nariz negra, que era una pepa negra, y luego miraba al piso avergonzado. Y así una y otra vez.

—Chao parce —le dijo Salvador porque la mirada de ella le exigía que le dijera algo.

Se fueron hacia la salida con ganas de pasar la página, mudos porque hablar era un peligro, hasta que vieron al perro caminando entre los dos sobre los charcos de la llovizna como si fuera parte de la familia, como si viniera con ellos: chas, chas. A él le pareció gracioso. A ella le pareció que tenían que hacer algo. Quiso explicarle al animal, hablándole despacio igual que a un viejo o a un extranjero, por qué no podía llevárselo a la casa. Y el gozque pareció entender en un principio porque se puso a mirar hacia otro lado, mitad avergonzado, mitad extrañado. Y al final, cuando ya se iban, fue claro que no había entendido nada: sacó la lengua e intentó ponerle a ella las patas en las rodillas. Y ella no tuvo corazón para dejarlo solo.

—¿Y si nos lo llevamos? —le preguntó a su ex con voz de hija.

—¿Cómo así?: ¿adónde?

—Pues a la casa: ¿adónde más?

Salvador le tocó la frente a Irene a ver si tenía fiebre, no, no tenía. Se puso a mirarla con los ojos entrecerrados en vez de preguntarle si acaso estaba loca loca, mientras ella le decía "qué nos cuesta llevarlo", "podríamos tenerlo un día tú y un día yo", "please", con su voz atragantada. Prefirió quedarse en silencio, y luego tratar de abrazarla, a explicarle por qué era absurdo lo que estaba proponiéndole, pero ella, que no era una imbécil como la imbécil esa que se estaba chupando, se ofendió más que si le hubiera dicho "es que tú y yo ya no estamos juntos", "es que a mí ya no me importa si este país es el lugar al que mandan a los que fracasaron peor en la vida pasada". Irene se puso a llorar, ay, no. Dijo "adiós, perrito, que estés bien", y se fue.

Y el perro le entendió y se quedó paralizado y se resignó a ver cómo se iban yendo.

Se fueron y se soltó el aguacero, chas, chas, chas. Tuvo que buscar refugio debajo de un techito con ruedas que estaba cerca de una puerta de la que salían los unos y los otros. Se acostó ahí un buen rato, como un boceto, con el hocico sobre el piso. Durmió un poquito. Respiró despacio, tembló de frío, sintió que no iba a pararse nunca más. De pronto empezó a apagarse la cascada de la lluvia y cayeron las últimas gotas de ese cielo y el sol se levantó detrás de los cerros. Y tomó entonces el camino hacia la plaza de todas las banderas, pas, pas, dejando las huellas de las patas callosas en las rugosidades del asfalto. Metió la nariz en las canales y en los rincones. Trató de destrozar un vaso de plástico que se encontró junto a unas de las canecas empotradas a unos pasos del pabellón.

Fue ahí donde lo encontró el agente Ballesteros, apocado y regordete y suspicaz, desenterrando una maleza negra que prosperaba en las grietas del pavimento. El perro callejero sintió que un hombre grande —grande para él, que era pequeño y desgreñado— le hacía sombra, se enroscó, se encogió y gimió ay, ay, a la espera de un manotazo, pero Ballesteros no quería hacerle daño, sino, acaso, bañarlo y llevárselo a su hija a ver si regalándoselo volvía a dirigirle la palabra: ¿cómo iba a hacer ahora que la lengüisuelta de la mamá, envalentonada por el man que se había levantado en la empresa, andaba dedicada a lavarle el cerebro en vez de ponerse más bien a trabajar? Trató de convencerlo de que fuera con él: "Pis, pis". El perro se quedó quieto, mejor solo que mal acompañado.

Pero entonces reconoció al hombre barbado y descomunal, que había seguido temprano bajo el tímido sol de esa mañana, en la puerta del pabellón: "¡Guau, guau!".

Y el viejo se volteó a verlo, sorprendido, con un "¿qué pasó?" que le sonó como si se conocieran de antes, de siempre. Y empezó a preguntarles a los agentes que lo rodeaban, que lo habían sacado antes de tiempo y lo apuraban para engañar a cualquier loco que estuviera siguiéndole los pasos, de quién era ese animal. Y el agente Ballesteros le dijo "profesor: estaba escarbando la basura ahora que salí a aliviarme". Y el perro vagabundo se fue detrás de ellos —se fue detrás, más bien, del gigante de saco de hilo azul y pantalón habano de dril y andar acompasado— como si fuera la hora de irse. Dejaron que los siguiera. Se fueron diciendo sus cosas: "¡En mi mesa ganó el 'sí'!". Comentaron algo sobre él porque se voltearon a mirarlo varias veces, "¿sigue…?", desde el pabellón hasta al parqueadero rodeado de mallas. Iban a subirse a un par de camionetas cuando él volvió a ladrarle a su amigo.

Y su amigo, el profesor, se dio la vuelta preguntándose para sí pero también para los agentes si no sería bueno "llevar al perro a una veterinaria: ¿habrá alguna abierta?".

Si lo hubiera oído alguna de sus mujeres, que eran sus testigos y sus curadoras, le habrían dicho "no puedes llevarte a ese gozque porque esas no son las cosas que haces tú", pero a esa hora del domingo —4:05 p.m. en el relojito de la radio de la camioneta de la policía— él no era la persona que era cuando estaba con ellas. Se permitió decir "yo me lo llevo esta noche mientras se le encuentra una casa" porque nadie estaba mirándolo. Se permitió responderle "seguro" al agente Ballesteros, que le preguntó "¿está seguro, profe?" con cara de "bajo su responsabilidad", porque nadie iba a gritarle "¡pero así no es tu personaje!". El carro se fue por el trancón de la calle 23, en busca de la carrera 30, con la actitud de una ambulancia sin sirena. Y el perro se acomodó en sus piernas y se dejó acariciar el lomo y la cabeza y de vez en cuando lo miró lleno de gracia y de alivio.

El agente Ballesteros le subió el volumen a la radio, a la altura del Hotel Dorado Plaza, cuando el locutor dijo "¡atención: primer boletín de la Registraduría Nacional del Estado Civil!". Y se lo bajó después de que una corresponsal en el lugar de los hechos repitió por segunda vez "por el 'sí' 33.873 votos, por el 'no' 30.070". Bostezó "se sabía: van a ganar ustedes, profe" hastiado de este país desagradecido con sus vigilantes. Y el perro callejero, que no tenía nombre y era mejor no bautizarlo, le lamió la cara a Pizarro porque no podía pedírsele más a la vida. Pero el profesor no contestó ni el bostezo ni el lametazo porque tuvo claro que había algo raro en esos resultados. Y que cantar victoria iba a empeorar un dolor que iba a ser insoportable.

Siguió lloviznando hasta que fue la hora de no poder dormir. Hubo Luna nueva pero fue una Luna como todo lo de este mundo nuevo: una Luna en teoría que nadie pudo ver. Pronto fue claro que esa extrañeza en verdad era miedo, que esa incomodidad y esa taquicardia eran la certeza de la desgracia, pero hacia el comienzo de la noche, cuando la realidad aplastó a la ficción que habíamos ido tejiendo entre todos, cuando las noticias no fueron redactadas con el deseo por el deseo, sino que fueron pronunciadas por la resignación, todo fue mucho peor. Fue trágico, "trágico" en el primer sentido de la palabra, porque fue un castigo a la soberbia del pacifismo y a la insolencia del poder pero también fue un reconocimiento a los bellos perdedores que fracasan a sabiendas.

Si un viaje tuvo alguna vez un arco dramático, un trayecto desde A hasta B, ese fue el viaje de regreso a casa del profesor Horacio Pizarro. El boletín número tres de la Registraduría Nacional, el de las 4:20 p.m., decía: 664.817 por el "sí" al acuerdo de paz con las Farc versus 635.917 por el "no". El boletín número siete, el de las 4:40, revelaba: 5.235.558 por el "sí" contra 5.234.986 por el "no". Pero el boletín número nueve, el de las 4:50, a unas cuadras nomás del apartamento del profesor, dejaba en claro lo que había estado pasando desde el principio del año pero que nadie había conseguido notar: 6.107.565 por el "no" versus 6.067.957 por el "sí". Puede ser que el mundo sea el infierno, pero hay países que no se resignan como se resigna este.

El profesor Pizarro escribió en el chat familiar "estoy llegando" y se despidió como mejor pudo de sus guardaespaldas dadas las circunstancias: "Tenía que ser", les dijo. Caminó de la puerta del garaje a la puerta de su casa escoltado por el agente Ballesteros y por su fiel perro callejero. Dijo adiós al hombre, dejó pasar al animal y cerró la puerta con doble seguro —clac, clac— para que la realidad se quedara allá afuera: "¡Puta!". Orinó en el baño de la entrada bajo la mirada atenta de su amigo nuevo. Cagó luego, a puerta cerrada, porque para qué aguantar más: "¡Guau, guau!". Salió luego a encender la radio para confirmar que estaba sucediendo el horror que tanto habían temido sus padres, ay, cuando los viejos repetían la frase "eso va a ser otro 9 de abril".

Boletín número doce de la Registraduría Nacional del Estado Civil con el 98,45% de las mesas escrutadas: 6.362.549 por el "no" contra 6.304.720 por el "sí".

Posteó "el mundo es lo que pasa mientras estás ocupadísimo salvándolo". Agregó "usted está aquí". Escribió "colombianos: bienvenidos a Colombia". Respondió como mejor pudo los mensajes de pésame: "Si pudiera irme, me iba". Dijo en el chat de la familia "perdimos"; "se jodió este país"; "se los dije"; "no hay nada que hacer: 50,21% contra 49,78%"; "porque les importan un culo las víctimas"; "porque para ellos la guerra está pasando en otro país"; "yo creo que a Santos le toca renunciar"; "ojo que va a hablar el presidente"; "por qué sonríe el comisionado de paz"; "es que lo único que podían hacer era reconocer la derrota"; "pues me pareció bien lo que dijo: ahora hay que negociar con los cabrones del 'no' para después renegociar con las Farc"; "es que la paz había que hacerla era con los del 'no'"; "que la gente de la Costa no votó por lo del huracán"; "va a hablar Uribe desde la finca"; "porque el que habla de último en las elecciones es el que tiene el poder"; "porque todo se reduce a que él no firmó esa paz"; "me da asco"; "no soy capaz de verlo".

Pidió su pizza de carnes de siempre: "Buen provecho, profesor, que se nos pase el guayabo", le dijo el repartidor de siempre, Caín.

Derrotado, viejo, adolorido, avergonzado de sí mismo y de su país, aterrado de seguir viviendo en donde había vivido siempre, descalzo ya, habló un rato por Skype con sus tres mujeres: "¿Y ese perro?".

Y se descubrió diciendo que si no hubiera sido por ese perro enjuto y lanudo que se había comido la mitad de su pizza de carnes —"papá: ven ya", "Pizarro: por favor no se me ponga más loco de lo que ya está"— no estaría en el borde, sino en el centro de la desesperación. No les había dejado tener ni un perro chiquito en la casa cuando eran niñas, "¡por favor!", terminaba siempre preguntándoles "díganme quién va a sacarlo al parque" para responderles "yo". Y no, no estaba diciendo ahora que iba a quedarse con ese gozque que acababa de subírsele a las piernas: estaba diciendo que, en el remoto caso de que lo dejara vivir con él "mientras su mamá vuelve" o "me sacan a mí corriendo de este país", no sería una contradicción porque en efecto sería él quien lo llevaría a pasear: él.

Se fue a dormir —a no poder dormir, mejor— a las 11:45 p.m. a sabiendas de que había dejado a sus tres mujeres, allá en la pantalla del computador, pensando que él se les había enloquecido en este país de locos.

Puso una colchoneta en el piso, al pie de la "cama matrimonial" entre comillas, para que el perro callejero se echara allí a ver con él el canal de los clásicos: *El póker de la muerte.*

Ay, cuando estaban en la habitación de al lado burlándose de él. Cuando sus arbitrariedades no eran síntomas de nada, sino prerrogativas de papá: "¡Pues porque sí!", "¡pues porque yo lo digo!". Cuando él les decía "cero drama" para que ya, de un tajo, dejaran de preocuparse. Y les ponía la cara B de *Help!* en el tocadiscos para que lo sacaran a bailar.

Ay, cuando no era él una preocupación para la una y para la otra, "qué vamos a hacer con mi papá…", sino un hecho invariable, un mueble en el mejor de los sentidos.

Hizo todo lo que pudo para quedarse dormido, pero debió desvanecerse y apagarse justo cuando dejó de intentarlo.

Habrá dormido unas cuatro horas nomás. Despertó a las cinco de la mañana, 5:07 en el reloj despertador de su esposa ausente, con la sensación —o con el recuerdo: no supo bien—

de tener que despertar a las niñas para el colegio, rápido, rápido. Puso la radio a tientas, en la oscuridad de esa habitación tan fría, para ir poniéndose en su lugar a punta de frases sueltas: "Colombia es el país indefendible que votó 'no' a sus propios acuerdos de paz..."; "la debacle del plebiscito..."; "la victoria del 'no' por sólo 55.000 votos..."; "si hubiera ganado el 'sí' por tan poco la oposición estaría gritando que hubo fraude..."; "incluso a los barones del 'no' los tomó por sorpresa el resultado...". Dormitó entre las voces graves de la emisora. Hizo lo que pudo para no despertarse, para no pensar en la una ni en la otra con deseo o con nostalgia.

Se quedó quieto quieto, doblegado entre las sábanas revueltas, porque sospechaba que estaba volviéndole el jalón en la espalda.

Sintió un jadeo y unas patas y una lengua babosa entonces parándosele sobre un costado.

Y se volteó a verlo, y le dijo "buenos días, Gil", porque se le pareció a Hilary Putnam, el filósofo de la mente, y se lo dijo porque ya se había quedado con él, porque eran el perro y el hombre que habían venido juntos a la Tierra. Tardaría en reconocérselo a sus hijas, por supuesto. Diría al agente Ballesteros una y otra vez "sí, tengo que llevarlo a una perrera...", pero siempre quedaría en puntos suspensivos. Repetiría "voy a tenerlo hasta que no se vea tan flaco" a Teresa, la empleada, que aparecía de pronto a arreglarle la casa como una rescatadora que se negaba a dejarlo solo. Pero lo cierto —que él sabía bien y tenía más que claro— era que se había quedado con él. Y sí, lo acompañó esa semana esquizofrénica y ese mes de reveses y de vaivenes. Y todo el mundo empezó a dejarlo en paz porque todo el mundo lo sintió mejor.

Y les pareció verlo cándido y reblandecido, que no era lo peor que podía pasarle a uno en el borde de la vejez, cuando pegó *Blowin' in the Wind* y *Masters of War* y *The Times They Are a-Changin'* en su muro de Facebook para celebrar el Nobel de Literatura de Bob Dylan —por fin— y para seguir de paso presionando el nuevo acuerdo.

Gil vio con él la mueca diabólica de dicha de los opositores —una amalgama de conservadores de buena fe, ultraderechistas ladinos e irresponsables, juristas ortodoxos y nostálgicos, pastores evangélicos de piel tensa, fundamentalistas encorbatados— cuando entraron al Palacio de Nariño a darle la mano al Gobierno tambaleante para que empezara a renegociar un pacto con la guerrilla que metiera a la fuerza las ideas del "no". Gil ladró entre la risa y el espanto cuando el gerente de la campaña del "no" confesó a *La República* cómo habían hecho para engañar a los electores. Gil saltó cuando supo que el caído presidente colombiano acababa de ganarse el Premio Nobel de la Paz "por sus decididos esfuerzos para llevar a su fin más de cincuenta años de guerra civil en el país". Gil marchó por la paz y por la renegociación y por las víctimas, una, dos, tres veces, del planetario a la Plaza de Bolívar. Gil se echó a los pies del profesor, cansado, a descansar de las protestas.

Porque el alerta y alegre y gregario Gil fue, si el pequeño mundo del profesor fue el mundo entero, la mascota de las marchas que zarandearon el país ese octubre fallido.

En la Marcha de las Flores —que recibió una procesión de víctimas de todos los recodos y los márgenes del país que venían a rogarle a Bogotá que no decidiera la guerra de las regiones desde la tregua de la ciudad—, Gil fue junto al profesor Pizarro como si entendiera, pero cómo saber si entendía, de qué manera saber qué está pasando en semejante mente. Pareció orgulloso de su amigo, de Pizarro, que dijo sentirse el que fue: ay, cuando era un estudiante dispuesto a inmolarse por sus convicciones, "¡fuera gringos, piedra para los homicidas!", gritaba. Pareció celebrar al profesor, sí, y se dejó acunar por Flora Valencia, que más confiable no se puede, y se dejó consentir por su novia, Natalia Rojas, que tenía ya siete meses de embarazo. Se fue detrás de la constitucionalista Verónica Arteaga, que siempre le sonrió y lo cuidó, y eso que andaba exasperada porque había estado enfrentándose con su examante el exministro Posada Alarcón en las reuniones entre los del "sí" y los del "no" para llegar a un nuevo acuerdo.

Apareció Gil en ciertas fotos en el Instagram de la acupunturista @magdalenavilla, del fotógrafo de moda @genecock1980, de la asesora de comunicaciones del Gobierno @serranoamalia: el perro de la paz.

Y se volvió también el blanco de los odios de los recalcitrantes del "no" y el chiste de los caricaturistas políticos y el protagonista de los memes que se inventaron los votantes que votan hastiados: "Los que votamos contra una guerrilla sanguinaria y un Gobierno güevón que negoció a espaldas nuestras", le dijo a la pobre Arteaga su exmarido el anticuario.

Como el agente Ballesteros, que era un escolta y un paraguas, Gil fue con el profesor a todas partes: a las sesiones del grupo de investigación; a las angustiosas reuniones de los asesores del equipo de negociadores de la paz; a los aquelarres en los que los artistas pensaban modos de presionar a los líderes del "sí" y a los líderes del "no" para que renegociaran un segundo acuerdo de paz antes de que las Farc volvieran a la guerra; a coser, bajo la dirección de la artista Doris Salcedo, un retazo de la bella y triste sábana blanca que cubrió la Plaza de Bolívar como lavándola, como purificándola; a visitar a los muchachos que acampaban junto al Capitolio hasta que se diera un nuevo pacto para terminar la guerra.

Y a leer y leer a modo de resistencia pacífica, bajo la lluvia empecinada de aquella semana y bajo las sombrillas de sus colegas de la universidad y de sus amigos escritores y de los actores combativos, las doscientas noventa y dos páginas de la novela definitiva sobre la Violencia: *Morir de viejo* de Benito Arellano.

Fue el viernes 28 de octubre desde las diez de la mañana hasta las diez de la noche. Gil estuvo ahí, en las piernas del profesor, cuando la actriz Valentina Calvo empezó la lectura: "Hubo un tiempo en que mi abuelo podía llevarte sin achaques ni titubeos a los lugares del pueblo en donde habían matado a los unos y a los otros". Gil soportó, cansino y satisfecho, el brutal paso de la novela: "Pero por estos días, como una señal del fin de su agonía, ha estado pasando las mañanas sentado en la banca de la plaza en donde cosieron a tiros y luego degollaron a su esposa..." y "pidió permiso para levantarse como antes lo pedían los niños y salió al callejón en donde iban a apuñalarlo por la espalda bajo los aromas de la hora del almuerzo".

Y cuando llegó el punto final, "y supo que lo habían matado, ay, Diosito, pero no supo por qué ni por quién porque a duras penas recordaba su propio nombre...", tosió por primera vez: "¡Cof!".

Dijo el veterinario que lo más probable era que estuviera padeciendo una endocarditis: una inflamación de la membrana que reviste y envuelve el corazón. Explicó después, terco e impasible, que era común en los perros callejeros sufrir un fallo congestivo cardiaco e incluso una embolia, pero, avergonzado ante la desolación del profesor, se vio obligado a agregar que algunos animales consiguen seguir viviendo muchos años más. Podrán perder peso y verse fatigados y toser después de lanzarse a saludar a las personas, "¡cof!", pero siguen siendo compañía. Gil lo fue. Se vio mejor, como si nada, un par de veces. Pero sobre todo se dedicó a hacerse al lado del profesor hasta que fue el profesor quien se hizo a su lado.

Antes, cuando no se sabía tanto sobre el mundo, era menos extraño y menos violento y menos eludible perder a un ser querido. El último sábado de octubre, en una larga y nostálgica conversación por Skype, el profesor Pizarro le reconoció a su esposa que sí tenía los ojos aguados y sí era porque sospechaba que Gil se le iba a morir. Ya iba a terminarse el semestre. Quedaban pocas semanas para volverse a ver: "¡Por fin!". Y ese año diferente de todos los años, Clara, su mujer, que no se dejaba enredar en su propia sensibilidad, se había resignado a dejarlo hablar de redentores de paso —la estudiante Valencia, el taxista Colorado, la profesora Arteaga— que lo habían rescatado de su abandono, pero ese sábado le preocupó verlo a punto de llorar.

Uno está loco cuando está solo. Cuando está en una pareja, que una pareja es un sitio, está cara a cara con otro solo, con otro loco. Y ellos dos estaban desacostumbrándose a compartir celda en el manicomio.

Por qué lo digo: porque, como una madre que le regala una colombina a su hijo, pues los matones del barrio acaban de molerlo a golpes, como una monja que le da la bendición a un pobre hombre que ha sido combatido y humillado, ella quiso probarle a él que todo iba a estar bien con la noticia de que —"para eso era la llamada", aclaró— su yerno el piloto iba a visitarlo en el apartamento el lunes siguiente. Nada en el mundo hay más embarazoso e incómodo que un yerno. Nada aparte, claro, de un yerno gringo que se la pasa dejando sola a su esposa. Y era la peor señal de todas que su mujer, Clara, le dijera "Pizarro: Chris va a pasar el lunes con usted" como si fuera una buena noticia, como si ya se hubiera vuelto un viejo de manta sobre las piernas.

Tuvo gracia, eso sí, que ese lloviznoso lunes 31 de octubre de 2016 el piloto le entregara una nueva amenaza de muerte sin darse cuenta, sin saberse mensajero de verdugos. Tuvo gracia que se metieran en esa discusión bizantina y arriesgada de la que sólo pudo sacarlos la mirada de enfermo del perro. Quizás "gracia" no sea la mejor palabra.

Estaba la Luna nueva en el signo de las oscuridades: en Escorpio. Pero no era una muerte más lo que venía, sino la escena perfecta para que el profesor Horacio Pizarro, que es de Tauro, lograra deshacerse de sus taras y de sus pavores. Era el momento para cambiarse un poco a sí mismo, ahora o nunca, como quien se prepara para emprender una nueva pareja o se decide a dar un salto allá adentro de su viejo matrimonio. Era el tiempo de irse o comprometerse otra vez. "En estos últimos meses Saturno en Sagitario ha tratado de enseñarte a confiar en tu propia compañía y a correr el riesgo de ser todos los que puedes ser...", escribió en su blog la astróloga costarricense Maya Toro. "Y ha llegado el turno de poner en práctica esas lecciones para que tu historia de amor muera o crezca bajo la vigilancia del Sol y de Mercurio en lo que queda del año".

Tal vez fue por eso que el profesor Pizarro empezó a buscar más y más a su mujer, a Clara, para que hablaran sin testigos: vencido por el peso de los planetas o, según él, empujado hasta el borde de sí mismo por el cansancio y la soledad, sintió ganas de derrumbarse enfrente de alguien porque su perro callejero seguía y seguía enflaqueciéndose.

Y fue así como el domingo 30 de octubre de 2016 se sentó a llorarle a ella, a su esposa de siempre, a su persona desde el principio, porque dígame usted a quién más: "No puedo más...", repitió una y otra vez; "no doy más...", dijo antes de reconocer que quizás lo mejor que podía hacer era dejarse querer e irse a dormir.

Su perro Gil, que dormitaba en el lado de la cama de su esposa, lo despertó el lunes 31 a ladridos y pisotones y lametazos porque había empezado el segundo diluvio universal. Daba miedo. Relampagueaba y tronaba antes de las seis de la mañana. Y soportar un aguacero solo es soportar solo demasiada violencia.

Pizarro le preguntó a Gil "¿qué pasa?, ¿qué pasa?" con voz de sonámbulo hasta que escuchó el repiqueteo de la lluvia en la ventana sobre el espaldar de la cama. Se sentó en el borde con los ojos cerrados como un cuerpo abandonado. Puso los pies descalzos sobre el piso helado. Recibió al perro en su regazo para que supiera que nada iba a pasarles. Se quedó viendo la luz gris que se colaba por detrás de las cortinas como negándose a rezarle a Dios. Encendió la radio a ver si las voces de los locutores terminaban de despertarlo: Hillary Clinton le ganaba la presidencia gringa a Donald Trump en las encuestas, las estaciones de buses empezaban a inundarse, la ONU iba a verificar la dejación de armas si se llegaba a firmar el nuevo acuerdo que incorpora las ideas de los líderes del "no", el general Maza Márquez sería, según la Corte Suprema de Justicia, responsable del asesinato de Luis Carlos Galán Sarmiento.

Se asomó a la ventana a ver la niebla plomiza y negra de los cerros. Acarició un buen rato la cabeza de Gil —que le puso las patas sobre los tobillos— pensando en otra cosa: en las seis horas que faltaban para que el pesado de su yerno apareciera a visitarlo.

Fueron juntos a la cocina hacia las siete de la mañana porque el perro estaba jadeando del hambre. El profesor Pizarro le sirvió un poco de pollo hervido y un poco de arroz en un plato de plástico que era su plato favorito. Y se fueron a ver el canal de películas clásicas en el televisor viejo del estudio.

Vieron *Hud, el más salvaje entre mil*. Y les pareció bella y desconsolada, pues verla era ser testigos de la vida de un personaje trágico que el destino no ha castigado con la muerte sino con algo peor. Y se rieron, pero también les pareció triste, cuando Paul Newman confesó a su rival su gran secreto: "Lo único que pregunto a una mujer es a qué hora llega a casa su esposo". Y se sintieron aludidos luego cuando declaró "les pasa a los caballos, a los perros, a los hombres: nadie se va vivo de la vida". Y se quedaron mudos mientras caían los créditos porque el malogrado Hud Bannon acababa de decir "¿sabes una cosa, Fantan?: este mundo está tan lleno de mierda que ni siquiera el más cuidadoso de los hombres puede evitar caer en ella tarde o temprano".

Se bañó hacia las diez de la mañana. Estuvo listo media hora después. Trató de avanzar en la lectura del libro que iba a presentarle al grupo de investigación: *The Language of War*. Pronto reconoció que no tenía cabeza para nada aparte de esperar la visita perturbadora de su yerno.

Y para honrarlo y estereotiparlo pidió a McDonald's, ¡farafafafá!, un par de combos de hamburguesas y papas a las francesa.

¿Qué diablos tenía que hacer el republicano de Chris Farmer, que así se llamaba el papá de su nieta, en la sacrosanta sala de su apartamento? ¿En qué momento se les había pasado por la cabeza a sus tres mujeres que a él, tímido e incómodo desde el día en que fue dolorosamente obvio que era un hombre largo y desgarbado, podía servirle de algo sentarse a almorzar con ese piloto que poco paraba por su casa a ver a su bebé recién nacida? ¿De verdad tenía que fingir que le parecía natural la manera como se había estado portando con su hija? ¿En serio era importante para alguien que lo dejara repetir, sin chistar, sin poner en blanco los ojos al menos, que era mucho mejor el burdo magnate Donald Trump que la corajuda política Hillary Clinton?

Sospechaba lo peor de ese encuentro forzado, pero la indignación que le daba tener que ver a su yerno —"hello Chris, how are you?"— pasó a un segundo plano cuando el pobre gringo le entregó una amenaza de muerte que habían dejado en la portería del edificio la noche anterior.

Fue así. Farmer, el piloto, aterrizó hacia las once de la mañana en el aeropuerto El Dorado. Odió Bogotá por lluviosa, por atascada, por sombría desde arriba hasta abajo. Tomó a las 11:35 a.m. el taxi que lo trajo al apartamento a las 12:17 del mediodía. Se anunció con don Tito, el portero, dos minutos después, entre una pareja de hermanitos disfrazados de Masha y el Oso: "Yo soy Chris Farmer…". Recibió a cambio un montecito de revistas, cuentas por pagar y sobres de manila: "Hagameelfavordeentregarleestoadonhoracio". Cruzó el hall de la entrada, tomó el ascensor tembloroso y pesado, dio los tres pasos que hay que dar para llegar a la puerta. Apareció en el umbral, con su pelo muy crespo cortado a ras y su sonrisa de hombre dispuesto al futuro, preparado para un abrazo que fue inevitable: "Hi, man!".

Cambió de expresión porque el profesor cambió de expresión cuando vio aquel sobre de manila que decía en mayúsculas su nombre: HORACIO PIZARRO.

Puso cara de miedo cuando sacaron del sobre una tarjeta de cumpleaños musical —adornada por un tigre de mal gusto con un sombrero de fiesta— en la que podía leerse: "¡Feliz último cumpleaños!".

Y también: "¡Exterminio a los idiotas útiles que se disfracen de defensores de la paz!".

Dijo el portero que no se enteró de quién dejó la amenaza porque el sobre fue deslizado por debajo de la entrada del edificio. Reconoció el agente Ballesteros que no había visto nada raro la noche anterior cuando se fue. Preguntó en voz alta Guerrero, su discípulo periodista, si —teniendo en cuenta que no había vuelto a haber llamadas raras ni e-mails perversos, partiendo de la base de que nadie había visto a nadie raro por ahí— ¿no se trataría de una broma pesadísima de algún enemigo oculto?: ¿la pequeña venganza de un marido celoso?, ¿de un colega envidioso?, ¿de un grupito de alumnos rajados?, ¿de un vecino cansado de quién sabe qué? Farmer sólo exclamó: "What the fuck!". Pero Adelaida y Julia sí le dieron, unos minutos después, un ultimátum.

—Mi mamá va a quedarse a vivir en Boston —dijo la tiránica Julia sin tomar impulso y sin errar—: no va a volver allá.

—O sea que te toca venirte para acá —aclaró la democrática Adelaida meciendo a Lorenza en los brazos.

—Y no digas ahora que de qué vamos a vivir —se preguntó Julia para soltar ella misma la respuesta—: tu amigo Dan

Fagan ha estado diciéndonos que puede mover sus fichas en el Boston College.

—Papá, ni un solo peso de los que nos has estado mandando justifica que estés allá solo —reclamó Adelaida—: aquí estamos todas consiguiendo trabajo.

—Y te vas a chiflar… más —vaticinó Julia.

Pizarro no preguntó dónde estaba Clara, ni reparó en el hecho de que su yerno y su hija se saludaran con un gesto mudo, porque estaba aturdido. Pensó demasiado tarde la frase "Dan Fagan está enamorado de tu mamá". Se tragó la plegaria "no puedo dejar solo a Gil". Se dedicó a decir "ajá" y "muy bien", mitad harto de los regaños y las condescendencias, mitad avergonzado por haberse convertido en un viejo necio, hasta que a regañadientes comenzaron a cambiar de temas: las hojas rojas y naranjas y amarillas de Newbury Street, las últimas gracias de Lorenza, las inundaciones de la jornada, el chisme de que las renegociaciones del acuerdo estaban avanzando, el rumor de que, a pesar de las encuestas, iba a ganar Trump. Colgó cuando le pidieron que colgara: "Hablamos más tarde".

Fue entonces cuando se quedaron solos el suegro y el yerno y qué puede ser peor. Gil el perro estaba ahí de testigo, y era un buen tema de conversación para salvar algún silencio incómodo, pero la idea era hablar. Y hablaron, sí, trataron de llenar la tarde con tonterías puras. Primero comentaron lo que acababa de pasar: ni más ni menos que otra amenaza de muerte, "ven conmigo a Boston, man, leave this craziness behind". Después, cuando Pizarro le dio a Farmer la sorpresa de que había pedido un par de hamburguesas dobles de McDonald's para el almuerzo, y Farmer le dijo a Pizarro con los ojos agradecidos "I like ajiaco but I'm such a gringo…", conversaron sobre el absurdo documental aquel que prueba que uno se enferma si come Big Macs todos los días.

Y sin embargo, como incumpliendo una promesa, como cometiendo ese pequeño error que lleva a la derrota, Farmer soltó un desatino que pretendía ser un alivio:

—That's the thing with peace —le dijo señalándole la amenazante tarjeta de cumpleaños mientras chupaba la salsa de tomate de una papá a la francesa—: people don't like it.

Siguió adelante porque vio a Pizarro dilatarse e incorporarse en su silla. Contó la historia de un viejo celoso de ochenta y cuatro años que asesinó a disparos a su esposa de cincuenta y siete en Dracut, Massachusetts, su pueblo, en la pequeña entrada de una casa blanca prefabricada de la 46 Cross Street, pero no lo contó para llegar a la conclusión obvia de que los hombres son incapaces de vivir en paz con las mujeres, ni para deducir que una persona sólo debe bajar la guardia cuando le llega la muerte —pues un error cometido el último día de la vida puede reescribir toda una biografía—, sino para sacar la moraleja de que es inútil tratar de enmendar un destino: no va a haber paz ni aquí ni allá, dijo, because earth is hell, man, porque esto que ocupamos en arriendo es el infierno.

A veces, cuando su avión sube y sube entre las nubes, y se quedan abajo las casas prefabricadas y da igual si un punto de esos es una mujer o es un hombre, lo ve mucho más claro, lo ve mucho mejor.

No se puede hablar de horizonte o de lejanía o de perspectiva porque no hay nada que no sea ese azul como el azul del Long Pond de Dracut. Se supone que hay algo arriba y hay algo abajo, pero deja de ser importante. Y se desconecta de su cuerpo como cuando tomaba prestado el Saab de su tío, que últimamente piensa mucho en él, y se da cuenta de que todo lo que pasa en el mundo es como una obra de teatro o como un experimento o como una pena alternativa: pobres hombres y pobres mujeres, piensa, enloqueciéndose los unos a los otros, confundiéndose los unos a los otros para que ninguno pueda ver lo simple que es todo, lo parecido que es todo a ese cielo sin paredes, y eso debe ser lo primero que se siente en la muerte.

—There is no peace in a body: there is only peace on a mind —declaró con la boca llena.

461

—Puede que sí, puede que lo humano sea la violencia y la guerra, pero también es andar gritando give peace a chance —respondió el profesor más o menos divertido con el asunto.

—And Donald J. Trump is gonna win this fuckin' tuesday, like the "no" won your crazy referéndum and the "yes" won the "brexit" thing, to show you people the truth —agregó—: democracia it's a simulation, a huge charade in hell.

—Pero Clinton va ganando todas las encuestas —dijo el profesor Pizarro en voz alta y de inmediato se dijo a sí mismo "no me voy a meter en una pelea con este imbécil capaz de creer que va a ganar Trump…".

—She's going to lose bad: long live Wikileaks!

—Good God —exclamó en inglés el profesor porque Dios no existía en su español.

Se rascó el cráneo como despellejándose, como mordiéndose las uñas. Dejó que la cabeza se le rindiera un rato, plop, para reconocer que el tema lo agobiaba y que no quería caer en la trampa, pero lo digno y lo justo quizás era caer en plancha, caer redondo. Comenzó poco a poco. Disfrazó su venganza de diatriba contra este mundo nuevo que ha dado voz y altavoz a los estúpidos, ha creado la ilusión de que todas las opiniones son urgentes y fundamentales porque no hay anónimos sino famosos y no hay personajes secundarios sino protagonistas, y ha convertido a los intelectuales en pacificadores de salvajes y civilizadores de vecinos y colonizadores de aborígenes como usted y como yo, pero su monólogo fue convirtiéndose frase a frase en un ajuste de cuentas con un yerno que no tenía ni la menor idea de lo que estaba diciendo.

—You people are so stupid, you fuckin' millennials are so superior, so lazy: you think you know everything, pero necesitan que un loco hijueputa les demuestre que la democracia es una ficción (que claro que lo es, y ese es el punto y esa es su gracia y existe para darnos un lugar común y algún orden, y para involucrarnos a todos en un mismo drama, you little genius) porque ustedes lo que quieren es sentirse descubridores de nosequé, de la injusticia, del "estado profundo", de quién sabe qué, ja —se escuchó decir a sí mismo.

Sospechó el enredo en el que se estaba metiendo. No se detuvo, sin embargo, porque estaba harto, porque llevaba semanas habituándose a denunciar la estupidez. Y se dejó llevar por el discurso que fue tejiendo, que eso a veces les pasa a los profesores llenos de ira, aunque su yerno no estuviera entendiendo la mitad de sus insultos.

Y dijo algo así como por supuesto, idiotas e imbéciles, el mundo está plagado de puestas en escena que nos salvan del exterminio, pero condenar la farsa de la democracia como si fuera conspiración e hipocresía no es de lectores agudos, sino de suicidas. ¿Que los Robin Hoods de Wikileaks han descubierto que los Estados son pactos de sangre en la tras escena de la tras escena?: valiente gracia. ¿Que los nostálgicos de todas las formas de lucha quieren ver a Trump destruyendo el sistema por dentro y abriéndole el paso a la confrontación que acabará con todo? Adelante. Pero luego no vengan de rodillas a reconocerme que la autocracia es peor que la democracia, que la realidad es peor que la ficción. Ay, cuando esto lo sabía todo el mundo y volvían a sus casas a las cinco de la tarde.

Ay, cuando los jóvenes protestaban contra los viejos porque aún eran incapaces de desconocerlos.

Hubo un momento en el que dejó de hablar. Se fue callando a pesar de que hubiera podido seguir, y escupirle a la corrección política, y repetir que no era un machista, y todo lo demás. Se calló. Se quedaron un rato en silencio fingiendo que estaban terminándose las últimas papas de sus combos de McDonald's. Pensaron en vano en modos para salir del callejón sin salida. Si el perro no hubiera empezado a toser, y a temer y a tiritar con los ojos puestos en el uno y en el otro, lo único que les hubiera quedado habría sido despedirse. Pero entonces el profesor miró aterrado al piloto como preguntándole qué hacer, qué hago, Chris, auxilio. Y el piloto, sobreponiéndose a la escena, alzó al animal como a un huérfano que iba a morir al menos en los brazos de alguien.

Y entendió que había venido a Bogotá a acompañar a ese hombre extraviado, demasiado largo para este mundo de pequeñas sillas, a enfrentar la verdad sobre su perro.

Se marchó cuando tuvo que marcharse. Fue a la veterinaria con el profesor —y con su escolta con peinado de indio amazónico y mirada de personaje secundario de *Narcos*— porque no es lo natural quedarse mirando una muerte, vamos, vamos, go, go: bajaron por una calle llena de edificios de su misma edad, dieron un par de vueltas para tomar un camino enmarcado por árboles de tiempos mejores, recorrieron un bulevar lleno de pequeños restaurantes y de pequeños negocios hasta que llegaron a la clínica de los animales. Desde afuera parecía una compraventa de callejuela persa. Ya adentro todo el mundo se portaba serio y compasivo y consciente —y Farmer, el piloto, prefiere a las personas que son conscientes de que los demás dependen de ellos— y pronto entendieron qué estaba pasando.

—Gil está viviendo sus últimos días —les dijo el veterinario escuchándole el corazón en la camilla de sábana azul.

—¿Cuántos le quedan? —preguntó su "suegro", el profesor larguirucho y solo y amenazado de muerte, con los ojos encharcados a pesar de su estatura de gigante.

—No sé —le respondió el doctor con una respuesta en la punta de la lengua—: cinco, diez, quince días por bien que nos vaya.

Y el pobre hombre respondió "ok, ok, ok" mientras conseguía pensar alguna cosa más. Y se dejó caer en una de esas bancas tándem de plástico, una azul, y se vio enorme y derrumbado, y tomó aire como si hubiera corrido por dentro.

El práctico y seguro y descarnado Chris Farmer, treinta y tres años, Sagitario, acompañó a su "suegro" hasta que pudo acompañarlo y se marchó cuando tuvo que marcharse porque volaba esa misma noche a Houston, Texas. Se despidió del impronunciable Pizarro como se despide siempre, "good luck, man", porque no quiso ser condescendiente con un viejo orgulloso, ni quiso hacer una escena con un gigante egoísta tan poco dado a los sentimentalismos. Se quedó pensando "poor guy", claro, pues para él no es nada fácil ver a un viejo perder. Farmer era piloto porque se sentía ridículo apenas aterrizaba, pero lo había sido sin ningún problema porque desde el día en el que había muerto su tío, Eben, no había sentido la necesidad de tener una familia: what's the point?

Good old Eben: cuando se quedaron solos, un tío y un sobrino que no tenían padre ni tenían hijos, hicieron lo mejor que pudieron para estar juntos como su madre se los pidió en la sala de cuidados intensivos del Lowell General de 1230 Bridge Street. Eben murió alcoholizado y arrepentido y pacífico en su propia cama medio vacía, pero no cabe duda de que alguna felicidad y algún placer vivió en sus cincuenta y ocho años de vida: fue el Guidance Counselor del Dracut High School desde el primer diluvio universal, pasó tardes enteras en la última banca de las gradas del Hovey Field, visitó todos los miércoles ese grill de Bridgewood Plaza para comerse la hamburguesa con anillos de cebolla que no hacían como antes, pescó sin testigos en Beaver Brook, rezó a Dios a su manera, y vio a su sobrino, a él, a Chris, convertirse en un piloto imperturbable.

Poco hablaban ellos dos: "Hi, Eben", "hi, Chris". Y sin embargo lograron seguirse acompañando a cualquier lugar —a cualquier pretexto: el quiropráctico, el lago, el supermercado, el Washington Savings Bank— hasta que un día el buen viejo no llegó a la cita.

Quién sabe por qué diablos estará pensando tanto en su tío. De pronto porque fue él, el doblegado y resignado Eben McNamara, quien lo animó a volverse el piloto que quería ser. Cuando le dijo que quería serlo —"I think I want to fly, Eben", porque se volvía el hombre invisible mientras conducía el Saab de la casa—, el buen viejo, que entonces tenía pelo y se quejaba menos de sus dientes, lo llevó a conocer a un piloto veterano de Vietnam que en 1978 se había convertido en piloto comercial de American Airlines y que vivía a unas calles nomás: el amable activista John Ogonowski. Fue a comienzos de septiembre de 2001. Ogonowski dijo querer a la tierra tanto como al cielo. Y habló larga, largamente de recobrar los campos del pueblo a como diera lugar.

Y si se acuerda de la fecha y si se acuerda de qué hablaron es porque Ogonowski murió asesinado unos días después: el 11 de septiembre fue apuñalado en plena cabina, con las manos en los controles, por los terroristas que finalmente estrellaron el vuelo 11 de American Airlines contra la torre norte del World Trade Center.

Ni ese asesinato inimaginable, ni la mirada de miedo de su madre, ni la certeza de que su vida jamás volvería a una rutina, lo empujaron a reconsiderar su decisión. Se volvió un piloto cinco años después, en agosto de 2006, aunque ese fuera el fin de los eventuales domingos en familia. Y cuando murió su tío se dio cuenta de que prefería dejar como estaba la casa de Chapman Street, e irse.

Se mudó a Boston apenas tuvo el tiempo para hacerlo. Conoció unos días después a la colombiana Adelaida Pizarro, hija de un prestigioso profesor de Filosofía, en una clase de taekwondo en aquella academia en Brookline Avenue a dos minutos de Fenway Park. Ella supo desde el principio que a él no le interesaba ni tener una pareja ni tener una familia porque se había acostumbrado desde niño a que nadie lo vigilara. Eso es: se había habituado a ser invisible, a perderse con la tranquilidad de que nadie estaba buscándolo, a establecer relaciones reales —y apasionadas— de un par de jornadas. Sin embargo ella se dejó llevar. Y sin embargo él se descubrió buscándola siempre que estaba en la ciudad. Y se enamoraron, si enamorarse es despedirse antes de que despegue el avión, sin ninguna fe en el futuro de los dos.

De cierto modo, Adelaida era su opuesto: él era otro republicano porque había visto desde el aire que el mundo no era la teoría sino la práctica, porque tenía claro que las ideas liberales eran fantasías que se pronunciaban en público y se negaban en privado, porque sospechaba que todo el conflicto y todo el drama eran señales de que la Tierra era una gran prisión, pero ella era otra demócrata porque había sido educada por un hombre que le había apostado su vida a la esperanza de contenerse a sí mismo, porque pensaba que los comportamientos conservadores eran el triunfo de la violencia, porque aspiraba a que nadie estuviera por encima de nadie y a que vivir fuera merecer una buena muerte. Se enamoraron sin embargo. Llegaron a ser algo semejante a una pareja.

Y a finales del año pasado ella le dijo a él "quiero tener un hijo contigo, pero puedes ser su tío si quieres".

Se casaron un día lluvioso para que la bebé tuviera su apellido: Lorenza Farmer. Ella le dice a él "mi esposo". Él la llama a ella "my wife". Y sí, se quieren, se extrañan cuando se les despierta la necesidad de otra persona. Pero a ella le parece bien que él aparezca cuando pueda y cuando quiera —y su teoría es que no necesita a otro hombre en su vida porque ya tiene a su papá el profesor— y a él le alivia que ella lo reciba como una madre que se ha hecho a la idea de que su hijo es una feliz visita: cómo no va a estallar este puto planeta si nos pasamos la vida recreando a nuestros padres —y los colombianos peor: los colombianos pueden ser hijos para siempre—, y si cantamos el feliz "you're the one..." para celebrar a una persona hasta que nos descubrimos cantando el triste "you're the one..." para echarle a alguien la culpa de todo.

A veces se queda a dormir en el apartamento de las Pizarro en el bloque de ladrillo rojo en 2000 Commonwealth Avenue, y se rinde a ella porque a quién más. A veces se va para el suyo, que ni cuadros tiene, para ejercer el derecho de no molestar a nadie.

Pero la verdad del asunto es que a pesar de un par de reveses, a pesar del día en el que ella le dijo en la camilla de la clínica "no voy a ser capaz de seguir contigo así" y de la madrugada en la que le susurró "I think she needs a father..." mientras mecía y zarandeaba a la bebé para dormirla a la fuerza, el acuerdo sigue siendo el mismo: "If it ain't broke...". Pagan el apartamento y la vida y los imprevistos entre todos. Su "cuñada", Julia, se ríe de sus bromas, pero piensa que no necesitan a ningún hombre. Su "suegra", Clara, lo trata con la misma compasión y la misma ironía con la que trata a sus hijas, pero piensa que eso de estar juntos pero sin ataduras algún día les va a fallar: "Yo no puedo remplazarte toda la vida". Su "esposa", Adelaida, no quiere perderlo ni tenerlo, ni quiere sacar a su familia del apartamento ni saber qué hace cuando no están juntos.

Su "suegro" de dos metros no tiene ni idea de nada: sospecha que su hija ha dado con un mal marido, como tantas y tantas mujeres de la historia, porque a su altura las noticias llegan un poco más tarde.

¿Que cómo termina uno siendo conservador cuando vive en una de las ciudades más liberales de los Estados Unidos? Porque él no es de Boston, sino de Dracut. Y es lo más seguro, por ejemplo, que en Dracut gane Trump de lejos.

¿Que por qué un republicano decente como él, de armas tomar si fuera necesario, sí, pero incapaz de la violencia, va a votar el martes por un salvaje cuya propuesta fundamental es discriminar a su hija? Porque la sola pregunta prueba que son los liberales los que simplifican los discursos: fuck off.

Y el punto es que le gusta tener en la pantalla de su teléfono la fotografía de su hija de tres meses y le gusta saber que puede llegar al 2000 de Commonwealth cuando llegue. Y eso pensó el encapotado y lloviznoso 31 de octubre cuando estaba llegando, en un taxi impulsado por gas, al aeropuerto El Dorado.

Caminó entre niños disfrazados de Spiderman y de la Princesa Leia en bikini intergaláctico y de Pikachu, en pleno Halloween, rodando su pequeña maleta como a una mascota que no iba a morir, con la convicción de que el suyo era de lejos el mejor trabajo del mundo. Chequeó el clima por el camino a la sala adjudicada a United Airlines, en la antiséptica zona de oficinas, en donde había quedado de verse con el resto de la tripulación: ocho grados centígrados en Bogotá, Colombia; sesenta y seis grados Fahrenheit en Houston, Texas. Llegó a la oficinita unos minutos antes de las nueve de la noche,

8:52 p.m., porque en los vuelos largos todo toma más tiempo: en las sesiones informativas hay que tener en cuenta los muchos climas de los muchos giros de la ruta, hay que tener paciencia mientras se acomodan los pasajeros con sus maletas como si no fueran a volver y hay que tener en cuenta que el plan de vuelo se demora años en cargar en el computador porque cada punto del trayecto debe revisarse con cuidado.

Desde el principio hizo buen clima en la habitación: conocía bien a los dos copilotos y había trabajado antes con cuatro de los seis asistentes de vuelo, y mientras se repartían los sectores del avión y los trabajos principales, y revisaban los casos especiales entre los pasajeros, y comprobaban en sus portátiles que el horizonte estaba despejado, y caminaban como un pequeño ejército hacia el puerto de salida, y verificaban que cada rincón y cada aparato de la aeronave funcionara a la perfección, supo que iba a salirles todo bien.

Decidió que se sentaría en los controles durante el despegue y el aterrizaje, pero los otros conducirían el monstruo durante el viaje. Se tomó dos tazas enormes de café porque tenía que sacudirse la tristeza que se le había quedado pegada desde la veterinaria. Y estuvo al tanto del lento proceso de abordaje —dio la información necesaria al control de tráfico aéreo, revisó los datos una vez más por si algo había cambiado en el panorama, pronunció el monólogo "bienvenidos al vuelo 242 de United Airlines…"— hasta que llegó el momento del despegue. Apenas le dieron paso desde la torre de control, que no deja de acelerársele el corazón cuando sucede, confirmó que estaba en plenas capacidades y estaba listo para arrancar. Eran las 12:38 de la madrugada. Llevaban veinticuatro minutos de retraso.

El Boeing 738 escaló el aire a dos coma cinco grados por segundo y a ciento ochenta y cinco millas por hora, como estaba planeado, antes de guardar el tren de aterrizaje. Cuando por fin llegaron a diez mil pies aceleraron a doscientas millas por hora. Y el capitán Chris Farmer apagó las luces exteriores y decidió que era el momento de permitirles a los pasajeros quitarse el cinturón de seguridad. Y cuando la tripulación comenzó a hacer las tareas libreteadas, y los dos copilotos se distrajeron en una conversación repetitiva sobre las elecciones presidenciales del martes, él consiguió sentirse por un momento rodeado y preferido por el cielo de la madrugada como un espíritu, como un muerto en paz porque ha entendido a tiempo que la vida fue lidiar el cuerpo.

Podría haberse muerto, podría haberse perdido entre el limbo allá arriba igual que un misterio por resolver. Siguió volando en cambio. Y volvió de su mente, que a veces le bastaba estar ahí, cuando entendió que el ruido que lo estaba sacudiendo era la pregunta de si estaba bien.

Nadie rebaje a lágrima o reproche lo que sucedió ocho días después: el martes 8 de noviembre de 2016. Es verdad que el capitán Chris Farmer hizo lo que mejor pudo para alcanzar a ver a su hija. Aterrizó sin novedades en Houston, Texas, a las 5:53 a.m., como solía hacerlo: habría querido estar solo en el cielo del amanecer, porque solo nadie se siente obligado a reconocer lo obvio, pero disfrutó los arcos y las ondas y las formas sin nombres de esa hora, y luego, cuando rodaron por la pista sin porrazos ni trastazos, se sintió cómodo dentro de sí mismo. No paró ni un segundo. Fue a la velocidad de las caminadoras eléctricas, de los pasajeros a punto de quedarse, de los tableros frenéticos de vuelos. Consiguió silla en la cabina del United 1279, como un pasajero más entre la tripulación, para ir desde Houston hasta Boston lo antes posible. Llegaron al Logan International Airport a las 12:24.

Estaba exhausto, viejo, por los viajes relámpago que había tenido que hacer desde el día de Halloween, pero lo cierto es que para él estar vivo es estar cansado. Quería ver cara a cara a su Lorenza, a su niñita, porque estaba cansado de saludarla en vano por el teléfono: "Hi baby, hi honey...".

Tenía la garganta seca, los ojos rojizos, las piernas doloridas como si estuviera creciendo.

Pero aún le hacía falta un viaje de ida y vuelta para descansar sus puños y sus pies.

Buscó el Saab plateado que había comprado tres meses antes, porque andaba recordando a su tío, en el parqueadero que queda junto al Marriott. Siempre ha creído que en Boston, Massachusetts, hay más tonalidades azules y grises y terracotas que en otras partes del mundo: lo pensó una vez más cuando pasó frente al mercado público, apenas salió del túnel al horizonte de edificios opacos, antes de tomar la autopista 93. No pasó por el apartamento de 2000 Commonwealth Avenue de una vez porque Dracut, su pueblo viejo, en donde sigue registrado para votar porque sigue teniendo allá la casa intacta de su infancia en Chapman Street, queda en la dirección contraria: al norte, y al occidente, en el condado de Middlesex.

Nada lo detuvo. Dejó atrás los puentes, los parques, las lagunas, las orillas de Boston, mientras escuchaba de nuevo el disco que había dejado su "esposa" en el reproductor de CD la última vez que viajaron juntos: "Two of us riding nowhere spending someone's hard earned pay…". Pasó de largo por la laguna Haggetts, por el río Merrimack, por el cementerio Bailey. Entró a Dracut por Arlington Street a las 2:20 p.m. Giró a la derecha en la pacífica Chapman Street frente a las bahías invadidas por los carros de los votantes. Encontró un lugar para parquear enfrente de la biblioteca. Caminó bajo la sombra de los árboles. Cruzó la calle, dio la vuelta hasta la entrada, subió las escaleras tomado de la baranda. Entró en la casa blanca dispuesto a saludar a los unos y a los otros.

Votó por el magnate Donald J. Trump, incompetente, burdo y narciso, porque estaba cansado de las mentiras de los políticos. Votó por un gerente de sí mismo dispuesto a lo que sea para proteger lo suyo porque sinceramente no cree que la gente tenga remedio: la gente sólo es civilizada cuando se ve rodeada, la gente es carroñera, asesina, corrupta, ladrona, vengativa cuando nadie está mirando. Cruzó un par de saludos lejanos, "hi, Jerry", "hi, Maggie", en el camino de regreso al parqueadero. El disco de siempre, *Let It Be*, había sonado entero dos veces: "All through the day I me mine, I me mine, I me mine…". Y siguió avanzando como una locura mientras él, refugiado en el Saab, se iba por Montaup, volteaba después en Fox y luego en el bosque de Chapman.

No se veía mal la casa. No tenía ventanales rotos ni arbustos deshechos ni peldaños resquebrajados, porque la inmobiliaria —que tenía la orden de no arrendar ni vender— cumplía con cuidarla.

Acercarse a ella, a su *124* en el marco pintado de blanco, era sin embargo como acercarse a una tumba. Entró, claro, recorrió la sala, el comedor y la cocina para confirmar que todo seguía desempolvado y en su sitio. Subió hasta la habitación en donde su tío dormía en una cama demasiado alta para un niño: enderezó el Cristo crucificado sobre el interruptor de la luz; miró larga, largamente, la reproducción de la *Madre de Dios* etíope del siglo XVII; dejó sobre la pequeña Biblia las gafas de leer del tío Eben, que le habían servido para lo mismo en la vida como en la muerte. Se fue a su habitación a echarse en la cama tendida mirando el afiche de todos los aviones en el techo: The Epic of Flight. A las 3:38 p.m. se sentó porque se estaba quedando dormido.

Pasó revista a la pintura recién esparcida en los pasillos, a las pequeñas grietas en el baño, a las barandas de madera de las escaleras.

Abrió el garaje lleno de herramientas desperdigadas, como una habitación de los objetos perdidos, pero no se quedó mucho tiempo frente a la repisa de metal viendo best sellers viejos y juegos de mesa incompletos. Paró una llanta llena de rotos. Encendió y apagó el bombillo movedizo colgado del pico del techo de la habitación. Cerró con llave la puerta corrediza con la sensación de que el abuelo Evans, que llevaba demasiados años siendo viejo y apenas salía a veces por el bosque con las manos atrás, estaba mirándolo desde el segundo piso de la casa terracota de los vecinos. Fue al buzón a recoger los folletos de los negocios que se resisten a los nuevos tiempos y las cartas que ya no vienen al caso. Se subió al Saab plateado bajo un sol que no hacía nada. Arrancó. Eran las 3:55 p.m.

Cómo fracasar en lo único que se quiere lograr en un día: suponiéndolo, enredándolo, postergándolo todo.

El piloto Chris Farmer se dijo a sí mismo "estoy a tiempo" mientras se concedía a sí mismo el permiso de pasarse por enfrente de la granja del capitán John Ogonowski. Ogonowski, veterano de Vietnam entregado a la defensa del campo en Massachusetts, fue asesinado por los mismos terroristas del 11 de septiembre que apuñalaron a muerte a las azafatas del American Airlines 11 ("don't do anything foolish: you're not going to get killed", le dijeron sujetándolo), pero antes tuvo la clarividencia de presionar el botón "push-to-talk" para que las fuerzas allá abajo en la tierra escucharan por sí mismas qué estaba pasando: "We have more planes, we have other planes!", gritó uno de esos dementes un poco antes de que el Boeing 767 se fuera contra la torre gemela del norte.

Hacía cuatro horas nomás les había dado un beso a su mujer y a sus cuatro hijas dormidas. Había tocado la bocina a manera de despedida, en su camino al aeropuerto, con el horizonte ambarino de los maizales en el espejo retrovisor. Y ahora estaba volviéndose un héroe. Y sólo Dios tenía idea de qué sentido más allá de los discursos tenía ese final.

Farmer pasó "sólo un momento" por la granja de la familia Ogonowski, que daba calabazas enormes y crisantemos y tallos de maíz y fardos de heno, y quedaba por Broadway Road a unos pasos de The Village Inn. No se bajó del carro porque corría el riesgo de acabar atrapado en una conversación que quería tener. No cedió a la tentación de ver si seguían vendiendo los adornos de otoño para el porche bajo el cartel amarillo con letras negras en el que podía leerse OGONOWSKI FARM. Simplemente estuvo ahí como ante otra tumba, escuchando, risueño, "get back, get back, get back to where you once belonged…", hasta que fueron las 4:30 p.m. Se dijo "estoy a tiempo" otra vez, claro, mientras arrancaba. Buscó la autopista 93 para regresar a Boston.

Y todo estuvo en orden mientras atravesaba los humedales y las reservas hasta que, en el cruce con la 495, notó que los carros iban amontonándose como un fuelle en un atasco que venía de un accidente de tránsito.

Si no se hubiera quedado pasmado ante la granja blanca de los Ogonowski con la esperanza de ver una carreta llena de calabazas de otoño, si no se hubiera puesto a inspeccionar la casa familiar como un museo sólo para él, si no se hubiera empeñado en seguir registrado para votar en Dracut como si siguiera viviendo en la única habitación que osaba llamar "mi habitación", no se habría encontrado en la autopista con ese escalofriante camión volcado. "Fuck me!", gritó, con los ojos cerrados, agarrándose del volante. Y, con los ojos cerrados, llamó a su "esposa" a decirle que tardaría lo que tardaran los agentes de tránsito en abrirles paso. Temió, de parte de ella, una voz recriminatoria que no llegó. Lamentó que le hablara como una madre comprensiva porque significaba que ella había pensado desde un principio que algo así iba a suceder: "No voy a llegar", se dijo conteniendo la respiración y con la frente apoyada en el timón.

Timbró en el apartamento un poco después de las ocho de la noche. Y no fue su "señora" ni fue su hija, sino que fue su "suegra", Clara, quien le abrió la puerta dejándosela abierta más bien: "Come in, come in".

—She's sleeping —le dijo la madre de su hija, apenas lo vio asomarse a la sala como un soldado que ha vuelto en vano, y frunció el ceño por la tristeza que le producía darle semejante noticia—: I'm so, so, so sorry…

Estaban en la pequeña sala las tres, Adelaida, Julia y Clara arrodilladas con el corazón en la mano, viendo en CNN que iba a ganar Donald Trump. Las saludó en silencio a cada una y luego se quedó callado y se sentó resignado a ser nadie en el sofá rojo de pana para no despertarle a ninguna el horror. Cualquier ruido les parecía una mosca. Cualquier "se los dije" podía terminar en la primera plana de los diarios sensacionalistas. Pronto verán que era lo mejor, pensó, pronto entenderán que sólo un jefe inescrupuloso que no se ande por las ramas puede lidiar con este mundo en el que cualquier demente se levanta un día con el antojo de volar un par de torres así mueran 2.996 inocentes que trabajan como mulas. Dentro de poco verán que de nada va a servirles su libertad y su democracia si van entre comillas.

Pobres mujeres liberales, pobres hombres educados en la compasión por el que sea: un día se los culean por detrás, se dijo, por andar enseñándose el juego de la confianza, pero no se permitió soltar una sola palabra.

Se quedó mudo, quieto, apenas felicitándose allá adentro en su mente mientras iban desfigurándose los semblantes seguros de sí mismos de los presentadores del canal de noticias que se había pasado los últimos meses despreciando el fenómeno del multimillonario que le decía a la gente lo que quería oír, lo que sospechaba en el día a día en los rincones de su país: que la palabrería y la América y las estrellas y las barras de los políticos son pura mierda. Dijo todo el tiempo "it's not clear yet", cada vez que Adelaida lo buscó con sus ojos de "vamos a tener que salir corriendo de este país", aunque tenía claro que no había vuelta atrás en los resultados: los demócratas, superiores y condescendientes y civilizadores, habían perdido las elecciones como la liebre de la fábula.

—¡Un puto presentador de reality! —dijo la vehemente Julia tomándose la cara.

Pues ya en ese punto era claro que la señora Clinton iba a ganar el voto popular por un margen respetable, dos, tres millones de votos más, pero también lo era que el tal voto electoral, que era lo único que contaba en esos casos, iba a servirle a Donald Trump. El mapa de los Estados Unidos estaba mucho más rojo que azul: los republicanos comandados por ese magnate fanático de sí mismo habían conquistado veintinueve estados mientras los demócratas encabezados por aquella experta en los vericuetos de los Gobiernos habían ganado sólo en dieciocho, trescientos cuatro puntos electorales contra doscientos veintisiete, y era aplastante y era terminante igual que en una tragedia, pero sólo desde el punto de vista de todos los hombres y todas las mujeres educados para llamarse "humanos" en el sentido de "mejores".

Se excusó por un momento porque necesitaba orinar. Se quitó la corbata frente al espejo y se la guardó hecha un amasijo en el bolsillo del saco. Se sacó la camisa de dentro del pantalón porque le pareció patético seguir fingiendo que la jornada no había sido demasiado para él. Y levantó la tapa del inodoro para empezar.

Cuando salió al pequeño pasillo del apartamento escuchó a su bebé repitiendo "mi", "gu", "ti", desde las barandas de su cuna. Pero, apenas se asomó a la habitación en plan de rescate, notó que su "suegra" estaba meciendo a la niña en sus brazos para volverla a dormir. Y se devolvió en puntillas al corredor para contribuir al silencio.

—How is he? —le preguntó Adelaida, que se veía bella a pesar de todo, llevándoselo hasta la cocina.

—He looked so sad —le respondió cuando por fin entendió que estaban hablando del triste profesor Pizarro—: and it truly was sad.

—I'm worried about him, really worried —le reconoció ella tomando una bocanada de aire—: lo último que le falta es que se le muera un perro en los brazos.

—But the poor dog was alive and well the last time I checked —le contestó para darle esperanzas sobre el animal mientras cedía a la tentación de acariciarle la mejilla.

—It was nice of you to keep him company —le reconoció ella mientras le tomaba la mano—: gracias por no dejarlo solo.

—I know I'm a quote, unquote husband, baby, but I'm also a good man —le susurró el humor triste del "esposo" entre comillas.

Y luego se dieron un abrazo de reencontrados que también era un abrazo de socios que se habían casado y habían tenido una hija con la única persona del mundo que iba a dejarlos en paz. Eran marido y mujer, sí, pero para no tener que casarse de aquí en adelante, para tener una excusa como "estoy casado" o "tengo que dormir a mi hija" con qué protegerse de los demás. Eran un par de esposos que no querían jefes ni dueños ni testigos porque querían seguir con sus vidas. Eran un par de solos que se habían vuelto una pareja para que nadie se diera cuenta de que eran un par de solos. Él le dijo "I'm so sorry", y le sonó bien, y fue sincero, refiriéndose al resultado de las elecciones. Ella le respondió que no lo podía creer y le dio un beso antes de conducirlo de vuelta a la sala.

Allí lo dejó, en el sofá rojo de pana, apoltronado en su cabeza que por siempre y para siempre sería un misterio. Y luego de tomarle la cara como a una mascota —evitó la pantalla para evitar la frase "Donald J. Trump is the 45th President of the United States"—, la nostálgica y cuerda y clemente Adelaida Pizarro, veintisiete años, Libra, se fue a la habitación de la bebé a ver si su mamá había podido dormirla.

No. No quería un marido: para qué un marido ahora, hoy. Prefería mejor que su mamá no la dejara nunca. Quería que su papá volviera a Boston ya, de una vez, lejos de los lodazales colombianos y de las envidias de esos mezquinos enquistados en la academia, para que los cuatro estuvieran juntos como antes otra vez. Pero tenía claro que el viejo profesor Pizarro no iba a moverse de su país mientras estuviera en juego el acuerdo de paz ni iba a moverse de su apartamento mientras estuviera muriéndose el perro que probó a todos que no era que no le gustaran los perros, sino que siempre había evitado alojarlos porque no soportaba la idea de perderlos. Y estaba pensando que si finalmente se animaba a dejar Bogotá, en un giro que probara que la vida sí es un drama, el peor de los refugios iba a ser los Estados Unidos de Trump.

Su mamá salió de la habitación de su hija con el iPhone en la mano porque quería mostrarle los mensajes apocalípticos que acababa de enviarles su papá por el chat familiar de WhatsApp: "Catástrofe", "fin", "vénganse ya".

Y luego les escribió "y lo peor no es el demente ese, sino sus seguidores fanáticos que ahora van a sentirse con licencia para ponerse violentos otra vez". Y después les puso "de pronto el mundo no tiene remedio".

Adelaida entendió sin problema qué era lo que estaba diciéndole su mamá con esa mirada desconcertada: que prefería quedarse en ese país del demonio a volver a su país del demonio, pero que tendría que regresar a Bogotá más temprano que tarde porque ella no había nacido para ser libre y sola como Julia y como ella, sino que había venido al mundo a ser una esposa y una madre y una mujer condenada a cargar con el peso del mundo como una roca en sus espaldas. "Quédate aquí, mamá", le dijo dándole un abrazo de niña, "yo lo convenzo". Su mamá le dijo "déjame pienso" con una cara de angustia que ni ella ni su hermana iban a hacer jamás. Y agregó "tú no te preocupes por nada que yo hablo con él" y se fue a la cocina a esconderse en vano del mundo y de sus cosas.

Hubo un momento en el que todos se quedaron dormidos y todo se quedó sin alma. Clara se paró junto a las puertas entreabiertas de las dos habitaciones para oírlos respirar a todos: a sus hijas, a su pequeñísima nieta y a su yerno, que pocas veces había pasado la noche en ese apartamento, pero cómo iba a irse así como así después de entregarle su país a un hombre que había llegado al poder exacerbando el odio contra inmigrantes e impíos. Se fue en puntillas al sofá cama de pana roja, que había sido su cuarto desde enero, y siguió viendo las malas noticias —ganó en Wisconsin, Michigan, Pensilvania e Iowa: ganó y no hay nada por hacer— mientras acomodaba las sábanas y las cobijas. Se asomó por la ventana porque escuchó una carcajada en la piscina aclimatada del edificio: "Hahaha". Un par de noviecitos jugueteaban en el borde y entre el agua apozada del día como si el mundo fuera lo de menos.

Se quedó viéndolos enmascarada entre las persianas verticales que venían con el apartamento, que habían arrendado hasta el 15 de diciembre, porque la chica tenía al chico contra la pared de la piscina besándole y lamiéndole el cuello largo y el pecho lampiño y las costillas. Y desde su ángulo incómodo, apretada por el mueble en donde guardaba su ropa, le pareció que lo agarró bajo el agua y le preguntó en el oído "so… are you going to fuck me?". Y de pronto retrocedió un par de pasos y se sumergió hasta la barbilla y miró las ventanas encendidas del edificio y se acostó en el agua estremecida y se fue nadando entre el humo como volando hacia atrás. Seguro que ninguno de los dos había votado. Seguro que vivían con la certeza de que esto no se va a acabar. Qué podía ser más importante que ellos mismos. Qué puede ser peor si todo es peor.

481

Se apartó de la ventana sofocada y encendida por lo que acababa de ver. Se sentó durante un par de minutos frente al televisor sin volumen, "Donald J. Trump wins the 2016 election...", y cuando regresó a espiar a los amantes de la piscina ya no estaban.

No. No quería volver a Bogotá. A qué. A ser vieja. A pelearse con muchachitas de veinte años las clases de poesía en el Departamento de Literatura —que ha sido lo suyo en los últimos treinta años— o a aceptarles a sus amigas burócratas algún trabajo especial para alguna biblioteca del distrito o a resignarse a que su antología bilingüe de la poesía norteamericana no sea publicada por ninguna editorial independiente del país. A llevarle a su marido una taza de té con la pastilla de la noche puesta en el plato en vez de una galleta. A decirles "tenemos que vernos", "tienen que ir por la casa", a las personas que se encuentre en el supermercado. A ver con sus propios ojos que el nido ha quedado vacío. Quién sabe qué sentirá —si nomás pensarlo es rasparse el corazón— cuando vea las habitaciones sin sus dueñas.

La sarcástica y razonable y ensimismada y brillante Clara Laverde, cincuenta y cinco años, Leo, tenía entre sus amigos fama de leal y de tajante. Era capaz de acompañarlos a los unos y a las otras a hacer vueltas bancarias o a ver alguna exposición en el centro de Bogotá tal como acompañaba a lo mejor y a lo peor a los miembros de su familia. Prestaba plata siempre que tenía sin pedirla luego de vuelta. Acompañaba en las velaciones desde el principio hasta el final: "Podéis ir en paz". Llevaba a buen puerto cualquier conversación que se le propusiera. Pero cortaba justo a tiempo con voz de "ve a hacerle tu papelón a otro", y les decía "no es tan grave" y les repetía "te estás poniendo una trampa", a aquellos que la buscaban para confesarle sus dramas.

Tenía fama, en fin, de ser madura, compuesta, "de una sola pieza": pura salud mental. Pero ella, que no tenía siempre la mejor opinión de sí misma, sospechaba que era egoísta e impaciente.

Quizás cada día se parecía más a su padre: "Tienes cinco minutos...". Pero odiaba a los llorones autocomplacientes que no tenían las riendas de sí mismos, odiaba a los saboteadores de la paz que tarde o temprano montaban una pequeña tragedia con final feliz porque eran incapaces de llevar una vida buena. No era que fuera una mujer seca ni tensa ni injusta, sino que simplemente había sido educada para tener los pies sobre la tierra. Y estaba hecha para llevar a su familia a cuestas, y para repetirle a su hija mayor que no se sintiera rara por ser noble y libre de las taras de sus padres y resignada en el mejor sentido de la palabra "resignación", y para acompañar a su hija menor al consultorio de un médico a preguntar qué remedio podía tomarse contra los hongos aparte de dejar al hijueputa ese.

No. No quería volver a Bogotá porque no entendía para qué si su familia y su paz estaban en ese pequeño apartamento en el 2000 de Commonwealth.

Y cada día se entregaba más, como encogiéndose de hombros sin cinismo, a la costumbre de tener un marido a 4.194 kilómetros.

Porque no tenía nada de raro ni de inédito estar así tan lejos. Cómo diablos habían sobrevivido aquellas mujeres que habían esperado a sus esposos, y habían servido como enfermeras y reparadoras de ese mundo de mierda, mientras los hombres se daban lanzazos entre los huesos y se crucificaban en nombre del horror y se estallaban por dentro en el infierno de las trincheras: "Después de cada guerra / alguien tiene que limpiar. / No se van a ordenar solas las cosas, / digo yo". Qué habían vivido esas jóvenes, mientras sus maridos viejos regresaban de haber matado y de matarse, si no había sido la vida. Quién podía negarle a quién, a estas alturas, que no habían sido las protagonistas de sus propios dramas. Quién iba a llevarles la contraria si osaban decir que un esposo era sobre todo un karma.

Podía seguir casada con el profesor Horacio Pizarro de aquí a que muriera alguno de los dos así no se vieran nunca más sino por FaceTime, por Skype, por WhatsApp: había sido educada para seguir juntos y hacía años y años —y décadas y décadas, que la vida había empezado a pasarle de diez en diez—había llegado a la conclusión de que iba a quedarse con él pasara lo que pasara. ¿Para qué dejarlo?: ¿para buscar a alguien menos encerrado en sí mismo, para dar con algún misterio que la considerara a ella un misterio, para tiritar cuando un hombre nuevo le besara el cuello? ¿Para qué interrogar a Pizarro sobre aquella asesora de paz con la que no sólo había ido de un lado a otro durante un par de meses, sino que luego había dejado de verla de golpe? ¿Cuántos años tenían: veinte?

Sus papás no lo supieron nunca, pero ella ha estado diciéndoselos a sus hijas desde que empezó a sospecharlo: no será fácil vivir una vida rara, ni será del todo cómodo vivir una vida que no se parezca a la de los padres, pero lo cierto es que el día de la muerte nadie será juzgado por no haberse casado o por no haberse forzado a tener una familia como las familias.

Nadie está obligado a casarse o a reproducirse o a celebrarse o a indignarse o a serse fiel: esa es la verdad.

Pero ella siempre ha creído que todo lo que sucede en los escenarios del mundo —en las pantallas, en las oficinas, en los barrios, en las ciudades, en los países— es una trampa para no ver ni sentir siquiera el amor que es un lugar común y un hecho comprobable.

Y siempre ha creído que el amor es lo que está sucediendo, y eso que se está quedando atrás porque es fijo, mientras el mundo sigue de largo: "There we two, content, happy in being together, speaking little, perhaps not a word".

O sea que puede seguir queriendo al pobre Pizarro, que para tener enemigos se tiene a sí mismo y a los imbéciles que han estado perdiendo el tiempo amenazándolo, de aquí a que él regrese o de aquí a que él se rinda.

En enero, cuando se despidieron en el aeropuerto entre tantos más, Clara Laverde hizo lo mejor que pudo para que no se le notara la rabia que le daba que su marido no se diera cuenta de que no eran ellas las que se iban, sino él el que se quedaba. Pronto lo perdonó. Sabía de su temor a volar, de su fragilidad, de su necesidad, en el borde del Asperger, de repetir los días como calcándolos. Podía usar el mismo suéter de hilo azul oscuro y el mismo pantalón de dril café y la misma camisa blanca sin marquillas ni estampados. Era capaz de comer pizza de carnes todos los días de la semana. Se perdía en el rincón del computador de su estudio infinito, como un viejo en el país de las maravillas, y el apartamento podía venirse abajo y daba igual.

Tiene todas las pruebas del caso de que su idea era quedarse un par de semanas después de que la bebé naciera. Tiene chats, e-mails, mensajes de texto en los que habla de volver en julio o en agosto después de que todo tomara alguna forma. Se acuerda del momento exacto en el que se atrevió a decirle "todavía no me puedo ir porque todavía no estorbo". Está en la capacidad de demostrar que su marido le prometió varias veces —tiene incluso una carta en la que lo jura— sobreponerse a su aerofobia para ir por ella a Boston.

Es verdad que no es fácil determinar quién es el villano en este caso porque no hay villanos en la historia. Es cierto que, cuando aún le daban vueltas a la idea de volverse a ver pronto, vino la crisis que tuvo a Pizarro en el precipicio del despido, siguió el embarazo de alto riesgo de su hija y se dieron luego la ausencia irremediable de su yerno el piloto y la escasez y el nacimiento y el grupo de investigación para la paz y las amenazas y el perro callejero. Quiere decir que es verdad que su esposo no fue capaz de ir a verlas, pero que también es verdad que no pudo, que quizás no habría podido hacerlo. Y mejor no haberle tenido que explicar por qué Adelaida y Chris están juntos pero cada uno vive por su lado. Qué alivio no haber tenido que atenderlo esos diez meses.

Un par de veces ha estado a punto de regresar: no ha sido nada fácil, sino que le ha dado vergüenza ajena y le ha dado miedo, verlo volver a ser —por semejante idiotez: por el ataque de una loca en Facebook— el profesor politizado y pendenciero que fue en los años ochenta.

Pero en cada crisis su instinto fue quedarse sin culpas y sin penas, pues más que escribir sus ensayos y dictar sus talleres de poesía, que en verdad lo hacía tan bien, su gran talento ha sido vivir sin caer en las trampas, en los melodramas. Está cumpliendo cinco años de llevar el pelo corto. Jamás se pintó las canas. Nunca se le pasó por la cabeza estirarse la cara o plancharse las arrugas porque siempre se ha visto en el espejo como es, y así es la vida, y así tiene que ser. Y en esos diez meses, demasiado vieja para dejarse arrastrar por las inseguridades de su marido, no tuvo afán ni perdió el control de sus nervios ni le cupo duda de que la familia seguía siendo la familia e iba a reunirse de nuevo cuando Pizarro se diera cuenta de que no le quedaba más que tomar un avión.

Fue cuando nació Adelaida que empezó a sudar frío y a parpadear a pesar de sí mismo y a sentir el jalón desde la cintura hasta el tobillo cada vez que le tocaba tomar un avión: putamierdaputamierdaputamierda. Se agravó apenas nació Julia hasta el punto de que dejó de viajar a menos que viajaran los cuatro juntos. Pero antes, cuando lo conoció, cuando cada uno estaba a punto de separarse de su primera pareja importante, era un gigante feliz que se sabía de memoria *I Am the Walrus* y no se perdía una sola película y tenía una inteligencia que nadie más tenía; un arrojado y acomodado muchacho de izquierda que se quedaba mudo porque Wittgenstein decía que "los problemas filosóficos no son más que confusiones que resultan de un uso inapropiado, descontextualizado, de los términos del lenguaje"; un rojo larguirucho y candoroso que andaba en crisis porque Russell aseguraba que desconfiaba de los políticos, pero que, como era preciso tener un Gobierno, prefería de lejos que se diera la democracia.

Se fueron a vivir a Boston a principios de los años noventa: de 1993 a 1998 si no está mal. Y, aunque en la historia oficial de los Pizarro Laverde ha quedado consignada aquella época como la mejor de las épocas —la época que han estado recobrando de enero a noviembre—, ella sí tiene claro que su marido empezó a sufrir entonces punzadas de melancolía y ataques de ansiedad que confundía con ataques al corazón, y se acuerda como si fuera ayer del día en el que le dijo "Clara: yo quiero que volvamos ya", pálido y deforme. De nada valía —era peor— que

Fagan, en el Boston College, le rogara que se quedara como profesor. De nada servía que a ella le estuvieran ofreciendo trabajar en el centro de estudios latinoamericanos de la Universidad Brandeis.

Se devolvieron a Bogotá a ver morir a sus padres, ay, quizás había sido lo mejor, quizás en retrospectiva había valido la pena ese regreso sin gloria. Pero a qué devolverse ahora: ¿a construir qué?, ¿a salvar qué?

Siguió acabándose, en fin, el día nefasto de las elecciones. Fue, de pronto, el día siguiente. Y Clara se puso la piyama y trató de dejar para mañana todo lo que no podía hacerse hoy.

Se subió al sofá rojo de pana y se acostó despojada de sí misma, liberada de los pesos de hoy y de mañana, como una soltera que se ha quedado hasta tarde viendo la televisión. Seguía rodando por la pantalla la sentencia "Donald J. Trump is the 45th President of the United States of America" como respondiéndole "sálvese quien pueda", "get back, get back, get back to where you once belonged". Pero como empezaba a quedarse dormida, y pensaba y pensaba en cuándo podría retomar su antología de la poesía norteamericana traducida al español, se dijo como respirando el poema de Emily Dickinson: "A long, long sleep, a famous sleep / That makes no show for dawn / By stretch of limb or stir of lid, / An independent one".

Y habría cerrado los ojos hasta el día siguiente, y habría dejado para mañana la siguiente estrofa, si su marido no le hubiera preguntado de teléfono a teléfono si estaba dormida. Y si no le hubiera vuelto a escribir su "vuelvan ya".

Seguían dormidos cuando ella despertó. Desde la pequeña cocina blanca, mientras ponía a hacer el primer café del miércoles, podía oírlos a todos respirar, carraspear, balbucear, dar vueltas en la cama. Faltaban veinte minutos para las 5:00 a.m. Estaba intranquila. Parecía ella misma en aquella época de la universidad en la que hizo el papel de Atenea en *Las Euménides*: tenía el corazón como si estuviera en el camerino unos minutos antes de salir al escenario. Susurró el único parlamento que todavía recordaba: "¡Amad por siempre a estas diosas que se os muestran benévolas, ofrecedles grandes honores, y esta tierra y esta ciudad habrán de ser ilustres pues que la equidad las asiste!". Y quizás porque se puso a lavar los platos de la noche anterior, que a fuerza de vivir entre el desorden se había acostumbrado a dejarlos sucios hasta el día siguiente, estuvo a punto de un infarto porque escuchó un "hi" como un zumbido.

Se zarandeó. Exclamó lo que exclamó: "¡Puta!". Pronto le volvió el estómago al estómago, y entendió que una vez más Chris, su "yerno", estaba yéndose a alguno de sus vuelos sin haber visto a su hija despierta, y respondió "hi" entre risas.

Farmer ya estaba disfrazado de piloto pero tenía los zapatos en la mano. Y, como tenía claro que su "suegra" no iba a pedirle explicaciones, ni iba a recriminarle que le diera a su hija tan poco dinero, ni iba a reclamarle una soledad que no era su culpa, se limitó a susurrar "she's so, so, so beautiful…" mientras le recibía una taza de café. Discutieron lo obvio: desde lo feliz que se veía Adelaida hasta los cinco grados centígrados de ese amanecer. Hablaron luego de las elecciones, como quien revisa las jugadas de una partida de ajedrez perdida, pero, cuando ella confesó sentirse "torn to pieces", "devastated", él se dedicó a probarle en vano que lo mejor que podía pasarle a una democracia dormida era la llegada de un forastero burdo y pendenciero que dejara de creerse que "América" era el pacificador y el dueño y el centro de la Tierra.

Se fue, ruborizado y atolondrado, cuando ella le señaló el reloj de la cocina: 5:00 a.m. Masculló "take care", "take care" no más, mientras se calzaba los zapatos en el pasillo. Olía a aire caliente. También olía a yerba. Y sólo atinó a sonreír un poco, "bye, Clara". "bye, Chris", antes de darle la espalda a todo lo demás.

Desde ese momento el día no tuvo pausa. Fue como si la puerta, que no podía cerrarse sin dar un portazo, ¡paz!, le hubiera abierto paso a una avalancha: y Leonard Cohen le cantara en la cabeza "well I stepped into an avalanche, / It covered up my soul".

Sonó el campaneo de su iPhone apenas encendió el volumen "por si acaso", ¡tin!, porque su marido acababa de meterla a un insoportable chat de WhatsApp de una banda de ciudadanos —comandados por el actor Pedro Juan Calvo— que le exigía al país la renegociación del pacto de paz con las Farc: "Pizarro te ha añadido al grupo **Acuerdo Ya**".

Lorenza se despertó, "i", "a", "i", en busca de su madre. Adelaida llegó con la bebé en brazos al pequeño comedor de cuatro puestos. Julia apareció después, como una sonámbula en busca de su plato de cereales, con una sentencia sadomasoquista entre los labios: "Anoche soñé que Donald Trump era presidente". Por supuesto, entre la incertidumbre y el espanto hicieron conjeturas sobre lo que podría venírseles encima bajo el Gobierno de un narciso ultraderechista pero misógino pero racista pero apolítico: Clara dijo "esto va a ser un desastre", Adelaida dijo "hay que esperar", Julia dijo "no: hay que marchar". Y, sin embargo, quizás porque Lorenza andaba empeñada en sentarse sola y todo el tiempo se iba para un lado, hicieron como que seguían adelante con la vida.

Clara odiaba que la humanizaran más de la cuenta. Tenía buen humor, sabía portarse como una más entre sus hijas y adoraba que las dos se burlaran de ella por tajante y por malhablada y por torpe a la hora de lidiar con la tecnología, pero detestaba que le hablaran de hombres que le coqueteaban y aborrecía que le ordenaran ir al médico y evitaba el tema a más no poder —porque se le caía el castillo de naipes que es una forma de ser, y lloraba— cuando le hablaban de sus padres. Digo esto porque, previendo las risitas, previendo los mensajes irónicos de su marido y los malentendidos que podían volverse trampas, llevaba cuatro días evitando la frase "voy a ir a almorzar con Dan Fagan". Y, como ya no le quedaba más tiempo porque la cita era ese miércoles, prefirió decirles una mentira.

—Voy a pasarme hoy por Brandeis a ver qué me dicen ellos de la antología —les dijo.

—¿Y lo del Boston College? —preguntó Adelaida—: ¿No quieres trabajar con ellos?

—Pues está pensándolo seriamente —intervino Julia, risueña, en el peor momento—: Dan Fagan llegaría al éxtasis si le dijera que sí.

El impune Dan Fagan había estado casado con la despistada Margot Hill desde finales de los ochenta. Pero era claro que de vez en cuando se enredaba, como raspándose apenas, como dejándoles las heridas a las otras, con alguna colega o con alguna alumna. Y desde que se conocieron, y él y Margot se volvieron buenos amigos de la familia Pizarro Laverde, fue incómodo, patético, vergonzosamente evidente que cuando Dan estaba en la misma habitación con Clara no existía nadie más. Pizarro nunca fue celoso. Pero poco a poco fue pareciéndole que Fagan, tan sofisticado, tan dado a recomendarle a su mujer novelas gringas sobre infidelidades, había cruzado la raya que sabemos. Y un día, que suele comentarse en la familia, se hartó de oír hablar de él.

—No sé cómo más decirle esto, Clara —declaró él, más ajeno que ella a las groserías, en la mesa del comedor familiar—, pero me está sabiendo a mierda ese hijueputa.

No quería vivir en *¿Quién le teme a Virginia Woolf?* ni en *Traición* ni en *El próximo año, a la misma hora*. No quería jugarle el juego a un hombre que se comía viva a su mujer como si los cuatro fueran cuatro sofisticados e imbéciles miembros de una cultura que creía que "fidelidad" era una palabra burguesa. Desde aquella madrugada, cuando el anguloso Fagan les propuso un intercambio de parejas al final de una comida en el viejo Union Oyster House —y Pizarro se rio y consiguió que la propuesta pareciera apenas una broma—, esa relación se había vuelto una prueba para los nervios. Sí, quizás Fagan se había pasado de tragos, y se había perdido en una conversación primermundista sobre sus más extrañas escenas sexuales, pero había hecho esa propuesta.

Y sí, Clara, que hacía chistes a la velocidad de la luz, había respondido que su función social era impedir que Pizarro no le invadiera el espacio a nadie más, pero el sibilino de Fagan —bajito y de ojos entrecerrados— había alcanzado a hacer esa propuesta.

Dieciocho años después Dan Fagan seguía, en sus propias palabras, "felizmente casado" con "the one and only Margot Hill". No tenían hijos, ni tenían perros adoptados, pero sí la casa, la camioneta, los trabajos, la vida que querían: "Vamos a conocer Mónaco el próximo verano…". Y sin embargo en las últimas semanas, desde el momento en el que Clara Laverde empezó a explorar la posibilidad de quedarse a vivir en Boston con sus hijas —porque díganme qué se va uno a hacer a Bogotá, Colombia—, Fagan volvió a ser una presencia en la vida de los Pizarro. Fue Laverde quien lo llamó: "Dan?: it's Clara…". Y él lo único que hizo fue seguir siendo él, seguir coqueteándole a una mujer que no sólo se le había quedado pendiente, sino que seguía siendo igual de bella.

Se vieron un par de veces: una vez en Tasca, una vez en la terraza del Cityside Bar. Pronto tuvo ella una oferta para trabajar en el English Department. Y un par de invitaciones más. Y un par de conversaciones con sus hijas, y con su esposo ausente, sobre las manos largas e inquietas de Fagan.

Era cierto que en Brandeis, en donde había trabajado en aquellos años de oro, tenía un par de colegas que querían que volviera —y era cierto que su antología de la poesía norteamericana estaba a punto de ser aprobada—, pero la verdad de ese miércoles 9 de noviembre de 2016 es que iba a verse con Fagan.

Y así fue. Frunció el ceño cuando Julia hizo la broma sobre su pretendiente en el borde del éxtasis, "no seas pendeja", le dijo, y luego se dejó llevar por la avalancha de la mañana. Se dejó arrastrar por la lavada de la loza del desayuno, por el baño de Lorenza, por el arreglo de la pequeña casa, por la salida al parque de las diez, por la lavada de la ropa en las lavadoras del piso de abajo, por las peticiones de última hora de sus hijas, por las conversaciones a saltos por WhatsApp con ese marido entre histérico y divertido y melancólico que estaba obsesionado con que salieran de los Estados Unidos apenas pudieran, ya: "¿Quién iba a pensar que un día el lugar más seguro para vivir fuera Colombia?", ja. A las doce en punto, cuando la bebé llevaba media hora haciendo la siesta, les dijo adiós a todas desde la puerta.

Y se fue, ¡tas!, como reivindicando su derecho a hacer lo que le diera la gana.

Era un alivio que la ventana del apartamento diera atrás, a la piscina, porque Dan Fagan estaba esperándola en su camioneta negra Volvo en el frente del 2000 de Commonwealth.

Y le dijo en el oído, como si fueran amantes, "I do not know what to do when I'm not with you".

Y luego la sorprendió haciendo una "u" unos metros después, y tomando Foster Street cien, doscientos, trescientos metros más adelante, en busca de la autopista de Massachusetts. Se negó una y otra vez a decirle adónde iban: "It's a surprise…" y "good things come to those who wait…". Pero cuando ella notó que estaba saliendo de la ciudad, más divertida que nerviosa —sí, le gustaba Dan Fagan, siempre le había gustado ese bajito lujurioso e impúdico, y qué—, tuvo que confesar que no la estaba llevando a ninguna plantación ni la estaba acompañando a Brandeis, sino que quería cumplirle la promesa, que le hizo en septiembre de 1997 en otro carro, de llevarla a conocer la casa de Emily Dickinson en Amherst, Massachusetts.

Llegaron a la casa amarilla en el 280 de Main Street como quien llega a Graceland: como un par de peregrinos a punto de hallar la paz, la iluminación. Parquearon a unos metros de las escaleras de asfalto de la entrada. Y se bajaron al mismo tiempo como si no hubieran pasado veinte años.

En los árboles seguían las hojas rojas y amarillas y naranjas del otoño, pero, ya que el invierno lo pone todo en su lugar, la orilla de la calle estaba llena de hojas secas: crac, crac. Apagaron el celular de común acuerdo para mostrarse buena voluntad. Subieron las escaleras a su paso, ay. Cruzaron el umbral de la puerta como cruzando un umbral. Y recorrieron la casa, que resultó ser más grande y menos obvia de lo que parecía desde afuera —sí era extraño, misterioso como cuando uno se detiene a pensar en todo, ver el traje blanco, la lámpara, el cuaderno, el mapamundi, la biblioteca, el piano largo, el jardín, la mesa de noche rojiza, la canasta, las torrecitas de libros—, hasta que él la detuvo en la entrada de una de las salas y le dio un beso.

Tenía algo de ridículo lo que estaba pasando, claro que sí, porque él tuvo que empinarse un poco y ella tuvo que inclinarse un tanto más, pero no fue por eso por lo que Clara Laverde cerró la boca entre la boca de Dan Fagan después de un momento y le quitó la mano de la cintura con todo el cuidado del caso.

—Don't you think it's too late? —le preguntó con voz de museo.

Y se lanzó entonces a decirle que hacía veinte años, en 1996, lo de ellos dos quizás habría sido una vida paralela y un affaire de película francesa de los setenta y una fiesta a espaldas de todos porque tenían cuerpos de jóvenes, porque él todavía no jadeaba cuando subía las simples escaleras de un museo y ella no cuidaba nietas y no hacía dietas en vano para recobrar la cintura y fijar el culo. Clara Laverde exageraba sobre ella misma, sin duda, pues era aún una mujer huesuda y tenía aún brazos de mujer de treintipico —era bella y era atractiva igual que antes porque no ocultaba ni su edad ni su tristeza—, y sin embargo él sí se había vuelto su caricatura con el paso de los años: esa nariz como un guijarro, esa barbilla como un puño, esa dentadura de haber fumado desde niño.

Y sí era cierto que estos últimos encuentros, forzados e incómodos, los habían obligado a tratar de portarse como eran, a tratar de gustarse como se gustaban. Y era claro que tenían la mente en otra parte.

—I don't know anything, my friend —le respondió él, de golpe, vulnerable y sincero.

Y le confesó lo triste que lo ponía no haber terminado nunca lo que comenzaron. Y le recordó detalle por detalle, porque ella no lo recordaba, la noche en la que ella terminó rogándole que pararan. Se vieron solos al fin, porque Clara había dejado nosequé en su casa —¡el paraguas!—, y él le pidió que esperaran juntos a que pasara la tormenta antes de salir a la calle a encontrarse con los otros. Y se sentaron a hablar en el sofá que quedaba junto a la ventana, golpeada por la lluvia, hasta que él se atrevió a tomarle la cara y ella empezó a besarle los dedos y se buscaron los cuellos como un par de animales y acabaron los dos en el tapete del suelo con las bocas heridas y los pantalones sueltos y las camisas abiertas: "I can't, I'm sorry, I can't".

Siempre, cuando recordaba y daba vueltas a ese momento, cuando trataba de restaurar las caras de susto y de placer que alcanzó a hacer ella mientras él le metía la mano entre los calzones, pensó en aquel encuentro como el encuentro en el que le perdonó la vida.

—No tengo la menor idea de lo que me estás diciendo —le dijo, en el jardín de Emily Dickinson, cuando él terminó de describir la escena—: no recuerdo ni el aguacero ni el paraguas ni el beso.

Sonrió poco a poco. Le tomó la mano, y se la quedó un rato sin quitarle la mirada de los ojos, para pedirle que una vez más dejaran las cosas como estaban. Entonces encendió el teléfono de frente, alzándolo y mostrándoselo, para reconocer que seguía siendo una mujer incapaz de esconderse. Y vio que tenía ochenta y un mensajes de WhatsApp del grupo por la paz en el que la había metido su marido la noche anterior, y que a renglón seguido su hija Adelaida le decía que salía ya mismo para la clínica, "¿dónde estás?", "¡contéstame!", porque la bebé se había despertado con fiebre y no lograba bajársela con nada. Eran las 3:48 p.m. de ese miércoles tan raro. No habían almorzado. Tenía ganas de estar en la sala de urgencias de una vez. Pero no lograba escapar de la puta avalancha.

—I'm having an affaire with my secretary —le confesó Fagan en la puerta de salida del museo.

—¡Tú estás completamente loco, Fagan, eres un perro! —le gritó en colombiano, incapaz de pensar en nada que no fuera su pequeña Lorenza, como si aquel mundo siguiera siendo el mismo mundo de antes de las elecciones—: ¡un perro!

Y cuando caminaban de vuelta a la camioneta Volvo negra, pisando de nuevo, desprevenidos y ansiosos por volver, las hojas secas de la vera del camino, un par de jóvenes gordos y rapados se bajaron de un destartalado Lincoln Continental de los viejos, de 1966, que tienen algo de carroza fúnebre si uno los mira con cuidado, a gritarles con los puños cerrados que se fueran de vuelta a sus países. Váyanse, hijos de puta, déjennos Estados Unidos para nosotros. Vuelvan a sus chiqueros donde sea que queden en el mapa del mundo. Esta calle, esta comida, este aire no es ni va a ser nunca de ustedes. Y esto que les está pasando en este momento es lo que suele llamarse una última oportunidad, you motherfuckers, you scum.

—Go home, bitch, your fucking dream is over, bitch —dijo el peor de los dos señalándola con el dedo a ella, que se había escondido detrás de la ventana, mientras el compinche trataba de convencerlo de que se enfriara.

No tenían sentido los árboles ni las hojas. No tenían pies ni cabeza los planes para mañana ni los chats sobre el fallido acuerdo de paz en el WhatsApp. Se fueron por donde vinieron como un par de idiotas que alguna vez habían sido un par de genios. Y empezó a llover y a relampaguear y a tronar con la esperanza de que ella recordara, a manera de cierre, lo que había pasado aquella vez. Y siguió lloviendo un poco más para que la lluvia lavara la primera vez que se había sentido agredida en ese país que por primera vez no había sido su país. Y se quedaron en silencio entonces, entre el traqueteo del temporal, esperando el momento en el que volviera a tener sentido pronunciar una palabra.

Ya no hay ningún lugar del mundo en dónde esconderse del mundo. Ni allá ni aquí se puede estar. Ni en Boylston Street ni en el aeropuerto de Zaventem ni en la estación de metro de Maalbeek ni en la promenade des Anglais ni en Aguachica ni en Gamarra ni en Puerto Raudal se está a salvo. Usted va caminando por cualquier calle a cualquier hora hasta que en un punto inesperado —es como en esos mapas: "Usted está aquí"— escucha una explosión que es la que está llevándose su vida por delante: ¡boom!, ¡crash!, ¡Dios! Usted está entrando a un carro en la orilla de una vía llena de hojas secas, en Amherst, Massachusetts, como cualquier mujer que solamente está pidiendo que la dejen en paz, y entonces un par de rednecks de cabezas rapadas se le lanzan a gritarle que se largue: go home, bitch, go back to the jungle.

Usted está en la sala de espera de las urgencias del Boston Children's Hospital, a las 6:19 p.m. del miércoles 9 de noviembre de 2016, a la espera de una buena noticia, pero lo único que recibe son los alharaquientos mensajes de texto de su marido el profesor y las ideas para la paz de un grupo de WhatsApp que mejor sería la guerra.

Clara Laverde se fue hasta la cafetería, con sus luces azules y violetas de países mejores que el suyo, a pedir un capuchino —y quizás algo de comer— porque no había probado ni una sola miga de pan desde el desayuno. Se había librado ya del ocioso Dan Fagan: "Take care, honey". Se había enfrentado ya a la ira de Adelaida, su hija incapaz de la ira, entre los llantos y las palabras sueltas de la sala de urgencias: "¿Dónde estabas?", "¿qué te está pasando?". Estaba pagando su culpa, así no tuviera la culpa de nada, en ese hospital, en esa sala de espera, en esa cafetería, en esa tregua peor que la guerra. Pero ella pagaba la condena que fuera, y le permitía a su hija desaparecer un rato si la idea era torturarla un poquito, con tal de que le dijera después que a su nieta le había bajado la fiebre.

—Ya —le dijo Adelaida apenas la vio tomándose su café—: ya van a darnos salida.

—¿Y Lorenza?: ¿con quién se quedó mi bebé?

—Con mi hermana señalando las lámparas y las ventanas —le reconoció como si se hubiera sacado del cuerpo un demonio—: ya vienen las dos para acá.

Es tan cierto que el horror existe para que sea obvia la belleza como que se da la belleza para que el horror sea devastador. Es obvio también que nadie está a salvo desde aquí hasta la muerte y que se habla de "épocas felices" porque tienen principio, medio y fin. Y algo así se preguntaban ellas dos en ese lugar y en ese momento bajo los murmullos y los balbuceos de una lengua ajena: ¿cuánto nos queda?, ¿cuánto falta para que la vida vuelva a ser otra cosa?, ¿cuánto tiempo más podremos vivir en la burbuja del 2000 de Commonwealth?, ¿cuánto más podrá la abuela salvar a la madre de enfrentarse cara a cara con su hija?, ¿cuánto más podrá postergar Clara Laverde el reencuentro con su esposo?, ¿se está acabando ese silencio, esa parálisis?

Venía al caso el verso "tengo el cansancio anticipado de cuanto no encontraré y la nostalgia que siento no es del pasado ni del futuro", pero quién, que no esté loco, deja escapar una cita cuando se ha rendido a lo que le está sucediendo.

Declararon su alivio. Pidieron perdón un par de veces de más. Fueron de "yo no quiero ser un estorbo para mi familia" a "yo no quiero que te sientas sometida por tus hijas". Reconocieron que habían perdido el control de sí mismas porque alguna vez tiene que pasar. Se quedaron unos minutos allí, en la cafetería luminosa, recobrando el amor de siempre: la hija en el hombro de la madre mientras pasa lo peor, ay, cuando los bebés comienzan a hablar es como si llegara alguien nuevo adentro, pero Adelaida siempre lo tuvo. Quizás habrían seguido así unos minutos más, unos segundos más, como insistiendo en ese momento para que al menos se volviera un recuerdo, si sus teléfonos no hubieran campaneado hasta desesperarlas: tin, tin, tin, tin, tin. Cada una miró su propia pantalla, rendida cada una a la pregunta "quién diablos será", antes de renegar del grupo en el que las había metido el único hombre que había habido en la familia.

—Van a acabar de enloquecernos estos pacifistas con los que nos metió tu papá —le dijo Clara a Adelaida.

Y se incorporaron en la mesa, con un ojo en la pantalla del teléfono y otro en la puerta de la cafetería, a ver qué era todo lo que tenía por decir esa gente: "A ver cuál es la maricada".

Se mandaban columnas de opinión que pedían de rodillas que se renegociara el pacto. Se enviaban mensajes de aliento: "No es hora de desfallecer". Se daban noticias de los pacifistas que habían decidido acampar en la Plaza de Bolívar hasta que sucediera el nuevo acuerdo de paz. Se cruzaban ideas para poner en evidencia las estrategias dilatorias de los líderes del "no" al pacto con las Farc. Se compartían canciones contra la violencia, fotografías esperanzadoras de familias vestidas de blanco durante las incansables marchas por el fin de la guerra, memes contra los virulentos líderes de la oposición. Se esparcían rumores. Se repetían lugares comunes sobre el futuro de los viejos, de los niños, perdón. Y se proponían jugadas maestras para convencer al país de la paz.

Si había una persona insistente e inagotable en ese extraño grupo de famosos, que era una suma de políticos, periodistas, deportistas, músicos y famosos por ser famosos, ese era sin duda el actor Pedro Juan Calvo.

¿Se acuerda usted, lector, lectora, de Pedro Juan Calvo? Del hermano menor de Valentina Calvo. Del galán de *María Cristina me quiere gobernar*, de *Grito vagabundo*, de *En cuerpo y alma*: Pedro Juan Calvo, sí.

Que tiene los ojos gigantes y la nariz un poquito más grande de lo esperado y el pelo de príncipe de Disney. Que podría hacer cualquier papel, porque se vuelve otro sin ninguna clase de culpa, sin ningún asomo de miedo, pero había tenido que reducirse a protagonista: "Es que yo te amo". Pues bien: el señor Pedro Juan Calvo, amparado, quizás, en su abrigo de "ustedes saben quién soy yo", no hizo más que mandar ideas desesperadas al chat por la paz desde la mañana hasta la noche de ese miércoles 9 de noviembre. Escribió "montemos *La muerte y la doncella* frente a los padres de la patria" y "llenemos Twitter de videos reclamando el acuerdo" y "contémosles a los taxistas las verdades sobre los del 'no'". Reaccionó a todo lo que dijeron los demás. Se sumó a todas las causas.

Y cuando ya era tarde, y a la pila de su Galaxy S7 sólo le quedaba un uno por ciento de carga, se fue al espejo de cuerpo entero que había clavado a la puerta de su habitación a ver qué tal iba a verlo la artista costeña de veintitrés años que había estado escribiéndole al e-mail de su página oficial rogándole que le diera un beso: "Juro por mi futuro que yo no quiero nada más…".

Ya eran las 8:35 p.m. Se suponía que ella llegaba "pasadas las nueve", pero el narciso y sensible y mujeriego y famoso y huérfano actor Pedro Juan Calvo, cuarenta y un años, Leo, por alguna extraña razón se sentía incapaz de ponerse a hacer otra cosa aparte de esperarla: desde que ella le escribió confesándole que se moría por tocarlo —"juro por Dios que yo nunca había hecho ni había dicho esto…"— se había dedicado a espiarla.

Se llamaba Ingrid Arroyo. De vez en cuando diseñaba ropa, de vez en cuando hacía esculturas con basura, de vez en cuando actuaba a medio vestir en obras de teatro experimentales. Bailaba en serio. Posaba una y otra vez con cara de soy trascendental y soy triste y soy arte pero puedo ser también lo que me dé la gana. Tenía ciento cincuenta y tres fotos de perfil de Facebook: dos más que él. En su retrato favorito estaba de rodillas sobre un piso de mosaicos viejos, con las piernas separadas, apenas cubierta por un vestido blanco de flores negras. Se le asomaba un brasier rojo rojo en el escote. Sonreía, que no era lo usual, pero era claro que estaba haciendo un esfuerzo, que estaba tratando de complacer a la persona que tenía la cámara en las manos. Se veía muy muy joven. Era una niña muy blanca entre el calor de Cartagena.

Y él se la pasaba fantaseando con ella, sí, "quítatelo", "pon las manos sobre el piso", "no me mires", pero a decir verdad también lo hacía con todas las demás.

Con la fotógrafa pelisucia que había venido a tomarle esas fotos para la revista. Con la manicurista negra que había venido un par de veces a hacerle un par de masajes. Con las putas que no ha debido pedir esa noche, pero es que de verdad se iba a enloquecer si no lo hacía. Con la mujer joven que venía a limpiar todos los viernes. Con la escenógrafa con ínfulas de pintora de *En cuerpo y alma*. Con la maquilladora que le ponía las tetas en la cara mientras le preguntaba por su fin de semana. Con la exreina de belleza que hacía el papel de su amante en la telenovela. Con la cuñada del chef que vivía arriba. Con la señora que había puesto una papelería a la vuelta de la esquina. Con la antigua compañera de colegio —puta: cómo se arrepentía de haberse acobardado esa noche— que lo había contactado por Instagram la semana pasada. Con la prima de su esposa. Con su esposa.

El citófono sonó a las 9:11 p.m.: "Va para allá la señorita Ingrid Arroyo…", "que siga…". Pero ella apareció cinco largos minutos después porque en ese edificio enrevesado como un dibujo de Escher, en el **Edificio Nueva Granada** encajado en la carrera 1ª # 67-21, las rejas verdes de la entrada no conducen al primer piso sino al quinto. Ella se perdió un rato en el laberinto de ladrillo. Se demoró un tiempo en entender que para llegar al apartamento 120 tenía que bajar una, dos, tres escaleras. Y cuando por fin apareció entre las sombras del pasillo final, que se iluminó de golpe, ¡pum!, gracias al sensor de las luces, resultó idéntica a sus fotografías, pero menos tímida de lo que parecía, menos callada.

—Qué raro es verte en persona —le dijo, sin detenerse en el camino a la muerte, antes de lanzarse a darle un beso en la mejilla—: estás flaco.

—Sigue, sigue —respondió él, sonriente, en la búsqueda de alguna frase que estuviera a la altura de su personaje.

—¿Y este es tu "triste apartamento de separado"? —le preguntó citándolo a él mismo entre comillas.

Y mientras Pedro Juan Calvo trataba desesperadamente de decir algo encantador en el estilo de Pedro Juan Calvo, y sólo alcanzaba a reconocer en su aturdimiento y en su silabeo unos nervios que no había sentido ni siquiera cuando había hecho teatro en salas pequeñas, ella se puso a recorrer el lugar como si se tratara del lugar en el que alguna vez vivió un famoso. Y comentó los afiches de *Tintin au Tibet*, *Ascenseur pour l'échafaud* y *Betrayal* pegados a la brava, con cinta aislante verde, sobre la pared. Y saludó al helecho que colgaba del techo junto a la ventana. Y se encogió de hombros ante el crucifijo que había clavado en el corredor, en el viacrucis, je. Y le pareció increíble que tuviera *El libro de los amores ridículos* abierto en "El falso autoestop", entre los libros de la mesa de noche, porque justo lo había leído ella esa mañana: "Yo soy yo, yo soy yo, yo soy yo...".

Y no se atrevió a preguntarle qué hacía debajo de todos un libro de superación personal llamado *La prueba del cielo*. Y habló y habló para sobreponerse a semejante silencio.

—¿Te está haciendo falta el libreto? —notó ella, pero se lo preguntó para darle una nueva oportunidad.

—Es que últimamente no sé qué decir —le reconoció él como confesándosele a una profesional—: digo que sí a todos los papeles que me proponen, ja.

Se había ido de su casa hacía tres meses, a principios de agosto, como pegándose un tiro en la sien, como tragándose un frasco de aspirinas, mejor. Había dicho a su esposa libretista, a Mónica, que no podía dormir, que no podía respirar porque el dolor de la muerte de su padre era insoportable. Había jurado que retomaría la carrera de Medicina —que había abandonado en el penúltimo semestre porque le habían ofrecido el papel que le cambió la vida: el de Guillermo Buitrago—, pues lo único que se le ocurría para estar mejor era dedicarse a interpretar a su papá hasta morir él también. Pero lo que sucedió en la práctica desde su trasteo al apartamento 120, a una cuadra de su hermana, fue una orgía sombría y lastimera, una borrachera demasiado a propósito.

Alcanzó a todas las mujeres que se le pasaron por el frente hecho un cazador y un kamikaze. Trajo a su apartamento deshabitado a la profesora de francés que le había dicho "no" cuando eran jóvenes, a la prima de su esposa que siempre se le había reído de los chistes, a la niñera que se les fue porque iba a volver a estudiar. Trajo a la fotógrafa pelirroja, a la manicurista, a la maquilladora, a las putas, a la empleada, a la escenógrafa, a la vecina de arriba, hermana de la señora de la vuelta. Amó a cada una con locura y compasión y talento hasta que fue el día siguiente. Pidió aguardiente a la tienda desde la mañana hasta la noche. Pidió perico —y crespa y trips y pepas— y se volvió amigo de su dealer, parce, que esa misma mañana le preguntó "por qué todos los pirobos días, ¿ah?". Amaneció deshecho, día por día por día por día por día, como un ciego al futuro.

Y ni siquiera el parrafito malévolo en la *TVyNovelas*, que lo llamo "un nuevo recluta de la noche, pasado de kilos y evasivo…", lo hizo sentirse a punto de ser atrapado con las manos en la masa.

Y se la pasó con los labios mordidos y los hombros llenos de moretones verdosos y la espalda rasguñada y la verga ardida como cuando no hacía más que jalársela, pero ningún día se dijo "hasta aquí…", ni despertó con la respuesta a por qué no.

Por qué no si un cuerpo era lo único que él era: una caja vacía, un guardarropas de disfraces, un puto.

Por qué no si el peor error que podía cometer un actor era ser una persona, un padre, un marido, un hijo.

Y sin embargo, la aparición y la llegada de la segura Ingrid Arroyo le encontraron adentro, como exorcizándolo y dejándolo solo al fin, al hombre arrepentido, mal parado y cansado de sí mismo que había dejado para después desde el día en que había muerto su padre. Poco le dijo a Ingrid porque perdió la concentración, porque por primera vez en mucho tiempo pensó demasiado. Ninguna frase sabia, ninguna anécdota del patético mundo del espectáculo le vinieron a la voz porque todas le parecieron idiotas. Pidió de comer los makis que ella le dijo que pidieran: philadelphia, spicy tuna, ojo de tigre. Escuchó atento, hecho un viejo, por qué ella jamás había querido tener novio ni novia: "Odio las malditas etiquetas". Y se tragó a tiempo la pregunta "¿pero tú qué quieres...?" porque ella antes le dijo "yo quiero ser... diferente".

Tal vez fue la certeza de que a aquella mujer franca y adulta, y decepcionada con lo que acababa de encontrarse, lo único que le interesaba de él era esa noche. Quizás fue la frase "no puedo creer que esté contigo: he visto tus telenovelas desde que era una niña". Y la tranquilidad con la que le elogió la foto de su esposa y su hija. Y la alegría con la que señaló los juguetes del cuarto de la niña.

Sea como fuera, lo que vino fue un desastre de aquellos. Cuando se sentaron en la cama a ver las películas piratas que él había comprado esa tarde en la calle, *Cosmos, Café Society, La llegada*, ella se atrevió a besarlo del cuello a la mejilla a la boca. Y Calvo, que nunca en la vida había dudado en una situación como esa, que llevaba semanas enteras tirándose lo que se quedara quieto, empezó a pensar y a pensar y pensar desde el momento en el que sintió la boca de ella en su boca y la lengua de ella en su lengua, y notó que nada le pasaba allá abajo. Se dejó acostar en la cama. Se quedó quieto, empedrado, mientras Ingrid apagaba la luz de la habitación. Cerró los ojos y rogó al cielo mientras ella los desnudaba de la cintura para abajo, e hizo lo que mejor pudo para ganar tiempo —le descubrió las tetas, le agarró las nalgas con rabia, le metió la lengua, le dio la vuelta—, pero no sirvió de nada.

Ingrid Arroyo tuvo que ponerse bocabajo para terminar sola lo que ella misma había comenzado.

—¿Qué quieres hacer? —le preguntó ella cuando fue evidente que nada más iba a pasar.

Y él pidió mil perdones y dio mil excusas y juró que jamás le había pasado algo semejante, y ella se me acostó en el hombro como prometiéndome piedad, y se dedicó a hacerme preguntas como una terapeuta dispuesta a jurar que todo va a estar bien, y luego me convenció de que viéramos el comienzo de la película de la llegada de los extraterrestres, y un poco después de las doce me dijo que se iba porque le gustaba llegar antes que sus roommates al apartamento que habían arrendado a unas calles del Hotel Tequendama, y un rato después se fue sin más, "adiós", "cuídate". Y Pedro Juan Calvo se quedó solo y sin Dios, eludiendo el porno que se encontró canaleando, acomodándose en la cama sin fortuna y sin remedio, como una mente derrotada por un cuerpo.

Pasó la noche en vano. Se dedicó a comentar en el grupo aquel el coraje de los activistas por el fin de una de estas guerras y a dar ideas para seguir empujando a los negociadores a conseguir un nuevo acuerdo, hasta que fue una buena hora para llamar a su propia casa. Pero tuvo que entretenerse a sí mismo como entreteniendo a un niño —vio la reacción de Michael Moore a la victoria de Trump, comentó indignado en redes la foto de la mujer golpeada por el hijueputa de su novio, respondió a su mánager que sí le interesaba hacer casting para la serie sobre la toma del Palacio de Justicia que había escrito su propia esposa, buscó "disfunción eréctil" en Google hasta enloquecerse— porque a las siete de la mañana en punto no le contestaron ni en el teléfono fijo de su casa ni en el teléfono celular de su mujer. Contéstenme. Quiero volver.

Cómo pasar de "padre de familia" a "poeta maldito" en apenas doce semanas: Pedro Juan Calvo llegó una tarde de julio de 2016 a la conclusión de que la muerte de su padre lo había dejado arruinado y se lo dijo a su esposa cuando ella le pregunto "qué te pasa".

Tenía fija en la mente, y la veía cuando su esposa y su hija se quedaban dormidas o se iban, la hora de la madrugada en la que supo de la muerte de su padre: las 3:33 del martes 31 de mayo en el reloj despertador de la mesa de noche. Podía verse a sí mismo yendo de la cama al teléfono de la sala como en una grabación de una cámara al hombro. Seguía acelerándosele el corazón cuando recordaba la voz de su mamá diciéndole "yo creo que tu papá está muerto". Tenía presentes, semanas y semanas después, la demora risible del taxi, el viaje alucinado a la casa de la infancia, la espera en la puerta a que

506

comience el miedo, el abrazo a su madre como si se hubiera librado de sí mismo, el recorrido a la cama en la que dormía el viejo con la consciencia tranquila porque no perdía el tiempo en nimiedades.

Se le llama "la muerte de los santos" —según supo después— a aquello de morir en la propia cama, como mi papá, a salvo de agonías, de máquinas y de testigos. Dicen que el espíritu se va, súbito, redimido, a la hora señalada por el autor de su drama como un cuerpo de un niño dentro del cuerpo de un viejo tomado por la mano del misterio, tragado por el cielo como si el cielo fuera un pozo, un vientre, y no sufre y no teme y deja abajo el nudo en la garganta. Dicen que no se le puede pedir más a la muerte. Yo sé que le di un beso en la frente helada, "adiós…", y le cerré los ojos de máscara de él, "tranquilo…", y le acaricié las manos de estatua a mi padre. Le dije a mi mamá "sí, sí está muerto", y quise morirme porque su cadáver me pareció lo que él no dijo. Pero algo me dice que mi papá está con su Dios y que esa noche que no acaba mereció la muerte.

Dice el médico palentino que aún va a la casa, desacostumbrado a la muerte —porque además es la muerte de un colega que lo hizo reír—, que "por lo frío" mi padre debió morir hace dos horas. "Pobrecito", nos dice a las 4:23 a.m., como pensando cómo habrá sido, como temiendo, él mismo, esa soledad sin paliativos. La boca del cadáver parece un grito para siempre, pero yo me imagino a mi papá cerrando los ojos y muriéndose sin deudas por pagar y sin cosas por decir como quien toma su propio aire para lo que viene. El doctor llena el certificado de defunción: "Paro cardiaco". Hace que el cadáver sea un hombre que se quedó dormido, que dijo, a todo y a todos, "hasta mañana…", y ya. Recibe el dinero que le estamos debiendo, cómo no. Dice "hasta luego" como la muerte. Se va. Y aquí estamos los dos, mi mamá y yo, en vano: "¿Y ahora qué…?".

Y es como si mi papá esperara, muerto, en el cuarto de al lado, pero también estuviera sentado en su puesto de la mesa, para seguir haciendo lo que uno hace en estos casos, y nosotros sólo atináramos a pedirle un momento.

Dos hombres que no miran a la cara se lo llevan en una bolsa negra. Damos las gracias, sí, qué más podemos dar: gracias por la compasión, por la eficiencia, por asentir nomás, "lo siento mucho". Voy detrás del cadáver, "ya vengo, mamá", vuelto un hijo haciendo lo que haría su padre, desde la puerta de salida hasta el carro de la funeraria. Aquí está el vestido que llevará en el féretro, el gris. No son necesarios los zapatos, claro, para qué. Sigan, sigan. Vayan, vayan. Cada cual a su papel. Yo he temido esta despedida desde que tengo memoria, les he prohibido a todos, en vano, que se mueran. Y acá estoy, en la madrugada, recibiéndole el pésame a un vecino fantasmal, firmándoles estos papeles a unos funcionarios que no existen, portándome como un padre de mi padre, y nada más.

Se lo lleva el carro calle abajo, gracias, allá va. Y quién sabe si descansa. Y quién sabe qué es morir.

Plano cenital de una madre de sesenta y ocho y de un hijo de cuarenta sentados en una cama de siempre y pensando "¿y ahora qué...?" porque el padre ha muerto de golpe a los setenta y seis. Si el hijo no da más, y llora hasta secarse como un gajo de limón, la mamá es fuerte y es capaz de consolarlo. Si es ella la que dice "estuvimos juntos cincuenta años...", el hijo le aprieta la mano para darle la razón. Pero en qué clase de mundo pierde uno a su padre. Adónde van a dar los pocos hombres tan buenos como él. Ayer cerraba los ojos en su silla y respiraba hondo y me decía "ya va a pasar, ya, ya estoy mejor..." porque la muerte para él tenía que ser una sorpresa ("Dios, esto es la muerte...", se habrá dicho en ese momento) y no quería molestar a nadie ni al morir.

Plano general de un mundo en el que él no está. Una madre que es, por un rato, la mujer que se casó a los veinte. Un hijo más viejo que su madre que no sabe qué decir. Un televisor apagado para que el tiempo se detenga.

Y unas horas después, aunque el tiempo no pasa, estamos desperdigados como piezas de rompecabezas en una de las salas de velación del piso de arriba: "Fue un ángel", "¿cómo fue?", "qué va a ser del mundo sin el doctor Calvo". Y más tarde estamos diciéndole a la pobre María, desconsolada a sus seis años, que su abuelo preferido desapareció en el aire como Yoda, como Obi-Wan Kenobi. Y luego estamos en la misa tomados de la mano, mi mamá, mi hermano, mi hermana, mi esposa, mi hija y yo, escuchándole al cura amigo de la familia una homilía esperanzadora sobre un neurocirujano gringo —el incrédulo Eben Alexander— que de milagro volvió de los lugares de la muerte a contar que la parte invisible de cada persona sí sigue viviendo y sí va al cielo así el cuerpo no dé más, así se pudra o se creme o se haga ceniza con el tiempo.

Y unos días después el padre Vicente, el jesuita amigo de la casa, me presta el libro del señor Alexander —*La prueba del cielo*— "para que veas que la última palabra no es la última palabra".

Y lo pongo sobre la mesa de noche. Y ahí se queda mientras voy por el mundo diciendo que mi papá me hace falta como si me faltara el estómago, y reconozco que su muerte era el peor de mis miedos porque era la única persona invariable que conocía, y confieso que no hago más que pensar en qué tanto habrá sabido él que él era mi cordura, y recuerdo mis manos pequeñas acariciando sus manos enormes, y voy a la universidad a averiguar qué debo hacer para terminar la carrera de Medicina, y le escribo a mi mánager un e-mail confesándole que soy incapaz de aceptar un solo papel más, y finjo que no me he quedado atascado en mi duelo porque veo a los demás recordándolo como si ya estuviéramos recordándolo felices de haberlo tenido, y un domingo le respondo a mi esposa "no puedo respirar" porque me pregunta "qué te pasa".

—Tengo que irme de aquí —le dije—: yo ya no soy capaz de ser la persona que soy.

Y se fue del apartamento el lunes 8 de agosto del repugnante 2016. Tomó el apartamento que estaban arrendando a unas cuadras de donde vivía su hermana. Y, como ya no tenía para quién ser una buena persona, como su papá ya no le repetía "cuida esa familia que nadie más la tiene", como no estaba el viejo doctor Calvo frunciéndole el ceño para que no hiciera tonterías —para qué ser un buen marido, para qué ser un buen padre, para qué ser un buen actor, para qué levantarse temprano si su padre ya no está—, a partir de la noche en la que se mudó planeó y ejecutó su desenfreno. Se regodeó en su miseria desde entonces. Se convenció, y quizás estaba en lo cierto, de que obrar mal no era eso, sino que era otra cosa. Se portó como si estuviera investigando para hacer el papel de un narciso en el borde de un ataque de nervios. Se concedió todo.

Comió como un cerdo, como un corrupto, mejor. Se engordó y se siguió engordando como una bola de nieve. Se le empezó a ver la panza de cuarentón envuelta en las camisas que tuvo que empezar a sacarse del pantalón. Fue de sesenta y cinco kilos a ochenta kilos en la balanza que tenía junto a la cama. Y, fascinado, embrujado por sí mismo porque su cuerpo había sido su vida desde que tenía uso de razón y memoria, empezó a verse asqueroso en el espejo: Jack Nicholson resignado a desfigurarse porque Jack Nicholson puede hacer lo que le dé la gana, Marlon Brando llevado por el putas. Y, derrotado y cebado por una ansiedad que no encontraba alivio diferente de comérselo y bebérselo y tragárselo todo, empezó además a llorar por todo: se le aguaban los ojos por un recuerdo o por una situación, se le encharcaban los ojos por cualquier hecho, por cualquier revés.

Y tres meses después de dejar su casa, el miércoles 9 de noviembre para ser precisos, por culpa de la leal Ingrid Arroyo —"no pasa nada", "no tienes por qué tener ganas todo el tiempo", le dijo bocarriba y resignada— el galán Pedro Juan Calvo se vio a sí mismo patético como si alguien hubiera encendido las luces en los últimos espasmos de su orgía.

"Hay gente que me trata bien", pensó mirando el cuerpo de esa desconocida, qué extraño es que haya gente que siga perdonándomelo todo.

Poco durmió el resto de esa noche. Contó los minutos para llamar a una hora decente a su casa a pedirles perdón a su mujer y a su hija. Llamó a las siete de la mañana en punto para nada. Llamó en vano tanto al teléfono fijo como al teléfono móvil a las ocho, a las nueve, a las diez, a las once, a las doce. Dejó razones urgentes después de la señal: "Soy yo: necesito hablar contigo"; "yo otra vez: estoy pendiente de hablar con ustedes"; "contéstenme, por favor, quiero pedirles perdón: quiero volver". Pero sólo en la noche, después de comer cualquier cosa, visitar a su madre y presentar el casting para *A sangre y fuego*, la serie de sesenta capítulos sobre la toma del Palacio de Justicia, consiguió comunicarse con su esposa.

Dejó dicho en el buzón de voz, en la llamada número diez, que estaba a punto de conseguir el papel del magistrado desaparecido. Y su esposa, que se había pasado tres largos años trabajando en los sesenta libretos de la serie, se vio obligada a responderle un par de horas después.

Él ya no se lo esperaba. Se había resignado tanto a su destino que estaba a punto de terminar, de un solo envión, la lectura de *La prueba del cielo*. Y trastornado por el testimonio escalofriante de aquel libro, convencido de que su fracaso de la noche anterior había sido gracias al espíritu de su padre, se había enfrascado en una extraña conversación en la que la noble Ingrid Arroyo —por el Messenger de Facebook— le hizo caer en cuenta de lo extraño que era que todo le hubiera fallado "justo anoche", le dio detalles sobre las fiestas sadomasoquistas a las que ella había ido cuando estaba en la universidad, le explicó que se había tatuado en la clavícula, en números romanos, la fecha en la que había decidido domar a su cuerpo como a un perro salvaje, como a un loco, y le enseñó una meditación "para limpiar el karma de las parejas sexuales que has tenido en estos meses: hay que repetir 'nada de ti en mí, nada de mí en ti'", explicó, para sacarse de adentro la suerte de aquellos con los que se ha vivido la comunión sagrada.

Entonces, cuando él empezaba a burlarse de la expresión "la comunión sagrada", entró la llamada de su esposa: "Ya te busco, ya te busco".

—Perdón, perdón —le dijo ella, Mónica, con una voz que no era la voz dolida de los pasados días—: no he tenido un solo minuto desde las cinco de la mañana.

—Perdóname tú a mí por llamar tanto —le respondió él, con el corazón zarandeado, para empezar por alguna parte—, pero es que tenía que contarte que estoy a punto de estar en tu serie.

—¡Y… me acaban de decir que quedaste! —gritó ella a esa hora, incapaz, como siempre, de guardar un secreto.

¡Dios mío! ¡Era increíble! Y era, sin duda, la mano de su padre, la voz gruesa y ronca de su papá. Porque no podía haber una mejor manera de volver de esos meses delirantes que conseguir el papel del magistrado Mora, el último hombre que vio viva a la adorada tía de Mónica, en la serie de televisión que había escrito su mujer sobre la toma del Palacio de Justicia. Si la vida no era dramática, y no se venía al mundo a interpretar escenas que no sucedían en vano, sino por algo y para algo y ante todos, entonces al menos era poética. Si la vida no era poética, que en ese caso habría que saber leerla y resignarse al misterio, entonces al menos era ingeniosa, astuta. Y aquí estaban los dos, Pedro Juan y Mónica, ante una segunda oportunidad —como un atajo— para estar juntos.

—Yo sé que he sido el peor, linda, ¿pero no podemos hacer de cuenta que me fui tres meses de viaje?

Actores, actores. Si no los conociera de memoria, pensaría que a ninguna otra clase de persona le duele el mundo más, pero la sincera y alegre y atormentada Mónica Herrán, cuarenta y un años, Escorpio, está cumpliendo veinte años de escribirles sus personajes, sus escenas. Si no se hubiera pasado los últimos diez años detrás de Pedro Juan, desde que le escribió el papel de Buitraguito hasta que él le dijo que se iba porque ya no podía respirar, le habría dicho "ven ya", pero tenía claro —y Catalina, la tarotista que le había recomendado su asistente, se lo había dicho también— que la historia de amor de los dos se había estado acabando desde hacía tres años: que él, que era un narciso pero era un buen hombre y un buen amigo y un buen padre, simplemente había encontrado la puerta de salida.

Y si uno lo piensa con cuidado, si uno supera esa especie de niebla que es el dolor del principio, el fin de una pareja siempre es una buena noticia, pues pasa porque tenía que pasar y suele acabarse lo que tenía que acabar.

—¿Podemos seguir en donde íbamos?: tú sabes que yo no puedo vivir sin ustedes dos —le soltó como coqueteándole diez años después.

Y era verdad. Pero —eso le dijo ella, Mónica, quitándole drama a la escena—también lo era que él no tenía que vivir sin ellas dos porque siempre iban a estar juntos: podían seguir siendo una familia así como estaban; podían irse, como dicen los jugadores, mientras seguían ganando; podían acompañarse a vivir lo que viniera en vez de degradarse, de enfermarse, de podrirse, de humillarse, de perderse la vida en el empeño de recuperar una pareja. Para qué dañarse. Por qué no reconocer a tiempo, antes de empezar a planear el asesinato perfecto, que hasta aquí llegó nuestro matrimonio. No es el peor de los destinos haber sido esposos. Y es suficiente ser papás de la misma María, ¿no?, para qué amarrarnos si estamos obligados a todo lo demás.

—¿Y si dejamos las cosas así? —le dijo ella a ese terrible silencio—: ¿Y si ensayamos cada uno por su lado?, ¿y fin?

Puede ser que haya sido Mercurio, directo en su signo, lo que le devolvió la calma: "Un amor del pasado deja de trastornarte —decía el horóscopo de Maya Toro— para que empieces por fin una vida nueva, una manera diferente de ver el mundo y una comprensión mayor de tu forma de ser". Puede ser que lo de abajo estuviera resolviéndose arriba, pero lo cierto, sea como fuera aquello, es que todo amaneció un poco más simple y un poco más cuerdo porque fue capaz de decirle que no a su marido. Tal vez consiguió convencerlo de que separándose ahora sí en serio, divorciándose, quizás, en unos meses, podría tener lo mejor de los dos mundos: por una parte, su amiga y su hija; por la otra, su apartamento de soltero. Pensándolo mejor, le había concedido licencia para no volver y le había fabricado la ilusión de que no iba a perderse de nada.

Era un permiso, sellado, firmado y autenticado, sin letras menudas. Sin planes B. Sin hacer la pantomima de las terapias de pareja o los regresos en vano. Sin acusaciones por documentar ni culpas por repartir ni rumores por esparcir.

Tal vez desde afuera, donde todo es tan fácil y tan antiséptico, lo sano habría sido ponerlo en evidencia, decirse la verdad, toda la verdad y nada más que la verdad: "No creo que puedas querer a otra persona como te quieres a ti mismo". Pero pase usted diez años de su vida atrapado en una pareja feliz e infernal —acostúmbrese, extravíese, desdibújese— a ver cómo logra salirse de allí sin salirse a sangre y fuego.

Sólo una libretista de televisión idéntica a Mónica Herrán, es decir, una escritora acostumbrada a tragarse su propia voz, a desbaratar la historia que quería contar con tal de que se la pagaran y a cosechar pacientemente lo sembrado, habría sido capaz de quitarse de encima un matrimonio sin desatar un pequeño fin del mundo.

—¿Y los cumpleaños? ¿Y las Navidades? ¿Y las cosas del colegio? —le preguntó esa noche la versión temblorosa de Pedro Juan, su marido, pero qué libretista puede confiar en un actor.

—De aquí a que nos muramos tú y yo, y sólo tú y yo, vamos a ser los papás de María —le contestó ella de inmediato porque se había imaginado mil veces la respuesta—: somos una familia.

—Pero por ejemplo: ¿tú vendrías con nosotros el veintiséis a la fotografía de la familia? —le consultó él, engañándose a sí mismo, como si no fuera su esposo, sino su hijo.

—Por supuesto que sí —aclaró ella antes de que él terminara—: no voy a perder yo a mi mejor amigo.

Seguro que no iba a poder librarse jamás de ese pobre actor al que había querido tanto, al que había soportado en la salud y en la enfermedad. Sin duda iba a verlo envejecer. Y claro que iba a conseguir guardarse para sí misma la terrible decepción que había resultado ese marido y ese padre. Pero confiaba en que sucediera, paso a paso a paso, lo que hacía unas semanas le había dicho la tarotista que le había recomendado su asistente: no sólo que él se fuera alejando, centímetro por centímetro, en los próximos tres años —y que ella pasara de ser su posesión a ser su consejera, su nostalgia—, sino, sobre todo, que ella se reencontrara con un hombre creativo con el que había quedado pendiente una historia de amor que valiera la pena y valiera la angustia: "El dos de oros es una llamada de él", dijo su tarotista, "te vas a acordar de mí".

Pero noviembre siguió pasando sin que el tal "hombre creativo", que era Camilo, Camilo Pinzón, apareciera de pronto.

El jueves 10 de noviembre se supo que tres días antes había muerto Leonard Cohen, Leonard Cohen ni más ni menos, Dios, por qué nos has abandonado. El viernes 11 salió a la luz el empalamiento, en Buga, de una mujer llamada Dora Gálvez. El miércoles 16, Facebook, golpeado, aún, por haber servido a la propagación de noticias falsas durante la campaña victoriosa de Donald J. Trump, prometió combatir la información de mentiras. El sábado 19 el presidente Santos se reunió en una finca en Rionegro con el expresidente Uribe, el endiablado jefe de la oposición que antes fue su jefe, para darle la noticia de que luego de cuarenta y un días de discusiones el Gobierno había llegado a un nuevo acuerdo con la guerrilla. El domingo 20 terminó lo que la Iglesia católica tuvo a bien llamar el "Año de la misericordia", ja. El lunes 21 hubo en Fukushima, Japón, un terremoto de 6.9 en la escala de Richter.

Y el jueves 24 se firmó el nuevo pacto de paz con las Farc en una ceremonia gris en el Teatro Colón de Bogotá: "¡Bravo!".

Y el viernes 25 se publicó que el líder cubano Fidel Castro había muerto, a los noventa, allá en La Habana: no hay mente que dure cien años ni cuerpo que la resista.

Pero nada de nada: la libretista Herrán, que cada día se despertaba escuchando noticias, que sacaba a su hija María al paradero del bus del colegio, desayunaba su avena para la dieta, ponía al tanto a su exmarido el actor de qué tan buena noche habían pasado, se daba un baño en una tina que pensándolo bien era su único lujo, que procrastinaba frente a YouTube hasta que empezaba a subírsele la tensión porque ya iban a ser las diez de la mañana, repasaba y corregía —según las notas de producción— sus últimos libretos de la serie sobre la toma del Palacio de Justicia que iban a grabar desde enero de 2017, almorzaba alguna ensalada que la dejaba con hambre, respondía las llamadas de su madre y de su padre, trabajaba por Skype con su enfermiza asistente de libretos hasta que era la hora de recoger a la niña en donde la dejó, que rompía la dieta porque le entraban unas ganas insoportables de dulce, organizaba la comida y se sentaba a ver las telenovelas de los dos canales "a ver qué...", no tuvo noticias del "hombre creativo" que iba a cambiarle la vida.

Y claro que ese viernes 25 le impresionó que Fidel Castro, el ídolo caído de sus padres, hubiera muerto como cualquier güevón: de viejo.

Y sin embargo lo que en verdad estaba pasándole a ella, a Mónica, a Mónica Herrán, era que estaba perdiendo de nuevo la esperanza que tenía perdida hasta que el tarot se la devolvió. Y estaba pasándole que su asistente de libretos, Tania Siachoque, que había estado enferma el año entero, acababa de volver del médico con la noticia de que el zika que había agarrado en su Semana Santa en la Costa —putos mosquitos impíos, putas señales del apocalipsis— se le había vuelto Guillain-Barré: los nervios, los músculos de las piernas y los pulmones le estaban fallando, y había tenido que irse de afán, y en un taxi porque ya no se conseguían ambulancias en la ciudad, a una clínica en los extramuros, que era la única clínica que le pagaba el seguro.

—¿Pero eso te había salido en el tarot? —le preguntó en un arrebato de egoísmo.

—No...

—¡Pero tendría que haberte salido!

—Sí...

—¡Guillain-Barré, Tania!: ¡podrías morirte de eso!

—Sí...

Y si la última vez que le habían leído el naipe no le había salido nada de enfermedades, nada de fiebres que van acabando con todo, era porque eso del tarot era una estafa.

Con razón no había ni siquiera señales del "hombre creativo" de su vida. Porque tenía que ser mentira. Tenía que ser una ilusión que la tarotista había agarrado al vuelo aquella tarde de octubre en la que le leyó las cartas.

Qué iba a aparecer Camilo Pinzón, el dignísimo, serísimo, integrísimo Camilo Pinzón Ariza, luego de todo lo que los productores de la serie de televisión les habían hecho pasar en los últimos años. El caradura de Félix Ponce, "el hombre más mediocre del mundo", su antiguo compañero de universidad que a fuerza de golpes de suerte y de zalamerías y de pequeñas trampas impunes había conseguido en la vida lo que él no —una vida feliz y una cuenta bancaria inagotable y una familia con hijos, por ejemplo—, le había hecho una oferta que no había podido rehusar: escribir una serie de televisión sobre la toma del Palacio de Justicia. Y, luego de dos años de trabajo, lo había dejado renunciar sin pena ni gloria ni cortesía siquiera.

En teoría era el destino. Pinzón no sólo era un prestigioso escritor que se había ido a vivir a Nueva York cansado de las frustraciones y las mezquindades y las envidias que son la regla de un pequeño infierno, de un mundillo, sino que había perdido a su mamá —una querida magistrada auxiliar del Consejo de Estado— aquel jueves 7 de noviembre de 1985 en el que el ejército colombiano había recobrado a sangre y fuego el control del Palacio de Justicia que unas cuantas horas antes se había tomado un grupo de guerrilleros del M-19. Pinzón no sólo había escrito una reputada trilogía de novelas sobre las masacres colombianas, sino que, haciendo de tripas corazón, había redactado una obra enorme que cuenta la historia del cadáver de su madre y de los objetos que llevaba entre los bolsillos el día en que fue asesinada a quemarropa con un tiro de gracia de un arma calibre nueve milímetros.

Fue lanzada el jueves 3 de noviembre de 2005. Se llamó *Bóveda secreta* porque fue en una cripta del Cantón Norte del ejército, en Bogotá, donde encontraron la pequeña cartera roja atravesada por un disparo.

Dijo el crítico de libros de *Semana*: "Pinzón ha sorteado el horror y la sensiblería, que eran el riesgo en este caso, con sabias dosis de humor y de ternura".

Pinzón habría sido el primero en reconocer que había autoridades en la materia: Ana Carrigan, Ramón Jimeno, Germán Castro Caycedo, Adriana Echeverry, Ana María Hanssen. Pero tenía claro también que había escrito el libro de su vida, que ni antes había logrado articular su estremecimiento ni después iba a encontrar algo más grave, algo peor. Y si bien llevaba siete años hablando del tema en festivales literarios y en ferias del libro, si bien había jurado por la memoria de su madre que pasaría una larga temporada atrincherado en su trabajo diario —Pinzón era profesor de español en la preparatoria Rocky Mountain en New Canaan, Connecticut—, sospechaba que el horror no había quedado atrás y aún había cosas por contar.

Cuando el noticiero *Noticias Uno* mostró el video en el que su madre logra salir detrás del magistrado auxiliar Carlos Urán, que luego, como ella, fue encontrado entre las cenizas del Palacio, Camilo Pinzón empezó a tomar notas de nuevo.

A finales de 2013 recibió la llamada del empalagoso de Félix Ponce, que en apenas quince años había pasado de "vago del curso" a "jefe de productora", y fue como un tajo en los días. Dijo Ponce "hermanito: te tengo el trabajo de tu vida". Y como si su novia la profesora de Química lo fuera a esperar un par de años, como si la memoria en verdad no sirviera de nada, como si el instinto de supervivencia no se diera en la mente, sino en el cuerpo, acabó diciendo "sí" a escribir una serie de televisión de sesenta capítulos sobre la toma del Palacio de Justicia. Le pareció bien todo: la idea, el dinero, la libretista ingeniosa con la que iba a trabajar en el proyecto, Mónica Herrán, que además de haber escrito la divertida *Grito vagabundo* era la sobrina de una abogada de treinta y tres años que estaba tomándose un tinto en la cafetería cuando entró la guerrilla como un derrumbe.

Marisol Herrán era de lejos su tía favorita, su refugio en las tardes después del colegio. Y siempre, desde que se graduó de la universidad y fue consciente de la gravedad de su muerte, Mónica había querido escribir algo sobre ella. Sobre todo lo que le sucedió: sobre haber estado allí por error y haber salido viva de milagro y haber sido luego torturada por el ejército —hasta la desaparición— en el Cantón Norte. Pero lo que más le gustaba de la historia era ella: la tía Marisol, que vivía en el apartamento de al lado, que era solterísima y flaquísima y chistosísima y amiguísima de ella y de su hermano, y era "mi tía millonaria" porque todos los días les traía algún regalo, pero luego se supo que vivía sin un solo peso porque todo lo que tenía se los daba a ellos.

Félix Ponce, liso y resbaloso, le dijo "Moni: usted a mí no me dio nada cuando estábamos en el colegio, pero yo le voy a dar a usted todo". Y ella le dio las gracias por el trabajo de su vida.

Desde que le presentaron a Pinzón, tan tímido, tan serio, tan dedicado a cada elemento de la historia, le pareció que había conocido a un hombre irrepetible. Trabajaban todos los días desde que María se iba al colegio hasta que volvía. Revisaban los periódicos de la época. Conversaban los libros de Jimeno, de Castro Caycedo, de Carrigan. Discutían a muerte de quiénes iba a ser la historia: de cuáles víctimas, de cuáles victimarios. Tomaban notas en servilletas, en post-its. Armaban tableros, mapas, enciclopedias breves, biblias. Se remplazaban con Tania, su asistente, frente a la pantalla del computador. Y él se la pasaba agradeciéndole las clases de dramaturgia que le estaba dando. Y ella pensaba que no podía haberse cruzado con un hombre tan diferente a su esposo.

Pinzón era pálido, descuidado, taciturno, pero tenía un sentido del humor que lo salvaba. Calvo, su marido, era bello, vanidoso y ligero en la mejor acepción de la palabra, pero llevaba adentro una tristeza difícil de remontar porque era una tristeza porque sí.

El resto es historia: modestia aparte, escribieron el argumento extraordinario de una serie de sesenta capítulos que sucedería desde el minuto en el que el M-19 irrumpía en el Palacio hasta la hora en la que apagaban las últimas cenizas del incendio espeluznante, y entregaron también un piloto que era una pequeña película de cuarenta y cinco páginas, y, no obstante, desde la primera reunión de trabajo con el sinvergüenza de Ponce se descubrieron tratando de portarse como profesionales antes de portarse como artistas defendiendo su obra maestra —que quizás lo era— ante frases sueltas como "nos está faltando una historia de amor"; "esto tiene que ser como *Titanic*: la tragedia, sí, como escenario de una pareja imposible"; "hay que quitar los flashbacks porque el público colombiano no los entiende".

Durante dos años de trabajo, que viéndolos desde arriba fueron años felices, Pinzón y Herrán cedieron todo lo que pudieron ceder como un par de escritores burgueses: se cuidaron de dramatizar los hechos, de no sonar panfletarios en los diálogos, de censurar un par de fusilamientos, de bajar el número de episodios que iban a suceder adentro del Palacio, de no seguir peleando por ese título enervante, *A sangre y fuego*, y de meterle, incluso, la puta historia de amor. Pero Camilo Pinzón mandó todo a la mierda cuando Félix Ponce, semejante sanguijuela, semejante haragán, les dijo con aire de suficiencia que había que hacerle caso al canal en una última cosa: "El ejército no puede quedar como el malo de la serie". Pinzón sólo le dijo "no". Y, cuando vio que Ponce se encogía de hombros como diciéndole "yo soy el que mando", se levantó y se fue.

Herrán lo siguió por las escaleras severas del edificio como un personaje de los suyos, "¡Camilo!", hasta encontrarlo en el descanso del segundo piso.

—No me deje sola —rogó ella—: estamos a punto.

—Renuncie conmigo —respondió él—: somos mejores que ese mediocre hijo de puta.

Y cuando ella se quedó en silencio, porque era demasiado que resolver en una siguiente línea, él le dio un abrazo y le acarició la cara y le dio un beso de despedida y de verdad: una vez, hacia noviembre de 2015, se habían reconocido en voz alta lo feliz que habría sido una vida juntos, pero sólo se habían atrevido a rozarse.

Pinzón exigió que quitaran su nombre de los créditos, devolvió con intereses el dinero que le habían pagado y el sábado 9 de enero de 2016 regresó a New Canaan a recuperar su trabajo y su vida. Desde ese momento cada día del año bisiesto fue peor. Se dieron cuenta de que su breve escena en las escaleras de la productora, "no me deje sola…", "renuncie conmigo…", no había sido una declaración de principios, sino una declaración de amor. Él encontró a la profesora de Química de la preparatoria casada con un padre de familia. Ella se dio cuenta de que quería a su marido como a un hijo, y, empeñada en seguirse ganando su propio dinero para que no fuera el dinero la única razón para estar juntos, se encargó de corregir los libretos: el ejército colombiano dejó de dar un golpe de Estado, sí, simplemente hizo lo que creyó que era lo correcto.

Y Tania empezó a enfermarse. Y su suegro murió sin haber dado señales. Y su marido, el actor, se fue de la casa porque no podía respirar. Y su hija María empezó a perder la cartuchera con los colores una y otra y otra vez como saboteando la vida. Y, peor que todo, peor que la guerra y la violencia, Pinzón no llamó ni escribió ni nada.

El sábado 26 de noviembre, cuando ella ya había perdido la esperanza de que apareciera —que se lo había anunciado la tarotista de confianza de su asistente, y se lo había ratificado el horóscopo de Maya Toro, pero quién cree en esas babosadas—, se levantó y se desayunó y se puso a ver televisión con su hija y se bañó resignada a asistir al almuerzo de la familia de su exesposo: su suegra había querido reunirlos a todos desde enero, pero, como todo había salido al revés en 2016, sólo lo había conseguido a unas cuantas semanas del nuevo año. Y cómo faltar si la señora había montado una superproducción con familiares repatriados y hermanos reconciliados y tíos desganados. Y si la idea era hacerle sentir a su exmarido el actor que la familia estaba intacta.

Suele suceder como si un libretista estuviera enredando la escena. Mónica Herrán y su hija María tuvieron que subirse en el asiento de atrás del nuevo jeep de su exesposo, Pedro Juan, porque en un brote de locura estúpida a ese pobre hombre —que se había extraviado desde la muerte de su padre— le había dado por traer de copiloto a una noviecita de veintipico que no habían visto nunca ("mucho gusto: Ingrid", les dijo) a la gran fotografía de los Calvo y los Ojeda. Y justo entonces, como si fuera poco, como si se tratara de garantizarle a una hija un par de traumas, un "número desconocido" empezó a llamarla a ella con la tenacidad de un enemigo. Y, ya que por principio ella se negaba a contestarles a los obsesivos, así se viniera abajo el mundo, pronto apareció en su pantalla un mensaje de texto.

Soy yo: voy a Bogotá por usted.

Puede ser que haya sido Mercurio, que la estaba obligando a preguntarse "qué es lo que usted quiere vivir". Puede ser que haya sido la edad. Pero entonces, sonrojada por las miradas fijas de su hija y de su exmarido pasado de kilos, Mónica Herrán juró por Dios no tener ni idea de quién podría estar escribiéndole semejante declaración, pero se quedó pensando en cómo decirle "usted es el amor de mi vida" a Pinzón cuando nadie estuviera mirándola. Y así, mientras el jeep nuevo buscaba la avenida y la niña y la joven cantaban al tiempo una canción que venía de la radio ("I can't feel my face when I'm with you... but I love it..."), se puso a ver por la ventana un mundo que le tenía sin cuidado.

La vida social no es vida. Pero su exmarido, el actor Pedro Juan Calvo, solía crecerse ante las fiestas, solía protagonizarlas como un maestro de ceremonias armado de anécdotas y lanzarse a pronunciar monólogos de humor que terminaban en contagiosos ataques de risa. En qué momento se había vuelto este gordo de pulso tembleque que todo el tiempo tiene ganas de llorar, que ensaya todas las dietas, de la Atkins a la Dukan, hasta que un día en un arrebato se compra una barra de Milky Way en alguna caseta de la calle, y luego pierde un fin de semana entre postres y cervezas. Cómo había llegado a volverse ese tonto envalentonado que llevaba a una amante de veintipico, en el mismo jeep nuevo en el que iban su exesposa y su hija, a una reunión de toda su familia. El suyo tenía que ser el peor duelo de la Historia.

Qué patetismo. Qué incapacidad —de puro cuarentón en crisis— para verse a sí mismo desde afuera.

La libretista Mónica Herrán, que de tanto escribir escenas de melodrama se había acostumbrado a las rarezas, respiró hondo: inhaló y exhaló unas tres veces, adentro, afuera, para no sentirse humillada por la ceguera de su ex. Se preguntó si el pobre estaría vengándose de ella, si sería posible que le pareciera normal lo que estaba haciendo, si querría sabotear a su familia por no haberle dicho "sí: tú eres el viudo de tu padre" o si la idea era pegar un grito de auxilio enfrente de todos. Se dijo bueno, sólo van a ser unas tres horas, unas cuatro horas, y María parece no estar entendiendo ni la debacle de sus papás ni quién diablos es la mujer que se ha quedado con el puesto del copiloto, y la clave es que yo actúe como si nada, sí, y quizás podamos decir que este güevón se trajo a una asistente.

Sus papás, sus amigas, su hermano si supieran, si les contara, todos los que la quieren le dirían "Mónica: ¡deje de cubrirle la espalda a ese imbécil!", pero ella tiene claro que es mejor no despertarle el enemigo a un ególatra bonachón y ya querría verlos a ellos adentro de una separación como esta.

Hizo lo mejor que pudo para no pensar en el final de su pareja ni en la aparición del hombre que le vaticinaba el tarot.

Trató de distraerse, es decir, quiso extraviar su mente en pleno trancón por la Avenida Boyacá, pensando en guiones basados en lo que les estaba pasando. En medio del ruido y ante las oleadas de su angustia sólo pudo conseguir primeros actos: una tía millonaria que en realidad no tiene nada, porque todo lo gasta en los demás, organiza una comida para tomar la foto de todos sus sobrinos; una mujer se mete en el lío de su vida cuando el corrector de WhatsApp le convierte la frase "necesito un favor" en la confesión "necesito un aborto" en el chat familiar creado por su suegra; un ama de casa denuncia y pone en evidencia, en su estatus de Facebook, las pequeñas miserias del hombre que la ha dejado por otra; un par de esposos se disfrazan el uno de la otra y la una del otro, en plena terapia de pareja, para revivir la pasión refundida en el paso de la rutina; un actor y una actriz, que ni el uno ni la otra ha podido amar tanto a otra persona desde que se separaron, se reencuentran en un montaje de *Macbeth*; una libretista cansada de su vida trata de sobrevivir a una familia de actores; un matrimonio separado por la violencia colombiana resulta peor cuando por fin se reencuentra; un funcionario corrupto reúne a sus padres y a sus hijos para contarles que es cierto, como dice la prensa, que recibió un soborno de una constructora brasilera que quería recuperar la navegabilidad del río Magdalena; un marido de la generación del milenio quiere deshacerse de su esposa de la generación Y porque la maternidad, exhibida y pervertida y enloquecida en las redes sociales, se le sube a la cabeza y la vuelve insoportable: #yoymibebé.

¿Sería su culpa todo esto que estaba pasando? ¿Se había puesto fundamentalista y protagónica desde que se había vuelto una mamá y él había empezado a perderse desde entonces?

¿Había fallado como apoyo, como bastón, en la hora determinante en la que un marido pierde a su padre?

Quizás sí. Quién sabe. Quién, que no sea un farsante, podría saber. El caso es que sonó el timbre del teléfono celular de su exmarido el actor, *El Rey* ni más ni menos, cuando entraron en el conjunto de casas de la 128: "¡Me dieron el papel!". Y desde ese momento fue el delirio.

Se vio a sí misma susurrándole a Pedro Juan, a su ex, "¡cómo se te ocurre traerte a una novia...!: ¡me hubieras dicho...!". Se puso a hablar con la amante que todavía no entendía en qué se había metido, con Ingrid o Irene o Isabel, mientras él accedía a tomarse fotos con los vigilantes del lugar y a firmarles autógrafos a los residentes que se encontró por el camino. Se quiso ir detrás de su hija cuando la niña se le fue detrás de los primos. Se quedó atrapada en conversaciones insólitas desde la puerta de la casa —"Fidel Castro fue un hijo de puta"; "Fidel Castro fue el único héroe capaz de enfrentar a los gringos"; "el Congreso va a aprobar el acuerdo de paz corregido"; "*Game of Thrones* es una serie tan loba que parece dirigida por Boris Vallejo"; "salió en *Semana* que los banqueros, los pilotos y los actores son los profesionales más infieles"; "la civilización requiere esclavos, que ojalá sean máquinas, si pretende que algunos seres humanos alcancen la contemplación..."— hasta que se encontró por fin con su suegra en el jardín infinito que se le había vuelto la vida.

Su suegra es Cecilia Ojeda, ni más ni menos que Cecilia Ojeda, la actriz argentina de las telenovelas de Julio Jiménez y Bernardo Romero. Cecilia Ojeda Aizner: que salía en *Pero sigo siendo el rey* y en *El cuento del domingo* y en *Los Cuervos*.

Que vino a Colombia en 1966 detrás de un actor argentino, Ezequiel Bol, que sí se devolvió. Que presentó un programa de arte que se llamaba *Galería con Cecilia*: ¿no? Que cada tanto fue portada de la revista de farándula de *El Tiempo*, *Elenco*, como si fuera una sorpresa: "¡La diva habla!". Y cuando pasó de los cuarentipico, que llegar a semejante edad es el castigo a la soberbia de un actor, empezó a pagarse cirugías en el rostro que la han ido desfigurando y envejeciendo mucho más. No es la Duquesa de Alba. Verla no da toda la tristeza que da ver a Meg Ryan, a Donatella Versace, a Mickey Rourke. Y ella sí tiene humor al respecto: "Soy la única actriz del mundo que ha podido interpretar tanto a la Bella como a la Bestia". Pero no deja de ser raro —y devastador si uno lo piensa con cuidado, pero mejor uno no lo piensa— tenerla cara a cara, cara a máscara.

Y mirarle el pelo que ha ido tomando ese color morado que sigue siendo uno de los grandes misterios de la vejez femenina. Y verle las manos, Dios santo: por qué las Doctoras Faustas que venden el alma a las cirugías plásticas olvidan desmancharse y desarrugarse las manos.

Ese sábado 26 de noviembre al mediodía se le vio feliz. Sí se portó como una viuda encorvada por el dolor. Sí habló todo el tiempo de su marido el difunto con un amor que en vida estuvo implícito. Sí graduó de santo al doctor Luis Calvo, su esposo desde niña, luego de cincuenta y tantos años de quejarse de su indiferencia de patriarca colombiano. Sí se puso a llorar un par de veces porque a él le habría encantado estar con ella en el centro del retrato de toda la familia. Sí se quejó de que el boludo de su hijo menor siguiera portándose como un adolescente: "¿Podés creer esa mina?". Y renegó, con su voz de fumadora sin remedio, de "esta puta televisión que ya no es capaz de montar *La tregua* ni *Crimen y castigo*", de "este puto país que habría desaparecido ya a las Madres de la Plaza de Mayo". Y le dijo a un par de sobrinas que las veía gordas. Y, pasada de vinos, les puso a los nietos apodos con la lógica de los nombres de Astérix: Histérix, Desesperantix, Órtix, Conchadetumádrix.

Pero se le vio feliz. Por ejemplo: le dijo a ella, a Mónica, "vos sos mi única nuera", como diciéndole que lo demás era literatura. Y sirvió ella misma las empanadas de ricota con un delantalito que sólo una diva se habría atrevido a vestir. Y luego del asado cantó borracha el tango *Volver* mientras su hijo mayor, "el que tuvo los cojones de ser médico", la acompañaba en el piano.

Hacia las cuatro de la tarde dijo, pues era la verdad y se le notaba en las sienes, que tenía la tensión alta porque nada que llegaba Valentina. Valentina, que es la hija del medio, andaba ensayando para el cierre de la temporada del montaje con el que había puesto en marcha su propio teatro. ¿Que cuál montaje era? *Traición.* Y sin su hija adorada, que era su consciencia y era "la única estable de la familia", ella se negaba con las uñas a aparecer en la fotografía que había sido su único deseo desde que había muerto su marido. Apareció un poco antes de las cinco cuando aún quedaba algo de luz. Saludó a los primos y a los tíos y a los sobrinos y a los hermanos y a los cuñados, ciento once personas en total, como una princesa habituada a ser el centro de atención desde la cuna. Fue impecable como siempre. Encendió la fiesta a su paso.

Y unos minutos después, cuando estaban todos en el jardín listos para la foto histórica, gritó "¿dónde está Mónica?" porque quería salir a su lado: "Ven aquí".

Pero claro que todo fue una pantomima, una farsa. De los ciento once personajes del retrato de familia, quórum absoluto, veintidós no tenían ni idea de quiénes eran los otros, dieciocho soñaban con aparecer en otras partes, doce no se habían vuelto a hablar por alguna pelea del pasado. Todos estaban pensando que Pedro Juan había perdido la cabeza pero que quién se atrevía a decirle a esa pobre novia que se había conseguido, pobre alma inocente, que no tenía pies ni cabeza que ella apareciera en el retrato. En el centro de esa multitud, Cecilia Ojeda pensaba, mareada por el trago y por los hechos de ese año funesto, en el día en que se enamoró de su médico y le pidió que se casaran. Y sin embargo, cuando el fotógrafo logró ponerlos en orden y les dijo "digan whisky", sonrieron con todos los dientes los viejos y los jóvenes, los Calvo y los Ojeda, los casados y los divorciados y los solteros, las mujeres y los hombres.

Y, como pudo y puede verse en las cuentas de Facebook e Instagram de treinta y siete de sus miembros, que para ello basta escribir "Calvo Ojeda" en los buscadores, la familia quedó feliz en aquella fotografía.

Antes, cuando las imágenes no se buscaban para ser publicadas y celebradas en las irónicas redes sociales, sino que se tomaban para impedir que las experiencias se desvanecieran en los segundos y las horas, una foto ya era una buena definición de la ficción: un punto robado al tiempo y a la realidad, la fabricación de un momento, de una persona, de un lugar. En la noche del sábado 26 de noviembre de 2016 la foto de los Calvo y los Ojeda apareció, triunfal, memorable, en las pantallas de todos los teléfonos que andaban titilando en la oscuridad. Tal vez lo más honesto allí era que Mónica y su hija María saludaran en un extremo de la imagen y Pedro Juan e Ingrid sonrieran amargamente en el otro. Y sin embargo, publicada en la cuenta de Instagram de Valentina, que era la que más seguidores tenía, 255.000, consiguió 7.928 likes en apenas una hora.

No existe nadie extraordinario en este mundo, lector, lectora, apenas personas dispuestas a sentirse mejor. Pero conocer a la actriz Valentina Calvo, tan bella, tan carismática, tan oportuna siempre, era llegar a la conclusión de que el hombre no viene del mono, sino del alienígena.

Desde que decía "hola", y sonreía en paz, daban ganas de caerle bien. Uno le decía que sí a todo, porque se quedaba pasmado sólo con verla, incluso cuando ella le proponía ir a la dirección de impuestos a resolver un asunto o ir a recoger una maleta en los extramuros de la ciudad.

Mónica Herrán se fue al rincón de las petunias del jardín a responderle a Camilo Pinzón su **Soy yo: voy a Bogotá por usted**, y alcanzó a enviarle el mensaje **Yo no me muevo de estas escaleras hasta que usted venga por mí** con cara de estar respondiendo un texto de la productora, y hasta allá llegó Valentina, que no estaba flaca, sino enclenque, consumida, a decirle que ella siempre sería su cuñada, que contara con ella como con una hermana de aquí a que la muerte las agarrara por sorpresa, que no la dejara por fuera en *A sangre y fuego* así fuera en el papel de cualquier guerrillera, cualquier víctima de la cafetería, cualquier esposa, cualquier viuda. Dijo "veámonos en diciembre, Moni, yo salgo de la obra y quedo lista". Y, graciosa y perfecta, se fue a buscar a sus dos hijos porque era hora de que volvieran todos a la casa en el Audi de su marido.

Ah, se encontró con esa prima hostigante, por el lado Calvo, que siempre está pidiéndole favores: "¡Vale!: ¡estás muy flaca!". Se dejó meter, como siempre, en un lío: una demostración, el martes 13 de diciembre, de unas aspiradoras alemanas que limpian el ambiente en tiempos de enfermedades respiratorias. Siguió su camino.

Estaba agotada, quebrantada. La temporada de *Traición*, la obra de Pinter que había sido su sueño y su pesadilla y cada noche llenaba el teatro, seguía siendo una prueba de resistencia, una tortura para los nervios. Le sirvió para llevar la muerte de su padre, que había sido aplastante e impronunciable: demasiado para ella. Pero, como desde enero estaba protagonizando la telenovela *Hasta que la muerte nos una*, la dejó sin un solo minuto para su familia. Y cada noche le devolvía la vida durante una hora y media, y cuando se acababan los aplausos la vida era nada. O sea que la rejuvenecía mientras decía sus líneas sobre el pequeño escenario de su pequeño teatro, "la idea no era que fuera la misma clase de hogar, ¿cierto?", y la envejecía un poquito más todas las noches.

Se despidió de todos los que se encontró por el camino del jardín de su madre a la puerta de salida en la que su padre dijo sus últimas palabras: "No doy más…". Se tomó un par de fotos con un par de sobrinos que tenían nombres imposibles de recordar. Firmó un par de autógrafos para el amigo de un amigo. Abrazó a su mamá, "adiós, Cecilia", aunque la señora no fuera la mejor para recibir demostraciones de afecto. Alcanzó a hacerle a su hermano un gesto que significó "tenemos que hablar", y otro que quiso decir "estás hecho un chancho", y ya. Subió al Audi renegrido y brilloso. Pidió a su marido que la dejara en el teatro, en La Castellana, porque la primera función del sábado era a las seis y media. Cerró los ojos a ver si cerrándolos era mejor. Tardó unas cinco cuadras en entender que sus hijos estaban hablándole a ella.

Quería que el mundo se callara de una buena vez como se calla el público cuando ya va a empezar la obra.

Tres, dos, uno. Estaría muerta si no sintiera este enemigo en el estómago. Los nervios traicioneros traban la lengua y entiesan las manos y dejan sin aire, pero los nervios leales e insobornables, que empiezan en el centro del cuerpo, nos mantienen despiertos, como si no fuera la enésima, sino la primera vez que se encarna el mismo personaje. La firme y apasionada y atrayente Valentina Calvo, cuarenta y cuatro años, Cáncer, llevaba diez semanas saliendo al pequeño escenario de su propio teatro a interpretar a Emma en *Traición* —camina en la oscuridad, se sienta en la mesa de la esquina, espera— cinco veces a la semana: a las ocho de la noche desde el miércoles hasta el sábado. Tendría que haberse acostumbrado a sentirse en juego, en riesgo de desbocarse y tartamudear y tropezar frente a una sala repleta de desconocidos. Y, sin embargo, en la última función seguía sintiéndose en una misión de vida o muerte.

Eran las 8:08 p.m. del sábado 3 de diciembre de 2016. Sergio Franco, el director, que además hacía el papel de Roberto en la obra —y que no se perdía ni los peores partidos del fútbol colombiano—, una vez más había salido unos minutos antes de la función a pedirles a los ciento cinco espectadores de la sala un minuto de silencio por el equipo brasilero Chapecoense. Cinco días antes el vuelo 2933 de la aerolínea LaMia, que llevaba a los jugadores del club entre sus setenta y siete pasajeros, se estrelló en una colina antioqueña porque el piloto Quiroga Murakami prefirió ahorrarse la escala para repostar: "Nadie gritó, ni siquiera los seis sobrevivientes, porque lo último que se supo antes de la muerte fue que el avión estaba a punto de aterrizar", dijo Franco, ateo y futbolero porque el fútbol prueba que no hay Dios, antes de pedir que se apagaran las luces.

531

Estaba cansada de las pendejadas de Franco, que no se podía ser más setentero en esta vida —e iba a morir con las botas
de Fo y de Bergman puestas, e iba a renegar de la televisión con
los argumentos de la izquierda percudida, e iba a ser misógino
porque pa' qué actuar fuera del teatro—, pero esa era al menos
la última noche.

Y ya le había quedado claro al maltratador que ella no era
sólo una estrella de la televisión, que lo era con todas las de la
ley, sino sobre todo una actriz.

Valentina se sentó en la mesa de la esquina, tomó aire como
tomando sorbos y lo soltó hasta que sólo quedó abajo el ovillo
de nervios del estómago, y empezó a contar de diez en diez hasta novecientos, pero entonces se encendieron la luz sobre ella y
la luz sobre él —el tercer actor del trío, César Pulgarín, triste y
complejo y escueto y entregado a su arte— y ella como Emma
le preguntó a él como Jerónimo "¿cómo está?", "bien", "se ve
bien", "bueno, no estoy tan bien", "¿por qué?: ¿qué pasa?", "guayabo… salud", "¿cómo está usted?", "yo bien", "como en los
viejos tiempos", "pero ha pasado mucho tiempo", "sí", "pensé
en usted el otro día", "Dios mío: ¿por qué?", "jajaja", "¿por
qué?", "porque a veces es bonito recordar, ¿no?".

Y en la penumbra del escenario iba abriéndose paso un bar
hecho con un par de sillas y una barra.

Y apareció entonces, sobre el aire, la acotación original del
libreto de Pinter: "Bar. 1977. Primavera".

Emma hizo caer en cuenta a Jerónimo de que no se veían
solos desde 1975 y llevó tensa la conversación sobre las familias
de cada uno hasta que hizo la pregunta que quería hacer: "¿Alguna vez piensa en mí?". Y él le respondió que sí y le elogió el
chaleco vinotinto pegado al cuerpo y la falda larga y las botas
de cuero. Y bajo los rumores y los tintineos y los acordes de
Time y *Mi buen amor* y *Wonderful Tonight*, luego de soltar un
par de recuerdos y un par de confesiones, ella reconoció que lo
más probable era que se separara de Roberto.

"¿Sabe qué descubrí anoche?: que Roberto me ha traicionado todos estos años… que ha tenido otras mujeres todos

estos años". "Dios mío… pero nosotros lo engañamos a él por años". "Y él me engañó a mí por años". "Yo nunca supe". "Ni yo". "Qué extraño: Roberto y yo fuimos buenos amigos, ¿cierto?, pero ni cuando fuimos a tomar o almorzar o lo que fuera tuve una sola pista de que hubiera otra persona en su vida aparte de usted". "¿No?". "Nunca: a veces, cuando uno está con otro tipo en un bar o en un restaurante o en un café, empieza a sospechar porque se levanta lleno de explicaciones a hacer llamadas raras, pero nunca jamás, en los años en los que hemos almorzado, ha sido Roberto el que ha hecho las llamadas raras, sino que he sido yo".

Sí, tuvieron un apartamento de los dos: el apartamento secreto de Emma y de Jerónimo. Sí, no tenían dinero para sostener una pareja por fuera de sus familias, pero "el amor siempre encuentra una manera" y hasta le compraron cortinas. Y sin embargo no están en ese bar por nostalgia: están allí porque Emma tuvo que confesarle a Roberto todo lo que pasó con Jerónimo, todo, porque ya no importa, ya qué: "Pero es mi viejo amigo…", "ya no importa: se acabó". Y todo se puso oscuro en el escenario, y las luces se encendieron y se apagaron como pestañeando, como latiendo, mientras Valentina —que estaba pensando en otras cosas: en si su marido empresario, con todo lo que lo quiere, será tan aburrido cuando no está con ella— se sentaba entre bambalinas a recobrar el aire.

Debía ser porque era la última función, y en el escenario agotado todo estaba pasando como pasaba siempre, que estaba pensando tanto en su esposo: por los viajes de él, que por la apertura de la joyería en México se habían multiplicado, y por las grabaciones eternas de ella, que trabajar en la televisión colombiana es regresar a la esclavitud, 2016 había sido el peor año de ese matrimonio, y diciembre iba a ser sobre enfrentarlo, sobre encararlo ahora sí. ¿Estaría él sintiendo lo mismo? ¿Habrá tenido la fantasía de volver a dormir solo en una cama doble? ¿Sería capaz de decirlo alguna vez? ¿Se quedaría mirándola como a una loca, como a una actriz, si una noche de estas ella le dijera "tenemos que hablar de los dos"?

Podía ver a Jerónimo y a Roberto, al metódico Pulgarín y al cínico Franco, conversando por fin sobre Emma. Jerónimo cree que la conversación va a reducirse a pedirle perdón a su amigo por haber tenido una historia de amor con su mujer, pero la escena no es redentora, sino devastadora: "No logro entender por qué después de todos estos años anoche le pareció necesario contarle a usted", "¿anoche?", "sin consultarme, sin siquiera advertirme, después de todo usted y yo hemos sido amigos desde hace…", "pero ella no me contó lo de ustedes dos anoche: ella me contó lo de ustedes dos hace cuatro años…", "¿cuándo?", "bueno, yo me di cuenta", "¿y por qué no me lo dijo?", "¿decirle qué?", "¡que sabía!", "porque la verdad es que todo esto me importa un culo…".

Consiguió sacudirse la pesadumbre, que se le estaba amontonando, unos segundos antes de que apareciera el siguiente letrero sobre la oscuridad: "Apartamento. 1975. Diciembre".

Emma se acomodó en una mullida silla de cuero un poco antes de que Jerónimo cometiera el error, más de pareja de esposos que de pareja de amantes, de preguntarle por qué estaba sintiendo que verse en el apartamento de los dos ya no tenía sentido. Se dejó llevar por esa conversación que nunca había vivido —había tenido una vez un amante, cuando grabó *María Cristina me quiere gobernar*, pero jamás pensó en dejar a su marido, jamás— como cumpliendo con un deber, como haciendo parte de un coro: "Yo tengo una familia", "yo también", "nunca vio este lugar como una casa, ¿cierto?", "lo vi como un apartamento para…", "tirar", "… amar", "pues no queda mucho de eso", "yo no creo que no nos amemos", "aquí están mis llaves".

Estuvo bien el resto de *Traición*. Consiguió hacerse pasar por Emma —Emma al revés, de 1977 a 1968, como está escrita la obra de Pinter— cuando sufre un doloroso ataque de celos frente a Roberto, en la sala de su propia casa, porque Jerónimo va a irse de viaje sin ella; cuando comete el error que hará que su marido se dé cuenta, en la habitación de un hotel, de que ella se la está jugando con su mejor amigo; cuando besa a su amante en el apartamento que han conseguido sólo para los dos: "Me hizo mucha falta", "yo cocino y me esclavizo para usted…", "¿cree que alguna vez viajaremos juntos?". En la última escena de ellos dos solos, la escena siete, tuvo la fantasía de escaparse del teatro, pero en las escenas que restaban tuvo los pies en la tierra.

Fue desgarradora, patética y desgarradora, en la escena siguiente: Emma fue perdiendo el control muy poco a poco, como lo va haciendo una persona que llega al punto en el que es menos doloroso exhibir su enamoramiento que contenerlo, y entonces fue terrible verla tan vulnerable —le dijeron un par de fanáticos que ya la habían visto tres veces haciendo de Emma— preguntándole a Jerónimo si su mujer sabía que eran amantes, si alguna vez había pensado "… cambiar de vida", si él le era fiel desde que tenían el apartamento secreto de los dos. Fue demoledor, como un giro en una terapia, verla confesar que estaba embarazada de su marido en el lejano 1971. Y tremenda fue su cara cuando él le respondió "me alegro por usted".

Todo el mundo dice lo mismo aún dos años después: que ese montaje de *Traición* fue un montaje brillante por el vestuario y la escenografía y la banda sonora que iba hacia atrás como la historia, *Playa Girón, Still Crazy After All These Years, She, Knockin' on Heaven's Door, Famous Blue Raincoat*, pero que era la actuación de Valentina Calvo la que conseguía encarnar ese amor derrotado por la falta de fe en todo. *Traición* era su mirada resignada al destino cuando llegaba la escena final, en 1968, en la que Jerónimo se emborracha como un imbécil para decirle a Emma "usted es hermosa", "usted es increíble", "he debido tenerla, de blanco, antes de su boda", "estoy loco por usted", "todas estas palabras que estoy usando jamás habían sido pronunciadas", "esto es lo único que ha sucedido alguna vez".

Al final, cuando Emma y Jerónimo se miraron fijamente por primera vez en la última función, se encendieron todas las luces del teatro: ¡pum!

Y miró de reojo a sus dos compañeros de escena, que la flanquearon, mientras el público los aplaudía de pie: "¡Bravo!".

El pobre de Pulgarín estaba exhausto y borracho, dejando, a duras penas, de ser Jerónimo, porque no podía actuar una sola escena sin vivirla.

El desvergonzado de Franco estaba campante e ileso, sonriendo semejante a un mago dispuesto a hacer los trucos más viejos del mundo, porque se limitaba a decir sus líneas como tenían que ser dichas.

Y ella hacía pequeñas venias con un ramo de flores entre las manos caídas, y movía los labios en forma de "gracias", y no se veía flaca sino enjuta, descarnada, mientras pensaba en cómo sería de bueno que su marido la recogiera en el teatro esa última noche. Se iba a deprimir. Se iba a estrellar contra algún piso apenas cayera en cuenta de que se había acabado la época de *Traición*. Sospechaba que irse con Pulgarín y con Franco en el Toyota Corolla vinotinto de todas las noches, como tres huérfanos que trabajan cuando los demás están dormidos, iba a ser más golpeador que siempre. Y como ya no estaba su papá, que le habría dicho alguna frase que habría sido más que suficiente, su marido era el único hombre de verdad que le quedaba: "¿Cómo te fue?", le preguntó en un mensaje de texto, "¡bravo!".

Este era un hombre raya hombre. Un hombre como sustantivo y un hombre como adjetivo. Un hombre como sujeto y un hombre como predicado. Un hombre de los viejos tiempos, un hombre de los tiempos de su padre, que tenían una infancia misericordiosamente breve, y escogían una carrera de la que no se movían ni un centímetro, y sin lloriquear y sin quejarse, pasara lo que pasara, se casaban y tenían hijos y montaban con su única novia de verdad una familia plagada de fotos, y se hacían un nombre a pulso sin hablar de las intrigas de la oficina y sin llevar chismes a la casa, y se volvían maestros en lo suyo, y sus nietos los veían enormes. Eran hombres en serio. Reclutas de pelo corto, de uñas limpias, de camisas entre los pantalones.

Nadie allá afuera pagaba por sus dudas, por sus ansiedades. Sus dolores y sus frustraciones y sus arrepentimientos se iban con ellos a sus tumbas.

Seguro que habrían querido drogarse en un ático parisino con una puta negra o tumbar un Gobierno a pedradas en la plaza de turno, pero se lo guardaban para siempre detrás de la mirada, detrás de sí mismos, mejor.

Seguro que un día habrían querido irse de su matrimonio, igual que Wakefield, el personaje de Hawthorne, pero su pensamiento era corto como la vida de un insecto.

Podrían haberse pegado un tiro, "¡no!", pero no tenían tiempo sino para hacer lo que debían.

La deslumbrante y briosa y protagónica Valentina Calvo necesitaba, en fin, que su marido la recogiera esa noche, que le redujera el universo con todos sus tiempos y todos sus misterios a "hacer lo que uno debe". Cuando uno es joven, de veintipico por ahí, se burla de "esos matrimonios que sobreviven por costumbre" como un juez condenándolos a la casa por cárcel. Pero Calvo se dice que de eso se trata todo: de tener a una persona en la casa, fija e invariable, firme e incuestionable, que no haga preguntas idiotas, que deje pasar la vida porque así la dejaron pasar sus padres, que no pierda ni un segundo en "mejorar la comunicación de la pareja", que no se deje tragar por las teorías y los artículos tipo "siete consejos para tener un matrimonio estable y duradero".

Salió a la calle resignada al Corolla de Franco, sin embargo, porque su marido acababa de salir de viaje y volvía el domingo en la tarde. Bueno, primero se desmaquilló y se tomó su agua aromática y se cambió en el camerino bajo la mirada de su asistente. Dejó firmados un par de cheques para los vigilantes del teatro. Respondió el amable mensaje de su esposo con una amabilidad semejante: "¡Me estás haciendo falta!". Y, luego de capotear como mejor pudo a aquellos fanáticos que habían visto la obra tres veces, de lograr su cara de "soy una más, pero tengo este trabajo", fue al carro vinotinto de su compañero y se sentó en el asiento de atrás como todas esas noches. Se puso a revisar su Twitter mientras llegaba Pulgarín al puesto del copiloto. Y nada que llegaba.

Se quedaron sin saber qué decirse, ella y el guarro de Franco, cuando recibieron a las 10:35 p.m. el mismo mensaje de Pulgarín: "Me fui a casa solo porque no lograba deshacerme de Jerónimo".

Valentina Calvo negó con la cabeza más o menos acostumbrada a las "actoradas" de su compañero de escena de esas semanas. Sergio Franco sí se desbarató de la risa: jajajá. Y, en la oscuridad de esa calle de La Castellana, que nada que arreglaban los dos postes de luz que se habían fundido en junio, se dejó ir en su monólogo contra la tontería de los actores que se convertían en sus personajes, que se dejaban poseer por el espíritu de sus personajes como si hubieran hallado el secreto para dejar la mente —todo lo inmaterial, todo lo involuntario que tenemos— afuera del cuerpo, lejos del cuerpo, mientras el drama empezaba, seguía y terminaba. Farsantes. Infantiles. Si fingir es lo humano. Si lo divino, si existe, no ocurre cuando estamos despiertos.

—Pero en fin: ¿adónde la llevo, mi señora? —le preguntó por el retrovisor, como un taxista, como un chofer, cuando vio que no tenía copiloto y ella no estaba dispuesta a pasarse adelante.

—A la casa, don Sergio, muchas gracias —le respondió ella, asumiendo el juego, hecha una dama de aquellas, hecha una persona que sabe manejar "el servicio".

Se iluminó la calle como se ilumina un escenario, y se vieron los bordes y los mendigos de la cuadra escarbando las canecas de la acera, apenas el conductor encendió el carro. Valentina Calvo iba a pensar en todo lo que iba a hacer, desde redoblar las horas en el gimnasio del barrio hasta recibir a la vendedora aquella que pretendía hacerles una demostración de una "poderosa" aspiradora alemana —hoy todo es "poderoso", querido lector, querida lectora—, pero Franco no quiso abandonar el papel de chofer: "¿Y cómo me le fue hoy?", "¿y qué hace una mujer tan hermosa solita a estas horas de la noche?". Y ella, que se había acostumbrado a ganarle las partidas a ese genio malogrado, le siguió el juego sin saber adónde estaban yendo.

El carro se veía negro y brilloso por la calle porque había pocas luces esa noche. De vez en cuando alguna valla de la autopista norte, o algún poste junto algún semáforo en rojo, lo iluminaba para devolverle el color a algún costado. Seguía encapotado el cielo bogotano, demasiado cerca y frío y agobiante para ser diciembre, como probándoles el punto a los viejos a un paso de morir con la sensación de que el mundo se ha salido de su cauce. Tendría que haberse despejado el horizonte a estas alturas del año, y verse los bordes del Sol y de la Luna nueva porque ya quedan unos días nomás antes del fin, pero era claro que 2016 iba a terminar con la misma furia con la que había comenzado. Y parecía que algo terrible iba a pasar en cualquier cuadra.

Según el horóscopo de Susan Miller, que era el horóscopo que solía leer la actriz Valentina Calvo desde hacía un par de años, los fatigados seres humanos nacidos bajo el signo de Cáncer iban a tener un diciembre lleno de fechas por cumplir. Necesitaban descanso. Habría sido lo mejor para ella, por ejemplo, salir de vacaciones. Y sin embargo todo parecía indicar que iba a seguir grabando la telenovela hasta unos días antes de la Navidad. Saldría y saldría y saldría trabajo. Seguiría saliendo hasta que de pronto, hacia el final del mes, Mercurio se pusiera retrógrado. Y del agite y del agotamiento no podría quejarse sino entre sus amigos y entre sus hijos porque las mujeres de su edad, cuarenta y cuatro, cuarenta y cinco, cuarenta y seis, poco encajaban en los personajes de los melodramas de la televisión.

Sería un mes justo: Marte, Acuario y Júpiter pasaban por Libra. Sería un mes de reconocimientos: hacia el martes 6, que estaba próximo, recibiría una suerte de premio que le devolvería un poco el amor propio. Pero sobre todo sería un mes sin tregua, sin días corrientes.

—¿Y luego usted qué está haciendo aquí atrás en ese teatro, señorita? —le preguntó el taxista interpretado por Sergio Franco, el temerario actor que había terminado respetándola luego de tres meses de temporada, en el semáforo de la autopista con la calle 81.

—¿Yo?: yo soy actriz —le dijo ella de golpe, sin pensárselo dos veces, dispuesta a ganarle el pulso que él se había inventado "porque sí" a la salida del teatro.

—Yo sí pensé, pero luego pensé "si esta belleza fuera una actriz no andaría agarrando taxi a estas horas": ¿luego a ustedes no les pagan uno detrás de otro?

—Esas son las prepago —dijo ella—: esto tiene largas épocas sin trabajo y tiene deudas por pagar y tiene vacas flacas.

—Pues déjeme decirle que usted es de las flacas.

—Ah, muchas gracias, pero la cámara le pone a uno por lo menos tres kilos de más.

—¿Ah, sí?: siquiera mi mujer prefirió dedicarse a otra cosa.

—Siquiera.

—¿Pero acaso usted en qué sale?

—En *Hasta que la muerte nos una*.

—Yo creo que no he visto una bendita telenovela desde 1985: déjeme felicitarla.

—¿Cómo así que 1985?: ¿usted cuántos años tiene acaso?

—Cuarentipico apenas, pero réstales los veintipico de mi mujer.

—No me diga que usted es otro hombre casado con una muchachita que le plancha las camisas.

—Ja: si esa zángana a duras penas me trae una cerveza de la nevera si le doy una propina.

—Pero quién sabe usted qué hace todo el día por fuera de la casa: ¿siempre trabaja de noche?

—Como usted.

—Pero mi marido siempre sabe dónde estoy.

—¿Y también está seguro de qué hace?

—Pues llevamos juntos quince años.

—Ah, no, con razón ya no la recoge ni a estas horas.

—Está de viaje: si estuviera aquí no habría tenido que jugar a esta ruleta rusa que es pedir un taxi.

—Si usted fuera mi mujer yo no la dejaría salir ni a la esquina y no me iría de viaje ni siquiera a mi pueblo a ver a mi viejo con cáncer.

—¿De qué pueblo es usted?

—De Fresno, Tolima.

—¿Y cuántos años lleva viviendo en Bogotá?

—Tenía veintipico cuando me vine corriendo pa'quí: tenía mis cultivos de cacao en una finquita que teníamos por allá por los lados de Piedra Grande, pero a la primera que se aparecieron los paramilitares por las veredas a pedir dizque contribuciones a la causa, yo le dije a mi papá "yo me voy" y ahí mismo me vine.

—¿Y su familia está bien allá?

—No he podido verlos desde esa vez.

—¿Porque lo han estado buscando?

—Porque no voy a darle la oportunidad a mi mujer de que me la haga.

—¿De verdad?

—De verdad: ustedes ya no sólo son las que disponen, sino que además son las que proponen.

—¿Usted cree?

—Pero claro que sí: yo no sé a quién fue al que se le metió en la cabeza que ustedes son de fiar.

—Yo soy de fiar.

—Pero también es una actriz: si yo fuera su esposo no le creería ni una sola palabra.

—Pues menos mal no es mi esposo.

—¿Qué tal una escena de cama de esas?, ¿qué tal usted toda desnuda en una película de acción?, ¿qué tal un man chupeteándosela en un primer plano?: yo los voy es levantando a todos por hijueputas.

—¡Pero si nada de eso es real!

—¿Ah, no es real? ¿Y entonces de quiénes son las bocas y de quiénes son los cuerpos? ¿Y las lenguas y las salivas de quiénes son?

—Pues de los personajes.

—Ja: yo a mi primera novia la tuve convencida de que ir a putas con los amigos era como jugar banquitas los fines de semana: un plan como cualquier otro.

—Pues es lo mismo que pensar que un médico no examina sino que toquetea a las mujeres.

—Porque los médicos tampoco son reales.

—Mi papá era médico y no era así.

—Ah, ¿su papá era su médico?

—Pero es que usted es un celoso, ¿no?, yo creo que eso es todo.

—Por ejemplo: ¿en la obra en la que estaba ahora usted se besaba con algún man?

—Con dos: todas las noches durante un poco menos de tres meses.

—¿Y a su esposo no le importaba?

—Ni siquiera la noche en la que vino a ver la obra dijo nada.

—¿Y luego la obra era un cabaret de esos?

—No, no, no: era la historia de una mujer enredada entre un par de imbéciles.

—¿Y le tocaba besarlos a los dos?

—Estaba en el libreto.

—¿Y después de tres meses no acaba a uno gustándole alguno de los dos?

—Pues no: uno allá afuera sólo está pensando en que la historia siga avanzando.

—¿Y por ejemplo no prefiere besar al uno un poco más que al otro?

—Pues la verdad es que el uno parecía tomárselo mucho más en serio que el otro.

—Yo lo espero al malparido una noche en una esquina para agarrarlo a patadas.

—Pero es que ese pobre se enamora y se desilusiona y se deprime como un despechado cualquiera porque se convierte completamente en los personajes: ese es su método.

—Y que no me diga que estaba borracho ni que no es lo que parece porque le corto la cara con las uñas.

—Y el otro, que además era el director, sí parecía poco interesado en mí.

—Esos son los peores.

—¿Ah, sí?

—Así soy yo.

—Pero este lo único que hizo fue decirme pesadeces de misógino desde el primer día hasta el último.

—Pues usted me perdonará, pero a mí me suena como que ese era el que más se la quería comer.

—¿En serio?

—¿No me dice que le daba látigo?

—Sí, yo no me había sentido matoneada ni había tenido ganas de llorar por idioteces así desde que estaba en el colegio.

—¿Y él qué papel hacía en la obra?

—Era mi esposo.

—¿Y usted le ponía cachos?

—Con su mejor amigo.

—Pues ahí tiene: el man no sabe diferenciar la realidad de la ficción.

—¿Y se sentía traicionado por mí?

—Quién quita.

—Yo la verdad no entiendo a los hombres de ahora: se supone que siguen siendo simples animales de pocas palabras, pero luego resulta que tenían mucho por decir.

—¿Y él en la vida real está casado?

—Tiene una esposa de veintipico.

—Pues es eso: que ese matrimonio es demasiado suspenso para él.

—¿O sea que usted tampoco se atreve a nada con nadie que no sea su esposa?

—O sea que yo espero a que las pasajeras me pregunten hasta qué horas trabajo hoy.

—"Pasajeras" es una buena palabra.

—Y entonces me voy dando cuenta a punta de señales, como su mirada fija, su repugnancia, su salivación, de que quieren que parquee el carro junto a una acera, debajo de un árbol, en un barrio desierto.

—¿Ah, sí?

—Y cuando parqueo siempre me preguntan "¿qué está haciendo?" medio espantadas, medio arrechas.

—Y supongo que ninguna sale corriendo.

—Poquitas se van.

—Porque usted es irresistible.

—Porque quieren que un gordo asqueroso como yo, que sólo piensa en goles y en coños, se las clave sin echarles monólogos y sin ofrecerles nada a cambio.

—Eso es lo que usted cree.

—Eso es lo que yo sé.

El Corolla, que había ido de la calle 85 a la carrera 11, de la carrera 11 hasta la calle 72, de la calle 72 hasta la carrera 1ª, de la carrera 1ª hasta la calle 68, siguió siendo un taxi cuando se detuvo junto al primero de los árboles flacos de la esquina. Se veía adelante el nombre del edificio de ladrillo y cemento: BELLO HORIZONTE. Se alcanzaba a ver la recepción de lugar secreto incrustado en los cerros bogotanos. Valentina Calvo tenía el pulso trastornado, sin embargo, porque no tenía claro si ya había terminado la escena. ¿Y si le pregunta "qué está haciendo"?: ¿será capaz de pasarse al asiento de atrás a probarle que todos los personajes pierden el pulso con el cuerpo?, ¿será capaz de llegar al extremo para probarle a ella que no es una buena actriz?

¿Y qué es ser una buena actriz en este caso?: ¿seguirle al taxista el juego hasta el final?, ¿mandarlo a la mierda?

El taxista interpretado por Franco se volteó como si sólo fuera Franco interpretando a un taxista porque la mirada a través del retrovisor había dejado de ser suficiente.

—¿Cuánto le debo, don Sergio? —le preguntó ella a punto de ahogarse.

—Son quince mil pesitos nomás —le respondió él sorprendido.

Y era demasiado para un trayecto de veinte minutos, por supuesto que sí, pero en vez de llamarlo "ladrón" o de gritarle "eso no dice el taxímetro", que esas cosas sólo pasan en la ficción, ella le dio un billete de veinte mil de los viejos y le dijo "quédese con las vueltas" y se bajó del carro y se metió en el edificio de afán para siempre como lo habría hecho su personaje.

Hizo su vida. Y hacer la vida no es un lugar común cualquiera. Se inventó una rutina como las que recordaba. En la semana que siguió ordenó sus cajones llenos de remedios vencidos, sacó de los armarios la ropa que no iba a volverse a poner, fue a la peluquería de la 109 a que le pintaran las canas del color del lodo, puso ella sola los mismos adornos de Navidad que puso con su padre —que estaba bien: quién iba a pensar— el año pasado, dejó a medio organizar el cuarto de atrás del apartamento, pensó más de la cuenta que por vieja nadie iba a volver a darle ningún papel, se obsesionó con la espeluznante noticia que sucedió en su barrio, buscó tiempo para sus dos hijos de once y nueve años, que estaban a punto de salir del colegio, pero los dos estaban enganchados a un mismo juego de Xbox: Quantum Break.

Y, no obstante, lo único que consiguió sacarla de su cabeza fue volverse a inscribir en el gimnasio y regresar a su rutina de ejercicios.

El domingo 4 de diciembre no aprovechó para levantarse tardísimo, como se lo había prometido a sus horóscopos y a sus amigos, sino que salió a trotar desde las nueve de la mañana otra vez por las bellas lomas de Rosales. Fue cruzando la carrera 1ª, que casi la atropella una camioneta plateada Nissan X-trail que iba como una ambulancia al Bosque Calderón, cuando pensó que quizás lo mejor iba a ser inscribirse otra vez en el gimnasio de allá abajo: menos peligroso, menos ridículo. Se levanta uno un día convertido en un viejo en sudadera, en un viejo bailando break dance en un mundo en el que nadie sabe qué carajos es *Cocoon* ni qué diablos fue el break dance. Y mejor vivir de puertas para adentro si es posible.

Odió aquella camioneta plateada, claro, porque habría podido pasarle por encima, y al tipo que la manejaba —luego supo que era un "él" y que era una Nissan X-trail— le habría dado igual: "¡Malparido!". Siguió a pesar de todo.

Trotó hasta el gimnasio, en la carrera 4ª con la calle 70, con las canciones de ELO en los audífonos: "Night after night, I try to make it all fit together / Night after night, I see you as someone I remember / You took me by surprise, opened up my eyes / Now we gotta talk this over". Cómo le gustaba ELO, sí, más viejo no se puede: "Can it really be so serious?, to be all broken up and delirious? / I guess we've really been out of touch, but can it really be so serious?". Los vigilantes de los edificios se asomaban a las aceras y recogían basuras y arqueaban las espaldas para estirar los músculos. Hacía un poco de sol. Una pareja empujaba el coche de sus dos bebés para fingir la esperanza de un día mejor. Un par de niños de barba sacaban en pantaloneta a su chihuahua.

Y ella trotó en bajada, tun, tun, tun, frente a los edificios viejos y los edificios nuevos.

Y pasó por el edificio de las enredaderas que tanto le gustaba, y dobló la esquina para bajar por la acera sombreada por los árboles, y siguió junto al muro gris de piedra del viejo conjunto de casas en el que habían vivido cuando no tenían hijos. Y cuesta abajo por la carrera 2ª, cuando la canción de ELO fue remplazada en el iPod por el "Closed off from love, I didn't need the pain / Once or twice was enough and it was all in vain / Time starts to pass, before you know it, you're frozen" que oía hacía un par de años cuando empezó a ir al gimnasio, se nubló porque empezó a pensar en su papá: en cómo podía ser que hubiera muerto, en cuánto tiempo podría fingir que la vida era así y lo único que quedaba era seguir adelante.

Siguió. Había niños y niñeras en el rodadero del parque. Había una pareja de hombres extranjeros haciendo ejercicio. Había un adolescente solo, en una de las bancas, chateando quién sabe con quién a las nueve de la mañana de un domingo.

Siguió. Se veía bonito su barrio porque todo se ve bien cuando no hay nadie. Se veía triste porque había árboles de Navidad apagados y luces como púas en los marcos de algunas ventanas del camino.

De vez en cuando pasaba algún taxi, alguna moto que llevaba un desayuno a domicilio, algún viejo. Ni siquiera en la populosa calle 71, que entre semana puede ser un infierno, había transeúntes ni testigos. Ni siquiera ella vio nada.

Giró en la carrera 4ª, giró en la calle 70A: "But nothing's greater than the risk that comes with your embrace / And in this world of loneliness, I see your face / Yet everyone around me thinks that I'm going crazy". Llegó a las puertas del gimnasio a las 9:15 a.m.

Se quitó los audífonos como los hombres de antes se quitaban los sombreros. Sí había solitarios en el gimnasio, **MENS SANA IN CORPORE SANO**, deshaciéndose de quién sabe qué drama horrendo que era un drama de todos. Pero ahí estaban, sobre todo, los instructores entrañables que hacía tres años la habían ayudado a bajar diez kilos para interpretar a Ingrid Betancourt en la fallida telenovela sobre su secuestro. Se saludaron como viejos amigos: "¡Valentina!", "¡Edguitar!", "¡Yonathan!", "¡Jairo!". Se pusieron al día en los últimos sucesos. Se cruzaron elogios sobre sus cuerpos con terminachos que fuera de allí son un chiste, una ofensa. Y, cuando ella les dijo que iba a inscribirse de nuevo, los tres mosqueteros —que tenían descuidada a una mujer genérica— dijeron al unísono:

—Te va a tocar con el nuevo.

Y bajo los acordes del maldito reguetón que les gustaba a sus hijos, "dónde estés llegaré / voy a hacerte saber…", le pareció que "el nuevo" era un gran misterio incluso para esos tres ángeles que le habían entregado su salud mental a la salud de su cuerpo.

Todas estas cosas —las calles solas del barrio, las oleadas de malestar por la muerte de su padre, las miradas brillosas por "el nuevo" instructor del gimnasio— sólo tuvieron sentido durante la semana que vino.

El domingo 4 de diciembre, luego de otro almuerzo en El Corral Gourmet que les gusta a sus hijos y de otra tarde viendo juntos *Guardianes de la galaxia* y de otra pelotera porque se la pasan descargándole el teléfono de tanto bajarle juegos raros, su esposo caleño regresó del último viaje del año justo a tiempo para ver el partido de fútbol de su equipo en la liga colombiana: Cali versus Bucaramanga, Dios mío, Cali versus Bucaramanga en el borde del sofá de la sala del televisor. Qué raro es vivir cercada y parodiada y celebrada en una casa de hombres. Qué enternecedor es verlos competir por cosas menores y dudar unos segundos antes de lanzarse a alguna cruzada patética. Qué triste seguía siendo haber perdido ese bebé que seguro que iba a ser una niña.

Pero el lunes 5 de diciembre, apenas se fueron los tres hombres a sus labores, como soldados a la guerra civil de cada día o cavernícolas a la última caza del año, comenzó con la noticia de que el arquitecto de treinta y ocho años que conducía la camioneta Nissan X-trail había raptado a una niña de siete en el Bosque Calderón para violarla y torturarla y estrangularla: el hijo de puta, que tenía un prontuario de puertas para dentro, esperó a esta pobre niña desplazada de la violencia, la subió a la fuerza bajo la mirada aterrada de un par de compañeros de juegos, la llevó a un apartamento vacío a unas tres cuadras de donde se las había arrancado a sus papás y la sometió como un poseso, como un monstruo acostumbrado a su sed y su impunidad.

Y si no hubiera sido por las cámaras del sector, que para algo tiene que servir esto de espiarnos los unos a los otros hasta la extinción, quizás no se habría sabido nunca la brutalidad y la sevicia con la que se acabó con esa vida: que un minuto antes estaba jugando en la calle del domingo y un minuto después se preguntaba "por qué me está pasando esto" mientras el monstruo de barba empezaba a matarla.

Valentina Calvo se obsesionó con la noticia: la siguió minuto por minuto, en las redes sociales, en la radio, en la televisión, como si su paz dependiera de ello.

Hizo su vida. Hizo su semana como mejor le fue saliendo: ordenó sus muebles, colgó los adornos hasta que la casa tuvo cara de almacén de Navidad, recogió a sus hijos un par de veces allá arriba en el colegio, en el Nueva Granada, muerta de miedo por lo que podía pasarle a cualquier persona en su propio barrio el día menos pensado, pero las idas al gimnasio del martes 6, el miércoles 7 y el sábado 10 —bajo la mirada rigurosa y seductora de "el nuevo"— fueron lo único que la salvó de seguir pensando en la camioneta fúnebre y la niña indígena indefensa y el narciso capaz de lo que le vino en gana: "Si sigues investigando esa muerte te vas a enloquecer", le dijo su marido cuando supo, el sábado en la mañana, mientras veían la ceremonia de entrega del Nobel de Paz, que ella había ido ya un par de veces al edificio del crimen con gafas oscuras y sombrero.

El sábado en la noche se fue de nuevo al gimnasio a ser escrutada por "el nuevo" mientras los tres hombres de la casa, el rey, el príncipe y el bufón, veían la final del torneo de la B entre el América de Cali y los Tigres: ¡la B!

Contenía la depresión de después de un trabajo, "¿y si ese fue mi último papel...?", "¿y cuándo más voy a poder montar aquí en Colombia una obra de teatro en la que el problema de los personajes pase en la mente...?", que era uno de los estados suyos a los que estaba acostumbrada su familia. Tenía su propio miedo a toda hora. Qué mujer no lo tiene, sí, en un mundo de depredadores que no le temen a ninguna clase de muerte, pero era peor por los feminicidios de esos días, por las denuncias en Facebook de golpizas de los hombres a las mujeres, por los peligros de ese maldito 2016. Y los exigentes ejercicios del tercer día de la rutina diseñada sólo para ella, guiados por ese muchacho de veinticinco, veintiséis, veintisiete años, de pocas palabras, el serísimo y concentradísimo David Ariza, eran un viacrucis que le sacaba la mente del cuerpo.

Que le exorcizaban las cejas de Sergio Franco, el actor, diciéndole "porque quieren que un gordo asqueroso como yo, que sólo piensa en goles y en coños, se las clave sin echarles monólogos y sin ofrecerles nada a cambio".

Esa noche Ariza, David, estaba mucho menos enfurruscado, mucho menos encapotado, un poco menos mudo y menos irrefutable, mejor.

Permitió que Valentina Calvo, la actriz, lo saludara de beso: "Hola", "hola". Sonrió media sonrisa. Y como no había nadie más, aparte de un gordo que hablaba y hablaba con un "manos libres" en la bicicleta estática del rincón y que repetía "ya voy para allá", la acompañó a hacer los ejercicios como si hubieran venido juntos.

Sonaba *Safari*, de J. Balvin, que sus hijos la ponían en el Deezer de su computador todo el santo día: "Mami, mami, con tu body este party es un safari…", "vente conmigo, sola conmigo…". Valentina dejó la chaqueta gruesa de invierno en el rincón en el que estaba dejando sus cosas antes de empezar a hacer los ejercicios. Se quitó el saco rojo de algodón que había comprado en Disneyland Paris, MINNIE IS MY FASHION ICON, y el pantalón gris de sudadera, y se agarró el pelo atrás con un caucho, y quedó en su pinta de ir al gimnasio: el esqueleto negro y la pantaloneta negra ajustada a un cuerpo enflaquecido, como si pasara hambre, con la piel del vientre pegada a las costillas, y los brazos y las piernas demasiado huesudas para ciertos gustos, y el culo empequeñecido y fijo como si los hijos hubieran sido en vano.

Estaba obsesionada parte por parte con su cuerpo. Se quitaba la ropa como quitándose el cuerpo. Quería domarlo, derrotarlo. Probarle que no era nadie sin ella.

Corrió cinco minutos en la cinta de correr. Siguió con estiramiento de glúteo y lumbar, tumbada bocarriba en la colchoneta, en dos enviones de diez. Se puso de pie para hacer estiramiento de cuádriceps en tres tandas de doce. Trabajó flexiones, abdominales, dorsales y pectorales en cinco máquinas diferentes. Hizo pesas. Se subió a la elíptica durante diez minutos, y, cuando terminó, estaba sonando "traicionera: no me importa lo que tú me quieras" y "mentirosa: sólo quieres que de amor me muera" y él estaba haciendo unos ejercicios que nunca le había visto hacer contra el espejo. Valentina odiaba el reguetón. Entendía por qué lo estaban poniendo en los gimnasios, porque era sobre el cuerpo y el sudor y el ritmo —y la letra era puro jadeo—, pero lo detestaba y se le pegaban los sonsonetes de los coros y se sentía peor.

—¿Qué estás haciendo? —le preguntó a David, el instructor, bajándose vencida de la elíptica.

—Es para terminar: ven aquí —le contestó él llamándola con una mano como ordenándoselo.

—¿Aquí?

—Dándome la espalda: aquí.

Fue como si se conocieran de antes. David, que era la máquina humana, se paró detrás de Valentina igual que un titiritero bunraku con su títere. Tomó sus manos para ponérselas contra el espejo. Separó sus rodillas en vez de separar sus piernas. Le dio instrucciones en el oído sin ensuciarse, sin sobrepasarse, porque todo tenía que ser decisión de ella: "Una…", "dos…", "tres…", "cuatro…", "cinco…", "seis…", "siete…", "ocho…", "nueve…", "diez…". Le dijo "ahora agárrate los brazos atrás entrelazando las manos" y agregó "abre un poco más". Y cuando la recostó contra su pecho para enderezarle la espalda, "así", ella arqueó la espalda todo lo que pudo y le buscó la boca con la boca. Y él le impidió dar la vuelta y la apresó con más fuerza y le metió la lengua y le apretó el cuerpo con el cuerpo y sonó "traicionera: en mi vida fuiste pasajera". Y ella le dijo que sí.

Así es. Así pasa. Es claro el error. Son obvias las consecuencias. Pero de vez en cuando —cuando uno da la espalda, cuando cree que la mente es un sueño del cuerpo y se va por un momento— es otro, con vocación de enemigo, el que da las órdenes. Y es el cuerpo lo que hay que sacarse de la mente.

Siguieron. Siguieron y siguieron como alejándose, como perdiéndose sólo ellos sabían dónde. Fueron deshaciéndose del esqueleto negro y la camiseta negra y se apretaron el pecho con el pecho y se pasaron la lengua por la cara y por el cuello y se pasaron las manos por las espaldas y por las caras. No importó que sudaran ni que tuvieran los cuerpos molidos. Él apagó las luces, que el interruptor estaba justo al lado, para que no se vieran sino sombras desde afuera. Ella le apretó la pantaloneta tirante cuando vio, como cruzando la calle, que no había ni un solo reflejo que no fuera el reflejo de ellos dos besándose, enterrándose los dedos, apartándose la poca ropa que lo enredaba todo, pidiéndose más el uno al otro y el uno del otro y el uno contra el otro y el uno sobre el otro, y dándose cuenta de que lo mejor iba a ser parar cuando por fin fueran capaces de parar.

Si ella volviera a escribir un cuento como los que escribía en la universidad, si escribiera un relato devastador como los que había estado leyendo en las esperas insoportables entre una escena y la otra en los sets de grabación de la telenovela —un cuadro de costumbres de Chéjov o de Carver o de Munro—, es seguro que le pondría el título de "Ácaros". Pensándolo mejor, que para pensarlo mejor es que tiene tiempo, podría ser más bien una obra de teatro escrita por su cuñada la dramaturga: "Ácaros". Sería un drama simple. Uno, dos, tres actos. Cinco escenografías mínimas: la cocina, la sala, el baño, la habitación de los hijos, la habitación de la pareja. Pondría en escena sin mayores adornos lo que le sucedió el martes 13 de diciembre de 2016, que no fue mucho ni fue espectacular, pero que fue espeluznante.

Comenzaría con ella sola en la cocina, en la mañana, leyendo en voz alta el horóscopo de la astróloga gringa Susan Miller mientras se van encendiendo las luces: "Este será un mes caro, pues Marte se acercará a la casa de los créditos, pero, a pesar de los gastos desproporcionados y los excesos que enfrentarás, tendrás el auxilio tanto de Júpiter como de la Luna llena del martes 13". Seguiría con una conversación cansina con la empleada de la casa, recién llegada del trancón de la ciudad, sobre la escasez de la plata, la mezquindad del clima bogotano, la insensibilidad de los maridos. Vendría la aparición de su esposo: "Hola", "adiós". Harían su entrada triunfal, como una invasión de los hunos, su pareja de hijos: "Mamá: dile a mi hermano que me deje en paz".

Y se irían yendo todos. Y se quedaría sola otra vez. Y en la penumbra del final del primer acto entraría el fantasma de su

554

entrenador personal, como si no fuera un espectro, sino un amante escondido bajo la cama, a decirle "te espero a las ocho en el gimnasio".

El segundo acto comenzaría con ella sola en el set de grabación de la telenovela, al mediodía, leyendo en voz alta la última página de *Traición* bajo una luz cargada de polvo: "Como usted es mi mejor y mi más viejo amigo, y, en este preciso momento, mi anfitrión, he decidido aprovechar esta oportunidad para decirle a su mujer lo hermosa que es". Aparecerían los camarógrafos, los luminotécnicos, los tramoyistas, los sonidistas, las maquilladoras. Llegaría a su lado, en un falso bar, el protagonista del melodrama. Vendría el director a decirles que se eludan la mirada durante toda la escena porque están avergonzados de divorciarse. Alguien, quién sabe quién, debería gritar "¡acción!". Echarían a andar entre todos esa escena de miedo y de arrepentimiento.

Y se irían yendo todos. Y se quedaría sola otra vez. Y en la penumbra del final del segundo acto entraría el fantasma de su entrenador personal, como si no fuera el amante más secreto del mundo, sino un corazón delator, a decirle "te dije que te espero a las ocho".

El tercer acto comenzaría con ella sola en la sala de su apartamento leyendo en *El Tiempo*, bajo una lamparita, la noticia más indignante e inesperada del día: "Proyecto de referendo contra la adopción gay avanza en el Senado": "con los votos de 54 senadores a favor y 22 en contra, la plenaria del Senado aprobó el martes, en segundo debate, el proyecto de ley para convocar un referendo que permita la adopción de niños solamente a parejas heterosexuales". Sonaría entonces el citófono: tritritritritri. Sería clara la hora en el reloj de la cocina: 7:10 p.m. Aparecerían sus hijos: "¿Quién es?". Aparecería su marido: "¿Quién es?". Abriría la puerta a la vendedora de la aspiradora alemana que limpia la polvareda invisible del ambiente.

Y luego de una demostración tan delirante como la de la vida real, que fue un monólogo febril de la vendedora de aspiradoras —"están durmiendo encima de cientos de miles de ácaros y de escupitajos de ácaros y de mierdas de ácaros", les dijo mostrándoles la tierra blanca que había aspirado—, se quedaría sola otra vez.

Y recorrería su apartamento en la oscuridad, cuarto por cuarto por cuarto, con una lámpara como la que la vendedora usó para mostrarles los enjambres, los torrentes, los cúmulos de ácaros.

Y sobre las cabezas de sus dos hijos, que estarían durmiendo plácidamente, habría velos de ácaros.

Y sobre el cuerpo de su marido, bocarriba como un cadáver, aletearían bandadas de ácaros como bandadas de chulos.

Y desde todos los ángulos del escenario pequeñas lámparas pondrían en evidencia los ácaros que enferman, que atragantan, que van tapando las fosas nasales y los bronquios y las arterias hasta que el cuerpo no puede respirar.

Y al final, de entre la nube de bichos microscópicos, el espíritu de su entrenador personal gritaría "nunca llegaste: me fui".

No fue exactamente así en "la vida real". Sí se enfrascó en una conversación con la empleada de la casa sobre la naturaleza de los hombres: "Las mujeres somos un castigo, pero los hombres son sin falta una decepción", declaró. Sí despidió en la puerta del apartamento a sus tres hombres, el rey, el príncipe y el bufón, con el amor que les tenía cuando se iban y cuando no estaban. Pero también espió en Facebook al nuevo instructor del gimnasio, Dios, cómo pasó lo que pasó; también se buscó marcas y moretones en el cuerpo en el espejo del baño; también se bañó, se puso lo primero que encontró, se fue hasta los estudios de grabación en el Peugeot negro que le había regalado su marido: pasó despacio frente al gimnasio, como un tiburón, antes de agarrar para Puente Aranda.

No leyó las últimas páginas de *Traición*, ni de nada más, mientras llegaba por fin la hora de grabar, sino que revisó en Facebook rumores de última hora sobre el sociópata acomodado que había raptado y violado y asesinado a esa pobre niña. Sí interpretó la escena en la que los dos esposos se ven en un bar de medio pelo, de cervezas rojas y alitas picantes, antes de ir a la notaría de la esquina a firmar su divorcio: "Yo no creo que este fiasco lleno de daños colaterales sea culpa tuya, ni mucho menos creo que sea culpa mía —repitió durante nueve tomas, y balbuceó y trastocó y olvidó ciertas palabras hasta que por fin pudo—, pero creo que tener una pareja es como ser un criminal que anda siempre con un testigo". Salió de los estudios un poco después de las seis. Llegó a la casa un poco antes de las siete.

Se encontró a sus tres hombres comiendo en la sala del televisor: "¡Llegué!". Quisieron ponerla al día en la película que estaban viendo, el *Superagente 86*, pero ella siguió derecho porque tenía que ir al baño antes de que llegara la tal vendedora de aspiradoras.

Llegó tres, cuatro, cinco minutos después. Desde que puso el primer pie en el apartamento fue clarísimo que se trataba de una mujer de unos treinta y cinco años, rubia y pequeña y ojiverde, que miraba fijamente a los ojos como una detectora de mentiras. Llevaba una pequeña corbata de cuero negro. Tenía la blusa blanca arremangada. Su voz era grave, grave, como si supiera de qué estaba hablando. Dijo una serie de frases sueltas para romper el hielo: "¡Qué clima tan pero tan feo!", "¡siempre es que es difícil encontrar esta dirección!", "¡qué pesada se pone Bogotá en Navidad!: ¡es una selva!". Superó muy pronto la innegable realidad: "Quiero decirle que soy su fan número uno…". Y entonces agregó "manos a la obra". Y exigió la presencia de lo que llamó "el señor de la casa".

Tuvo que llamar tres veces a su marido, olvidadizo y sordo y cansado del día, para que por fin saliera a la sala del apartamento. Y, cuando la vendedora les dijo "perdónenme el acoso, señores, pero es que la demostración es de una hora", se dejó llevar —se dejó alejar, mejor— por la imagen impaciente del instructor nuevo del gimnasio.

Tuvo la tentación de darle la noticia por WhatsApp: "¿Puedo llegar a las nueve?", "¿me esperas?". No lo hizo porque no estaba libre de culpas, y sentía que incluso su padre estaba viéndola cometer el error más viejo del mundo, y tenía encima además la mirada acusadora de su marido, que no estaba para estupideces porque los hombres de antes no están para estupideces y que hubiera dicho "¿en qué diablos nos metiste?" si hubiera tenido el ánimo para soltar media palabra. Soportó las presiones como una profesional. Escuchó la retahíla inicial, "¿qué es lo más importante de la vida?: la salud, sí, cómo no", resignada a dejar todo lo demás para después de la demostración de la bendita aspiradora, que quién sabe en qué momento me dejé yo meter en esta estupidez.

Y mi esposo no dice nada porque los hombres guion hombres saben cuáles peleas dar y cuáles no. Y hace cara de estar tratando de descifrar el truco detrás de un acto de magia.

La vendedora empezó demostrándoles que uno trae de la calle todas las porquerías imaginables e inimaginables: la mierda del mundo.

No titubeó ni repitió palabras ni tambaleó cuando le hicieron preguntas. No dio un solo paso en falso. Contó la historia de la empresa alemana desde la prehistoria. Dio fechas precisas. Mostró polaroids de las fábricas. Reveló cifras escandalosas de cómo han aumentado las enfermedades respiratorias porque la humanidad sigue siendo tan sucia. Probó que el aire de ese apartamento estaba lleno de gérmenes, de tierra, de piel muerta, de limaduras, de cenizas, de despojos, de excrementos microscópicos, de brozas sea lo que sean las brozas. Pidió que le trajeran la aspiradora de la casa para mostrarles el mugre que arroja. Apagó las luces para encenderles una lámpara especial que ilumina la inmundicia que flota por ahí. Encendió todo otra vez para hacerles la prueba final.

Sacó la reluciente aspiradora Acquaviva BGX 2016. Pidió a los esposos que la acompañaran hasta la cama matrimonial. Pasó el tubo de la máquina por encima del cubrelecho, por encima de las sábanas y por encima de la almohada. Y el resultado en las tres ocasiones fue un puñado de residuos blancuzcos y nauseabundos como restos en el fin del mundo.

—Por qué amanecemos con la garganta carrasposa, por qué nos despertamos ahogados en la mitad de la madrugada, por qué nos enfermamos seis veces al año —preguntó al aire sucio esa extraña que había venido, como Mary Poppins, a salvar a la familia de la asfixia—: porque tragamos ácaros y ácaros y ácaros toda la santa noche.

—Impresionante —reconoció su marido por fin interesado en lo que estaban viendo.

—Yo por eso siempre les digo a mis clientes que lo que no vemos es peor que lo que vemos —dijo la vendedora triunfal.

—Increíble —insistió, aturdido, mareado, el papá de sus hijos.

—Y también les digo que Acquaviva BGX 2016 no es un lujo, sino sencillamente una necesidad: es que el aire es un asco —concluyó la representante de esa marca lenta pero segura "que se usa en los hoteles más lujosos del mundo".

—Es que hemos estado durmiendo en un basurero —insistió su esposo—. No sé tú, pero yo me siento engañado.

Eran las 8:18 p.m. Y Valentina Calvo no estaba para frases como "me siento engañado", no, porque no estaba dispuesta a perderse su cita de los martes en el gimnasio, porque no tenía cabeza sino para escribirle a "el nuevo", que eso hizo, el mensaje lacónico "llego en un rato". A pesar de sus esfuerzos, de sus repetidos intentos de cerrar el negocio o de echar a patadas a esa mujer que insistía en pedirles los datos de sus amigos que tuvieran hijos, "un rato" se volvió cinco, diez, quince, veinte, veinticinco, treinta minutos. Compraron la puta aspiradora: 7.345.300 pesos que ella se tomó como el rescate de un secuestro, como la única manera de echar a esa mujer de sus predios, pero él sí los vio como un remedio y una respuesta a por qué se le ha vuelto una tortura dormir en esa cama.

—¿Cómo así una tortura? —le preguntó ella con las llaves en la mano, envuelta en su chaqueta contra el frío, antes de salir corriendo al gimnasio.

—Muchas noches termino durmiendo en el sofá —reconoció él como reconociendo algo peor—: no se me quita nunca este dolor de cabeza que me da ganas de exprimírmela.

—¿De verdad?

¿Y por qué ella no lo sabía? ¿Y qué más estaba pasando en esa cama mientras ella dormía? ¿Y si se hubiera quedado a hablarlo en vez de decirle "tienes que contarme bien ahora que vuelva"? ¿Y si no hubiera abierto la puerta de salida, ni hubiera bajado por las escaleras porque nada que llegaba el ascensor, ni hubiera salido a zancadas a la calle como si fuera a dejarla un avión, "ya vuelvo"? En la esquina siguiente de su edificio un quinteto de reporteros grababa planos generales del barrio de al lado, el Bosque Calderón, para cualquier informe lleno de suposiciones y de mentiras sobre ese sinvergüenza que había tratado de engañar a la justicia después de estrangular a esa pobre niña. Dijo adiós, adiós, porque la reconocieron. Siguió adelante. Se puso sus gafas oscuras en la noche.

Marchó por su barrio con el teléfono en la mano, en descenso, bajo la mirada de los vigilantes: un, dos, un, dos. Tardó cinco minutos más en llegar a las puertas cerradas del gimnasio: 8:57 p.m. Escuchó la campanita que en aquel entonces le anunciaba los mensajes, ¡clin!, justo cuando la boca y la nariz y los ojos se le preparaban para llorar: "Estoy en la droguería". Se preguntó "¿qué estoy haciendo?" en vez de reconocer de una vez que estaba cometiendo el error que suele cometerse para ver cómo es, qué se siente. Estaba poniendo una bomba en los cimientos de un puente. Estaba desconfiando de una vida buena. Había mirado de reojo, como Orfeo a Eurídice a la salida del infierno, a ver si lo que había logrado estaba vivo: era sabotaje, traición a su patria, dáñese quien pueda.

Recorrió la droguería góndola por góndola: "¿Dónde está?". Agarró una caja de acetaminofén para llevársela a su esposo como un sencillo —pero no por ello menos valioso— reconocimiento a estos quince años de matrimonio: un año de matrimonio son siete años humanos. Hizo la fila detrás de tres personas más, un encorbatado con el nudo suelto, una viejita que no debería estar afuera entre ese frío, una muchacha con un casco y tatuada y sonriente que le hizo cara de "yo sé quién es usted", porque siempre trata de dejar en claro que incluso las celebridades tienen que hacer la fila. Revisó su cuenta de Twitter en la pantalla de su iPhone, 482.000 seguidores, porque la cajera estaba revisando a contraluz los billetes de la anciana. Escribió "la homofobia que da votos" y retuiteó un artículo porque el titular le pareció indignante: "Proyecto de referendo contra la adopción gay avanza en el Senado".

Soportó la impaciencia dándole una mirada más al local —y no: no estaba— con la sensación de que estaba tragándose el sapo de su patetismo con tal de seguir jugando ese drama.

Fue entonces cuando la chica que tenía enfrente en la fila se volteó a darle las gracias.

—¿Por qué?

—Por compartir el artículo sobre ese referendo asqueroso —le dijo mostrándole su pantalla—. Gracias de verdad.

—Es repugnante.

—Es lo que usted dice ahí —le reconoció—: es "homofobia que da votos".

—Es el Medioevo.

—Soy Flora Valencia —le dijo ella, quitándose el casco, antes de ponerse a pensar que la gente no sabe lo que dice cuando dice "el Medioevo".

—Soy Valentina —respondió la actriz por si acaso.

—Yo sé —contestó Flora nerviosa, risueña.

Pero entonces le llegó el momento de pagar las pastillas y las gomas de vitamina C que le había pedido su novia embarazada desde la madrugada: ¡59.300 pesos! Pagó con cuatro billetes y dos monedas que casi no encuentra entre el pequeño monedero de dragones. Guardó la bolsa con las drogas entre el morralito. Y cuando dio la vuelta para despedirse de la actriz, con la ilusión de pedirle un autógrafo que le devolviera el amor de una mamá que había dejado de quererla por lesbiana, Valentina Calvo ya no estaba. Quizás se había ido de repente. De pronto estaba allá atrás buscando una crema para seguir siendo tan esquelética, tan bella. Pero ella ya no tenía tiempo para conjeturas porque todavía le faltaba por lo menos media hora de viaje.

En la casa, en el resguardo, estaban esperándola su mujer y el hijo por venir y el comienzo de su vida ahora sí. Era el fin del segundo martes 13 de ese año que había sido un martes 13, y Flora tenía por fin la guardia abajo porque no había sucedido el horror que le habían vaticinado.

Cuando uno está a punto de perderlo todo, cuando uno está a unos minutos nomás de quedarse sólo con esta mente que tiene adentro de este cuerpo —y lo demás va a volverse una mueca—, menosprecia y desestima las señales del horror: uno apenas es humano. Dicen los astrólogos honestos que desde el viernes 1º de enero hasta el sábado 31 de diciembre del pasado 2016, que fue, según se ha probado, el peor año bisiesto que se encuentre en las bitácoras del universo, una conjura de planetas forzó a quienes aún no iban a morir a soportar sus peores miedos, a encarar y a vivir sus pesadillas en este lado de la realidad. Pocos fueron capaces de leer los signos antes de la incisión. Sólo unos cuantos habían considerado la posibilidad de semejante remezón.

Y Flora Valencia, que desde el comienzo del año tenía claro, por el monólogo de un santero, qué tan trágico podía ser el final, había conseguido a fuerza de reveses y de desilusiones llevar a cabo aquello de vivir en el presente: desde que su madre había marchado contra los homosexuales, contra ella, prefería dedicarse a lo de cada día para no tener ganas de morirse.

Era el segundo y el último martes 13 del año: el martes 13 de diciembre de 2016. Ya eran las 9:27 p.m., pero las calles bogotanas, plagadas de las luces azules y rojas y verdes y violetas de la Navidad, todavía eran una insoportable muchedumbre de carros, motos, vendedores, mendigos, payasos.

La noble y opaca y valiente Valencia, filósofa e investigadora de la oficina del comisionado de paz, había tomado el bus azul en el paradero solitario de la Academia Nacional de Medicina en la carrera 7ª con la calle 69, había dedicado el tedio del trancón al espionaje de los perfiles de Facebook de sus felices compañeros de universidad, había sentido una borrasca en el estómago en el puente de la 45 porque habían estado a punto de estrellarse y de irse por el precipicio, y lo había superado mientras el bus se iba a trancazos por la carrera 30 en busca de la calle 23. Sin embargo, no vio pistas de lo que vendría en las curvas mal tomadas, ni en las histerias de las redes sociales, ni en los ataques de nervios de los diarios sensacionalistas.

Un par de "amigos" entre comillas, miembros de su antiguo grupo de estudio, discutían a muerte en el chat de WhatsApp qué tan disparatado resultaba pensar desde la filosofía de la mente que las predicciones de los horóscopos son ciertas: "Tanto los astros como nosotros habitamos una gran mente"; "la relación entre astros y destinos es una relación entre contenidos del pensamiento"; "la idea de una mente total se imagina un mundo que nosotros experimentamos como real, del que hacemos parte, en donde lo celestial se ve reflejado en los destinos de las personas"; "no, tanto los astros como nosotros somos algo externo a una voluntad, pero esta tiene el poder de influir e incidir en nuestros destinos". Y no le impresionó la palabra "destinos", sino la ociosidad.

Madonna, la cantante, aparecía y volvía a aparecer en los muros de sus amigos porque había pronunciado un aplaudido discurso feminista en la entrega de los premios Billboard: "If you're a girl, you have to play the game". Pero no pensó que se lo estuviera recordando a ella, sino al circo romano de sus compañeros que se las dan de primermundistas.

La abogada Mónica Roa y la líder LGBT Elizabeth Castillo, sus gurús en la materia, no peleaban con nadie en Twitter: llamaban a la serenidad, a no desfallecer, ante el referendo homofóbico que seguía avanzando en el Congreso. Pero que pidieran calma no le pareció una señal de peligro, sino una sensatez.

En las sillas de adelante, incómoda con su cartera enorme, una señora le repetía a su marido por tercera vez: "Mijo: esto cada vez va a ser peor". Pero a ella no le pareció un vaticinio, sino una obviedad.

Se bajó del bus en el paradero de la Avenida La Esperanza con la 45 con la imaginación puesta en su mujer embarazada, el amor de su vida aunque faltara tanto por vivir, que seguro iba a estar en la sala viéndose en el portátil cierta película grave y lejana en alguna de esas páginas piratas. No notó de inmediato el desorden. Llamó al celular de ella, de su Natalia, que daba igual porque jamás contestaba. Cruzó hasta el separador, esperó a que pasara un camión lechero de otros tiempos, caminó hasta la esquina redonda del supermercado. Se fue calle abajo en busca de las escaleras verdes de su edificio, el FILADELFIA, sin darse cuenta —porque venía quejándosele a su teléfono de que su chica no respondía nunca— de la farola rota y de la oscuridad.

Se empezó a engarrotar, a quedar sin aire y sin lengua y sin memoria, cuando escuchó las voces que se escuchan cuando ha habido un accidente: "¡Jueputa!", "¡Dios santo!", "¡uy, no!", "¡quién es!". Jadeó hasta la náusea, ay, ay, ay, con las rodillas vencidas, con los puños y los dientes apretados, porque no pudo hablar desde que vio un corrillo de transeúntes preguntándole a un agente de la policía qué era lo que estaba pasando en el salón de belleza. En las puertas de vidrio del edificio se reflejaban un par de cuerpos cubiertos con un par de sábanas verduzcas. Arriba, agarrada de la baranda negra, la peluquera la señaló como señalando la muerte y se tapó los ojos: "¡Florita!". Flora se dio cuenta de que no podía dejar de decir "qué pasó". Sintió punzadas en las sienes.

Trató de actuar como lo haría una persona valiente que tiene enfrente el peor de sus miedos, por fin el peor de todos, sobre una sombra de sangre.

Se dejó rodear del vigilante, del agente, del paramédico, de la peluquera, de un testigo que justo pasaba por ahí cuando empezaron los gritos que terminaron en los disparos: tas, tas, tas... tas.

Escuchó lo que le pareció escucharles a todos: que "un man rapado con una chamba acá apareció allí en la puerta", "yo no lo había visto nunca", "el man me pidió que llamara a la señorita Natalia", "quedaron de verse en la peluquería porque a mí me late que ella no quería quedarse sola con él", "yo la verdad no vi nada raro: hablaron un rato junto a la baranda e inclusive se rieron un par de veces", "porque el perro hijueputa se puso dizque a tratar de oírle el corazón al bebé con la oreja puesta en la barriga de ella", "y alcanzaron a despedirse como si fueran amigos", "pero entonces el hombre sacó el fierro para pegarle tres tiros en el pecho a ella", "pero después se tragó el cañón y pum".

Ella se llamaba Natalia Rojas. Tenía el pelo indomable. Tenía la boca pequeña y los ojos enormes y las manos largas y la nunca muy blanca como una princesa en el lugar equivocado. Hablaba pasito. Se reía a carcajadas cuando contaba mal un chiste. Era mesera en un restaurante de moda: BESTA. Quería terminar un día la carrera de Comunicación Social en donde la dejaran terminarla. Acababa de sobrevivir a los peores años de su vida —a los errores que cometían sus drogas, a las decisiones después del segundo vodka, a las brujerías que había estado haciéndole su asesino para quedarse con ella, a la salida de la universidad, a los reclamos de su amante— para quedar embarazada, pero a esa hora de la noche de ese martes 13 era claro que ese tampoco era su destino.

Quien se asome a su cuenta de Instagram, que es su cuenta más activa, quedará con la sensación de que era una mujer sin aire. Después de años de tomarse esas selfies provocadoras e insinuantes, pero sobre todo enigmáticas e inexplicables, que habían vuelto locos a los viejos verdes de internet, se había dedicado a captar detalles oxidados de Bogotá. Si usted se mete ya mismo a @ntlrjs, lector, lectora, se quedará mudo ante esa foto de una caneca volcada —del lunes 12 a las 11:08 a.m.— que fue la última foto que subió: "La muerte de una mujer bella es un lugar común, E. A. P.", escribió como si fuera cierto aquello de que la parte invisible de un ser humano, la parte que no conoce el lenguaje de las palabras, se entera unos meses antes de que su cuerpo va a morir.

Su familia la quería. Ella, Flora, que fue su mujer, la amaba y la seguía amando como si sólo pudiera ver de cerca. Y estaban cumpliendo meses en ese apartamento que era un poco mejor para que la vida del bebé, Vicente, fuera una vida mejor.

Pero también estaba él, el güevón sin nombre, Fabio, que había estado recurriendo incluso a brujos para conquistarla, que había sido mucho más un castigo que un esposo —castigo por qué: de qué— y había estado persiguiéndola desde que lo había dejado por otra. Siempre fue claro que había que temerle. Que era un puto abusador que se había quemado la mano con el ácido con el que quiso quemar a su víctima. Que estaba dispuesto a lo que fuera, hasta a matarla, con tal de quedársela para él solo. ¿Por qué entonces bajaron la guardia?, ¿por qué vivieron esos últimos meses como si él no le hubiera hecho esas llamadas ni la hubiera asediado aquella vez a la salida del restaurante, "¡perra!", "¡perra!"?: porque la felicidad relativiza, duerme, pone distancia con el mundo. Y el asesino había hecho la jugada maestra de pedir perdón.

Luego, espiando sus mensajes, sus e-mails, sus chats, Flora Valencia no sólo confirmaría que su mujer había sido su amor correspondido, sino que fue testigo de cómo el depredador fue convenciendo a la presa de —en el orden de los engaños— su arrepentimiento, su vergüenza, su dolor, su propósito de repararlo todo, su obsesión por dejarla en paz, su amistad, su deseo de que contara con él si acaso un día lograba recuperar su confianza. Natalia Rojas fue siempre demasiado pequeña, demasiado vulnerable, para un mundo de monstruos: su muerte es terrible porque se libró por muy poco de matarse ella misma, porque algo que es la suma de todo —esa mente total, ese año bisiesto o esa Luna llena que le presagiaba a ella un viaje definitivo— no la dejó quitarse la vida para quitársela cuando fuera peor.

Flora Valencia tuvo que soportar la escena del crimen y el levantamiento de los cadáveres de su esposa y de su hijo el resto de la noche, el resto de la vida, mejor.

Tuvo que llamar a los padres de Natalia Rojas: "¿Marina...?". Tuvo que dar el nombre del profesor Horacio Pizarro, cuando le preguntaron quién podía acompañarla en estos momentos, porque su madre había jurado no hablarle nunca más: "Usted es mi cruz", le dijo la última vez. Tuvo que escuchar tres, cuatro, cinco veces, cómo el hijo de puta se despidió como un amigo que se va para su casa después de darle un saludo a su amiga de siempre, pero tres escalones abajo dio media vuelta, se sacó el revólver de entre los pantalones para acribillarlos, empezó a gritar "hasta luego" como si se hubiera quitado una máscara, como el diablo —tas, tas, tas— y volvió a subir por las escaleras verdes de la entrada del edificio FILADELFIA para volarse la cabeza a ver qué: ¡tas!

Tuvo que hablar "de la occisa" con una agente del CTI enfundada en su traje blanco antifluidos, una señora terca, cansada e insensible que bostezaba porque había estado "en puertas" desde hacía treinta y seis horas. Tuvo que hablar con un agente vestido de civil que había "parado oreja", camuflado entre los curiosos de turno, a ver si se enteraba de algo más. Vio cómo acordonaban el sector. Escuchó la biografía de Natalia a pedazos: "Hija única", "mesera", "había dejado la universidad", "embarazada", "novia". Soportó la minuciosa descripción de la escena: "Un proyectil le impactó la cabeza y los otros dos el tórax". Notó cómo fueron llegando al móvil del crimen, como si no fuera obvio, luego de tres horas de recorrer el lugar centímetro por centímetro.

Se dejó dar palmadas en la espalda y dar el pésame por gente que no había visto jamás y no vería nunca más. Se dejó abrazar con fuerza por sus desconsolados suegros: "No puede ser...".

Fue hacia las 11:30 p.m. cuando vio pasar al profesor Horacio Pizarro, su maestro, su amigo semejante a un gigante al rescate, por debajo de las cintas amarillas que cerraban la bocacalle: PELIGRO NO PASE. Traía en brazos a Gil, el perro enfermo al que desde octubre había estado cuidándole los últimos días. Detrás del profesor venían dos personas que unos pasos después resultaron ser su padrastro y su madre. Pizarro fue el primero en abrazarla: "Qué dolor", "qué absurdo". Siguió su padrastro: "Lo siento mucho, mija, diga nomás qué necesita". Vino su mamá, que no le había hablado en los últimos meses, que no la había querido desde que supo todo, transfigurada por el horror y el frío y la llovizna que hacía círculos inútiles en los charcos.

Su mamá la apretó muy fuerte y le dijo "la amo mucho, Flora" y la sentó en las escaleras para que llorara y llorara recostada en sus piernas.

Habló para que su hija no tuviera que hablar. Dijo "justo estaba pensándola cuando nos entró la llamada del profesor", "mire que yo soñé la otra noche que su amiga se moría", "ay, yo les dije que una cosa así podía pasar". Se tragó todas las pesadeces que se le vinieron a la cabeza, cuando subieron al apartamento a recoger su ropa para que pasara la madrugada con ellos —se le ocurrió que esto era un castigo para todos y que Dios se había vengado, pero no lo dijo—, porque el televisor estaba encendido en la telenovela que ella veía cada noche, porque la mesa estaba puesta para comer, porque el libro para colorear estaba abierto, porque en las paredes de la habitación vacía del bebé habían pintado un circo de animales y payasos, y el dolor hacía irrelevante lo demás.

Flora, su niña, pensaba lo mismo: que su tesis sobre la mente y sus investigaciones sobre el conflicto y las marchas contra el lapidado de turno, todo lo que no fuera ese desamparo, era mentira.

Se escondió en el regazo de su madre todo lo que pudo. Sólo asomó la cabeza para darle las gracias a su profesor Pizarro, que estaba mudo, con el perro a sus pies, sentado a duras penas en una silla pequeñísima para él. Miraba el apartamento con los ojos dilatados con los que se miran las paredes de los museos: los veintidós arcanos del tarot colgados como pequeños afiches en la pared de enfrente, el viejo teléfono rojo con forma de zapato de tacón, la esquina repleta de matas grandes y pequeñas, el cartelito de madera que decía *Wag more bank less*, el rompecabezas de *El beso* que él mismo les había mandado a enmarcar —con una pieza perdida— para que lo perdonaran por terminarlo sin ellas, el mueble azuloso y envejecido en el que habían puesto las fotografías de las dos y de las familias de las dos, el pesebre de figuras de madera en el rincón.

Cómo se repone uno de esto. Cómo regresa a la idea de que todo pasa por algo y para algo. Qué clase de vida, si no es una vida larga y tortuosa, puede quedarle por delante. Ay, cuando yo era el que sabía qué decirles a mis dos hijas para que salieran de la desesperanza, de la pena. Ay, cuando yo era el remedio para todo. Y en los días de Navidad lo único que sucedía era la Navidad.

Habían quedado de verse a las once de la mañana en no sé dónde: en una cafetería o en una droguería cerca de la funeraria. La teoría del profesor es que su año bisiesto terminó en donde empezó, en el mismo paredón, porque su antigua amante llegó a la cita treintipico minutos tarde. Si no hubieran aparecido por fin en la sala de velación al filo del mediodía, entonces su verduga —la colega brillante pero endiablada que lo había lapidado en público por insinuar que las mujeres con hijos son más inteligentes, la directora que lo había obligado a renunciar al Departamento de Filosofía a punta de sarcasmos e insinuaciones, la vieja amiga que, aunque lo conocía desde hacía tanto, lo había reducido enfrente de todos a misógino encubierto— se habría cruzado con él.

Se habrían enfrascado en un saludo hipócrita e incómodo, "profesor Pizarro...", "profesora Terán...", antes de cruzarse un par de lugares comunes sobre la tragedia.

Pero ella no lo vio. No se enteró de que aquel jueves 15 de diciembre el profesor Pizarro no sólo llegó a la sala de velación apenas ella se fue, "tengo que irme...", sino que además se sentó al lado de su alumna, la viuda Flora Valencia, hasta que llegó la hora de la misa fúnebre, repitió las letanías y las oraciones como si creyera en ellas detrás de la banca de los deudos, asistió abatido y cabizbajo al entierro en el cementerio del 7 de Agosto, el Cementerio del Norte, y al final de la tarde logró enredar a la enlutada en una conversación llena de anzuelos que la pescó y la calmó por un momento: "Muchas gracias, profe, yo no sé qué habría hecho este año sin usted", le dijo ella como si por unos segundos hubiera vuelto a habitar su cuerpo con sus gestos y sus tatuajes.

Quizás sea lo mejor empezar la historia desde la madrugada del miércoles 14. El profesor Horacio Pizarro acompañó a la casa a su alumna y a los padres de su alumna: "Nos vemos en un rato", les prometió en las rejas del garaje, "traten de comer algo…". Emprendió el regreso crudo y lluvioso en el taxi de su amigo taxista, don Orlando Colorado, que se sentía obligado a ser su escolta —porque su escolta, Ballesteros, andaba con gripa—, pero por una vez en la vida guardó silencio. En el asiento del copiloto, que solía acomodarse ahí porque ahí cabía mejor, recordó su dolor de espalda, sus ganas de acostarse a dormir y dormir a ver si despertaba en su infancia. Volvió aniquilado a su apartamento a las 3:59 a.m. Le entregaron el periódico del día de una vez: "Corte le da la bendición a vía rápida para tramitar leyes de paz". Acomodó a Gil, el perro, en su lado de la cama.

Despertó bocarriba, a las siete de la mañana más o menos, por obra y gracia de la taquicardia: tun, tun, tun. Dio un par de vueltas en la cama antes de aceptar el nuevo día. Respondió con palabras sueltas, escondiéndose entre la cama del frío penetrante, las preguntas que le había hecho su mujer por WhatsApp en el amanecer: "El entierro es al mediodía…". Se quedó pensando en su alumna en duelo y en la novia asesinada —que era triste y risueña y daba abrazos largos cuando se iba— porque se entraba el mismo sol benigno de ciertos días por debajo de las cortinas: qué rabia esa paz. Llamó a la abogada Verónica Arteaga, que seguía siendo su jefa en la Facultad de Derecho y seguía siendo su amiga porque había sido un amor inesperado, pero sin pena ni gloria había dejado de ser su amante.

—¿Qué pasó? —preguntó como si se hubiera caído algo de la mesa de noche.

Trató de llorar pero le faltaba el aire. Quiso en vano decir algo que no fuera "puta vida" o "qué horror". Pizarro tuvo la sensación de que el novio ese que Arteaga había tenido en los últimos años, el político conservador de la esposa en coma, estaba con ella en la cama de él o en la cama de ella a esa hora del miércoles. Y qué, pensó, que hagan lo que les venga en gana que el infierno es de ellos. Quedaron de verse a las once de la mañana del día siguiente en algún lugar cercano de la funeraria donde iba a ser la velación —ah, ella tenía que hacer "algo" antes— para no llegar solos a la escena del duelo: el que llegara primero al barrio buscaría un sitio donde resguardarse de todo. Y así fue como el jueves 15 terminó el profesor esperándola y esperándola y ella perdida en las calles del lado.

Se encontraron por ahí, por fin, cerca del mediodía. Fueron juntos hasta la funeraria y encontraron juntos la sala de velación como si fueran aún una pareja clandestina. El profesor Pizarro dejó escapar un "menos mal" cuando la derrotada Flora Valencia le dijo, por decir alguna cosa, por respirar, que la profesora Gabriela Terán acababa de salir, pero luego sintió vergüenza porque quizás no era el momento para seguir odiando a la colega que odiaba. Estuvo de pie en una esquina durante un buen tiempo, de vez en cuando revisando la pantalla de su teléfono para nada o contestándole alguna pregunta a su amiga la incumplida, hasta que confirmó que Flora llevaba un par de minutos mirando el mismo baldosín del piso porque pocos eran capaces de reconocerla como la viuda. Y entonces fue por ella.

—Usted tiene que comer algo —le dijo.

Y salieron de allí, de ese aire, así fuera por unos minutos. Y cruzaron la calle cuando acabó de pasar un carro fúnebre. Y cuando estuvieron sentados en esa cafetería, que así, cara a cara, se les había pasado el año entero, él le dijo que había estado pensando que quizás no era tan extraño que *una filósofa de la mente* tuviera una pared decorada con los veintidós arcanos del tarot. Se lo explicó, por supuesto, se puso a decir sin flaquear que "es que dónde termina el hombre"; "es que mucho se pierde en la traducción, mucho, en el diálogo entre el cuerpo y la mente"; "es que quizás la mente sí recuerde lo que va a pasar, tal vez el pensamiento sí tenga poderes causales, de pronto lo mental sea material: quién sabe"; "Einstein le reconoció a Jung que puede ser que a nivel subatómico continuemos manteniendo un vínculo con el universo entero"; "qué voy a saber yo si el panpsiquismo no es cierto"; "puede que sí: que lo inmaterial produzca pensamiento más allá del cerebro y que la consciencia sea algo fundamental que hace parte de la esencia misma de todo lo que existe"; "y puede que la mente de Eccles siga existiendo: quién quita".

Y fue claro que estaba confesando algo que había estado pensando desde hacía mucho tiempo.

Y fue claro que estaba confesándolo para que algún día ella le encontrara una salida al callejón.

—¿Y si la mente sigue existiendo después de que muere el cuerpo? ¿Y si es cierto que hay un orden implicado? ¿Y cómo podemos negar, como diría Nagel, que los muertos tienen experiencias?: ¿cómo podemos negar qué es ser un muerto? —preguntó el profesor Pizarro, como en una misión, en aquella cafetería de funeraria.

Pero nada de lo que dijo fue necesario porque la devastada Flora Valencia, su alumna, a quien estaba queriendo como a una hija porque estaba sintiendo la impotencia que se siente ante el dolor de los hijos, se quedó pensando que él le había dicho "*filósofa de la mente*" —en cursivas— antes de monologar. Y no se quedó pensándolo porque su maestro acabara de graduarla de colega, sino porque fue claro para ella que ese hombre que no cabía por las puertas era capaz de cualquier cosa con tal de hacerla sentir bien, que ese viejo extraviado, que tenía claro que el mundo le había pasado de largo y hablaba una lengua ridícula venida de los años setenta y veía unas películas que a los protagonistas de la época les parecían acartonadas, era un viejo que sentía amor por ella.

Soportaron la misa fúnebre. Caminaron hasta el Cementerio del Norte, por la acera, por el puente peatonal, por la calle rota, como unos desterrados de negro. Despidieron a los cuerpos sitiados por tanto dolor.

Y a Flora Valencia se le vino el mundo encima, como si hubiera construido su vida con palos y tejas en una ladera que un día iba a llevarse un alud, con una sevicia de la que sólo es capaz la realidad. Y quiso morirse con un minuto de por medio, y quiso enterrarse con sus dos amores de una vez porque qué puede hacer falta por vivir después de esto, y quiso escupir y morder y destrozar mientras pasaban por su lado los parientes de su mujer que no eran capaces de darle el pésame, pero de algo le servía —era un resquicio— lo extraño que era que su madre estuviera tomándola del brazo para que no se le fuera a caer y lo conmovedor que era que su profesor de dos metros de altura estuviera parado detrás de ella como su guardaespaldas.

Le dio las gracias en un último abrazo cuando los deudos fueron dispersándose en el camino a la salida del cementerio. Y él sólo le respondió "hablamos luego" porque estaba obsesionado con hablarle del futuro. Y tomó su propio camino.

Según los astrólogos, lector, lectora, los planetas estaban despidiendo el año como se despide una prueba de fuego para los que estamos aquí haciendo esto, pero la teoría del profesor es que si su amiga Verónica Arteaga no hubiera llegado tarde a la cita, el pérfido 2016 habría terminado en una Navidad lánguida como cualquier Navidad cuando los hijos son viejos. Esperaron el taxi que iba a recogerlos en la salida del cementerio, en la abrumadora avenida 68, para salir de una vez por todas de ese funeral. Saludaron a Colorado, el taxista. Saludaron a Ballesteros, el escolta, que andaba con gripa. Sacaron conclusiones antes de quedarse un rato en silencio. Y cuando él cayó en la tentación de preguntarle a ella por qué había llegado media hora después de lo acordado, porque lo cierto es que sólo estuvo perdida cinco minutos en el barrio de la funeraria, ella le confesó que la verdad era que había terminado de verse *El último tango en París* antes de salir de la casa.

Pizarro pudo preguntarle a Arteaga, pues no habría sido desatinado dada la historia entre ellos dos, si ahora que por fin le había hecho caso de ver aquella película, lo había hecho con el político ese. Simplemente le dijo "nunca fuiste capaz de verla conmigo".

Y, a modo de venganza, llegó a la casa a verla acompañado por su perro. Y ya no le pareció una lección de la realidad y una muestra de coraje contra la hipocresía de la sociedad, como le pareció la primera vez que la vio, sino un drama agotador sobre cómo fracasar en el intento de deshacerse de uno mismo, un drama largo y violento y tedioso sobre cómo una mente no puede esconderse toda la vida dentro de un cuerpo. Y entonces recordó que la primera vez que vio *El último tango en París* la vio en el Radio City, en vespertina, con su primera esposa, y que ella salió del teatro destruida y con la conclusión de que tenían que separarse para siempre. Y sí, después de un pataleo de meses y de meses, se separaron. Y él conoció a Clara, su mujer, la semana siguiente.

Por qué un solitario como él, que había pasado tanto tiempo de su vida en su cabeza, que había tenido clarísimo desde muy niño que vivir tenía que ver con resolver el misterio de uno mismo, no podía imaginarse soltero. Por qué había pasado de un matrimonio al otro, como quien se muda a su casa definitiva, si es mucho más difícil estar casado que estar solo, si dentro de una pareja no hay treguas ni hay secretos ni hay coartadas que valgan, si ser uno mismo es todavía más duro cuando hay testigos. Aún más: por qué el profesor Horacio Pizarro, si era un gigante aparte, un niño egoísta que curiosamente había logrado tener nietos, pero un niño egoísta a fin de cuentas, tarde o temprano terminaba teniendo encuentros cercanos del tercer tipo con otros: con Flora, con Verónica, con Gil.

Fue en ese momento, a las 10:10 p.m. del jueves 15 de diciembre de 2016, cuando entendió de golpe por qué estaba perdido sin Clara, por qué iba a vivir extraviado si ella se quedaba allá y él seguía viviendo acá sin ella.

Porque él no es él si ella no está. Porque él empezó a ser él cuando se casó con ella. Porque él no estaba dando pasos sino apenas reptando, no estaba descubriendo, ni conteniendo, ni poniendo en duda, ni confesando, ni llegando a moralejas, ni traicionando a su personaje, ni fantaseando con lo que habría podido ser, ni espiando, ni siendo terco, ni haciendo pataletas, ni padeciendo de la espalda, ni teniendo taquicardia, ni dando vueltas en la cama, ni ejerciendo el placentero derecho de quejarse de los hijos, ni escuchando los discos de los Beatles, ni entregándose al canal de las películas clásicas, ni volviendo a hacer los trucos de magia que hacía cuando era niño, ni tragándose respuestas ingeniosas a las críticas, ni sacando tiempo, si no era el esposo de Clara.

Eso entendió después de todo: que "el amor de la vida", que es un cliché porque sí existe, no es una vacante; que había podido ser ese solitario que se encerraba en su estudio, "a pensar", "a leer", "a procrastinar", porque tenía claro que ella estaba afuera; que había podido ser este profesor en pugna con el 2016, con sus trols y sus reveses y sus traiciones, porque había llegado a tierra firme el día en que había dado con ella; que había sido capaz de describir y de comentar y de llevar por dentro las trampas mentales en las que caen las parejas —como arenas movedizas— porque estaba viendo el mundo como lo ve uno de los pocos felices: con esa extraña compasión que en realidad es el amor que siente quien ha tenido la suerte de no envejecer frente a un espejo sino frente a una misma persona.

Eso captó a las 10:10 p.m. del antepenúltimo jueves del año: que ni siquiera sus derrotismos, ni siquiera sus peores vaticinios, ni siquiera los días en los que pensaba en el estallido final de su trama —en el desboque de su rutina y en la ruptura de su familia— estaba contemplando de verdad la posibilidad de que dejara de existir su matrimonio.

Podía odiarla por unos segundos. Podía pensar pequeñas venganzas contra su Clara, aún, como cuando acababan de casarse y era claro que ella sabía vivir y obrar y lavar la loza mejor que él. Pero no había duda —por eso lo pensaba hasta ahora— que era el amor, el lugar, el esqueleto de su vida. Siempre, desde niño, había tratado de que ni los hechos ni las personas ni las ideas se le escaparan entre los dedos: siempre había perseguido que las experiencias aquí, sea lo que sea esto, no fueran agua y arena, sino la mezcla. Y, con la mano en el corazón o con la mano en la mente, tenía que reconocer que —más que sus ensayos o sus clases o sus pataleos en las redes— había sido su matrimonio lo que había fijado su vida.

Se lo escribió tal cual por WhatsApp: que cuando él decía que necesitaba tiempo para él mismo estaba diciendo que necesitaba pasar tiempo con ella, que ya había estado muchos días solo y era la noche para reconocer que se encontraba perdido. Hizo un chiste incluso: "No debería ser *conócete a ti mismo* sino *cásate*". Pero Clara no vio los mensajes esa noche.

Y se le fue agrandando la sensación en la madrugada, ay, cuando llegó a la conclusión de que no había mejor manera de ser inteligente que la manera de ella, ay, cuando se besaron y se besaron en el Teatro Scala esa vez, ay, cuando ella se lo llevó de afán adonde vivía porque no aguantaba más las ganas, ay, cuando nos fuimos por toda la ciudad a buscar el primer apartamento que iba a ser de los dos, ay, cuando nos casamos bajo la mirada de nuestros papás que nunca iban a morirse, ay, cuando supimos que había quedado embarazada, ay, cuando nos dio ataque de risa porque la ginecóloga del lunar en la barbilla nos había repetido el mismo discurso de la vez pasada, ay, cuando nació Adelaida y cuando nació Julia y cuando volvimos al apartamento a enseñarles a dormir toda la noche y a trabajar para que nada en el mundo ni en la vida les dañara el sueño.

Y cuando se le vino encima la hora, ¡2:40 a.m.!, Clara era todo lo que él tenía: su memoria y su reflejo.

Y esa pareja que iba a cumplir treinta años en enero era el logro de la vida porque una pareja es un pacto de sangre entre sangres ajenas, y no es una victoria del cuerpo, como un padre o un hijo, sino de la parte nuestra que no vemos.

Y lo que de verdad le importaba en ese momento de su vida era irse hasta Boston, Massachusetts, a traer a su esposa.

Se puso, cómo no, a espiar perfiles de Facebook. A espiar conocidas y desconocidas con la ansiedad a escondidas de un adolescente. A lamentar que todos esos nombres y todas esas fotos se hubieran vuelto locos. Pero realmente estuvo hasta esa hora pensando en ella: en tomar un avión espeluznante para verla. Antes de dormir, con la sensación de que su ventana era la única ventana encendida en la Tierra, publicó en su muro una línea de la película en cuestión que le pareció que iba a recibir cientos de likes por lo irónica: "Tú no tienes nombre y yo tampoco tengo nombre. No hay nombres. Aquí no tenemos nombres. *El último tango en París*", escribió. Y luego apagó el computador y se fue cojeando a dormir y le dio las buenas noches a su perro dormido y se acostó sin ver ni oír ni pensar nada más.

¿Y si cada quien está encarnando su personaje en esas redes? ¿Y si cada quien tiene a todos los demás adentro pero debe resignarse a hacer nada más su papel? ¿Y si una mente puede empujar a las demás por orden de una mente mayor? ¿Y si fue su mente la que puso a andar el final turbulento que siguió?

Dos semanas después todo el mundo odiaba al profesor Pizarro otra vez. Y ya no hubo poder humano que le devolviera el respeto de las muchedumbres virtuales. El viernes 16 de diciembre se burló en sus redes de la fotografía en la que el papa trata de que el expresidente Uribe y el presidente Santos hagan las paces: "Pero por Dios —escribió Pizarro en su muro de Facebook—: si lo mejor que ha pasado en estos seis años es que el establecimiento se haya partido en dos". El lunes 19 respondió a la gritería contra él de manera escueta: "Antes, cuando el mundo no se iba a acabar, nos pasábamos los días de la Novena de Aguinaldos jugando un juego que me sigue gustando: 'hablar y no contestar'". El viernes 23 se burló del video en el que el vicepresidente Vargas Lleras le pega un coscorrón a su guardaespaldas por atravesársele en el camino: "He aquí doscientos años de historia". El martes 27, cuando se dio la noticia de que había muerto la actriz Carrie Fisher, publicó la canción que Paul Simon le compuso a ella cuando eran esposos: "You take two bodies and you twirl them into one / Their hearts and their bones / And they won't come undone". El miércoles 28, cuando murió la actriz Debbie Reynolds, la madre de Fisher, pues según dijo tenía que estar con su hija, Pizarro puso en su muro el "good morning, good morning" de *Cantando bajo la lluvia*. El viernes 30 subió una foto de Gil, su perro callejero, que había muerto el martes 20. Pero no: no hubo un solo día en el que dejaran de insultarlo.

Aquella lapidación fue mucho menos grave para él que la primera, sin lugar a dudas, porque sabía ya quiénes eran sus enemigos y tenía la mente puesta en viajar a Estados Unidos para traerse de vuelta a su esposa. Pudo dormir en las noches.

Pudo vivir con el odio de los amigos y los conocidos y los desconocidos. Pero la histeria de esta "Edad del eco" no dejó de ser una experiencia ridícula e incomprensible para él.

Fueron sus hijas quienes le explicaron lo que le estaba sucediendo. En efecto, unas semanas antes no habría tenido nada de malo haber publicado el "aquí no tenemos nombres" de *El último tango en París,* pero referirse a aquella película en ese borrascoso diciembre de 2016 era el peor error de la vida: decenas de estrellas de Hollywood se declaraban asqueadas porque acababa de ser publicado en internet un video en el que el director Bernardo Bertolucci reconocía que se sentía culpable por no haberle avisado a Maria Schneider que Marlon Brando usaría una barra de mantequilla en la escena de la violación. Schneider había dicho en el 2011 que se había sentido violada de verdad porque antes del grito de "¡acción!" nadie le había advertido cómo iba a pasar. Bertolucci había aceptado en el 2013 que se le había ocurrido la idea en busca de una reacción imborrable. Y en el 2016 miles de personas se declaraban indignadas por el innegable maltrato a aquella mujer.

Pizarro no tenía la menor idea de que todo eso estaba pasando en las putas redes, pero, aunque sus dos hijas le explicaron por qué el error era un error, se negó a emitir un comunicado contra Bertolucci: "¿Pero quién dijo que hay que hablar de todo?", "¿quién soy yo para andar por ahí emitiendo comunicados?".

Podría haber pedido disculpas. Podría haber dicho la verdad, toda la verdad y nada más que la verdad: que no había escuchado jamás aquella sórdida historia de la filmación de *El último tango en París.* Se negó a hacerlo sin embargo porque quienes estaban atacándolo no estaban atacándolo por eso, sino gracias a eso. Su colega Gabriela Terán, que había querido sacarlo de la universidad desde el principio del año, pero que había tenido que resignarse a verlo convertirse en un visible "intelectual por la paz", ja, había aprovechado su nuevo desliz para volver a escribir en contra de él como invitando a apedrearlo una vez más. Y todos, un amasijo de enemigos taimados de toda la vida y enemigos de sus defensas enconadas de la paz, habían acudido al paredón sin más, sin saber, por ejemplo, si era cierto lo que ella estaba diciendo.

Terán reaccionó al error de Pizarro en la mañana del viernes 16 de diciembre:

Una vez más el profesor Horacio Pizarro, que lleva un semestre lavando su imagen como un acérrimo defensor del proceso de paz, se pone del lado de los victimarios, de los abusadores de mujeres, de los inquisidores empeñados en seguir quemándonos como brujas unos segundos antes de que digamos lo que tenemos que decir. Esta vez no le ha bastado defender la indefendible misoginia de *El último tango en París*, como ufanándose de haber pasado una vida en la impunidad, sino que lo ha hecho en medio de la peor Navidad que hayamos vivido las bogotanas en mucho tiempo. Ha encontrado espacio para ser un macho, pero no para acompañar a su alumna favorita en el funeral de su novia asesinada a tiros en la calle. También a ella la ha dejado sola el hijo de puta. Bien dijo Schroeder que un hombre es sus iniciales: H. P.

Y era increíble, lector, lectora, que los más liberales entre los liberales estuvieran atacándolo con las mismas palabras que los más derechistas entre los derechistas. Pero así fue, así es.

Pizarro habría podido pedir ayuda, probar con un par de brochazos, por ejemplo, que desde la pavorosa noche del crimen no había parado de hablar ni un solo día con su "alumna favorita". Se negó a hacerlo. Se opuso rotundamente a la idea de declarar públicamente que estaba en contra de la violencia: le sonó a declarar que no estaba de acuerdo con el asesinato, ni estaba de acuerdo con las dictaduras; le sonó, sobre todo, a creerse una figura pública, a pedirle cordura a los norteamericanos ahora que habían cometido la estupidez de elegir a Donald J. Trump, a reclamarles compromiso político a quienes lamentan el mundo cada vez que estalla alguna bomba, como si sus seguidores estuvieran a la espera de sus comunicados, como si fuera un hombre con una misión.

Siguió publicando lo que quiso publicar: lo del papa, lo de Fisher, lo de Reynolds. Se dejó lapidar como un nazareno virtual porque a fin de cuentas sus apedreadores no tenían ni idea de lo que estaban haciendo.

Tres cosas de verdad importantes —tres cosas verdaderas, mejor— fueron fundamentales para que el profesor Pizarro soportara la nueva aniquilación. Primero: la noche anterior a que el muro de Facebook se le volviera un paredón tomó la decisión irrevocable de viajar a Estados Unidos a traerse de vuelta a su esposa. Segundo: en busca de alguien que asumiera su defensa, que era cuestión de un par de testimonios, descubrió que la devastada Flora Valencia había cerrado sus cuentas en todas las redes sociales porque no soportaba el ruido, porque la lloradera y la gritadera y la celebradera de las redes le daban más ganas de morirse, porque no quería que nadie se atreviera a darle el pésame con emoticones. Tercero: el martes 20 de diciembre, sólo una semana después del asesinato, tuvo que acompañar a su perro callejero a morirse.

Supo que iba a suceder desde que abrió los ojos. Gil no estaba en la cama ni en los pies de la cama ni en la habitación, sino debajo de la mesa del comedor esperando la muerte.

Pizarro se fue de inmediato a la veterinaria en la que le habían vaticinado ese final. Y siguió todos los procedimientos del doctor junto a la camilla. Y reconoció el dolor fantasma que había estado evitando, que era el dolor insobornable de cuando se pierde a los padres, pero que había vuelto en los últimos siete días como si lo único que hubiera hecho al respecto fuera ignorarlo. Y rezó un padrenuestro borroso por si acaso había un Dios. Y consintió a Gil, al dulce y digno Gil, pasándole la mano de gigante por el lomo. Y, cuando el médico dijo que no podía hacerse nada más, no soltó a su perro hasta que no se le murió en los brazos. Y en vez de tener ganas de llorar, y de tragarse las lágrimas y cerrar los ojos encharcados, lloró y siguió llorando como si nadie estuviera mirándolo. Y esto era justo lo que yo no quería que pasara. Yo sabía. Yo tenía claro que esto iba a pasar.

Desde ese momento se puso a hacer solo, sin ayudas ni compañías, lo que le dijeron que hiciera. Llamó a la funeraria a pedirles que se llevaran el cuerpo. Fue en el carro de los representantes de la compañía hasta la sala de velación. Siguió por unas escaleras a una funcionaria bondadosa y maquillada como pintada al óleo que le hablaba a los gritos, "¡lo siento mucho!", para hacerlo sentir de ochenta años. Se sentó al pie del cofre en un sillón cómodo, del que casi no logra pararse, en la habitación especial que le asignaron. Dijo al suelo entapetado una pequeña despedida llena de cabos sueltos, "le gustaba estarse a mi lado todo el tiempo", "le gustaba acostarse debajo de la mesa del comedor", "le gustaba comer lo que yo estuviera comiendo", hasta que apareció su guardaespaldas todavía agripado a decirle "ha debido llamarme".

—Yo le confieso que tuve ganas de regalárselo a mi niña, pero desde que se puso enfermo el pobre le agradecí al profesor que se quedara con él —dijo el escolta triste, Ballesteros, dándose la bendición.

Se quedaron los dos un buen rato junto al pequeño féretro envuelto por una cinta en la que podía leerse "Gil". El profesor Pizarro siguió pensando allí, porque la extrañeza de la escena llevaba adentro la moraleja a la que había llegado, que si no estaba con su esposa estaba solo en el limbo y era apenas un fantasma, que si seguía durmiendo tan lejos de ellas podía también estar muerto y ser un vago recuerdo de sus conocidos, que no tenía por qué seguir haciendo una familia con su alumna y su taxista y su perro callejero y su escolta porque ya tenía una familia. Tuvo entonces urgencia de llegar a su casa como si su esposa, sus hijas y su nieta estuvieran esperándolo. Tuvo la sensación de que tenía que volver antes de que anocheciera.

Siguió los pasos: escuchó las palabras de consuelo de una asesora de la funeraria, repitió las oraciones que ella pronunció resignada a los hechos, despidió al animal en la boca del horno crematorio.

Siendo objetivos, limitándonos al retrato fotográfico de su figura, Gil hizo siempre lo que tuvo que hacer. Gil fue invariable. Durmió justo al lado. Despertó al otro día en el mismo lugar. Comió lo que quisieron darle porque lo que le daban le gustaba. Recorrió la casa de una ventana hasta la otra como un vigilante que nunca quiso nada más, como Milú, el perro de Tintín. Ladró a las sombras que no tenían por qué estar ahí. Espero a que fuera la hora a los pies de su amigo el profesor. Fue a todas partes con él. Subió a sus piernas cuando empezaba a llover mientras Pizarro tecleaba en el computador un post sobre la firma del acuerdo de paz o un e-mail a la facultad sobre el semestre entrante o un artículo sobre la idea absurda de "la mente global".

Siendo justos, limitándonos a un recuento, Gil consiguió hacer lo que había que hacer y estar en donde tenía que estar en los últimos momentos de su vida.

Para el profesor Pizarro fue inadmisible no verlo cuando volvió al apartamento. Apagó las luces que había dejado encendidas. Recogió los platos con los bordes de la pizza que habían compartido la noche anterior. Puso en su lugar la silla del comedor que había tumbado cuando se había dado cuenta de lo que estaba pasando. Recogió un manojo de pelos que iba y venía como una bola de heno en el desierto de la sala. Y como se había puesto de rodillas para recogerlo, a riesgo de no poderse volver a parar, notó que la pieza del rompecabezas de *El beso* había estado siempre pegada a una pata de la mesa. Otro hombre habría visto esa ficha como un símbolo, como una señal de que el drama estaba terminando. Pizarro simplemente la puso sobre la mesa y siguió. Luego volvió por ella.

Entró a la oficina a apagar el computador. Se había pasado la última noche de los dos juntos tratando de lograr en vano, con Gil rendido sobre sus piernas, un párrafo —que un día habrá de corregir— que fue lo primero que vio cuando se sentó de nuevo frente al computador de su oficina:

El efecto de arriba hacia abajo sería entonces el siguiente: la mente global piensa en tanto que una sola mente, es decir, como una unidad cognitiva, y ese pensamiento afecta (y así tiene que ser) lo que sucede en las mentes de bajo nivel que la componen. El pensamiento de las mentes de bajo nivel está entonces subordinado al de la mente de alto nivel. La situación es similar a la de un director de orquesta que va conduciendo una pieza. Las mentes de bajo nivel pueden creer que son autónomas, que tienen libre albedrío, que dirigen su propio pensamiento, cuando en realidad esto es una ilusión. No saben que en verdad todo lo que piensan está en función de lo que piensa la mente de alto nivel. Algo así como un músico que cree estar improvisando cuando en realidad está siguiendo una partitura de la que no puede escapar.

Se fueron a dormir porque Pizarro, desesperado por la inutilidad de lo que estaba escribiendo, empezó a sentir que le picaban las orejas y los omoplatos. Se quedaron dormidos sin más.

Gil se bajó de la cama cuando iba a morir para que su amigo no amaneciera al lado de un cadáver. Se echó debajo de la mesa para irse resguardado. Y amaneció en otra parte.

Y ahora él estaba solo en ese computador revisando los insultos que le estaban llegando por minuto. Leyó "misógino", "vendido", "cabrón", "homofóbico", "marica", "reaccionario", "hipócrita", "farsante", "fiasco", "retrógrado", "anárquico", "enmermelado", "mamerto", "gigantón", "monstruo", "burgués", "izquierdoso", "facho", "déspota", "plagiador", "conspirador", "patriarcal", "machista", "viejo", "verde", "setentero", "gagá", "matón", "traidor", "infiel", "desleal", "megalómano", "rastrero", "ególatra", "mentiroso", "tramposo", "mendaz", "mitómano", "clasista", "canalla", "maldito", "elitista", "sociópata", "matasiete", "malparido", "resentido", "torcido", "falso", "bipolar", "caradura", "perdonavidas", "güevón", "infame", "arrogante", "soberbio", "idiota".

Y le dio ataque de risa porque aquella cascada de palabrotas le recordó los insultos del capitán Haddock en las aventuras de **TINTÍN**.

Y le recordó las carcajadas de sus dos hijas cuando su voz de tira cómica les leía esas groserías: "¡Filibustero!", "¡hotentote!", "¡ectoplasma!".

Y lo puso a pensar en cómo eran de diferentes durante el día, pero en cómo eran de parecidas a la hora de dormir.

Y dijo "bueno: ya" y cerró los programas y apagó el computador como mandándolos a todos a la mierda.

Poco se asomó al escenario del mundo en la semana de Navidad. Sintió de pronto unas ganas aterradoras, de viejo, de deshacerse de todo. Como enviando palomas mensajeras desde una torre, como dejándolo todo de una vez, envió los ciento treinta y dos libros que nunca iba a leer a la biblioteca del barrio de su guardaespaldas; envió las seis chaquetas gigantescas y los siete pares de zapatos que nunca iba a usar a la fundación de unos amigos de sus hijas; envió la ficha perdida del rompecabezas, en un sobre sin remitente, a la alumna que se había vuelto su amiga. Botó esferos sin tinta. Regaló el mullido tapete de su oficina a la secretaria del departamento porque dejó de verle sentido. Entregó el pequeño calentador eléctrico que vivía apagado a su viejo colega de la universidad.

No tocó los enmarañados cajones de su mujer ni los armarios atestados de cosas inútiles de sus hijas. Sólo se metió con lo suyo: para qué diablos había estado guardando los pasaportes viejos, las fotos de carné de cuando aún no tenía canas, las agendas en blanco de 1996 y 2000 y 2004 y 2008 y 2012, las tarjetas de crédito que habían vencido hacía por lo menos siete años, los teléfonos inalámbricos que un fin de semana habían cambiado porque a duras penas se oían las voces, las cremas para la espalda dobladas sobre sí mismas, las cajas de drogas revenidas, los vestidos de baño que se había puesto una sola vez en ese desconsolador viaje a San Andrés, las películas de Betamax que estaban gastadas desde los ochenta. Sacó nueve bolsas de basura. Dejó limpia limpia su parte del clóset. Y, acto seguido, se puso a poner en orden sus asuntos.

Renovó su pasaporte. Escribió un e-mail a la funcionaria encargada de la Unidad Nacional de Protección dándole la noticia de que no necesitaría al escolta Ballesteros en enero porque estaría por fuera unas semanas y no sabía cuándo regresaría. Escribió un correo de renuncia a la universidad a partir del siguiente año, pero se dijo que lo enviaría cuando lo hubiera hablado con su familia. Preguntó a una agente de bienes raíces que había conocido en un restaurante del centro qué tan fácil podía vender ese apartamento que tenía todavía una deuda de cincuenta millones. Preguntó después qué tan caro podría salirle una casa lejos del mundanal ruido. Redactó un mensaje de texto a su amigo Lleras, Mauricio, a ver qué tan difícil podía ser que lo recibiera como socio y librero de su librería. Dejó encargado de sus cosas a su único colega, "adiós, viejito", al dientón Plinio Zuleta.

Comentó en Facebook el coscorrón del vicepresidente a su escolta, como dije antes —"mi escolta me lo habría devuelto", escribió—, pero salió pronto de allí bajo un aguacero de injurias.

Pasó Navidad con su familia por Skype para demostrarle al mundo que el futuro apocalíptico de las novelas distópicas por fin había llegado. Echaron cuentos de los viejos tiempos. Cantaron los villancicos que cantaban cuando eran niños: "Ropopompom". Comieron juntos como mejor pudieron. Y, cuando fue la hora de entregarse los regalos, el profesor Pizarro les dio la sorpresa de que, con la ayuda de su "yerno" el piloto, había comprado un baratísimo pasaje abierto a Boston —un pasaje para el 31 de diciembre— que había pagado en parte con la plata de la administración del edificio. Hubo gritos histéricos de felicidad cuando les dijo "en ocho días estoy allá": había imaginado frases educadas de alegría, e incluso frases entre dientes, pero lo sorprendió la gritería —y bajó la mirada por unos segundos hasta que se le quitaron las ganas de llorar— como si él hubiera estado viviendo un drama muy diferente al que habían estado viviendo ellas.

Sí, por un momento notó ensimismada a Clara, su mujer, porque cualquiera se queda en blanco cuando se llega la hora de retomar y de cursar la misma vida —y quizás, quién sabe, era la primera vez que ella sentía la emoción de envejecer—, pero unos pocos segundos después la vio sonreír como le sonreía.

Vino entonces la última semana del año. Y Pizarro dijo lo que dije que dijo: lo del papa, lo de Fisher, lo de Reynolds. Puso en su muro la fotografía de su perro que era el mismo protector de pantalla de su teléfono celular. Pero sólo enfrentó la vida en Facebook el día en el que se iba a ir de viaje: el lluvioso e inclemente sábado 31 de diciembre de 2016.

Tenía hecha la maleta: tres sacos azules de hilo, tres pantalones habanos de dril, tres pares de zapatos sin cordones que amarrar, quince pares de medias, quince calzoncillos largos de aquellos, quince franelas de cuello redondo, siete pañuelos con las tristes iniciales *HP,* siete camisas blancas sin más ni más. Se había despedido de las pocas personas que le iban a hacer falta si el avión se iba a pique en el océano: de la alumna trágica Flora Valencia, de la abogada dubitativa Verónica Arteaga, del colega entrañable Plinio Zuleta, de la acupunturista cazada Magdalena Villa, del periodista abandonado Mateo Guerrero. Había visto *Network* en el canal de los clásicos. Había ordenado el apartamento como si la próxima persona que fuera a entrar no fuera él, sino quién sabe quién: un extraterrestre con las manos atrás, un par de siglos después, fascinado por lo extraña que había llegado a ser la vida en la Tierra.

Puso todo en orden mientras caía el segundo diluvio universal. Y a las 5:30 p.m., como aún quedaban un poco menos de tres horas para que lo recogieran su amigo el taxista con su amigo el escolta, como ya se había puesto en la dramática tarea de recorrer el apartamento como si fuera la última vez, cedió a la tentación de encender el computador a ver qué.

Y sí: el mundo de la pantalla seguía siendo el gobierno de las muchedumbres. Y el narcisismo campeaba y la paranoia cundía porque todos estábamos mirándonos a todos. Y no había allí nadie que no pareciera atrapado en su cabeza.

Y, ante tantos testimonios de último minuto, era fácil rezarle a la mente global un padrenuestro impreciso para que su pareja no amaneciera un día con ganas de clavarle unas tijeras en la espalda, ni le descubriera un chat incriminatorio justo el día en que cediera a la tentación de espiarlo, ni se enterara por un adivino de que el amor de su vida era otro, ni empezara a sospechar de su relación con aquella amiga tan cercana, ni emprendiera una investigación a fondo para probar sus infidelidades, ni quedara en coma justo cuando ya iban a resolver la pregunta de para qué estaban juntos en la vida, ni se enloqueciera como una ex frustrada por el desarrollo de los acontecimientos, ni se volviera una primera dama capaz de encubrir sus crímenes y sus pecados, ni tratara de sacarle información bajo el influjo de una droga de la verdad, ni propusiera traer una persona nueva a la pareja, ni diera motivos para defenderla de los hijueputas, ni desapareciera un día sin dejar claro por qué, ni amaneciera un día con ganas de volver a ser soltera, ni resultara de pronto con que tiene una doble vida.

Y las redes seguían ocupadas por civilizadores del vecino, por gramáticos a la caza de un error de redacción, por muchedumbres de defensores de la ley de la selva pero también por muchedumbres de genios.

Y una buena parte andaba por ahí reduciéndolo a él a algún hashtag: #machistacomoelprofe, #fuerapizarro, #elabusadormasaltodelmundo.

Y qué clemencia podía esperar él si los famosos con los que creció eran apedreados día y noche como en una fábrica de penas: Alfred Hitchcock ya no era el maestro del suspenso, sino un misógino capaz de arruinarle la vida a una actriz, la Tippi Hedren de *Los pájaros*, que le recordaba su impotencia; Paul Simon ya no era el genio de la música, sino el cerdo machista que se despedía de su exmujer de toda una década reduciéndola a una "special, wonderful girl"; Paul McCartney no era la mente de ese cuerpo de cuatro cabezas, de The Beatles, sino un amargo borracho que maltrataba a una mujer sin una pierna; Woody Allen ya no era el autor de dos docenas de películas maestras, ni mucho menos la celebridad que fue declarado inocente de una apurada acusación de abuso de menores, sino un pedófilo encubierto por las mafias de Hollywood: adiós, tiempos míos, fue mi placer conocerlos.

Y Terán, su enemiga jurada, seguía portándose en público como la juez implacable, como el ángel vengador, como la verduga fundamentalista que no era en privado. Y era como si estuviera reservando su doctor Jekyll para la intimidad ahora que su míster Hyde se había hecho tan popular.

Ahí estaban todos. Despedían el año con mucho más alivio que nostalgia, con mucho más rencor que agradecimiento: "Cuento los minutos para que se acabe el 2016"; "fuck 2016"; "no cuenten conmigo para el próximo bisiesto"; "desde que tengo memoria no vi nunca pasar doce meses con tanta sevicia"; "vete, 2016, pero antes devuélveme a mi papá". Era como si todos hubieran vivido el mismo año. Era como si el tiempo, que no existe sino aquí, que antes y después de la vida es circular, se hubiera vuelto lineal gracias al trabajo de todos. Daba la sensación de que el 2016 era la suma de sus noticias y sus mentiras y sus indignaciones y sus testimonios y sus pequeños dramas: una fabricación colectiva, una fachada, una cortina de humo para no lidiar con el fin.

Cuando el profesor Pizarro era un niño que rezaba, cuando era Horacio, pedía a Dios que le permitiera escuchar los pensamientos de los demás: eso nada más. Quizás estas tandas de espiar perfiles de redes sociales eran lo más parecido que le iba a pasar. No se leían allí pensamientos desnudos, sino pensamientos disfrazados, pero la arrogancia a la que se aferraban como niños y la necesidad de encajar y la ansiedad de ser queridos y de gustar —que él había sentido tantas veces— producían de tanto en tanto verdades: "Me quitaría la vida si no faltaran dos entregas de *Star Wars*"; "Colombia descubre que a los guerrilleros les gusta bailar: oh"; "soy feminista desde que me di cuenta de que el problema de todos, hombres y mujeres, es que los hombres son más frágiles que las mujeres"; "y pensar que un día voy a amanecer sin mi cuerpo".

Era conmovedor: todos tomándose fotos con los hijos, despidiéndose tarde de los padres, confesándose ante el auditorio equivocado con la garganta y con las vísceras como Howard Beale en *Network*, diciéndoles a todos qué hay que hacer: "lean", "salgan a la calle", "muéranse".

Era conmovedor. Lo fue, en la larga tarde de ese último sábado, hasta que dejó de serlo. Su esposa, Clara, le habría dicho "pero Pizarro: usted para qué putas se pone a leer lo que dice esa mujer". Y sin embargo él no pudo resistirse a revisar qué más había pasado con el último post que Gabriela Terán había escrito contra él: y esa diatriba que terminaba acusándolo de hijo de puta ya se había ganado 1.478 likes, y 173 comentarios, y eran tan violentos y tan inútiles y tan rastreros que había que ser un espectador —no el protagonista, no el blanco— para perdonarlos porque no saben lo que hacen, para conmoverse con lo crueles e implacables que pueden ser los hombres y las mujeres cuando sospechan que el infierno no son los demás.

Pero si yo ya estaba mejor. Si yo me había estado sintiendo por encima de esta mala sangre. Y a prueba de insultos, de injurias, de envidias disfrazadas de reivindicaciones.

Por qué carajos no soporto que me detesten: se me sube la tensión, se me entiesa la pierna derecha, se me vienen al cuerpo, a mis cincuenta y nueve años, todas las veces que alguien ha querido hacerme mal.

Sí hay villanos en el mundo. Sí hay mal. De tanto ver películas en el canal de los clásicos, de tanto leer novelas policiacas cuando uno es joven, se va llegando a la conclusión de que "los malos" sólo se dan en la ficción: "No hay héroes ni traidores, sino simples personas"; "no hay blancos ni negros, sino grises"; "no hay un doctor Jekyll y un señor Hyde, sino un hombre de mil caras", se repite como comprobándolo en el microscopio, pero lo cierto es que no puede ser una buena persona en la vida real quien en Facebook es un hijo de la gran puta pretencioso a la caza de los otros, lo cierto es que el mundo está plagado de ratas, de dañados que no se van a quedar quietos hasta acabar a su paso con los hombres de bajas defensas y guardias bajas.

También hay idiotas. No "personas que no están de acuerdo", no "personas que piensan diferente": idiotas.

Idiotas comprometidos, consumados, academizados, perdonavidas e irredentos.

Aquí hay un idiota que me cita a Séneca y parodia a nadie más y a nadie menos que a los Beatles, "si deseas ser amado, ama", "and in the end the hate you take is equal to the hate you make...", para echarme la culpa de todo lo que me ha estado pasando. Más abajo viene un cretino al que le conseguí su puesto en la universidad con una perorata en la que me señala como un intelectual pobre que no es capaz de entender que una cosa es la vida personal y otra muy diferente el debate público: "Nada de esto es personal", escribe, "☺", agrega. Sigue de inmediato una imbécil que para ser original, para responsabilizarme directamente del feminicidio de la novia de mi alumna, banaliza una causa de vida o muerte: #niunamás. Viene a mediar el chupamedias que me pedía cartas de recomendación para que lo recibieran en la Universidad de Chicago: "Respeto a Pizarro, pero la ignorancia sobre las leyes de estos tiempos no lo exime de su cumplimiento".

Fue entonces cuando no dio más: pensó "no me soporto otro profeta inútil, otro mentecato que se porte como un hombre que se hace famoso el día del fin del mundo por haber predicho el fin del mundo".

Fue en ese momento cuando se dio cuenta de que no discriminaba a nadie porque todos le parecían por igual unos hijos de puta.

Y dolido y cascarrabias, como poseído por el espíritu de sus padres y los padres de sus padres, redactó una atípica declaración de principios en unos diez minutos:

Profesora Terán: Séneca el joven sugiere, en la tercera de las *Cartas a Lucilio*, que puede uno llamar "amigo" a quien lo celebra en público y lo critica en privado. Sé que estoy parafraseando, como un viejo, pero la sentencia es algo así como "algunos, que se refugiaron en las tinieblas al punto de creer turbio aquello que encuentran en plena luz, cuentan a quienquiera aquello que sólo se podría confiar a un amigo". Quizás haya sido Leonardo da Vinci quien lo dijo. Qué importa. El punto es simple y es ese: que un amigo critica a su amigo en privado, pues su idea es enmendarlo, redimirlo, antes de lapidarlo, de aniquilarlo enfrente de todos. Y digo que el punto es simple porque para mí nunca se ha tratado de impedir que usted diga y piense lo que piensa y dice, que su monólogo siempre es alucinado pero brillante, sino de un hallazgo terrible: de que usted no era mi amiga. Es señal de pobreza de espíritu que además haya resultado una enemiga, pero la inteligencia inútil —el esoterismo ocioso, el yoga inservible, la experiencia malograda, el bagaje intelectual para nada, la academia para la supremacía y la picota— es la gran característica de nuestro tiempo, de su tiempo, mejor, que yo renuncio. Quédese usted con nuestra época. Es suya. Suya es la fantasía de que el personaje que ha construido aquí es una cosa diferente a usted. Suya es la tentación de ilustrar al prójimo a la brava. Suya es la arrogancia de quienes vienen a mí a citarme a los Beatles. De nadie más son la superioridad moral, la mezquindad adiestrada, la envidia perfeccionada, el discurso que se traga vivas a las personas. Quizás sepa usted mejor que yo quién soy yo. Quédese usted con mi cabeza entonces: exhíbala. ¿Que me voy de aquí sin dejar en claro que no soy un pérfido misógino? Sí, pero quién soy yo para declarar qué soy y qué no soy. Quién soy yo, que a gatas soy un viejo y vengo de un tiempo en el que uno era dogmático e infame e histérico en privado, para condenarla a usted a un infierno que ya estamos pagando, vieja pendeja, vieja necia.

Corrigió un par de comas por miedo a los gramáticos. Borró un par de adjetivos por miedo a los cazadores de cursilerías.

Presionó el botón "publicar", con el corazón precipitado, sin pensárselo mucho más. Ya eran las 8:07 p.m.

Un minuto después, 8:08, hizo clic en "cargar la página de nuevo" con la ilusión de que viniera una cascada de "me gusta". Hizo clic siete veces más en los siguientes tres minutos porque nadie reaccionaba. Y hubiera seguido de allí a la eternidad, y quizás hubiera borrado su declaración antes de tiempo, si no lo hubieran recogido para ir al aeropuerto. Se cimbró cuando sonó el citófono: tritritritritri. Se levantó tomando el escritorio como un bastón, se arqueó para que le traqueara la espalda y se inclinó para apagar el computador. Antes, por si acaso, hizo clic en "cargar la página de nuevo" una última vez. Se ahogó unos segundos, tragó en vano, mejor, porque esta vez tampoco hubo nada.

Se fue desde su casa hasta el aeropuerto mirando Bogotá tal como acababa de mirar su apartamento, cuarto por cuarto por cuarto, como si el nido vacío hubiera quedado en manos de su memoria y hasta los padres lo hubieran dejado, como si existiera la posibilidad de no volverlo a ver —de no saber, por ejemplo, si los objetos se quedaron esperando en el mismo lugar— y la frase correcta fuera "eso fue todo". Sí parecía como si se estuviera acabando una vida, como si se estuviera acabando el año, sí, pero también la edad del protagonismo. Seguía envejecer. Quedaba envejecer. Ya no iba a ver esto que estaba viendo, sino que iba a recordarlo. Yo viví en Bogotá. Fui un niño, un hijo único, un divorciado, un esposo, un padre en Bogotá. Y ahora es como si todo eso le hubiera pasado a otro.

Tengo cincuenta y nueve años. Papá tenía problemas del corazón a los cincuenta y nueve. Se quejaba de la espalda. Se guardaba los comentarios sobre mi vida justo a tiempo. Se ponía una gabardina que le había regalado su hermano. Decía "está haciendo helaje" en vez de decir "está haciendo frío". Iba detrás de mamá como un niño. Repetía que era raro que a todo el mundo le hubiera dado por tutear a todo el mundo. Extrañaba los sombreros. Temía a las bombas que estallaban a la vuelta de la esquina, fruncía el ceño cuando la gente se enfrascaba en discusiones sobre la toma del Palacio de Justicia, hablaba de su infancia —y de las banderas y los cadáveres sin zapatos del 9 de abril— si alguien se lo pedía, pero prefería callarse, prefería sentarse a leer en un rincón con una cobija de cuadros sobre las piernas.

Queda eso de aquí en adelante. Trabajar con la mente en otra parte, en otro siglo. Tomarse el horror como lo obvio, como lo que ha pasado siempre. Encogerse de hombros ante la vejez: no seré el primero ni seré el último en hacerlo.

Dijo poco más que "ajá" por la calle 92, por la carrera 30, por la calle 26. Cruzó un par de frases con el guardaespaldas Ballesteros. Y respondió un par de preguntas de su taxista amigo, de Colorado, hasta que fue evidente que quería quedarse callado. Pero de resto dijo "ajá" porque necesitaba silencio para darse cuenta de que estaba pasando una página. Y cuando no dijo "ajá" dijo cualquier cosa, "claro", "sí", porque seguía pendiente de las reacciones al comunicado demencial que había publicado en su muro de Facebook hacía nomás un par de horas. Tendría que haber producido una catarata de insultos penetrantes e injuriosos, pero al final del recorrido, un poco después de las nueve de la noche, sólo había tres "me gusta" bajo su declaración.

Y de quiénes: de Clara Laverde, de Adelaida Pizarro Laverde y de Julia Pizarro Laverde.

Hacía frío. Toda la tarde había caído el peor aguacero de cualquier diciembre como si el final fuera un principio amenazador, retador. Ya no llovía, pero el carro pasaba por encima de los charcos, shushushu, y era como si el año se negara a irse.

Convenció a sus acompañantes, que se le habían vuelto un par de escuderos bajitos, de que lo dejaran en las puertas del aeropuerto: "Aquí está bien". Prometió traerles suvenires que valieran la pena: "Feliz año". Y luego de entregar su maleta en el mostrador de United, que su "yerno" le había ayudado a conseguir el pasaje con un descuento especial, deambuló por el pasadizo atestado de achiras y arequipes y artesanías y morrales y cajeros electrónicos hacia las salas de embarque. Faltaban diez minutos para las diez de la noche. Ya sólo iba a quedar una hora para que despegara su vuelo. Y una hora más para que se acabara el año. Iba despacio. Hiperventilaba cuando pensaba demasiado en el avión. Se regañaba a sí mismo: "No más". Pero no tenía paz.

Fue al baño. Compró en la librería el primer libro en inglés que encontró, *Catch-22*, a ver si iba acostumbrándose a la lengua. Se sentó un rato en una de las bancas contra las paredes, haciendo lo posible para no matarse la espalda, para avisarles a sus tres mujeres que estaba a una hora de tomar el avión. Y entonces volvió a asomarse a su perfil de Facebook a ver qué más había pasado con su declaración de principios. Y encontró que lo único que había sucedido en los últimos minutos era que una persona más le había puesto "me gusta": su verduga Gabriela Terán. Y el mensaje le pareció claro: que ella sí era capaz de reconocerle a él sus méritos, que ella lo único que había estado esperando era que él diera el debate, que ella por fin había logrado sacarlo a él de su zona de confort.

¿Y si estaba haciendo el ridículo? ¿No estaban diciéndole sus silenciosos seguidores, que le ponían likes como guiñando el ojo cuando hablaba contra el Gobierno, pero que ni siquiera estaban bravos ante su declaración, "profesor: descanse"? ¿En qué momento se había vuelto esa persona que piensa en sus seguidores? ¿Iba él a seguir haciendo parte de esta época en la que cada quien es su propia iglesia de garaje? ¿Su padre, a sus cincuenta y nueve años, habría cedido a la tentación de rogarles a los desconocidos que lo reconocieran, que lo celebraran, que lo indultaran ante sí mismo? ¿Le habría importado un bledo lo que dijeran de él? ¿Habría dicho, con su cansancio y su desdén, pero quién pierde el tiempo preguntándoles a los demás qué están pensando?

Ya. No más. Subió la mirada, interrumpida por los transeúntes con el alma en vilo, en busca de la fachada de la librería, en busca de algo fijo y cierto. Subió la mirada como sacando la cabeza en una batalla. Tomó aire: uno, dos y tres. Y entonces cerró Facebook desde su iPhone, "configuración", "administrar cuenta", "desactivar", porque se sintió patético y solo y se sintió además observado por quién sabe quién empezando por su verduga. Borró luego la aplicación. Después avisó a su familia que había tomado esa decisión. Y se sintió peor, cercado por sus propias inseguridades a esas alturas de la vida e incapaz de lidiar con el mundo, cuando se dio cuenta de que estaba elevando aquello de salirse de una red social a la categoría de una decisión.

Según un par de horóscopos reputados, según el horóscopo de la norteamericana Susan Miller y el de la costarricense Maya Toro para ser precisos, el fin de año del profesor Horacio Pizarro —quiero decir: el final de 2016 para Tauro— iba a estar marcado por un viaje y por el regreso a la pareja y por las ganas de librarse de su propio peso. Juro que eso dice allí. No estoy mintiendo. Todo es verdad. No sólo aquellas dos astrólogas vaticinaron lo que le sucedió al profesor tal como le sucedió. Y cualquiera puede comprobarlo en los archivos de los periódicos y de las páginas especializadas; cualquiera puede verificar que el Sol estaba cara a cara con Marte y se acercaba con Neptuno a la casa de los amores; cualquiera puede seguir el rastro de Pizarro, es más, en sus publicaciones de las redes sociales: no hay nada oculto y nada impune en esta enorme telaraña.

Se fue a uno de los restaurantes en el mezanine del aeropuerto, al viejo Piccolo Café, con la sensación de que un par de púberes de mangas largas estaban señalándolo como a un delincuente famoso. Se sentó a una mesa para dos porque en alguna silla tenía que poner su maletín de mano. Pidió una pizza de carnes resignado a que no fuera como la que le gustaba. Quiso leer el comienzo del libro, pero no pudo, tres, cuatro, cinco veces: It was love at first sight —leía y volvía a leer prometiéndose que esta vez no iba a tener la tentación de buscarse a sí mismo en su teléfono—, The first time Yossarian saw the chaplain he fell madly in love with him.

Pizarro comió rápido. Tomó un poco de agua nomás para no tener que volver al baño tan pronto. Fue amable con el mesero, que era nuevo, que proponía demasiado, pero no tanto como podría haberlo sido si hubiera estado en paz.

Se levantó de la mesa cuando fue el momento de ir hasta la sala de embarque. Constató en las pantallas del sector de las comidas que el vuelo 1008 de United estuviera "en sala". Miro una vez más por si se había equivocado en el primer intento. Se fue entre una muchedumbre de hombres y de mujeres mucho más bajos que él, una multitud de coronillas, de peinados, de calvas, de cachuchas. La luz blanca y falsa de los techos y de los aparadores lo ponía nervioso —esa luz blanquecina de hospital, de morgue, de nevera atiborrada de carne cruda— pero mientras se dirigía a la puerta 27, que era la que le correspondía, le hacía pensar además que así se veía la vida hasta que llegaba la muerte, que quizás entre la muerte la luz siempre era la luz de verdad.

Entregó su pasaporte en regla. Entregó su cédula de ciudadanía. Entregó su cinturón, su maletín de mano, sus papeles a los funcionarios de los escáneres. Dijo "gracias" como un santo y seña desde la entrada de emigración hasta la sala de embarque. Vio pasar de largo a su "yerno" entre comillas, al abstraído Farmer, Chris, que ni tiempo tenía para fijarse en un suegro de dos metros de altura, escoltado por una azafata enamorada que le repetía "but look at the big picture…". Sonrió lo que pudo. Hizo parte del éxodo como si fuera uno más de una raza que ha creído que todo será mejor en otra parte. Y cuando pudo sentarse, y advertir que se estaba muriendo de miedo, lo siguiente fue la mirada fija de una persona que tenía justo enfrente.

—Yo sé que tengo razón —le dijo Gabriela Terán, su enemiga, desde la hilera de sillas opuestas—, pero tendría que haber reconocido que tú no eres tú todos los días.

—¿Perdón?

—Mejor dicho: ya supe que acompañaste a la pobre Flora Valencia desde el principio hasta el final.

—Y qué importa —dijo el profesor y se encogió de hombros y pensó "vieja hijueputa"—: ya qué.

Respondí que yo no soy una amargada y una frustrada y una envidiosa que está esperando que te resbales. Ni soy una solterona sobrepasada por los hechos que estudió tanto que se quedó sin interlocutores, sin hombres. Ni soy una mujer que prefiera vengarse a quedarse callada ante las pequeñas violencias que se dan. Yo estoy feliz. Siento rabias e indignaciones porque esto es una catástrofe. Y sin embargo, cuando estoy sola, cuando estoy viendo fútbol o estoy caminando por la finca o estoy viendo a mis papás agarrados de la mano después de cincuenta años de casados o estoy besando a quien quiera que esté besando o estoy dando una vuelta —y de pronto hace el sol tranquilo que hace a veces y ella cierra los ojos como confiando en el mundo y los abre para ser testigo de las pequeñas pistas de la belleza—, está feliz y está cómoda en su suerte.

—Tú me conoces.

—Tú me conoces a mí.

Tendría que haberle preguntado algo más para salir de la trampa: ¿a qué va a Estados Unidos un 31 de diciembre? Podría haberle preguntado por qué le puso "me gusta" a una diatriba contra ella. Podría haber comentado cualquier cosa sobre cualquier cosa porque ni siquiera un enemigo es grave cuando uno se va a montar en un avión, porque todos los objetos y los sentimientos y los personajes significativos reciben su verdadero lugar cuando se llega el momento del plano general y lo cierto es que el "big picture" del que hablan los gringos es la muerte. No, no quiso decir ninguna pequeñez, no aligeró la conversación jamás, no la miró como haciendo las paces, ni dejó atrás la guerra fría con una frase semejante a "yo no sé en qué momento me dejé meter en Facebook".

Se tragó enfrente de ella la pastilla para los nervios —y el ahogo, y el pequeño temblor, y las manos sudorosas y las náuseas leves que ya estaban apareciendo— que le había recomendado la que sabemos. Y ya.

Dijo "adiós" levantando un poco una mano y se paró y se fue a la fila igual que todos cuando los funcionarios de la aerolínea empezaron a llamarlos a abordar. El corazón se le salió de las manos desde que pisó el pasadizo hacia la puerta del avión. La pierna de siempre empezó a engarrotársele y el cuello y los hombros fueron entiesándose mientras avanzaba, doblegado, por el túnel. Cuánto tiempo sin subirse a uno de estos. Cuánto tiempo sin jugarse la vida por las tres. Ay, cuando las niñas salían corriendo, tac, tac, tac, por estos corredores enclenques. Ay, cuando volaban todos juntos a Cartagena, a Orlando, a Buenos Aires. Ay, las dos cantando "well, shake it up, baby, now / Twist and shout / C'mon, C'mon, C'mon, C'mon, baby, now / Come on and work it on out".

Ay, los desayunos del domingo cuando él les decía a todas, de pronto, esta es la canción de su mamá: de mi Clara. Y cantaba, sobre las voces y las guitarras de los Beatles, "I've just seen a face / I can't forget the time or place / Where we just met / She's just the girl for me / And I want all the world to see we've met". Y cantaba la siguiente estrofa: "Had it been another day / I might have looked the other way...". Y ellas esperaban atentas, pendientes del todo de cada palabra, para arrancar a cantar "falling, yes, I am falling / And she keeps calling me back again". Y ahora, mientras buscaba la silla 7B, sintiéndose abandonado e indefenso como un niño en manos de extraños, él cantaba el coro entre dientes para no concentrarse en su ansiedad, en su dolor de estómago.

Puso su maletín de mano en los compartimientos de arriba. Se sentó en la silla junto al pasillo, que era la primera silla de todas porque en ninguna más le cabían las piernas, dispuesto a respirar. Y sonrió al señor pakistaní que se acomodó en el puesto 7A. Y sonrió a la parejita de novios, de diecinueve y dieciocho años, que se sentaron, en las 7C y 7D, justo después del pasillo. Y le concedió una sonrisa a Terán cuando notó que ella tenía la silla de atrás.

Miró enfrente mientras seguían pasando todos y seguía pasando lo que tenía que pasar. Inhaló, exhaló meciéndose en su lugar. Se aferró a los brazos del asiento y estiró las piernas hasta donde pudo. Dijo "bien, bien" cada vez que le preguntaron cómo se estaba sintiendo. No fue capaz de leer: leyó varias veces, tembloroso, Af t er he had made up his mind t o spend t he r est of t he war in t he hospit al, Yossarian wr ot e let t er s t o ever yone he knew saying t hat he was in t he hospit al but never ment ioning why. Revisó varias veces su cinturón de seguridad porque ese gesto le estaba saliendo mucho mejor que leer. Trató de no ahogarse así como así, "falling, yes, I am falling...", cuando cerraron las puertas, cuando ajustaron los últimos detalles, cuando su "yerno" entre comillas dio la bienvenida.

Díganme una cosa peor que esa: un yerno que pilotea el avión en el que va un suegro que le teme a volar.

Respondió las preguntas que sus mujeres le habían estado haciendo por el chat de WhatsApp, "ya en el taxi", "ya en el aeropuerto", "ya en la sala", "ya en el avión", hasta que se dijo que él no iba a tener la culpa de que se cayera el avión. Apagó el teléfono antes de que la azafata, que iba y venía por el corredor en busca de una gaveta abierta o de un cinturón desabrochado o de una maleta interrumpiendo el paso, le lanzara un regaño porque en esa generación hasta las azafatas son antipáticas: "¡Espaldar recto!". Cuando el avión despegó finalmente, pese a sus sienes empapadas de sudor helado, estaba a unos latidos de desmayarse —la máquina va rodando, la máquina se va yendo dispuesta a lanzarse al abismo, la máquina se levanta contra todos los pronósticos— y no tenía a nadie en ese mundo.

Algo lo distrajo, tal vez fue la parejita de novios, relajados, descarados, dichosos, que jugaban un juego extraño cuando no estaban besuqueándose. Ella le preguntaba a él "¿sabes cuál es el secreto de la vida?", él le respondía "¿cuál?" y ella se lo susurraba en secreto en el oído. Y luego venía el turno del otro. Y así hasta el ridículo.

Hubo un momento en el que el profesor Horacio Pizarro respiró mucho mejor —de hecho respiró— porque le pareció que nadie más, solamente él en ese sitio, se sentía a punto de morir. Había películas en las pantallas encajadas en los espaldares de los asientos. Se oían conversaciones animadas sobre tonterías. Su vecino el pakistaní revisaba unos documentos de suma importancia. Los asistentes de vuelo avanzaban por los pasadizos como un parte de tranquilidad. Seguía la vida, en fin, para no ir más lejos, porque más lejos no se puede ir, en todo caso. Ya ni siquiera había nubes. Quedaba abajo, como si no existiera, como si fuera un rumor sin confirmar del universo, la maqueta de Bogotá. Y él era capaz de mirar el cielo renegrido y sin fisuras en la ventanilla de al lado.

Se llenó de ideas para sentirse en tierra firme. Le concedió a Flora, en una conversación imaginaria, que es muy probable que alcancemos una etapa posthumana —de tecnología muy avanzada con respecto a la actual— en la que no sólo querremos, sino que podremos hacer simulaciones de las etapas de nuestra historia evolutiva. Y de inmediato le advirtió que entonces es lo racional que creamos que actualmente vivimos en una simulación, que somos una simulación y no la raza humana original, que somos las patéticas, ridículas, dramáticas partes de la simulación de un todo: una mente global. Y vivió un breve duelo, porque la idea de ser apenas una ficción le chocó, lo enfureció, le barajó las sospechas, lo deprimió y lo alivió, con la mirada fija en el viento negro de esa hora.

Y ni siquiera el rumor "¿sabes cuál es el secreto de la vida?", "¿cuál?", lograba sacarlo de aquella mirada hacia adentro.

Pero entonces el piloto conocido leyó con una inesperada voz de cura, en un español refundido en su acento bostoniano, la declaración "señoras y señores: a más de diez mil metros de altura, y volando a más de ochocientos kilómetros por hora, esta noche tendremos la oportunidad de celebrar el Año Nuevo en Colombia: preparémonos para darle la bienvenida al 2017". Y se puso a liderar el conteo regresivo, ¡diez!, ¡nueve!, ¡ocho!, ¡siete!, ¡seis!, ¡cinco!, ¡cuatro!, ¡tres!, ¡dos!, ¡uno!, que coreó la suma de todos los pasajeros. Y gritó "¡feliz año!" tres veces al tiempo con todos. Y sobre los aplausos jubilosos y esperanzados de las mujeres y los hombres deseó en nombre de la tripulación una era nueva. Y soltó por los parlantes "año nuevo, vida nueva, más alegres los días serán…" de los Billo's Caracas Boys.

Y todas las mujeres y todos los hombres empezaron a cargar de humanidad el peor año de la Historia. Piense usted, lector, lectora, qué mentiras se dijo, qué trampas pisó, qué tumbas cavó, qué duelos soportó a duras penas, qué delirios protagonizó en el 2016 para escapar de aquella pareja de mirada fija —Dios: su olor, sus ruidos, sus tics, sus quejas rancias— que durante 366 días sólo estuvo en el mundo para desenterrar su violencia. Piense usted cuál fue su papel en esta obra, su voz en este coro, su función en esta mente interminable. Piense usted si fue el soberbio, el rencoroso, el envidioso, el impasible, el tentado, el pragmático, el fascinado, el seducido, el abandonado, el insensible, el sinvergüenza, el celoso, el esperanzado, el confundido, el enterrado, el chantajeado, el mezquino, el heroico, el honesto, el inquisidor, el reticente, el sorprendido, el libidinoso, el vivo, el sensato, el valiente, el digno, el noble, el engañado, el desaparecido, el idealista, el dolido, el hastiado, el devastado. Trate de recordar si también sintió, a las 12:01 a.m., que el mundo seguiría sucediendo en su cabeza, que la vida seguiría siendo el intento lleno de trampas de hablar la lengua de otro, que el matrimonio seguiría siendo la solemne y bella y corajuda promesa de no salirse con la suya.

A las 12:05 del domingo 1º de enero de 2017, mientras las azafatas entregaban a los pasajeros un vasito de plástico con uvas verdes, el piloto puso una versión escocesa del escalofriante y nostálgico y demoledor *Auld Lang Syne* —el "por qué perder las esperanzas de volverse a ver", el "no es más que un hasta luego" que cantaban los scouts, ay, cuando el mundo aún estaba para scouts— que en inglés comenzaba "should old acquaintance be forgot and never thought upon…". Y el avión empezó a estremecerse en el aire como si estuvieran zafándosele los tornillos y los tanques de combustible fueran a desgarrarse y los motores tuvieran la tentación de dejarse triturar por el viento. Y los compartimientos y los carritos y los paneles empezaron a temblar para darle la razón al profesor que había predicho el fin.

Se regaron los tragos y los vasos de agua y los cafés hirvientes. Se fueron al piso los esferos y las revistas. Se apagaron de golpe las pantallas de los espaldares: ¡pum! Titilaron las luces de la cabina como si no hubiera nada por hacer. Temblaron las mesitas corredizas. Un par de viejos como él, más allá, se levantaron para que el golpe los agarrara de pie. Una mujer de quién sabe dónde metió la cabeza entre las piernas porque eso hacen en las películas de desastres. El señor pakistaní puso las manos sobre sus papeles para que no se fueran volando. Y la pareja de muchachos se tomó una selfie a carcajadas, qué diablos, entre el vaivén y el zarandeo, entre ese delirio que no tenía revés ni tenía solución: putamierdaputamierdaputamierda.

Pizarro sintió la mano de Terán sobre su brazo entumecido y derrotado y sacó fuerzas de alguna parte para poner su mano sobre la de ella. Pizarro pensó la única palabra que pudo pensar entre el temblor y el centelleo: "Fin".

Acérquense. Acérquense un poco más si nadie está mirando. Oigan este final como poniendo el oído sobre el pecho. El profesor se cantaba en la mente la canción aquella de los Beatles, la misma que se estaba cantando desde que entró al avión, con la cara compasiva de su mujer en la mente: se cantaba "and she keeps calling me back again" como entregándose a la última escena, como reconociéndose que se había acabado el tiempo y ya no había nada que estuviera en sus manos. Y la verdad del asunto, y la verdad de este final, era que no iba a morir pronto, que era una turbulencia nomás. Tenía una vida entera por vivir y no estaba en su libreto nada peor que su muerte, que era una muerte allá lejos.

Pero a esa hora de ese nuevo año nada estaba quieto, y nada estaba en paz, para que fuera claro que el secreto de la vida es que se acaba.

Créditos: Cuando estaba escribiendo *Historia oficial del amor*, mi esposa, que es mi compañera de oficina, me sugirió de escritorio a escritorio —porque notó un tono nuevo en uno de los capítulos del libro sobre mi familia— que escribiera una novela sobre la vida en pareja: la escribí para los dos, para darle las gracias a quien corresponda por la suerte de estar juntos, apenas le puse el punto final a mi ensayo sobre la ficción. Desde abril de 2016, que empecé a notar que tenía por contar varias historias verdaderas de parejas, tuve no sólo su compañía y su asesoría, sino también la compañía y la asesoría de un filósofo brillante, Reinaldo Bernal Velásquez, que justo por aquellos días me encontré en el cumpleaños número cuarenta de una amiga en común. Gracias a los consejos y a las luces de la periodista Andrea Peña, amiga mía, hacia la mitad de la escritura deshice un entuerto que sucede en los diálogos de La Habana. No sé cómo más agradecerle a Adriana Martínez-Villalba su edición generosa e impecable, ni cómo reconocerle a Gabriel Iriarte su apoyo sin condiciones, ni cómo celebrarle a Patricia Martínez su diseño siempre lúcido, ni cómo darle el crédito a la corrección de linotipista de Carolina López, si no es dejando aquí constancia.

Este libro se terminó
de imprimir en
Polinyà (Barcelona),
en el mes de
septiembre de 2019

Descubre tu próxima lectura

Si quieres formar parte de nuestra comunidad,
regístrate en **libros.megustaleer.club**
y recibirás recomendaciones personalizadas

Penguin
Random House
Grupo Editorial

 megustaleer